MANHATTAN SECRETS

Ein CEO-Liebesroman

Rosa Lucas

Übersetzt von Melanie Schwarz
Bearbeitet von Liane Baumgarten

Cover by Kari March Designs

Rosa Lucas
rosa@rosalucasauthor.com
c/o copywrite 61 Bridge Street, Kington, HR5 3DJ

Dieser Text enthält Themen für Erwachsene,
provozierende Sprache und detaillierte Szenen und
ist ausschließlich für erwachsene Leser gedacht.

PROLOG

Lucy

Ich richte mich in meinem Stuhl auf und setze mein Pokerface auf.

Bei Quinn & Wolfe ist es wieder so weit: Leistungsbeurteilungen. Wenn Manager sich in mürrische Trolle verwandeln und wir Untergebenen uns in dem vergeblichen Versuch, unseren Wert zu beweisen, damit abrackern, die Arbeit eines ganzen Monats in eine einzige Woche zu packen. Es sind praktisch die Hungerspiele aus Die Tribute von Panem für Angestellte, nur mit mehr Papierkram und ohne Hemsworths.

Helen aus der Personalabteilung schiebt meinem Chef Andy einen Stapel Papiere zu. Er atmet tief ein und beäugt den Stapel, als ob dieser das Leid der Welt in sich birgt. „Bringen wir es hinter uns, okay?"

Er blättert die Papiere durch und starrt Helen an. „Warum ist die so viel länger als letztes Jahr?"

Sie begegnet seinem finsteren Blick mit einem strahlenden Lächeln. „Wir haben eine umfassende Bewertung der Soft Skills – Kommunikation, Teamwork, Zusammenarbeit – mit aufgenommen." Sie unterstreicht ihre Worte, indem sie triumphierend mit ihrem Stift auf seine Akte tippt. „Steht alles da drin, Andy."

„Verdammte Scheiße", murmelt er leise vor sich hin.

Es kommt nicht oft vor, dass ich mit Angry Andy einer Meinung bin.

Er seufzt wieder, widmet sich der ersten Seite und räuspert sich laut, als Helen mir ein Exemplar zuschiebt.

„Produktivität, ausgezeichnet. Problemlösungsfähigkeiten, ausgezeichnet ..." Er blättert die Seite mit dem Enthusiasmus eines Mannes um, der gezwungen ist, die Gebrauchsanweisung für Geschirrspüler zu lesen. „Flexibilität, ausgezeichnet."

Während er so vor sich hin jammert, schweift meine Aufmerksamkeit zur Aussicht ab – dem Empire State Building. Es ist leicht zu vergessen, dass ich vierzig Stockwerke über der Wirklichkeit schwebe, wenn ich bis zu den Ellbogen in Wireframes und Screendesigns stecke.

„Deine Designs sind ausgezeichnet", brummt er. Komisch, das klingt nicht wie ein Kompliment.

Trotzdem ist es schwer, gegen „ausgezeichnet" zu argumentieren. Ich werde rot und genieße die Streicheleinheiten für mein Ego. Jetzt. Komm schon, Andy, spuck's endlich aus. Lucy, du wurdest zur Chef-Grafikdesignerin befördert. Herzlichen Glückwunsch!

Wird auch Zeit.

„Teamwork ..." Andy schaut von den Unterlagen auf. „Gut, aber hör auf, Matty zu decken, wenn er sich für eine dreistündige Mittagspause rausschleicht."

„Ich weiß nicht ..."

„Ich habe Augen im Kopf, Lucy, und die sind nicht nur Schmuck."

Richtig. Ich winde mich auf meinem Sitz. Kein türkisches All-you-can-eat-Buffet mehr für Matty.

Andy überfliegt den Rest des Formulars, als würde er versuchen, einen Rekord im Schnelllesen aufzustellen. „Anwesenheit". Er wirft einen Blick in meine Richtung. „Genau genommen kommst du zu früh zu Meetings. Wie ein Hund, der an der Tür auf sein Herrchen wartet. Das nervt."

Ich starre ihn fassungslos an. Helen sieht

aus, als würde sie gleich unter dem Tisch verschwinden wollen.

Zu früh zu Meetings? Gibt es das überhaupt? Bevor ich ihm in Gedanken den Stinkefinger zeigen kann, macht er schon weiter.

„Zeitmanagement, großartig. Alles wird vorzeitig erledigt." Er blättert die Seite um und wirft mir einen Blick zu, der sowohl ein Grinsen als auch ein Zucken sein könnte: „Steve aus dem Marketing hat dich für deine schnelle Arbeit am Design des Blogs sogar ‚Wonder Woman' genannt."

Ich nicke stoisch zustimmend, das Gesicht sorgfältig ausdruckslos. „Ich mache nur meinen Job."

Von wegen Wonder Woman. Eher ein chronischer Workaholic.

Um sich mehr Zeit zu verschaffen, behaupten manche Leute, dass eine Aufgabe fünf Tage dauert, obwohl in Wirklichkeit zwei nötig sind. Mein Arbeitskollege Matty ist ein Musterbeispiel dafür. Ich bin genau das Gegenteil. Ich bleibe die ganze Nacht auf, um eine Aufgabe zu perfektionieren, und dann behaupte ich ganz locker, dass ich sie in ein paar Stunden erledigt habe.

„Also gut, machen wir Schluss." Er knallt seinen Stift hin und wendet sich an Helen. „Sind wir fertig?"

Moment mal.

„Andy", wirft Helen ein, „du hast Abschnitt 15.8 übersprungen."

„Ach, zum Teufel ..." Er stößt einen verzweifelten Seufzer aus und wirft ihr einen Blick äußerster Verachtung zu.

„Gesundheit und Sicherheit. Brauchst du irgendwelche Anpassungen an deinem Arbeitsplatz? Ergonomischer Stuhl, ergonomische Maus und so weiter." Seine Hand führt einen trägen Tanz in der Luft auf. „Lies dir die Liste doch einfach selbst durch, ja?"

„Wir haben ein paar neue Schreibtischmodelle mit eingebauten Fußstützen", meldet sich Helen zu Wort. „Such dir was aus."

„Ähm, Andy", sage ich langsam. „Kannst du einfach zu dem zurückgehen, was du vor dem ganzen ergonomischen Kram gesagt hast?"

Grunzend blättert er eine Seite zurück. „Zeitmanagement ..."

„Nein, nicht das", unterbreche ich ihn und lehne mich mit den Händen auf dem Tisch vor, vielleicht um ihn zu erwürgen. „Über meine Designleistung. Was ist mit der Beförderung?"

„Welcher Beförderung?"

Ich verdrehe die Augen. „Meiner Beförderung?"

Der, die du mir seit sechs Monaten vor

die Nase hältst, damit ich hier noch mehr Verantwortung übernehme, ohne dafür extra bezahlt zu werden, du Arschloch?

„Ach, richtig. Keine Beförderung in dieser Runde." Er zuckt lässig mit den Schultern und schiebt der armen Helen seinen Papierkram zu, als wäre sie eine Art menschlicher Aktenschrank. „Wir sprechen nächstes Jahr darüber, ja?"

Nein, nein, tausendmal NEIN.

Das darf nicht wahr sein. Ohne die Beförderung kann ich dieses Büro auf keinen Fall verlassen und Matty, Taylor und dem Rest des Designteams gegenübertreten.

Reiß dich zusammen. Halt die Tränen zurück. Ich schwöre, wenn auch nur eine einzige Träne über mein Gesicht läuft, werfe ich mich aus dem Fenster.

„Andy", ich versuche, meine Stimme gleichmäßig zu halten. „Ich habe mir dieses Jahr den Arsch aufgerissen. Du hast sogar gesagt, meine Designs seien ausgezeichnet."

„Ja, aber es spielt keine Rolle, wie gut deine Designs sind."

Ich blinzle ihn verblüfft an. „Nicht?"

„Du fehlst bei Networking-Veranstaltungen, tauchst nur selten bei Firmenfeiern auf und würdest unsere leitenden Angestellten nicht einmal bei einer polizeilichen

Gegenüberstellung erkennen", zählt er auf und schüttelt den Kopf. „Wenn Beförderungen anstehen, bist du praktisch ein Geist."

„Ich bin auf Networking-Veranstaltungen!"

Er wölbt skeptische eine Augenbraue. „Nenn mir eine einzige."

„Gut."

Lass dir was einfallen.

„Der Designkongress vor vier Monaten!" Erleichtert stoße ich die Luft aus. Das zählt doch, oder?

Er seufzt. „Du hast den Abend damit verbracht, in der Ecke Chicken Wings zu horten, während sich das restliche Teams fast verrenkt hat, um mit den Quinns und Wolfe zu plaudern."

Mir klappt der Mund auf. Was für ein absoluter, totaler ... Ich wusste, dass Andy nicht gerade ein einfühlsamer Chef ist, aber ich habe ehrlich gedacht, dass er eine gute Arbeitsmoral zu schätzen wüsste.

„Ich hatte an dem Tag nicht zu Mittag gegessen", murmle ich und versinke tiefer in meinem Stuhl. „Ich habe ein Projekt für dich fertiggestellt."

Seine Antwort ist ein abfälliges Grunzen.

Ich schaue zu Helen hinüber, die mir zunickt wie einer dieser Armaturenbrett-Wackeldackel in einem Business Outfit.

Ich atme tief durch und beschwöre den Rest meiner Würde herauf. „Pass auf. Ich weiß, dass Networking wichtig ist. Aber ich arbeite hart, und ich glaube, meine Designs sprechen für sich."

Ich bin nicht gut im Small Talk, Händeschütteln und Einschleimen bei der Elite unserer Unternehmenswelt. Ich bin Designerin, keine verdammte Politikerin.

„Deshalb bist du eine tolle leitende Grafikdesignerin."

Ich sacke ernüchtert zusammen. „Aber ich dachte, ich wäre Wonder Woman."

Sind mir diese Worte ernsthaft gerade aus dem Mund gepurzelt?

„Luuuucy", zieht Helen meinen Namen in die Länge. „Andy hat recht. Es ist entscheidend, sich in die Kultur von Quinn & Wolfe einzufügen. Unsere Tür steht immer offen, wenn du reden willst."

Meine Augen begegnen ihren. „Wir reden gerade, oder?"

Andys Magen beschließt, sich mit einem monströsen Knurren an der Unterhaltung zu beteiligen. „Wir sprechen nächstes Quartal wieder darüber. Lass uns Schluss machen."

Andy ist bereits auf den Beinen. Er ist fertig.

Ich bin fassungslos. Außerhalb des Glasmonstrums zwinkert mir der

Fensterputzer frech zu. Ich bin fast versucht, per Anhalter mit ihm nach unten zu fahren.

„Wir reichen dir gerne eine helfende Hand, wenn du etwas brauchst, Lucy", gurrt Helen.

Helfende Hand? Will sie Händchenhalten, oder was?

„Warte, Andy, ich ..." Die Worte bleiben mir im Hals stecken und Enttäuschung lastet schwer auf mir. Bei der Beförderung übergangen worden zu sein, ist ein Tiefschlag, vor allem, nachdem ich eine Ewigkeit für das IT-Team von Quinn & Wolfe geschuftet habe. Es tut weh, es nicht in die oberste Ebene zu schaffen. „Was kann ich tun, um das zu ändern?"

Es klopft laut an der Tür. Laura, unsere administrative Unterstützung, stürzt praktisch in den Raum.

„Der Empfang hat angerufen", keucht sie und ringt verzweifelt nach Luft. „Er ist zu früh dran. Wolfe ist auf dem Weg!"

„Verdammt noch mal!", blafft Andy und verpasst dem Tisch eine leichte Speicheldusche. „Er sollte doch erst um drei Uhr hier sein! Raus, Lucy! Beweg dich!"

„Aber ..." Ich stehe wie erstarrt da, als Andy schnell den Arm hebt, um an seiner Achselhöhle zu schnüffeln, vom Ergebnis eine Grimasse zieht und dann mit hektischer Eile seine Krawatte zurechtrückt.

Soll ich mich ihm zu Füßen werfen und ihn anflehen, nicht zu gehen?

Er drängt sich an mir vorbei und schreitet auf das Großraumbüro zu.

Ich folge ihm wie ein entmutigtes Hündchen, mein Geist ist gebrochen. Warum kann ich nicht einfach nur designen? Ich will diese Unternehmensspielchen nicht spielen.

„Räumt eure Schreibtische auf, Leute!" Andys Ruf hallt durch das Büro. „Er ist früh dran! Er kommt JETZT hoch!"

Mir zieht sich die Magengrube zusammen. Nun werde ich mir auf keinen Fall Gehör bei Andy verschaffen, nicht wenn der große böse Wolf schon früh auftaucht, um unser Büro zu zerstören.

JP Wolfe, Mitbegründer der monolithischen Quinn & Wolfe Hotel Group und einer der reichsten Männer Amerikas.

Ich habe ihn einmal bei einer Firmenveranstaltung gesehen. Unsere Begegnung dauerte entsetzlich unangenehme zwanzig Sekunden – gerade lang genug für ihn, seine Augen über mich wandern zu lassen und seinen typischen finsteren Blick aufzusetzen, der ohne Worte sagte: „Ich bin nicht beeindruckt."

Dieser Typ ist ein furchteinflößender Kerl.

Jetzt stehen wir kurz vor dem Start eines neuen Innovationsprojekts, das immer von einem Partner aus dem Vorstand betreut wird, und wir haben den Kürzeren gezogen – dieses Mal bekommen wir den Wolf persönlich.

Ich setze ein Lächeln auf und betrachte den Tumult, der um mich herum ausbricht. Meine sonst so coolen Kollegen räumen hektisch auf, als wären ihnen die Höllenhunde auf den Fersen. Ich nehme an, einer ist es. Der Kickertisch steht verlassen da, überall liegen Bälle.

Matty, dem sonst alles eher gleichgültig ist, räumt zum ersten Mal seit seiner Einstellung seinen Schreibtisch auf, während Mona unter ihrem Schreibtisch Lippenstift aufträgt, als hinge ihr Leben davon ab. Einen Schreibtisch weiter arrangiert Taylor ihre Design-Trophäen strategisch so, dass sie möglichst gut sichtbar sind.

Dwayne ist derweil in seiner eigenen Welt, ohne etwas von der Aufregung mitzubekommen, Kopfhörer unbewegt an Ort und Stelle.

„Matty, lass um Himmels willen die Cornflakes verschwinden! Wir sind hier nicht in einem verdammten Café!", schnauzt Andy mit den Händen auf dem Kopf. Für die nassen Flecken unter den Armen kommt jede

Hilfe zu spät. „Wir sind die renommierteste Hotelgruppe der Vereinigten Staaten, oder ist dir das entfallen?"

Dagegen ist nichts zu sagen. Mattys Schreibtisch ist das reine Chaos, voller Papierstapel, unzähliger leerer Stifte und mehr Cornflakesschachteln als in einem Supermarkt. Die Putzkolonne hasst ihn.

Besiegt lasse ich mich an meinem makellosen Schreibtisch nieder und beobachte Mattys vergeblichen Versuch, eine Cornflakesschachtel in seine bereits überfüllte Schublade zu stopfen.

„Dwayne!" Andy marschiert auf ihn zu und schnippt mit den Fingern vor seinem Gesicht. „Mach hin! Bist du überhaupt da?" Er wirft verzweifelt die Hände in die Luft. „Herr, gib mir Kraft, Leute."

Wendy lässt in ihrer Aufregung eine Limonadendose fallen.

„Mach das sauber!", schreit Andy, während er losstapft, um die Entwickler zu vernichten. „Wir müssen einen guten Eindruck machen! Er denkt sowieso schon, dass diese Abteilung der verdammte Wilde Westen ist."

Wie mache ich einen guten Eindruck auf Wolfe? Der Mann wird in der Firma nicht deshalb liebevoll „der große böse Wolf" genannt, weil er sich gerne in einen pelzigen

Einteiler kuschelt. Nein, sondern weil wir seine kleinen Geißlein sind und er ab und zu eins von uns aus dem Haus lockt und bei lebendigem Leib verschlingt.

Ein kurzer Blick auf meine Kleidung: abgetragene Jeans, ein kariertes Hemd, das auf schlechte Art und Weise nach Vintage schreit, und Sneakers, die um ihren Ruhestand betteln. Ich könnte genauso gut für einen Platz in einem Holzfällerteam vorsprechen.

Vielleicht bin ich etwas in einen Trott verfallen. Aber ich habe in diesem Jahr fünfmal den Design Dynamo of the Month Award erhalten – müsste das im Vergleich zu plaudern und Kleidung nicht etwas wert sein?

Matty unterbricht das hektische Vollstopfen von Schubladen lange genug, um mich anzugrinsen. „Sehen wir hier die neue Chef-Grafikdesignerin von Quinn & Wolfe?"

Das Team wird plötzlich still, der Putzeifer tritt in den Hintergrund und Ohren werden gespitzt. Dwayne dreht sich in seinem Stuhl zu mir.

„Dieses Mal noch nicht!", quietsche ich mit einer hohen, übertrieben fröhlichen Stimme.

Matty starrt mich ungläubig an. „Du machst Witze, oder?"

Ich setze ein falsches Lächeln auf. „Nein, kein Witz."

„Tut mir leid, Lucy", werfen einige aus dem Team mit anderen Beileidsbekundungen ein.

Matty verschränkt die Arme und sieht mich stirnrunzelnd an. „Luc..."

„Lass uns dieses Gespräch für später aufheben, okay?" Ich unterbreche ihn mit zusammengebissenen Zähnen und werfe ihm einen bedeutungsvollen Blick zu, der schreit: „Nicht vor Taylor."

Doch es ist zu spät – ihre stechenden Augen sind auf mich gerichtet.

„Lucyyy", gurrt sie und faltet ihre Hände in gespieltem Mitleid. „Du armes Ding. Du bist nicht befördert worden? Wie traurig."

Meine Nackenhaare erreichen ungeahnte Höhen. Taylor wurde heute Morgen befördert und ich habe in Betracht gezogen, mir Essstäbchen in die Ohren zu stecken, nur um ihre unermüdliche Prahlerei auszublenden.

„Na ja", schnurrt sie, „wenigstens haben wir eine Führungskraft. Keine Sorge, deine Stimme wird durch mich gehört werden." Sie seufzt, als würde sie ein schweres Kreuz tragen.

„Du hast beim Polieren deiner Auszeichnungen einen Fleck übersehen, Prinzessin", gibt Matty zurück.

„Und wo sind deine Auszeichnungen?" Sie starrt ihn mit gerecktem Kinn und funkelnden Augen finster an. „Ach ja, richtig, die gibt es nicht, weil du die Messlatte für dich so niedrig ansetzt und sie trotzdem nicht erreichst."

„Ich brauche keine kleinen Holzplaketten, um meinen Selbstwert zu bestätigen." Er beugt sich vor und hebt eine Auszeichnung hoch. „Der Design Excellence Award, hm? Schläfst du besser, wenn du den umklammerst?"

Ihr Kinn verkrampft sich und sie reißt ihn wieder an sich. „Mr. Wolfe wird bestimmt nur mit den Führungskräften sprechen wollen", schießt sie los und zielt damit auf mich.

Miststück.

Bevor Andy explodieren kann, werfe ich eine leere Limonadenflasche von Mattys Schreibtisch weg. „Und, wie ist deine Bewertung gelaufen?"

„Angry Andy sagte, ich hätte ungewöhnlich viele Großväter verloren ... Sechzehn in vier Jahren. Helen hatte sogar eine verdammte Tabelle, in der sie alle aufgelistet waren." Er grinst. „Ich habe ihnen nur gesagt, dass Grandma in ihren letzten Lebensjahren sehr beschäftigt war."

Kichernd sammle ich verstreute Papiere ein. Mattys dreiste Versuche, sich vor der Arbeit zu drücken, sind im Büro zur Legende geworden.

Dann schwingen die Doppeltüren auf.

Während ich mich aufrichte, spüre ich, wie sich die Energie im Raum verändert und sich das Geplapper in eine angespannte Stille auflöst.

Da steht er, der große böse Wolf, mit weit über ein Meter achtzig. Sein athletischer Körperbau spannt den Stoff, die breiten Schultern und die muskulöse Brust füllen das Jackett perfekt aus. Seine stechend braunen Augen passen zu seinem kurz geschnittenen dunkelbraunen Haar. Dunkle Bartstoppeln betonen sein kräftiges Kinn.

Er trägt eine Hose und ein weißes Hemd mit offenem Kragen, ohne Krawatte. Das weiße Hemd steht in auffälligem Kontrast zu seiner gebräunten Haut und dem marineblauen Anzug. Er hat einen Blick, der Stahl und vermutlich auch Höschen schmelzen lassen könnte.

Mit seinem eindringlichen Blick, den er auf uns richtet, sieht er aus wie ein sexy Profikiller, der sein nächstes Ziel im Visier hat.

Uns.

Er ist unbestreitbar der heißeste und unnahbarste Mann, der mir je begegnet ist.

Mein Gott. Alles an diesem Kerl schreit nach roher Männlichkeit. Ich könnte meine Augen nicht von ihm abwenden, selbst wenn ich dafür bezahlt würde.

Wolfe leitet die Kasinos und Clubs, während die Quinn-Brüder die Hotels führen.

Zusammen scheinen sie jedes Gebäude in Amerika zu besitzen. Okay, das ist leicht übertrieben, aber sie sind stinkreich.

Andy hastet zu ihm hinüber wie ein Welpe, der gestreichelt werden will. „Sir. Willkommen! Willkommen in der Design-Etage. Mr. Wolfe, es ist eine große Ehre, Sie hier zu haben." Wow, schalt mal einen Gang zurück, Kumpel. Das Team erschaudert kollektiv. „Hier spielt die Musik. Team, aufstehen, damit Mr. Wolfe euch alle sehen kann!"

Wolfe macht Andy mit einem so grimmigen Blick dem Erdboden gleich, dass seine Augen wie schwarze Löcher wirken. Ich schwöre, dass ich für eine Sekunde den Anflug von scharfen Raubtierzähnen erkenne.

Wir erheben uns kollektiv, bereit für die Inspektion.

„Als Nächstes wird er verlangen, dass wir einen Knicks machen", murmelt Matty nicht so leise, wie er denkt.

Ich trete ihn kräftig auf den Fuß, um ihn zum Schweigen zu bringen.

„Ich bin sicher, Sie wissen, warum ich hier bin", sagt Wolfe kühl und sein eindringlicher Blick mustert den Raum. „In weniger als zwei Wochen beginnen wir mit dem Projekt Tangra. Wenn Sie nicht hinter dem Mond gelebt haben, wissen Sie, dass dies ein wichtiges Projekt für unser Unternehmen ist."

Ohne Witz. Tangra ist seit einem Monat in aller Munde. Wir führen das „ultimative bargeldlose Kasino" ein. Das Ziel ist es, jedes Quinn & Wolfe Kasino in ganz Amerika komplett bargeldlos zu machen.

Wetten platzieren, Gewinne kassieren, alles mit einem einfachen Tippen auf das Handy – und schon ist man im Spiel. Keine klobigen Jetons mehr, kein Schlangestehen am Geldautomaten, keine Bargeldtransaktionen, die den Nervenkitzel des Spiels bremsen. Es ist der wahr gewordene Traum jedes Glücksspielers. Ein Traum, in dem man keine Ahnung hat, wie viel man ausgegeben hat, bis das grelle Licht des Tages kommt. Genau wie Wolfe es mag.

All unsere Projekte sind nach Sternen benannt, weil wir, wie sie es ausdrücken, „nach den Sternen greifen". Verdammt kitschig. Zum Glück ist der Name Tangra leichter als sein Vorgänger Xamidimura. Es war ein Alptraum, diesen Stern in jeder blöden E-Mail richtig zu schreiben.

Sein durchdringender Blick schweift über uns – über die Entwickler, Dwayne, Taylor, Wendy und mich. Und dann hält er inne. Ich spüre, wie sich mein Puls unter seinem Blick beschleunigt.

Warum hat er innegehalten?

Ich schenke ihm ein zaghaftes Lächeln, das er nicht erwidert, während ich darauf warte, dass er weiterzieht.

Das tut er nicht.

Meine Knie geben beinahe nach.

Er scheint mich zu mustern und sein Stirnrunzeln wird von Sekunde zu Sekunde tiefer.

Scheiße.

Was habe ich falsch gemacht?

Habe ich etwas im Gesicht verschmiert?

Mein Puls beschleunigt sich. Kein Wunder, dass es heißt, man solle nie einen Wolf anstarren.

Erst als ich nach unten schaue, erkenne ich die Quelle seines Zorns.

Alle Körperfunktionen stellen ihre Funktion ein. Atmen. Blinzeln. Blutfluss.

Ich halte Mattys lächerliche Karikatur eines Wolfs im Anzug in den Händen, mit übergroßem Schwanz und Zähnen.

Matty, du unglaublicher Vollidiot.

Warum hast du so eine Begabung für Karikaturen? Es könnte kein perfekteres Abbild von Wolfe sein, wenn er dafür Modell gestanden hätte.

Du willst mich doch verarschen. Die Schnörkel. O Gott, ich habe die Schnörkel gar nicht bemerkt. Sind das ...? Japp.

Das sind definitiv ein Penis und Eier. Irgendein Schlaumeier hat einen großen, ädrigen Schwanz mit einer ziemlich beeindruckenden Eichel hinzugefügt.

Mit einem Ausdruck blanken Entsetzens versuche ich, die belastende Zeichnung vor Wolfes unnachgiebigem Blick zu verstecken, was mir nicht ansatzweise gelingt.

Der Raum verfällt in eine angespannte Stille.

Ich bin fünf Sekunden davon entfernt, mir in die Hose zu machen. Ich versuche zu sprechen, bekomme aber nur ein panisches, stummes „Oh" hin.

Andys Gesicht nimmt ein Weiß an, das zu seinem Hemd passt. „Ahhh, Mr. Wolfe, das ist einfach ..."

Wolfe bringt Andys Geschwafel mit einer erhobenen Handfläche zum Schweigen, die von einem Onyx-Manschettenknopf geziert wird. „Wissen Sie", sagt er, wobei seine Stimme einen düsteren Ton annimmt. „Ich habe meinen Finger am Puls jeder Arterie dieser Firma. Vertrieb. Buchhaltung. Hotelpersonal. Marketing. Sicherheit. Ich kenne alles und jeden, der in diesem Unternehmen arbeitet. Jeden einzelnen Dollar. Jede einzelne Person. Und doch ist da immer diese eine Abteilung, die meint, sie könne nach ihren eigenen Regeln spielen."

Sein durchdringender Blick bleibt an mir haften. „Die IT-Abteilung."

Ich stehe wie erstarrt, gefangen in einem stummen Schrei, während mein Herz in meinem Körper eine Party feiert, zu der ich nicht eingeladen bin.

„Der Joker in meinem ansonsten makellosen Kartenspiel", höhnt er.

Diese raubtierhaften Augen sind noch immer auf mich gerichtet. Meint er die gesamte IT-Abteilung oder nur mich? Bin ich der Joker?

„Es wird Zeit, dass ich mir das genauer ansehe." „Genauer" klingt, als ob eine Kettensäge involviert sein könnte.

Neben ihm ahmt Andy Wolfes stocksteife Haltung nach, in dem verzweifelten Versuch, sich seiner überragenden Ausstrahlung anzupassen. Das Ergebnis ist weniger ein Alphawolf, sondern eher ein ängstlicher Chihuahua. Auch Andy sieht aus, als könnte er sich in die Hose machen.

„Äh, Sir", quiekt er, seine Stimme steht im krassen Gegensatz zu Wolfes tiefem Bariton. „Wir halten uns an das Regelwerk! Sie werden kein unternehmensorientierteres, äh, engagierteres Team finden als uns, Sir." Ohne eine Atempause einzulegen, fährt er fort: „Es gibt keinen Grund, uns als schwarze Schafe zu betrachten! Wir leben die Unternehmenskultur, Mr. Wolfe! Oder sollte ich JP sagen, Sir? Darf ich Sie JP nennen, JP?"

Mr. Wolfe – oder JP – starrt Andy auf eine Weise an, die auf eine bevorstehende Kündigung schließen lässt.

„Das entscheide immer noch ich. Es scheint, als hätte ich dem Tech-Spielplatz zu lange freien Lauf gelassen. Es wird Zeit, dass ich mich damit ein bisschen vertrauter mache." Sein raubtierhafter Blick kehrt zu mir zurück, und ich spüre, wie meine Kampf-oder-Flucht-Reaktion einsetzt. „Sie. Und wer mögen Sie sein?"

„Lucy", springt Andy ein und seine panischen Augen senden ein klares SOS: Mädchen, reiß dich lieber zusammen.

Angst schwillt in mir an und droht mich zu ersticken. Ich gehöre nicht zu den Wesen, die man in den Mittelpunkt stellen kann. Allein im Fokus von Wolfes unverwandter Aufmerksamkeit zu stehen, mag der Traum einiger Angestellter sein.

Aber meiner nicht.

Und schon gar nicht so.

„Ähm, hallo! Ja, ich bin Lucy", stottere ich, während ich all meine Hassaktivitäten auf einmal durchspiele: sich vorstellen, Stegreifreden und mit einer karikierten

Voodoo-Puppe des Chefs auf frischer Tat ertappt werden.

„Ich, ähm, ich bin leitende Grafikdesignerin hier. Ich habe an dem Xamidimura-Projekt gearbeitet. Und, ähm, Comics … die sind mein Ding", platze ich heraus. „Das hat mich zu dem, ähm, wölfischen Kunstwerk inspiriert."

Die ohrenbetäubende, langanhaltende Stille dehnt sich aus und steigert meine Verlegenheit in ungeahnte Höhen.

Lässiger Spruch, Lucy, echt lässig.

„Das Kunstwerk, das Sie erfolglos hinter Ihrem Rücken verstecken?", knurrt er.

Kleinlaut lege ich die Zeichnung mit einem angestrengten Lächeln wieder auf meinen Schreibtisch. „Nicht mehr."

Ein unterdrücktes Kichern entweicht Taylor. „Es stimmt. Lucy verkleidet sich sogar als der Hulk!"

„She-Hulk", korrigiere ich sie sofort, ohne darüber nachzudenken. Ob der Wagen des Fensterputzers noch für eine schnelle Flucht draußen hängt?

Ich werfe ihr einen Blick zu, sehe sie grinsen und hasse sie noch ein bisschen mehr.

Meine Comic-Sammlung war vielleicht ein lausiger Vertuschungsversuch, aber sie ist auch eine heilige Wahrheit. Mit meinem Vater jedes Jahr seit ich vier Jahre alt war auf die Comic-

Convention gegangen zu sein, ist eine der wenigen wertvollen Erinnerungen, die ich an ihn habe.

„Ist dem so." Wolfes Gesichtsausdruck bleibt unlesbar, seine tiefbraunen Augen sind praktisch schwarz, als sie sich in mich bohren.

Ich beiße mir auf die Lippe und wende verzweifelt den Blick ab.

Ich habe es massiv verbockt. Ich bin in der gleichen Vollidioten-Kategorie wie Andy gelandet. In Wolfes Augen bin ich ein versaut zeichnender Möchtegern-She-Hulk. Und ich habe die verdammte Karikatur nicht einmal gezeichnet.

„Steve Reynolds nennt sie Wonder Woman", meldet sich Matty zu Wort und gibt mir einen unterstützenden Klaps auf den Arm.

Mein Kopf wandert in meinen Hals. Halt die Klappe, Matty.

„Es ist mir ein Vergnügen, Lucy", sagt Mr. Wolfe mit einem Funkeln in den Augen, das deutlich macht, dass ich alles andere als das bin.

„In Ordnung!" Andy versucht, in die Hände zu klatschen, verfehlt aber sein Ziel und schlägt sich stattdessen auf die Brust. „Sollen wir am Ball bleiben, Mr. Wolfe? Den Rest des Teams vorstellen?"

„Sie haben zwei Minuten."

„Also gut! Taylor, du bist dran!"

„Mr. Wolfe", sagt Taylor in einem lauten, selbstbewussten Ton. „Wir haben uns letztes Jahr bei der Preisverleihung des Unternehmens kennengelernt; Sie haben mir den Excellence Award überreicht."

Sie erstrahlt förmlich im Rampenlicht. Ich beobachte sie, hin- und hergerissen zwischen Bewunderung und Abscheu.

„Also", fährt sie fort, wobei ihre Stimme an der Grenze zu unerträglicher Lautstärke schwankt, „ein wenig über mich – ich gehöre dem Sozialausschuss des Unternehmens an und fungiere als Mentorin für neue Mitarbeiter ..."

„Danke, Taylor." Andy beäugt ängstlich seine Armbanduhr. „Weiter geht's!"

Zu meinem Entsetzen springt der Rest des Teams auf den Taylor-Zug auf und setzt für Wolfe sein arbeitsames Gesicht auf. Sogar Matty richtet sich auf und schaltet seinen Charme ein.

Ich fühle mich gedemütigt. Wieder einmal bin ich das Networking-Äquivalent eines schlaffen Schwanzes.

Wolfes Nasenlöcher blähen sich auf. Sein ganzes Auftreten ist von dieser brodelnden, kaum zu bändigenden Kraft geprägt, als wäre er nur ein paar aufspringende Hemdknöpfe davon entfernt, Chaos zu entfesseln. Ich wette, eine Nacht mit diesem Mann wäre nichts als heißer, wütender Sex.

Es ist eindeutig zu lange bei mir her.

Als würde er meinen Blick spüren, richtet er seine Augen mit voller Kraft auf mich und lässt meinen Puls in die Höhe schnellen.

Mir gelingt ein angestrengtes Lächeln, bevor ich zu Mandy ausweiche, die mit ihrem fehlerfreien Code prahlt.

„Und das ist das Team!", verkündet Andy und klatscht dieses Mal erfolgreich in die Hände.

Wolfe nickt zustimmend. „Gut", sagt er kühl. „Ich erwarte, dass jeder bei diesem Projekt vollen Einsatz zeigt. Es gibt keinen Platz für Ausreden oder Verzögerungen. Tangra wird vom Büro in Las Vegas aus operieren, also stellen Sie sich darauf ein, die Hälfte Ihrer Zeit dort zu verbringen."

Die meisten Leute scheinen davon begeistert zu sein, in Sin City einen draufzumachen – alle Unkosten bezahlt.

Ich nicht.

Ich wäre auch aus dem Häuschen, wenn da nicht Wolfes Verachtung für mich wäre und meine Wohnung in New York nicht bald zum Verkauf stünde – ich kann nicht von zu Hause weg.

„Der Launch ist in sechs Monaten", sagt

Wolfe.

Moment mal.

Hat er sich diese Frist gerade aus den Fingern gesogen? Das ist ein umfangreiches Feature – Design, Tests – das ist eine Aufgabe für mindestens ein Jahr. Wir müssen klein anfangen, es in ein paar kleinen Kasinos testen, bevor wir es vergrößern.

Aber Wolfe kommt mir nicht wie ein Mann vor, der die Kunst, Dinge langsam anzugehen zu schätzen weiß. Er hat dieselbe „Ich-will-es-gestern-erledigt-haben"-Aura wie die anderen ausgestopften Anzugträger.

Sie denken, mein Tag besteht aus dem Mischen von Knöpfen und dem Grübeln über die philosophische Frage: Soll der Knopf blau oder grün sein?

Ich schaue durch den Raum und Taylor sieht aus, als hätte sie einen Geist gesehen, Dawyne runzelt die Stirn, als würde er den Da Vinci Code entschlüsseln, aber Andy? Andy nickt und ist bereit, die Mission impossibel zu übernehmen.

Ein Chefdesigner würde vortreten, seine Meinung sagen und dem arroganten Anzugträger erklären, dass seine Forderungen nicht ohne Rücksprache den Zeitplan diktieren können. Es ist keine Gleitskala, bei der er sich die Ziellinie aussuchen kann.

Nur, dass ich keine Chefdesignerin bin. Und besagter Anzugträger meinen Gehaltsscheck unterschreibt. Und mich mit einer beleidigenden Karikatur von sich erwischt hat.

„Fantastisch!" Andy klatscht nervös in die Hände und wippt auf seinen Fersen zurück.

Unsere Augen weiten sich, als unser Schicksal besiegelt ist. Niemand wird es wagen, ihn in Frage zu stellen oder ihm zu widersprechen.

Dann geht er. Gott sei Dank.

Doch als er kurz davor ist, sich abzuwenden, hält er inne und starrt mich wieder an.

„Lucy, nicht wahr?", knurrt er praktisch.

Ich nicke und mir schnürt sich die Kehle zu. „J-ja, Sir."

Seine braunen Augen bohren sich in meine. „Betrachten Sie dies als Ihren einzigen Freipass, Lucy. Ich dulde keine Respektlosigkeit. Wenn Sie mich noch einmal verärgern, werden Sie auf der Stelle gefeuert."

1

Ein Jahr Später: Gegenwart

JP

Früher habe ich geglaubt, die Liebe sei eine Ablenkung. Eine Unannehmlichkeit. Liebe sei etwas für schwache Seelen, für diejenigen, die noch an der erbärmlichen Illusion des amerikanischen Traums, des schönen Eigenheims und der zweieinhalb Kinder festhalten. Sie passte nicht in meinen Plan.

Aber dann hat sie mich unvorbereitet erwischt.

Die Liebe lauerte in der unwahrscheinlichsten Ecke meines Reiches. Ausgerechnet in der IT-Abteilung.

Es ist wie eine Sucht. Etwas, von dem ich nie geahnt hätte, dass ich dafür anfällig bin. Etwas, das meine Rüstung demontiert. Etwas, das mich verletzlich macht. Etwas, das an mir nagt, bis ich anfange, mich danach zu sehnen, nach der Süße, der Wärme, der ... verdammt ... Liebe.

Und erwartungsgemäß habe ich dann alles sabotiert. Ich habe es versaut. Ich habe diese zerbrechliche Sache genommen und sie zerstört, denn so bin ich nun einmal.

Verdammt noch mal, auch ein Wolf kann bluten.

2

Lucy

Als ich ein Kind war, lebte in meiner Straße ein riesiger, schneeweißer Hund namens Buddy. Jeden Tag steckte ich meinen Arm durch den Zaun, um Buddy zu streicheln, und seine eindringlichen, bernsteinfarbenen Augen schienen mein kindliches Geschwätz zu verstehen.

Eines Tages änderte sich alles.

Ich hörte einen Schrei, lief zum Fenster, und sah einen Transporter auf der anderen Straßenseite. Buddys Herrchen war völlig aufgelöst. Ich beobachtete wie erstarrt, wie Buddy von zwei kräftigen Männern in einen Käfig gezwängt wurde. Er stieß aus Protest mit dem Kopf gegen die Gitterstäbe, während sie seinen Hals mit einer Stange festhielten. Er warf sich hin und her und knurrte und drückte damit seinen Unmut deutlich aus.

Mein Dad legte seine Arme um mich,

als wir zusahen, wie der Transporter Buddy wegbrachte.

Woher war die ganze Wut gekommen? Von einem Augenblick auf den anderen hatte sich unser Marshmallow aus der Nachbarschaft in eine tobende Bestie verwandelt. Ich habe noch immer sein gequältes Heulen in den Ohren. Es hörte sich an, als hätte man ihm etwas Wertvolles genommen.

Von Zeit zu Zeit erinnere ich mich daran, wie ich meinen kleinen Arm durch den Zaun steckte, aber statt Buddy zu sehen, der sich von mir streicheln lässt, sehe ich sein knurrendes Gesicht und seine gefletschten Zähne, bereit, mir in den Arm zu beißen.

Irgendwo in der Ferne ertönt ein Piepton – wie ein Wecker aus der Hölle. Er hört einfach nicht auf. Und vor meinem geistigen Auge sehe ich Buddy knurren, als ich meinen Arm in die Gefahrenzone strecke.

Ich kann mir nicht helfen. Seine intensiven bernsteinfarbenen Augen fixieren meine, während sich seine Zähne in mein Fleisch bohren.

Mein Gott, das tut wirklich weh.

Ich versuche, meinen Arm wegzuziehen, aber er beißt noch fester zu und entringt mir das Stöhnen, das sich in meiner Kehle bildet.

„Ahhhh."

Ich bin mir ziemlich sicher, dass der kehlige Klang von mir stammt.

Aber nicht nur mein Arm schmerzt, sondern auch mein Kopf. Er pocht, als würde ich von einem Lastwagen plattgewalzt, und die riesigen Reifen rollen noch immer über mich hinweg.

Buddys Augen sind wie Laser, die sich in meine bohren. Merkt er nicht, wie sehr er mir wehtut? Sie scheinen sich vor meinen Augen zu verwandeln und werden von flüssigem Gold zu einem zutiefst menschlichen Braunton.

Diese braunen Augen bohren sich in meine, ihre Intensität verursacht mehr Schmerz als eine körperliche Wunde es je könnte. Ich will wegsehen, mich verstecken, aber der schraubstockartige Griff seines Blicks lässt mich wie gelähmt zurück, verzehrt von einem emotionalen Schmerz, der so roh ist, dass er unerträglich ist.

Dann, als wäre ein Lichtschalter umgelegt worden, nehmen seine Augen wieder ihren normalen goldenen Farbton an, nur dass sie jetzt wie Fernlicht leuchten.

Ich blinzle gegen die Helligkeit an. Moment, sind meine Augen überhaupt offen?

Nein, das ist nur ein Albtraum. Ich bin sicher in meiner Wohnung in Manhattan versteckt. Ich bin nicht wieder in meiner Kindheit in

Jersey, wo Buddy versucht, mir den Arm abzunagen.

Selbst mit geschlossenen Augenlidern ist das eindringende Licht zu hell.

Das Piepen wird immer brutaler und schriller.

Wie verkatert bin ich eigentlich? Ein paar Gläser Wein sind nicht annähernd genug, um diese brutalen Kopfschmerzen und den schrägen Traum zu rechtfertigen. Matty und ich waren gestern Abend in der Bar, um wegen meiner nicht vorhandenen Beförderung Trübsal zu blasen und das ganze Wolfe-Fiasko zu besprechen.

Oh ... Scheiße. Wolfe. Wahrscheinlich erfahre ich heute, ob er mich von dem Projekt abziehen will. Deshalb fühle ich mich auch so schlecht; ich bin mit den Nerven am Ende. Wenigstens hat er mich nicht auf der Stelle entlassen.

Ich fahre mit der Zunge im Mund herum und nehme einen bitteren, nach Medizin schmeckenden Nachgeschmack wahr. Wahrscheinlich das vorbeugende Ibuprofen, das ich gestern Abend geschluckt habe.

Nun, das war ein totaler Reinfall.

Irgendetwas fühlt sich komisch an.

Ich merke es auch mit noch geschlossenen Augen. Ich strecke meine Arme aus und meine Finger streifen nicht über das vertraute Baumwolllaken meines Bettes. Dieses Laken ist kühl und seidig.

Ich atme tief ein. Die Luft riecht auch fremd – nach Desinfektionsmitteln, gemischt mit einem Hauch von Lavendel und blumigen Untertönen.

Mein Gott, habe ich mich gestern Abend mit einem alten Kerl eingelassen? Bruchteile des gestrigen Abends kommen zurück: Matty und ich in der Bar, der spontane Abstecher in den Jazzclub … und dann nichts.

Langsam blinzelnd nehme ich mir einen Moment Zeit, um zu begreifen, dass das unangenehme Piepen nicht nur ein grausamer Trick meines Gehirns ist, sondern aus der Nähe meines Bettes kommt. Mein Handy?

Habe ich verschlafen?

Moment, welcher Tag ist heute überhaupt?

Ich wappne mich, zwinge meine Augen auf und …

Mein Herz hämmert gegen meine Brust. Was zum Teufel ist das hier?

Das ist nicht mein Schlafzimmer. Das ist auch nicht das Zimmer irgendeines Typen. Dies ist ein Krankenhauszimmer. Und zwar ein absurd protziges.

Ich hebe meinen Kopf ein wenig und bereue es sofort, als eine Welle von Schmerzen in mein

Gehirn schießt.

Was zur Hölle ist hier los? Wie bin ich hier gelandet?

Flipp nicht aus.

Flipp verdammt noch mal nicht aus.

Atme. Atme einfach.

Alles wird gut.

Probeweise wackle ich mit meinen Zehen und Fingern, um zu prüfen, ob alle meine Teile an ihrem Platz sind und funktionieren. In meinem Arm steckt ein Infusionsschlauch. Er juckt und fühlt sich kribbelig an.

Ich fahre mir mit dem Daumen leicht über das Gesicht – Nase, Augen, Wangen – keine fehlenden Teile. Ich fühle mich nicht, als hätte man mich zusammengeflickt, aber um meinen Kopf ist etwas Enges – das muss ein Verband sein.

Autsch. Eine empfindliche Stelle auf meiner Stirn pocht, als ich sie berühre – wahrscheinlich habe ich dort einen Bluterguss, also muss ich mir den Kopf an etwas gestoßen haben. Aber wo? Bin ich aus dem Bett gefallen?

Ich brauche einen Spiegel. Ich brauche eine Krankenschwester. Sofort.

Ich betrachte meine Umgebung, ohne mich zu sehr zu bewegen. Die Wände sind in sanften Pastellfarben gestrichen, in ruhigen Blau- und Grautönen. Jemand hat sich Mühe gegeben, diesen Raum zu gestalten. Es sieht aus wie eine Pinterest-Pinnwand. Auf den Nachttischen stehen üppig gefüllte Blumenvasen, die teilweise den Blick aus dem großen Fenster versperren. In der Ferne kann ich gerade noch das Gebäude von Quinn & Wolfe ausmachen. Wenigstens das ist vertraut.

O Gott, ich muss wissen, was hier los ist. Wie bin ich aus meinem Bett hierhergekommen?

„Hallo?", krächze ich und schaue zur offenen Tür. „Halllloooo?"

Nichts.

Neben dem Bett ist ein Rufknopf. Ich taste herum, um ihn zu drücken, während die Infusionsleitung an meiner Haut zerrt. „Hall-ooo?"

Ein Pfleger schneit fröhlich herein. „Lucy." Er schenkt mir ein strahlendes Lächeln, als er sich dem Bett nähert. „Sie sind wach. Wie fühlen Sie sich?"

„Verwirrt." Ich versuche, mich an den Kissen nach oben zu ziehen und zucke zusammen, weil mein Kopf pulsiert. „Was ist passiert? Warum bin ich hier?"

Sein Lächeln verrutscht für eine Sekunde, aber er setzt es schnell wieder auf. „Sie können sich nicht erinnern, wie Sie hierhergekommen sind?"

Schwach schüttle ich den Kopf.

„Sie haben eine Gehirnerschütterung, Liebes. Machen Sie sich keine Sorgen, es ist normal, dass Sie sich desorientiert fühlen, besonders nach dem Aufwachen. Seit Ihrem Unfall waren Sie in den letzten Tagen immer wieder bewusstlos."

Ich starre ihn an. „Meinem Unfall?"

„Sie sind im Platinum Plaza Hotel eine Treppe hinuntergerutscht. Sie haben sich ziemlich schlimm den Kopf angeschlagen", sagt er und sucht in meinem Gesicht nach einem Funken Erinnerung.

Das Platinum Plaza Hotel? Das ist eines der Quinn & Wolfe Hotels in SoHo. Wovon zum Teufel redet der Typ? Bin ich im Schlaf aus meinem Bett gewandert, habe einen Schwalbensprung aus dem Fenster gemacht und bin zehn Meilen in den Süden der Stadt gerollt oder so?

Ich ziehe die Augenbrauen hoch und versuche, mir einen Reim auf das Ganze zu machen. „Nein, das ist ein Irrtum."

O mein Gott, das erklärt es. Sie haben meine Identität verwechselt. Die Krankenakten wurden vertauscht.

Ich schaue mir das Zimmer noch einmal an und schätze ab, was diese Suite in einem der Hotels von Quinn & Wolfe kosten würde. Sie ist riesig, und ich habe in einem

Krankenhauszimmer noch nie ein üppiges Viersitzer-Sofa gesehen.

Ich bin am Arsch. Ich kann mir das nicht leisten.

„Der Unfall muss in meiner Wohnung in Washington Heights passiert sein. Vielleicht ist die Akte falsch?"

Seine Augenbrauen heben sich, aber er bleibt still.

„Welches Krankenhaus ist das?", frage ich und spüre, wie die Panik wieder ansteigt, als er die Infusion in meinem Arm überprüft.

„Das Royal Heights Hospital in der Siebten."

Mein Gott, das ist ein Promi-Krankenhaus.

Er lächelt. „Sie sind in den besten Händen in New York."

Und in den teuersten Händen. Ich hoffe, meine Arbeitsversicherung deckt das ab.

Sein Blick fällt auf die Akte, die neben meinem Bett hängt. „Ja. Sie wurden vor drei Nächten nach einem Unfall im Plaza eingeliefert."

„Das ergibt keinen Sinn. Das ist weit weg im Süden der Stadt."

Er blinzelt auf das Klemmbrett. „Lucy Walsh aus East Hanover, siebenundzwanzig Jahre alt."

„Das bin ich … Bis auf den Teil mit dem Alter, ich bin sechsundzwanzig. Ich werde erst im Sommer siebenundzwanzig." Ich sage ihm mein Geburtsdatum.

Er starrt mich an, als ob ich dämlich wäre. „Also sind Sie siebenundzwanzig."

Er ist dämlich. „Nein", wiederhole ich und ziehe jedes Wort in die Länge. „Ich bin sechsundzwanzig. Wie ich schon sagte, werde ich nächsten Sommer siebenundzwanzig."

Er wirft noch einen Blick auf das Klemmbrett und dann wieder auf mich, wobei er leicht verunsichert aussieht. „Okay, kein Problem, Lucy. Der Arzt wird bald hier sein. Bleiben Sie ... einfach hier, okay?"

Was glaubt er, wo ich mit einem Tropf im Arm hinwill?

„Hey, ist meine Mom hier?", rufe ich ihm schwach hinterher, aber er ist schon zur Tür hinaus. Der Flur füllt sich mit leisem Geflüster. Viel Geflüster.

„Hallo, Lucy", eine brünette Dame in weißem Kittel schlendert herein. „Ich bin Doktor Ramirez."

„Frau Doktor." Ich atme erleichtert auf. „Es gibt eine Verwechslung in meiner Akte. Können Sie mir sagen, was passiert ist? Wie bin ich hierhergekommen?"

Sie gibt mir die gleiche falsche Auskunft wie der Pfleger. Die Treppe hinuntergestürzt. Plaza Hotel. Vor drei Nächten. Anscheinend hat sie mich mit eigenen Augen ankommen sehen.

Für ein protziges Krankenhaus ist es schon ein bisschen nervig, dass sie nicht den Überblick über die grundlegenden Details behalten können. Was pumpen sie mir durch diese Infusion rein? Was ist, wenn es für eine andere Lucy bestimmt ist?

„Ich glaube, Sie haben die Akte von jemand anderem", sage ich und versuche, meine Frustration zu verbergen. „Ich war gestern Abend was in der Innenstadt trinken und bin dann nach Hause gegangen. Ich muss … die Treppe runtergefallen sein oder so." Das klingt plausibel.

Doktor Ramirez studiert mich, während sie neben dem Bett steht. „Lucy, ich werde Ihnen ein paar Fragen stellen, die Ihnen vielleicht seltsam vorkommen." Sie hält inne. „Können Sie mir sagen, welcher Tag heute ist?"

Mein Mund öffnet sich, aber es kommt nichts heraus. In meinem Magen bildet sich ein fester Knoten, als ich die letzten achtundvierzig Stunden in Zusammenhang bringe: die Drinks mit Matty, die schreckliche Begegnung mit Wolfe und die Nachricht, dass ich nicht befördert werde. „Donnerstag", sage ich mit schwacher Stimme. „Gestern war Mittwoch."

„Eigentlich ist Sonntag, aber Sie müssen sich keine Sorgen machen", antwortet sie beruhigend. „Sie bekommen wegen der üblen

Beule an Ihrem Kopf Medikamente. Bei einem Trauma ist das Gedächtnis oft trüb."

Ich blinzle ängstlich. Ich habe vier Tage verloren? Das ist ein ganz schön verdrehter Geisteszustand.

Bleib ruhig. Alles ist in Ordnung.

„Nur noch eine Frage. Versuchen Sie, sich zu entspannen. Können Sie mir sagen, welchen Monat und welches Jahr wir haben?"

Ich starre sie verblüfft an. Langsam mache ich mir Sorgen um die Patientenversorgung in diesem schicken Krankenhaus. Schnell spule ich die Antwort ab.

Dr. Ramirez brummt, als ob sie über etwas nachdenken würde, bevor sie ihre nächste Frage stellt.

Ich schlucke nervös. Denken sie, dass etwas mit meinem Gehirn nicht stimmt?

Sie fragt mich aus wie bei einem seltsamen Bar-Quiz: Wer ist der hiesige Senator? Können Sie mir die Namen Ihrer Familienmitglieder nennen? Wie heißt Ihre Mutter? Können Sie mir die letzten Ereignisse erzählen, an die Sie sich erinnern?

„In Ordnung", sagt sie schließlich und legt ihre Hand auf das Bettgeländer. „Wir müssen noch ein paar Tests machen. Wir werden Sie heute Morgen für ein Elektroenzephalogramm und einen PET-Scan vormerken."

Sie hält inne.

Ich schaue sie mit großen Augen an; es ist nie gut, wenn ein Arzt innehält.

„Lucy, es sieht so aus, als ob Sie eine Form von retrograder Amnesie haben, die durch das Trauma an Ihrem Kopf verursacht wurde."

Ich schlucke schwer und nicke. „Ich habe die letzten vier Tage komplett vergessen."

„Es ist etwas komplizierter", sagt sie langsam. „Wir müssen das Ausmaß Ihres Zustands noch beurteilen, aber es scheint, dass Ihnen die Erinnerungen an das letzte Jahr fehlen."

„Ein Jahr?", schnaube ich und lache so abrupt, dass ich spüre, wie ein kurzer Spritzer aus meiner Nase kommt. „Auf keinen Fall. Ich erinnere mich an alles aus dem letzten Jahr. Nur die letzten paar Tage sind verschwommen."

„Ich fürchte, Sie irren sich, Lucy", sagt sie sanft. „Die Ungereimtheiten in Ihren Erinnerungen deuten auf eine retrograde Amnesie hin." Als sie mir den tatsächlichen Monat und das Jahr nennt, halte ich den Atem an. „Wenn wir unsere Tests gemacht haben, werden wir es sicher wissen."

Sie lächelt mich an, als ob mich diese Nachricht aufmuntern sollte.

„Was?", schreie ich auf und richte mich im

Bett auf. „Nein." Ich schüttle ungläubig den Kopf. „Das ist nicht möglich."

Das ist ein ganzes Jahr in der Zukunft.

Es sei denn ...

Ich schnappe nach Luft. „Lag ich im Koma?"

Ich war ein ganzes verdammtes Jahr lang bewusstlos?

„Nein, Sie wurden vor drei Tagen eingeliefert", erklärt sie. „Retrograde Amnesie bedeutet, dass Sie nicht in der Lage sind, auf Erinnerungen zuzugreifen. Sie haben das vergangene Jahr erlebt; Ihr Verstand ist im Moment nur nicht in der Lage, diese Erinnerungen abzurufen."

Das von ihr genannte Jahr kreist endlos in meinem Kopf, ohne dass es einen Sinn ergibt.

„Sie meinen also, wir sind irgendwie in der Zeit vorgespult?"

Sie wirft mir einen Blick zu, der dafür vorbehalten ist, Kindern komplexe Dinge zu erklären. „Nein." Das Jahr hallt im Raum wider, als sie es wiederholt.

Hören Sie auf, das zu sagen, schreie ich sie im Geiste an.

Ich wappne mich und warte auf die Pointe dieses kranken Witzes.

Als die Pointe nicht kommt, zieht sich meine Brust zusammen, als die schreckliche Wahrheit wie ein Tsunami über mich hereinbricht: Ich habe ein ganzes verdammtes Jahr verloren?

Ich bekomme keine Luft. Dr. Ramirez wird zu einem Klecks, während die Ränder meines Sichtfelds verschwimmen.

Alles ist gut. Konzentriere dich einfach auf das Atmen. Sie werden es schaffen, mich zu heilen.

„Wird mich dieses Elektro … Elektrogefühlsscan … gramm … heilen? Wird es mich neu starten, damit ich meine Erinnerungen zurückbekomme?" Ich krächze und bin nicht in der Lage, einen gleichmäßigen Ton zu halten. „Mich aus- und wieder einschalten?"

Damit ich nicht hysterisch schreie, lache ich stattdessen.

Sie schenkt mir ein mitfühlendes Lächeln. „Wir werden nach den Tests einen Behandlungsplan festlegen. Wir kennen das Ausmaß Ihres Gedächtnisverlustes noch nicht. Wir befinden uns noch im Anfangsstadium. Versuchen Sie vorerst, sich nicht zu viele Sorgen zu machen."

Sie hat leicht reden; sie kann sich an gestern erinnern.

„Wir begleiten Sie bei jedem Schritt."

„Ich glaube nicht, dass ich es mir leisten kann, dass Sie mich bei jedem Schritt begleiten", murmle ich und denke dabei an astronomische Krankenhausrechnungen. „Bin ich wirklich siebenundzwanzig?", frage ich mit leiser Stimme.

Sie antwortet mit einem sanften Nicken.

Das ergibt alles keinen Sinn.

Gestern war letztes Jahr? Die Drinks mit Matty, die Begegnung mit Wolfe, der Karottenkuchen, den ich vor dem Mittagessen gegessen habe, das Meeting mit Andy und seinem knurrenden Magen – das alles ist vor einem Jahr geschehen?

Mein Herz hämmert so heftig in meiner Brust, dass mir übel ist. Ich ersticke. Mir dreht sich der Kopf jetzt mehr als beim Aufwachen.

Ich gaffe Dr. Ramirez an, die unbeeindruckt von meinem Ausbruch zu sein scheint. Ich nehme an, für sie ist es ein ganz normaler Arbeitstag.

„Ich habe ein ganzes Jahr meiner Zwanziger verpasst?"

Die Enge in meiner Kehle wird immer stärker. Ich schwitze, aber ich friere.

„Habe ich die Comic-Con verpasst?" Meine Stimme quietscht eine Oktave höher.

„Konzentrieren Sie sich einfach auf Ihre Atmung, Lucy. Atmen Sie tief und langsam", sagt Dr. Ramirez und legt ihre Hand auf mein Handgelenk.

„Aber … was habe ich denn die ganze Zeit

gemacht?" Meine Augen sind so groß wie Untertassen, als ich sie anstarre.

Sie lächelt beruhigend. „Wir werden Ihnen helfen, das herauszufinden."

Tief einatmen, tief ausatmen. Wenn ich meine Augen schließe und ein Nickerchen mache, ist dieser Albtraum vielleicht vorbei, wenn ich aufwache.

3

Lucy

Ist er nicht.

Ich öffne blinzelnd die Augen und frage mich, wie viel Zeit vergangen ist. Ich liege immer noch in dem Sieben-Sterne-Krankenhausbett. Das einfallende Sonnenlicht ist nun gedämpfter, also muss es später am Tag sein.

Oder, wie ich mein Glück kenne, habe ich ein weiteres verdammtes Jahr verpasst.

Meine Kopfschmerzen haben sich zu einem schwachen Vibrieren abgeschwächt, aber die Erschöpfung ist bereit, mich wieder in die Tiefe zu ziehen. Ich greife ohne hinzuschauen nach dem Wasserglas auf dem Nachttisch und schmeiße es und ein paar dünne Papiere beinahe hinunter.

Neugierig geworden, nehme ich eins zur Hand – es handelt von retrograder Amnesie. Auf der Titelseite prangt ein ekelhaft fröhliches Paar, das verkündet: „Sie erinnern sich vielleicht nicht an die Vergangenheit, aber die Zukunft sieht fabelhaft aus."

Soll das ein Trost sein? Wir reden hier von Amnesie, nicht von einer Kreuzfahrt auf die Bahamas.

Ich ziehe eine Grimasse oder versuche es zumindest. Ich stehe unter genug Drogen, um einen Wal zu betäuben, demnach ist es bereits schwierig das Gesicht zu bewegen.

„Lucy", eine Krankenschwester betritt das Zimmer. „Sie sind wach."

„Hi", krächze ich, während mir Wasser vom Kinn tropft, weil ich meinen Mund nicht getroffen habe. „Wie lange war ich diesmal weg?"

„Nur ein paar Stunden", sagt sie, als sie näher an die Bettseite herantritt. „Ich muss ein paar Bluttests machen. Übrigens, ich bin Katie."

„Klar, Katie." Ich zwinge mich zu einem schwachen Grinsen. Ein unbehagliches Gefühl treibt mich dazu, sie zu bitten, das Jahr zu bestätigen, falls ich irgendwie noch mehr Zeit verloren oder gewonnen habe.

„Das war's." Sie erwidert mein Lächeln wohlwollend. „Keine Sorge, die Ärztin wird gleich kommen, um mit Ihnen die nächsten Schritte zu besprechen, nun, da Sie wach sind. Sie sind hier in bester Obhut. Dr. Ramirez ist ein

Star in der Welt der Kopfverletzungsmedizin."

„Ich bin so schläfrig", stöhne ich und hebe meinen Arm ein paar Zentimeter vom Bett. „Alles fühlt sich schwer und träge an, als würde ich in Sirup schwimmen."

„Das sind die Schmerzmittel. Wir setzen sie langsam ab." Sie tupft etwas Antiseptikum auf einen Wattebausch und trägt es vorsichtig auf meine Haut auf, ehe sie ein Band um meinen Arm legt. Mein Arm verkrampft sich, als sich der Blutfluss verlangsamt.

„Ist meine Mutter hier? Weiß sie Bescheid?"

„Sie wird bald wieder hier sein, sie ist nur kurz rausgegangen, um einen Happen zu essen. Sie ist heute Morgen aus England eingeflogen. Achtung, jetzt wird es pieken."

„Aus England? Aber sie war nicht in England." Mom hat Tante Meg nicht besucht. Ich wende meine Augen ab und spüre den Stich der Nadel in meiner Haut. „Sie sollte nicht ... Ich erinnere mich nicht", wimmere ich.

„Versuchen Sie, sich keine Sorgen zu machen, Lucy. Sie bekommen eine hohe Dosis an Medikamenten. Sie hatten auch ein paar Freunde zu Besuch."

Das müssen Priya und Libby gewesen sein. Vielleicht Matty? Sie werden meinem Gedächtnis auf die Sprünge helfen. Ein paar Geschichten von ihnen und alles wird wieder zurückkommen.

Hoffentlich habe ich in der Lotterie gewonnen. Das könnte erklären, warum ich mich in diesem protzigen Krankenhaus verstecke.

„Hey, wissen Sie, wo mein Handy ist?"

„Ich glaube nicht, dass Sie mit einem gekommen sind. Sie müssen es verloren haben. Ihre Sachen sind alle im Schließfach – Sie haben aber Ihre Handtasche und Ihren Führerschein."

„Aber ich kann nicht fahren."

„Sie haben es wohl gelernt." Sie lächelt mich an, während sie einen Wattebausch auf die Einstichwunde legt. „Alles erledigt."

Sie geht, um meine Werte einzutragen, während ich an die Decke starre.

Vielleicht ist es unter diesen Umständen ein Segen, dass ich mein Handy nicht habe. Bin ich wirklich bereit, mir meine Vergangenheit auf einem Display zeigen zu lassen?

Der Medikamentencocktail, der meine Sinne betäubt, ist das Einzige, was mich davon abhält, den Verstand zu verlieren. Fragen rasen wie ein Lauffeuer durch meinen Kopf.

Was zum Teufel ist in meinem Leben passiert?

Sind alle am Leben?

Gibt es Katastrophen, von denen ich wissen sollte?

Was, wenn mein Groll auf Taylor mich zu einer Verrückten gemacht hat und ich wie in Shining auf sie losgegangen bin?

Es gibt ein ganzes Jahr voller Veränderungen zu verarbeiten. Ein ganzes Jahr voller Schlagzeilen, ein ganzes Jahr voller Karussellfahrten, ein ganzes Jahr voller Liebeskummer, Kopfschmerzen und Abschiede.

Veränderungen, mit denen ich sicher in Echtzeit zurechtgekommen bin, aber nun werden sie mich alle gleichzeitig treffen.

Das kann ich noch nicht.

Katie beugt sich über mein Bett. „Geht es Ihnen gut?"

Erst da merke ich, dass das laute, heulende Geräusch von mir kommt. „Äh ... ja, tut mir leid", sage ich und versuche, sie zu beruhigen. „Ich bin nur ein bisschen überwältigt."

Sie tätschelt mir besänftigend die Hand. „Natürlich. Das ist verständlich."

Auf keinen Fall kann sie das verstehen.

Wie konnte ich ein ganzes Jahr meines Lebens auslöschen? Die Vorstellung, eine Fremde in meiner eigenen Lebensgeschichte zu sein, jagt mir einen Schauer über den Rücken.

„Hey, Katie?", frage ich. Mir fällt auf, dass ich nicht weiß, wie mein 27-jähriges Ich aussieht. „Kann ich bitte einen Spiegel haben?"

„Natürlich." Sie wühlt in den Schubladen und reicht mir einen.

Ich atme tief ein und wappne mich. Eine Frau mit großen, verängstigten Augen starrt mir entgegen.

O Mann, ich sehe aus wie das Mädchen aus Der Exorzist.

Mein dunkles, normalerweise gewelltes Haar ist ein wildes Durcheinander und tiefe Falten zeichnen sich auf meinen Wangen ab. Der Verband ist weg, aber meine Stirn wurde genäht. Ich hoffe, die Narbe ist nicht zu groß.

Meine normalerweise hellolivfarbene Haut ist gespenstisch weiß.

Bei näherer Betrachtung sehe ich anders aus. Habe ich mir einen Pony schneiden lassen? Sieht aus, als könnte es als trendiger Haarschnitt durchgehen, wenn die Haare nicht so fettig wären. Hm.

Ich habe definitiv etwas Cooles mit meinen Augenbrauen gemacht. Sie sind ganz kantig und dramatisch. Ich sehe dauerhaft überrascht aus.

Das bin ich, aber ich bin es nicht. Diese andere Frau, die mich anschaut, hat ein Jahr meines Lebens gelebt, von dem ich nichts weiß.

„Zeit für Ihre Scans, Lucy", sagt Katie fröhlich zu mir. „Die Pflegeassistenten sind hier, um Sie nach unten in die Ebene vier zu bringen."

Meine müden Augen starren mich im Spiegel ausdruckslos an. Sie schließen sich, als die Erschöpfung mich wieder in die Tiefe reißt ...

❖ ❖ ❖

Als ich sie wieder öffne, begegne ich einem vertrauten Gesicht.

„Mom", versuche ich zu rufen, aber es kommt nur ein Quietschen heraus, während ich mich auf den Kissen abstütze.

„O Lucy." Moms Schritte werden schneller und ihre strengen Gesichtszüge werden in einem seltenen Anflug von Erleichterung weicher. „Gott sei Dank bist du wach."

Sie drückt mir eifrig einen Kuss auf die Wange, was eine plötzliche Tränenattacke bei mir auslöst. Nachdem ich mich trocken geweint habe, schnappe ich nach Luft und wische mir die Reste von Schnodder und Tränen aus dem Gesicht.

Draußen ist es dunkel, es sind also noch ein paar Stunden vergangen, seit ich das letzte Mal zu Bewusstsein gekommen bin.

„Es tut mir so leid, dass ich nicht früher hier war, Liebling. Es gab einen früheren Flug, aber der hatte Verspätung, dann wurde er gestrichen, und dann wurde ich auf Standby gesetzt ... Ich habe den frühesten Flug genommen, den ich kriegen konnte", sagt sie in einem Atemzug.

Ich bemühe mich, mit ihr Schritt zu halten, was in meinem Zustand schwer ist.

Schockierenderweise sieht auch Mom ein wenig derangiert aus. Sie trägt ihre Strickjacke auf links und hat keinen BH an. Sie verlässt das Haus nie ohne BH.

„Ist schon gut. Du hast übrigens einen Lockenwickler im Haar."

Sie stößt einen leisen Schrei aus und streicht sich über ihr perfekt frisiertes Haar, ehe sie den beleidigenden Lockenwickler herauszieht. „Ich habe ein paar eingedreht, als du geschlafen hast."

„Was hast du in England gemacht?"

Ihre Augenbrauen ziehen sich zusammen. „Megs Geburtstag. Das weißt du doch."

„Das weiß ich?"

„Natürlich, weißt du das! Ach, mein Liebling, du bist ganz durcheinander. Aber nun bist du in Sicherheit", gurrt sie beruhigend, während sie sich neben das Bett setzt. „Wie fühlst du dich?"

„Benebelt."

Wie damals, als ich in Amsterdam Pilze genommen habe; aber dieses kleine Bonbon lasse ich mal aus.

Ich richte mich in eine sitzende Position auf und trinke einen großen Schluck Wasser. „Ich kann mich an nichts mehr erinnern. Die Ärztin sagt, ich habe Amnesie."

„Das haben sie mir gesagt. Aber es ist mir unbegreiflich. Wie kann man ein ganzes Jahr einfach vergessen? Sie müssen dich falsch diagnostiziert haben. Du weißt doch, wie diese Ärzte sind, sie machen immer wieder Fehler. Erst letzte Woche habe ich diese schreckliche Geschichte gelesen über ..."

„Mom", unterbreche ich sie, ehe sie sich auf das Terrain der Schrecken der ärztlichen Kunstfehler begeben kann. „Ich kann mich nicht an den Unfall erinnern. Weißt du, warum ich im Plaza Hotel war?"

Sie wirft mir einen missbilligenden Blick zu. „Eine Arbeitsveranstaltung. Ehrlich gesagt, Lucy, weiß ich nicht, was du dir dabei gedacht hast. Exzessiv zu trinken und dann die Treppe hinunterzufallen, noch dazu in der Öffentlichkeit."

Ich erstarre. War ich wirklich betrunken auf einer Arbeitsveranstaltung? Warum in aller Welt sollte ich das tun? Wie beschämend. Hoffentlich hat keines der hohen Tiere meinen Schwalbensprung in die Demütigung gesehen.

„Deinem Vater würde das nicht gefallen, wenn er noch leben würde."

Ich starre sie finster an. Es ist echt scheiße, so etwas zu sagen.

„Priya hat erwähnt, dass dein Verhalten in letzter Zeit ziemlich … seltsam war", fügt sie mit einem allwissenden Blick hinzu.

„Inwiefern seltsam?", würge ich hervor. Und warum verpfeift mich Priya an Mom?

„Sie glaubte, dass es an einem Mann lag."

„Einem Mann?", stottere ich und Wassertropfen spritzen von meinen Lippen auf mein Kinn. „Ich habe einen Freund?" Wo ist er denn dann! Warum ist er nicht hier und wischt mir mit einem feuchten Waschlappen über die fiebrige Stirn? „Wer ist er?"

Der kalte Schrecken vor einer bedeutenden Person in meinem Leben, an die ich mich nicht einmal erinnern kann, jagt mir einen Schauer über den Rücken.

„Du hast mir nichts davon erzählt, also kann ich nur annehmen, dass es nichts Ernstes war", sagt sie mit einer wegwerfenden Handbewegung. „Und ehrlich, wenn man deine Vergangenheit betrachtet, würde es mich nicht wundern. Du hattest noch nie ein Händchen dafür, einen anständigen Mann zu finden, mit dem du dich niederlassen kannst."

Und da ist er. Der vertraute Stachel ihres unaufgeforderten Urteils, weniger als eine Viertelstunde nach ihrer Ankunft.

Aber es hört sich richtig an. Wahrscheinlich handelt es sich um eine dieser Dating-App Affären, die nach drei Monaten zwangsläufig im Sande verlaufen. Entweder sind die Männer zu nett oder absolute Arschlöcher. Wie Goldlöckchen kann ich keinen goldenen Mittelweg finden.

Die harte Wahrheit? Ich hatte noch nie eine ernsthafte Beziehung. Das ist ein bisschen peinlich, um ehrlich zu sein.

Verärgert wechsle ich das Thema.

„Mom." Ich werfe ihr einen Blick zu und versuche, so viel Ernsthaftigkeit aufzubringen, wie in meinem angeschlagenen Zustand möglich. „Du musst ein paar Lücken für mich füllen. Kannst du das vergangene Jahr für mich rekapitulieren? Was habe ich gemacht?"

Meine Frage erschreckt sie und Panik huscht über ihr Gesicht. „Nun, äh ... du schienst zufrieden zu sein, nehme ich an."

Ich warte auf mehr. Komm schon, Mom, arbeite mit mir.

Sieht aus, als müsste ich direkter werden.

„Ich arbeite immer noch für Quinn & Wolfe, oder?"

Ihr Gesicht erhellt sich. „O ja, da bist du noch."

Ich würge einen Seufzer der Erleichterung hervor. Ich bin also nicht gefeuert worden.

Die kleine Indiskretion mit dem Karikatur-Wolf ist wohl vergessen. Wolfe erinnert sich wahrscheinlich nicht einmal mehr an mich.

„O mein Gott, bin ich befördert worden? Bin ich eine Führungskraft?"

Die Panik kehrt in ihr Gesicht zurück. „Ich bin mir nicht ganz sicher, Luce. Du sagtest, du wärst ein Dynamo? Dein Gerede über die Arbeit geht immer an mir vorbei."

„Und wie genau lautet dieser Tage meine Berufsbezeichnung?"

„Äh ... Designerin? Du designst ... Dinge." Sie macht eine lange Pause, in der ich sehe, wie es in ihrem Gehirn arbeitet. „Im Internet!" Schließlich strahlt sie, scheinbar zufrieden mit ihrer Antwort. Technisch gesehen stimmt es zwar nicht, aber es hat keinen Sinn, sie zu korrigieren.

Das ist die Hölle. Ich muss die Mädchen oder Matty nach Einzelheiten fragen.

Ich atme tief ein. „Habe ich meine Wohnung verkauft? Wo wohne ich jetzt?"

„Nein, du wohnst immer noch in deiner Wohnung in Washington Heights."

„Was? Warum habe ich sie nicht verkauft?"

Sie zuckt unverbindlich mit den Schultern. „Ich bin mir nicht sicher, Luce. Du sagtest, du hättest deine Meinung geändert."

Herr, gib mir Kraft. Innerlich stöhne ich

auf, haben Mom und ich im letzten Jahr auf verschiedenen Planeten gelebt?

Vielleicht sind die lauten Nachbarn ausgezogen, sodass ich es nicht tun musste? Wenn ich aus dem Krankenhaus komme, kehre ich zumindest in meine vertraute Umgebung zurück. Und hoffentlich kommen dann meine Erinnerungen zurück und verraten mir, warum ich sie nicht verkauft habe.

Darauf baue ich jedenfalls.

Ich schalte wieder in einen anderen Gang. „Also gut, kannst du mir etwas Wichtiges über das vergangene Jahr erzählen?"

Sie überlegt einen Moment, ehe sie antwortet: „Ich habe die Küche komplett renovieren lassen. Und du hast mir im Garten geholfen. Wir haben Rittersporn angepflanzt – er entwickelt sich prächtig – und einen Kräuterkasten angelegt." Sie denkt nach. „Ach und deine Cousine Nora? Sie erwartet ihr drittes Kind. Sie hoffen, dass es diesmal ein Junge wird."

„Toll, Mom", sage ich und versuche, meine Enttäuschung zu verbergen.

Das war's? Das sind die Updates, die sie über mein Leben hat?

Seit Dad gestorben ist, bin ich um Mom herumgeschlichen. Alles, was nach einem echten Problem aussah, wurde unter den sprichwörtlichen Teppich gekehrt und mir die Lösung überlassen. Sie zog es stattdessen vor, sich in den Garten zu vertiefen. Wir trafen eine stille Übereinkunft: Mom würde ihren Kopf in ihren Hortensien vergraben und ich würde mich um die hässlichen Realitäten kümmern, die das Leben für uns bereithielt. Nach der Beerdigung war sie mehr mit dem Ungeziefer auf ihren Rosen beschäftigt als mit Dads Testament. Die Hauptlast hatte ich zu tragen.

Aber im letzten Jahr hat sich die Kommunikation deutlich verschlechtert – es ist viel schlimmer, als ich es mir vorgestellt habe. Ich habe ihr eindeutig nichts erzählt.

Mir bleibt fast das Herz stehen, als ihre Hand hochschießt, um ihren Mund zu bedecken.

„O Gott, Lucy!"

„Was?", fordere ich zu wissen und stütze mich im Bett auf.

„Du erinnerst dich nicht."

„Woran?"

„Mrs. Forry aus der Straße ist gestorben."

„Ach, um Himmels willen ..." Ich lasse mich zurück in die Kissen fallen. „Ich weiß nicht mal mehr, wer sie ist."

„Sie hatte diesen Hund, den du so mochtest, Buddy."

„Ach ja ... stimmt." Seltsam, wenn man meinen Traum bedenkt, aber nicht wirklich relevant. Ich bin nicht herzlos, aber ich habe Mrs. Forry seit zwei Jahrzehnten nicht mehr gesehen.

„Ich bin jetzt siebenundzwanzig", platze ich heraus, die Aussage fühlt sich fremd an. „Wie habe ich gefeiert?"

„Oh! Du, Priya und Libby wart im Spa und habt danach zu Abend gegessen. Und du und ich haben bei Captain's Crab in der Stadt gegessen."

Das war's also? Bin ich der langweiligste Mensch der Welt?

„Lucy." Dr. Ramirez klopft, ehe Sie den Raum betritt. „Sind Sie bereit, Ihren Behandlungsplan zu besprechen?"

„Ist es eine magische Pille, die meine Erinnerungen zurückbringt?"

Sie lächelt sanft. „Ich wünschte, ich hätte bessere Nachrichten, aber wir müssen alle Möglichkeiten in Betracht ziehen. Wir werden Ihnen die nötige Unterstützung zukommen lassen, falls Ihre Erinnerung nicht zurückkehrt."

O mein Gott! Ich hatte die Möglichkeit, dass meine Erinnerung nicht zurückkommen könnte, nicht einmal in Betracht gezogen.

Ich schaffe es, schwach zu lächeln, denn wenn ich es nicht tue, werde ich weinen. Und mit weinen meine ich, heulend auf dem Boden liegen und um mich treten und schreien.

„Lassen Sie mich raten: Die Zukunft ist fabelhaft?", scherze ich und winke ihr mit der Broschüre zu.

„Das kann ich nicht versprechen, aber es wird leichter werden, Lucy", sagt Dr. Ramirez, neben dem Bett stehend.

„Aber manche Menschen erinnern sich, manche nicht? Zu welcher Sorte gehöre ich?"

Sie schenkt mir eines dieser „Vertrauen-Sie-mir-ich-bin-Arzt"-Lächeln. „Leider ist das Gehirn nicht derart berechenbar. Jeder Fall ist einzigartig, und wir gehen entsprechend vor."

„Aber warum fehlt mir ein ganzes Jahr und nicht nur die Nacht im Plaza?", frage ich und versuche, Klarheit in dieser neuen Realität zu finden.

„Manchmal versucht unser Gehirn, uns vor schmerzhaften Erinnerungen zu schützen. Das ist ein Schutzmechanismus. Vielleicht gibt es etwas aus dem letzten Jahr, dem Sie sich noch nicht bereit sind, zu stellen."

Grauen macht sich in meiner Brust breit.

Mom faltet ihre Hände dramatisch, die Augen gen Himmel gerichtet, als bete sie um göttliches Eingreifen. Hilfreich wie immer.

Ich versuche, die Gefühle, die mir im Hals stecken, hinunterzuschlucken. „Ich glaube, ich könnte eine Auffrischung des Morphiums gebrauchen, Doc."

Was beängstigende Augenblicke in meinem Leben anbelangt, steht dieser weit oben.

Denn gleich hinter der Krankenhaustür warten die Veränderungen eines ganzen Jahres darauf, mich platt zu machen, sobald ich herauskomme.

4

JP

Jedes verdammte Mal, wenn ich denke, dass das Leben einen vorhersehbaren Rhythmus gefunden hat, tritt es mir in die Eier. Erneut.

Meine Schritte hallen unheilvoll durch den Korridor der neurologischen Station.

Ich hätte schon früher hier sein sollen. Das alles – es ist meine Schuld. Ich dachte schon vor dem Unfall, ich hätte genug Schaden angerichtet. Denn offensichtlich war es nicht genug, ihr Herz in viele kleine Stücke zu schlagen. Ich musste mich auch noch an ihrem Körper zu schaffen machen.

„Mr. Wolfe, Sie sind wieder da", zwitschert die Krankenschwester und beginnt neben mir herzulaufen. Ihr Blick verweilt einen Hauch zu lange, was mich ärgert. „Kann ich Ihnen etwas bringen?"

Ich grunze ein knappes „Nein" und versuche, müßiges Geplauder abzublocken. Ich bin nicht auf sie sauer, aber wegen Lucys heiklem Zustand stehe ich auf Messers Schneide, und mein Temperament ist nur einen Fehltritt davon entfernt, überzukochen. Ich fühle mich wie ein verdammter Dampfkochtopf.

Als ich mich der Tür zu Lucys Zimmer nähere und die Klinke ergreife, lässt mich eine Frauenstimme innehalten.

„Mr. Wolfe, warten Sie!"

Ich bleibe stehen, drehe mich um und sehe Dr. Ramirez auf mich zukommen. „Was ist los, Frau Doktor?", frage ich.

Sie bedeutet mir, ihr zu folgen. Ein kaltes Gefühl des Unbehagens macht sich in meiner Brust breit, als ich mich ihren Schritten anpasse.

Wir bleiben ein Stück weiter unten im Flur stehen.

„Lucys Zustand hat sich seit heute Morgen verändert", teilt sie mir mit.

Mir schnürt sich die Kehle zu. „Ich weiß. Sie ist wach."

„Das ist nicht alles."

Ich wappne mich, und in meinem Magen sammelt sich Grauen. „Was noch?"

Sie holt tief Luft und sieht mir direkt in die Augen. „Bei Lucy wurde eine retrograde Amnesie diagnostiziert. Das ist eine Gedächtnisstörung, die von ihrer

Kopfverletzung herrührt."

Ich zucke zurück und zweifle kurz an meinem Gehör. „*Amnesie*? Lucy hat Amnesie?"

Dr. Ramirez nickt. „Ja, ihr Unfall hat ihr Gedächtnis beeinträchtigt."

„In Ordnung", sage ich langsam und verschränke die Arme, während ich sie mustere. „Was ist der Plan, um das zu ändern?"

„Ihr Zustand ist nicht einfach und schnell zu behandeln. Wir entwickeln einen individuellen Genesungsplan für sie."

„Sie hat also wegen des Sturzes ein verschwommenes Erinnerungsvermögen? Ist das nicht zu erwarten?", versuche ich zu argumentieren und verzweifelt den Anschein von Kontrolle zu wahren.

Sie räuspert sich, als ob sie nach den richtigen Worten sucht. „Ich fürchte, es ist etwas ernster."

Mein Gott! Lucy hat einen Hirnschaden.

Bleib verdammt nochmal ruhig.

Ich kämpfe darum, meine Stimme ruhig zu halten. „Sagen Sie es mir", sage ich mit leiser Stimme. „Sagen Sie mir genau, womit wir es zu tun haben. Woran kann sie sich nicht erinnern?"

Dr. Ramirez blickt mich unverwandt an. „Ausgehend von unseren ersten Einschätzungen hat Lucy alle Erinnerungen an das vergangene Jahr verloren."

Alles wird still, während ich die Bombe verarbeite, die sie platzen lassen hat.

„Das kann doch nicht Ihr Ernst sein."

Sie zuckt leicht zurück. „Ich versichere Ihnen, Mr. Wolfe, das ist nichts, worüber ich scherzen würde."

Ungläubig ringe ich darum zu begreifen. „Ein Jahr? Es ist einfach so weg? Wann wird sie sich wieder daran erinnern?"

„Leider können wir keine Versprechungen machen", sagt sie vorsichtig. „Wir leiten einen Rehabilitationsplan ein, aber wir können die Rückkehr ihrer Erinnerungen nicht garantieren."

Ihre Worte treffen mich hart, sodass ich mich an die Wand lehne, um mich abzustützen. Das kann nicht wahr sein.

„Nachdem ich ein kleines Vermögen in diese Klinik investiert habe, erzählen Sie mir, dass Sie keine Ahnung haben, ob sie genesen wird?" Meine Stimme hallt durch den Krankenhausflur.

Ich habe ein Publikum im Flur angezogen, doch das ist mir egal.

Dr. Ramirez blinzelt überrascht und ihre gefasste Maske verrutscht. „Mr. Wolfe, bitte verstehen Sie. Unsere besten Neurologen arbeiten an Lucys Fall. Wir tun alles, was möglich ist, aber es gibt keine erfolgssicheren Garantien, wenn es um das menschliche Gehirn geht. Es ist ein langsamer Prozess. Ihr Geld kann ihre Genesung nicht beschleunigen."

Ihre Plattitüden reizen mich nur noch mehr. „Nein, das ist inakzeptabel. Es muss einen Plan geben, ein Verfahren, um das jetzt in Ordnung zu bringen."

Ihr Lächeln ist angespannt. „Wir können solche Schäden nicht über Nacht beheben, Mr. Wolfe."

Ich fluche leise vor mich hin und dränge meine Wut zurück. „Tut mir leid", stoße ich hervor. „Das ist ... Ich komme damit nicht klar. Ich muss sie sehen."

„Sie ist verwirrt und desorientiert. Wir führen sie langsam und mit ihrem Einverständnis an vertraute Gesichter heran", erklärt sie.

Frustriert fahre ich mir mit einer Hand durch die Haare. „Dann sagen Sie ihr, dass ich hier bin."

„Ich sage ihr Bescheid. Ihre Mutter ist gerade bei ihr. Bitte warten Sie hier", sagt sie und geht auf Lucys Zimmer zu.

Was sind schon ein paar Minuten mehr im großen Ganzen? Diese Woche war ohnehin die Hölle.

Ich beobachte, wie sie hinter der Tür

des Krankenzimmers verschwindet. Ich stehe daneben und stopfe meine Hände in die Hosentaschen, um die geballten Fäuste zu verstecken.

Ich war in meinem ganzen Leben noch nie so nervös. Wenn Lucy mich vor dem Unfall gehasst hat, wird es jetzt noch zehnmal schlimmer sein.

Ich höre Dr. Ramirez in dem Zimmer. „Lucy", sagt sie.

„Hi, Doc", erwidert Lucy müde.

Ein stechender Schmerz durchdringt meine Brust.

„JP ist hier", sagt Dr. Ramirez.

Es folgt eine unheimliche Stille. Dicht und erstickend.

„Wer?"

Ich will die Tür aufreißen, bin aber wie erstarrt, fassungslos. Was zum Teufel?

Eine weitere Pause.

„JP ... Wolfe?", fragt Dr. Ramirez, wobei sich Unsicherheit in ihre Stimme schleicht.

„JP Wolfe?" Lucys Worte kommen undeutlich und schleppend heraus. Mich juckt es in der Hand, die Tür zu öffnen, aber Lucys Worte lassen mich innehalten. „Mr. Wooooolfe? Wa... warum ist er hier?"

Ihre Worte treffen mich härter als jeder Schlag. Meine Hand erstarrt in der Luft. Was zum Teufel passiert hier?

„Soll ich ihn bitten, ein anderes Mal wiederzukommen?", fragt Dr. Ramirez.

„Nein!" Panik und Verwirrung erfüllen Lucys vernebelte Stimme. „Warum ist er hier? Bin ich in irgendwelchen Schwierigkeiten?"

Ich lehne mich schwer an die kalte Wand vor ihrem Zimmer und habe Mühe, richtig einzuatmen. Die harte Realität bricht über mich herein. Für sie bin ich wieder Mr. Wolfe.

Es hat ewig gedauert, bis sie mich nicht nur als Firmenhai sah, sondern als Mann, der blutet, wenn er geschnitten wird, den es schmerzt, wenn er verwundet wird, der verletzlich ist wie jeder andere auch. Ihr zu erlauben, meinen Schutzwall zu überwinden? Das war noch schwieriger. Aber ich habe es geschafft.

Im Eifer kürzlicher Gefechte hatte sie ihre Liebe vielleicht mit Hass verwechselt, aber wenigstens gab es Leidenschaft, gab es Gefühle.

Und nun? Sind wir wieder ganz am Anfang.

„Wer ist das, Liebes?", meldet sich eine andere Frauenstimme zu Wort, vermutlich ihre Mutter.

„Ihm gehört die verdammte Firma! Der Woooolf! Aber das kann doch nicht sein ... oder doch? Nicht er."

„Ist schon gut", sagt Dr. Ramirez beruhigend. „Ich werde ihm sagen, dass jetzt kein guter Zeitpunkt ist."

„O mein Gott, was ist, wenn er hier ist, um mich zu feuern?" Lucys Panik kehrt zurück. „Ich bin ihm schon mal begegnet ... manchmal glaube ich ... oder war es nur einmal? Ich weiß es nicht mehr ..." Sie bricht ab, ihre Stimme ist voller Verzweiflung. „Mein Kopf fühlt sich komisch an. Ich fühle mich luftig und benebelt ..."

Ich balle meine Fäuste an der kalten Wand, mein Herz hämmert, als hätte man mir genug Adrenalin gespritzt, um mich auszuschalten.

Ein Gefühl der Hilflosigkeit überschwemmt mich, stärker und mächtiger als alles, was ich je gespürt habe. Ich war auf Wut, auf Hass, auf Groll vorbereitet. Aber das ... Darauf war ich nicht vorbereitet.

Ein Knurren ertönt in meiner Brust, ein Urlaut, der in dem stillen Korridor widerhallt. Vielleicht laut genug, dass sie es im Krankenzimmer hören können.

„Es ist alles in Ordnung, Lucy", versucht Dr. Ramirez sie zu beruhigen.

„Ich kann meinen Chef so nicht sehen. Ich sehe katastrophal aus."

„Ich kann deine Haare richten, Luce", bietet ihre Mutter an.

„Nein, es geht nicht um meine Haare. Bitte sagen Sie ihm einfach, dass ich schlafe oder so."

Die Worte stürzen mich in einen freien Fall, einen Sturzflug von der Spitze des Quinn & Wolfe-Hauptquartiers.

Ich bin der Mann, dem sie vor einem Jahr begegnet ist. Ein völlig Fremder. Der Chef ihrer Firma. Der große böse Wolf, den sie früher fürchtete. Nicht der Mann, der sich um sie gekümmert hat, der sie liebte, der das mit ihr richtig vermasselte und der seitdem jeden verdammten Tag den Preis dafür zahlt.

Das ist kein verbitterter Groll. Das ist schlimmer. Es ist eine Leere. Ein schwarzes Loch.

Lucys frustriertes Stöhnen dringt durch die Tür. „Ach, verdammte Scheiße."

„Wortwahl, Luce!"

„Ich weiß, warum er hier ist – es muss eine Verwechslung sein, weil meine Versicherung dieses Krankenhaus nicht abdeckt! Wie viel kostet es pro Nacht?"

„Ich glaube nicht, dass er deshalb hier ist", wirft Dr. Ramirez ein. „Vielleicht war er in der Nähe und wollte Sie im Namen der Firma besuchen. Bitte versuchen Sie, ruhig zu bleiben."

„Dein Kumpel Matty hat dich vorhin besucht, nachdem ich angekommen bin", meldet sich ihre Mutter zu Wort. „Er sagte, er hätte es deinem Team erzählt. Arbeitet er mit diesem Typen zusammen?"

Ich drücke beide Hände an die Wand und atme abgehackt ein.

Es ist okay. Es ist nur vorübergehend. Ich werde das in Ordnung bringen.

„Geht es Ihnen gut, Mr. Wolfe?" Die junge Krankenschwester, die in der Nähe herumlungert, tippt mir auf den Bizeps.

Ich beiße die Zähne zusammen, drehe mich schnell zu ihr um und werfe ihr einen feindseligen Blick zu. Ich wünschte, sie würde sich verpissen, anstatt ständig zu versuchen, meine Aufmerksamkeit zu erlangen. „Mir geht's gut", murmle ich. „Danke."

Die Krankenschwester macht überrascht einen Schritt zurück und huscht schnell davon, als Dr. Ramirez erscheint. Mit einer Geste fordert sie mich auf, ihr durch den Flur zu folgen.

Wir gehen in angespanntem Schweigen und entfernen uns von Lucys Zimmer, bis wir außer Hörweite sind.

Dr. Ramirez blickt zu mir auf, ihr Lächeln ist spröde.

„Sie erinnert sich nicht an mich", presse ich mit rauer Stimme hervor. Ich reibe mir die Bartstoppeln und ringe um Kontrolle. „Ich war darauf vorbereitet, dass sie mich nicht sehen will, aber das ... Sie erinnert sich nicht einmal an mich. Nicht auf irgendeine Weise, die wichtig wäre."

Dr. Ramirez berührt meinen Arm. „Sie erinnert sich an Sie. Aber als den Mann, den sie vor einem Jahr kennengelernt hat. Ich nehme an, seitdem hat sich einiges geändert?"

Das kann man so sagen.

„Richtig", antworte ich und meine Stimme knirscht wie Kies.

Sie nickt. „Ich verstehe, dass das schwierig sein muss."

„Sie wollen mir also sagen", beginne ich langsam, „dass Lucy unsere Geschichte gelöscht hat? Dass sie mich aus ihrem Gedächtnis gestrichen hat?"

Dr. Ramirez wirft mir einen langen, abwägenden Blick zu. „Unfreiwillig, ja."

Ich hole tief Luft, bevor ich ihr in die Augen schaue.

In meinem Magen bildet sich ein Loch. „Was soll ich jetzt tun, Doc? Soll ich da reinplatzen und ihr Gedächtnis wieder auf Trab bringen?"

Sie zuckt leicht zurück, überrascht. „Ich weiß nicht, ob Sie scherzen, Mr. Wolfe."

„Das weiß ich auch nicht", knurre ich.

Sie winkt mich zu den Stühlen in der Nähe.

„Ihre Frustration und Verwirrung sind völlig

normal", sagt sie mir, als wir uns setzen. „Aber wir müssen aufpassen, dass wir sie nicht mit der Vergangenheit überwältigen. Wenn wir sie mit Informationen überhäufen, könnte das zu falschen Erinnerungen führen und ihr Verständnis der Dinge verzerren. Ihr Fall ist in der Tat kompliziert und selten – es kommt nicht oft vor, dass ein Freund oder Partner komplett vergessen wird."

Mein Kiefer verkrampft sich. Ich glaube nicht, dass Lucy mich so bezeichnen würde. Nicht mehr. Ich lehne meinen Kopf an die Wand. „Also empfindet Lucy im Moment nichts für mich?"

Sie sieht aus, als würde sie Glasscherben kauen, als sie antwortet. „Wenn sich Ihre Beziehung nach dem Punkt entwickelt hat, an dem ihr Gedächtnis endet, dann kann sie sich vielleicht nicht mehr an die damit verbundenen Gefühle erinnern."

„Das ist also ein verdammtes Nein." Mir stockt die Stimme und ich presse meinen Kiefer zusammen, um keine weiteren Gefühle zu zeigen.

Ich stehe auf, gehe auf und ab und fahre mir mit der Hand durchs Haar. Wie zum Teufel kann das passieren? Der Verstand wählt Teile deines Lebens aus, die er behalten will, und wirft den Rest weg?

Das ist surreal. Es fühlt sich an, als wäre ich auf dem Set eines Hollywood-Dramas gelandet. So ein Scheiß sollte im echten Leben nicht passieren.

Ich höre auf, auf und abzugehen und sehe sie an. „Wenn Lucy also schmerzhafte Erinnerungen verdrängt, könnte es mehr schaden als nützen, sie zurück zu zwingen?"

Ihr Nicken bestätigt meine Auffassung. „Lucys aktuelle Bedrängnis scheint auf einer relativ unbedeutenden Angelegenheit zu beruhen, nämlich einer vergessenen Comic-Convention. Bei bedeutsameren Ereignissen ist es besser, ihren Verstand die Kontrolle übernehmen zu lassen und ihr die Erinnerungen zu zeigen, wenn sie dazu bereit ist. Der Versuch, sie zu früh zu zwingen, sich zu erinnern, könnte ihrer geistigen Gesundheit schaden."

Sie hält inne, ihr Blick ist beunruhigend scharfsinnig. „Gibt es irgendwelche besonderen Vorkommnisse, die sie beunruhigen könnten?"

Ihre Frage löst einen Taumel in meiner Brust aus.

Ich räuspere mich und meine Stimme durchbricht die Stille. „Lucy und ich ... wir hatten eine komplizierte Beziehung, gelinde gesagt."

„Führen Sie das näher aus. Es ist besser für ihre Genesung, wenn wir wissen, womit wir es hier zu tun haben."

Die Szene spielt sich in meinem Kopf ab wie eine abgenutzte Filmrolle, jedes Bild voller Wut, Schmerz und Bedauern. Es fühlt sich falsch an, einer Fremden diesen privaten Schmerz zu schildern. Aber es geht nicht mehr um mich. Es geht um Lucy. Es ging schon immer um sie.

„Ich habe mich auf eine Art und Weise ... eine Art und Weise verhalten, die ich zutiefst bereue."

Sie beobachtet mich, ihr Gesicht ist neutral. „Sie hatten eine Meinungsverschiedenheit."

„Meinungsverschiedenheit", wiederhole ich und ein bitteres Lachen droht mir zu entweichen. „Ja, so könnte man es nennen."

Wir waren nicht nur „verschiedener Meinung". Ich war ein riesiges Arschloch und habe sie von mir gestoßen. Nein, das ist zu milde ausgedrückt. Ich habe sie praktisch von einer Klippe gestoßen. Und dann besaß ich die Dreistigkeit, mich zu wundern, dass sie nicht bei mir geblieben ist.

Ich war das.

Das ist alles meine Schuld.

5

Lucy

Ich könnte genauso gut gestern geboren worden sein.

Als wir die U-Bahn verlassen, flankieren mich Libby und Priya auf beiden Seiten, wie ein Kleinkind, das seine ersten Schritte macht. Das vertraute Gemisch aus Körpergerüchen und Urin – der Duft der New Yorker U-Bahn – ist seltsam beruhigend. Wenn es nach Yankee Candles gerochen hätte, wäre ich vielleicht richtig ausgeflippt.

Wir sind auf dem Weg nach Washington Heights, wo sich meine Wohnung auf dem prekär schmalen Grat zwischen Bohème-Schick und den weniger begehrten Elementen des Viertels befindet.

Gesundheitsbesessene Hipster, die Avocado-Toast knuspern, auf der einen Seite, Drogendealer auf der anderen.

Nach einer Woche bei Mom in New

Jersey habe ich ... ehrlich gesagt einen Scheißdreck herausgefunden. Mom ist keine gute Quelle für Informationen über mein Leben, wie es scheint. Ihre Vorstellung von Therapie waren keine herzlichen Gespräche bei einer dampfenden Tasse Kakao oder das Durchblättern alter Fotoalben. Stattdessen schleppte sie mich durch das Gartencenter, wo wir Begonien begutachteten, wobei ihr kritischer Blick zumeist auf meiner ausgeleierten Jeans landete.

Meine Kontoauszüge waren da aufschlussreicher. Sie verrieten mir, dass ich nun ein Abonnement für eine ethische, auf Frauen ausgerichtete Pornoseite habe und meine merkwürdige Fixierung auf einen einzigen Film, den ich sage und schreibe siebzehn Mal gestreamt hatte.

Die gesamte Fahrt von New Jersey habe ich die Mädels über das klaffende schwarze Loch meines verlorenen Jahres ausgequetscht. Jedes Mal, wenn ich etwas frage, gibt es eine dreißigsekündliche Verzögerung, als hätten sie Angst, dass mein Gehirn einen Kurzschluss erleidet, wenn sie mir zu viel auf einmal erzählen. Ich habe noch immer keine Ahnung, wer der mysteriöse Typ war, mit dem ich zusammen war.

„Warum sollte ich euch nicht von ihm

erzählen?", frage ich entnervt. Das ergibt absolut keinen Sinn. „Haltet ihr ihn für einen Gauner oder so?"

„Ich habe mir gedacht, er wäre echt hässlich, und du würdest dich schämen", sagt Libby.

„Na, das ist ja toll."

„Du hast gesagt, dass du nicht glaubst, dass es hält", sagt Priya.

„Super, darum hat er also nicht nach seiner Freundin mit Amnesie gesucht", murmle ich, als wir die Straße überqueren. „Nicht, dass ich wüsste, wer er ist. Das Krankenhaus ist völlig verschwommen. Ich kann mich nicht erinnern, euch gesehen zu haben. Und angeblich war mein Chef Andy da. Die Menschen haben sich einfach in diesen undefinierbaren Fleck verwandelt."

„Das wissen wir." Libby lacht. „Wir waren dabei. Es war, als wärst du die ganze Zeit high von Marihuana-Gummibärchen."

Priya wirft mir einen fragenden Blick zu. „Es gibt keine Möglichkeit, die Daten von deinem Handy wiederherzustellen?"

„Ich war zu faul, ein Backup in der Cloud zu machen."

„Aber du arbeitest in der *IT*."

Ich zucke mit den Schultern und bin ratlos. „Ich habe nichts Wichtiges auf diesem Ding! Mein Laptop ist jetzt tatsächlich meine einzige Informationsquelle und alles, was er vorweist, sind arbeitsbezogene Sachen und ein paar Chatprotokolle mit Matty. In Zeiten des Gedächtnisverlusts wünschte ich, ich wäre nicht so pingelig mit meinem Online-Leben. Meine Social-Media-Posts bestehen nur aus Bildern von uns und einem einzigen Foto von der Comic-Convention. Ich schätze, ich war allein dort, oder?"

Priya zeigt ein schwaches Lächeln. „Ich denke schon, Luce. Hätte ich gewusst, dass du im Krankenhaus landen würdest, wäre ich mitgekommen, obwohl ich nach dem letzten Mal ..."

„Lieber deinen Kopf in eine Toilette stecken würdest", vervollständige ich ihren Satz mit einem Nicken. „Ich weiß, ist schon okay. Das ist mein Ding."

„Nachdem der Typ in dem Latexanzug anfing, meine Hüfte zu rammeln, war ich raus."

„Elastic Man." Ich lächle reumütig. Letztes Jahr war ich also allein dort. Ich versinke im Selbstmitleid.

Entweder bist du auf der Comic-Convention voll dabei oder du bist raus. Priya steht eher mit beiden Füßen fest auf dem Boden, während ich eher mit dem Kopf in den Wolken bin. Für mich geht es bei der Comic-Convention vor allem um den Nervenkitzel, einen Tag lang so zu tun, als wäre man jemand anderes – wie ein Superheld.

„Also, ein kurzer Rückblick auf mein Jahr: keine Beförderung, immer noch in derselben Wohnung, eine Beziehung begonnen, die zum Scheitern verurteilt war, und das einzig Positive ist, dass die Ärztin endlich herausgefunden hat, warum ich einen Ausschlag am Ellbogen habe."

Priya lächelt sanft. „In winzigen, überschaubaren Schritten. Weißt du noch? Wir wollen dich nicht mit den Erinnerungen eines ganzen Jahres auf einmal überschwemmen. Das ist eine ärztliche Anordnung."

Ich schaue sie misstrauisch von der Seite an. Ist der Mangel an Ereignissen ein Zeichen für mein langweiliges Leben oder halten sich die beiden zurück?

Priya hat ein extremes Pokerface. Deshalb ist sie eine Spitzenanwältin. Sie lügt nicht; sie weiß nur, wann sie ihre guten Karten spielen kann.

Im Moment habe ich das Gefühl, dass sie einen ganzen Kartenstapel im Ärmel hat.

Libby hingegen sieht aus, als wäre sie kurz davor, wie ein Wasserfall zu reden. „In der Broschüre wurde empfohlen, dass wir dich mit Stückchen aus deinem Leben füttern", stottert sie und zittert praktisch.

Ich verdrehe die Augen. „Die Broschüre mit

dem Namen ‚Vergessene Erinnerungen, aber keine vergessenen Freunde'?"

Es war in einer schönen, beruhigenden Schriftart geschrieben, die jeden Grafikdesigner mit Stolz erfüllen würde.

Es gab eine Illustration von drei Personen, die mir, Priya und Libby ähnelten und die einander umarmten. Eine war albern, mit großen blauen Kulleraugen und braunen Haaren; die zweite könnte wie Priya srilankische Wurzeln haben, und die letzte hatte lockige blonde Haare wie Libby. Personalisiert die protzige Klinik die Broschüren für die Patienten?

„Ich wette, meine Pflanzen sind alle verwelkt und mein Kühlschrank ist ein wissenschaftliches Experiment", meckere ich und navigiere durch den Hindernisparcours der Mülltonnen. „Im Krankenhaus gab es wirklich gutes Essen. Komisch, dass ich mich an die Speisekarte dort erinnere, aber ein Siebenundzwanzigstel meines eigenen Lebens nicht abrufen kann."

Eigentlich ist das überhaupt nicht komisch.

Ein Arschloch von Radfahrer mäht uns fast um, als wir gerade die Straße überqueren wollen, und ich springe etwa zwei Meter in die Luft. Ich bin mit den Nerven völlig am Ende.

Priya tätschelt meinen Arm. „Es wird alles

gut, Luce. Deine erste Therapiesitzung lief doch gut, oder?"

„Ja, aber ich kann mich immer noch an nichts erinnern. Das Gute ist, dass sie mir einen Kalender mit täglichen Achtsamkeits-Memes gegeben haben."

Ich bleibe mit offenem Mund abrupt auf der Straße stehen. „Soll das ein Witz sein?"

Ich starre entsetzt den Fast-Food-Brathähnchenladen an, der den Platz meines geliebten Perky Pot Cafés einnimmt. „Ach, um Himmels ... das ist das absolut Letzte."

Die Mädchen wechseln einen besorgten Blick.

„Mm-hmm", sagt Priya sanft. „Du hast angefangen, in ein anderes Café zwei Blocks weiter zu gehen."

„Kein Wunder", stöhne ich und erdolche das selbstgefällige Huhn, das mir zuzwinkert, mit Blicken. Das ist ein absolutes Desaster.

Libby sieht mich eindringlich an. „Du erinnerst dich wirklich an *nichts*?"

„Lib, ernsthaft, ich mache das nicht zum Spaß", brumme ich genervt.

Sie führen mich sanft von dem Huhn weg.

Libby versucht, meinem Gedächtnis mit Geschichten von unserem Wochenende in Atlanta auf die Sprünge zu helfen, aber nichts macht Klick.

„Okay. Eine noch", sagt sie. „Das Date, bei dem du den Typen erwischt hast, wie er mit den Hummern im Aquarium des Restaurants gesprochen hat? Erinnerst du dich daran?"

„*Was*?" Ich runzle die Stirn, als ich mit der Absurdität kämpfe. „Nee, nada, niente. Aber das klingt nach einem typischen Date von mir."

„Okay, okay, ich hab's. Hieran musst du dich erinnern. Als du letzten Monat Durchfall hattest und tagelang bettlägerig warst? Du hast dich so darüber beschwert."

„Libby", fällt Priya ihr ins Wort. „Hör auf damit."

Ich seufze, noch immer traumatisiert von dem Huhn, während wir den Bürgersteig entlang stapfen. Wenigstens steht die Pizzeria noch.

Kurz bevor wir in meine Straße einbiegen, stoppt Priya mich.

Sie beißt sich auf die Lippe, dann räuspert sie sich. „Es gibt noch ein paar Änderungen. Bleib ruhig, okay?"

Sie benutzt ihre Anwaltsstimme. Das kann nichts Gutes bedeuten.

Ich starre sie ungläubig an und spüre, wie sich mir die Nackenhaare sträuben. „Wie kann etwas schlimmer sein, als dass das Perky Pot geschlossen hat?"

„Tief einatmen, Luce." Libby ergreift

plötzlich meine Hände, atmet tief ein und bläst mir beim Ausatmen ins Gesicht. „Atme mit mir."

Ich löse mich verärgert von ihr. „Mein Gott, Lib, das hilft nicht."

Ich schaue zu Priya, der Stimme der Vernunft, aber alles, was ich in ihren Augen sehe, ist eine tiefe Müdigkeit.

Und da weiß ich es. Es wird noch viel, viel schlimmer werden.

6

Lucy

Ich habe Halluzinationen. Das ist die einzige Erklärung.

New York verblasst, all die Gerüche und Geräusche der Stadt. Alles, was bleibt, bin ich und die zwei Meter große Gummipuppe im Schaufenster. Perfekte Plastiktitten und rote Lippen, die zu einem immerwährenden, überraschten „Oh" verzogen sind.

Sie starrt mich von ihrem Platz aus an, genau dort, wo früher die Bäckerei war. Direkt unter meiner Wohnung, wo jeden Morgen der Duft von warmem Brot und Backwaren durch mein Schlafzimmerfenster wehte.

Mir steht der Mund offen, passend zu ihrem „Oh".

Meine aufblasbare Nachbarin presst ihre Handflächen an das Glas, ihr knallrotes Höschen drückt gegen einen ordentlichen Stapel von Cock-Ringen und flauschigen

Handschellen. Die extravagante rosa Perücke sitzt schief auf ihrem Kopf und ein gelockter Pony fällt ihr verführerisch übers Auge.

„Ist das ein Sexshop unter meiner Wohnung?" Die Worte werden mit einem Atemschwall ausgestoßen. „Wo ist die Bäckerei? Wo ist Eddie's Cinnamon Rolls?" Meine Stimme wird zu einem Krächzen. Ich wirble zu den Mädchen herum. „Bitte sagt mir, dass das hier ein Pop-up ist, verdammt noch mal."

Aber niemand lacht.

Priya räuspert sich und versucht, ruhig und anwaltlich zu klingen. „Eigentlich, Luce, ist es ... mehr als nur ein Sexshop. Es ist ein ... Bordell."

Ich verschlucke mich fast an meiner eigenen Spucke. „Wie bitte?"

„Nachts wird es zu einem Bordell."

„O mein Gott." Ich schaue sie an, als hätte sie zwei Köpfe. „Ich glaube, ich werde ohnmächtig."

Priya ergreift meine Schultern und dreht mich so, dass ich sie ansehe. „Du hast das schon mal durchgestanden. Du schaffst das wieder. Die Bäckerei hat geschlossen, nachdem du deine Wohnung annonciert hast. Kurz darauf ist das Bordell eingezogen."

„Aber ... aber ... das kann doch nicht legal

sein", flüstere ich. „Kann ich nicht einfach die Bullen rufen?"

Priya schüttelt den Kopf und lächelt traurig. „Es läuft unter einer ‚Massagesalon'-Lizenz. Wir können nichts beweisen, außer jemand wird mit heruntergelassener Hose erwischt. Und es scheint, dass einige der örtlichen Polizisten ... Kunden sein könnten." Sie verstummt allmählich und zuckt hilflos mit den Schultern. „Tut mir leid, Luce."

Entsetzt schaue ich zwischen den Mädchen und der Verführerin aus Plastik hin und her.

„Sex sells", sage ich und schlucke mühsam. Das ist es also, was ich verdränge. Für wie dumm hält mich mein Unterbewusstsein? Dachte es, ich würde eine lebensgroße Gummipuppe unter meiner Wohnung nicht bemerken?

„Aber warum habe ich nicht einfach verkauft?" Ich schüttle fassungslos den Kopf. „Warum sollte ich hierbleiben?"

„Du hast es dir nicht ausgesucht zu bleiben, Luce", sagt Priya mit beruhigender Stimme. „Es war einfach ... schlechtes Timing."

Die Erkenntnis trifft mich wie ein gewaltiger Schlag. „Meine Wohnung ist seit einem Jahr auf dem Markt. Sie hat sich deswegen nicht verkauft."

Es kostet mich all meine Willenskraft, nicht

zu flennen, als ich die Puppe, die Cock-Ringe und einen langen rosa Metallstab für Gott weiß was in Augenschein nehme.

Natürlich hat sie sich nicht verkauft. Wer will schon über so etwas wohnen?

Als der Damm der Gefühle bricht, entweicht mir der erste Schluchzer wie ein Rülpser. „W-was zum Teufel ist los?", heule ich, als die Mädchen mich in die Arme nehmen und umarmen. „Ich bin in einem kaputten alternativen Universum aufgewacht. Dieses Jahr ist verkorkst."

„Du wirst den Schock überwinden", beruhigt mich Priya und wischt mir sanft über die Wange. „Es gibt immer einen Weg. Du hast dir ein Unternehmen angesehen, das dir vielleicht helfen kann. Nab Your Pad."

„Nab your ... Was machen die denn?" Meine Nase tropft unattraktiv, während ich stöhne. „Wie arbeiten sie?"

„Ähm, sie kaufen Häuser für einen Bruchteil des Verkaufspreises."

„Wie groß ist denn der Bruchteil?" Ich werfe meine Hände hoch. „Nein, sag's mir nicht. Ich kann das jetzt nicht."

Ich atme durch die Nase ein und erinnere mich daran, weiter zu atmen. Kein Wunder, dass ich es vergessen wollte. Kein Wunder, dass ich aufgewacht bin und aussah wie das

Mädchen aus *Der Exorzist.* Mein Leben braucht einen verdammten Exorzismus.

Ich muss mich mit dem Kopf voran die Plaza-Treppe hinuntergestürzt haben, in der Hoffnung, dass mein präfrontaler Kortex beim Aufprall eine Lobotomie bekommt. Und der einzige Grund, warum ich weiß, dass es der präfrontale Kortex ist, sind die ganzen verdammten Krankenhausbroschüren.

„Du warst oft in Vegas, um zu arbeiten. Du hast Fotos vom Pool geschickt." Priya hakt sich bei mir ein und lächelt warmherzig. „Es ist nicht alles schlecht. Komm rein und wir machen es dir gemütlich."

Ich schüttle ungläubig den Kopf, als ich hinter ihr zu meiner Haustür gehe. „Schlimmer kann es doch bestimmt nicht mehr werden."

Als ich mit Libby im Schlepptau hinter Priya die Treppe hochstapfe, rast mein Gehirn. Alles, was ich brauche, ist ein schönes heißes Bad und dazu eine Tasse heiße Schokolade, etwas Zeit zum Nachdenken und dann wird alles wieder gut.

Das ist Manhattan, um Himmels willen. Die Leute wollen hier leben. Natürlich werde ich die Wohnung verkaufen.

„So laut können sie nicht sein, wenn sie unten Sex haben. In einer Stadt, die niemals schläft, erwartet man sowieso nicht viel Schlaf zu bekommen", murmle ich mehr zu mir selbst als zu den Mädchen und versuche, mich davon zu überzeugen, dass die Situation erträglich ist.

Vielleicht kann die Lage über einem Bordell sogar ein Verkaufsargument sein; sie könnte Sexsüchtige anziehen, die auf der Suche nach Bequemlichkeit sind. Der Makler kann es auf diese Weise vermarkten.

Ich fummle mit meinem Schlüssel im Schloss herum. Es ist steifer als letztes Jahr. Bei dem Gedanken daran, was ich vorfinden könnte, melden sich meine Nerven. Was ist, wenn ich die Wohnung komplett renoviert habe und es hasse? Was ist, wenn ich nicht weiß, wo alles ist?

Ich stoße die Tür auf und lasse meine Tasche fallen.

„Es ist so schön, wieder zu H..." Ich unterbreche mich selbst mit einem Schrei, als ich den fremden Kerl mit dem wilden Bart anstarre, der auf meiner Couch ausgestreckt ist und einen Topf auf seinem Schritt balanciert.

Er blickt kauend auf. „Du bist wieder da", murmelt er mit vollem Mund.

„Scheiße", höre ich Priya hinter mir murmeln.

„Wir haben Spider total vergessen", meldet sich Libby zu Wort. „Ich kann nicht behalten, was du weißt und was nicht. Ein Jahr vergeht so schnell."

Spider?

Ich stehe wie angewurzelt da, mitten in der Küche. „*Du* bist mein Freund?"

Wie in Zeitlupe beobachte ich, wie eine Haferlawine in seinen Bart stürzt.

„Nein", wirft Priya hastig ein. „Er ist dein Mitbewohner."

„Hm." Der Bärtige sieht mich an, kaut immer noch und schnippt Haferflocken aus seinem Bart. „Der Gedächtnisverlust ist also echt? Ich dachte, dein Freund Matty wäre high."

Ich starre ihn ungläubig an und hoffe mit jedem Blinzeln, dass er verschwindet. Wie konnte ich nur mit diesem unbekannten, bärtigen Kerl als Mitbewohner enden? Ich kann es nicht ausstehen, meinen Lebensraum zu teilen.

Priya berührt sanft meinen Arm. „Du brauchtest Hilfe mit der Hypothek."

„Meinst du nicht, dass eine kleine Warnung deswegen gut gewesen wäre?", zische ich. „Das auszulassen ist keine Kleinigkeit."

Sie wirft ihre Hände besiegt in die Luft. „Es tut mir leid. Wir waren so sehr damit beschäftigt, uns Gedanken darüber zu machen, wie du auf den Sexshop reagieren würdest, dass ich Spider völlig vergessen habe."

„Schon okay. Es ist nicht eure Schuld."

Ich lasse mich auf den Barhocker neben der Kücheninsel sinken und mein Blick fällt auf die Krümel, die ich diesem Kerl zu verdanken habe.

„Aber ich hatte meine Hypothek immer unter Kontrolle." Ich drehe mich entsetzt zu Priya um. „Immer."

„Na ja, du hattest eine schwierige Phase, Luce. Und leider war Spider der Einzige, den die ganzen Cock-Ringe da unten nicht abgeschreckt haben."

Mein neuer Mitbewohner hebt ein Bein, um sich am Hintern zu kratzen, während er seine Aufmerksamkeit auf die Sendung richtet, die er sich gerade anschaut. Dieses ganze Durcheinander verdanke ich dem Plastikflittchen unten im Fenster.

„Ich wohne mit einem Mann zusammen, den ich nicht kenne", murmle ich, hauptsächlich zu mir selbst. Dann lauter zu ihm: „Hast du gesagt, dein Name ist Spider? Wie das Insekt?"

Seine Gabel verharrt in der Luft. „Meinst du das ernst?"

„Ja", antwortet Priya mit scharfer Stimme für ihn. „Das ist Spider."

Ich atme tief ein. Ich hätte lieber einen Befall der echten Spinnentiere gehabt als diesen Chaoten. Die sind wenigstens ordentlich.

„Wie lange wohnst du hier schon, Spider?" Ich ärgere mich über den blöden Spitznamen, sobald er meine Lippen verlässt. Wie kommt jemand zu diesem Spitznamen? Hat er ein Talent dafür, Wände hochzuklettern oder so?

Er stellt den Kochtopf ab. „Frau, bist du völlig durchgeknallt?" Er schüttelt den Kopf und murmelt: „Seit einem halben Jahr."

„Aha. Und was machst du so?" Dem Zustand der Wohnung nach zu urteilen, ist er kein professioneller Entrümpler.

„Ich bin Nacktmodell."

Meine Augen weiten sich. Das ist ein Beruf? „Bitte sag mir, dass du das nicht hier machst!"

„Nee. Ich gehe in Kunststudios in der Stadt."

Ich atme vor Erleichterung seufzend aus. Eine kleine Gnade. „Warum isst du aus meinem Kochtopf?"

Er zuckt mit den Schultern. „Es ist halt einfacher, oder?"

„Aber das ist mein Spezialtopf zum Marmelade kochen."

Ich unterdrücke den Drang, die ganze Wohnung gründlich zu säubern, einschließlich des merkwürdigen Spinnenmannes, wimmere und beschließe, dass das eine Aufgabe für die Zukunfts-Lucy ist.

Ich schaue zu Priya, die mit meiner Tasche schon halb in meinem Schlafzimmer ist.

„Komm, wir bringen dich in dein Schlafzimmer, Luce."

„Okay", quieke ich.

„Hey", ruft Spider uns hinterher. „Vergiss nicht, dass du zugestimmt hast, die Miete zu senken."

„Nennt mir eine gute Nachricht, ich flehe euch an", stöhne ich, als die Mädchen mich in mein Schlafzimmer bugsieren. „Muss ich nachsehen, ob im Bad Leichen sind?"

Ich lasse mich auf das Bett fallen, erleichtert, dass mein Schlafzimmer noch wie vorher aussieht.

„Atme ein paar Mal tief durch", beschwört mich Libby und lässt sich neben mir nieder. „Wir könnten dir ein schönes warmes Bad mit Aromasalzen einlassen. Und du wirst es nicht mit irgendwelchen Leichen teilen müssen."

„Danke, Lib, das ist lieb. Aber im Moment brauche ich etwas Stärkeres als Aromablasen."

Ich suche den Raum ab und bete, dass eine Erinnerung auftaucht. Als ich meinen Nachttisch entdecke, reiße ich die Schublade auf.

„Comics?", grinst Priya und mustert den Vorrat in der Schublade. „Das hast du also in deinem Nachttisch? Ich würde sterben, wenn du sehen würdest, was in meinem ist."

„Ja, nein, danke für das Angebot." Ich wühle mich durch den obersten Comic-Stapel. Wenn sie genauer hinsieht, sieht sie, dass einige davon erotische Comicromane sind – meine Version von Pornos. Und dann ist noch Alltägliches darin: Rechnungen, Hypothekenpapiere ...

Mit einem lauten Knall schließe ich die Schublade, raffe mich auf und schaue mich noch einmal in meinem Zimmer um. Auf der Suche nach Hinweisen. *Irgendetwas.*

Verzweifelt reiße ich die Schranktüren auf und – wow. Ich bin jetzt stolze Besitzerin von neuen Jeans, sexy Shirts und eines umwerfenden kleinen Schwarzen.

„Trage ... ich das tatsächlich?", frage ich und halte das Kleid hoch.

Priya grinst. „Du wolltest ein bisschen Abwechslung."

Ich brumme zustimmend und streiche mit den Fingern über die Bügel, bis ich über einen glänzenden schwarzen Stoff stolpere.

„Was zum Teufel ist das?" Mir fällt die Kinnlade hinunter, als ich ein hautenges blaugoldenes Trikot entdecke. Es würde perfekt auf die Comic-Convention passen, wären da nicht die klaffenden Löcher an beiden Brüsten und, o mein Gott, im Schritt. Es scheint, als hätte ich Cosplay auf ein neues Level gehoben.

Ich stoße ein überraschtes „Miss Nova" zu niemand Bestimmtem aus.

„Wann hatte Miss Nova denn ein sexy

Umstyling?" Priya grinst. „Wären Super Woman oder Wonder Woman nicht besser für Rollenspiele im Schlafzimmer geeignet?"

„Miss Nova ist eine starke, freche Frau, die keine Scheu vor ihrer Sexualität hat", erwidere ich, es leid, sie zu verteidigen. „Und sie kann Lichtteilchen kontrollieren. Sie ist ein klassisches Superheldinnen-Vorbild!" Ich halte inne und betrachte ihr gewagtes Outfit. „Ich muss mich allerdings fragen, was mich geritten hat, mir das zu kaufen."

„Es scheint, dass du uns nicht *alles* erzählst, Luce", sagt Libby. „Du bist ein *dreckiges,* stilles Wasser."

Ich weiß nicht, was ich von dieser Entdeckung halten soll.

Als Nächstes ist die Unterwäscheschublade dran. Zu meiner Überraschung entdecke ich eine Fundgrube an schlüpfrigen Dessous, die sich unter die vernünftige Baumwolle mischen, die die 26-jährige Lucy getragen hat. Nett.

Ich grinse und berühre den seidigen Stoff. Dann fallen mir fast die Augen aus dem Kopf, als ich einen sexy schwarzen Männerslip hochhebe. Ich drehe mich zu den Mädchen und halte ihn hoch. „Wem gehört der?"

Und warum meldet sich sein Besitzer nicht bei mir? Warum macht er sich keine Sorgen um mich?

Priya zieht eine Augenbraue hoch, während Libby mit den Schultern zuckt. „Vielleicht hat Spider seine Wäsche unter deine gemischt?"

Ich inspiziere die Unterwäsche mit zusammengekniffenen Augen. Designer. Verdammt sexy. Definitiv nicht Spiders.

„Wenn ich einen Freund habe, warum ist er dann noch nicht aufgetaucht?"

Priya schlurft unruhig hin und her und beäugt Libby. „Vielleicht ist es das Beste, dass du diesen Typen vergessen hast. Ich glaube nicht, dass es gut geendet hat. Du warst ein bisschen... traurig."

Traurig schwebt in der Luft und gibt mir ein unheilvolles Gefühl der Vorahnung. Von wie traurig genau reden wir? Traurig im Sinne von *„Ich habe eine Woche lang in meinen Wein geweint"* oder traurig im Sinne von *„Ich habe darüber nachgedacht, einen Schwalbensprung von der Treppe des Platinum Plaza Hotels zu machen"*?

Priya und Libby blinzeln mich an, ohne eine Antwort anzubieten, und ich möchte nur noch schreien, bis meine Lungen versagen.

Wie sich herausstellt, erfahre ich heute eine Menge.

Erstens: Mein Zuhause ist jetzt eine Folge in *Roommates from Hell*.

Zweitens: Mein Sexualleben hat

während meines Gedächtnis-Sabbaticals eine interessante Wendung genommen

Und drittens: Wer auch immer dieser geheimnisvolle Mann ist, der mich so zum Weinen gebracht hat, er hat einen wirklich heißen Slip.

7

Lucy

Meine Gedanken spielen ein unerträgliches Versteckspiel, aber ich werde diese schwer fassbaren kleinen Scheißer zur Strecke bringen.

Und wo könnte ich besser anfangen als im Büro, wo ich den Großteil meiner Zeit verbringe?

Drei Tage Hausarrest mit Spider waren genug. Je weniger über die entwischten Zehennägel im Badezimmer geredet wird, desto besser.

Jedes Mal, wenn ich meine Wohnung betrete, begrüßt mich Roxy, die lebensgroße, aufblasbare Erinnerung an mein neues Leben. Roxy ist der Name auf ihrer Verpackung.

Die meiste Zeit habe ich in der seltsamen Vertrautheit meiner Wohnung geschwelgt, abgesehen von einem ziellosen Abstecher zum Plaza Hotel, wo Libby in ihren gut gemeinten, aber vergeblichen Versuchen probierte, mein Gedächtnis durch Reiki zu befreien.

Doch leider war alles vergebens – ich habe keine Erinnerung daran, jemals dort gewesen zu sein.

Das Hauptquartier der Quinn & Wolfe Hotel Group inmitten des Betonzoos von Manhattan ist ein schwindelerregendes, siebzigstöckiges Bauwerk aus Glas, Ehrgeiz und Ego. Eine Stahlspitze ragt aggressiv aus der Spitze heraus, wie ein glänzender Mittelfinger in der Skyline.

Den Empfang im Hauptquartier zu betreten, fühlt sich merkwürdig beruhigend an. Alles ist wie immer – die Anzugträger tragen ihre Anzüge, die Kreativen ihre Jeans und ich ... nun ja, ich fühle mich in meiner Seidenbluse ziemlich sexy.

Ich streiche den Stoff glatt und fühle mich wie Wonder Woman in ihrem Power Suit. Ich trage zwar weiterhin Jeans, aber die Bluse hat ganz andere Vibes als meine üblichen karierten Hemden.

Die 27-jährige Lucy ist ein klein wenig kultivierter. Ich bin die Ich-habe-ein-wichtiges-Meeting-Lucy, nicht die Ich-kann-eine-ganze-Schar-Chicken-Wings-verschlingen-bevor-die-Personalabteilung-mit-der-Sicherheits-Präsentation-fertig-ist-

Lucy.

Laut meinen E-Mails und Telefonmarathons mit Matty habe ich in ein paar Monaten eine weitere Chance auf eine Beförderung. Die Amnesie wird nicht zu meinen Gunsten sein, aber vielleicht verschafft mir dieses Style-Upgrade ein paar Pluspunkte.

Im Empfangsbereich herrscht wie immer reges Treiben. Die Menschen eilen in die Aufzüge, die Augen fest auf ihre Handys gerichtet, während sie laufen, und fluchen, wenn sie ineinander rennen.

Alles ist wie vorher, aber irgendetwas fühlt sich spürbar falsch an.

Ich. Da ist ein riesiger Pfeil über meinem Kopf, der geradezu schreit: SEHT EUCH DIE VERRÜCKTE AN!

„Lucy!", zwitschert Abigail vom Empfang. „Du siehst gut aus. Schön, dass es dir besser geht!"

Ich schenke ihr ein Lächeln. „Danke, Abigail."

Ich bin mir nicht sicher, ob ich ihrer Einschätzung meines derzeitigen Zustands zustimmen würde, wenn man bedenkt, dass ich mich fühle, als wäre ich in die verdammte Zukunft transportiert worden.

Ich winke zum Abschied, während meine Gedanken bereits zu meinem Schreibtisch sprinten. Es wird nicht einfach sein, sich ohne Erinnerung an das letzte Jahr einzugliedern, aber zu Hause Trübsal zu blasen, hat auch nicht geholfen. Es wird Zeit, mich in die Arbeit zu stürzen, Erinnerung hin oder her.

Als ich ein paar bekannte Gesichter entdecke, nicke ich flüchtig und spurte zu den Aufzügen. Quinn & Wolfe ist riesig, und mein Personenkreis hier ist vergleichsweise winzig. Andy hat nicht ganz unrecht. Ich habe in meiner kleinen Blase gelebt, zu schüchtern, um mich hinauszuwagen.

„Hallo, meine Schöne!" Ein kräftiger Wachmann schlendert herüber. Ich brauche eine Minute, um zu merken, dass er mich meint.

„Äh, hi", stottere ich und setze ein starres Lächeln auf, während Angst in mir aufsteigt. Das ist meine Chance, zu beichten und dem Typen zu sagen, dass ich keine Ahnung habe, wer er ist.

Ich schaue unauffällig auf sein Namensschild. „Logan! Hi! Tut mir leid, ich muss weiter. Wir sehen uns."

Er zwinkert mir zu und zeigt mir einen Daumen hoch. „Sie packen das, Lucy, das tun Sie immer."

Ich flitze in den Aufzug, erleichtert, ihn leer vorzufinden. Ich bin mit den Nerven am Ende und habe noch nicht einmal mein Stockwerk erreicht.

Gerade als sich die Aufzugtüren schließen wollen, zwängt jemand seinen Fuß hinein, um sie aufzuhalten.

Als ich aufschaue, schreitet JP Wolfe herein.

Das soll wohl ein Witz sein. Von allen möglichen Aufzugsbegleitungen ist er der letzte Mensch, den ich heute sehen möchte – der dunkle, grüblerische und unangemessen einschüchternde Geschäftsteilhaber. Lieber wäre ich mit einem echten Wolf eingesperrt.

Diese Kiste fühlt sich plötzlich klaustrophobisch an. Wird der Sauerstoff reichen, um die vierzigste Etage zu erreichen?

Wäre es merkwürdig, wenn ich hinausrennen würde?

„Morgen, Mr. Wolfe", krächze ich. In meinem Kopf tauchen Erinnerungen an das Karikatur-Fiasko auf – als wäre es erst gestern gewesen.

Wenn Sie mich noch einmal verärgern, werden Sie auf der Stelle gefeuert.

„Lucy", begrüßt er mich und seine Stimme jagt mir einen Schauer über den Rücken.

Er erinnert sich also an meinen Namen.

Er blickt mich so eindringlich an, dass ich mir sicher bin, dass er all meine peinlichen kleinen Geheimnisse sehen kann. Meine Wangen erhitzen sich innerhalb einer

Nanosekunde von Null auf kochend heiß.

Ohne ein Wort zu sagen, drückt er den Schließknopf.

Die Tür gleitet wieder auf.

„Es ist voll. Nehmen Sie den nächsten", knurrt er den armen Kerl an, der mit über der Schwelle schwebendem Fuß erstarrt.

„S-s-sorry, Sir", stottert der Typ und zieht sich so schnell zurück, dass er versehentlich auf die Frau hinter ihm tritt.

Meine Augen sind groß wie Untertassen. „Soll ich, ähm, auch den nächsten nehmen?", bringe ich heraus, während ich mich bereits auf den Fluchtweg zubewege.

Sein Blick wird härter, seine Nasenlöcher blähen sich auf, seine Augen glühen und plötzlich stehe ich wie angewurzelt da. Mein Herz spielt verrückt. O Gott, hasst er mich immer noch?

„Nein." Seine Stimme ist tief und rau und bringt meine Nerven auf Hochtouren.

Er drückt wieder auf den Schließknopf und sperrt uns beide in unsere Metallbox.

Wir steigen schweigend auf, Seite an Seite.

Ich kanalisiere meine innere Wonder Woman, starre geradeaus, umklammere meinen Laptop wie eine Rettungsleine und bin mir jeder seiner Bewegungen hyperbewusst – das Heben und Senken seines Brustkorbs, das Ballen und Lockern seiner Fäuste, das ungeduldige Streichen seiner Hand durch sein Haar.

Er ist einen guten Kopf größer als ich; meine Nase ist auf einer Höhe mit seiner Schulter. Er trägt dasselbe weiße Hemd wie an dem Tag, an dem er mir gedroht hat, mich rauszuschmeißen. Seine Ärmel sind hochgekrempelt und zeigen gebräunte, muskulöse Unterarme.

Sein Parfüm ist berauschend, ganz erdig und sexy. Es ist die Art von Duft, die perfekt zu seiner männlichen Ausstrahlung passt.

Ich gebe mir gedanklich eine Ohrfeige, um die unerwünschten Gedanken zu bannen. Das ist genau der Grund, warum ich mich nicht gut mache, wenn ich mit den Leithunden zusammenkomme. Oder in diesem Fall, Wölfen. Taylor würde die Sendezeit mit ihm nutzen, um ihm metaphorisch in den Arsch zu kriechen. Andere würden ihr Glück versuchen, mit einem der begehrtesten Junggesellen Amerikas zu flirten.

Ich? Ich kämpfe gegen den Drang an, immer wieder mit dem Gesicht gegen die Türen zu klatschen, bis sie mich freigeben.

Auch wenn meine Augen fest nach vorne gerichtet sind, spüre ich, wie sein Blick über mich streift und sich in meine Haut brennt.

Krieg dich wieder ein. Natürlich tut er das nicht.

„Wie geht es Ihnen?" Seine tiefe Stimme durchbricht die Stille und ich erschrecke mich fast zu Tode.

Langsam drehe ich mich und schaue zu ihm hoch. Nun ist mein Mund auf einer Höhe mit seinen Brustmuskeln. Sein Kiefer verkrampft sich, als unsere Blicke sich treffen. Leichte Bartstoppeln verdunkeln sein Kinn.

Einen flüchtigen Moment lang frage ich mich, wie sie sich zwischen meinen Beinen anfühlen würden, und die Härchen auf meinen Armen stellen sich auf. Diese Hände überall, diese knurrende Stimme, die mir ins Ohr flüstert, was für ein böses Mädchen ich bin …

Mann. Reiß dich zusammen.

„Sie wissen von meinem Unfall?", frage ich und überlege, wer mich verpfiffen hat. Die Personalabteilung?

Er sieht wütend aus. „Natürlich weiß ich das."

„Es geht mir langsam besser, danke." Die Klimaanlage in den Fahrstühlen muss unbedingt aufgedreht werden. Ein Mädchen kann bei der Hitze glatt ohnmächtig werden.

„Gibt es schon Erinnerungen an das letzte Jahr, die zurückkehren?"

„Äh, ich fürchte, das ist noch in Arbeit."

Ich reibe mir den Nacken. Es ist nicht gut, wenn die Nachricht von meinem Unfall die Karriereleiter hinaufgewandert ist.

Eine Falte erscheint zwischen seinen Augenbrauen. „Haben Sie irgendwelche Daten wiederhergestellt? SMS? Fotos?"

Meine Augen weiten sich. „Alle meine Arbeitsunterlagen haben Back-ups, Sir. Es ist nichts verloren gegangen."

Sein Stirnrunzeln vertieft sich. Es könnten Kopfschmerzen sein, oder vielleicht wird er nur seinem Ruf gerecht. Der Wolf ist nicht dafür bekannt, ein Charmeur zu sein.

„Ich meinte Ihre persönlichen Daten. Konnten Sie etwas von Ihrem Handy wiederherstellen?"

„Oh. Nein", quietsche ich. Warum redet er überhaupt mit mir? Normalerweise schenkt er mir keine Beachtung. Bei Firmenveranstaltungen schaut er durch mich hindurch, als ob ich gar nicht da wäre. Genauso wie ich es mag.

„Sie erinnern sich an nichts aus dem letzten Jahr? Gar nichts?" Seine Stimme klingt jetzt etwas schärfer. Er kommt einen Schritt auf mich zu und stützt sich mit einer Hand an der Rückwand des Aufzugs ab.

Das ist schlecht. Ich will nicht auf dem Radar des Wolfs sein.

Jede seiner Bewegungen sieht bewusst aus, als ob er wollte, dass ich sie bemerke. Wahrscheinlich ein Machtspiel, um arme, wehrlose Kreative einzuschüchtern.

Zwanzigster Stock, komm schon, beweg dich endlich.

Soll ich lügen?

„Noch nicht, Sir, aber mein Behandlungsplan ist fertig. Ich bin mir sicher, dass sie alle bald zu mir zurückkommen werden!", zwitschere ich.

Seine Nasenlöcher blähen sich wieder auf. „Das ist nicht gerade ideal", antwortet er und starrt mich so lange an, dass ich mich frage, ob mir plötzlich eine dritte Brustwarze auf dem Kopf gewachsen ist. Ich fahre mir mit den Fingern unauffällig über Lippen und Nase – keine offensichtlichen Probleme, obwohl ich im Krankenhaus tatsächlich ein paar Mal Nasenbluten hatte.

Er starrt mich unverwandt an und mein Puls erhöht sich. Was ist mit ihm los? Ist er sauer, weil ich mein Gedächtnis verloren habe? Es ist ja nicht so, als wäre ich im Plaza leichtsinnig das Geländer hinuntergerutscht, um Himmels willen.

Dreißigster Stock. Ich muss raus.

Endlich klingelt der Aufzug in meinem Stockwerk. Das vierzigste.

Ich mache Anstalten zu gehen, als die Türen

aufgleiten.

„Warten Sie, Lucy." Wolfe drückt auf den Stopp-Knopf und die Tür ruckt zum Stillstand. „Was hat der Arzt gesagt?" Er hält inne. „Sie wurden kürzlich untersucht, nehme ich an?"

Vielleicht ist er besorgt, dass ich das Projekt versaue. Meine Angst steigt, als sein Finger auf dem Stopp-Knopf bleibt.

„Sie hat gesagt ... sie hat mir versichert, dass ich mich in kürzester Zeit an alles erinnern werde." Meine Kehle schnürt sich zu. Lügen war noch nie meine Stärke.

Wie aufs Stichwort möchte jemand in der Etage den Aufzug holen. Die Türen versuchen sich zu öffnen, aber Wolfe hält sie zu, was zu einem wiederholten nervigen *Ping* führt.

„Wirklich?" Er hebt eine Augenbraue, offensichtlich nicht überzeugt.

„Japp, auf jeden Fall."

Die Person draußen ist hartnäckig, sie weiß ja nicht, gegen wen sie antritt.

„Sie müssen sich keine Sorgen machen, Mr. Wolfe", sage ich eilig. „Ich habe alles nachgelesen, was wir in Phase eins gemacht haben – ich bin wieder auf dem neuesten Stand. Müssen Sie hier auch raus? Das ist mein Stockwerk."

Er stößt einen weiteren lauten Atemzug aus und der wird *definitiv* zu einem leisen Knurren.

Ich warte nicht auf eine Antwort.

Die Aufzugstüren öffnen sich mit einem leisen Zischen, als er den Knopf loslässt. Wer auch immer versucht hat, einzusteigen, hat inzwischen aufgegeben.

Ich stolpere fast über meine eigenen Füße und eile aus dem Aufzug, um in die Freiheit zu stürmen.

Ein lauter Schlag ertönt aus dem Inneren der Metallkiste, aber ich wage es nicht, mich umzudrehen. Ich hoffe, das war für *lange* Zeit die letzte Begegnung mit dem Wolf.

Eine Wiederholung überlebt mein Herz vielleicht nicht.

8

Lucy

Die Büroetage ist tot, Gott sei Dank. Kaum eine Menschenseele ist schon da.

Als ich mich auf den Weg zu meinem Schreibtisch mache, nickt mir eine Entwicklerin erschöpft zu. Sie sieht aus, als hätte sie die ganze Nacht programmiert und sich von Red Bull und Taco Bell ernährt.

Ein riesiger Luftballon mit der Aufschrift „Gute Besserung, Lucy!" schwebt über meinem Schreibtisch, daneben ein zweiter mit einem grausam unvorteilhaften Bild meines Gesichts.

Mein Gott! Es ist so verzerrt, dass mein Kinn völlig verschwunden ist und meine Wangen aussehen, als hätte ich eine schwere allergische Reaktion auf Schalentiere. Matty, du bist ein toter Mann.

Ich lasse mich in meinen Stuhl sinken und mir brennen Tränen in den Augen, als ich die Genesungskarten überfliege. Wenigstens kommt mir alles andere vertraut vor – meine getreuen blauen Notizbücher, Klebezettel und Stifte sind fein säuberlich angeordnet. Ich bin mehr Gewohnheitstier, als ich dachte.

Dann bemerke ich etwas, das hier nicht hingehört – eine Actionfigur, die trotzig auf meinem Monitor thront. Lev Gleasons Golden Age „Daredevil"; er trägt sein altes zweifarbiges Kostüm in tiefem Karmesinrot und kräftigem Königsblau, samt seiner charakteristischen dunkelblauen Kutte. Er scheint mich zu fixieren, auch wenn ich seine Augen nicht sehen kann.

Seltsam. Ich nehme nie Comic-Erinnerungsstücke mit zur Arbeit, weil ich das ein bisschen zu peinlich Fan-Girl-mäßig finde. Warum in aller Welt sollte ich meine eigene Regel brechen?

Mein Blick wandert durch den Bereich des Designteams. Einige Dinge haben sich überhaupt nicht verändert: die blöde verbeulte Krone für das Teammitglied des Monats, Mattys Cornflakesschachteln, Taylors Trophäen und der Trottel-des-Tages-Hut für denjenigen, der es versaut.

An der Wand hängt der Versuch von Wendy und Matt, ihre Knie wie Hintern aussehen zu lassen, was mir ein kleines Lächeln auf die Lippen zaubert.

Es gibt subtile Unterschiede. Neue Pläne und Klebezettel, die die zweite Phase von Projekt Tangra genau beschreiben, zieren die Wände. Aber die Überreste von Phase eins sind immer noch sichtbar. Es wirkt so aufregend. Schade, dass ich mich an keine Minute davon erinnern kann.

Ich gehe die Ausdrucke auf meinem Schreibtisch durch, die mit User Journeys und Design-Entwürfen gefüllt sind, und spüre ein Gefühl der Erfüllung, das ich nicht ganz verstehe. Habe ich die gemacht? Es ist so merkwürdig, dass ich mich nicht daran erinnern kann. Sie sind von vor zwei Wochen.

Ich bin froh, dass niemand hier ist und sehen kann, wie mir die Tränen kommen. Warum ist mein Gehirn so ein stures Arschloch?

Genug gejammert. Es ist Zeit, sich an die Arbeit zu machen, selbst wenn ich so tun muss, als sei alles in Ordnung, während ich mit einem schwarzen Loch anstelle eines Gedächtnisses kämpfe. Alles, was ich tun kann, ist, auf der Stelle zu treten und zu hoffen, dass ich nicht untergehe.

Ich habe Wolfe nicht angelogen, als ich sagte, ich sei auf dem Laufenden. Natürlich erinnere ich mich nicht an das Blut, den Schweiß und die Tränen, die hinter diesen Entwürfen stecken. An die langen Überstunden, den Stress, die

Kopfschmerzen und die Streitereien über die Details der Benutzeroberfläche, die über Sieg oder Niederlage von Tangra entscheiden könnten.

Aber ich habe hier die reinen Fakten. Die echten, konkreten Ergebnisse all unserer harten Arbeit. Und es ist offensichtlich, dass ich hier nonstop geschuftet habe. Das würde erklären, warum mein letztes Jahr so ereignislos war. Ich muss rund um die Uhr an diesem Schreibtisch gelebt haben. Und das alles ohne eine Beförderung.

Wir haben etwas Wesentliches für Phase eins auf den Weg gebracht. Nicht genau nach Wolfes Stoppuhr, aber wir waren nah dran. Das kleinste Kasino von Atlantic City ist jetzt zu 100 Prozent bargeldlos für seine Glücksspieler, ganz nach Wolfes Vision.

Den Zeitstempeln einiger E-Mails nach zu urteilen, haben wir uns den Arsch aufgerissen und nicht geschlafen.

Ich bin so in meine Arbeit vertieft, dass ich den langsamen Zustrom von Kollegen gegen neun Uhr kaum wahrnehme. Mir dreht sich der Magen um und ich fürchte mich vor unvorhergesehenen Veränderungen.

Aber abgesehen von ein paar neuen Gesichtern, sind alle vertraut: Wendy, unsere

Junior User Researcherin, die beiden Tonys, die Entwickler, Brody, der Grafikdesigner und der Teamplayboy. Taylor ist noch nicht da. Matty kommt natürlich zu spät.

Sie umschwärmen meinen Schreibtisch und dann beginnen die Fragen.

Die Leute glauben nicht, dass ich ein Jahr verloren habe.

Oder sie kapieren es nicht.

„Hey Luce, wie geht's dir?"

Gefolgt von: „Scheiße, du hast also wirklich dein Gedächtnis verloren? Andy hat gestern eine E-Mail geschickt."

Ich fühle mich wie ein Ausstellungsstück einer Freakshow.

Sie sind skeptisch.

Ich verstehe das; es ist unglaublich.

Ja, ich habe mein Gedächtnis verloren. Nein, ich habe keine Ahnung, was ich letzte Woche gemacht habe. Und leider habe ich mein Gedächtnis nicht über Nacht zurückbekommen, wie eine Art amnesischer Superheld.

Ich sage ihnen, dass die Ärztin meinte, dass sie vorsichtig mit mir umgehen sollen.

Sie nicken zustimmend und machen verständnisvolle Geräusche, bevor sie mit Fragen zur Arbeit loslegen. Gut, dass ich mir den Hintern mit Vorbereiten aufgerissen habe.

Aber die ganze Aufmerksamkeit macht mich nervös, als läge ich unter einem Mikroskop. Ich setze ein falsches Lächeln auf und täusche ein Selbstbewusstsein vor, das ich nicht empfinde.

„Luce, kannst du überprüfen, ob meine Funktion jetzt mit dem Design übereinstimmt?"

„Luce, hast du das Problem mit dem Kopieren gelöst, das ich dir gezeigt habe?"

Klebezettel und Papiere flattern mir ins Gesicht. Laptop-Bildschirme werden vor mir abgestellt, weil die Leute Antworten brauchen.

Von allen Seiten starren Köpfe auf mich herab, sodass ich mich klaustrophobisch fühle. Sie fordern mich höflich auf, mich zu beeilen und zu erinnern, da ich seit über zwei Wochen außer Gefecht bin und sich die Arbeit angehäuft hat.

„Matty!", rufe ich, als ich ihn im Gang entdecke. Ich brauche ihn als menschlichen Schutzschild vor meinen Kollegen.

Er nimmt neben mir Platz und umarmt mich kurz. „Sieht so aus, als stündest du im Mittelpunkt der Aufmerksamkeit."

„Ja, aber nicht auf eine gute Art."

„Hört zu, die Show ist vorbei", verkündet er allen, die mich immer noch ansehen. Er macht Andy nach und legt beide Hände auf den Kopf, sein sonnenverwöhntes Surferhaar ist jetzt lang genug, um es zu einem Pferdeschwanz zu binden. „Es gibt hier Arbeit zu erledigen, Leute."

Ich schenke ihm ein Grinsen. Sofern Matty nicht gerade eine Gehirntransplantation hinter sich hat, bezweifle ich, dass er das Aushängeschild für den Workaholic des Jahres ist.

„Ich kann immer noch nicht glauben, dass du dich nicht an das letzte Jahr erinnerst", sagt er, während er Cornflakes in eine Schüssel schüttet und dann seinen Laptop hochfährt. „Erinnerst du dich daran, dass ich dich im Krankenhaus besucht habe?"

Ich schüttle traurig den Kopf. „Nein. Aber trotzdem danke."

„Wahrscheinlich ist es besser so, dir ist Sabber das Gesicht runtergelaufen."

„Danke." Ich schaue ihn böse an, während er sich Joghurt über seine Cornflakes kippt.

„Verstehe ich das richtig – du hast also eine Art zeitverzerrtes Gedächtnis und erinnerst dich an Dinge, die ein Jahr zurückliegen, als wären sie gestern passiert?" Er legt sichtlich verwirrt die Stirn in Falten. „Das ist ja ein ziemlich toller Trick. Weißt du noch, was du letztes Jahr um diese Zeit gemacht hast?"

„Nicht wirklich. Es ist, als hätte ich zwei Wochen Urlaub gemacht und wäre dann zurückgekommen und hätte alles vergessen, was vor der Reise passiert ist. Die Erinnerungen sind irgendwie verschwommen."

„Dafür brauche ich keinen Urlaub. Jeden Tag verlasse ich das Büro und weiß am nächsten Morgen nicht mehr, was ich gemacht habe."

Ich verdrehe lächelnd die Augen und beuge mich zu seinem Schreibtisch hinüber. „Hey, was steht in Andys E-Mail über mich? Ich hoffe, er hat nicht gesagt, dass ich verrückt geworden bin."

„Nein, es war das Gegenteil." Er zuckt mit den Schultern und schaufelt sich Joghurt in den Mund. „Du weißt ja, wie er ist", murmelt er zwischen zwei Happen. „Im Grunde, dass du dein Gedächtnis verloren hast, es aber alles seinen gewohnten Gang geht ... oh, und das IT-Team-Meeting wurde heute um eine Stunde vorverlegt. Das war sogar die Hauptnachricht."

Typisch Andy. „Na ja, ich denke, es ist gut, dass Andy so gleichgültig ist. Ich kann es nicht gebrauchen, dass das ganze Büro das komische Mädchen ohne Erinnerung anglotzt." Ich halte inne und kaue auf meiner Unterlippe. „Ich habe Wolfe im Aufzug gesehen. Er war mürrisch wie immer, fing aber an, mich über meinen Gedächtnisverlust auszufragen. Ich glaube, er hält mich für eine Belastung oder so."

„Hast du ein Pech." Matty zieht eine Grimasse. „Er hat schon die ganze Woche eine Scheißlaune. Nicht, dass jemand den Unterschied bemerken würde. Zu unserem Glück ist er seltener da als sonst."

„O Gott, ich hätte nicht gedacht, dass er überhaupt da ist?" Bei dem Gedanken, Wolfe nochmal zu begegnen, dreht sich mir der Magen um.

Er ruckt mit dem Kopf in Richtung des verglasten Eckbüros. „Manchmal benutzt er dieses Büro, wenn er hier ist. Normalerweise, wenn er kommt, um mit uns über das Projekt zu sprechen."

„Scheiße." Ich beäuge das Büro misstrauisch. Ich werde mich nicht wohlfühlen, wenn ich weiß, dass er jeden Moment auftauchen kann. Was macht er bei uns, anstatt oben bei den Quinn-Brüdern auf der Chefetage zu sein? „Wie war er denn zu uns?"

„Der kaltherzige Bastard, den wir alle kennen und verabscheuen", sagt Matty trocken. „Vielleicht übertreibe ich ein wenig – er ist in den letzten Monaten tatsächlich weicher geworden. Aber, Mann, wenn eine Deadline verpasst wird und seinen Gewinn beeinträchtigt, ist er brutal."

„Ich nehme an, ich bin ihm aus dem Weg gegangen?", frage ich und hoffe inständig, dass er mich seit dem Fiasko mit der Zeichnung nicht mehr auf dem Schirm hat. Matty hat mir schon gesagt, dass ich nicht aus dem Projekt gestrichen wurde und das ist doch schon mal was. „Sind wir uns oft über den Weg gelaufen oder eher nicht?"

Er saugt die Luft durch seine Zähne ein. „Komische Stimmung. Er schien dich lange zu hassen. Ich glaube, das hat sich ein bisschen zu Gleichgültigkeit abgeschwächt."

„Er hasst mich?", sage ich bestürzt. Bei dieser Enthüllung erschaudere ich am ganzen Körper. „Ich glaube, ich fand es besser, als er keine Ahnung hatte, wer ich bin."

„Du hast ihn einmal während eines Meetings angeschnauzt. Wir dachten, du würdest mit Sicherheit aus dem Projekt genommen werden."

Ich glotze Matty an, während mir das Herz in die Unterhose rutscht. „Ich habe Wolfe gegenüber die Klappe aufgerissen? Willst du mich verarschen?"

Matty zuckt zusammen und schiebt seinen nun leeren Joghurtbecher weg. „Ja, das war nicht deine Sternstunde. Wir dachten schon, du wärst erledigt."

Ich lege meinen Kopf in die Hände. Das wird ja immer besser. „Was zum Teufel habe ich zu ihm gesagt?"

Er zuckt mit den Schultern. „Du hast ihm gesagt, seine Forderungen seien unrealistisch. Was sie auch waren, um ehrlich zu sein. Du hattest recht, aber zur falschen Zeit und am falschen Ort."

„Ach du Scheiße", stöhne ich. Ich war auf einem Eine-Frau-Kreuzzug, um mir den Mann zum Feind zu machen.

„Wenn es hilft, er hat sich danach ein bisschen beruhigt. Er schien sich zu entspannen. Wir alle haben dich im Stillen angefeuert, obwohl wir um deinen Job fürchteten."

„Na ja, kleine Gnaden und so", murmle ich. Aber das ändert nichts an der Tatsache, dass ich jetzt die Etage mit einem Chef teilen muss, der mein Dasein verabscheut. Fantastisch.

„Lass einfach den Kopf unten. Es gibt den Dauerwitz, dass er dich die Plaza-Treppe hinuntergestoßen hat."

„Was?" Ich verschlucke mich an meiner Spucke und treffe ihn im Gesicht.

„Ich weiß die Geste zu schätzen, aber ich habe heute schon geduscht."

„Entschuldigung. Aber warum? Warum zum Teufel geht dieser Scherz um?"

„Er war da, als du gefallen bist. Er hat den Krankenwagen gerufen."

Ich starre ihn entsetzt an. „Hast du den Sturz

gesehen? Irgendjemand sonst?"

„Nein, tut mir leid, Luce. Ich kenne niemanden, der dabei war."

Ich muss verzweifelt aussehen, denn er stupst meinen Arm an. „Entspann dich. Das ist nur ein blöder Scherz. Wir glauben nicht wirklich, dass er dich geschubst hat."

„Das ist beschämend", murmle ich. „Warum musste ich mich betrinken?"

Matty zuckt mit den Schultern. „Du hast aufgebracht gewirkt. Als ich nachgefragt habe, hast du deinem monatlichen Besuch die Schuld gegeben und mir gesagt, ich solle es gut sein lassen."

Was für ein Schwachsinn.

„Hey, mach dir keine Gedanken darüber. Du hast in der Gegenwart genug zu tun, auch ohne in der Vergangenheit zu wühlen."

Ich schlucke und nicke, obwohl ich den Gedanken, dass Wolfe Zeuge meiner Demütigung war, nur schwer abschütteln kann.

Ich bin nicht bereit, noch mehr von diesem Desaster zu enthüllen – mein Angstpegel ist ohnehin schon hoch. Zeit für einen Themenwechsel.

„Hier, sieh dir das mal an ..." Ich ziehe die Daredevil-Actionfigur hervor, die ich unter meinem Monitor versteckt hatte. „Weißt du, warum ich das auf meinem Schreibtisch habe?"

Matty runzelt die Stirn. „Warum fragst du mich? Du stehst doch auf diesen ganzen Superheldenscheiß."

„Ja, aber ich zeige das nicht bei der Arbeit." Ich starre auf Daredevil in meinen Händen, dann schaue ich nach oben – und mir dreht sich der Magen um.

JP Wolfe stürmt durch den Gang, sein Gesicht ist eine undurchdringliche Maske aus Stahl.

O juhu.

Helen aus der Personalabteilung versucht, neben ihm herzugleiten und ihn in ein Gespräch zu verwickeln, aber es gelingt ihr nicht, seine Aufmerksamkeit zu gewinnen.

Nein, die habe ganz allein ich und mein blöder Daredevil.

Seine Augen leuchten so heftig, dass jeder im Saal es spüren muss.

Offensichtlich hält er mich für arbeitsunfähig, weil ich hier sitze und an meinem ersten Tag mit Spielzeug spiele. Ich glaube, ich bin gerade rückwärts gealtert. Im Vergleich zu ihm fühle ich mich wie ein Kind und nicht wie eine 27-jährige Frau, und er ist nur zehn Jahre älter als ich.

Wie im Rausch reiße ich meinen Stuhl zurück und stoße mir dabei das Knie an.

Autsch.

Ich ducke mich hinter meinen Monitor und schiebe Daredevil unter den Schreibtisch – aber der dumme Plastiknarr hat andere Pläne und rollt auf den Boden, genau in den Weg des aufkommenden Sturms.

Lautlos fluchend stürze ich mich auf den Boden, um Daredevil zu retten. Wolfe ist praktisch über mir.

„Lucy." Seine Stimme grollt leise. Das bilde ich mir sicher nur ein, aber – nein. Das ist definitiv mein Name, der ihm über die Lippen kommt.

Mit pochendem Herz in der Brust wage ich es, zu ihm aufzusehen. Wir sind in einem bizarren, unbeweglichen Strudel gefangen, unsere Augen fixieren sich in einem wortlosen Patt.

Meine Wangen schwellen in einer tiefen Röte an und meine Ohrläppchen pulsieren von dem rauschenden Blut.

Ich gebe ein gurgelndes „Hallo" von mir.

Als er anfängt, sich vorzubeugen, mache ich einen verzweifelten Sprung nach Daredevil und schnappe ihn mir, bevor Wolfe es tun kann.

Dann sitze ich schneller als ein Wimpernschlag wieder auf meinem Stuhl und täusche tiefes Interesse an meinem

Laptopbildschirm vor, während Wolfe an mir vorbeigleitet.

Ich werfe Matty einen Blick zu, um seine Reaktion auf die merkwürdige Interaktion zwischen Wolfe und mir abzuschätzen, aber er ist in ein YouTube-Video vertieft.

Was ist da gerade passiert?

Mein Kopf fühlt sich total beschissen an. Ich bin hin- und hergerissen zwischen der Angst vor Wolfes Zorn und dem berauschenden Nervenkitzel seiner unerwarteten Aufmerksamkeit.

Und ich habe nicht die leiseste Ahnung, was mir mehr Angst macht.

9

Lucy

Taylor. Die letzte Person, die ich sehen muss.

Sie marschiert herein, ganz geschäftsmäßig, mit flatterndem Rock und einem so strengen Dutt, dass er diesem Pornostar – die, die Matty auf dem Firmen-Desktop angestarrt hat und wobei er erwischt wurde – den Rang ablaufen könnte.

Im letzten Jahr hat sie sich zu einer neuen Stufe Powerplayer gemausert. Ihr Blazer hat sogar Schulterpolster, die an die Kostüme der Superhelden der 80er Jahre erinnern.

Anstatt sich zu setzen, steht sie im Gang. „Sitzungssaal fünf. Jetzt."

Ich schaue mich um. Alle scheinen unbeeindruckt zu sein – sogar Matty zuckt nicht einmal mit der Wimper.

Sie wirbelt auf ihren spitzen Absätzen herum und vollführt eine theatralische Pirouette, bevor sie in Richtung Sitzungssaal fünf davonstolziert.

Ein Kollege nach dem anderen schließt sich ihr an.

Irgendetwas stimmt hier nicht.

Sogar Matty schält sich von seinem Schreibtisch und lässt seine Cornflakes stehen.

Beunruhigt halte ich ihn am Arm fest, ehe er sich der abziehenden Herde anschließen kann. „Was zum Teufel ist hier los? Warum bestellt uns Taylor in den Sitzungssaal?"

Er starrt auf mich herab. „Heilige Scheiße. Du weißt es nicht."

Ein Schauer der Besorgnis läuft mir den Rücken hinunter. „Wissen? Was wissen?"

„Taylor leitet das Projekt Tangra, Luce. Andy hat ihr die Leitung übertragen."

Das Blut wandert in meine Füße. „Taylor ist meine Chefin?", krächze ich. „Ist das eine Art gestörter Bürostreich für den ersten Tag, den ich wieder da bin? Ihr steckt da alle mit drin, oder? Du, Spider, die Mädchen, sogar Wolfe?"

Er lacht schallend auf. „Sorry, Luce, aber das ist die reinste Comedy. Dein Gesicht! Aber ja, Taylor hat das Sagen."

Ich bin zu traumatisiert, um zu sprechen.

Jeder nur nicht sie. Ich würde mich lieber vor Satan verantworten.

„Na komm." Er stupst mich von meinem Sitz hoch. „Hast du es nicht aus den E-Mails herausgelesen?"

„Nein", zische ich. „Taylor war schon immer eine herrische Nervensäge. Ich dachte nur, sie wäre ... na ja, sie selbst."

Ist das die Erinnerung, vor der mich mein Gehirn geschützt hat? Jetzt ergibt alles einen Sinn.

„War das letzte Jahr die Hölle auf Erden?", wimmere ich.

„So ziemlich", sagt er ausdruckslos.

Ich warte auf die Pointe, doch sie kommt nicht.

Er zuckt mit den Schultern. „Ich dachte, Andy war hart, als er mir das türkische Buffet verboten hat. Nun, da er keine Verantwortung mehr und Taylor das Sagen hat, lässt sie mich kaum noch pinkeln gehen."

„Haben wir je darüber nachgedacht, aufzuhören?"

„Ach komm, du weißt doch, dass wir beide dafür zu festgefahren in unseren Gewohnheiten sind."

Wir drängen uns in den überfüllten Sitzungssaal.

Ich bin erleichtert, dass alle Plätze besetzt sind und ich mich hinten verstecken und vor die Wand stellen kann, Matty vor mir. In Sitzungssälen fühle ich mich beengt und verwandle mich in ein stammelndes Wrack, wenn ich etwas sagen muss.

Da wir dreißig, wie Sardinen zusammengepfercht sind, ziehe ich ein paar neugierige Blicke auf mich. Einige recken den Hals, um die Frau ohne Erinnerung anzustarren.

Wenn dies ein Comic wäre, wäre ich Captain Confusion.

Taylor stolziert zum Kopfende des Tisches und streicht ihre Anzugsjacke glatt.

„Lucy." Sie lächelt mich an und ihre Stimme trieft von einer Herzlichkeit, die mir durch und durch geht. „Wir können gar nicht in Worte fassen, wie schön es ist, dass du wieder da bist. Ich hoffe, du fühlst dich besser?"

„Als könnte ich Bäume ausreißen", murmle ich und zwinge mich zu einem knappen Lächeln.

„Das ist einfach großartig." Sie verschränkt die Hände vor der Brust, als würde sie für eine Seifenoper vorsprechen. „Im Namen des Managements versichere ich dir, dass wir dir auf deinem Weg der Genesung zur Seite stehen werden."

„Du bist jetzt also der Boss." Die Worte entweichen meinen Lippen als Wimmern. Das muss eine Art verquerer Albtraum sein. Jeden Moment werde ich in einem Krankenhausbett aufwachen.

Sie grinst kurz, ehe sie sich wieder zusammenreißt. Zweifellos weidet sie sich an dem Entsetzen, das auf meinem Gesicht aufblitzt. „Oje, du *hast* ein paar Dinge vergessen. Ja, ich leite das Projekt."

So wie Taylor ihre Freude nicht verbergen kann, kann ich meine Bestürzung nicht verbergen. Ich bemühe mich um Nonchalance, aber am Ende kommt ein verlegenes Grimassen-Lächeln heraus.

Taylor als Vorgesetzte zu haben, ist neben dem Gedächtnisverlust das größtmögliche Pech. Möglicherweise sogar schlimmer.

Ich versuche, mich zu konzentrieren, während sie spricht – wir befinden uns im ersten Sprint von Phase zwei und ich bin aufgeregt, aber es ist bittersüß, denn ganz gleich wie hart ich arbeite oder wie sehr ich das Projekt liebe, ich werde trotzdem Taylor Rechenschaft ablegen müssen.

Ich frage mich, wie lange ich das erste Mal gebraucht habe, um diese bittere Pille zu schlucken?

Gerade als ich denke, dass dieses Meeting nicht schlimmer werden kann, kribbelt mein Nacken. Ohne mich umzudrehen, kann ich seine Anwesenheit spüren. Dieser Geruch.

Taylor bricht mitten im Satz ab, ihr Blick schießt zur Tür.

„Lassen Sie sich nicht stören", ertönt eine ruhige, tiefe Stimme hinter mir, die die Energie im Raum aufwirbelt. Alle setzen sich instinktiv aufrechter hin.

Meine Muskeln spannen sich vor Nervosität an, als ich mich langsam umdrehe und seinem Blick begegne. Jetzt wünschte ich, ich hätte keinen Platz hinten gewählt.

Er lehnt sich an die Wand.

„Wir haben gerade über die Retrospektive gesprochen, Sir", stammelt Taylor und ist durch seine Anwesenheit sichtlich aus der Bahn geworfen.

„Fahren Sie fort", ordnet er an und seine Augen bleiben für einen beunruhigenden Moment an meinen hängen, bevor er seine Aufmerksamkeit auf das verängstigte Team vorne lenkt. „Mich interessiert, welche Herausforderungen das Team zu meistern hat."

Ich drehe mich wieder um und versuche, mich auf Taylor zu konzentrieren. Meine Nerven liegen blank. Nun bin ich in höchster Alarmbereitschaft und mir jedes Zentimeters zwischen uns genau bewusst. Wenn ich einen Schritt zurückgehen würde, wären wir praktisch in der Löffelchenstellung. Sein Atem würde auf meine Haut treffen.

Ich sollte eigentlich aufmerksam zuhören, um sofort voll einsatzfähig zu sein, aber alles, woran ich denken kann, ist, dass ich Mr. Wolfes Schwanz berühren würde, wenn ich meine Hand nach hinten bewegen würde.

Seit er mir gedroht hat, mich auf der Stelle zu feuern, stelle ich mir vor, wie es klingen würde, wenn er kommt. Ich wette, es ist urweltlich und heftig. In meinen geheimsten Fantasien (die ich nie jemandem gegenüber zugeben würde) befiehlt Wolfe allen, das Büro zu verlassen, und versohlt mir dann den Hintern, weil ich diese Wolfskarikatur gezeichnet habe, bevor er mich mit seinem großen, wütenden Schwanz richtig bestraft.

Der Typ hasst mich und *daran* denke ich?

Während Taylor ihre Stimme wiederfindet, leuchten meine Ohren auf. Sie verraten alle meine schmutzigen Gedanken. Ich wette, er starrt sie an und fragt sich, von welchem Gesundheitsproblem sie so glühen.

Er nimmt sich dem Projekt wirklich an, wenn er kommt, um hier zuzuhören. Wir haben alle vierzehn Tage Retrospektiven, Diskussionen auf unterster Ebene, die um das Wesentliche gehen.

In seltenen Fällen nehmen Vorstandsmitglieder an einigen Meetings teil, um uns zu zeigen, dass sie augenscheinlich einer von uns sind, vor allem, wenn wir Zwölf-Stunden-Tage abreißen, um eine Frist einzuhalten.

Aber der Unterschied zwischen uns, den Untergebenen, und ihnen, den Anzugträgern geschmückt mit Rolex-Uhren, beträgt ein paar Milliarden Dollar, mehr oder weniger. Sie müssen keinen Finger rühren, außer uns den Kopf zu tätscheln, um uns zu sagen, dass wir gute Arbeit leisten.

Als Taylor den Raum nach Updates umkreist, erschrecke ich, als sie bei mir landet. „Hast du etwas zu sagen, Lucy? Irgendetwas, das du gerne einbringen möchtest? Ich will nicht, dass du dich ausgeschlossen fühlst."

Soll das ein Scherz ein?

Ich beäuge sie skeptisch. Wir sollen sagen, was seit dem letzten Meeting gut und was nicht so gut gelaufen ist.

Mal sehen. Gut gelaufen: schöner Blick von meinem Krankenhausfenster auf das Empire State Building. Habe jeden Tag ausgeschlafen.

Nicht gut: Treppe runtergefallen, Gehirn wurde zu Brei, ich war eine ganze Woche lang zugedröhnt, habe herausgefunden, dass meine Nachbarin eine aufblasbare Gummipuppe ist, habe einen Mitbewohner, der nach einem Spinnentier benannt ist, ach, und einmal habe ich mir im Krankenhaus fast in die Hose gemacht, als ich nicht rechtzeitig aufgestanden bin.

„Nein, Taylor. Dem ist nichts hinzuzufügen."

Nun ist Matty an der Reihe.

„Wie sieht es mit dem neuen Barcode-Design aus?", erkundigt sich Taylor und verschränkt ihre Arme.

Er antwortet nicht. Er schläft mit offenen Augen.

Taylor schnippt mit den Fingern in seine Richtung und ich pieke ihm meinen Finger in den Rücken.

Er richtet sich auf und schüttelt sich aus seiner Benommenheit. „Oh, äh … wir haben morgen unsere dritte User Experience Session mit Lucys neuen Designs. Wir haben nur noch zwei Möglichkeiten, die wir überprüfen."

„Wir müssen es in sieben Tagen veröffentlichen." Taylors Lippen werden schmal und ihre Augen verengen sich zu Schlitzen. „In sieben Tagen."

„Können wir es verschieben?", fragt Matty mit einem Anflug von Panik in der Stimme. „Luce könnte etwas mehr Zeit zum Aufholen gebrauchen."

Sie richtet ihre Aufmerksamkeit auf mich und verbirgt ihre Verärgerung mit einem Lächeln. „Wenn du deinem Gedächtnis bis Dienstag auf die Sprünge helfen könntest, wäre das perfekt, Lucy."

Nochmal: Soll das ein Scherz ein? Was ist

aus der Schwesternschaft der Frauen in der IT geworden, Taylor?

Ich ziehe die Brauen zusammen. „Dann muss ich eben mein Hirn-RAM aufrüsten. Vielleicht hilft das ja."

Gelächter schallt durch den Raum, wahrscheinlich eher über mich als mit mir.

Zusammenzuckend lasse ich mich weiter in Richtung Wand sinken. Das muss der dümmste IT-Witz sein, den ich je losgelassen habe.

„Taylor", dröhnt Wolfes tiefe Stimme hinter mir und bringt mich sofort ins Schwitzen. „Lucy hat eine Menge durchgemacht. Die Bedürfnisse unserer Mitarbeiter sind wichtiger als der Abgabetermin. Schieben Sie ihn nach hinten."

Taylor sieht überrascht aus, fast beleidigt. „Natürlich, Sir", sagt sie, ihr Tonfall ist zögerlich. „Aber ... die Kasinos ... sie warten. Wir haben bereits unternehmensweite Benachrichtigungen verschickt – sie sind alle darauf vorbereitet."

„Lassen Sie das meine Sorge sein."

Taylor nickt rasch. „Natürlich."

Ich stehe wie angewurzelt auf der Stelle, jeder flache Atemzug ist ein Kampf. Die Hitze bahnt sich ihren Weg von meinen Ohren zu meinem Hals. Ich weiß, dass es sein Blick ist, der das Feuer verursacht. Ich wünsche mir nichts sehnlicher, als im Nichts zu versinken.

Langsam drehe ich mich, um Wolfe in die dunklen Augen zu schauen. „Danke", sage ich leise.

Seine Lippen zucken ganz leicht, bevor er nickt und meine Dankbarkeit zur Kenntnis nimmt.

„Wie ich schon sagte, Lucy", sagt er, sein Tonfall ist gemessen und ruhig, und doch verkrampft sich sein Kiefer leicht. „Ihr Wohlbefinden ist mein größtes Anliegen."

Ist es?

Die Aussage hängt schwer zwischen uns, aufgeladen mit einer Intensität, die nur wir fühlen, die die anderen dreißig Anwesenden im Raum nicht wahrnehmen.

Mein Blick fällt auf seine Lippen. Volle, männliche Lippen umgeben von rauen, sexy Bartstoppeln. Sie öffnen sich ein wenig, scheinbar als Reaktion.

Ich konzentriere mich schnell wieder auf Taylor, bevor meine wackeligen Beine komplett nachgeben.

Was zum Teufel war das? War Wolfe etwa … nett zu mir?

Vielleicht tue ich ihm leid, weil ich die Treppe hinuntergefallen bin, oder er hat Angst, dass ich das Unternehmen verklage.

Ich schätze, er ist ein Mann aus echter

lebendiger DNA, aber es ist schwer, über den kaltherzigen Boss hinwegzusehen, der sich nur um seinen Profit kümmert. Man wird kein milliardenschwerer Kasinomogul, ohne bis zu einem gewissen Maß ein Arschloch zu sein.

Aber er muss unter dem Poweranzug auch ein paar menschliche Gefühle haben.

Und wenn meine Sinne mir keinen Streich spielen, kommt er immer näher.

Die Hitze, die in meinen Ohren entstanden ist, rieselt jetzt nach unten und lässt sich an Stellen nieder, an denen sie nichts zu suchen hat. Als er sich unschuldig räuspert, muss ich meine Beine zusammenpressen, um eine Welle prickelnder Erregung zu unterdrücken.

Taylors Stimme verschwindet in weißem Rauschen. Sie könnte genauso gut Klingonisch sprechen.

„Lucy", ertönt die tiefe Stimme hinter mir, als Taylor gerade zum Ende kommt.

Mist.

Ich drehe mich um und hoffe halb, dass ich mich verhört habe.

So ein Glück habe ich nicht. Wolfe steht hinter mir und fixiert mich mit diesem intensiven Blick. „Könnten Sie einen Moment bleiben?"

Seine Bitte hallt laut und deutlich durch den Raum.

„Klar", antworte ich mit gespielter Lässigkeit.

Plötzlich beschließt das IT-Team kollektiv, sich in Zeitlupe zu bewegen. Matty, der gewöhnliche Spitzenreiter auf dem Weg zur Tür, kämpft jetzt mit dem Konzept des Gehens.

Wolfe stößt einen gereizten Seufzer aus, als würde er sich darauf vorbereiten, ihnen eine Abreibung zu verpassen.

Und dann, als der letzte hinausschlurft, sind nur noch er und ich da. Allein.

In meinem Magen bildet sich ein nervöser Knoten, der es mir schwer macht, zu schlucken. Was nun?

„Kommen Sie gut damit zurecht, wieder auf Arbeit zu sein?", fragt er und seine Stimme wird leiser.

„Auf jeden Fall! Ich freue mich sehr, wieder hier zu sein." Ich beschließe, in die Defensive zu gehen. „Ich glaube, Sie haben den falschen Eindruck von mir."

Er zieht eine Augenbraue hoch. „Und was glauben Sie, welchen Eindruck ich von Ihnen habe?"

Ich denke an die dämliche Daredevil-Figur auf meinem Schreibtisch.

„Wenn ich eine Vermutung anstellen würde ... dann den von jemandem, der seinen Job nicht ernst nimmt."

Sein Blick verdunkelt sich, etwas brennt unter der Oberfläche. „Sie liegen weit daneben."

Was zum Teufel soll das heißen?

Mein Puls beginnt einen Marathon zu laufen, als ein unsichtbares Kraftfeld aus Spannung um uns herum zu entstehen scheint. Es ist elektrisch. Erstickend.

Wolfe öffnet den Mund, um wieder zu sprechen, aber ein plötzliches Klopfen an die Scheibe stoppt ihn. Ich blicke auf und sehe, wie Killian Quinn Wolfe einen bösen Blick zuwirft. Ich war noch nie so dankbar, den anderen mürrischen Mitbegründer der Firma zu sehen.

Wolfe nickt ihm kurz zu und seufzt dann tief. „Ich muss gehen, Lucy."

„Natürlich", antworte ich schnell, nutze die Gelegenheit, um etwas Abstand zwischen Wolfe und mich zu bringen und eile aus dem Sitzungssaal.

Die nächste halbe Stunde habe ich Mühe, vernünftig zu atmen.

10

JP

Ich schleppe mich zu meinen Geschäftspartnern Killian und Connor in den Sitzungssaal, die Erschöpfung sitzt in jedem Muskel. Dass Lucy gestern wieder im Büro war, hat mir eine schlaflose Nacht bereitet.

„Du siehst aus, als hättest du zehn Runden mit Tyson zu seiner besten Zeit gekämpft", scherzt Killian und mustert mich von oben bis unten. Dem Typ entgeht nichts.

Zufälligerweise finden dieses Wochenende die Meisterschaften in unserem Flagship-Kasino statt. Und als Besitzer sollte ich die ganze Produktion überwachen.

„Ist das so", brumme ich, werfe mein Armani-Jackett auf den Tisch, kremple meine Ärmel hoch und lasse mich auf den üppigen Lederstuhl fallen. „Ich konnte letzte Nacht ums Verrecken nicht schlafen."

Sorge flackert über Killians scharf

geschnittene Gesichtszüge. „Alles in Ordnung, Kumpel?"

„Einfach großartig", antworte ich, meine Stimme ein gleichmäßiges Grollen. Bullshit-Alarm: Stufe zehn.

Die Wahrheit? Ich habe den Vortag damit verbracht, Lucy dabei zu beobachten, wie sie ihren ersten Arbeitstag bewältigt. Eine Lucy mit Amnesie, die sich meiner und unserer intensiven gemeinsamen Geschichte nicht bewusst ist. Ab Einbruch der Dunkelheit habe ich die Zimmerdecke angestarrt, und die Zahnräder in meinem Kopf knirschten, während ich mit diesem scheinbar unlösbaren Problem rang. Das sprichwörtliche in der Klemme sitzen ist nichts gegen eine gedächtnislose Lucy.

„Brauchst du wieder Urlaub?" Killians Frage hängt in der spannungsgeladenen Luft und die unterschwellige Andeutung hinterlässt einen sauren Geschmack in meinem Mund.

Ha. Von wegen Urlaub. Die meisten Leute wissen nicht, dass mein sogenannter Heimaturlaub eine intensive Entgiftungskur war, statt Cocktails und mit Bikini bekleidete Frauen auf Maui. Aber Killian und Connor wissen es, weil ich am Rande der völligen Selbstzerstörung stand. Ich war erst ein paar Tage zurück, als Lucys Unfall geschah.

„Mir geht's gut", stoße ich hervor und kämpfe dagegen an, dass die Müdigkeit in meine Stimme sickert. „Wenn ich eine Verschnaufpause brauche, schlage ich Alarm."

„Okay, Mann", sagt Connor. „Sag uns einfach Bescheid. Ich weiß, dass die Arbeit mit Killian jeden aus der Bahn werfen kann."

Killian starrt ihn finster an.

„Ohne wie eine kaputte Schallplatte klingen zu wollen, was ich wirklich brauche"– ich atme schwer aus – „ist, mich von der Kasinobranche zu lösen." Und vielleicht in ein Kloster einzutreten. Vielleicht sogar im Himalaya Yaks hüten, wo ich niemandem mehr wehtun kann.

Aber das wissen sie bereits. Ich lasse den aufgestauten Seufzer entweichen.

Seit der Gründung des Quinn & Wolfe-Imperiums stand ich an der Spitze des Kasinobetriebs. Kasinos waren nicht nur mein Geschäft, sie waren meine Droge, mein Adrenalin, mein ganzes verdammtes Leben.

Aber jetzt muss ich da raus.

Vegas ist eine gnadenlose Bestie, die dich unter dem Deckmantel einer guten Zeit aussaugt. Alles, was übrigblieb, war der Dreck, das Harte und der Schatten des Mannes, der ich sein wollte.

Ich schätze, dass ich im Kasinogeschäft erfolgreich war, weil ich im Grunde ein „gut geführter" Spieler war. Ich war der Typ, der es locker wegstecken konnte, wenn er freitags eine Million verlor, und die Summe wieder einspielte, bis es am Samstag zum Brunch Eier Benedict gab.

Ich bin der Workaholic, der sich aus dem Dreck und der Hoffnungslosigkeit des Lebens in der Wohnwagensiedlung herausgekämpft hat. Der Spieler mit dem Auge fürs Geschäft. Aber ich bin im Grunde auch ein introvertierter Mensch, dem es an Charisma fehlt. Ich musste die Wale in unsere Kasinos locken, die Glücksspielkommissionen von unseren Büchern fernhalten und die Politiker dazu bringen, mir aus der Hand zu fressen. Ich musste Charme ausstrahlen, der nicht in meiner Natur lag. Und ein paar Lines des feinsten „bolivianischen Schnees" halfen normalerweise.

Nein, Manhattan ist besser für mein Gemüt.

„Haben wir Tony Astion von Royal Casinos zu einem Vorstellungsgespräch überreden können?", frage ich.

„Tony ist nicht der Richtige dafür", fällt Connor ins Wort. „JP, du bist der Richtige. Du bist der Einzige, dem wir die Kasinos anvertrauen. Niemand kennt die Vegas-Szene besser. Du hast die Verbindungen, den Einfluss, die Kontakte zur Mafia, zu den Bundesagenten und zu den Glücksspielern."

„O danke, Connor", erwidere ich mit vor Ironie triefender Stimme. „Es ist immer schön, daran zu denken, dass ich ein ganzes Adressbuch voller widerwärtiger Gestalten zur Hand habe." Dieses Gespräch spielen wir seit zwei Monaten ständig wieder ab. „Ich werde nicht verschwinden. Ich ziehe mich zurück. Und im Idealfall lebe ich nicht in Vegas."

„Du bist vorschnell", mischt sich Killian ein. „Fünfzehn Jahre im Geschäft, und jetzt willst du, dass wir einen anderen Gang einlegen und eine verdammte Hippie-Kommune gründen?"

Was ich tatsächlich gründen will, ist ein Wellness-Retreat-Ableger von Quinn & Wolfe. Meine Kiefer spannt sich an. Ohne die Quinn-Brüder an Bord könnte das zu einem harten Ein-Mann-Kampf werden. „Wenn ich ein Kasino erfolgreich machen kann, dann kann ich die Leute mit Sicherheit auch dazu bringen, sich in einem Spa zu entspannen."

Vor einem Jahr hätte ich mich bei der Vorstellung von Meditation und grünem Saft gekrümmt. Aber nach allem, was geschehen ist, ist diese Art von Frieden vielleicht genau das, was ich brauche.

„Solange du nicht vorhast, ein Hotel in Richtung ‚Lasst uns gemeinsam singen, Matcha trinken und unseren inneren Frieden finden' zu erschaffen", gluckst Connor und lacht sich kaputt. „Wenn wir Roulettekessel gegen Yogamatten tauschen, werden wir uns unterhalten müssen, JP."

„Vielleicht würde dir sarkastischem Penner ein bisschen Meditation auch guttun", kontere ich und verdrehe die Augen.

Connor schenkt mir ein wissendes Grinsen. „Das riecht nach Midlife-Crisis. Es muss etwas im Wasser sein. Killian hatte seine gerade."

„Und was war meine Midlife-Crisis?", schießt Killian zurück und verengt die Augen.

„Mit dem Kindermädchen rummachen."

„Das mit Clodagh ist kein Rummachen", knurrt Killian. „Und pass auf, was du sagst, sonst könnte es sein, dass es zu meiner tatsächlichen Midlife-Crisis gehört, dein Gesicht mit meiner Faust Bekanntschaft schließen zu lassen."

Ah, Killian musste sich ja für das irische Kindermädchen entscheiden, als ob er für einen herzerwärmenden Film vorsprechen würde. Der arrogante Tycoon verliebt sich plötzlich Hals über Kopf in das lebhafte, feurige irische Kindermädchen. Obwohl Clodagh nicht wie ein typisches Kindermädchen wirkt.

„Aber Killians Herabschauender Hund ist spitze", lacht Connor leise und bringt seinen Bruder in Rage. Während Killian mit seinem irischen Kindermädchen Mr. Darcy spielt, ist Connor im Gegensatz dazu mit einem Großteil der Models in Manhattan auf einer ganz anderen Schiene unterwegs. „Seine entzückende Yogalehrerin Clodagh hat ihn gut geschult. Du hast schon deinen ersten Kunden, JP."

„Also gut, genug", murmle ich und reibe mir die Schläfen. Die Last dieser ständigen Gespräche fängt an, mich zu erdrücken. Alles, was ich dieser Tage zu tun scheine, ist, die Leute davon zu überzeugen, dass ich versuche, mein Leben in eine andere Richtung zu lenken.

Killian sieht mich an und sein neckisches Grinsen wird zu einer ernsteren Miene. „JP, wir sind auf deiner Seite. Reha, Yoga, verdammte Kristallheilung, was immer du willst. Aber lass uns nicht das Rückgrat von Quinn & Wolfe vergessen: Nachtleben, Luxushotels und Kasinos. Keine *Eat Pray Love* Retreats."

„Wir hatten eine Abmachung", erinnere ich ihn, wobei sich Verärgerung in meine Stimme einschleicht. „Wir testen eins. Ich kann es profitabel machen."

„Hör zu, JP", sagt Connor mit ungewohnt sanfter Stimme, „ich verstehe, dass du mit Leidenschaft bei der Sache bist, aber lass deine Gefühle nicht dein Urteilsvermögen trüben. Du weißt, dass das gefährlich ist."

Und das weiß ich tatsächlich. Eine schlechte, von Gefühlen getriebene Geschäftsentscheidung hat mich schon einmal zu Fall gebracht. Lange bevor das Hotelimperium von Quinn & Wolfe auch nur ein Funkeln in unseren unternehmerischen Augen war. Ich klammerte mich an mein erstes Motel, noch lange nachdem es zu einem sinkenden Schiff geworden war.

Doch die Ironie ist, dass Connor sich irrt – Gefühle sind immer Teil meines Geschäfts, das ist mir nur nicht aufgefallen.

„Ein Wellness-Retreat", räumt Killian nach einer langen Pause ein, stößt sich vom Tisch ab und steht auf. „Aber du hast versprochen, dass du Tangra über die Runden bringst, ehe wir jemand anderen finden, der die Kasinos betreibt."

„Und das werde ich." Meine Stimme ist fest und entschieden. Denn komme was da wolle, ich bin entschlossen, einen neuen Weg einzuschlagen – einen, auf dem ich mich nicht in Neonlichtern und leeren Ausschweifungen ertränken muss. Einen, auf dem ich vielleicht die Chance habe, mir Lucys Vergebung zu verdienen.

Die landesweite Umsetzung von Projekt Tangra wird uns zu neuen Höhenflügen verhelfen. Es ist das wichtigste Projekt, an dem wir gerade arbeiten, mit einem erwarteten Umsatzplus von 15 Prozent.

Die Spielerinnen und Spieler wollen mit ihrem Geld um sich werfen können, ohne dass sie Scheine und Chips zählen müssen. Und wir sind dazu da, ihnen diesen Service zu bieten.

Ich muss Tangra erst ins Ziel bringen, bevor ich zurücktreten kann. Ich stehe immer zu meinem Wort. Einige der Spiele sind bargeldlos – aber noch nicht alle.

Killian geht auf die raumhohen Fenster zu. „Dieser plötzliche Drang nach einem Yoga-Retreat ... Hat das etwas mit einem bestimmten blauäugigen Mitglied der IT-Abteilung zu tun?"

Er dreht sich um und sieht mich eindringlich an. So subtil wie ein Vorschlaghammer ins Gesicht.

Ich schaue ihn unverwandt an. „Es geht ums Geschäft – darum unser Portfolio zu erweitern und neue Einnahmequellen zu erschließen. Und es geht darum, dass ich mich für einen anderen Lebensstil entschieden habe."

Und dieser Lebensstil beinhaltet hoffentlich auch Lucy.

„Und wie geht es ihr?"

„Sie ist unverwüstlich, wie immer. Die meisten Angestellten würden so lange wie möglich wegbleiben, um das Krankengeld auszunutzen." Ich räuspere mich, die

Emotionen machen es schwer. „Aber ich bleibe auf Abstand. Da sie sich nicht an mich erinnert, kann ich nicht einfach wieder in ihr Leben platzen, so gerne ich das auch tun würde."

Er nickt. „Müssen wir uns Sorgen machen, dass wir verklagt werden?"

„Warum?"

„Warum? Du fickst eine Angestellte, und sie fällt die Treppe hinunter. Frag mich nicht warum, JP."

Meine Fäuste ballen sich bei seinen Worten unwillkürlich. „Wir müssen uns keine Sorgen um eine Klage machen. Es war ein Unfall."

Connor grunzt, offensichtlich nicht überzeugt. „Unfälle haben die unangenehme Angewohnheit, zu Prozessen zu werden. Vor allem, wenn ein Milliardär, eine Wendeltreppe und ein Streit unter Liebenden darin involviert sind."

Ich sträube mich. Salz, darf ich vorstellen, Wunde. Ich habe keine Lust, die Ereignisse jener Nacht im Plaza Hotel auszukramen und das hässliche, verdrehte Durcheinander zu entwirren.

„Du weißt, dass das Gerücht im Umlauf ist, du hättest sie die Treppe hinuntergestoßen", sagt Connor und sein lässiger Tonfall macht die Worte noch schmerzhafter.

Ich setze mich aufrecht hin. „Willst du mich

verarschen?"

Er lacht und hebt seine Hände, wie um sich zu ergeben. „Ich bin nur der Bote. Es scheint, als hätten die Marketing-Mädels einen unersättlichen Appetit auf Klatsch."

„Und warum teilen sie ihn ausgerechnet mit dir?" Meine Stimme bekommt einen harten Unterton.

Ein Grinsen zieht über sein Gesicht. „Ich schätze, ich bin einfach zugänglicher als ihr beide."

Ich kneife mir in den Nasenrücken, Kopfschmerzen nahen. „Mein Gott."

Das Letzte, was ich brauche, ist, dass Lucy von diesen absurden Gerüchten Wind bekommt.

Ich bin kein Engel, aber anzudeuten, ich würde sie die Treppe hinunterstoßen? Das ist ein neuer Tiefpunkt, selbst für die Klatschtanten im Büro. Normalerweise würde ich die Verleumdungen mit einem Achselzucken abtun – und die Hyänen in der Firma sich an den Überresten meines Rufs laben lassen. Aber bei Lucy ... geht es nicht mehr nur um mich.

Connor gluckst. „Ich habe ihnen gesagt, dass du das nicht getan hast. Meine Theorie ist, dass sie von einer Überdosis deines Rasierwassers ohnmächtig wurde."

Ich spüre, wie mir eine kribbelnde Hitze in den Nacken kriecht. Vielleicht war ich zu übereifrig bei dem Versuch, wieder reizvoll für Lucy zu sein. Sie hat diesen besonderen Duft schon immer geliebt.

Am zweiten Tag nach Lucys Rückkehr zur Arbeit bin ich bereits mit Schadensbegrenzung beschäftigt. Anstatt Rosen zu kaufen und Candle-Light-Dinner zu planen, wehre ich Gerüchte über einen versuchten Mord ab.

Als hätte ich nicht bereits genug vergrabene Skandale zu bewältigen.

Als ich die Bedeutung von Connors Worten sacken lasse, wird mir klar, dass ich einen höllischen Kampf vor mir habe – einen Kampf gegen die Zeit, Gerüchte und meine eigene verdammte Neigung zur Selbstzerstörung. Und die Uhr tickt.

11

Lucy

Ich habe offiziell fast zwei volle Tage nach meinem Unfall auf der Arbeit überlebt, und obwohl meine Erinnerungen noch immer unauffindbar sind, haben sich zumindest die Blicke und das Getuschel beruhigt. Im Moment konzentriere ich mich darauf, meinen Rückstand aufzuholen und allen zu beweisen, dass ich – trotz Wolfes unerwarteter Nachsicht – nicht vergessen habe, wie ich meinen Job zu machen habe.

Ich bin dermaßen mit der Beantwortung von E-Mails beschäftigt, dass ich gar nicht merke, dass meine Beine taub geworden sind, bis Angry Andy vorbeikommt.

„Andy", rufe ich, wovon er innehält. „Danke, dass du mich im Krankenhaus besucht hast. Das war wirklich nett von dir."

Er grunzt als Antwort, weil er den Austausch von Gefühlen hasst.

Ich lächle. Ich bin fast aus dem Bett gefallen, als Mom mir erzählt hat, dass mein Chef zu Besuch war.

„Was macht deine Erinnerung?"

„Ist noch im Urlaub", singe ich. Humor ist der beste Bewältigungsmechanismus, wenn man sich nicht mehr an sein eigenes Leben erinnern kann.

„Na gut", sagt Andy und beginnt, sich zu entfernen. „Sag mir Bescheid, wenn du etwas brauchst. Du weißt schon, für die Erinnerungssituation."

Meine Lippen zucken. Was zum Beispiel? Eine ergonomische Maus wird mir jetzt nicht helfen.

„Genau genommen, sprich mit Helen aus der Personalabteilung." Er nickt schnell und huscht den Gang entlang.

Ich beobachte, wie er verschwindet, und mein Blick trifft durch sein transparentes Büro auf den von Wolfe. Ich erschrecke mich fast zu Tode. *Reiß dich zusammen, du hast dein Gedächtnis verloren, nicht deinen Verstand.*

Zähneknirschend richte ich meine Aufmerksamkeit wieder auf meinen Bildschirm.

Wolfe ist ein Rätsel.

Er ist so schwer zu durchschauen. Bei dem Meeting gestern waren seine Worte mir gegenüber schockierend sanft, obwohl ich ihn offensichtlich nerve. Aber es ist mehr als das – er hat etwas Beunruhigendes an sich, das mich denken lässt, dass er ein Auge auf mich geworfen hat.

Bilde ich mir das nur ein?

Was treibt einen Mann wie Wolfe an? Welche geheimen Geschichten verbergen diese grüblerischen, dunklen Augen?

Ich kann nicht widerstehen und werfe durch das Glas einen weiteren Blick auf den gutaussehenden, furchteinflößenden Mann.

Seine Lippen bewegen sich, während er telefoniert, aber sein finsterer Blick ist auf mich gerichtet.

Ein Gefühl blitzt in seinen Augen auf – Abscheu? Nein, es ist weicher, wie Bedauern. Aber dann ist es wieder verschwunden und sein Gesichtsausdruck verhärtet sich zu seiner üblichen unleserlichen Maske.

Mattys dummer Witz darüber, dass Wolfe mich in jener Nacht geschubst hat, kommt mir in den Sinn und löst ein ungutes Gefühl in meinem Bauch aus. Ich glaube das eigentlich nicht, aber was *ist* passiert? Ich habe mich letzte Nacht stundenlang hin und her gewälzt und mir das Hirn zermartert. Niemand hat mich stürzen sehen und ich selbst kann mich nicht daran erinnern. Die Ungewissheit bringt mich um, aber ich kann wohl kaum in Wolfes Büro gehen und ihn einfach fragen.

Ich richte meine Aufmerksamkeit wieder auf den Bildschirm, als mir etwas gegen den Kopf knallt – der Trottelhut des Büros, in Form eines Huhns.

„Ernsthaft, Matty?", schnauze ich und bete, dass Wolfe das gerade nicht gesehen hat. Ich schnappe mir den Hühnerhut, den Matty auf mich geworfen hat, und blicke ihn mit zusammengekniffenen Augen an.

Er grinst daraufhin nur. „Was? Du hast ihn heute definitiv verdient."

„Du musst nett zu mir sein. Ich bin in einem verdammt labilen Zustand", stöhne ich entrüstet. „Und ich glaube nicht, dass die Ärzte in meiner schicken Klinik empfehlen, Amnesie-Patienten mit Gegenständen zu bewerfen."

„Ich bringe dich nur wieder in Schwung." Sein Lächeln ist ungebrochen. „Den Hut habe ich dir das ganze Jahr über zugeworfen."

Ich blicke ihn finster an. Offenbar braucht es mehr als eine Seidenbluse, um hier ein bisschen Respekt zu bekommen.

Um mich wieder der Arbeit zu widmen, gehe ich meine Schreibtischschublade durch und suche nach den Drahtgittermodellen, die ich brauche. Gottseidank bin ich eine

Ordnungsfanatikerin.

Mit ihnen purzelt ein Bild heraus: ein Foto von mir auf einer Comic-Convention. Es ist eines dieser Standfotos.

Ein Krampf durchzuckt mich und ich huste hastig, um es zu vertuschen, während mein Herz rast. Da bin ich, in meiner ganzen Miss-Nova-Pracht. Und da ist *er*.

Der Mann mit dem sexy Slip ...?

Daredevil.

Wer bist du, Daredevil?

Meine Gedanken rasen unkontrolliert, während ich das Bild anstarre, meinen ersten konkreten Beweis, dass er existiert. Den Herrenslip, den ich in meinem Schlafzimmer gefunden habe, hätte ich gekauft haben können, aber dieses Foto ist eine ganz andere Geschichte.

Er ist groß und trägt eine Maske, die seine Augen und seine Nase in geheimnisvolles Dunkel hüllt. Sein Arm ist schützend um mich gelegt. Ich trage ein breites, ansteckendes Grinsen, kosmisch-blauen Lippenstift und Eyeliner, der mir strahlende Katzenaugen macht. Ich blicke zu diesem maskierten Mann hoch, als wäre er die lebende Verkörperung all meiner schmutzigen Fantasien.

War ich wirklich so glücklich?

Es sieht so aus, als ob deutlich mehr als einen

Meter achtzig steinharte Muskeln in diesem Anzug stecken. Und ist das eine verstärkte Polsterung in seinem Lederschritt oder freut er sich einfach, mich zu sehen? Hoffentlich finde ich das heraus. Habe ich ihm mein sexy Miss-Nova-Outfit gezeigt? Ich hoffe, es hat ihm gefallen.

Vielleicht ist es nur jemand, der dort arbeitet ...

Nein, er ist es – mein geheimnisvoller Mann. Der sechste Sinn meiner Vagina kribbelt.

Ich habe etwas für diesen Mann empfunden. *Erinnere dich, Lucy, du musst dich erinnern.*

Was hatten wir miteinander, du, wer auch immer du hinter dieser Maske bist? Werde ich jemals deine wahre Identität erfahren?

Der Hintergrund sieht aus wie die Comic-Convention in Manhattan, die ich normalerweise besuche. Die, die dieses Wochenende wieder stattfindet. Mein Puls beschleunigt sich bei dieser Erkenntnis.

Ich muss ihn gemocht haben, wenn ich eine Erinnerung auf meinen Schreibtisch gestellt habe. Ich verliere meinen verdammten Verstand.

„Matty." Ich schiebe meinen Stuhl zu ihm hinüber und unterbreche ihn bei was auch immer er gerade tut, was nicht schwer ist. „Hey, ich muss dich etwas fragen und du darfst mich nicht ärgern."

Er grinst. „Das kann ich nicht garantieren."

„Im Ernst." Ich rutsche näher mit meinem Stuhl. „Habe ich oder hatte ich einen Freund?"

„Einen Typen? Nee. Das hättest du mir gesagt."

Ich zeige ihm das Foto, aber er zuckt mit den Schultern.

„Das könnte jeder sein, Luce. Du lässt diese Typen immer mit dir posieren. Das ist wie deine nerdige Version der Chippendales."

„Nein", beharre ich und starre das Foto an. „Mom, Priya und Libby haben gesagt, dass ich ein paar Monate mit jemandem zusammen war. Ich habe dir also gar nichts erzählt?"

Er zuckt wieder mit den Schultern. „Gar nichts."

Komisch. Warum sollte ich Matty nicht sagen, dass ich mit jemandem zusammen bin?

Andererseits sind Frauen auch anders gestrickt als Männer. Ich glaube, wir reden mehr über Dates als Männer. Ich kann kaum den Überblick über Mattys gelegentliche Dates behalten. Und ich bezweifle auch, dass er das kann.

„Aber wenn ich mit jemandem zusammen bin, warum hat er sich dann noch nicht gemeldet?"

Er hält kurz inne und denkt nach. „Vielleicht

ist er beruflich unterwegs und hat keine Ahnung. Oder es ist möglich, dass er sowieso mit dir Schluss machen wollte, und das macht es ihm nur leichter."

„*Matty*."

„Ich weiß es nicht, Luce. Wer zum Teufel weiß das schon? Ich bin ein einfacher Typ. Ich würde mich melden."

Vielleicht hat Matty recht. Ist es das, was mein Gehirn verdrängt? Wurde ich von Daredevil abserviert oder geghostet?

„Matty", murmelt Brody vom Schreibtisch nebenan. „Schau mal ins Büro vom Boss."

Wir folgen seiner Sichtlinie.

JP ist in seinem Büro und spricht mit Helen aus der Personalabteilung. Mit ihren langen, fließenden Haaren und einer Figur und einem Gesicht, die zum Sterben schön sind, sieht sie aus, als würde sie ins Wörterbuch neben das Wort „umwerfend" gehören.

Mir dreht sich komisch der Magen um, als Wolfe sich über den Schreibtisch lehnt und die Lücke zwischen den beiden schließt.

Ich schaue mich im Büro um. Die Jungs haben aufgehört zu tippen. Sie sind zu beschäftigt damit, Helen lüstern anzustarren, als dass sie versuchen könnten, ihre Zungen wieder in den Mund zu rollen.

Wenn man die beiden durch das Glas

beobachtet, ist es leicht zu verstehen, warum Frauen von ihm fantasieren. Wer würde nicht davon träumen, die eine besondere Frau zu sein, die das Unmögliche erreicht – sein hartes Äußeres zu durchbrechen, ihn dazu zu bringen, sein markantes Kinn zu entspannen, oder ihn sogar dazu zu bringen, auf ein Knie zu gehen?

Verdammt, dem Mann einfach nur ein *Lächeln* abzuringen.

Ich schäme mich zuzugeben, dass ich, als ich heute Morgen im Bett lag, diese dumme Fantasie hegte.

Dass Wolfe mich attraktiv findet, statt meiner üblichen Anreihung von Spinnern.

Dass ein erfahrener, erfolgreicher, *sexy* Typ wie Wolfe mich so ansieht, wie er Helen ansieht.

Dass er in mir mehr sieht als nur irgendeine Idiotin im IT-Team, die die Angewohnheit hat, riesige Penisse auf Ausdrucke zu kritzeln. Dass er mich witzig, charmant und ebenbürtig finden könnte. Dass er mich respektieren könnte. Und dass er mir die Kleider vom Leib reißen will, um mich wegen der Karikatur mit seinem pelzigen Konterfei zurechtzuweisen.

Ich trete mich in Gedanken dafür, so bescheuert zu sein. Wir reden hier von Wolfe. An dem Tag, an dem dieser Mann *meinetwegen* herzlich lächelt, werden die vier apokalyptischen Reiter unterwegs sein, Außerirdische werden sich offenbaren, die Erde wird sich rückwärts drehen und Mom wird bei WhatsApp endlich den Dreh raushaben.

Ein übertriebenes Räuspern unterbricht meine Gedanken.

Ich drehe mich um und entdecke Dwayne, der über meinem Schreibtisch steht.

„Hi, Dwayne." Als ob mein Tag noch schlimmer werden könnte.

„Hallo, Lucy", erwidert er feierlich und fixiert mich, während er mit den Händen über seine Krawatte streicht. Beide Handlungen sind gleichermaßen beunruhigend. „Du kannst dich also wirklich an nichts aus diesem Jahr erinnern?"

Mein Gott, wie oft werde ich das noch gefragt? Soll ich ein Schild tragen?

„Das ist richtig."

„Interessant." Er nickt langsam und scheint darüber nachzudenken. „Ich habe etwas über deinen Zustand nachgelesen."

Oh, jetzt geht's los.

„Du wirst überwacht werden müssen."

Meine Augenbrauen wandern zu meinem Haaransatz. „Wie bitte?"

„Wie du weißt, bin ich nicht nur der Datenschutzbeauftragte, sondern auch der bestellte Gesundheits- und Sicherheitsbeauftragte für diese Etage."

„M-hmm", sage ich gedehnt und werfe einen Blick auf Matty, der nun ganz Ohr ist. „Und was genau meinst du mit ‚überwachen'?"

„Ich werde dich beobachten, um sicherzustellen, dass du das Sicherheitsprotokoll befolgst."

Jetzt hat die ganze Etage ihre Aufgaben unterbrochen, um zu lauschen.

„Ich bin kein Sträfling auf Freigang", sage ich mit zusammengebissenen Zähnen.

Dwayne schiebt seine Brille die Nase hoch und wirft mir einen Blick zu, der besagt, dass er keine Widerworte duldet. „Sicherheit hat Priorität. Es ist zu deinem eigenen Besten. Und da du dich erst kürzlich am Kopf verletzt hast, ist es nur vernünftig, wenn ich deinen Arbeitsplatz auf mögliche Gefahren hin untersuche."

Ich pruste lachend los. „Was, wie gefährliche Tacker?"

Seine Lippen bilden eine dünne Linie. „Ich nehme meine Arbeit ernst. Ich schlage vor, du tust das auch. Wenn du mich jetzt entschuldigen würdest …" Er sieht mich erwartungsvoll an.

Ächzend stemme ich mich hoch. „Na schön – bringen wir es hinter uns."

Matty lehnt sich in seinem Stuhl zurück und strahlt, als Dwayne mit seiner Inspektion beginnt. „Hast du in Betracht gezogen, Luce im Büro einen Helm tragen zu lassen? Du weißt schon, um weitere Kopfverletzungen zu vermeiden?"

„Für den Fall, dass ich von einem fliegenden Tacker getroffen werde?", füge ich sarkastisch hinzu.

Dwayne hält mitten in der Inspektion inne und späht unter meinem Schreibtisch hervor. „Es ist nicht im Rahmen des Unmöglichen. Ich habe gesehen, dass Matty einen Hühnerhut nach dir geworfen hat."

Während Dwayne an meinem Schreibtisch herumhantiert, kribbelt meine Wirbelsäule. Ich spüre, wie ich von einem Eckbüro aus beobachtet werde. Nenn es weiblichen Instinkt.

Vorsichtig wandert mein Blick in Richtung des Eckbüros, und da ist es: das Knistern der Verbindung.

Mein Instinkt ist genau richtig.

Ich begegne Wolfes Blick durch sein Fenster. Helen ist weg. Wolfe geht wie ein Tier im Käfig auf und ab, das Telefon in der Hand. Aber seine Augen? Fest auf mich gerichtet. Es ist kein Lächeln, eher ein intensives *Ich beobachte dich.*

Mein Gott, was soll ich tun?

Andy hat gesagt, Networking sei der Schlüssel. Ich hebe eine Hand, winke Wolfe freundlich zu und mache mein lässigstes „Wie geht's, Chef?"-Gesicht.

„Lucy, was um Himmels willen machst du da?" Taylors Stimme lässt mich fast aus der Haut fahren. Sie geht auf ihren Schreibtisch zu, die Arme mit einem Berg von Papierkram beladen. „Hör auf, Mr. Wolfe zuzuwinken, als wärst du auf einer Parade."

„Er hat mich direkt angesehen!"

Sie wirft mir einen ungläubigen Blick zu. „Er schaut *offensichtlich* auf die Statistiktafel hinter dir, du Genie."

„Oh." Ich werfe einen Blick über meine Schulter auf die Tafel, die unseren Fortschritt anzeigt. Tja, Mist. Das ergibt mehr Sinn. Mein Gesicht glüht.

„Erinnerst du dich an deinen letzten Streit mit Mr. Wolfe? Wir dachten, du würdest gefeuert werden."

Ich starre sie erschrocken an. „Nein. Gedächtnisverlust, weißt du noch?"

Sie verdreht die Augen und stößt einen Seufzer aus. „Halt dich … einfach von ihm fern, okay?"

Eine Gänsehaut macht sich auf meiner Haut breit. Wenn ich mich nicht erinnern kann, ist es nicht passiert. Oder?

12

JP

Ich betrachte Lucy durch die Glaswand meines Büros. Sie beäugt mich, als wäre ich irgend so ein Psychopath. Wahrscheinlich, weil ich sie angestarrt habe. Ich habe den ganzen Tag nicht mit ihr gesprochen, nicht seit unserem kurzen Gespräch nach dem Meeting gestern.

Wenn es einen Gott gibt, hat er einen kranken Sinn für Humor. Was ist die Lektion, Kumpel? Dass ich nicht glücklich sein darf?

In den Wochen vor Lucys Unfall habe ich mich auf dem schmalen Grat der Erlösung bewegt und versucht, die Schmutzflecken meiner Vergangenheit abzuschrubben. All meine Versuche, ein besserer Mensch zu werden. Doch nun scheint alles vergeblich zu sein.

Ich sehe Killian auf mein Büro zukommen.

In den letzten Tagen hat er auf seine eigene verquere Art und Weise versucht, nett zu sein.

Vielleicht ist es der Einfluss von Clodagh, seiner neuen Flamme. Vielleicht erweicht Liebe endlich sein steinernes Herz und macht ihn freundlich.

Freunde. Kumpels. Sind das Bezeichnungen, die ich für Killian und Connor verwenden kann?

Wir haben ein gegenseitiges Einvernehmen, sind eine gut geölte Maschine, wenn es ums Geschäftliche geht. Wir haben dieses Milliarden-Imperium gemeinsam aufgebaut, jeder von uns mit einer bestimmten Rolle. Ich kümmere mich um das Nachtleben und die Kasinos, während die Quinn-Brüder die Hotelketten leiten.

Sie wissen genug über meine schmutzige Wäsche, um mich quasi aufzuhängen, falls sie sich jemals dazu entschließen sollten, sich von mir abzuwenden.

Aber würde Killian mein Wohlbefinden, meine Wünsche, über den Gewinn des Unternehmens stellen? Würde Connor den Absturz seiner Aktien riskieren, um meinen Arsch vor einem öffentlichen Skandal zu retten?

Ich musste diese These noch nie testen.

Bis vor kurzem habe ich das genau wie sie gesehen. Vor ein paar Monaten war das Unternehmen alles, was zählte. Meine

Identität. Meine Bestimmung.

Ich habe nie daran gedacht, mir die Mühe zu machen, Freunde zu finden. Wer braucht schon Freunde, wenn man der größte Wal im Meer ist?

Der Zauber eines Zwei-Milliarden-Dollar-Bankkontos ist, dass es wie ein verdammter Magnet wirkt. Es zieht die Menschen an und beugt sie deinem Willen. Ich musste mich nie verbiegen, um jemandem zu gefallen.

Aber wenn ich jetzt Lucy anschaue, verstehe ich die Leere dieser Macht.

Killian stürmt in mein Büro, ohne auf eine Aufforderung zu warten, ganz wie es sein Anrecht immer erlaubt.

„Killian", grüße ich.

Seine Augenbrauen wölben sich, als er einen unbeschrifteten Umschlag herauszieht und ihn mir auf den Schreibtisch wirft. „In Anbetracht deiner Umstände bin ich nachsichtig mit dir, aber das hier", er deutet auf den Umschlag, „muss in Ordnung gebracht werden. Und zwar sofort."

Ich öffne ihn und es zerreißt mir die Eingeweide. Scheiße. Darin blicken mir Hochglanzbilder entgegen, die mich an die Nacht erinnern, in der ich es so richtig versaut habe. Die Nacht, die Lucy gegen mich gewendet hat, den Anfang vom Ende.

Ich war so betrunken, dass ich nicht einmal gemerkt habe, dass jemand Fotos gemacht hat.

„Ich kümmere mich darum", sage ich mit leiser Stimme.

„Es kommt noch schlimmer. Es gibt ein Video."

„Hast du es gesehen?"

„Ja. Du?"

„Ja." Ein schwerer Seufzer entweicht meinen Lippen. Die Boulevardpresse hat es mir bereits zur Stellungnahme geschickt. Nun tue ich alles, was in meiner Macht steht, um sie an Rechtlichkeit zu binden und zu verhindern, dass dieses verdammte Video das Licht der Welt erblickt.

Killian schnaubt. „Wir führen ein Geschäftsimperium, keine Hinterhofgaunerei. Du kümmerst dich um die Kasinos und die Clubs, und das erlaubt dir gewisse ... Freiheiten. Aber das hier?" Er schlägt mit so viel Kraft auf den Umschlag, dass das Mahagoni darunter verbeult wird. „Das ist eine tickende PR-Zeitbombe. Wir sind nur eine Schlagzeile davon entfernt, dass unsere Aktien abstürzen und uns die Glücksspielkommission unsere Lizenzen entzieht."

Seine Worte jagen mir einen kalten Schauer über den Rücken, doch es gibt noch eine größere Angst, die an mir nagt. Eine, die er nicht sieht. Eine, die ihn nicht interessiert. Wenn die Geschichte durchsickert, wird Lucy für immer weg sein. Meine zweite Chance, mich mit ihr zu versöhnen, wird ausgelöscht sein.

„Das ist mir bewusst." Ich zwinge die Worte durch zusammengebissene Zähne hinaus.

„Und es geht nicht nur um die Medien", fährt Killian fort und ignoriert meine Unterbrechung. „Unsere Mitarbeiter sehen dich als Führungspersönlichkeit, als Vorbild. Was passiert, wenn sie das sehen?"

Ich lasse meinen Kopf in die Hände sinken. Mir dreht sich der Kopf. „Die besten Anwälte arbeiten für mich daran", versichere ich ihm, wobei meine Hände meine Worte dämpfen. Ich sehe auf und mein Blick wird härter. „Es ist alles unter Kontrolle."

Er zieht skeptisch eine Augenbraue hoch. „Bist du dir da sicher?"

„So sicher, wie es nur geht", gebe ich zurück, mein Ton fester, als mir zumute ist.

Es ist eine geübte Routine, eine Fassade des Selbstvertrauens, die über die Jahre sorgfältig aufgebaut und erhalten wurde. Doch nun zeigen sich Risse.

„Also gut", grunzt Killian schließlich. „Bring den Scheiß einfach in Ordnung, ja?"

Ich nicke und beobachte, wie er aus dem

Büro schreitet. Ich entdecke mein Spiegelbild in der Glasscheibe hinter ihm – die dunklen Augen, die angespannten Linien um den Mund, der Blick eines Mannes, der von der Last seiner eigenen Sünden erdrückt wird.

Wie bin ich hier gelandet? An der Spitze der Welt, umgeben von Reichtum und Macht, und doch fühle ich mich so verdammt leer.

Lucy war mein Sonnenschein. Aber ich habe mich von meinen Dämonen auffressen lassen und dabei habe ich sie verloren.

In dieser Situation im Aufzug musste ich mich zusammenreißen, um sie nicht an mich zu ziehen und sie wieder zur meinen zu machen. Ich bewege mich auf dünnem Eis, ständig gefangen zwischen dem, was ich sagen will, und dem, was ich sagen kann.

„Ich stehe mir selbst am meisten im Weg", murmle ich vor mich hin.

Mein Telefon klingelt und reißt mich aus meinen Gedanken.

„Hey, großer Bruder." Das fröhliche Lachen in Maggies Stimme steht in krassem Gegensatz zu meinem eigenen Aufruhr.

„Maggie."

„Wow. Du klingst schlimmer, als ich erwartet habe. Dann nehme ich an, du hast keine Fortschritte mit Lucy gemacht?"

Maggie, meine engste Vertraute, meine

kleine Schwester, weiß von Lucy. Aber sie kennt nicht die ganze brutale Wahrheit darüber, warum Lucy und ich uns getrennt haben. Ich schäme mich zu sehr.

„Ich weiß nicht, wie lange ich das noch aushalte." Meine Stimme schwankt und die Fassade, die ich schon viel zu lange aufrechterhalten habe, bricht. „So zu tun, als wäre sie nur irgendeine Angestellte ... das macht mich fertig."

Maggies Antwort ist voller Mitgefühl. „Ich weiß, das ist schwer für dich, JP."

Das Zugeständnis bringt ein gequältes Knurren aus meiner Kehle. „Ich bin nervös, Maggie."

„Tu ...nur nichts Unüberlegtes, okay?"

Plötzliche Schuldgefühle quälen mich. Nun habe ich meiner kleinen Schwester Sorgen gemacht.

Sie weiß um meine Dämonen, bekommt sie jedoch nie zu sehen.

Ich schirme sie immer ab und halte sie von meiner dunklen Seite fern. Seit wir unsere Eltern verloren haben und ich mit neunzehn Jahren die Rolle von Maggies Vormund übernommen habe, ist es meine Aufgabe, sie vor allem zu schützen. Und obwohl sie jetzt in ihren Dreißigern ist, nur vier Jahre jünger als ich, behandle ich sie immer noch wie meine kleine Schwester.

„Ich kann nur erahnen, was du gerade durchmachst", bekundet Maggie. „Aber vergiss nicht, Lucy braucht Raum und Zeit, um zu heilen. Sei einfach geduldig."

„Geduld? Die gehört nicht zu meinen Stärken, falls es dir nicht aufgefallen ist."

Sie gibt nicht nach. „Selbstmitleid hilft dir nicht. Du musst dich weiter auf Lucy konzentrieren. Sie braucht dich, auch wenn sie es im Moment nicht merkt."

Ich lache trocken vor mich hin. Die Ironie ist überwältigend. Diese Situation ist noch nervenaufreibender als der Tod, wenn das überhaupt möglich ist. Der Tod hat zumindest einen Sinn.

Aber das hier? Das ist eine Qual, die speziell für mich bestimmt ist. Trauer für die Lebenden und Atmenden, aber völlig unerreichbar. Eine Frau, die geht, spricht und atmet, sich aber nicht erinnert.

„Sie hat mich komplett ausgeblendet. Sie will sich nicht an uns erinnern."

„Jetzt hör mal zu, du Brummbär, das ist lächerlich. Ich habe euch beide zusammen gesehen. Du bedeutest Lucy sehr viel."

Das war, bevor ich alles kaputt gemacht habe.

Als ich einen verstohlenen Blick auf Lucy werfe, löst ihre gerunzelte Stirn und ihre intensive Konzentration etwas in mir aus. Ihr dunkelbraunes Haar fällt ihr in Wellen über die Schultern, und sie ist ganz auf ihre Aufgabe fokussiert. Ihr Lächeln, ein seltenes Vergnügen, ist jedes Risiko wert, das ich jemals eingegangen bin.

Sie ist wunderschön, nicht auf diese offensichtliche Pin-up-Girl-Art, aber es ist die Art, die mein Herz höherschlagen lässt.

Sie hat etwas Unprätentiöses an sich. Hätte sie mich im Stich gelassen, wie meine Ex-Frau, als meine erste Firma bankrottging?

Mein Instinkt sagt mir das Gegenteil.

Mein Instinkt sagt mir, dass Lucy zu mir halten würde, selbst wenn mein Imperium über Nacht zusammenbrechen würde. Und in diesem volatilen Markt darf man nie zu übermütig werden.

Ich habe das Glück, die Frau hinter diesem umwerfenden Gesicht zu kennen, auch wenn sie sich nicht daran erinnert, was sich hinter meinem verbirgt.

Einst sah sie mich mit einem Feuer in ihren babyblauen Augen an, bei dem ich bereit gewesen wäre, mein Königreich zu übergeben. Nun sehe ich nichts als Vorsicht.

Eine lange, unangenehme Stille herrscht an Maggies Ende der Leitung. „Und was raten die Ärzte?"

„Langsame Wiedereinführung", antworte ich, ohne Lucy aus den Augen zu lassen. „Sie soll ihre Erinnerungen in ihrem eigenen Tempo wiederentdecken. Das Problem ist, dass sie mich ansieht, als wäre ich eine Art Monster."

„Killian hat mir erzählt, dass alle im Büro Angst vor dir haben. Der große böse Wolf", scherzt sie.

Ich antworte mit einem Grunzen, ohne jeglichen Humor.

Aus den Augenwinkeln sehe ich, wie Lucy ein hitziges Gespräch mit dem Typ vom Datenschutz führt. Er stellt ihr ein Schild auf den Schreibtisch und sie kontert, indem sie versucht, es zurückzugeben.

Maggies Stimme ist voller Mitgefühl. „Halte einfach durch. Gib ihr Zeit, dann wird sie schon wieder etwas spüren. Lass die Behandlung ihre Wirkung zeigen."

Leichter gesagt als getan. Ich habe ein Leben, ein Vermögen, ein Imperium auf meiner Ungeduld aufgebaut, auf meinem Drang Ergebnisse zu sehen, und nun reibt sich die gleiche Hartnäckigkeit mit der Realität meiner Situation. Es ist, als würde ich im Kasino sitzen und die Bank hätte alle Vorteile.

„Ihre Erinnerungen sind noch da, JP", fährt sie fort. Sie hasst Schweigen. „Sie sind weggesperrt, ja, aber sie sind da. Ich weiß, dass sie zurückkommen werden. Ich weiß es einfach."

„Maggie, maß dir nicht an, das zu wissen", schnauze ich beißend. Sie will auf ihre übliche, optimistische Maggie-Art helfen. Sie war schon immer diejenige, die den Silberstreif am Horizont sah, selbst als wir noch Kinder waren. Als unsere Eltern starben, als mein erstes Geschäft scheiterte und als meine Ex mich verließ, hatte sie immer Vertrauen.

„Tut mir leid. Ich bin nur … ich bin im Moment so verdammt unsicher. Ich gehe unter. Ich weiß nicht, wie ich hier durchfinden soll." Ich stoße einen rauen Seufzer aus. „Ich muss die Sache vorantreiben. Eine Situation schaffen, in der sie in meiner Nähe sein muss."

„Wie Meetings auf Arbeit und gemeinsame Mittagessen?", fragt sie aufgeregt.

„Nein."

Das würde nicht ausreichen. Zu langsam. Zu verdammt langsam.

Ich fahre mir mit einer Hand grob durch die Haare. „Ich weiß es nicht. Ich muss darüber nachdenken."

„Vergiss nicht, JP, ich bin für dich da. Du wirst Lucy zurückbekommen. Ich weiß es."

„Danke, Mags. Sag den Kindern, dass ihr Lieblingsonkel sie vermisst."

Ohne eine klare Strategie im Kopf

lege ich auf und durchquere die Weite des Großraumbüros. Als ich mich Lucys Schreibtisch nähere, meldet sich mein Beschützerinstinkt zu Wort, als ich die Anspannung in ihrer Stimme höre.

Sie hat die Fäuste fest in die Hüften gestemmt als sie dem Datenschutz-Typen entgegentritt. „Hör mir einfach zu, Dwayne – im Ernst, steck das Ding weg!"

Ich unterdrücke ein Grinsen. Sie ist bereit, sich auf ihn zu stürzen.

„Was gibt es hier für ein Problem?", verlange ich zu wissen.

Sie drehen sich zu mir um, offensichtlich überrascht von meinem plötzlichen Erscheinen.

Ich schnappe Dwayne das Schild aus der Hand und schaue es mir an. Die Worte darauf bringen mein Blut in Wallung: Lucy hat Amnesie. Bitte sei geduldig und behandle sie mit Vorsicht.

„Was zum Teufel ist das?"

Sein Mund öffnet und schließt sich. „Ich bin der Gesundheits- und Sicherheitsbeauftragte, Mr. Wolfe", stammelt er. „Wir sollen auf mögliche Risiken im Büro hinweisen."

Meine Nasenflügel blähen sich auf. „Lucy ist kein Risiko", schnauze ich und werfe das Schild auf einen Schreibtisch in der Nähe. „Schmeißen

Sie das weg."

Ich schüttle ungläubig den Kopf. Wir stellen hier ein paar seltsame Leute ein.

Die sofortige Stille im Büro ist ohrenbetäubend.

Lucy und der Datenschutz-Typ schauen wie erstarrt drein, als würden sie überlegen, ob es sicher ist, abzuhauen.

„Kann ich das Schild auf meinem Schreibtisch auch wegschmeißen?", meldet sich Lucys blonder Freund Matty zu Wort.

Ich lese den blauen Zettel, der an seinem Arbeitsplatz klebt: *Dieser Schreibtisch wurde vom Gesundheits- und Sicherheitsbeauftragten zum Sicherheitsrisiko erklärt.*

Gegen meinen Willen stoße ich ein tiefes, grollendes Lachen aus. Mein Gott, diese Abteilung.

„Ja, wenn Sie die Cornflakesschachteln wegschmeißen."

Ich wende mich an Lucy und sage mit leiser Stimme: „Könnten Sie bitte in mein Büro kommen?"

Sie sieht mit diesen faszinierenden babyblauen Augen zu mir hoch und ich schwöre, sie kann die Wildheit sehen, die hinter meinem Blick brennt. Die Erinnerungen an ihren sich unter mir windenden Körper kommen wie eine Flutwelle zurück; ihr gehauchtes Stöhnen, als ich ihren Orgasmus gekostet habe.

Fast rutscht mir ein Kosewort heraus, aber ich bremse mich gerade noch rechtzeitig.

„Natürlich, Mr. Wolfe."

Ich gebe ihr ein Zeichen, dass sie vorangehen soll. Als sie etwas unbeholfen den Gang entlanggeht, fällt es mir schwer, wegzuschauen.

Sieht sie nicht, dass ich völlig am Ende bin?

Ich schließe die Bürotür mit einem Klicken und schotte uns ab.

13

JP

Lucy steht unruhig da und schaut sich um, als wäre sie das erste Mal hier.

Ich deute auf den Stuhl vor dem großen Mahagonischreibtisch. „Machen Sie es sich bequem." Obwohl es ihr im Moment vielleicht lieber wäre, wenn die Hölle zufriert, als hier mit mir gefangen zu sein.

Sie setzt sich auf die Stuhlkante und ihre Finger greifen instinktiv nach ihrer Halskette, ihren persönlichen Gebetsperlen. Sie war ein Geschenk ihres Vaters. Im Moment klammert sie sich daran wie an ein Kruzifix, das die Bestie gegenüber von ihr abwehrt.

„Wenn dieser Anhänger einen Puls hätte, würde er jetzt nach Luft ringen", scherze ich.

Ihr Blick flackert zu mir, ihr Gesichtsausdruck ist eine kühle Maske, die den Anflug von Überraschung nicht ganz verbergen kann. Der Humor kommt nicht an, aber ihre

Hand lässt die Halskette los. Kleine Siege, schätze ich. Niemand hat je behauptet, dass ich ein Komiker bin.

Die Spannung, die zwischen uns herrscht, könnte komisch sein, zerreißt mich aber innerlich.

Der unkontrollierbare Drang, sie zu packen und festzuhalten, schießt durch jede Ader meines Körpers.

Stattdessen bleibe ich auf Abstand und beuge mich an die Vorderseite meines Schreibtisches, in ihrem direkten Blickfeld. „Wie war Ihre Rückkehr zur Arbeit?"

„Gut, danke", schießt sie zurück, ihr Lächeln angespannt, ihr Körper starr. Sie sieht aus, als säße sie auf einem verdammten Kaktus. „Das Team ist großartig und wir haben alles dokumentiert, also hole ich schnell auf", fährt sie fort. „Es ist, als würde man ein neues Projekt beginnen, wissen Sie? Man muss einfach loslegen."

„Das freut mich zu hören." Meine Stimme wird leiser, als ich mich dichter zu ihr beuge und den süßen Duft ihres Parfums – Jasmin und noch etwas anderes, ihr eigener natürlicher Duft – wahrnehme. Es stellt das bisschen Selbstbeherrschung auf die Probe, das ich noch habe.

„Sie sollen wissen, dass ich für Sie da bin",

sage ich und bemühe mich, meinen Tonfall so liebenswürdig wie möglich zu halten. „Wenn Sie irgendetwas brauchen, ganz gleich was – sei es beruflich oder privat, brauchen Sie es nur zu sagen."

Sie weicht zurück, als hätte ich ihr gedroht, sie zu beißen. Wenn sie die Armlehnen noch fester packt, reißt sie Löcher in das Leder. „Vielen Dank, Mr. Wolfe, das ist sehr nett. Aber ich bin sicher, dass ich Sie nicht belästigen muss."

Das „Mr. Wolfe" tut weh. Jedes Mal.

„Lucy, Sie könnten niemals lästig sein." Ich beobachte sie und versuche herauszufinden, was wirklich in ihrem Kopf vor sich geht. „Wie ist das Leben außerhalb dieser Wände für Sie? Unterstützt Ihre Familie Sie?"

Ihre Miene verschließt sich. „Ja, es ist alles in Ordnung, danke für Ihre Anteilnahme."

Ein unerwartetes dumpfes Geräusch, das vom Fensterputzer verursacht wurde, lenkt sie ab. Lucys Aufmerksamkeit richtet sich auf das Geräusch und ihr Körper versteift sich, als würde sie einen dramatischen Abgang durch die Scheibe erwägen.

Bin ich so unerträglich für sie? Jede ihrer Bewegungen zeigt, dass sie sich verzweifelt wünscht, irgendwo anders als hier zu sein. Hier mit mir.

„Warum ist es Ihnen so unangenehm, mit mir zu sprechen?", frage ich unwirsch und bereue die Worte, sobald sie meinen Mund verlassen.

Sie sträubt sich. „Es ist mir nicht unangenehm. Es ist nur ... dieser Job ist wichtig für mich und Sie haben viel Macht über meine Zukunft. Networking ist nicht meine Stärke."

„Ich verstehe. Ist es das, was wir hier tun? Networking?" Meine Worte sind voller Sarkasmus und ich beiße die Zähne zusammen, um weitere Ausbrüche zu verhindern.

Erinnerst du dich daran, was wir spät nachts auf diesem Tisch gemacht haben, Lucy?

Ihr Verstand vielleicht momentan nicht, aber ihr Körper auf jeden verdammten Fall. Er erinnert sich an eine Zeit, in der sie sich unter mir wand und stöhnte, bis zum Rand voll mit meinem Verlangen.

Was würde sie tun, wenn ich auf die Knie fiele und sie anflehen würde, sie kosten zu dürfen?

Wahrscheinlich das Gebäude zusammenschreien und den Sicherheitsdienst auf den Plan rufen.

Sie beißt sich sichtlich unruhig auf die Unterlippe und scharrt mit der Spitze ihres Sneakers auf dem Teppich. Würde es ihr etwas ausmachen, wenn ich ihr sagen würde, dass ich ihr diese Sneakers gekauft habe? Sie wechselt sie alle drei Monate wie ein Uhrwerk und ersetzt jedes abgenutzte Paar durch genau das gleiche Modell.

Ihre Stimme ist leise, als sie wieder spricht. „Ich bin mir nicht sicher, was wir hier machen; Sie haben mir nicht gesagt, warum Sie mich herbestellt haben."

Sie wirft einen kurzen Blick auf meine Lippen, ehe ihre Augen wieder zu meinen flackern.

Ein Blitz der Begierde durchzuckt mich, eine scharfe Erinnerung daran, wie lange es her ist, dass wir uns nahe waren. Es ist Wochen her. So viele quälende Wochen, seit ich die Wärme ihrer Haut an meiner gespürt habe, seit ich sie einatmen konnte.

„Ich wollte sehen, wie es Ihnen geht", sage ich und zwinge mich zu einem ruhigen Ton. „Sie sind bei der Firmenveranstaltung böse gestürzt und im Krankenhaus gelandet. Entgegen der landläufigen Meinung sorge ich mich um mein Team."

Sie nickt, obwohl ich ihre Skepsis spüren kann. Ihre schönen Augen blicken in meine, voller Fragen, die sie nicht ganz zuordnen kann. „Ich habe gehört, dass Sie im Plaza dabei waren, als ich ... gefallen bin?"

Ich versteife mich und mein Puls hämmert.

Schon die Erwähnung dieser Nacht macht mich nervös.

Herrgott, was soll ich da sagen? Ich muss behutsam vorgehen, vorsichtig wieder in ihr Leben zurückkehren. Jetzt ist nicht der richtige Zeitpunkt, um alte Wunden aufzureißen, nicht, während sie noch psychisch labil ist.

Ich zwinge meine Gesichtszüge zu einer Maske der Gelassenheit. „Das stimmt. Ich war dabei."

Ihre Augenbrauen ziehen sich zusammen und zeichnen kleine Falten in ihre Stirn. „Können Sie mir sagen, was passiert ist? Ich versuche, alles wieder zusammenzusetzen."

Ich suche nach den richtigen Worten, nach einer Version der Geschichte, die sie nicht völlig verblüfft und verstört zurücklässt. „Wir haben uns unterhalten und dann haben Sie sich umgedreht, um zu gehen. Leider haben Ihre hohen Absätze Sie im Stich gelassen und Sie sind auf der Treppe gestürzt."

Ich suche in ihrem Gesicht nach einem Funken der Erinnerung an unseren hitzigen Austausch, aber es ist leer.

„Typisch ich. Eine Katastrophe in Stöckelschuhen. Ich sollte mit einer Gesundheits- und Sicherheitswarnung kommen, wie Dwayne vorgeschlagen hat." Ihr selbstironisches Kichern verstärkt mein schlechtes Gewissen nur noch weiter.

„Das muss Ihnen nicht peinlich sein", entgegne ich ein wenig zu hastig. „Sie haben uns aber einen ganz schönen Schrecken eingejagt. Sie waren im Krankenwagen bewusstlos."

Ich kämpfe darum, meine Stimme gleichmäßig zu halten. „Es hat Stunden gedauert, ehe Sie im Krankenhaus aufgewacht sind."

Sie starrt mich an. „Sie sind bei mir *geblieben*? Im Krankenhaus?"

Bei ihr geblieben? Ich bin praktisch durch die Krankenhausflure gegeistert und habe ängstlich auf ein Zeichen gewartet, dass sie aufwachen würde. „Ja, das bin ich."

Sie zuckt zurück und ein leises „Oh" entweicht ihren Lippen. „Das ist wirklich anständig von Ihnen."

Wenn sie nur wüsste, die ganze Geschichte dieser Nacht kennen würde. Dann würde sie kein Loblied auf mich singen, soviel ist sicher.

Ich gebe ein trockenes, humorloses Lachen von mir. „Entgegen den Gerüchten, Lucy, bin ich nicht das Monster, für das man mich hält. Haben Sie wirklich geglaubt, ich würde Sie mit einer Gehirnerschütterung am Fuß der Treppe liegen lassen?"

„Nein, aber ich kenne einige Manager, die

das an die Personalabteilung weitergegeben hätten", scherzt sie und ein Lächeln umspielt ihre Mundwinkel. „Es tut mir leid, wenn ich Ihnen den Abend ruiniert habe."

„Ich schaffe es ganz gut allein, Dinge zu ruinieren", sage ich knapp. Den Abend und alles, was zählt.

Ihr Blick wird sanfter, Neugierde ersetzt die Verwirrung. „Worüber haben wir gesprochen ... bevor ich einen Sturzflug gemacht habe?"

Mein Puls rast.

„Nichts Wichtiges." Ich habe ein Pokergesicht, mit dem ich selbst den Teufel bluffen könnte; das ist einer der Gründe, warum ich ein fantastischer Zocker bin. Aber es bei ihr einzusetzen, hinterlässt einen üblen Nachgeschmack. „Und nur damit das klar ist, falls Sie das alberne Gerede im Büro mitbekommen haben: Ich habe Ihnen keinen Stoß gegeben."

Sie lacht leise. „Ich wäre nicht in diesem Raum, wenn ich auch nur ein Wort davon glauben würde."

„Gut zu wissen, dass Sie nicht alles glauben, was Sie über mich hören."

„Es ist natürlich alles gut."

„Natürlich", wiederhole ich, meine Stimme vor Sarkasmus triefend. Ich sehe ihr in die

Augen. „Dann sagen Sie mir, Lucy, was denken Sie über mich?"

Ihre Reaktion ist unbezahlbar. Ein sichtbares Schlucken, ihre Augen sind groß wie Untertassen. „Über *Sie*?"

„Ganz genau."

„Was weiß ich denn schon über Sie?" Sie nimmt sich einen Moment Zeit und atmet langsam aus. „Nun, Sie sind natürlich der Mitbegründer unseres Unternehmens. Und Sie sind der Sponsor von Projekt Tangra."

Die Grundlagen. Das öffentlich zugängliche Wissen.

„Gibt es noch etwas?", stupse ich sie an, wobei ein Lächeln meine Mundwinkel umspielt.

„Und Sie haben die Hotelgruppe vor Jahren gegründet, nachdem Sie Killian Quinn kennengelernt haben. Sie haben gemeinsam Ihr erstes Hotel in Queens eröffnet ..." Sie hält inne und sieht mich an, als wolle sie prüfen, ob sie eine Art Test bestanden hat. „Sie sind ein sehr erfolgreicher Geschäftsmann und ... ähm ein großes Vorbild. Ich bin mir nicht sicher, ob es das ist, was Sie hören wollen, Mr. Wolfe?"

„Ich frage nicht nach meiner Biografie. Ich möchte wissen, was Sie – Lucy – persönlich über mich wissen."

Sie windet sich auf ihrem Stuhl und schluckt

hörbar. „Ich weiß, dass wir schon ein paar Mal ähm aneinandergeraten sind, aber ich hoffe, wir können ganz von vorne anfangen. Ich werde an meinem beruflichen Filter arbeiten."

Ganz von vorne? Sie hätte mich genauso gut ohrfeigen können. Ganz von vorne bedeutet, dass sie sich an nichts mehr erinnern kann.

Ihre Wangen erröten, als sie sagt: „Es tut mir leid, dass ich vor ein paar Monaten in der Besprechung eine unpassende Bemerkung gemacht habe."

Ein Hoffnungsschimmer keimt in mir auf. „Sie erinnern sich daran?"

„Ja?", bringt sie quietschend heraus.

Ich kann kaum atmen. „Sind Sie gerade ehrlich zu mir? Sie können sich wirklich daran erinnern, was passiert ist?"

„Nein?" Ihre Stimme wird noch höher. Ihre Augenbrauen ziehen sich zusammen und ihre Augen huschen umher, als würden sie nach einem Fluchtweg suchen. „Welche Antwort würde Sie weniger wütend machen?"

Ich stöhne auf und kneife mir in den Nasenrücken. „Die Wahrheit."

„Matty hat mich darüber informiert."

Verdammt noch mal.

Aber ich werde sie nicht vom Haken lassen. „Was ist mit unserer letzten Begegnung? Woran erinnern Sie sich da?"

Ihre Augen weiten sich und sie sucht nach einer akzeptablen Antwort.

„Entspannen Sie sich. Ich stelle Ihnen keine Falle. Sagen Sie es mir direkt."

„Das war der Tag, an dem Sie kamen, um über das Projekt Tangra zu sprechen. An dem Tag waren Sie nicht gerade mein größter Fan."

Meine Lippen verziehen sich zu einem Grinsen, als ich mich dichter zu ihr beuge. „Als ich Sie mit der Karikatur erwischt habe."

Sie stöhnt und wird knallrot. „Gott, das ist so merkwürdig. Ich weiß nicht, ob ich es schon gesagt habe, aber das tut mir wirklich leid. Matty meinte, dass es keine Konsequenzen gab, also danke, dass Sie so nachsichtig waren."

Ich lache leise, aber ich bin zu frustriert, um wirklich Humor zu verspüren. „Ich versichere Ihnen, dass eine alberne Kritzelei nicht ausreicht, um mich abzuschrecken, Lucy."

„Sie haben damals ziemlich wütend gewirkt."

„Das war ich auch." Ich grinse. „Ihre Abteilung hat mich frustriert."

„Und das tut sie jetzt nicht mehr?"

„Oh, das tut sie immer noch."

Sie zieht eine Grimasse und nickt. „Nun, ich entschuldige mich für jedes Mal, das ich im letzten Jahr aus der Reihe getanzt bin."

„Vergessen Sie alles, was Sie gehört haben.

Ihre Leistung bei diesem Projekt war einfach nur hervorragend."

Sie atmet merklich erleichtert aus. „Das ist wirklich gut zu wissen."

„Seitdem haben wir uns besser kennengelernt. Sie können mich gerne JP nennen, so wie Sie es getan haben."

Zwischen ihren Augenbrauen erscheint eine Linie, die ich schon unzählige Male entlanggefahren bin. „Oh... kay. Ähm, JP."

Etwas schimmert in ihren Augen, als mein Name über ihre Lippen gleitet. Ein Funke, der Erinnerungen entfachen könnte, wenn er richtig angefacht wird.

Komm schon, Lucy.

Ich beobachte, wie sich die Rädchen in ihrem Kopf drehen. Sie überschlägt und löst ihre Beine, ihre Bewegungen unruhig und voller Spannung.

Eine Erinnerung. Da lauert eine.

Ich weiß, dass sie da ist.

Komm schon, wirf mir einen Knochen hin.

Erinnere dich, mein Schatz, du musst dich erinnern.

Sie streicht abwesend ihre Bluse glatt. „Wohnen Sie jetzt in New York? Die Jungs haben erwähnt, dass Sie in letzter Zeit viel unterwegs waren."

Ich seufze und erzwinge ein halbes Lächeln.

„Ich hatte in letzter Zeit mehr Gründe, in New York zu sein. Also, ja, meine Zeit ist zwischen hier und Las Vegas aufgeteilt."

Wo auch immer du bist, dort muss ich auch sein. Selbst wenn es die Antarktis ist.

Ihr Blick trifft auf meinen und ein Hauch von Neugierde scheint durch. Doch sie verschwindet so schnell wie sie gekommen ist und wird durch ein höfliches Nicken ersetzt. Als würde sie über das Wetter reden. Es ist ihr egal. Sie erinnert sich nicht.

Was immer ich vorher zu sehen geglaubt habe, ist verschwunden.

Ein frustriertes Knurren entweicht meinen Lippen, bevor ich es unterdrücken kann, und sie zuckt sichtlich zusammen.

Ich reiße mich schnell wieder zusammen und atme tief ein, um sie nicht noch mehr zu erschrecken.

„JP, Sir", sagt sie in einem unnatürlich förmlichen Tonfall. „Vielen Dank für dieses Treffen. Ähm ... kann ich sonst noch etwas für Sie tun?"

Der Blick in ihrem Gesicht, der keine Spur von Erkennen oder Wärme zeigt, trifft mich wie ein Vorschlaghammer. Ich hätte mir nie eine Welt vorstellen können, in der Lucy und ich ... was sind wir nun? Vorgesetzter und Untergebene? Das ist eine bittere Pille für mich.

„Was tun Sie dafür, Ihr verdammtes Gedächtnis wiederzubekommen?" Die Worte platzen aus mir hervor, ein Cocktail aus aufgestauter Frustration und Verzweiflung, der meine Stimme heftiger macht, als beabsichtigt. Ich bereue die Worte, sobald sie mir über die Lippen kommen.

Sie erschrickt, blinzelt, ehe sie sich sammelt und die Schultern strafft. „Bei allem Respekt, Sir, aber ich habe es langsam wirklich satt, danach gefragt zu werden. Ich tue alles, was die Ärzte und Therapeuten mir sagen. Therapie, Coaching ... Ich weiß nicht, was ich sonst noch tun soll."

„Sie haben recht, ich entschuldige mich", sage ich und versuche, meinen schroffen Tonfall zu entschärfen. Ich benehme mich wie ein Idiot erster Güte. „Das war unangebracht."

Jetzt muss sie gehen, bevor ich völlig durchdrehe. „Wir sind hier fertig. Sie können gehen." Wenn sie bleibt, könnte ich etwas noch Bedauerlicheres sagen oder tun.

Sie nickt, dann steht sie auf und geht hinaus.

Sie weggehen zu sehen, fühlt sich an, als würde mein Herz durch einen Schredder gejagt werden.

Ich habe das wie ein Idiot gehandhabt. Ein echter, ausgemachter Idiot. Maggie hätte mir den Arsch aufgerissen.

Ich lasse meinen Blick zum Schnapsschrank schweifen, dessen polierte Oberfläche meine erschöpften Augen widerspiegelt. Ist es zu früh für einen Schnaps? Oder vielleicht etwas Stärkeres. Ich bin mir sicher, dass irgendwo in diesem Büro ein bisschen Pulver versteckt ist.

Es ist verlockend. Ich kann es fast schmecken, das vertraute Brennen in meinen Nasenlöchern.

Aber ich bin ein anderer Mensch, ich habe diese Angewohnheit aufgegeben und diesem Leben abgeschworen. Nein, das, was ich brauche, ist nicht in einer Flasche oder einer pudrigen Linie.

Was ich brauche, ist ein Plan. Einen verdammt guten, und zwar schnell.

Eine Viertelstunde später schreite ich aus meinem Büro in das Großraumbüro.

„Taylor", sage ich und meine Stimme schneidet durch das Bürogeplapper. „Trommeln Sie alle zusammen und kommen Sie in den Sitzungssaal fünf."

Erschrocken erholt sich Taylor schnell und setzt das Team in Bewegung.

Einer nach dem anderen schlurfen sie herein und werfen mir neugierige Blicke zu. Als sie sich auf ihren Plätzen niederlassen, stelle ich mich an das Kopfende des Tisches. Ihr leises Geplapper verstummt augenblicklich und wird durch eine besorgte Stille ersetzt.

„Ich habe Ihnen allen einen Aufschub gewährt", beginne ich und lasse meinen Blick durch den Raum schweifen, „aber wir sollten keine Zeit verschwenden." Meine Stimme wird härter und die Spannung im Raum steigt noch weiter an. „Sie sind selbstgefällig geworden, seit Sie mit Phase eins einen Volltreffer gelandet haben. Die Ideen, die ich jetzt sehe, sind schwach. Es fehlt ihnen an Visionen. Mumm. Wir müssen einen Zahn zulegen."

Ich halte inne und lasse die Bedeutung meiner Worte im Raum hängen, ehe ich den entscheidenden Satz sage. „Also, gehen wir aufs Ganze. Keine Ausnahmen. Wir veranstalten einen einwöchigen Hackathon, der in zwei Wochen beginnt. Ich weiß, dass wir diese Veranstaltungen normalerweise in Las Vegas abhalten, aber dieses Mal machen wir etwas anderes."

Ein Gefühl der Unruhe geht durch den Raum. Ich ignoriere es und fahre fort: „Wir treffen uns in meinem Ferienhaus in der Nähe des Bear Mountain State Park."

Der Raum wird totenstill, einige sind sichtlich enttäuscht, dass wir nicht nach Sin

City fahren, andere wünschen sich, dass sie überhaupt nirgendwohin fahren würden.

Ich schaue Lucy in die Augen, die einzige Person, an deren Reaktion ich wirklich interessiert bin.

Ich mildere meinen Tonfall. „Lucy, wenn Sie lieber nicht mitkommen wollen, verstehe ich das. Sagen Sie es einfach. Aber ich werde dafür sorgen, dass Sie alles haben, was Sie brauchen."

Die Vielzahl an Emotionen, die sich auf ihrem Gesicht abspielen, drehen mir den Magen um, doch sie nickt entschlossen.

Es ist eine seltsame Abkopplung, wenn man an die unzähligen Stunden denkt, die wir an diesem Ort verbracht haben, der Hütte, die sie einst ihren „Zufluchtsort" nannte. Vielleicht bin ich arrogant, aber ich weiß, dass sie es liebt dort zu sein. Eingebettet in den Hudson Highlands, umgeben von sanften Hügeln, ist es atemberaubend schön.

Sie dorthin zurückzubringen, könnte einige Erinnerungen in ihr wecken. Im Idealfall, ihre Gefühle für mich wieder entfachen.

Außerdem kenne ich ihren Therapieplan für die nächste Woche; ich habe ihre Fortschritte im Auge behalten.

Wenn sie mich einfach ihre verdammte Wohnung hätte kaufen lassen, hätte sie jede Nacht ihren eigenen Zufluchtsort. Sie wäre frei.

Stattdessen lässt ihr Stolz nicht zu, dass sie meine Hilfe annimmt, und so wohnt sie weiterhin über einem schmutzigen Sexshop mit einem Clown, der auf den Namen Spider hört. Seine Sicherheitsüberprüfung hat ergeben, dass sein richtiger Name William ist.

Ein paar aus dem Team rutschen unruhig auf ihren Sitzen herum. Einer räuspert sich so heftig, dass er zu ersticken droht. Bin ich ein Arschloch, weil ich verlange, dass sie für die Arbeit alles stehen und liegen lassen? Wahrscheinlich schon. Aber die Bezahlung ist großzügig genug, dass sie die gelegentlichen Unannehmlichkeiten in Kauf nehmen.

Keiner wagt es, zu widersprechen. Keiner sagt, dass er nicht teilnehmen kann.

Hackathons sind hart. Der Name ist für Menschen außerhalb des Unternehmens irreführend – es begann mit Hackern und wurde zu einer breiteren Praxis für IT-Abteilungen. Das Grundprinzip ist, talentierte Techniker und Kreative in einen Raum zu sperren, bis sie die benötigten Lösungen gefunden haben.

Es klingt grausam, aber sie gedeihen dadurch. Das ist ihr Spielplatz. Hier können sie glänzen.

„Kein Problem, JP", gellt Taylor. Sie ist verdammt nervig, aber die Frau liefert Ergebnisse. „Das klingt nach einem ausgezeichneten Plan. Können Sie uns die Ziele mitteilen, damit wir sie für Sie erreichen können?"

Mein Blick bleibt auf Lucy haften, während ich ihre Fragen beantworte.

Der Drang, sie wieder in meinem Haus zu haben, mich auf jede erdenkliche Weise in ihr Gedächtnis einzuprägen, überwältigt mich. Ich muss mich zwingen, den Blick abzuwenden, bevor ich sie in Verlegenheit bringe.

Ist es schlimmer, vergessen zu werden oder gehasst zu werden?

Das ist die Millionen-Dollar-Frage. Wenn Lucy sich nicht an mich erinnert, gibt es die Möglichkeit eines Neuanfangs. Die Vergangenheit löschen, von vorne anfangen. Ich will nicht, dass Lucy sich daran erinnert, wie sehr ich sie verletzt habe.

Der Haken? Es ist, als würde ich mit einer tickenden Zeitbombe leben, wohl wissend, dass sie es irgendwann herausfinden wird. Eine unsichtbare Schlinge um meinen Hals. Aber vielleicht, nur vielleicht, kann ich sie dazu bringen, sich wieder in mich zu verlieben, bevor sie die Wahrheit herausfindet.

Ein Neuanfang. Ein neuer Versuch. Nicht viele Menschen bekommen das.

14

Lucy

Wolfe überragt mich und seine Stimme wird zu einem bedrohlichen Grollen. „Ich möchte Sie etwas fragen, Lucy. Verkleiden Sie sich gerne?"

Ich starre ihn fassungslos an. Jeder Tropfen Blut in meinem Körper schießt mir ins Gesicht. Hat der Oberboss von Quinn & Wolfe mich das wirklich gerade gefragt?

„Meinen Sie die Comic-Convention?", würge ich hervor.

„Ich glaube, wir wissen beide, wovon ich hier wirklich rede", knurrt er. Der Raum scheint zu schrumpfen, während er in meinem Blickfeld größer wird. Sein Kopf steigt in die Höhe, bis er in der Nähe der Decke schwebt, genauso groß wie mein Gute-Besserung-Ballon.

Dieser verdammte Mann. Ich kann nicht mit ihm umgehen.

Ich stürze aus seinem Büro in den Flur hinaus.

Brenda vom Marketing starrt mich entsetzt an. Überall um uns herum wird gekeucht. Warum glotzen mich alle an?

Ich schaue nach unten. O mein Gott! Ich trage das Miss-Nova-Outfit mit den Nippellöchern. Ich versuche, mich zu bedecken, aber der Schaden ist schon angerichtet. Sie haben alles gesehen.

Sie haben ganz aufgehört zu arbeiten und starren mich an. Die Telefone klingeln ununterbrochen und werden ignoriert.

Ich bin wie erstarrt, während ich sie wortlos anschreie, an die verdammten Telefone zu gehen. Aber es kommt kein einziges Geräusch heraus.

Warte ... Moment mal.

Das ist mein Wecker.

Ich wache mit einem Schreck auf, die Laken sind verdreht und durchnässt. O Gott sei Dank. Nur ein weiterer bizarrer Traum.

Über niemanden geringeren als Wolfe. Interessant.

Ich kann nicht aufhören, über das seltsame Zusammentreffen mit ihm gestern nachzudenken. Seine Worte waren irgendwie süß, aber sein Gesicht? Es hätte genauso gut aus Granit gemeißelt sein können. Wenigstens weiß ich jetzt, dass er mich nicht geschubst hat.

Der Mann ist ein Rätsel und mit ihm zu

reden, erfüllt mich mit Angst. Mit Leuten zu reden, die ich kenne, ist mit diesem Amnesie-Malus in Ordnung, aber meine deutlichste Erinnerung an Wolfe ist, wie er mir gedroht hat, mich zu feuern.

Es klingt, als würde er mich nicht mehr hassen, aber es gibt etwas an mir, das ihm unter die Haut geht. Dass sich sein Kiefer gestern anspannte, war ein eindeutiges Zeichen.

Ich schleppe mich aus dem Bett, während mich das Bild zur Schau gestellter Phantomnippel noch immer verfolgt. Wenigstens kann ich mir versichern, dass mein Tag nicht schlimmer werden kann als dieser Albtraum.

Das hoffe ich zumindest.

Drei Stunden später fange ich an, meinen Rhythmus wieder zu finden.

Matty und ich haben uns mit User Flows und Designs beschäftigt und damit ein seltenes Stück Normalität in mein verwirrendes Leben zurückgebracht.

Die Leute denken, dass es einfach ist, eine

Taste zu entwerfen. So sieht uns der Rest der Firma – als die Tasten-Fabrik.

Klar, wir wählen einfach willkürlich eine Farbe, setzen eine Comic Sans Schrift auf und schreiben den Inhalt drauf, der uns gefällt, oder? Wer kümmert sich schon um die Platzierung der Taste und den richtigen Farbton?

Sicherlich nicht wir Designer. Es ist ja nicht so, als würden wir uns stundenlang über jeden einzelnen Pixel den Kopf zerbrechen. Denn der Himmel bewahre uns davor, dass wir uns mit einer schlecht platzierten Taste oder einer grausigen Benutzerführung herumschlagen müssen.

„Wir sind fertig." Ich strahle Matty an. „Wir können präsentieren."

Er lehnt sich zurück, gähnt und zerzaust sein wirres Haar. „Wurde auch Zeit. So viel habe ich die ganze Woche nicht gemacht."

Ich unterdrücke ein Augenrollen. Technisch gesehen habe ich 80 Prozent davon gemacht.

„Keine Fachsimpelei mehr, bitte. Ich schwöre, wenn wir noch einmal über die Arbeit reden, buche ich auf der Stelle einen Urlaub", brummt er. „Wo wir gerade dabei sind ..." Er holt sein Handy heraus. Mit ein paar Wischbewegungen zeigt er mir das Foto eines luxuriösen Swimmingpools, in dessen Mitte er grinst. „Klingelt da was bei dir?"

Ich schaue auf das Bild und versuche, mich zu erinnern. „Ist das … Wolfes Haus?"

„Ja. Es ist wie das Playboy Mansion. Der Typ hat das volle Programm. Schade, dass er uns dieses Mal in den hintersten Winkel von Nirgendwo bringt. Die in Vegas waren der Hammer. Ehrlich gesagt, bin ich enttäuscht."

„Wow. Das ist mal ein toller Pool." Ich beuge mich vor, um ihn mir genauer anzusehen. „Wir waren da also schon mal?"

Er nickt. „Viermal."

„*Vier?*"

„Das letzte Mal war es brutal – zwanzig Stunden am Stück, ohne Pause. Aber dann hat Wolfe gesagt, dass wir danach noch in der Villa bleiben und es uns gut gehen lassen können. Mann, das Haus ist riesig. Ich weiß nicht einmal, wie viele Zimmer es hat."

Weitere Bilder von Wolfes makellos weißer Villa füllen den Bildschirm, während Matty sie durchswipt.

„Das nenne ich mal ein stilvolles Leben." Ich starre die Bilder an. „Wohnt er dort ganz allein?"

„Scheint so." Matty zuckt mit den Schultern. „Wenn an den Gerüchten allerdings etwas Wahres dran ist, ist Wolfe fast nie allein."

„Das heißt?"

„Sagen wir einfach, unser Kumpel Wolfe lässt gerne die Sau raus. Oft. Die Mädels in der Marketing-Abteilung erzählen gerne von seinen wilden, ähm, ‚geselligen Zusammenkünften' jedes Wochenende."

Mein Kiefer erschlafft. „Ehrlich?"

„Angeblich." Er grinst verschwörerisch. „Die Rechtsabteilung ist rund um die Uhr auf den Beinen, um zu verhindern, dass die Gerüchte Schlagzeilen machen. Ich kann es ihm allerdings nicht verdenken. Wenn ich diese Villa hätte, wäre sie auch das Zentrum für Sexpartys. Ich meine, wo ist meine Einladung?"

Es ist, als ob ich einen Stein verschluckt hätte.

Für einen dummen, flüchtigen Moment in Mr. Wolfes Büro habe ich mir den Gedanken gestattet, dass sein Interesse an mir ... nun ja, mehr als nur professionell war.

Reiß dich zusammen, Lucy.

Ich wende meine Aufmerksamkeit wieder der weitläufigen Villa zu und bin überwältigt von dem Platz, den *ein Mann* hat. Sie ist komplett verglast und liegt abgeschieden auf einer Anhöhe mit Blick auf das glitzernde Las Vegas. Der Pool sieht so groß aus wie der Central Park.

„Seine Welt ist ein anderes Universum als unsere. So wie es sich anhört, hat er überall im Land Häuser." Ich seufze. Batman gegen die Normalsterblichen von Gotham.

Wie unverschämt es ist, dass er von allen verlangt, alles stehen und liegen zu lassen und seinen Wünschen von jetzt auf gleich zu folgen? Er sagt: „Spring!" und wir suchen nach einem Pogo-Stick.

Ich starre stirnrunzelnd auf das Foto von Wolfes Lounge-Bereich. Es sieht aus, als hätten wir ihn für den Hackathon beschlagnahmt. Es gibt ein riesiges Whiteboard, das mit Zetteln und einem Gruppenfoto von uns beklebt ist. Der Gedanke, dass ich schon einmal da gewesen bin, ist so merkwürdig.

Ich habe ein dümmliches Grinsen im Gesicht. Was habe ich mir nur dabei gedacht?

Mich an einem Ort zu sehen, an den ich mich nicht erinnern kann, macht mir eine Gänsehaut. Es fühlt sich an, als ob ich eine Doppelgängerin anstarren würde. Irgendetwas an diesem Foto macht mich traurig. Genau wie bei dem mit Daredevil. Vielleicht, weil ich echt lächle und nicht nur für die Kamera gestellt. Diese Bilder sehen aus wie der Beweis für einen neuen Teil meines Lebens. Einen Teil, der gekommen und gegangen ist.

Und vielleicht werde ich mich nie daran erinnern, warum ich glücklich war.

Das ist in Ordnung. Ich werde weiterziehen.

In Momenten wie diesen erinnere ich mich an den Rat meiner Ärztin, das Leben in mundgerechten Happen zu leben und einen Schritt nach dem anderen zu machen.

Die heutige Aufgabe: den Arbeitstag überstehen und mich mit dem Immobilienmakler in Verbindung setzen, um meine nächsten Schritte zu planen.

Die morgige Aufgabe: Spider davon überzeugen, dass meine Wohnung keine Frühstückspension ist und ich keine Wäschefee bin. Jedes Mal, wenn er ein Bein anhebt, um sich auf meiner Couch den Hintern zu kratzen, knirsche ich mit den Zähnen und stelle mir vor, wie meine Hypothek von Sekunde zu Sekunde schrumpft.

Ich wende mich schwer schluckend an Matty. „Ich muss mein Leben in den Griff bekommen und mein finanzielles Chaos in Ordnung bringen. Ich habe das gestern Abend überprüft und meine Hypothekenzahlungen sind riesig. Kein Wunder, dass ich einen Spider habe. Bin ich vor dem Unfall jeden Tag vor lauter Sorgen wahnsinnig geworden?"

Er denkt eine Minute lang nach. „Wahrscheinlich ist es jetzt schlimmer, weil alles auf einmal kommt. Vorher hast du dich irgendwie schrittweise daran gewöhnt. Aber ja, in den Wochen vor deinem Unfall schienst du sehr nervös zu sein, als ob sich alles aufstauen würde. Ich dachte irgendwie, du wärst sauer auf mich, weil wir kaum miteinander geredet haben. Du hast mich sogar ein paar Mal angeschnauzt."

Zu wissen, dass ich damals gestresst war, verstärkt meinen Stress jetzt noch.

„Tut mir leid", sage ich verlegen. „Ich schätze, das ganze Wohnungsdrama hat mich überwältigt."

Er grinst. „Alles cool. Ich habe es verdient."

„Wünsch mir Glück, ich rufe jetzt meinen Immobilienmakler an." Mit einem schweren Seufzer stehe ich von meinem Schreibtisch auf und suche mir einen ruhigen Platz im Büro, um den Anruf zu tätigen. Das letzte Mal, an das ich mich erinnere, mit diesem Typen gesprochen zu haben, war vor etwa zwölf Monaten.

Gerade als ich denke, dass er nicht abnimmt, dröhnt eine Stimme durch die Leitung. „Dave Watson."

„Hi, Dave. Hier ist Lucy Walsh."

„Ah, Miss Walsh", sagt er, ohne zu zögern, obwohl ich merke, dass er versucht, mich einzuordnen. „Ich freue mich, von Ihnen zu hören. Wie geht es Ihnen?"

Ich erzähle ihm die Kurzfassung der Ereignisse. „Toll. Ich habe eine kleine ... Beule am Kopf."

„Das ist ja furchtbar", antwortet er in einem gut einstudierten Tonfall. Ich vermute, ich hätte ihm auch sagen können, dass ich eine Kopftransplantation hatte und hätte die gleiche Antwort bekommen. „Was kann ich für Sie tun?" In seiner Stimme liegt ein nicht ganz so subtiler Hauch Ungeduld.

„Ich wollte nur mal nachfragen, wie es mit dem Verkauf meiner Wohnung läuft?"

Um die E-Mails war es in letzter Zeit erschreckend ruhig geworden und auf die letzten hatte Dave nicht einmal geantwortet.

„Sicher, sicher. Hier und da trudeln schon ein paar Interessenten ein. Ich bin mir sicher, dass wir bald einen Käufer finden werden."

Von dem „Interessiert mich einen Scheiß"-Tonfall dreht sich mir der Magen um.

Ich knirsche mit den Zähnen, als ich mich daran erinnere, wie ich ihm das erste Mal begegnet bin. Der Typ prahlte damit, dass er einem Wasserpark Wasser verkaufen könnte. Ich erinnere mich an sein selbstgefälliges Lächeln, während er sich seine Krawatte zurechtzupfte, als wäre es gestern gewesen.

Mittlerweile glaube ich fast, dass er nicht einmal einen Regenschirm an jemanden verkaufen könnte, der in einen Monsun geraten ist.

Ich umklammere das Telefon fester. „Gibt es

diese Woche Besichtigungen?"

„Überlassen Sie das mir."

Ist das ein Ja oder ein Nein?

„Aber Sie haben mir gesagt, Sie würden innerhalb von drei Tagen nach der Anzeige ein Angebot für mich haben!"

Eine unangenehme, lange Pause folgt. „Der Markt ist im Moment etwas schwerfällig – Ihr ... ähm... einzigartiges Geschäft unten könnte den Verkauf etwas erschweren. Vielleicht sollten Sie die Preisvorstellung noch ein bisschen nach unten korrigieren ... siebzig weniger sollten reichen."

Ich lasse beinahe das Handy fallen. „*Siebzig*? Siebzigtausend Dollar?"

„Sagen wir vielleicht neunzig, um auf Nummer sicher zu gehen."

„Neunzig." Ich verschlucke mich an dem Wort, als die Leute mir neugierige Blicke zuwerfen. Ich könnte ja krank sein. „Aber das ist weit unter dem Preis, für den ich sie gekauft habe. Ich kann sie genauso gut umsonst weggeben."

„Ja, das ist bedauerlich", sagt er. Hört er mir überhaupt zu? „Hören Sie, ich muss los. Wir werden so schnell wie möglich weitere Besichtigungen ansetzen. Bis bald, Miss Walsh."

Ich bleibe mit einem Freizeichen im Ohr

zurück und die Bedeutung des Geschehenen überflutet meinen Bauch.

Ich stecke tief in der Scheiße.

Jeder Penny meiner Ersparnisse ging in diese „kluge Investition". Es heißt, dass Immobilien in Manhattan nie an Wert verlieren – aber eine einzige Gummipuppe hat alles zunichte gemacht.

Bald werde ich selbst bei Roxy in diesem Fenster stehen, mit einem „Kauf mich"-Schild um den Hals.

Oder vielleicht nehme ich einen zweiten Job an, zum Beispiel als Uber-Fahrerin bei Nacht, denn anscheinend kann ich mittlerweile fahren.

Verspottet mich das Leben? Das ganze Geld, das Dad mir hinterlassen hat, meine ganzen Ersparnisse, habe ich in diese Wohnung gesteckt. Ich kann schon fast Moms Stimme hören, die mir sagt, dass ich dumm bin, weil ich so viel hineingesteckt habe, aber ich dachte, Dad würde stolz sein. Und jetzt? Es ist alles weg.

Ich fühle mich wie ein Kind, das in den übergroßen Stöckelschuhen seiner Mutter herumstolpert und versucht, die Erwachsene zu spielen, ohne auch nur die geringste Ahnung zu haben, wie man das macht.

Ich brauche eine Minute, um zu merken,

dass ich weine, bis einer der Techniker mich entsetzt ansieht und unbehaglich fragt: „Bist du okay?"

„Ja", murmle ich, denn das ist es, was er hören will.

Er ergreift die Flucht, erleichtert, der hysterischen Frau zu entkommen. Ich atme tief durch und versuche, mich zu beruhigen.

Sobald er außer Sichtweite ist, lasse ich ein lautes Schluchzen hören. Ich kann nicht glauben, dass ich auf der Arbeit so weine. Wie konnte ich es nur so weit kommen lassen?

Ein unangenehmes Husten durchschneidet die Luft und lässt mich aus meinen Tränen aufschrecken. Ich blicke auf und sehe, dass Dwayne mich beäugt, als würde er zum ersten Mal Tränen sehen.

Verdammt noch mal.

Er beugt sich vor und klopft mir unbeholfen auf den Rücken. „Na, na."

Ich schüttle ihn beschämt ab. „Mir geht's gut", schniefe ich.

„Soll ich die Personalabteilung anrufen?"

Ich schüttle den Kopf und lache fast. Was können die schon tun?

„Okay." Er steht da und glotzt.

Ich wische mir die Nase zutiefst stilvoll am Ärmel ab. „Ehrlich, Dwayne. Mir geht's gut."

Und jetzt mach einen Abgang.

Er nickt unbeholfen und holt sein Notizbuch hervor. „Ich werde das trotzdem als ‚Vorfall' eintragen. Bei Gesundheit und Sicherheit."

Mir fällt die Kinnlade runter und alle meine Emotionen brechen aus mir hervor.

„Ist das dein verdammter Ernst?", brülle ich. „Ich finde heraus, dass ich meine Wohnung nicht verkaufen kann und für immer mit einem Typen namens Spider über einer zwei Meter großen Gummipuppe leben muss, und du willst mich in dein blödes Gesundheits- und Sicherheitsregister eintragen? Gott, ich werde dich erwürgen."

Die ganze Umgebung wird unheimlich still. Alle starren mich mit großen Augen an, die Finger auf halbem Wege beim Tippen eingefroren.

Ich atme tief ein und jeder Muskel in meinem Körper spannt sich an.

„Lucy", sagt eine tiefe, grollende Stimme. Ich neige meinen Kopf und sehe JP Wolfes durchdringenden Blick in der Tür seines Büros. „In mein Büro, bitte."

O Gott, das war es, nicht wahr? Dieses Mal habe ich es so richtig vermasselt. Wird er mich rausschmeißen?

Die Stille wird davon durchbrochen, dass Dwayne laut an seinen Zähnen saugt.

„Dann werde ich das als … ähm …

mal sehen ... als Stress am Arbeitsplatz verbuchen und darauf hinweisen, dass die Personalabteilung hinzugezogen werden muss, wenn die Vorfälle eskalieren. Ja. Damit sollte alles angemessen abgedeckt sein."

In Gedanken zeige ich ihm den Mittelfinger, stolpere aber mit klopfendem Herzen auf das unbekannte Schicksal zu, das mich bei dem großen bösen Wolf erwartet.

15

JP

Sie betritt mein Büro mit dem Eifer von jemandem, der sich dem Erschießungskommando stellt. Sogar noch schlimmer als beim letzten Mal, und ich hätte nicht gedacht, dass das physisch möglich ist.

„Mr. Wolfe", beeilt sie sich zu sagen, als ich die Tür hinter uns schließe. „Ich entschuldige mich für die Szene da draußen. Sie war völlig unangebracht."

Ich schließe mit zwei schnellen Schritten den Abstand zwischen uns. „Sie sollen mich doch JP nennen."

„JP. Alles klar." Sie sieht aus, als wolle sie fliehen. Mein Gott, das ist schwer für mich zu ertragen.

Ein Klopfen unterbricht uns und Amanda steckt ihren Kopf herein. „Das Vertriebsteam wartet im Sitzungssaal sechs, Chef."

„Sagen Sie das ab", fordere ich, ohne Lucy

aus den Augen zu lassen. Im Moment muss ich mich auf die Frau vor mir konzentrieren.

„Natürlich, Sir", antwortet Amanda, ehe sie leise verschwindet.

Lucy steht wie angewurzelt da und beäugt mich vorsichtig.

Ich lasse meine Hände in die Hosentaschen gleiten, um sie nicht in meinen persönlichen Bereich zu ziehen. „Also, worum ging es da? Warum haben Sie sich so aufgeregt?"

Sie streicht sich eine Haarsträhne hinters Ohr und ihr Blick fällt auf das Team, das uns durch das Fenster begafft. „Er hat mich in einem schlechten Moment erwischt. Ich hatte gerade ein Telefonat, das mich ... verunsichert hat."

„Worum ging es in dem Telefonat?"

„Persönliche   Dinge.   Nichts Arbeitsbezogenes. Ich hätte nicht zulassen dürfen, dass es mich hier beeinträchtigt."

„Ich kann Ihnen helfen."

Ihre Augen zucken wieder zu mir, alarmiert und weit aufgerissen. „Nein ... Sir. JP. Schon in Ordnung. Es ist mein Problem und ich hätte es nicht in die Arbeit einfließen lassen sollen."

Ich fahre mir mit der Hand durch die Haare und kämpfe darum, meine Fassung zu bewahren. Es ist eine Qual, sie nicht trösten zu können. „Ich kann Ihnen nicht helfen, wenn Sie nicht mit mir reden."

Nicht, dass sie sich gerade um mein Angebot reißen würde.

„Es ist nur ein Immobilienproblem", erzählt sie rasch. „Meine Wohnung ist schwer zu verkaufen. Ich hätte den Anruf nicht auf der Arbeit machen sollen."

Ich stoße einen tiefen Seufzer aus. Ah, die Wohnung. Vielleicht kann ich nun eingreifen, so wie ich es vor ihrem Gedächtnisverlust tun wollte. Nun kann ich dieses Chaos in Ordnung bringen, ohne dass sie weiß, dass ich die Fäden in der Hand habe.

„Machen Sie sich keinen Stress, wir kriegen das schon hin. Wir werden einen Finanzplan für Sie erstellen."

„Was? O Gott, ich könnte doch nicht darum bitten …" Sie bricht ab und nagt an ihrer Lippe. „Na ja, eigentlich … kann es nicht schaden, mit Finanzberatern zu sprechen. Danke." Ihr Kopf hängt beschämt hinunter und ich hasse es.

„Gut. Jetzt bringe ich Sie nach Hause."

Ihre Augen weiten sich, als hätte ich gerade einen Fallschirmsprung vom Empire State Building vorgeschlagen. Und zwar nackt. „Hm?"

„Ich bringe Sie nach Hause", wiederhole ich. „Amanda wird Ihre Sachen holen."

Verblüfft massiert sie sich den Nacken und nähert sich der Tür. „Entschuldigen Sie das Drama, aber es gibt keinen Grund, mich in die Wüste zu schicken."

„Ich schicke Sie nirgendwo hin. Ich bringe Sie nach Hause. Und das steht nicht zur Diskussion." Idealerweise zu mir, aber dazu ist sie noch nicht bereit. „Sie hatten für heute genug, Lucy. Ich werde nicht dabei zusehen, wie Sie auf der Arbeit weinen." Ich schnappe mir mein Portemonnaie und meine Schlüssel.

Sie starrt mich an und ist völlig überrumpelt. Sie öffnet den Mund, um Einspruch zu erheben, überlegt es sich jedoch schnell anders, als sie meinen strengen Blick bemerkt.

Ich grinse sie an, in der Hoffnung, ihre Nerven zu beruhigen. „Hören Sie, ich kann nicht zulassen, dass ein Mitarbeiter im Büro droht, einen anderen umzubringen."

„Schlecht für die PR?"

„Nur einen Hauch. Lassen Sie uns gehen", sage ich sanft und deute auf die Tür, in der Hoffnung auf mehr Begeisterung.

„Ich wohne in Washington Heights. Das ist ein bisschen abgelegen."

„Ist schon gut. Ich muss eins unserer Hotels im Norden überprüfen." Gelogen.

Sie folgt mir schweigend zum Aufzug.

Ich sage Amanda, sie soll Lucys Sachen von ihrem Schreibtisch holen.

Wir betreten den leeren Aufzug und ich drücke den Knopf, um nach unten zu fahren.

Langsam drehe ich mich zu ihr um und blicke in ihre ängstlichen und suchenden Augen.

„Ist das Ihre Art, mich persönlich rauszuschmeißen? Denken Sie, ich bin so verkorkst, dass ich mit meiner Verantwortung nicht umgehen kann?"

Die Worte treffen mich unvorbereitet. Ich kontere, meine Stimme ist rauer, als mir lieb ist, und die Worte hallen in dem kleinen, geschlossenen Raum wider. „Seien Sie nicht albern", knurre ich. „Lucy, um Himmels willen, für was für einen Mann halten Sie mich? Darum geht es hier nicht. Ganz und gar nicht."

Sie beäugt mich misstrauisch. „Ich habe gesehen, wie Sie fünf Jungs aus dem Vertrieb gefeuert haben. Die haben es auch nicht kommen sehen."

Verärgert fahre ich mir mit einer Hand durch die Haare. „Darum geht es hier nicht. Sie sind eindeutig gestresst und ich will nur sicherstellen, dass Sie irgendwo sind, wo sie sich entspannen können."

„Aber warum der persönliche Chauffeurservice?", feuert sie mit leicht stockender Stimme zurück.

„Weil ich es will."

Ihr Kinn hebt sich auf die trotzige Art, die ich so gut kenne. „Sie bekommen immer Ihren Willen, nicht wahr?"

Ein schiefes Lächeln zerrt an meinem Mund. „In 99 Prozent der Fälle."

„Und das eine Prozent, bei dem das nicht so ist?"

„Eine Niederlage zu akzeptieren, passt mir nicht."

Ich trete einen Schritt vor und schließe die Lücke zwischen uns. Einen Moment lang starren wir uns nur an.

Ihre Augen weiten sich und ihre Lippen öffnen sich. Und in diesem Augenblick wünsche ich mir nichts sehnlicher, als diese Lippen unter meinen eigenen zu spüren.

Ich bin jetzt nah genug, um sie zu berühren. Noch einen Schritt weiter und ich bin nah genug, um sie in die Luft zu heben und ihre Beine um mich zu legen. Mein Schwanz spannt meine Hose. Verdammt, es ist zu schwer für mich, das zu kontrollieren.

Die Türen gleiten auf und nur mit großer Mühe kann ich dem Drang widerstehen. Ich räuspere mich barsch. „Hier entlang."

Ich führe sie zu meinem Aston Martin und öffne ihr die Beifahrertür. Einen Moment lang zögert sie, als ob sie vermutet, dass ich ihr eine Falle stelle.

Schließlich lässt sie sich auf den Ledersitz gleiten und lässt ihren Blick über das luxuriöse Interieur schweifen, als wäre sie noch nie hier gewesen.

Lässig löse ich meine Krawatte und werfe sie ins Handschuhfach. Ihren großen Augen nach, könnte man meinen, dass ich gerade eine Stripshow vorführe, und nicht einen einfachen Stoffstreifen wegwerfe.

Ich unterdrücke ein Grinsen und beobachte, wie sie mit dem Sicherheitsgurt kämpft und finster dreinschaut, als sich ihr die Schnalle widersetzt.

Ich beuge mich vor und meine Hand findet ihre an der Schnalle und schiebt sie sanft zur Seite. Ihr stockt der Atem im Hals, als sie sich zu mir umdreht. Durch unsere Nähe kommt mir das Auto plötzlich viel kleiner vor.

Unsere Blicke treffen sich, nun gefährlich nah. Ich kann all die süßen kleinen Details sehen, die Lucy ausmachen – das Flattern ihrer Wimpern, die leichten Sommersprossen auf ihren Wangen und die kleine Narbe auf ihrer Nase von ihrem Sturz in meiner Villa. Ich habe sie verarztet und die Wunde geküsst, um sie zu „heilen". Jetzt ist es nur noch ein weiteres Mal, das sie sieht, dessen Geschichte sie jedoch nicht länger spürt.

Stattdessen gibt es eine neue Narbe, eine ständige Erinnerung an unser vergessenes gemeinsames Leben.

Sie hat aufgehört zu blinzeln. Sie atmet auch nicht mehr, wie es scheint.

„Entspannen Sie sich", murmle ich, meine Stimme ist leise und intim. Ich führe den Gurt nach unten, wo er unter ihr verschwindet. Mein Atem streicht über ihre Wange und löst einen sichtbaren Schauer aus. „Ich verspreche, dass ich nicht beiße."

Zumindest nicht, ohne provoziert zu werden.

Ihr so nahe zu sein, ohne sie zu berühren, fordert jedes Quäntchen meiner Zurückhaltung. Obwohl sich jeder Teil von mir danach sehnt, sie an mich zu ziehen, widerstehe ich der Versuchung. Stattdessen frage ich mit rauer Stimme: „Geht es Ihnen gut?"

„Mm-hmm", haucht sie.

„Ausgezeichnet." Meine Lippen verziehen sich zu einem Grinsen. „Ihre Narbe verheilt gut."

„Ich habe eine Spitzenklinik", sagt sie atemlos. „Sie bewirken Wunder."

Ich weiß, dass sie das tun. Ich bezahle ja auch dafür.

Ich unterbreche unseren Blickkontakt und starte den Motor.

Lucy drückt den Knopf, um das elektrische Fenster herunterzulassen. „Was dagegen, wenn ich hier etwas Luft reinlasse?"

Mein Grinsen wird breiter, als ich auf das Gaspedal drücke und auf die Sixth Avenue hinausfahre. „Nicht im Geringsten."

Wir fahren in aufgeladener Stille die Sixth entlang, wobei die Geräusche und Gerüche durch ihr offenes Fenster dringen. Ich bin froh, dass ich sie angeschnallt habe. Ein Teil von mir fragt sich, ob sie vorhat, aus dem fahrenden Auto zu springen.

Ein wütendes Hupen lässt sie zusammenzucken. Verdammt, ist sie nervös. Das ist eine bittere Pille für mich. Früher hat sie sich bei mir sicher gefühlt. Früher hatte sie ihre Knie im Lotussitz und war völlig entspannt.

Nun ist sie ganz starr und angespannt.

Ich ertappe sie dabei, wie sie mir heimlich Seitenblicke zuwirft, wenn sie denkt, dass ich nicht hinschaue, und versucht, meinen nächsten Spielzug zu erahnen. Wenn ich nur wüsste, was in ihrem Kopf vor sich geht.

„Ich hatte angenommen, dass ein vielbeschäftigter Mann wie Sie einen eigenen Fahrer haben würde", sagt sie.

„Ich mag meine Privatsphäre. Das Fahren

gibt mir Raum zum Nachdenken."

Sie streckt die Hand aus, um das Radio einzuschalten, aber ihre Hand erstarrt vor dem Knopf. „Oh, tut mir leid", murmelt sie und runzelt die Stirn noch kräftiger. „Ich weiß nicht, warum ich das getan habe."

Mein Herz schlägt wie wild. Ich weiß warum.

„Schon okay." Ich lache leise und wische durch die Einstellungen, bis sich mein Handy mit dem Audiosystem des Autos verbindet.

Die unerträgliche Bubblegum-Pop-Musik, die aus den Lautsprechern dröhnt, lässt mich zusammenzucken. Eilig drehe ich die Lautstärke herunter, bevor mein Trommelfell zu bluten beginnt.

Ich schaue schnell zu ihr, um ihre Reaktion abzuschätzen. Der lächerliche Song auf meinem Handy ist ihre Schuld.

Ihre Lippen zucken. „Ich hätte Sie nicht für einen K-Pop-Fan gehalten."

Eher eine unfreiwillige Geisel deines fragwürdigen Musikgeschmacks.

„Nein, bin ich nicht. Das ist eine Attacke auf mein Trommelfell und meinen Verstand. Wofür haben Sie mich gehalten?"

„Jemanden, der etwas Härteres hört." Sie blickt schüchtern herüber. „Mal sehen ... was würde ein Kasino-Mogul hören? Die

Titelmelodie von *Game of Thrones* in Dauerschleife, damit Sie in Eroberungslaune kommen."

Ich lache. „Definitiv nicht. Trotz der lustigen Vorstellung von mir als Herrscher über Westeros, muss ich Sie enttäuschen."

„Das ist lustig." Sie grient und wie so ein erbärmlicher Kerl freue ich mich, dass ich sie zum Lächeln gebracht habe. Es fühlt sich an wie ein kleiner, aber wichtiger Sieg in der großen Schlacht, sie zu mir zurückzuholen. „Na gut, wie wäre es mit etwas Inspirierendem. Singende Mönche?"

„Ganz normaler Rock ist für mich in Ordnung."

„Das sehe ich Ihnen an. Ein Typ der alten Schule."

Mein Herz klopft heftig in meiner Brust. Ich muss meine Hände am Lenkrad festklammern, um mich davon abzuhalten, ihr eine Locke hinters Ohr zu streichen.

Wir halten an einer roten Ampel und ich wende mich ihr zu.

Ihr Blick schießt zu mir. „Im Ernst, ich wohne in der Nähe der rauen Ecke von Washington Heights. Ein Auto wie dieses schreit danach, geklaut zu werden. Sie können mich überall absetzen, sogar hier."

Mein Kiefer verkrampft sich verärgert. Wir

haben kaum drei Blocks zurückgelegt. „Ich bin mehr als fähig, auf mich aufzupassen. Ich bringe Sie ganz nach Hause."

Ihre Augen treten hervor. „Ich will nicht respektlos sein, aber haben Sie nicht wichtige CEO-Angelegenheiten zu erledigen?"

„Im Moment ist das die wichtigste CEO-Angelegenheit, die ich zu tun habe."

„Chauffeur für eine Angestellte spielen? Ist diese Fahrt nicht Tausende von Dollar Ihrer Zeit wert oder so?"

Sie zappelt auf ihrem Sitz, wodurch sich ihre Bluse vor der Brust spannt und einen Blick auf kobaltblaue Spitze freigibt. Ein vertrauter Schmerz regt sich in mir. Ich habe das Dessous-Set für sie gekauft. Erinnerungen daran, wie ich es von ihrem Körper entfernt habe, überfluten meine Gedanken.

„Ich musste meinen Kopf frei bekommen", murmle ich und tippe mit den Fingern auf das Lenkrad.

„Sie meinen, JP Wolfes Version von Freizeit ist … Autofahren?", fragt sie ungläubig.

„Was auch immer nötig ist, um mich aus Ärger rauszuhalten", antworte ich, außerstande, den Gedanken abzuschütteln, wie anders dieses Gespräch verlaufen würde, wenn Lucy sich daran erinnern würde, in wie viel Ärger ich geraten kann.

Sie lacht. „Es scheint, dass ich nun Autofahren kann. Ich kann mich nicht daran erinnern, wann oder wie ich es gelernt habe."

Ein leichtes Lächeln umspielt meine Lippen. Sie hat sich tatsächlich schon ein paar Mal ans Steuer dieses Wagens gesetzt.

„In Manhattan zu fahren, sieht mir nicht aus, als würde es Spaß machen." Sie rutscht auf ihrem Sitz herum und schaut aus dem Fenster, ehe sie sich wieder zu mir dreht. „Was bevorzugen Sie, New York oder Las Vegas?" Ihre Stimme verstummt, als sie niedergeschlagen seufzt. „Das Verrückte ist, dass ich mich nicht einmal daran erinnern kann, dass ich wegen der Hackathons in Vegas war. Ich meine, wie kann man ausgerechnet Sin City vergessen?"

„New York", antworte ich, den Blick fest auf die Straße gerichtet.

Ihre Augenbrauen wölben sich vor Überraschung. „Wirklich? New York? Ich hätte gedacht, Sie wären der letzte Mann, der Vegas verlassen würde."

Ich lache düster, das Geräusch klingt selbst für meine Ohren hohl. Das habe ich auch gedacht. „Vegas hat mich zermürbt. Ich versuche, ein neues Kapitel in meinem Leben aufzuschlagen." Ich schaue sie an und ihr neugieriger Blick trifft den meinen.

„Das kommt ... überraschend." Lucy

wendet den Kopf und mustert mich mit neu entdecktem Interesse.

„Ich habe es noch nicht groß herumerzählt, aber wir planen, unter dem Banner von Quinn & Wolfe auch Wellness-Retreats anzubieten."

Stille umhüllt uns.

„Wellness-Retreats?", fragt sie lächelnd. „Wirklich?"

Ich bekräftige das mit einem Nicken, den Anflug eines Lächelns im Gesicht. „Ja, wirklich."

„Wow. Das ist … eine ziemliche Wendung zu den Kasinos."

„Japp. Das ist der Plan."

„Wissen Sie viel über Wellness?"

Ich lache leise. „Genug, um zu wissen, dass ich es brauche."

Sie schweigt und nimmt meine Worte in sich auf. „Und was ist das Alleinstellungsmerkmal dieser Wellness-Zentren? Erholung vom Burnout für Glücksspieler?" Sie grinst.

„So etwas in der Art. Ausgebrannte Kerle wie ich, die an den falschen Orten nach Glück gesucht haben", erkläre ich. „Es ist ein Geschäftsprojekt, das meine persönlichen Wünsche widerspiegelt. Ich muss etwas Abstand zwischen mich und den Wahnsinn in Vegas bringen."

Ihre Augen flackern vor Überraschung. „Aber Sie sind doch der Besitzer. Können Sie den Betrieb des Kasinos nicht delegieren?"

„Ich könnte. Aber die Versuchung wird immer da sein und lauern. Es ist besser, wenn ich mich ganz zurückziehe. Um ehrlich zu sein, sehne ich mich mittlerweile nach einem ruhigeren Leben." Ich umklammere das Lenkrad fest und spanne meine Arme unter dem Stoff meines Hemdes an. „Das ist ein inoffizielles Gespräch, Lucy. Nicht viele in der Firma sind in diesen Plan eingeweiht."

Sie starrt mich an, ihre Augen sind groß, ihr Verstand arbeitet. „Meine Lippen sind versiegelt. Ich denke eh nicht, dass mir jemand glauben würde. Also, wie sind Sie zu Wellness gekommen?"

„Ich war in einem Retreat. Als Entschuldigung für jemand Besonderen", gebe ich zu und fühle mich zu nah an gefährlichem Terrain. „Ich hätte nicht gedacht, dass mir so etwas gefallen würde, aber ich habe so gut geschlafen wie noch nie in meinem Leben."

Ihre Augen weiten sich vor Überraschung noch mehr, aber sie sagt nur ein leises „Hm", während sie ihren Blick wieder auf die vorbeiziehende Stadtlandschaft richtet.

„Ich lag also mit den singenden Mönchen genau richtig?", fragt sie nach einer Weile mit einem spielerischen Funkeln in den Augen.

„Durchaus möglich."

„Das ist ziemlich cool. Ich glaube, ich würde es Kasinos vorziehen, wenn ich ein Wochenende wegfahren würde. Ich glaube nicht, dass ich mich an einem Ort wie Vegas jemals zu Hause fühlen könnte."

Ich weiß, Baby.

„Aber eigentlich geht es gar nicht um den Ort", sage ich, während sich meine Augen in ihre brennen. Das leichte Stocken ihres Atems entgeht mir nicht. „Es geht darum, mit wem ich zusammen bin. Die Stadt ist egal, wenn ich den richtigen Menschen in den Armen halte."

Sie zögert und beißt sich auf die Unterlippe, als ob sie mit einer Frage ringt. „Sie sind mit jemandem zusammen?"

Mist. In die Enge getrieben.

Ich presse den Kiefer zusammen und drücke das Gaspedal durch. „Die Dinge sind ... kompliziert."

„Oh."

Das Auto kommt an einer Kreuzung zum Stehen, ich werfe ihr verstohlen einen Blick zu und bemerke das Aufflackern von Gefühlen in ihren Augen. Eifersucht? Schwer zu sagen.

Sie sieht überrumpelt aus, ihre Lippe ist noch immer zwischen den Zähnen gefangen.

Ich beschließe, sie vorerst nicht weiter zu

drängen.

„Hören Sie, wegen des Hackathons", sage ich. „Wenn es Ihnen zu viel wird, sagen Sie es einfach und Sie sind aus dem Schneider. Ich will Sie dabeihaben, aber nicht auf Kosten Ihres Wohlgefühls."

„Nein, ist schon gut. Ich muss zurück zur Arbeit, zurück zu meiner Routine finden. Je eher ich zu meinem normalen Leben zurückkehre, desto besser ... und das schließt offenbar auch Hackathons in einer Ihrer Villen mit ein."

Meine Lippen verziehen sich zu einem schmalen Lächeln. „In der Tat, das tut es."

„Ich bin überrascht, dass das in Ordnung für Sie ist. Dass Ihre Angestellten in Ihren persönlichen Raum eindringen."

„Manche Einmischungen sind willkommener als andere."

Ich schaue hinüber und sehe, wie sie die Stirn runzelt.

Zwischen uns herrscht Stille, bis ein rücksichtsloser Idiot auf unsere Spur wechselt. Ich trete scharf auf die Bremse, als sie keucht und ihre Hände instinktiv den Sicherheitsgurt umklammern. Durch das plötzliche Anhalten springt das Handschuhfach auf und sein Inhalt fällt ihr vor die Füße.

„Das tut mir leid. Sind Sie in Ordnung?",

frage ich, wobei sich die Verärgerung über den anderen Fahrer als Knurren in meiner Stimme zeigt.

Aus den Augenwinkeln sehe ich einen hellblauen Umschlag, auf dessen Vorderseite mit der Hand „JP" geschrieben steht. Ein Schock durchfährt mich. Der Brief. Verdammt, ich hatte ganz vergessen, dass er da drin versteckt war. Ich hätte ihn verbrennen sollen, als ich die Gelegenheit dazu hatte.

Mit schnellen Bewegungen schnappe ich die Dokumente vom Boden und schiebe sie mit etwas mehr Kraft als nötig zurück ins Handschuhfach. Das Letzte, was ich will, ist, dass sie den Brief sieht.

Ihre Augen blitzen vor Überraschung und einem Hauch von Verärgerung auf. „Ich hatte nicht vor, sie zu lesen."

„M-hm", grunze ich und fühle mich entnervt.

Ich lasse die Bremse los, mein verkrampfter Griff um das Lenkrad lockert sich langsam, als das Navi mir sagt, dass ich die nächste links abbiegen soll.

„Setzen Sie mich einfach bei der CVS-Drogerie ab", weist sie an.

Ich runzle die Stirn. Wir sind einen Block von ihrer Straße entfernt. „Sie wohnen in dieser Straße?"

„Ein paar Häuser weiter", sagt sie lässig. „Hier ist gut."

Lügnerin.

Sie will nicht, dass ich den Sexshop sehe. Sie wollte auch nicht, dass ich ihn kaufe; das war eine unserer größeren Meinungsverschiedenheiten.

Resigniert seufze ich innerlich und stelle das Auto auf einen freien Platz in der Nähe des CVS. Als ich den Motor abstelle, spüre ich, dass eine seltsame Spannung in der Luft liegt.

„Vielen Dank fürs Bringen", murmelt sie und tastet an dem Türgriff herum, als hätte sie Feuer unterm Hintern.

„Warten Sie kurz", werfe ich unwirsch ein, steige auf meiner Seite aus und gehe herum, um ihr die Tür zu öffnen.

Ich greife nach ihrer Hand, helfe ihr beim Aussteigen und spüre bei der Berührung einen elektrischen Schlag. Er hält länger an, als er sollte, aber ich will mich nicht beschweren. Ich unternehme meinen Schritt. „Sie sehen aus, als könnten Sie etwas zu essen gebrauchen. Ich kenne einen richtig guten eritreischen Laden nicht weit von hier. Was sagen Sie, wollen Sie mitkommen?"

Ihre Augenbrauen schießen in die Höhe. „Den kennen Sie? Ich bin praktisch Stammgast. Woher kennen Sie ihn?"

„Eine Freundin hat mich dahin mitgenommen. Also, was sagen Sie?" Ich versuche, meinen Tonfall lässig zu halten, aber einen Hauch von Hoffnung kann ich nicht ganz verbergen.

Sie kaut auf ihrer Lippe, offenkundig hin und her gerissen. „Ich kann nicht. Ich habe später noch etwas mit Freunden vor. Aber danke für das Angebot."

Die Ablehnung schmerzt ein wenig mehr, als ich zugeben möchte.

Sie wirft mir einen Blick zu, der halb amüsiert, halb verwirrt ist. „Ich hätte Sie nicht für den Typ gehalten, der auf Plastikstühle und Tütenwein steht."

Ich erwidere ihr Grinsen und beuge mich zu ihr, nah genug, dass ihr der Atem stockt. „Sie stellen schon wieder Vermutungen über mich an, was?"

„Vielleicht. Ich hätte Sie eher als Mann eingeschätzt, der Kaviar zum Frühstück, Champagnerschlürfen und Michelin-Sterne mag. Ich meine, Quinn & Wolfe ist nicht gerade für seine Genügsamkeit bekannt."

Ich nicke und spiele bei ihrer Neckerei mit. „Während ich meine verruchten Firmenintrigen schmiede und der *Game of Thrones*-Soundtrack im Hintergrund läuft."

„Ganz genau so." Ihr Lächeln wird zu etwas

Unbeholfenem. „Also ... danke nochmal, JP."

„Warten Sie", werfe ich ein, als sie gerade davonhuschen will. Das hatte ich eigentlich noch nicht vor, aber aus einem Impuls heraus fische ich einen Schlüssel aus meiner Brieftasche und biete ihn ihr an. „Der ist für eine Wohnung, in der Sie bleiben können, wenn Sie sich hier nicht sicher fühlen. Ich schicke Ihnen die Adresse per E-Mail, wenn ich wieder im Auto bin."

Beim Anblick des Schlüssels fallen ihr fast die Augen aus dem Kopf.

„Es ist eine Firmenwohnung, die näher am Büro liegt – sie gehört Ihnen, wann immer Sie sie brauchen." Scheinbar bin ich auch ein Lügner, aber ich werde sie verschrecken, wenn ich sage, dass es eine meiner Privatwohnungen ist.

Sie sieht völlig aus der Bahn geworfen aus, ihr Mund öffnet und schließt sich, während sie versucht, ihre Gedanken in Worte zu fassen.

„Sie brauchen nichts zu sagen. Nehmen Sie einfach den Schlüssel."

„Danke." Sie starrt zwischen mir und dem Schlüssel her, als hätte ich ihr buchstäblich Gold überreicht. „Ich weiß nicht, was ich sagen soll."

Ich grunze abwehrend und wünschte, sie wäre von meiner vermeintlichen

Freundlichkeit nicht so verwirrt. „Ist schon gut."

Ihr Atem geht ruckartig, ihre Augen sind auf meine gerichtet. Die Stille zwischen uns dehnt sich aus, die Luft knistert vor elektrischer Spannung. Ich weiß, dass sie das auch spürt.

„Lucy", murmle ich und schaue zu ihr nach unten. „Es sieht vielleicht nicht so aus, aber Sie machen sich sehr gut. Sie sind eine starke, widerstandsfähige Frau."

Sie antwortet mit einem wegwerfenden Lachen. „Ich bin mir nicht sicher, dass ich Ihnen da zustimme."

Sie war schon immer stärker, als sie sich selbst eingesteht. „Glauben Sie mir, die Art, wie Sie damit umgehen? Die ist verdammt bewundernswert."

Ich zwinge mich, einen Schritt zurückzutreten, bevor ich etwas Dummes mache, wie sie zu küssen. „Ich sollte los. Ruhen Sie sich aus und bleiben Sie heute Abend nicht zu lange weg."

Sie nickt. „Nochmals danke. Ich weiß das alles wirklich zu schätzen. Okay … dann tschüss."

Ich beobachte, wie sie im Schneckentempo die Straße entlanggeht, wohl wissend, dass sie auf keinen Fall in eine dieser Wohnungen gelangen kann.

„Lucy", rufe ich, meine Stimme übertönt den Lärm der belebten Straße, und sie dreht sich um.

„Ich freue mich darauf, mit Ihnen Zeit in Bear Mountain zu verbringen", sage ich und lächle, als sich ihre Wangen röten.

Sie schenkt mir ein leichtes Lächeln und zum ersten Mal, seit dieser Albtraum begonnen hat, erlaube ich mir trotz meiner großen Angst vor dem Moment, in dem sie die Wahrheit über meine vergangenen Taten aufdeckt, einen Funken Hoffnung zu spüren.

16

Lucy

Die Tür knallt hinter mir zu und ich lasse mich mit hämmerndem Herzen dagegen fallen.

Was. Zum. Teufel.

Habe ich mir den netten Wolfe eingebildet?

Ich brauche jetzt ein Eisbad, um diese Fahrt aus meinem Körper zu bekommen. Ich frage mich, ob Wolfe die auch in seine schicken Wellness-Retreats einbauen wird.

Ich konnte nicht sagen, ob sein durchdringender Blick daher rührte, dass ich mich auf dem Ledersitz wand, oder ob die Anspannung nur meiner verdorbenen Fantasie entsprungen ist.

„Hallo?", rufe ich in den leeren Raum.

Stille. Fantastisch. Es sieht so aus, als ob Spider als Nacktmodel unterwegs ist.

Ich atme tief aus und lehne meinen Kopf an die Tür. Ich glaube nicht, dass ich noch mehr Interaktionen mit Wolfe in engen

Räumen ertragen kann. Die Unbeständigkeit dieses Typen ist viel zu extrem. In dem einem Moment ist er charmant, im nächsten beäugt er mich, als wäre ich eine Postdiebin, die versucht, seine wertvolle Post zu stehlen.

Er ist der erregendste Mann, dem ich je begegnet bin, auch wenn er nichts besonders Heißes tut. Als sich seine Hände um das Lenkrad legten, stellte sich mein Intimbereich vor, wie sie sich um meinen Hintern legen. Er schrie: *Nimm mich mit deinen großen Männerhänden!*

Vielleicht hätte ich ihm sagen sollen, dass ich in einem anderen Staat wohne, um die Fahrt zu verlängern.

„Reiß dich zusammen, du notgeiles Stück", sage ich laut und schwanke zum Waschbecken, um Wasser zu holen.

Als er mir aus dem Auto half, dachte ich einen verrückten Augenblick lang, er würde mich tatsächlich küssen. Wäre er nicht JP Wolfe, würde ich sogar sagen, dass er mit mir *geflirtet* hat.

„Er hat gesagt, ich wäre stark und widerstandsfähig", murmle ich vor mich hin und ein merkwürdiger Kloß bildet sich in meinem Hals. Sieht er mich wirklich so? Oder ist das wieder eine seiner Strategien?

Dieser Gedächtnisverlust hat mich

eindeutig zu einer emotionalen Idiotin gemacht.

„Benutz das Waschbecken nicht. Es ist verstopft." Ich lese das handgefertigte Schild, das über dem Waschbecken klebt. Und tatsächlich, es ist mit unbekanntem Schleim verstopft. Igitt. Was erwartet er denn, dass die Klempnerfeen hereinflattern und das in Ordnung bringen?

Dämlicher Idiot.

Es gibt nichts Besseres, um eine Dosis Erregung zu dämpfen, als eine fettige Spüle zu säubern.

Soll ich Wolfes Angebot, auszuziehen, in Betracht ziehen? Nein, wenn ich Spider Boy zu lange allein lasse, wird meine Wohnung beschlagnahmt.

Mit einem Seufzer schnappe ich mir die Gummihandschuhe. Wann bin ich so ein Schwächling geworden? Wie bin ich hier gelandet, wo ich meine eigene Spüle von dem Dreck befreien muss, den mein unerwünschter Mitbewohner hinterlassen hat? Wenn Wolfe – nein, JP – die „widerstandsfähige Frau" jetzt sehen könnte, würde er diese Einschätzung vielleicht noch einmal überdenken.

„Wir haben dir einen Mocktail geholt." Libby winkt mir mit einem neonfarbenen Drink samt Schirmchen zu, als ich mich auf den Barhocker setze. Wenigstens ist unsere örtliche Bar noch die gleiche. Diese Käse- und Weinbar ist schon seit Jahren unser Lieblingstreff, obwohl es in New York zehntausend andere Bars gibt.

„O lecker." Ich werfe meine Handtasche auf den Tisch und nehme einen skeptischen Schluck von der Virgin Margarita. Ärztliche Anweisung: vorläufig kein Alkohol. Wenn ich meinen Körper doch nur davon überzeugen könnte, dass Grünkohl-Smoothies besser sind. „Ich hoffe, du hast eine Tonne Käse, um das klaffende weinförmige Loch in meinem Leben auszugleichen."

„Kommt sofort", kichert Libby.

Priya, mit einer Hand wild tippend und kaum von ihrem Bildschirm aufblickend, trinkt einen Schluck von ihrem Gin-Martini.

„Bring sie dazu, dass sie aufhört zu arbeiten", jammert Libby. „Ihr wildes Getippe macht mich nervös. Sieh sie dir an! Es ist, als hätte sie sechs Hände."

„Dieser Verleumdungsfall bereitet mir Kopfschmerzen", murmelt Priya und hält inne, um sich die Schläfen zu massieren. Mit einem resignierten Seufzen klappt sie ihren Laptop zu. „Tut mir leid, Luce. Es ist dein erster Ausgehabend seit der Amnesie und ich tue so, als wäre es ein ganz normaler Abend. Wie kommst du klar?"

Ich würge noch mehr zuckrige Traurigkeit hinunter. „Mir geht es gut. Ich habe die ersten paar Tage auf der Arbeit überlebt."

„Ich kann das nicht begreifen", sagt Libby und verzieht das Gesicht vor echter Fassungslosigkeit. „Ich kann mir nicht vorstellen, wie das sein würde. Alles auszulöschen ..."

„Ja, es ist ziemlich schrecklich", gebe ich zu und zwinge ein grimmiges Lächeln auf mein Gesicht. Ich suche nach einem guten Vergleich. „Stell dir den schlimmsten Kater aller Zeiten vor. Du wachst auf und deine Nacht ist eine schwarze Leere. Aber da sind diese Leute um dich herum, die nicht getrunken haben und dich ständig mit einem „Weißt du nicht mehr, was du getan hast?" pieken. Das versetzt in unbändige Furcht. Ich meine, hast du jemandem gesagt, dass er sich verpissen soll, oder hast du dir in die Hosen gemacht oder eine Straftat begangen oder so? Denn so, wie sie dich ansehen – muss es furchtbar sein. Und das ist noch nicht mal nah dran."

Ihre schockierten Blicke sagen alles.

Priya bringt schließlich ein leises „Mein

Gott" heraus.

Ich erzähle ihnen zähneknirschend, dass Dave der Immobilienmakler will, dass ich neunzigtausend weniger für meine Wohnung verlange.

Priyas Hand umfasst meine. „Harre einfach aus. Sexshops sind bestimmt kurzlebiger als andere Geschäfte. Tu noch nichts. Nächstes Jahr wird es dort eine nette kleine Konditorei geben, die Cupcakes und überteuerten Kaffee feilbietet."

Ich steche mit meinem Strohhalm in mein Glas. „Das muss doch das Ende der bösen Überraschungen sein, oder? Sexshop, Spider. Taylor."

„Mmm", lässt Priya hören und wechselt einen bedeutsamen Blick mit Libby.

„Was soll dieses *Mmm* bedeuten?" Mein ungläubiger Blick wandert zwischen ihnen hin und her. „Das war's, oder? Ende der Geschichte?"

Sie zögert einen Moment, dann: „Ja ... sicher."

„Ja ... sicher?" Meine Stimme quietscht vor kaum unterdrückter Panik. „Priya, da ist noch mehr, nicht wahr?"

Sie wechselt einen weiteren Blick mit Libby, die nun ihren Wein hinunterstürzt. „Das war wahrscheinlich das Schlimmste."

Wahrscheinlich?

Ich nehme noch einen Schluck von meinem Getränk, um meine Nerven zu beruhigen. Wo ist dieser Käse, wenn ich ihn brauche?

Libby bricht das Schweigen. „Was auch immer passiert, wir werden für dich da sein." Sie legt eine Hand auf meinen Arm.

„Danke", antworte ich mit einem schwachen Lächeln. „Ohne euch beide wäre ich aufgeschmissen. Mom ist eine Katastrophe. Aber sie hat eingewilligt, an den Therapiesitzungen teilzunehmen, obwohl sie es hasst, nach New York zu reisen."

Priyas Augenbraue wölbt sich, Interesse steht in ihren Augen. „Wie laufen die Sitzungen?"

Ich zucke mit den Schultern und drehe meinen Pony geistesabwesend zu einem behelfsmäßigen Horn. „Okay, denke ich? Es ist ja nicht so, als hätte ich irgendeinen Anhaltspunkt. Wir machen KVT-Techniken. Aber es gibt kein Wundermittel. Es liegt an mir, mich zu heilen, was beängstigend ist."

„Wenigstens haben sie dich heute Abend rausgelassen", meldet sich Libby mit großen Augen zu Wort. „Ich hatte schon Angst, sie würden das nicht tun."

Ich kann nicht anders, als die Augen

zu verdrehen. „Wer sind *sie*, Libby? Hast du erwartet, dass ich zu Hause in einer Zwangsjacke angekettet bin? Ich bin nicht Hannibal Lecter. Ich bin immer noch sehr gut imstande, mit Freunden auszugehen."

Ihre Augen treten hervor. „Es ist nur ... ich kenne sonst niemanden mit Amnesie! Davon hört man nur in Filmen. *Und täglich grüßt das Murmeltier!*"

„Nicht doch, bitte. Der arme Kerl war in einer Wiederholungsschleife gefangen. Das hier ist eher wie *Overboard – ein Goldfisch fällt ins Wasser*, nur dass ich statt einer Jacht und einem robust gutaussehenden Zimmermann einen Sexshop und Spider habe."

„*Overboard*. Den liebe ich." Ich sehe, wie Libbys Gedanken abwandern. „O mein Gott, ich könnte dich auf *Seite 12* bringen! Das ist ein Drama wie in *Zeit der Sehnsucht*. Die Leser würden es verschlingen."

Ich erschaudere. Das Letzte, was ich gebrauchen kann, ist, in Libbys Schundblatt als Clickbait-Futter herzuhalten. „Ich kann mir vorstellen, was sie sich ausdenken würden. *Wer zur Hölle ist Lucy? Ein Memoir*. Nur dass ich in deinem Klatschblatt ohne logischen Grund in meiner Unterwäsche zu sehen wäre. Das wird es nicht geben, Lib."

Libbys Schultern sacken nach unten.

„Jedenfalls", fahre ich fort, „wo wir gerade davon sprechen, dass ich nach draußen darf ... dieses Wochenende findet eine Comic-Convention statt ..."

„Scheiße", zischt Priya.

„Du versuchst doch nicht etwa, diesen Typen im Gummianzug zu finden, oder?", stöhnt Libby. „Das ist einfach verrückt. Ein Foto bedeutet nicht, dass dieser Typ dein Seelenverwandter ist."

„Das weiß ich", schnauze ich, weil es mich bei ihren Worten kribbelt. „Aber ich habe da so ein Bauchgefühl. Und da mein Kopf nicht richtig funktioniert, verlasse ich mich auf meinen Bauch. Außerdem hat meine Ärztin gesagt, dass ich wieder ein normales Leben führen soll und das ist normal für mich. Ich gehe jedes Jahr hin." Ich lächle sie unschuldig an. „Also... ihr kommt doch mit, oder? Weil ihr meine ‚liebenden und unterstützenden' Freundinnen seid?"

Priya verengt ihre Augen. „Du bist uns ganz schön was schuldig, Lady."

Ich grinse, ganz unecht süßlich. Gedächtnisverlust hat auch Vorteile.

„Und noch eine Bitte", mache ich weiter, wenn ich schon in Fahrt bin. „Könnt ihr beide in drei Tagen an einer Online-Therapiesitzung teilnehmen? Ich schicke euch später die

Einzelheiten."

„Klar können wir das", sagt Priya achselzuckend, gefolgt von einem Nicken von Libby. „Ganz ehrlich, dieser Gesundheitsdienst ist phänomenal. Sogar Freunde werden mit einbezogen."

„Scheinbar ist es Teil des Versicherungspakets meiner Arbeit."

Priya schaut auf, den Wein schon halb am Mund. „Beeindruckend. Vielleicht sind Wolfe und die Quinn-Brüder doch nicht solche Arschlöcher, wie wir dachten."

„Tatsächlich ..." Ich halte inne und rühre mit meinem Strohhalm im Getränk herum. „Hat mich Wolfe heute nach Hause gefahren."

Ihnen fallen beinahe die Augen aus dem Kopf.

„*JP Wolfe?*", plappert Priya nach, als hätte sie sich verhört. „Echt jetzt? Aber warum?"

Ich zucke mit den Schultern. „Ich weiß nicht genau. Ich sollte in sein Büro kommen, nachdem ich bei Dwayne einen Nervenzusammenbruch hatte. Ich dachte, ich würde gefeuert werden oder so, aber stattdessen hat er darauf bestanden, mich nach Hause zu fahren."

„Warte." Priyas Augenbrauen erreichen fast ihren Haaransatz. „Willst du damit sagen, dass Wolfe seinen Milliardärshintern tatsächlich auf einen Autositz niedergelassen und dich selbst gefahren hat?"

„M-hm."

Sie schauen so fassungslos drein, dass es beinahe schon beleidigend ist.

„Das ist so merkwürdig." Libby kräuselt die Nase. „Warum sollte *er dich* nach Hause fahren wollen?"

„Danke, Lib, jetzt fühle ich mich richtig besonders."

„Er ist der Big Boss. Ich sage nur, wie es ist."

Ich seufze und verdränge den lästigen Schmerz der Enttäuschung in meiner Brust. „Na schön, vielleicht hast du recht. Er ist nicht einmal *mein* Chef. Zwischen uns befindet sich eine vollständige Karriereleiter. Es ist erstaunlich, dass er überhaupt meinen Namen kennt."

„Heiliger Strohsack", keucht Priya und ihr steht der Mund offen. „Er versucht natürlich dich flachzulegen."

Ich pruste fast meinen Drink aus. „Was? Nein, versucht er nicht! Es gibt genug Auswahlmöglichkeit im Büro, glaub mir."

„Das heißt aber nicht, dass er dich nicht angemacht hat." Sie grinst. „Vielleicht hat er eine Schwäche für Amnesiekranke."

Der Protest verstummt auf meinen Lippen. Ich bin nicht gut darin, herauszufinden, was

Männer denken.

Hat Wolfe mich angemacht? Seine Stimme. Sie war sündhaft sexy. Seine Worte haben sich angehört, als würden sie meine Klitoris kitzeln.

Andererseits, warum zum Teufel sollte er das tun?

Was hat er über seinen Beziehungsstatus gesagt? „Ich habe ihn gefragt, ob er mit jemandem zusammen ist, und er hat ziemlich ausweichend reagiert."

„So sind Männer wie er immer. Wahrscheinlich hat er heimlich eine Frau und zehn Kinder."

Ein komisches Gefühl macht sich in mir breit. Die Vorstellung, dass er nicht mehr auf dem Markt ist, stört mich mehr, als ich zugeben will. Es ist lächerlich, ich weiß, aber ein kleiner Teil von mir möchte, dass er zu haben ist.

Bescheuert.

Es ist mir peinlich, aber vor dem Treffen mit den Mädels habe ich ein wenig Detektivarbeit im Internet geleistet. Internetsuchen brachten Bilder von ihm mit schönen, stilvollen Frauen hervor, aber es war schwer zu sagen, ob das feste Freundinnen waren.

„Er hat mich gefragt, ob ich einen Happen essen gehen möchte", erzähle ich ihnen und vermeide den Blickkontakt.

„Wie bei einem *Date*?" Libby schreit so gellend auf, dass ich einen Windstoß in meinem Gesicht spüre.

Ich schnaube. „Wohl kaum. Ich glaube, er hatte Hunger, und ich war bequemerweise in seiner Nähe. Nein, ich bin das Gegenteil von seinem Typ", sage ich wegwerfend.

Priya nickt und betrachtet mich kurz von oben bis unten. „Stimmt ... du bist wahrscheinlich nicht sein Typ. Wunderschön, aber zu kauzig für jemanden wie Wolfe."

„Du hättest mir nicht so schnell zustimmen müssen." Ich blicke finster drein und schaue Libby Unterstützung heischend an, aber sie zuckt nur entschuldigend mit den Schultern.

Die quälende Stimme in meinem Kopf, ein lästiger, hartnäckiger Gast, meldet sich wieder ... Was, wenn JP im Auto etwas versucht *hätte*?

Eine Welle der Erregung durchfährt mich. Das Bild von mir, wie ich ihm in seinem Aston Martin einen blase, während er über die Sixth Avenue fährt, schießt mir durch den Kopf.

Mein Gott, warum musste ich *daran* denken?

Ich grinse vor mich hin und schüttle die albernen Gedanken ab.

Priya sieht mich an und zieht eine perfekt geformte Augenbraue nach oben. „Bitte sag mir, dass du wenigstens guten Klatsch zu hören bekommen hast, während du mit ihm im Auto eingesperrt warst."

Ich denke zurück an das, was er über Wellness-Retreats gesagt hat. Das war eine Überraschung. Er wirkt wie der Typ Mann, der über Wellness-Kram höhnt. Ich kann ihn mir nicht im Herabschauenden Hund vorstellen.

Tatsächlich hat er schon verkrampft gewirkt, wenn er nur darüber sprach, was ein bisschen gegensätzlich schien. Er hat das Gewicht auf seinem Sitz verlagert und sich geräuspert, als wäre die Liebe zu Wellness-Retreats genauso Scham behaftet wie der Besuch von BDSM-Clubs.

Aber das kann ich den Mädchen nicht erzählen.

„Ihr werdet es nicht glauben, aber er steht tatsächlich auf K-Pop", sage ich, außerstande, ein Lachen zu unterdrücken. „Ich habe ihn auf dem Heimweg dabei erwischt, wie er sich eine meiner Lieblingsgirlbands angehört hat."

Priya sieht empört aus. „Niemals. Mein Respekt vor ihm ist gerade gesunken."

Libby runzelt die Stirn. „Er wirkt nicht wie der Typ, der zu K-Pop herumtanzt."

Nein, das tut er nicht.

Er sieht eher aus wie ein Typ, der auf den Nine Inch Nails-Song steht, indem es darum geht wie Tiere zu ficken.

Unser lang ersehnter Käse ist da.

„Lucy." Die Kellnerin legt mir eine Hand auf die Schulter, Sorge ins Gesicht geschrieben. „Schön, dich wiederzusehen – ich habe mir Sorgen um dich gemacht. Geht es dir jetzt besser?"

„Ja, danke. Mir geht es jetzt gut", stammle ich und bin mir nicht sicher, ob ich den Namen dieser Frau kennen sollte.

„Das ist schön zu hören. Pass auf dich auf." Sie lächelt und klopft mir beruhigend auf den Arm, ehe sie weitergeht.

Ich wende mich wieder den Mädchen zu. „Woher weiß sie von dem Unfall?"

Sie schauen sich mit einem Hauch Unbehagen in den Gesichtern an – ein dieser Tage stets wiederkehrender Ausdruck.

Priya bricht das Schweigen. „Es ging darum, was vor ein paar Wochen passiert ist. Du hast hier ein bisschen ... geweint."

Meine Finger erstarren um mein Glas. „Was habe ich? Warum? War ich betrunken?"

„Das wissen wir nicht, Luce. Um die Wahrheit zu sagen ..." Sie hält inne und atmet tief ein. „Vor dem Unfall hast du distanziert gewirkt. Ein paar Mal hast du aus heiterem

Himmel angefangen zu weinen."

„Was?" Ich starre sie an, als würde sie in fremden Zungen sprechen. „Weil sich die Wohnung nicht verkaufen lässt?"

Sie zuckt mit den Schultern und sieht hilflos aus. „Du wolltest es uns nicht sagen."

„Warum zum Teufel habt ihr es nicht aus mir herausgepresst? Mich festgehalten und gepiesackt, bis ich es ausspucke?"

Priya steht der Mund offen. „Wir haben es versucht! Wir haben gefragt, sogar gebettelt. Du hast immer wieder gesagt, du würdest es uns erzählen, wenn du so weit bist."

„O Gott." Ich stöhne. „Hatte es mit Daredevil zu tun? Er muss mich abserviert haben. Vielleicht ist es ein Segen, dass ich mich nicht daran erinnern kann."

„Vielleicht."

Ich trinke einen weiteren großen Schluck von meinem Drink, um meine Nerven zu beruhigen. Die Vorstellung eines verborgenen Geheimnisses, das so gewaltig ist, dass ich deswegen in einer Bar geheult habe, erschüttert mich bis ins Mark.

Sie kaut auf ihrer Lippe herum und schaut mich besorgt an. „Die Ärztin hat gesagt, wir sollen klein anfangen und uns langsam nach oben durcharbeiten, also ... Ich hoffe wirklich, dass wir das richtig machen."

In meiner Kehle bildet sich ein Kloß. „Das hier hat also nichts mit Taylor als Boss, einer Gummipuppe, Spider oder der Wohnung zu tun?"

Sie winden sich beide.

„Wir sind uns nicht sicher."

Ich starre sie an, während meine Gedanken rasen. Die Geräusche in der Bar verblassen und mir hämmert das Herz in der Brust.

Es gibt etwas ... noch Schlimmeres?

17

Lucy

„Ich schwöre, ich werde von dem Latex eine Pilzinfektion bekommen", grummelt Libby und rückt ihren hautengen Anzug zurecht. „Warum konnten wir nicht einfach Sportklamotten anziehen?"

Ich versuche, nicht zu lachen, als wir uns durch das belebte Kongresszentrum bewegen. Dank meiner geschickten Körperbemalung sehen beide knallhart aus, auch wenn sie es nicht zugeben wollen. Libby trägt einen schwarzen Catsuit, während Priya selbstbewusst Poison Ivy verkörpert. Ihre Kurven sind unter Ranken und Blättern versteckt, und sie wird von einer feuerroten Perücke gekrönt.

Was für ein toller Samstag. Sie hierher zu bekommen, ist ein Wunder, das der Amnesiekarte zu verdanken ist. Wenn mein Gedächtnis zurückkehrt, tue ich vielleicht, als ob dem nicht so wäre, denn es ist eine gute Möglichkeit, um Gefallen zu bekommen. Da ich meine erste Woche auf der Arbeit überstanden habe, habe ich mir diesen lustigen Ausflug redlich verdient.

Manchmal treffe ich mich mit anderen Comic-Fans, aber meine beste Comic-Freundin lebt in L.A. und kann nicht zu diesen Events kommen.

Was mein Outfit angeht, habe ich mich für eine bescheidenere Version von Miss Nova entschieden, ohne das aufreizende Dekolleté und die Einblicke in der Leistengegend. In einem metallicblauen Bodysuit mit changierenden Sternen und einem schimmernden Mondsichel-Emblem, schenkelhohen Solar-Flare-Stiefeln und gewagtem supernova-blauen Lippenstift fühle ich mich sexy und knallhart zugleich.

„Wir können nicht in Sportklamotten auftauchen, wenn alle anderen voll verkleidet sind", sage ich. „Geh aufs Ganze oder geh nach Hause."

„Oder in eine normale Bar, angezogen wie normale New Yorker", spottet Priya, aber ich ignoriere sie.

Die Ausstellungshalle pulsiert nur so vor ansteckender Energie. Es ist eine Explosion von Farben und Kreaturen. Alle Superhelden,

Mutanten, Schurken, Roboter, Ninjas und Spione scheinen sich hier versammelt zu haben.

Ein Sturmtruppler tritt mir ungeschickt auf die Zehen, während ein Wikinger an uns vorbeirauscht und sein falscher Schild auf dem Boden klappert.

Ich navigiere die Mädchen durch die Menge, wobei Libby alle paar Sekunden ihre Kleidung zurechtrückt und sich um die ungnädig verrutschte Unterhose kümmert.

Aber ich atme es ein und bin zufrieden. Spideys Netz. Cowboyhüte. Power Ranger. Catwomans Leder-Catsuit. Jokers grüne Haare und lila Anzug.

Erinnerung hin oder her, hier fühle ich mich wie zu Hause. Hier gehe ich in dem beruhigenden Gefühl auf, dazuzugehören, inmitten von Menschen, die leidenschaftlich ihren inneren Helden – oder Bösewicht – verkörpern.

Die Menge teilt sich und macht einem Dalek aus *Doctor Who* Platz, der in einem elektronisch verzerrten Ton „Vernichten!" kreischt. Ich weiß, dass ich ein albernes Grinsen im Gesicht habe.

Ein Pikachu stolziert in Stilettos und einem Minirock an uns vorbei und wackelt verführerisch mit seinem prallen, pelzigen

Hintern.

„Ist das das gelbe Ding aus Pokémon?", murmelt Libby und blinzelt schnell. „Ich fühle mich, als hätte ich gerade LSD geschluckt."

Ich grinse sie an und beobachte, wie sich ihr Unbehagen in widerwillige Neugierde verwandelt.

Ein eindrucksvoller Kratos aus *God of War* bahnt sich seinen Weg an uns vorbei, zwei Plastikäxte über die Schultern geworfen.

Priya beäugt anerkennend seine nackte Brust. „Zu dem würde ich nicht Nein sagen."

„Und was jetzt?", fragt Libby und sieht Jessica Rabbit vorbeihuschen. „Muss ich in meine Figur schlüpfen oder so?"

Ich lächle. „Kannst du, wenn du willst. Oder du kannst die Atmosphäre genießen."

Der Anblick eines wohlgeformten Hinterns, der von rot und blau schimmerndem Material umhüllt ist, lässt meinen Puls in die Höhe schnellen. Daredevil. Der von Lev Gleason.

Doch Enttäuschung trifft mich. Er ist es nicht.

„Lasst uns an die Bar gehen", schlage ich vor und suche die nächstgelegene Bar.

Libbys Gesicht erhellt sich. „Sie schenken Alkohol aus? Das hier wurde gerade deutlich reizvoller."

Wir bestellen Bier an der Bar. Es ist das erste Mal seit dem Unfall, dass ich Alkohol trinke, also entscheide ich mich für etwas Schwaches. Während wir an unseren Getränken nippen, beginnt die Atmosphäre die Mädchen zu beruhigen.

„Es ist wirklich irgendwie befähigend", sinniert Libby mit leuchtenden Augen. „Hinter einer Maske versteckt, kann man jeder sein und *alles* tun."

„Nicht wirklich alles, Lib." Ich kichere. „Vergessen wir nicht, dass das hier keine maskierte Swingerparty ist."

Als ein Elastic Man vorbeischlendert, zuckt Priya zurück und verzieht das Gesicht. „Gott bitte, sag mir, dass das nicht derselbe Perversling ist wie letztes Mal."

„Das bezweifle ich", antworte ich. „Hier muss es Hunderte Elastic Men geben." So wie Daredevils.

Ein weiterer Daredevil geht vorbei und ich fahre fast aus der Haut. Er ist groß. Kräftig. Aber er ist es nicht. Mein Puls beschleunigt sich bei jedem vertrauten roten und blauen Anzug, bis die Hoffnung auf null sinkt.

Überall sind Daredevils, sowohl die Matt Murdock- als auch Bart Hill-Variante, die mich necken und verhöhnen. Überall sind Duplikate, sodass sich meine Suche nach dem einen

Unbekannten vergeblich anfühlt.

Diese Mission, bei der ich nach einem Mann suche, dessen Gesicht ich nicht einmal bei einer Gegenüberstellung erkennen könnte, wird zu meiner Comic-Version von Wo ist Walter.

Ich nehme einen Schluck von meinem Bier, während wir uns durch die Menschenmassen und Stände schlängeln.

„Wie ist deine Sitzung in der Klinik heute Morgen gelaufen?", fragt Libby.

Mein Kiefer verkrampft sich. Es war die erste gemeinsame Sitzung mit Mom, was wahrscheinlich der Grund dafür ist, dass ich mich entschieden habe jetzt zu trinken.

„Ich glaube, ich bin in einem schlechteren Zustand gegangen, als ich gekommen bin", murmle ich. „Sie hat einfach ein Händchen dafür, mich auf die Palme zu bringen. Sie mäkelt ständig herum."

Ich stürze noch mehr Bier hinunter, weil mich die Erinnerung immer noch belastet. Die Mädchen wirken besorgt.

„Das ist mir aufgefallen", sagt Priya. „Aber sie ist wahrscheinlich einfach nicht gut darin, mit solchem Stress umzugehen. Die meisten Mütter müssen nicht mit Töchtern mit Gedächtnisschwund umgehen."

Ich grunze als Antwort, weil ich mir die

Laune nicht verderben lassen will. Das hier ist es, wo ich glücklich bin, eine Comic-Convention.

Sechzig adrenalingeladene Minuten lang durchkämme ich die Menge und mein Körper spannt sich bei jedem Blick auf einen Daredevil erwartungsvoll an. Mein Puls rast, beschleunigt sich und bricht jedes Mal zusammen, wenn ich merke, dass er es nicht ist.

Wer auch immer er ist. Da ich ihn nicht in echt gesehen habe, greife ich nach Strohhalmen. Auf dem Foto sieht er groß und kräftig aus, einen guten Kopf größer als ich, aber was weiß ich, er hätte auch auf einer Seifenkiste gestanden haben können. Ich vergöttere diesen namenlosen, gesichtslosen Daredevil.

Als der *Death-Defying Daredevil* Nummer 360 in seinem glänzenden rot-blauen Anzug vorbeischlendert, werfe ich ihm kaum noch einen Blick zu. Auch die Energie der Mädchen lässt nach, trotz des Bieres.

„Luce", spricht Priya das Offensichtliche aus. „Wir sind hier schon fünfmal im Kreis gelaufen. Ist es nicht an der Zeit, die Suche nach ihm aufzugeben?"

„Ja, ich denke schon." Ich lasse die Schultern hängen.

Sie hat recht. Enttäuschung macht sich breit, fühlt sich sauer in meinem Bauch an. Hier ist kein Daredevil für mich. Das ist alles nur ein Hirngespinst, das sich meine dumme, überaktive Fantasie anhand eines einzigen Fotos ausgedacht hat. Erbärmlich.

„Komm", sagt Libby. „Lass uns noch einen letzten Drink nehmen und uns dann auf den Weg machen. Wir gehen in dein eritreisches Lieblingsrestaurant."

„Danke, Leute", murmle ich und hake meine Arme bei ihnen unter, während ich sie durch die Cosplayer zur Bar führe.

Wir ergattern drei Hocker, eingezwängt zwischen einer Ansammlung von Spider-Men.

Beim Anblick des wilden Zirkus aus Spandex und falschen Schwertern spüre ich ein warmes Gefühl – wahrscheinlich das Bier. Das hier ist auf jeden Fall besser als die Praxis eines Therapeuten; die Dramen des echten Lebens können mir hier nichts anhaben. Nicht der Sexshop, Spider, Taylor oder die Kleinigkeit namens Amnesie.

Außerdem wirkt es Wunder für mein Selbstbewusstsein, Miss Nova zu sein. Ich fühle mich rundum zufrieden. Sogar unbesiegbar.

„Ich drehe noch eine letzte Runde, dann sind wir fertig", erkläre ich mit neuer Entschlossenheit.

Priya verengt ihre Augen. „Das hast du schon vor einer Stunde gesagt. Aber na schön, noch eine, dann gehen wir echt."

„Versprochen", sage ich, während ich in Gedanken schon den Weg durch die Stände plane.

Mit einem Grinsen schlüpfe ich in die Menge und tue so, als hätte ich kein Ziel. Aber ich weiß genau, wo ich hinwill.

Meine Schritte werden langsamer, als ich ihn entdecke – den Stand mit den erotischen Comicromanen. Natürlich.

Daredevil ist nicht leibhaftig da, also müssen Papier und meine Fantasie ausreichen.

Meine Finger gleiten über die illustrierten Hochglanzcover. Warum stehen nicht mehr Frauen auf so etwas? Echte Männer sind in Ordnung, aber sie können nicht mit einem milliardenschweren Superhelden in einem waffenfähigen Metallbodysuit mithalten.

Ein durchtriebenes Lächeln umspielt meine Lippen, als ich die Auswahl an frechen Titeln überfliege. „Der unglaubliche Balken" entlockt mir ein Schmunzeln, aber das ist nicht das, was ich heute will.

Da! Beim Anblick des vertrauten Rot und Blau stockt mir der Atem. Lev Gleasons Daredevil in seiner ganzen Pracht – jeder Zentimeter des Anzugs klebt an den

Muskeln, die für Kraft, Geschwindigkeit und rohes Vergnügen feingeschliffen wurden. Eine halbnackte Frau schmiegt sich an seinen Körper und wirft ihren Kopf in Ekstase nach hinten, als würde sie gleich ... explodieren.

Sexy Solo-Session-Material: gekauft.

Wenigstens weiß ich, dass er nachher auf mich warten wird, zwischen den Seiten, gerüstet und bereit. Ich blättere durch die expliziten Szenen, in denen „ich" und mein Fantasieliebhaber zu sehen sind, und meine Wangen werden heiß.

„Auf der Flucht vor den Massen?", grollt eine tiefe, samtige Stimme hinter mir.

Mein Herz stottert, dann rast es wie wild. Das kann nicht sein. Das ist unmöglich.

Ich drehe mich um und erstarre ungläubig. Da, an die Wand gelehnt, steht Daredevil selbst – und beobachtet mich.

Er ist es. Der Echte.

Tödliche Anmut und geballte Kraft, umhüllt von einem unverwechselbaren Anzug aus tiefrotem und leuchtend blauem Metall, der perfekt auf jeden Zentimeter Muskel zugeschnitten ist. Ein Körper dafür geschaffen, mich hochzuheben und festzuhalten ... oder mühelos zu zerquetschen. Sein Gesicht ist vollkommen hinter seiner kultigen rot-blauen Maske verborgen, aber ich kann die Intensität seines Blicks spüren, der wie eine Berührung über mich wandert.

Er stößt sich von der Wand ab und schließt den Abstand zwischen uns mit ein paar Schritten. Mein Puls schießt in die Höhe, als er kaum einen Meter vor mir stehen bleibt und durch den Schlitz in seiner Maske auf mich herabschaut.

„Kenne ich dich?" Irgendwie finde ich meine Stimme wieder, obwohl sie heiser und leise klingt.

Er legt den Kopf schief und denkt nach. Einen langen Augenblick glaube ich, dass er nicht antworten wird.

„Tust du das?", entgegnet er schließlich in einem rauen Tonfall.

„Spiel nicht mit mir", warne ich mit schwankender Stimme. „Ich bin nicht in der Verfassung für Psychospielchen. Wer bist du wirklich?"

Ich starre zu ihm hoch, mein Atem geht schnell und flach.

Er neigt sich noch näher und ich spüre das Grinsen unter seiner Maske. „Heute bin ich einfach nur Daredevil." Er macht eine Pause. „Es scheint, als hättest du ein paar ... unreine Gedanken über mich gehabt."

Überrumpelt flackert mein Blick auf die Seite vor mir. Da ist Polly Photon zu sehen, die kühn rittlings auf Daredevil in seinem blau-roten Anzug sitzt.

Mit glühenden Wangen schlage ich das Comicheft zu.

Er kommt noch einen Schritt näher, bis uns nur noch Zentimeter trennen. Die Hitze, die von seinem Körper ausgeht, umhüllt mich. Sie riecht nach Gewürzen und roher Männlichkeit. Meine Nerven liegen blank und mein Körper kribbelt, weil er sich dieses Fremden so übermäßig bewusst ist. Ist das ein Traum? Ist meine weit hergeholte Fantasie zum Leben erwacht?

„Pass auf", stottere ich, „das wird sich jetzt verrückt anhören, aber ich habe das Gedächtnis verloren. Haben wir ... ist zwischen uns etwas vorgefallen?"

Stille kehrt ein. Eine Stille, die so voller Spannung ist, dass ich kaum atmen kann. Ich spüre seine Augen auf mir, die alles von mir sehen, während ich nichts sehe. Ich fühle mich entblößt. Verwundbar.

„Zwischen uns ist etwas Unglaubliches vorgefallen", murmelt er schließlich.

Mein Griff um das Heft wird fester. „Aber es endete?"

Eine neuerliche Stille, angespannt und Unheil verkündend. Meine Nerven spannen sich mit jeder Sekunde mehr an.

„Du kommst hierher, um zu fliehen, um so zu tun, als wärst du für einen Tag jemand anderes", sagt er schließlich. „Warum tust du nicht mit mir so? Schlüpfe für einen Moment in Miss Novas Schuhe. Erlebe die Realität deiner Fantasie."

Ich starre zu ihm hoch, mein Puls hämmert. Mein Gott, ist dieser Typ ausweichend. „Magst du Miss Nova?"

„Mehr als jede andere auf der Welt", antwortet er und seine Stimme ist voller dunkler Versprechen.

Ich will wissen, ob er unter der Maske lächelt.

Mir schnürt sich die Kehle zu. „Was ist so anziehend an ihr?"

„Sie hat eine Stärke an sich, die mehr als nur körperlich ist", antwortet er mit leiser und vorsichtiger Stimme. „Sie stellt sich allem, was auf sie zukommt – sie gibt nie nach und denkt immer mit. Sie lässt sich nicht unterkriegen und steckt Dinge weg, die die meisten Menschen fertigmachen würden. Was mich fesselt, ist ihr Geist. Ihre wunderbare Unverwüstlichkeit."

Seine Worte hängen zwischen uns, voller unausgesprochener Bedeutung. Ich schüttle den seltsamen Schmerz in meiner Brust bei seinem Lob ab, während in meinem Kopf die

Alarmglocken schrillen.

„Aber sie wurde verletzt, oder?", flüstere ich. „Von Daredevil?"

Eine weitere unerträgliche, bedeutsame Stille.

„Ja."

Der Schmerz in meiner Brust entwickelt sich zu einem echten Schmerz. Echter Schmerz, auch wenn ich nicht weiß, woher er kommt. Tief vergrabene Erinnerungen kommen an die Oberfläche und mein Instinkt warnt mich vor einer drohenden Gefahr. Dieser Mann ist eine Bedrohung. Er hat mir schon einmal Schmerzen zugefügt. Er wird es wieder tun.

Ich atme zitternd ein und zwinge die Worte hinaus. „Warum hast du mir wehgetan?"

„Weil ich das Gute in meinem Leben zerstöre", sagt er rau. „Aber ich bedaure es. Mehr als alles andere."

Der Raum scheint um mich herum zu schwanken. „Ich sollte dir nicht ... ich sollte dir nicht vertrauen."

„Doch, solltest du." Das sagt er, ohne zu zögern. Sein Seufzen ist sogar durch die Maske zu hören. „Soll ich meine Maske abnehmen?"

„Ja. Nein. Gott, ich weiß es nicht. Das macht mir Angst."

„Ich will dich nicht beunruhigen. Ich sollte gehen, Lucy."

„Warte." Ich hebe trotzig mein Kinn, obwohl mein Körper zittert. Ich brauche einen Beweis dafür, dass das hier keine verdrehte Halluzination ist. Es mag verrückt sein, aber ich muss ihn darum bitten. „Zeig mir, was ich verpasst habe. Küss mich."

Die Zeit vergeht mit quälender Langsamkeit. Wird er mich zurückweisen?

Dann bewegen sich seine behandschuhten Hände und heben seine Maske gerade so weit an, dass sie einen verlockenden Blick auf seinen Mund freigibt – sinnliche Lippen, umgeben von rauen Stoppeln eines markanten Kiefers.

„Schließ die Augen", murmelt er.

Ich tue, wie geheißen, schließe langsam die Augen und spüre, wie mich ein Energieschub durchströmt, als sich starke Arme um meine Taille legen und mich an ihn ziehen. Sein enger Anzug drückt sich an meinen Körper.

Ich zittere, ich zittere wie Espenlaub. Ich bebe am ganzen Körper.

Die Dunkelheit schärft meine Sinne nur noch mehr. Ich höre das leichte Atemholen, dann spüre ich wie seine Lippen meine streifen.

Ich öffne meinen Mund. Eine Einladung.

Er kommt ihr mit Inbrunst nach und seine Lippen erobern meine in einem verzehrenden

Kuss, der mir den Atem raubt. Hitze entflammt in mir, Verlangen breitet sich von meinem Inneren heraus aus.

Seine Lippen sind himmlisch, weich und voll, aber gleichzeitig auch männlich und rau. Sie schmiegen sich perfekt an meine.

Seine rauen Bartstoppeln kratzen über meine Haut und lösen einen unwillkürlichen Schauer aus, der mir über den Rücken läuft. Er schmeckt nach Honig und Minze, mit einem Unterton des Ungezähmten und Gefährlichen.

Seine starken Arme umschlingen mich noch fester und ich spüre, wie sich seine wachsende Erektion durch das Kostüm in meinen Leib drückt. Niemand hat mich je so geküsst.

Ich lasse meine Hände über seinen Körper gleiten und spüre, wie sich jeder Muskel unter meiner Berührung anspannt. Es ist mir scheißegal, dass wir zwei Menschen in Ganzkörperanzügen sind, die mitten auf einer Comic-Convention ein nicht jugendfreies Spektakel abziehen.

Er stöhnt als Antwort und sein Kuss wird immer fordernder. Sein Griff um mich wird fester, als würde er versuchen, der Versuchung nicht nachzugeben.

„Stopp", haucht er und löst sich mit einem schaudernden Ausatmen von unserem heißen

Kuss.

Ich öffne die Augen und versuche verzweifelt, hinter die Maske zu sehen. Spuren meines hellblauen Lippenstifts sind über seinen verführerischen Mund verschmiert.

„Ich muss gehen", murmelt er. Sein Daumen streicht über meine Unterlippe, besitzergreifend und fordernd.

Panik durchströmt mich. „Werde ich dich wiedersehen?", keuche ich.

Er verstummt und starrt hinter seiner ausdruckslosen Maske zu mir hinunter. Die Zeit scheint stillzustehen und die Ungewissheit zerbricht mir das Herz.

Nach einer gequälten Ewigkeit rührt er sich endlich. Mit einem sanften, aber festen Griff umschließt er meinen Hinterkopf und zieht mich an sich. Ich erstarre und mein Puls hämmert wie wild, als sich seine Lippen in einem keuschen Kuss auf meine Stirn pressen, ohne auf die Schlieren der Gesichtsbemalung zu achten.

„Geh jetzt zurück zu deinen Freundinnen."

Ich kann ihn nur anstarren, als er sich umdreht und ohne einen Blick zurückzuwerfen geht, während seine imposante Gestalt in der Menge verschwindet.

Mit wackeligen Beinen mache ich mich auf den Weg zurück zu den Mädchen, die gelangweilt dasitzen.

Sie beäugen mich.

„Wo zum Teufel bist du hingegangen?", platzt Priya heraus und kräuselt verwirrt die Nase. „Und warum ist deine Gesichtsbemalung so verschmiert?"

Aus irgendeinem unerfindlichen Grund breche ich in Tränen aus.

18

JP

Kalte, klimatisierte Luft sticht mir in die Haut, als ich nach fünfzig schonungslosen Runden an die Oberfläche komme und meine Lungen nach Luft ringen.

Um 22:00 Uhr an einem Samstagabend bin ich unten in meinem Wohnkomplex der Einzige in dem Schwimmbecken von olympischen Ausmaßen. Die Stille ist ein Geschenk des Himmels.

Dieses nächtliche Schwimmen ist zu einem heiligen Ritual geworden, einer notwendigen Erholung von dem unaufhörlichen Wahnsinn, den die Leitung von Quinn & Wolfe und das Navigieren durch die unaufhörliche Flut von Verantwortlichkeiten und Erwartungen mit sich bringt.

Wasser, so heißt es, hat heilende Kräfte. Eine uralte Wahrheit, die durch die Jahrhunderte geflüstert wurde. Es ist die Reinigung im heiligen Ganges, die Wiedergeburt der christlichen Taufen. Wasser, immer flüssig und ewig präsent, bietet eine Art von Reinigung.

Vielleicht bin ich auf der Suche nach etwas von dieser Heilung.

Für einen Mann, der sich seine Existenz im pulsierenden Herzen von Las Vegas aufgebaut hat, erscheint die Suche nach Ruhe in einem einfachen Swimmingpool als komischer Irrweg.

Als ich mich auf die gekachelte Kante hieve, die Arme an die kühle Oberfläche gepresst, schleicht sich ein Grinsen in mein Gesicht. Vor einem Jahr wäre die Idee, in einem Superheldenanzug um die Aufmerksamkeit einer Frau zu buhlen noch lächerlich gewesen. Aber für Lucy bin ich zu einem Comic-Convention-Cosplayer geworden, inmitten von verdammten Sturmtrupplern, und das alles für die Chance, diese berauschenden Erinnerungen wieder aufleben zu lassen, die gerade außerhalb ihrer Reichweite liegen.

Lucy und ich haben früher Cosplay gemacht. Um genau zu sein haben wir nach der letzten Comic-Convention, auf der wir waren, in meiner ganzen Wohnung in diesen Kostümen herumgevögelt. Das sind Erinnerungen, die ich sehnlichst wieder aufleben lassen will, wenn Lucy sich nur daran erinnern könnte.

Der Geschmack ihrer Lippen verweilt auf meinen, selbst nach fünfzig Runden im Chlor.

War das eine schlechte Idee von mir?

Ich wusste, dass sie dort sein würde. Das war kein Schuss ins Blaue, sondern eine unbestreitbare Gewissheit. Ich kenne ihren Tagesablauf, ihre Gewohnheiten, ihre Hobbys … Ich kenne Lucy. Ich wusste sogar genau, an welchem Stand ich sie finden würde.

Und mein Bauchgefühl sagte mir, dass sie nach mir sucht.

Nun habe ich sie wahrscheinlich ins Chaos gestürzt. Sie sah am Boden zerstört aus, als ich zugab, dass ich sie verletzt habe. Und das hat mich noch einmal fertiggemacht. Ich konnte einfach nicht lügen. Und nun mache ich einen gefährlichen Drahtseilakt, denn wenn Lucy die gesichtslose Identität des maskierten Mannes mit meiner in Verbindung bringt, ehe ich die Chance hatte, es wiedergutzumachen und ihr den Mann zu zeigen, zu dem ich geworden bin … tja, dann ist das Spiel aus.

Ich schüttle die beängstigenden Gedanken ab, drücke mich nach oben und auf meine Füße. Das Wasser läuft mir über die Brust, während ich mir ein Handtuch schnappe, um mich abzutrocknen.

An der Glasscheibe ertönt ein lautes Klopfen.

Verdammt noch mal. Meine Gesichtszüge verziehen sich unwillkürlich zu einer Grimasse. Lisa, das Model von ein paar Stockwerken unter mir. Eine lebende, atmende Verkörperung meiner vergangenen Leichtsinnigkeit. Sie war in der schrecklichen Nacht da, in der ich das mit Lucy versaut habe.

Sie winkt mir zu, und ihre Lippen verziehen sich hinter dem Glas zu einem einladenden Lächeln.

Sie trägt ein knappes Kleid, das ihre Kurven an genau den richtigen Stellen betont.

„Hi, JP", gurrt sie und die Glastür zum Pool öffnet sich mit einem leisen Rauschen. Ihr Blick schweift nach unten und erfasst meine nackte Brust, ehe er an meinen Augen hängen bleibt. „Hier hast du dich also versteckt? Ich habe von dem ganzen Planschen fast einen Herzinfarkt gekriegt."

„Vorsicht", rate ich leise und mein Blick fällt auf die Stilettos, die gefährlich auf dem Pooldeck schwanken. Wer, der bei klarem Verstand ist, würde in Stöckelschuhen Poolfliesen betreten?

„Was machst du an einem Samstagabend hier unten ganz allein?" Sie lächelt und ihre Stimme ist voller Andeutungen.

Ist eine Erklärung nötig, wenn ich hier in Badeshorts stehe?

„Brauche ich einen Grund, um einen ruhigen Abend zu haben?", entgegne ich gereizt, während ich mir das Handtuch um die Hüfte schlinge. Ich brauche heute Abend keine Ablenkungen. Oder überhaupt je wieder.

Sie lacht, ihre Augen sind voller Amüsement und einem Hauch Skepsis.

„Du? Ein ruhiger Abend? Das ist mal was Neues", neckt sie.

Sie macht einen Schritt auf mich zu und ich fange ihren Arm ab, aus Sorge, dass sie auf den glatten Fliesen ausrutscht.

„Hast du nachher Lust auf Gesellschaft?", fragt sie, während ihr Blick noch einmal über meine Brust wandert. „Ich müsste gegen elf zurück sein."

Es ist nicht leicht, dem verlockenden Sog der Vergangenheit zu widerstehen, vor allem, wenn er an einem Samstagabend um 22:00 Uhr in einem engen roten Kleid praktisch an meine Tür klopft. Das Überbleibsel eines Mannes in mir wünscht sich nichts sehnlicher, als auf ihr Angebot einzugehen.

Ich schüttle mit teilnahmslosem Gesicht den Kopf. „Nein, danke", sage ich und meine Stimme hat einen festen, höflichen Klang.

In ihren Augen blitzt kurz Verärgerung

auf, die aber schnell unterdrückt wird, als ihr Lächeln wieder auftaucht.

„Du hast heute Abend schon Unterhaltung?"

Ich seufze und lasse sie bei ihrer Annahme. „Ganz recht." Eine unverfrorene Lüge, aber wenn sie dann geht, ist es eben so.

Sie schenkt mir ein schmallippiges Lächeln. „Einen schönen Abend noch."

Ich führe sie zum Ausgang und passe auf, dass sie nicht stürzt. Dann trockne ich mich ab, packe meine Sachen und mache mich auf den Weg zu meiner Penthouse-Wohnung.

Während ich ein Bier aufmache und die Flüssigkeit meine Kehle hinabgleitet, wandert mein Blick zu dem Teleskop, das höhnisch in der Ecke steht. Wann habe ich das Ding eigentlich das letzte Mal benutzt – vor Wochen, ehe Lucy ging?

Seufzend gehe ich hinüber und spähe durch das Objektiv. Ich stelle es so ein, dass ich durch die ganze Stadt bis nach Washington Heights sehen kann. Ist sie zu Hause oder ist sie mit ihren Freundinnen unterwegs? Die Freundinnen, denen sie mich nie vorstellen wollte, weil sie zu viel Angst hatte oder sich schämte, zuzugeben, dass wir zusammen sind. Es fing vielleicht mit Sex an, aber es wurde viel mehr daraus, und das machte ihr Angst.

Wenn wir zusammen waren, waren wir genau hier in dieser Wohnung und genossen die Gesellschaft des anderen. Ich habe mit einem neuen Gericht experimentiert, um ihr zu zeigen, wie weit ich mit meinen Kochkünsten gekommen bin. Darin, mich um meinen Körper zu kümmern, liegt jetzt mein Hauptaugenmerk. Das ist meine Art, mich von innen heraus wieder aufzubauen.

Die kleinen Dinge zu schätzen gelernt zu haben – wie Schwimmen und Kochen – ist das, was mich wirklich glücklich macht.

Ich habe nur etwa vierzig Jahre gebraucht, um es zu kapieren.

Ich lasse mich in das üppige Sofa sinken und klappe meinen Laptop auf, bereit, mich in meine Pläne für das erste Wellness-Retreat unter der Marke Quinn & Wolfe zu vertiefen.

Auf mich wartet eine E-Mail von meinem Anwalt mit dem Vermerk „Dringend". Ich stoße einen genervten Seufzer aus. Ich verabscheue es, dieses Wort in meinem Posteingang zu sehen.

Ich überfliege die Nachricht. Es ist ein Update zu dem Video, das von mir im Umlauf ist und über das die Boulevardzeitungen jubeln. „Ich habe eine Unterlassungserklärung wegen Verletzung der Privatsphäre und Verleumdung geschickt. Sie ziehen sich zurück", steht da.

Ich atme tief aus und spüre, wie die Anspannung meine Schultern verlässt. Es geht nicht nur darum, Lucy gegenüber meinen Ruf zu schützen. Ich mag hinter verschlossenen Türen einen ausschweifenden Lebensstil führen, aber ich will nicht, dass meine Neffen die schmutzigen Details kennen. Für sie bin ich eine Art Vorbild, und um ihretwillen muss ich das auch bleiben.

Ich klicke die Datei mit den Plänen fürs Retreat an.

Kann ich das schaffen? Die Quinns haben recht, Wellness-Retreats liegen mir nicht im Blut. Nicht so wie Kasinos. Doch nun, da meine Anwälte das belastende Filmmaterial gegen mich vernichtet haben, scheint es möglich.

Wenn Quinn & Wolfe auf dem Plakat steht, muss es erstklassig sein, nichts weniger. Ich werde nicht zulassen, dass unser Name beschmutzt wird.

Die Gäste werden mit Helikoptern eingeflogen und in extravagante Villen gebracht, die mit Privatsaunen, Massageräumen und Gesundheitsbars ausgestattet sind. Michelin-Sterneköche werden in unserem Farm-to-Table-Restaurant glasierte Bio-Tofuskulpturen und Weizengrasshots zubereiten, und auf dem

Gelände wird es nur so wimmeln von Mineralpools, Tennisplätzen, Golfplätzen ...

Ich spiele sogar mit dem Gedanken an Pferdetherapie. Angeblich fördert der Umgang mit Pferden das emotionale Wachstum. Wenn das der Fall ist, brauche ich ein ganzes Gestüt.

Ich habe ein großes Stück Land jenseits der Grenzen von New York ins Auge gefasst. Wenn Lucys und meine Träume sich vereinen könnten, wäre sie in der Nähe ihrer Mutter und ihrer Freunde. Ein Teil Stadtleben, eine Portion Landleben – der perfekte Cocktail. Natürlich wäre ich dann weiter von Maggie und den Kindern in Arizona entfernt, aber hey, für diese Reise habe ich einen Privatjet. Außerdem, wie oft habe ich sie schon in Vegas abgewiesen, weil ich zu beschäftigt war, sie zu besuchen?

Vielleicht würden Lucy und ich sogar eines Tages, in nicht allzu ferner Zukunft, eigene Babys bekommen, Cousins und Cousinen für Maggies Kinder.

Wie ein gottverdammter Tsunami überrollt mich die Erinnerung an sie auf der Comic-Convention. Der Anblick ihres Körpers, der sich in dem engen Kostüm an mich presst, überflutet meine Gedanken und starrt mich mit diesen wunderschönen blauen Augen an. Es sind nicht nur Augen, es sind Beruhigungsmittel für meine verdammte Seele und lassen den Stress dahinschmelzen.

Das war das einzige Bild, das ich während fünfzig mitreißender Runden im Pool sehen konnte. Sie, in ihrem hautengen, kosmisch-blauen Trikot durchzogen von glitzernden Sternen, den schenkelhohen Solar-Flare-Stiefeln und diesen faszinierenden blauen Augen. Vielleicht habe ich heute Abend meinen eigenen Rekord im Schwimmbecken gebrochen.

Sie sah verdammt sexy aus. Selbst als ihr Gesicht wie bei einer gestörten galaktischen Kriegerin mit blauem Lippenstift verschmiert war, war sie viel verführerischer als Lisa in ihrem tausend Dollar teuren Designerkleid.

Mein Schwanz pulsiert, wenn ich daran denke, wie sie sich an mir gerieben und mich geküsst hat, als ob nichts anderes auf der Welt wichtig wäre.

Fünf glorreiche Minuten lang vergesse ich unsere Vergangenheit. Ich vergesse ihre verlorenen Erinnerungen. Ich vergesse das Chaos in meinem Leben, das Chaos in Vegas. Fünf Minuten lang war sie meine einzige Droge.

Ich weiß, es ist ihre größte Fantasie. Der große, geheimnisvolle Superheld, der die Kontrolle über sie übernimmt. Ich weiß, dass sie beim Masturbieren daran denkt. Vielleicht sogar gerade jetzt. Gott, ich hoffe es. Dass sie mit ihrer Klitoris spielt und sich vorstellt, wie der große Kerl in Rüstung sie irgendwo hinschleppt, um ihr das Kostüm auszuziehen.

Ich will sie nackt haben, mit ihrer kleinen, weichen Muschi, die feucht ist und nach mir bettelt. Ich will sehen, wie sie sich selbst befriedigt, während sie von meinem großen, pochenden Schwanz träumt und davon, wie ich sie ficken kann, wie es noch kein Mann zuvor getan hat.

Ich will sie in diesem Kostüm ficken. Wieder und wieder. Ich will sie in jedem einzelnen Kostüm ficken, das sie hat. Ich will sie auf allen Vieren sehen, wie sie mich anfleht, sie zu nehmen, während ich ihr ihren sexy Hintern hart versohle.

Ich ziehe meine Shorts hinunter und befreie meinen schmerzenden Schwanz. Was würde ich nicht alles dafür geben, sie jetzt auf ihm sitzen zu haben. Ich kann fast spüren, wie sie meinen Schaft fest umschließt, während ich mir vorstelle, wie ich mit aller Kraft in sie stoße.

Ich lasse ein Stöhnen hören, während ich meinen Schwanz mit der Faust umschließe. Ich bin so verdammt hart für diese Frau. Meine dicken Adern treten unter der straffen Haut meines Schafts hervor, wo das Blut mit dringendem Verlangen pumpt.

Ich will spüren, wie sie sich eng um mich zusammenzieht, wenn ich meinen Schwanz in sie stoße. Ich will ihr kehliges Stöhnen hören, wenn ich sie an ihre Grenzen bringe. Ich will hören, wie sie immer und immer wieder meinen Namen schreit.

Ich will sie hart und grob ficken. Ich will sie vögeln, bis sie nicht mehr weiß, wer sie ist und wo sie ist. Ich will es ihr besorgen, bis sie sich nur noch an mich erinnern kann.

Bis ich mir sicher bin, dass sie diese Erinnerung nie vergessen kann, scheiß auf die Amnesie.

Ich stöhne auf, als ein heißer Schwall Sperma aus meinem Schwanz schießt, auf meinen nackten Bauch trifft und eine heiße, klebrige Spur in den Haaren meines Unterleibs hinterlässt.

Ich ziehe meine Shorts hoch und zwinge mich, mich zu beruhigen.

Heute Morgen bin ich zurück nach Las Vegas gereist. Ich bin für das jährliche Schwergewichts-Meisterschaftskampf-Wochenende zurück – das größte Ereignis im Kalender der Stadt, und ich halte es für klug, vor Ort zu sein.

Ein typisches Beispiel: Letztes Jahr erforderten die Wellen des testosterongesteuerten Chaos das Eingreifen einer kleinen Armee von Gesetzeshütern. Gib Kerlen einen Grund, sich ein paar Tage in Sin City auszutoben, und plötzlich hat man den Wilden Westen.

Es war nicht einfach, New York, wo Lucy lebt, zu verlassen. Aber ich muss zugeben, dass es sich gut anfühlt, wieder in der Heimat zu sein und in die elektrische Energie einzutauchen, die nur Vegas hat. So oft ich mir auch sage, dass ich wegmuss, ein Teil von mir wird diesen Ort immer lieben.

Ich betrete das Herz des Kasinos, meines Kasinos, dessen Neonlichter glitzern wie die Sternbilder selbst. Der Laden brummt, das Herz schlägt im Gleichklang mit dem Puls der Stadt. Lachen, Gläserklirren, das süße Brummen der Aufregung und das Dröhnen von hundert Gesprächen, die nach Sendezeit drängen, erfüllen den Raum.

Das Kasino begrüßt mich mit einer Symphonie von Geräuschen – das konstante Läuten der Spielautomaten, das Jubeln und Stöhnen an den Roulettetischen, das Klatschen der Karten an den Blackjack-Tischen und das Klappern der Chips, die gestapelt und sortiert werden.

Hier geht es nur um Geld und Sauerstoff – den zwei Dingen, von denen ich und die Quinns glauben, dass sie die Menschen glücklich machen.

Überall liegen Geldscheine wie Servietten herum und aus den Lüftungsschächten strömt Sauerstoff, sodass sich alle lebendiger fühlen, als sie sein sollten.

Mein Manager schlängelt sich durch das Gedränge auf mich zu.

„N'Abend, JP", begrüßt er mich und hält mir ein Bündel Papiere hin. „Wir haben bereits 1,5 Millionen Dollar an Spieleinnahmen."

„Nicht schlecht", stelle ich fest und kräusle zufrieden die Lippen. Es ist erst 21:00 Uhr, also noch genug Nacht übrig, um die Zahlen weiter zu steigern.

„Wie ist die Laufkundschaft?", frage ich.

„Bis jetzt sind über 5.000 durch die Türen gegangen", antwortet er. Der Laden ist voll, genau wie ich es gerne sehe.

„Irgendwelche großen Gewinner, von denen ich wissen sollte?", frage ich, richte meine Manschettenknöpfe und schaue in das Meer hoffnungsvoller Gesichter.

„Nur einen. Ein Einheimischer, der einen Jackpot von 75.000 Dollar an den Spielautomaten geknackt hat. Wir haben es unter Kontrolle."

„Gute Arbeit."

Beim Durchqueren des Kasinos drehen sich die Köpfe, nicken und zwinkern in meine Richtung. Das vertraute Brummen von „Guten Abend, JP" und das respektvolle „Schön, Sie zu sehen, Sir" bilden einen Refrain, der mir folgt. Es streichelt mein Ego, und ja, ich werde nicht leugnen, dass es sich gut anfühlt.

Jedes Mal, wenn ich hier durchlaufe, denke ich an das erste Mal, als ich einen Fuß in einen solchen Ort gesetzt habe.

Einundzwanzig Jahre alt, grün wie Gras auf einem Junggesellenabschied mit kaum genug Kleingeld für eine Runde Drinks. Ich erinnere mich an meinen ersten Einsatz, das Hämmern meines Herzens in der Brust und den aufregenden Adrenalinrausch.

Da sah ich ihn, einen Wal von einem Spieler, der eine Zigarre paffte, als gehöre ihm der Laden, an jedem Arm ein Modell, und so hohe Chipstapel, dass sie sein Gesicht verdeckten. Ich sehnte mich danach – nach diesem Gefühl der Unbesiegbarkeit, danach, die Welt zu beherrschen.

Das ist es, was mich noch immer anzieht, warum ich mitten im Geschehen sein muss. Dieser Rausch ist unbezahlbar.

Ich dachte immer, Vegas gehört mir. Ich

dachte, ich wäre der verdammte König von Las Vegas.

Nächte, in denen ich die Puppen tanzen ließ, in der Illusion, ich würde mich einfach nur „ums Geschäft kümmern".

Jedes pulsierende, schillernde Licht in der Stadt war unter meiner Kontrolle.

Die Kasinos mit ihren Showgirls, die Narren anlocken, damit sie ihre hart verdiente Kohle für einen Traum ausgeben, gehörten mir. Ich leitete sie, ich diktierte ihre Gewinnchancen, ich schwelgte in ihrem verdammten Reichtum.

Die Trottel an den Tischen? Sie haben auch mir die Taschen gefüllt. Spieler mit hohen Einsätzen, naive Touristen, rehäugige Spielhasen, die das Geld ihrer Sugar Daddys ausgeben – sie haben alle nach meiner Pfeife getanzt.

Dann waren da noch die Musikidole. Die Popsensationen und Rocklegenden kämpften um einen Platz in unseren Theatern, während die Massen in die Stadt strömten, um zuzuhören.

Aber die harte Wahrheit ist: Vegas hat mich in der Hand. Und wenn die Zeit gekommen ist, hoffe ich, dass ich stark genug bin, um zu gehen.

19

Lucy

Seit dem Kuss mit Daredevil schwebe ich in einer seltsamen Blase aus Hormonen – Erregung und Aufregung gemischt mit Angst und Schrecken. Mein Gehirn fühlt sich an, als würde es mir aus den Ohren laufen. Nun, da ich Daredevil getroffen habe, lässt er mich mit mehr Fragen als Antworten zurück.

Es ist jetzt Dienstag und während die Tage voranschreiten, beginne ich, an meinem Verstand zu zweifeln. Ist das wirklich passiert oder habe ich einfach nur die Lippen auf eine lebensgroße Daredevil-Puppe gelegt, wie Roxy die Gummipuppe?

Die Mädchen sind ausgeflippt, als ich tränenüberströmt zurückkam. Erst als ich im eritreischen Restaurant kurz gebratenes Fleisch in den Mund bekam, wurde ich munter.

Seitdem bin ich wie betäubt. Das Lucy-Land. Hier sind keine Besucher erlaubt, ganz gleich wie oft Matty den Trottelhut auf mich wirft oder wie sehr Taylor mit den Fingern vor meinem Gesicht schnippt oder wie intensiv Dwayne mich anstarrt, als wäre ich eine Art Experiment, oder wie viele nervige SMS meine Mutter schickt oder wie oft Spider direkt aus meinem Marmeladentopf isst.

In den letzten Tagen war Wolfe nicht mehr im Büro zu sehen. Gerüchten zufolge ist er nach Las Vegas gereist.

Unruhig greife ich in meine Nachttischschublade und ziehe das Foto von Daredevil heraus. Ich betrachte meine lachenden Augen auf dem Foto. Wie hat er mir wehgetan? Werde ich es jemals herausfinden? Hat er mich betrogen, hat er mir etwas vorgemacht? Nach der Convention habe ich das Gespräch eine Million Mal in meinem Kopf abgespielt. Später wurde mir klar, dass er nicht einmal reagierte, als ich ihm sagte, ich hätte mein Gedächtnis verloren. Also ist das entweder seltsamerweise keine große Sache für ihn oder er wusste es bereits.

Und er ist mir nicht nachgelaufen.

Ich werfe das Foto zurück in die Schublade. Vielleicht werde ich die Wahrheit nie erfahren. Vielleicht ist es das Beste, es loszulassen, inklusive Foto.

Die Haustür fällt mit einem Knall zu.

Großartig. 1:00 Uhr nachts und Spider ist zu Hause, und wie es sich anhört, zusammen mit irgendeiner armen Frau, die er hierhergelockt hat. Es ist auch seine Wohnung, also kann ich ihm nicht verbieten, Gäste mitzubringen.

Mit einem Grunzen werfe ich meine Bettdecke von mir – jetzt gibt es keine Hoffnung mehr auf Schlaf.

Ein dumpfer Schlag, gefolgt von einem gedämpften Aufprall und plötzlichem Fluchen erklingt von der anderen Seite der Wand. Spiders Zimmer.

Eine Welle des Schreckens überspült mich. Anscheinend ist Lucy-Land doch nicht so undurchdringlich, wie ich dachte.

„Dreh dich um", befiehlt Spider der armen Frau durch die Wand.

O Gott! Ich habe meine Kopfhörer mit Geräuschunterdrückung im Wohnzimmer liegen lassen.

Mehr Gescharre und Grunzen.

„Hü, Baby."

Habe ich das gerade wirklich gehört? Ich werde nicht nur wegen des Gedächtnisverlusts eine Therapie brauchen.

Das Geräusch von Haut, die geklatscht wird, lässt mich ruckartig aufrichten.

„Genau so. Du bist ein dreckiges kleines Cowgirl."

Ein weiterer Schlag hallt durch die Wand und ich vergrabe mein Gesicht in meinem Kissen. Ich habe schon so lange kein Sexklatschen mehr gehört und nun muss ich es auch noch auf der Haut von jemand anderem hören?

Ein Chor aus tiefem, langem Stöhnen ist zu hören, gefolgt von hohen, weiblichen Rufen, die deutlich machen, was sie da drinnen gerade tun.

„Juhu, Baby!"

Das Kopfteil des Bettes knallt gegen die Wand und steigert das Tempo, ebenso wie die unnatürlichen Grunzer. Es klingt wie ein Esel beim Sex. Das Grunzen verstummt für einen Moment und dann stößt er ein lautes Stöhnen aus, das mich zusammenzucken lässt.

Diese Sexgeräusche bringen mich dazu, mich den tibetischen Mönchen in Sachen Enthaltsamkeit anschließen zu wollen.

Vielleicht ist es das, wovor mich mein Unterbewusstsein beschützen wollte: Spiders Schwof.

Meine Ohren. Meine armen Trommelfelle werden nach dieser Entehrung nie wieder rein sein.

Okay, das ist der letzte Strohhalm. Ich sollte da reinmarschieren und Spider meine Meinung sagen, aber ich bin zu feige.

Aus den Augenwinkeln sehe ich den Schlüssel, den JP mir vor ein paar Tagen gegeben hat. Er scheint jetzt nach mir zu rufen, ein Ausweg.

◆ ◆ ◆

Eine Stunde später finde ich mich in der Lobby von Manhattans opulentestem Hochhaus wieder, bewaffnet mit einem hastig gepackten Seesack.

Als JP mir letzte Woche die Adresse gemailt hat, habe ich nicht eins und eins zusammengezählt, dass er sich auf diesen Wolkenkratzer bezieht. Neunzig Stockwerke aus Stahl und Glas, die Manhattan überragen, gebaut für Milliardäre und Influencer, deren einziges Problem darin besteht, sich zu entscheiden, welche Privatinsel sie als nächstes besuchen wollen.

Und hier stehe ich nun und sehe aus wie eine verirrte Backpackerin, die im Central Park falsch abgebogen ist.

Dennoch zuckt das ganze Bataillon von Sicherheitsleuten nicht einmal mit der Wimper, als ich zu den Aufzügen marschiere. Einer wirft mir sogar ein süffisantes Grinsen zu. Ich wickle mich in meinen Mantel, um meinen BH-losen Zustand zu verbergen. Die kühle Nachtluft hat meine Brustwarzen zu einem militärischen Salut veranlasst. Ich bin mit einem Taxi abgehauen, ehe Spider fertig werden konnte. Ich habe derzeit eine Menge neuen Platz in meinem Kopf und den muss ich nicht mit so etwas füllen.

Als der gläserne Aufzug höher und höher fährt, steigt auch meine Panik.

Quinn & Wolfe besitzen Immobilien in der ganzen Stadt und sind dafür bekannt, vorübergehende Unterkünfte für umgesiedelte Mitarbeiter zur Verfügung zu stellen – aber hier?

Was für eine Verrücktheit ist das?

Als ich im achtzigsten Stock aus dem Aufzug steige, steckt mir das Herz fest in der Kehle. Das ist ein Fehler. Ich gehöre nicht an einen Ort, an dem die Blumengestecke mehr kosten als meine Wohnung.

Als ich über den glänzenden Marmor laufe, quietschen meine Turnschuhe wie ängstliche Mäuse.

Tief durchatmend nähere ich mich der Wohnungsnummer und fummle mit dem Schlüssel herum, wobei ich mich so fehl am Platz fühle wie nirgendwo sonst in meinem Leben.

Das Schloss gibt schließlich nach und die Tür schwingt auf.

„Heiliger Strohsack", keuche ich und meine Augen springen mir fast aus dem Schädel, als ich in die Wohnung schaue.

So riecht Geld in New York. Schickes, cremefarbenes Interieur, Decken, so hoch, dass man ein Megafon bräuchte, um sich zu unterhalten, und ein Kronleuchter, der aussieht, als wäre er aus Swarovski-Kristallen, der ernsthaften Schaden anrichten könnte, wenn er sich lösen würde.

„Lucy."

Der tiefe Tonfall lässt mich aufschreien. Ich wirble herum und atme scharf ein, als JP aus der Wohnung auf der anderen Seite des Flurs schlendert.

„Wohnen Sie … hier?", stottere ich und genieße seinen Anblick.

Leck. Mich. Am. Arsch.

Ich hatte dieses Bild im Kopf, dass er rund um die Uhr und sieben Tage die Woche einen Anzug trägt, wie eine Art CEO-Cyborg. Ich dachte mir, dass er wahrscheinlich in seinen Anzügen badet. In diesen verdammten Dingern schläft. Spezielle Anzug-Pyjamas zum Schlafen und für Unanständiges hat.

O nein.

Seine Brust ist entblößt, eine ausgezeichnete Zurschaustellung von sexy gebräunten Muskeln. Obszön.

Und diese Jogginghose. Diese skandalös tiefsitzende Jogginghose mit diesem perfekten V, das meine Augen geradezu anfleht, nach unten zu schauen und mich zu einem spontanen Augenfick drängt.

Es ist klar, dass sich ein Monster in dieser Jogginghose versteckt.

Gott, gib mir Kraft.

Ich kann diesen Anblick nicht ungesehen machen. Das hat sich in mein Gehirn eingebrannt, für immer und ewig, Amen.

„Ja, das ist meine Wohnung. Was ist los?" Er schreitet näher und überragt mich, während seine Augen mein Gesicht mit Besorgnis und etwas anderem abtasten, das mir einen Schauer über den Rücken jagt.

Der Flur schrumpft um uns herum und mein Körper verkrampft sich unter seinem Blick.

„Lucy? Geht es Ihnen gut? Warum sind Sie um diese Uhrzeit hier?"

Ich räuspere mich und versuche, mich zu beruhigen.

„Es geht mir gut", krächze ich und versuche verzweifelt, nicht seinen ablenkend durchtrainierten Körper anzugaffen. „Ich konnte nicht schlafen. Mein Mitbewohner nervt, also dachte ich, ich nehme Ihr Angebot an und komme hierher. Es tut mir wirklich leid, ich kann nicht glauben, dass ich Sie geweckt habe. Ich hatte keine Ahnung, dass Sie in diesem Gebäude wohnen. Ich hätte nicht ..."

„Hey." Er hebt mein Kinn mit einem Finger an und zwingt meine Augen, in seine zu schauen. Ich schwöre, dass die gesamte Luft aus dem Flur gesaugt wird. „Machen Sie sich deswegen keine Sorgen. Sie haben mich nicht geweckt. Ich konnte auch nicht schlafen." Er hält inne, und ein unleserlicher Ausdruck huscht über sein attraktives Gesicht. „Und glauben Sie mir, ich kenne die Qualen schlafloser Nächte. Ich habe auch viel um die Ohren."

Dieses plötzliche Zeigen von Verletzlichkeit lässt meine Zunge ungefiltert arbeiten. „Das ist also das Geheimnis Ihres ständig finsteren Blicks", platze ich heraus und schlage mir sofort eine Hand vor den Mund. „O Gott, ich meinte nicht ... Schlafentzug. Schieben Sie es darauf!"

Zu meiner Überraschung hallt ein sattes, tiefes Lachen durch den Flur. Und verdammt noch mal klingt das gut. Ein sexy Brummen, das mich umhüllt und meine Haut kribbeln lässt.

Meine Eierstöcke schwenken kleine weiße Fahnen der Kapitulation.

„Das ist ein Teil davon. Es ist mehr als das."

Ich möchte fragen, was JP Wolfe nachts wach hält, finde aber nicht den Mut dazu.

Er stützt sich mit einer Hand am Türrahmen ab und ragt über mir, mit seinen harten Muskeln und seiner nackten Haut. Plötzlich befinde ich mich in gefährlicher Nähe zu seinen nackten Brustwarzen.

Jede Frau will sehen, was unter dieser tiefsitzenden Jogginghose steckt. Wahrscheinlich jede Frau in Amerika.

Komm schon Lucy, Augen nach oben.

Seine Augen glühen voller Lust und etwas Gefährlichem. Ein freches Grinsen umspielt seine Lippen. Dieser Penner weiß genau, was für eine Wirkung er auf mich hat. „Sie sind nicht die Erste, die mich auf meine offensichtliche Mürrischkeit hinweist."

„Irgendwie bezweifle ich, dass Ihnen das viele Angestellte tatsächlich ins Gesicht sagen", murmle ich.

„Nein." Seine dunklen Augen glänzen amüsiert. „Nur die ... die mir nahestehen."

Hitze steigt mir in die Wangen. Ups.

Hastig wende ich meinen Blick von dieser traumhaften Brust ab.

„Ich dachte, Sie wären in Las Vegas."

„Das war ich auch. Vierundzwanzig Stunden lang oder so. Ich hatte einige Dinge zu erledigen. Jetzt bin ich wieder da."

Das sind Sie allerdings.

„Diese Wohnung", stammle ich mit stockendem Atem. „Ist die wirklich für Angestellte?"

Er grinst zu mir herunter. „So was in der Art. Betrachten Sie sie als Ihre, solange Sie sie brauchen."

Mein Herz klopft unregelmäßig. „Sie haben nicht erwähnt, dass Sie mein Nachbar von gegenüber sein würden."

Er kommt näher, seine dunklen Augen verschlingen mich wie ein ausgehungerter Mann, für den ich die einzige Nahrung bin. Seine Stimme sinkt um eine Oktave. „Wären Sie auch gekommen, wenn Sie es gewusst hätten?"

Die Luft zwischen uns knistert. Das Verlangen, mich ihm in die Arme zu werfen, überkommt mich.

Ein langsames, gefährliches Lächeln umspielt seine Lippen, als er seine andere Hand neben meinen Kopf legt, wie einen Käfig. Der Rausch seiner Nähe, kombiniert mit dem aufregenden Duft seines Parfums, lässt meine Sinne auf Hochtouren laufen.

„Ja", flüstere ich und löse endlich den Todesgriff um meine Tasche.

„Gut." Seine Stimme ist leise.

Zum zweiten Mal halte ich den Atem an und denke, dass er mich küssen wird.

Stattdessen sagt er: „Alles, was Sie brauchen, ist in der Wohnung – frische Handtücher, Toilettenartikel, alles Denkbare. Sie müssen nichts hierherschleppen."

Das ist süß, wirklich. „Das ist zu viel. Hoffentlich ist es nur für eine Nacht. Ich werde morgen einen Friedensvertrag mit meinem Mitbewohner aushandeln."

„Nicht nötig."

Er will gerade noch mehr sagen, als sich sein Kiefer plötzlich verkrampft und die Hitze seines Blicks meine Brust verschlingt.

O Scheiße.

Ich habe vergessen, dass mein Mantel offen hängt und meine Brustwarzen sich stolz durch mein T-Shirt präsentieren. Um Aufmerksamkeit bettelnd.

Seine Augen richten sich auf sie, wobei sich meine widerspenstigen Nippel vor Erregung verhärten, einen Salut schießen und mir offen trotzen.

Verdammt noch mal.

Das männliche Äquivalent eines lästigen Semiharten, so fühlt es sich an.

Verschlagen reiße ich meinen Mantel zu, sodass seine Kehle einen merkwürdigen Tanz vollführt, ehe er sich wieder auf mein Gesicht konzentriert.

Bringe *ich* Wolfe tatsächlich aus der

Fassung? Der Gedanke erfreut mich mehr, als er sollte.

„Bleiben Sie hier, solange Sie möchten – oder ziehen Sie dauerhaft ein, wenn Sie wollen."

Oder zumindest so lange, bis sich Ihre Nippel beruhigt haben, knurrt seine eingebildete Stimme in meinem Kopf.

Meint er das ernst? Ich, hier wohnen? Direkt neben ihm?

„Das ist … äh … ich meine … wow, ich meine … unglaublich großzügig, aber, ähm …" Ich stottere und stolpere wie ein linkischer Trottel über meine eigenen Worte. „Ich sollte nicht … ich meine … ich kann unmöglich …"

Er nimmt meinen panischen Gesichtsausdruck in sich auf und tritt von der Tür zurück, als hätte er es mit einer verängstigten Katze zu tun. „Machen Sie sich deswegen keinen Stress. Sie müssen sich nicht sofort entscheiden. Aber das Angebot steht, für wann immer Sie bereit sind."

„Das ist" – mein Magen flattert, weil die Vorstellung, Wolfe so nahe zu sein, einfach zu viel ist – „unglaublich großzügig von Ihnen."

Mit einem Lächeln, das seine Augen nicht ganz erreicht, zieht er sich zu seiner eigenen Tür zurück. Als ob er es gewohnt wäre, auf Armeslänge gehalten zu werden, selbst wenn er die Hand ausstreckt. „Ich habe eine freundliche Seite, ob Sie es glauben oder nicht. Manchmal ist sie nicht offensichtlich."

„Das sehe ich langsam", flüstere ich.

Er starrt mich an, seine Augen sind mit einer Intensität auf meine gerichtet, von der ich mich winde. Ich habe nicht die leiseste Ahnung, warum.

„Nun, gute Nacht, JP", sage ich, meine Stimme einen Ton höher als sonst. Verdammte Nerven.

Er spricht gerade, als ich die Tür schließen will.

„Warten Sie mal", grummelt er mit tiefer, rauer Stimme und bremst mich. „Da es scheint, dass wir beide nicht schlafen können, möchten Sie vielleicht reinkommen?"

Ich ersticke praktisch an der dünnen Luft.

„Es ist drei Uhr morgens", flüstere ich.

„Ich kann die Uhr lesen", sagt er gedehnt und seine Stimme nimmt diesen heiseren Klang an, der meinem unregelmäßigen Puls nicht gerade hilft. „Das ist aber keine Antwort auf meine Frage. Wollen Sie reinkommen?"

Ich schlucke schwer und meine Augen schießen zu seiner nackten Brust, dann wieder hoch zu seinem intensiven Blick. O mein Gott – seine Klatschgeräusche beim Sex müssen unglaublich sein.

Ja!

Jemand soll den Notdienst rufen; ich werde von einem gefährlichen Level an Geilheit angegriffen. Schick Sauerstoff. Oder einen Vibrator. Möglicherweise beides.

Verdammt, ja. Ich könnte all meine Daredevil-Fantasien ausleben.

Seine Kehle spannt sich an, während er auf meine Antwort wartet.

Tief durchatmen. Erhebe dich über deine niederen Triebe. Denke reine, beruhigende Gedanken. Kalte Duschen. Nonnen. Geschwüre. Warzen. Spinne auf der Toilette.

„Nein", flüstere ich so leise, dass es kaum hörbar ist. „Tut mir leid, dass ich Sie gestört habe."

Ohne ein weiteres Wort flitze ich in die Wohnung – mein Herz rast von einem unstillbaren Bedürfnis nach etwas anderem als einer guten Nachtruhe und mein Kopf ist völlig verwirrt, was ich von dem großen bösen Wolf halte.

20

JP

„Reiß dich zusammen", presse ich heraus und schleiche wie ein eingesperrtes Tier durch die Küche. Ich bin so aufgewühlt, dass ich mit meiner Faust den fünf Millionen Dollar teuren Pierre-Auguste Renoir, der in meinem Foyer hängt, durchschlagen könnte.

Es ist selten, dass ich mich so aufrege. Wenn meine Schwester mich jetzt sehen könnte, würde sie mich das nie vergessen lassen.

Es ist Montag, der erste Tag des Hackathons. Seit unserer Begegnung letzte Woche habe ich Abstand von Lucy gehalten, obwohl es gar nicht so einfach war, Abstand zu halten. Ich war neulich Abend zu aufdringlich – das weiß ich jetzt. Ich hätte sie nicht in meine Wohnung einladen sollen. Als ich die Sorge in ihren Augen sah, habe ich es sofort bereut. Diese Wirkung hatte ich früher auf sie, als wir uns gerade kennenlernten.

Aber ich konnte mir nicht helfen. Ich musste in ihrer Nähe sein, es ist ewig her, dass ich sie berührt habe, sie an mir gespürt habe.

Alles, was mir jetzt bleibt, ist, sie wie ein perverser Spanner zu beobachten. Sie mit ihrem Team beobachten, bei der Arbeit beobachten, beobachten, wie sie mit ihren Dämonen ringt, und mich fragen, ob mein Eindringen ihr Leiden nur noch vergrößert.

Dann gehe ich nach Hause, trinke zu viel Scotch, lege meine Finger um meinen armen, schmerzenden Schwanz und tue so, als wäre sie es.

Aber das ist meine Chance, Lucy wieder für mich zu gewinnen. Schade nur, dass ich die IT-Abteilung von Quinn & Wolfe auch mit einladen musste.

Ich hänge an meinem Handy, die Augen auf den winzigen leuchtenden Punkt gerichtet, der den Bear Mountain hinaufkriecht. Es sind die Transportfahrzeuge, die gerade unterwegs sind.

Lucy liebte dieses Haus. Die endlosen, vom Boden bis zur Decke reichenden Fenster bieten einen atemberaubenden Blick auf den Bear Mountain State Park und den Hudson River darunter. Sie liebte es, den Sonnenaufgang über dem Dunderberg Mountain zu beobachten, wenn das Tal erwachte, und sie liebte es, wie der Sonnenuntergang den Raum in ein Feuerwerk von Farben tauchte.

Liebte. Verdammte Vergangenheitsform.

Überall, wo ich mich hindrehe, sehe ich Erinnerungen an uns – alltäglichen Kram wie gemeinsames Kochen, Abendessen im Wohnzimmer, Fernsehen auf dem Sofa. Ich wusste, dass sie mich an den Eiern hatte, als sie mich dazu brachte, ein Superheldenkostüm anzuziehen und ihre kichernde Gestalt durch das Haus zu jagen.

Und vergessen wir nicht die heilige Taufe jeder flachen Oberfläche in dieser Villa. Sofas. Betten. Küchentisch. Pooldeck.

Da wird mir klar, was ich alles für selbstverständlich gehalten habe, als es mir genommen wurde.

Die elektronischen Tore der Villa öffnen sich knarrend und ich umklammere den Marmortresen so fest, dass ich spüre, wie jede Ader in meinen Armen hervortritt. Ich atme tief durch, ein stummes Mantra, um mich zu beherrschen.

Das Stimmengewirr und aufgedrehte Gelächter werden lauter, als die IT-Armee aus den Vans steigt.

Ich öffne die großen Eichentüren zur Villa und das Geschnatter verstummt, während mir alle schüchterne, zögerliche Blicke zuwerfen. Ich höre Lucys „Hallo", das sich unter die anderen mischt.

Ich winke sie herein. „Machen Sie es sich bequem", sage ich und führe sie in die Küche. „Unser Privatkoch wird bald das Abendessen bereit haben."

Die Kinnladen klappen ihnen praktisch auf den Boden, als sie die Pracht des Wohnraums mit den Glaswänden sehen, die einen ungehinderten Panoramablick auf die ruhigen Berge bieten.

„Mr. Wolfe", gurrt Taylor, „dieser Ort ist phänomenal! Das ist ein genialer Plan! Ich bin sicher, dass dem Team hier große Dinge gelingen werden."

Ich sehe, wie Lucy den Raum mit einem leeren Blick in ihren Augen betrachtet. Auch Wochen nach dem Unfall ist es zermürbend zu sehen, dass sie sich nicht erinnern kann.

Komm schon, sieh mich an. Stelle eine Verbindung her. Und da ist es – unsere Blicke treffen sich, wenn auch nur für einen Herzschlag, und es ist wie ein Adrenalinstoß direkt in die Brust.

Doch dann schaut sie rasch weg, Röte steigt ihr in den Hals und ihre Hände fummeln an ihrem Kragen herum.

„Die gleiche Vorgehensweise wie in Vegas",

verkünde ich und hole ein paar Flaschen Bier und Wein aus dem Getränkeschrank. „Sie können alles im Kühlschrank essen und trinken, aber alle Mahlzeiten werden für Sie zubereitet."

Der Raum füllt sich mit Jubel, während sie sich in der Lounge verteilen.

Matty, ihr blonder Kollege, macht sich auf direktem Weg zu den Getränken. „Da sage ich nicht Nein, Boss."

Lucy folgt dem nerdigen Datentyp auf dem Fuße.

„Möchten Sie ein Glas Rotwein?", setze ich fort und biete ihr ein Glas ihres Lieblingsweins an – obwohl ich wette, dass sie sich an dieses Detail nicht erinnert.

„Ja, bitte", piepst sie und ihr Lächeln bringt meinen Bauch zum Flattern. „Nur ein halbes Glas."

Zu sehen, wie sie am Wein nippt, wie ihre Lippen zärtlich den Glasrand umschließen ... süße Mutter Gottes.

Dwayne unterbricht den Moment. „Bist du sicher, dass du trinken solltest, Lucy?"

Sie zieht sich zurück, ihre Stimme ist gereizt. „Ein Schluck wird mich nicht umbringen, das hat die Ärztin gesagt. Könntest du vielleicht aufhören, jeden meiner Schritte zu überwachen?"

Bevor Dwayne antworten kann, springt Taylor ein. „Also, Mr. Wolfe, werden wir morgen das Vergnügen Ihrer Gesellschaft haben? Wir würden uns über Ihren Input freuen, verstehen aber, wenn Sie keine Zeit erübrigen können."

Ich verlasse die Bar, geselle mich zu der Gruppe und stelle mich neben Lucy.

„Nennen Sie mich JP. Und ja." Unsere Arme berühren sich leicht und ein Stromstoß entzündet sich zwischen uns. „Ich werde in der Nähe sein. Reinschauen."

Ich richte meinen Blick wieder auf die anderen. „Die Zimmer sind in den ersten beiden Stockwerken. Das ganz oben muss geteilt werden. Wenn das jemandem unangenehm ist, kann ich für eine Unterkunft in meinem Hotel unten am Berg sorgen."

Genau wie bei mir zu Hause in Las Vegas wird das Team in Fünftausend-Dollar-Seidenbettwäsche schlafen, in für Scheichs designten tiefen Badewannen baden und ihr Geschäft auf japanischen Supertoiletten der Spitzenklasse verrichten, mit Fernbedienung und Hinternwärmer.

Als Matty einen Arm um Lucys Schultern legt, durchfährt mich ein Stich der Eifersucht. „Wir sind Zimmergenossen. So kann Luce dafür sorgen, dass ich aufstehe."

Es scheint sie nicht zu stören, vielleicht ist sie sogar zufrieden damit, sich ein Zimmer mit ihm zu teilen. Ich sollte derjenige an ihrer Seite sein und mehr als nur ein Zimmer mit ihr teilen.

„Bist du dir da sicher, Lucy?", fragt Taylor mit einer hochgezogenen Augenbraue. „Mit Matty in einem Zimmer zu wohnen wird die Hölle sein."

Er grinst frech. „Hey, sie ist daran gewöhnt, über einem Bordell zu wohnen, mit einem Mitbewohner namens Spider. Ich bin da schon ein Aufstieg."

„Nun, das stimmt." Taylor sieht sie herablassend an. „Ich konnte nie begreifen, warum du in dieser Gegend leben wolltest. Und schau dir an, was dabei herausgekommen ist – ich bin froh, dass ich mich für Brooklyn entschieden habe."

Lucys Kinn krampft sich zusammen, denn das Gespräch löst offensichtlich Unbehagen aus. „Als ich da eingezogen bin, war es eine charmante Bäckerei, okay? Wie hätte ich vorhersehen können, dass es sich in ein Rotlichtviertel verwandelt? Aber man lernt nie aus. Ich komme mit Matty schon klar."

Ihr Lächeln ist ein wenig zu angestrengt, ihre Augen ein wenig zu gequält. Ich durchschaue sie.

Das war's. Ich werde diese verdammte Wohnung kaufen, mit oder ohne ihre Zustimmung. Ich werde nicht zusehen, wie sie leidet.

Unser hitziger Streit vor Monaten klingt mir noch immer in den Ohren. Sie hat mich beschuldigt, ihr Leben zu kontrollieren, und jedes Wort hat bitter geklungen.

Meine Absichten waren von Sorge getragen, nicht von Kontrolle. Vielleicht bin ich aber auch zu hart vorgegangen und habe meinen Beschützerinstinkt durch anmaßendes Verhalten zum Ausdruck gebracht. Oder war es ihr sturer Stolz, der die Reibung zwischen uns verstärkt hat?

Sie ist sehr unabhängig und will immer ihren Teil selbst erledigen. Das ist eines der Dinge, die ich an ihr liebe, aber es ist auch das, was einen Keil zwischen uns getrieben hat.

„Ich bin es, den du bemitleiden solltest", mischt sich Matty grinsend ein. „Sie wird im Schlaf von Daredevil wimmern und mich die ganze Nacht wachhalten."

„Was?", fragt Taylor verwirrt.

Lucy errötet und wirft Matty schnell warnend einen finsteren Blick zu. „Nichts!"

Ich kann mir ein Grinsen nicht verkneifen und fange ihren Blick ein. Gut, soll sie an unseren heißen Moment denken, auch wenn sie nicht weiß, dass ich das hinter der Maske war.

„Warum also dieses Mal der Szenenwechsel von Las Vegas?", meldet sich ein Entwickler zu Wort. Ich glaube, sein Name ist Tony.

„Weil dieser Hackathon", beginne ich, wobei sich meine Lippen leicht nach oben wölben, „ein bisschen anders aussehen wird."

Ihre kollektive Körpersprache ist Anspannung, als würden sie sich auf einen Aufprall vorbereiten.

„Normalerweise arbeiten Sie wie die Verrückten und feiern noch mehr, aber ich schlage einen Tempowechsel vor." Mit einer Geste in Richtung Tür sage ich: „Folgen Sie mir."

Sie sehen zu gleichen Teilen verwirrt und verängstigt aus.

Ich führe sie in den Garten, unsere Schritte knirschen auf dem Kies.

„Heilige Scheiße", lässt Matty los, wobei seine Stimme durch die Abendluft hallt.

Seine Reaktion ist das Stichwort für den Rest und eine Sinfonie aus Keuchen und Raunen hallt durch die Runde.

Doch mich interessiert nur eine Reaktion. Ich schaue zu Lucy hinüber. Sie steht wie erstarrt da, den Mund leicht offen. „Es ist wie ein … Paradies", bringt sie heraus.

Ich kann mir ein leises Lachen nicht

verkneifen. „Das war der Plan."

Sie saugen die Szenerie in sich auf. Die Hütten, die Pfade, das üppige Laub – alles wurde sorgfältig zu einer friedlichen Oase gestaltet. Ein Labyrinth aus versteckten Pfaden schlängelt sich durch das Grün, was die Ruhe noch verstärkt.

Aber es ist der Infinity-Pool, der wirklich allem die Show stiehlt. Perfekt beheizt verschmilzt er mit dem Horizont und fügt sich nahtlos in die Bergkulisse ein.

Ich mache mir hier nichts vor. Ich weiß recht genau, dass das Einstreuen von ein paar Zen-Elementen und ein paar Büschen nicht gleichbedeutend sind mit einer Art spirituellem Erwachen. Aber ich hoffe, dass Lucy es als ein Zeichen meiner Absichten sieht. Ein Zeichen dafür, dass ich echte Veränderungen vornehmen will, auch wenn sie klein anfangen.

Ich möchte einen Raum schaffen, in dem sie sich entspannen und auftanken kann. Ein Ort, an dem sich vielleicht ihre Sicht auf mich hoffentlich zu ändern beginnt.

„Bei Sonnenaufgang und mittags wird es Yoga- und Meditationsstunden geben", fahre ich fort. „Es gibt keinen Grund, rund um die Uhr zu schuften. Sie können sich Ihre Zeit einteilen – seien Sie produktiv, wenn Sie sich inspiriert fühlen, und entspannen Sie sich, wenn Sie es brauchen. Nutzen Sie alle Annehmlichkeiten, die zur Verfügung stehen. Vertrauen Sie mir, Ihre Produktivität wird nicht leiden, sie wird sich am Ende der Woche vielleicht sogar noch steigern. Einige meiner radikalsten Ideen sind in Momenten der Entspannung entstanden. Das ist eine hart erarbeitete Lektion."

Matty, der nie ein Blatt vor den Mund nimmt, beugt sich vor und flüstert Lucy etwas zu. „Das ist überhaupt nicht wie bei den letzten Hackathons", murmelt er ungläubig. „Ich schwöre, er hatte eine Gehirntransplantation."

Ein Grinsen umspielt meine Mundwinkel.

Zugegeben, frühere Hackathons fanden in meiner Villa in Las Vegas statt, einem Ort, der für das Ethos „Work hard, play hard" steht. In Vegas kompensierte ich die zermürbende Arbeit mit hedonistischen Nächten auf dem Strip, alles finanziert durch eine unbegrenzte Kreditkarte.

„Morgen legen wir richtig los", kündige ich an. „Ich will bahnbrechende Strategien, die jedes andere Kasino so attraktiv machen wie eine schäbige Hinterhofspielhölle. Aber Sie werden nur die Hälfte des Tages arbeiten. Die andere Hälfte können Sie sich hier entspannen, oder für die Abenteuerlustigen habe ich noch etwas in petto."

Ihr Misstrauen ist greifbar, während sie alle unruhige Blicke wechseln.

„Stand-Up-Paddling auf dem Lake Welch. Ich kann Ihnen versichern, dass Ihnen dort draußen auf dem Wasser Ihre besten kreativen Ideen kommen werden."

Ihr fassungsloses Schweigen ist ein unbezahlbares Bild.

Mein Blick fällt auf Lucy. „Lucy", biete ich an, wobei mein Tonfall weicher wird, „Sie sind nicht verpflichtet mitzumachen, aber ich glaube ehrlich, dass es angesichts der jüngsten Ereignisse ein effektiver Stressabbau für Sie sein könnte."

Während sie über mein Angebot nachdenkt, halte ich den Atem an. Dann schenkt sie mir ein Lächeln und ein Nicken.

Jackpot. Das ist genau das, was ich brauche. Eine entspannte Lucy, die offen dafür ist, Zeit mit mir zu verbringen.

Das Bild von Lucy, die in einem Badeanzug in der Sonne glüht, steigert meine Vorfreude. Es wird mich alles an Selbstbeherrschung kosten, um in ihrer Nähe cool zu bleiben.

21

Lucy

Matty hat mir versichert, dass JP mitten in einer Midlife-Crisis steckt. Normale Männer meistern diese Lebensphase normalerweise mit einem Klischee-Cabrio (idealerweise mit einer deutlich jüngeren, kaum bekleideten Frau auf dem Beifahrersitz) oder indem sie zu radfahrbegeisterten MAMILs (Mittelalte Männer in Lycra) werden. Aber das ist der Typ Ottonormalverbraucher.

Während eines offensiv gesunden Frühstücks – mit genug Grünkohl und Avocado, dass ein Ernährungswissenschaftler vor Stolz weinen könnte – kamen wir zu einem gemeinsamen Schluss. JP, der ein Leben genossen hat, das mit den verschwenderischen Exzessen gewürzt war, die einem nur Milliarden ermöglichen können, scheint sich nun nach dem Gegenteil zu sehnen. Wenn man jahrzehntelang in obszönem Luxus gelebt hat, sehnt man sich irgendwann nach dem Alltäglichen als etwas Neuem.

Also gibt es Stand-Up-Paddling. Und Meditation, Yoga und all die anderen Freizeitbeschäftigungen, die man normalerweise auf den Titelseiten von Wellness-Magazinen findet. Er wird seine Erlösung in der Lebensmitte nicht im Dröhnen eines roten Sportwagens finden, weil er wahrscheinlich schon seit zehn Jahren eine Garage voll davon hat. Vielleicht glaubt er, dass ihn sein neu gefundenes Zen unsterblich machen wird oder so.

Ich konnte Matty nicht sagen, dass JP mir seine Pläne anvertraut hat, unter der Marke Quinn & Wolfe Wellness-Retreats anzubieten.

Ich muss zugeben, dass ich mich entspannt fühle. Ich bin heute Morgen mit einem schockierenden Gefühl von Zen aufgewacht, selbst nach einer Nacht mit Mattys ohrenbetäubendem Schnarchen. Vielleicht war es das üppige Bett. Oder die anhaltenden Träume von Daredevil ...

Unsere Brainstorming-Sitzung heute Morgen auf dem schönen Rasen war auch erfrischend. JP hielt sich zurück und ließ uns arbeiten. Die Arbeit mit dem Team hat sogar Spaß gemacht – alle waren entspannt und haben gescherzt.

Wir sind unterwegs, schlängeln uns durch die zerklüfteten Berge zum Lake Welch und eine ungewohnte Ruhe macht sich in mir breit. Es ist ein Gefühl, das ich seit einer gefühlten Ewigkeit nicht mehr gespürt habe. Ich habe es so satt, mich treibend und verwirrt zu fühlen, als wäre ich gestern geboren worden.

Während der Van weiter rumpelt, lasse ich meine Gedanken zu Daredevil schweifen. Während er seine Musik spielt, bemerkt Matty meine Tagträume nicht.

Ich muss ihn mir aus dem Kopf schlagen. Er hat zugegeben, mich irgendwie verletzt zu haben. Wie schlimm war es? Hat er mich betrogen? Waren wir überhaupt zusammen? Vielleicht war es nur ein Kuss auf irgendeiner Convention, bevor ich ihn mit einer Jessica Rabbit erwischt habe. Aber das ist nun egal. Als ich ihn rundheraus fragte, ob wir uns wiedersehen würden, schwieg er. Ich habe meine Antwort.

Als ich einen kurzen Blick nach vorne werfe, sehe ich JP, der mit dem Fahrer spricht. Sein T-Shirt umspielt seinen muskulösen Körper an den richtigen Stellen. Ich habe vor dem Schlafengehen noch ein paar spätnächtliche „Nachforschungen" über ihn angestellt, denn ich werde aus ihm überhaupt nicht schlau. Er ist 38 Jahre alt, hat eine Schwester und kommt aus einer Arbeiterfamilie. Er war in seinen Zwanzigern verheiratet, aber die Ehe schien nicht lange gehalten zu haben. Soweit ich das sehe, lebt er seitdem als Junggeselle in Las Vegas.

Seine Hand reibt über seinen stoppeligen Kiefer, als er über etwas lacht, das der Fahrer sagt. Er scheint heute wirklich gute Laune zu haben. Ich reiße meinen Blick los, bevor er mich beim Glotzen erwischt. Meinen unfair heißen Chef anzustarren, ist ein Himmelfahrtskommando.

Als wir aus dem Bus steigen, fühlt sich die Landschaft um uns herum so lebendig an, fast so, als würde sie atmen. Vor uns erstreckt sich der Lake Welch, ein großes, schimmerndes Gewässer, das von den Bergen umschlossen wird und den ruhigen Himmel über uns widerspiegelt.

Wir ziehen unsere Badesachen an, und dann wage ich mich aus dem Umkleideraum. Jeder Muskel meines Körpers ist angespannt – Pobacken zusammendrückt, Bauch eingezogen, Brust hinausgestreckt. Der Kies knirscht unter meinen Füßen und kündigt meine Anwesenheit an.

Der Großteil des Teams ist bereits am Strand, mit Sonnenmilch eingecremt und bereit, loszulegen. Sogar Dwayne macht beim

Stand-Up-Paddling mit.

Und dann ist da er – JP, lässig am See liegend, mit nichts als Badeshorts bekleidet. Der Beweis für sein kurzes Bad – nasse, nach hinten gestrichene Haare, Wassertropfen auf seinem wohlgeformten Oberkörper – jagt mir einen unwillkürlichen Schauer über den Rücken. Und zwar nicht wegen der Temperatur.

Sein Blick bleibt an mir hängen und er tastet träge meinen Körper ab. Daraufhin ziehe ich meinen Bauch so sehr ein, dass ich sicher bin, dass meine Milz nun auch als Lunge dient.

Er schlendert mit einer Schwimmweste in der Hand zu mir herüber. Ein Teil von mir wünscht sich, ich würde so eine mittelalterliche Rüstung tragen, damit meine Nippel meine Erregung nicht verraten.

„Wie kalt ist das Wasser?", frage ich und kämpfe gegen den Drang an, meinen Blick auf seine Brust wandern zu lassen.

„Kalt. Ich will nicht lügen. Aber wenn Sie einmal in kaltem Wasser geschwommen sind, werden Sie nie wieder in warmem Wasser schwimmen wollen."

„Das halte ich für unwahrscheinlich."

Er schenkt mir ein träges Lächeln, das sich köstlich intim anfühlt. „Freuen Sie sich darauf?"

„Ja, aber ich bin nicht sehr anmutig. Ich bin die Treppe des Plaza hinuntergestürzt, Sie erinnern sich?"

„Wenn Sie hier stürzen, wird Ihnen nichts geschehen. Ich denke auch, wir werden alle irgendwann im Wasser sein. Aber ich werde trotzdem in der Nähe bleiben, damit Sie in Sicherheit sind." Seine Stimme wird leiser. „Kann ich Ihnen mit Ihrer Rettungsweste helfen?"

„Äh, klar."

Als ich meine Arme hindurchschiebe, zieht er die Weste um mich herum zu. Seine Hand streicht über meinen Bauch, als er sie festzieht. Er ist so nah, dass ich den See an ihm riechen kann, eine berauschende Mischung aus frischem Wasser und einem Eau de Cologne, das man als reine Pheromone umfirmieren sollte.

„Na bitte. Wie fühlt sich das an?"

Seine Hand rutscht auf der Rettungsweste ein wenig höher und streift die Unterseite meiner Brust. Vielleicht war es unbeabsichtigt, aber seine Berührung schickt einen Stromschlag durch mich hindurch.

„Toll", keuche ich und meine Kehle fühlt sich so eng an wie die Weste.

„Bereit?" Seine Finger verweilen auf dem Gurt meiner Rettungsweste und seine

Berührung hinterlässt eine Gänsehaut auf meiner Haut.

„M-hm."

„Gut. Kennen Sie das Geheimnis wie man gut stehpaddelt?"

Ich schüttle den Kopf. „Nein, wie lautet es?"

Seine Augen halten meine fest. „Vertrauen. Vertrauen Sie in Ihren Körper, Ihr Gleichgewicht, Ihre Instinkte." Seine Stimme wird heiserer. „Ähnlich wie ... anderen Menschen vertrauen."

Ich blinzle verblüfft. Das muss die Midlife-Crisis sein, die da spricht. Das Stand-Up-Paddling scheint eine philosophische Ebene zu haben, mit der ich nicht gerechnet hatte.

Die Sonne brennt auf uns herab, als wir uns auf den Weg zum glitzernd blauen Wasser machen. Ich kann nicht widerstehen, einen Blick auf JP in seiner sündhaft tiefsitzenden schwarzen Badehose zu werfen, die sich straff über seinen knackigen Hintern spannt. Nach dem aufregenden Kuss mit Daredevil und nun, da mein heißer Chef halbnackt durch die Gegend schlendert, bin ich erregter als eine läufige Hündin. Bald werde ich jämmerlich das nächste Männerbein bespringen, nur um mir etwas Erleichterung zu verschaffen.

Ich wate in den eiskalten See und keuche, als das Wasser meine Beine umspült. JP bahnt uns den Weg, seine starken Oberschenkel durchschneiden selbstbewusst das Wasser. Wir folgen ihm wie gehorsame Entenküken.

Wir waten hinaus, bis uns das Wasser bis zu den Oberschenkeln reicht, die richtige Tiefe, um uns mutig auf die Bretter zu stellen. Bei einigen von uns, die ein natürliches Talent fürs Gleichgewichthalten haben, sieht es leicht aus. Ich bin kein völliger Neuling, aber sagen wir einfach, ich würde die *Baywatch*-Prüfung nicht bestehen. Nach ein paar wackligen Versuchen schaffe ich es schließlich, mit leicht gebeugten Knien zu stehen.

„Richten Sie Ihre Augen auf den Horizont, nicht auf Ihre Füße", rät JP. „Ihre Füße wissen, was sie tun. Vertrauen Sie ihnen."

Matty, der auf allen Vieren auf seinem Brett hockt, wirft JP einen missmutigen Blick zu. „Sie haben leicht reden", brummt er und versucht erneut, aufzustehen, was ihm spektakulär misslingt. Er ist auf den Knien, umklammert die Seiten seines Bretts in einem Todesgriff und streckt seine Zunge konzentriert heraus, während er wieder versucht, aufzustehen. Und wieder. Was lustig ist, denn bei seinem sonnengeküssten Surferhaar sollte man meinen, dass er das kann.

„Matty, du sollst auf dem Brett stehen, und es nicht löffeln", rufe ich und ernte ein paar

Lacher von der Bande.

Er nimmt meinen Schlag als Herausforderung und stürzt sich in meine Richtung, wobei sein Brett unter ihm zittert wie ein wildes Pony.

Ich fuchtle zur Selbstverteidigung mit meinem Paddel herum. „Pass auf, Mann! Hau ab!"

In einem beeindruckenden Finale seiner Performance geht Matty über Bord und stürzt in den See, was zu einer kleinen Flutwelle führt, die mich durchnässt.

Er taucht mit hervortretenden Augen auf und keucht: „Meine Badehose!"

Stille. Dann ertönt von irgendwoher ein prustendes Lachen. Es breitet sich aus wie ein Lauffeuer.

„Verdammt, das ist ein Eisbad!", schreit Matty.

Wir lachen uns alle kaputt, während wir ihm dabei zusehen, wie er versucht, ins Wasser zu tauchen, um seine Badehose zu bergen und dann wieder hochspringt.

„Du kannst rankommen", pruste ich durch mein Gekicher. „Das Wasser hat fast Stehhöhe."

„Ich werde hier sterben. Ahhh."

„Ganz ruhig", beschwichtigt JP und paddelt zu unserer Jungfrau in Not. „Atmen Sie, Kumpel."

Aber Matty ist zu sehr damit beschäftigt, melodramatisch zu sein. Schreiend hievt er sich zurück auf das Brett und präsentiert uns dabei eine Frontalansicht, die niemand gebraucht hat. Das Gelächter wird ohrenbetäubend laut.

„O mein Gott!", kreischt Taylor.

Ich schreie amüsiert und beschämt auf und bedecke zu spät meine Augen. Das Bild von Mattys im Sonnenlicht glitzernden Kronjuwelen hat sich in meine Netzhaut eingebrannt. „Herrgott, Matty!", johle ich zwischen Lachanfällen. „Es gibt Dinge im Leben, die kann man nicht ungesehen machen!"

„Mir ist kalt!", heult er. „Normalerweise ist er viel beeindruckender, ich schwöre!"

Mit überraschender Gewandtheit taucht JP von seinem Brett in den See, vermutlich um die verlorene Badehose zu suchen und zu bergen. Bei diesem Anblick erröte ich gegen meinen Willen. Wer hätte gedacht, dass das Bergen von Badehosen so heldenhaft aussehen kann?

Matty legt sich in einem schwachen Versuch der Sittsamkeit flach auf das Brett und präsentiert uns seinen haarigen Hintern.

Bei diesem Anblick brechen wir in Gelächter aus und stoßen uns wie Dominosteine von unseren Brettern. Vor

Lachen überwältigt rutsche ich von meinem Brett und schlage mit einem lauten Platschen auf dem Wasser auf. Vertrauen, von wegen.

Mir läuft Wasser in den Mund, sodass mir das Lachen schnell vergeht und durch verzweifeltes Strampeln ersetzt wird.

Plötzlich werde ich mit einem kräftigen Griff um die Taille nach oben gerissen – ein Griff, der so sicher ist, dass er nur zu einer Person gehören kann. Ich durchbreche keuchend und prustend die Oberfläche, meine Lungen brennen. Es fühlt sich an, als ob ich literweise Wasser aus dem See hochwürge.

Von hinten dringt eine tiefe, befehlende Stimme durch mein Husten. „Sind Sie okay?"

Endlich höre ich auf, Seewasser auszuspucken.

Ich drehe mich errötend um, um mich zu bedanken, und meine Beine reagieren, ohne bewusstes Denken. Sie schwingen herum und landen zufällig um seine Hüften. Unsere Körper finden sich in einer erschreckend intimen Pose wieder.

Seine Augen weiten sich vor Überraschung, aber seine Arme bleiben fest um mich liegen und fixieren mich. Das Lachen um uns herum wird zu einem entfernten Summen, während wir uns in die Augen sehen und sein Griff sich nicht lockert.

„Ich ...", beginne ich und meine Wangen erröten noch intensiver, als ich unsere kompromittierende Position begreife. „Ich ... ähm, danke."

Plötzlich spüre ich, wie sich etwas Festes gegen den Stoff meines Badeanzugs drückt. Heilige Scheiße, ist JP *halbhart*? Meinetwegen? In diesem kalten Wasser? Die ganze Sache fühlt sich wie ein Wunder an.

Zum Glück sind die anderen zu sehr damit beschäftigt, Matty auszulachen oder wieder auf ihre Bretter zu kommen, um unsere innige Umarmung zu sehen.

Seine Lippen teilen sich, als ob er etwas sagen wollte, aber er verstärkt seinen Griff um meine Taille und nun kann ich seinen Schwanz wirklich spüren, hart an meiner mit Badeanzug bekleideten Muschi.

O mein Gott! Mein Puls rast und alle logischen Gedanken verschwinden. Ich bin so erregt, dass ich am liebsten gleich hier im See vor dem Team Sex haben würde.

Er betrachtet mich aufmerksam, seine Augen verlassen meine nicht. Seine Pupillen weiten sich und seine Atmung wird flach.

„Verdammt", stöhnt er rau.

Ich kann mir nicht helfen. Meine Hüften bewegen sich wie von selbst und drücken sich durch die dünnen Stoffschichten hindurch fest an die Härte seiner Erregung.

Seine Finger drücken das Fleisch meines Hinterns und massieren es grob auf eine Weise, die keinen Zweifel daran lässt, was er von mir will: Er will, dass ich meine Beine weit spreize, damit er seinen ...

Der Gedanke prallt gegen eine Wand, als ich mich daran erinnere, wo wir sind: umgeben von Teamkollegen, die auf ihren Brettern faulenzen und in der Nähe treiben.

Ich schaue auf. Matty befindet sich mit nacktem Hintern tapfer zwischen den beiden Tonys, die sich geradezu darum prügeln, um ihn wieder von seinem Brett zu stoßen.

Inmitten des Chaos ist ein Paar wachsamer Augen auf uns gerichtet. Taylors.

JP sieht es auch. Seine Gesichtszüge verziehen sich für einen Moment vor Überraschung, als hätte er vergessen, dass er sich mitten in einer Teamzusammenkunft befindet.

„Kommen Sie allein auf das Brett?", fragt er mich unwirsch.

Ich nicke ihm verwirrt zu. Dann stoße ich mich im Wasser von ihm ab und paddele unbeholfen zurück zu meinem Brett, während mein Herz in meiner Brust hämmert.

Mit kräftigen Zügen gleitet JP durch das Wasser, Mattys Badehose in der Faust. Im

Adrenalinrausch hatte ich gar nicht bemerkt, wie er sie geholt hat.

„Meine Badehose!", schreit Matty erleichtert, als JP sie auf sein Brett wirft.

Als JP sich auf sein Brett hievt, fließt Wasser an jedem einzelnen kantigen Muskel hinunter und zeichnet den Weg nach, dem ich unbedingt mit meinen Händen folgen will. Das kühle Wasser könnte genauso gut eine heiße Quelle sein, so wie flüssige Lust durch meine Adern wandert.

22

JP

Wir sind stundenlang gepaddelt, bis die kalte Luft und das Wasser uns zwangen, zurückzufahren. Trotz ihrer Sehnsucht nach dem pulsierenden Nachtleben von Las Vegas schien das Team wirklich Spaß zu haben. Selbst Dwayne, der normalerweise in seine Datenanalyse vertieft ist, schien sich zu amüsieren. Ich bin froh, dass es unter meiner Aufsicht keine Verletzungen gab.

Auf der Rückfahrt im Bus schlief einer nach dem anderen ein, denn die Erschöpfung vom Tag war groß.

Lucy so entspannt zu sehen, wie ihr Lachen über das Wasser hallte, hat etwas in mir angerührt. Unser flüchtiger Moment im Wasser hat sie dazu gebracht, eine unsichtbare Mauer zwischen uns zu errichten. Sie blieb knapp außer Reichweite, aber nah genug, damit ich in ihrem strahlenden Glück schwelgen konnte.

Ich kann ihre Gedanken nicht lesen, aber für diese kostbaren Stunden hatte ich das Gefühl, dass sie ihre Amnesie für einen Moment beiseiteschieben und einfach nur Spaß haben konnte.

Unsere Blicke treffen sich über den klappernden Esstisch hinweg und ein kurzes Lächeln huscht über ihr Gesicht, bevor sie sich wieder ihrem Gespräch mit Matty widmet. Mir entgeht nicht, dass sie ihren Sitzplatz strategisch so gewählt hat, dass er am weitesten von mir entfernt ist.

Von der Busfahrt zurück bis zum Besteckgeklapper beim Abendessen hat sie geschickt die Distanz gewahrt und mich mit tadelloser Höflichkeit umschifft – ein stiller Foxtrott, den wir seit unserer Ankunft in der Villa perfektionieren.

Als sie sich entschuldigt, um auf die Toilette zu gehen und nicht zurückkommt, habe ich das ungute Gefühl, dass sie schlafen gegangen ist. Oder sie geht mir gekonnt aus dem Weg. Also mache ich mich auf die Suche.

Ich finde sie ein Stockwerk höher, fasziniert von der Skyline der Berge, die nachts von den Lichtern weit entfernter Häuser erhellt wird. Natürlich ist sie hier. Dies ist ihr bevorzugter Aussichtspunkt in der Villa.

Als sie mein Spiegelbild sieht, springt sie auf und dreht sich rasch zu mir um.

„Tut mir leid", sage ich und stelle mich neben sie. „Ich wollte Ihnen keinen Schrecken einjagen."

Sie bewegt sich unbeholfen und mustert mich von oben bis unten. „Schon gut. Es ist ja schließlich Ihr Haus."

„Hey, ich hatte keine Gelegenheit, nach dem Stand-Up-Paddling mit Ihnen zu reden. Hat es Ihnen gefallen?"

Ihre Augen leuchten auf. „Auf jeden Fall! Es hat solchen Spaß gemacht. Ich kann verstehen, warum Sie hier draußen an dem wunderschönen See ein Ferienhaus haben wollten."

Ich nicke. „Ja, man kann der Stadt entfliehen. Ich fahre an den Wochenenden hierher, um zu entkommen."

„Sie hatten recht, wissen Sie. Ich hatte da draußen auf dem Wasser eine Menge toller Designideen. Mehr als ich im Büro gehabt hätte. Zumindest als Matty mich nicht abgelenkt hat." Sie lacht leise.

Ich lächle. „Es war schön, Sie so entspannt und glücklich zu sehen."

„Danke", murmelt sie, aus dem Gleichgewicht gebracht.

„Also, was den kleinen Zwischenfall im

Wasser angeht … willst du darüber reden?"

Ihre Augen werden groß und sie knabbert an ihrer Lippe. „Sie meinen Mattys Badehosenkatastrophe? Das war so peinlich."

Ich halte ihren Blick fest. „Lass uns keine Spielchen spielen. Wir wissen beide, worauf ich hinauswill."

Sie zwingt sich zu einem unschuldigen Grinsen. „Es muss der Anblick von Mattys haarigem, nacktem Hinterteil gewesen sein, der Sie so aufgebracht hat."

Ich beiße meinen Kiefer zusammen, die Erinnerung noch frisch. In dem Moment, als sich ihre Beine unter Wasser um mich schlossen, habe ich jegliches Gefühl für Zeit und Raum verloren. Ich wurde in unser altes Leben zurückversetzt, als wir zu zweit am See waren. Das hat mir Hoffnung gegeben.

„Genug des Ausweichens." Ich atme tief aus, ein beruhigender Seufzer. „Gehst du mir absichtlich aus dem Weg?"

„Dir aus dem Weg? Auf keinen Fall. Ich meine, ja? Ich weiß es nicht. Ich habe nur dein schönes Glashaus bewundert. Ich habe mich nicht versteckt oder so. Ganz ehrlich, wer könnte so einer Aussicht widerstehen?" Sie blickt wieder auf den See hinaus. „Dein Haus … es ist bemerkenswert."

Ich lasse ihr den Themenwechsel

durchgehen. „Ich freue mich, dass du so denkst."

„Sind die Wände komplett aus Glas?"

Ich lehne mich lässig an die durchsichtige Barriere. „Überwiegend."

„Weißt du, unser Zuhause ist wie ein Spiegel, der uns widerspiegelt."

Ich lächle neugierig. „Ist das so? Was verrät dir dieses Haus dann über mich?"

Sie betrachtet die Welt jenseits des Glases mit einer süß gerunzelten Stirn. „Diese ganze Transparenz könnte den Eindruck erwecken, dass du ein offenes Buch bist. Dass du nichts zu verbergen hast. Aber ich habe das Gefühl, dass das nicht ganz stimmt."

Mein Puls beschleunigt sich ein wenig, aber ich beruhige mich und lächle. „Du hast mich durchschaut. Es ist Einwegglas."

Sie lacht. „Also genau wie du. Du nimmst die Welt in dich auf und bleibst dabei geheimnisvoll."

„Ich nehme an, das ist eine mögliche Interpretation. Was verrät dir mein Haus noch über mich?"

Sie legt den Kopf schief und überlegt. „Nun, die Begrünung und die Aussicht machen deutlich, dass du ein Mann bist, der nach Jahren des Lebens an einem Ort wie Las Vegas Trost in der Natur sucht. Und das einzige Kunstwerk in deinem Flur, von dem ich glaube, dass es ein Original ist, zeigt einen Mann, der Subtilität und Schlichtheit schätzt. Es kostet wahrscheinlich auch mehr als meine Wohnung."

„Sehr scharfsinnig. Ich bevorzuge Qualität über Quantität, in jedem Aspekt meines Lebens."

Sie zieht eine Grimasse. „Wenn ich so drüber nachdenke, bin ich nicht scharf auf diese Theorie. Wenn ich an meine Wohnung denke ..." Sie reibt sich die Schläfen, als ob die bloße Erwähnung ihrer Wohnsituation ihr Kopfschmerzen bereitet. „An dem Tag, an dem du mich nach Hause gefahren hast ... habe ich es mit der Wahrheit vielleicht nicht ganz genau genommen. Meine Wohnung ist nicht wirklich neben der Drogerie."

Ich ziehe eine Augenbraue hoch und tue so, als wäre ich überrascht. „Ach wirklich?"

Sie seufzt. „Ja, ich wohne über dem Naughty Nonsense, das ist ein Erotikladen, falls du dich fragst, mit Spider, einem Mitbewohner, der nebenbei als Nacktmodell arbeitet. Wenn ich raten müsste, was das über mich aussagt, dann, dass ich Masochistin sein muss."

„Also hätte ich gewusst, dass du über dem Naughty Nonsense wohnst, hätte ich dir vielleicht schon früher angeboten, dich nach Hause zu fahren. Natürlich nur zu Ermittlungszwecken."

„Ich bin jederzeit für einen Haustausch zu haben." Sie grinst, aber dann wird ihr Blick nüchtern.

Fast reflexartig strecke ich die Hand aus und hebe ihr Kinn, damit sie mir in die Augen schaut.

„Hey, im Ernst, ich weiß, dass du hinter diesen Witzen viel Schmerz versteckst. Was deine derzeitige Wohnsituation angeht, ist mir klar, dass sie nicht gerade ideal ist. Die Firmenwohnung ist eine bessere Option. Direkt neben mir." Eine Haarsträhne fällt ihr über die Augen. Die Vertrautheit bringt mich dazu, sie beiseite streichen zu wollen, aber ich sehe davon ab. „Und meine Tür steht immer offen."

Sie grinst. „Das sagt die Personalabteilung auch."

„Ich meine es nicht wie die Personalabteilung."

Ich merke, dass ich sie mit dem Rücken gegen die Scheibe gedrängt habe, als sie mit einem leisen Aufprall aufkommt.

Ihre babyblauen Augen durchdringen mich, zu gleichen Teilen Angst und Verlangen. Ihre Augen, oh, diese verdammten Augen. Für ein paar kostbare Momente lassen sie meine

Seele atmen.

Ich spanne meinen Kiefer an und versuche, die fast schmerzhafte Erregung zu ignorieren, die in mir aufsteigt. Sie ist so nah, dass ich den Puls in ihrem Hals flattern sehen und die Hitze, die von ihrem Körper ausgeht, spüren kann. Und Gott, sie riecht genauso köstlich wie in meiner Erinnerung.

„Deine Tür ist immer offen? Sogar um 3:00 Uhr nachts?" Sie haucht die Worte kaum aus.

Ich wollte eigentlich nicht zu sehr rangehen, aber verdammt, so wie sie mich jetzt ansieht, ist mein Verlangen, sie zu berühren, fast unerträglich.

Ich senke meinen Kopf so, dass sich unsere Münder fast berühren, und streiche ihr eine Haarsträhne aus dem Gesicht, bevor ich meine Stimme zu einem heiseren Flüstern reduziere. „Besonders um 3:00 Uhr nachts."

Ihr Atem bleibt ihr im Hals stecken, während sie mich anstarrt und ihre Brust sich mit jedem Atemzug schnell hebt und senkt.

Ihre Zunge fährt heraus und befeuchtet ihre Unterlippe, und meine Willenskraft schwindet weiter.

Ich kann mir nicht helfen. Ich muss sie spüren. Meine Fingerspitzen fahren ihre Kieferpartie entlang und finden die Stelle direkt unter ihrem Ohrläppchen, wo ihr Puls wild flattert.

Sie gibt ein leises Keuchen von sich, als ich mich dichter zu ihr beuge und mein Atem ihre Schläfe kitzelt.

„Glaubst du wirklich, du kannst verbergen, dass du dich zu mir hingezogen fühlst?", sage ich mit leiser Stimme. „Ich habe bemerkt, wie du mich ansiehst, wie du lächelst und rot wirst, wenn unsere Blicke sich begegnen."

„Du bist ganz schön von dir überzeugt, was?", haucht sie und versucht, gleichgültig zu klingen, was ihr aber nicht gelingt.

„Überzeugung auf der Grundlage nüchterner Tatsachen."

Ihre Augen glühen, Verlangen kämpft gegen Vernunft. „Hör zu, du bist ein attraktiver Mann, das sieht jeder, der Augen im Kopf hat. Aber du bist zufällig auch mein Chef, der Mann, der meinen Gehaltsscheck unterzeichnet. Es ist ... kompliziert."

Ich halte ihrem Blick stand. „Lass uns für einen Moment die Titel, die Hierarchien ablegen. Hier und jetzt gibt es nur dich und mich. Wir sind erwachsen und in der Lage, selbst Entscheidungen zu treffen."

„Du hast leicht reden, Mr. Ganz-oben-in-der-Hierarchie, der sich seinen Titel selbst aussucht." Sie verdreht die Augen, ihre Stimme ist sowohl von Humor als auch von

Verärgerung eingefärbt. „Aber für mich haben diese Titel Gewicht."

Ich nicke ihr zu. „Na gut. Du hast recht, und ich will diese Macht nicht missbrauchen. Aber eins sollst du wissen – ich habe die Menschen in meiner Umgebung immer beschützt. Und du, Liebes, bist da keine Ausnahme."

Meine Fingerspitzen gleiten unter die Träger ihres Tanktops und zeichnen die Kurven ihres Schlüsselbeins nach.

Sie bebt und Röte erblüht auf ihren Wangen. „Was machst du?", flüstert sie mit großen Augen.

Erregung durchströmt mich, als ich sehe, wie sich ihre Brustwarzen nur durch das leichte Streichen meines Fingers verhärten. „Wenn du dich unwohl fühlst, sag, dass ich aufhören soll."

Meine Hand stiehlt sich unter ihr Oberteil und ich begegne der Wölbung ihrer Brüste, aber sie zieht sich immer noch nicht zurück.

„Hast du diese zupackende Herangehensweise bei all deinen Mitarbeiterinnen?", fragt sie mit künstlichem Wagemut.

Ich knabbere an ihrem Hals und genieße ihr Zittern. „Nur bei den besonderen, die daran erinnert werden müssen, wo sie hingehören."

Ihre Atemzüge kommen schnell und flach.

„Und wo ... gehöre ich hin?"

„Genau hier hin", murmle ich an ihrer Haut, „zu mir."

Ich fasse sie um die Taille und ziehe sie dicht an mich, meine harte Erregung an ihrer Weichheit.

Der Kontakt lässt sie nach Luft schnappen.

Gut. Ich will, dass sie spürt, wie hart ich für sie bin.

Ihr Körper verschmilzt mit meinem. Sie fleht mich an, sie hier und jetzt an dieser Wand zu nehmen, und ich will nichts mehr, als meinen Durst nach ihr zu stillen.

„Du machst mich verrückt", knurre ich durch zusammengebissene Zähne und ziehe sie noch näher an mich heran. „Weißt du das?"

„O Gott ... ich sollte nicht ..."

Ich lasse ihr keine Zeit, ihren Protest zu beenden. Ich greife in ihr Haar und erobere ihren Mund mit meinem.

Sie keucht in den Kuss hinein und dann ergreifen ihre Hände meine Arme.

Wochenlang aufgestaute Erregung explodiert in mir und ich presse sie gegen die Wand, schlinge eines ihrer Beine um meines und hebe sie fast vom Boden hoch.

In meiner Brust steigt ein Brüllen auf, als ich ihre Süße schmecke und ihren Duft einatme. Sie macht mich so begierig nach ihr, dass ich nicht mehr klar denken kann und meinen Plan, es langsam anzugehen, über den Haufen werfe.

Ich übermittle jede Erinnerung, jedes Gefühl von *uns* in diesem Kuss.

Ich möchte, dass sie, wenn auch nur für einen flüchtigen Moment, die Tiefe meiner Gefühle für sie versteht.

Sie klammert sich hungrig an mich, als würde ihr Körper mir danken, dass ich ihm endlich das gebe, wonach es ihn verlangt.

Ihre Hände wandern hinauf zu meinen Schultern, ehe sie um meinen Hals gleiten.

Dieser Mund, dieser Körper. *Sie.* Ich habe sie so verdammt vermisst.

„Liebes", stöhne ich in ihren Mund, löse mich und ziehe mit meiner Zunge eine heiße Spur über ihren Hals. „Glaubst du mir jetzt?"

Sie wölbt ihren Rücken durch und presst ihre Kurven gegen meinen Körper, hungrig nach mehr.

Ihre empfindlichen Nippel schreien nach Aufmerksamkeit und ich bin mehr als glücklich, sie ihnen zu bieten.

Verdammt, das fühlt sich unglaublich an.

Sie stößt einen scharfen Keuchlaut aus, als meine Handfläche ihre gesamte Brust bedeckt. Erinnert sie sich an dieses Gefühl?

Während ich mit der einen Hand zärtlich

ihre Brust drücke und mit der anderen fest ihre Taille umklammere, stoße ich meinen harten Schwanz an ihren Bauch. Ich muss sie ficken, ehe ich den Verstand verliere.

Gerade als ich meinen Mund nach unten auf ihre Brust senken will, schrecken uns Stimmen aus dem Flur auf.

Ihr Körper wird starr.

Ich unterbreche den Kuss mit einem Knurren und ringe nach Luft.

Sie schreckt zurück und ihre Augen weiten sich, als die Bedeutung unseres Tuns auf sie einprasselt. „Scheiße", stammelt sie und entzieht sich meinem Griff.

„Es ist okay, Lucy."

Doch sie sieht mich nicht mehr an; ihre Augen huschen im Flur umher.

„Warte", rufe ich heiser, während ich zusehe, wie sie wegläuft. Ich bleibe mit dem verzweifelten Wunsch zu beenden, was wir angefangen haben im Flur zurück.

23

Lucy

Oh. Mein. Gott.

Ich flüchte in die relative Sicherheit des Unterhaltungsraums, fort von der sündigen Versuchung.

Für diese Art von Fehlern gibt es kein „Rückgängig". Strg+Z kann mich jetzt auch nicht retten. Mich an meinem Chef zu reiben, stand definitiv nicht auf der Tagesordnung des Hackathons.

Was zum Teufel habe ich mir dabei gedacht?

Habe ich gerade ernsthaft mit JP Wolfe geknutscht?

Und dann auch noch in seinem Hausflur. Was, wenn das jemand gesehen hat?

Dieser Kuss … Ich habe keine Worte dafür. Natürlich habe ich schon Männer geküsst, aber das … das war etwas anderes.

Vor der Lounge, wo das Team plaudert, und

die Gläser klirren, atme ich langsam ein.

Sie werden es wissen. Ich bin ein Wrack. Ich habe mich so in das, was er sagte, verstricken lassen, während ich wie eine rehäugige Närrin die Lichter der Berge angestarrt habe, dass meine Beine für ihn aufgeglitten sind.

Liebes.

Er hat mich Liebes genannt. Nennt er jede, die er küsst, Liebes?

Leider ist der einzige freie Sitzplatz ein kuschliges Plätzchen zwischen Matty und Dwayne.

Als ich mich auf die Couch fallen lasse und jeglichen Blickkontakt vermeide, spüre ich Mattys Blick auf mir.

„Geht es dir gut?", fragt er.

Ich schaffe es, ein falsches Lächeln aufzusetzen, während mein Herz wie wild klopft. Kann er Wolfe an mir riechen? „Ja! Super. Ich musste mich nur kurz frisch machen."

„Du machst dieses bizarre Eindreh-Ding mit deinen Haaren, was aussieht, als würdest du dir einen Schwanz basteln."

Sofort fällt meine Hand von meinem Pony. „Mir geht es gut", erwidere ich abwehrend. „Wovon redet ihr?"

Ich fühle mich, als würde ich ein

Neonschild tragen, auf dem WAR GRAD RATTIG MIT DEM BOSS steht.

Meine Nippel könnten Glas schneiden. Sie werden jetzt wahrscheinlich für immer erigiert bleiben, eine stete Erinnerung an meine törichte Tändelei.

Wie durch ein Wunder scheinen alle in ihre eigene Welt vertieft zu sein, jeder verloren in seinen Drink, seine Unterhaltung, sein Handy oder was auch immer. Wenn mich jemand mit dem Chef gesehen hätte, würde es nur noch ein Lucy-förmiges Loch in der Wand von mir geben.

„Okay", beginnt Brody, einer der Programmierer, und reißt mich aus meiner Benommenheit. „Wir haben heute ein paar gute Ideen ins Rollen gebracht. Ich denke, zur Belohnung sollten wir in eine Bar gehen. Wisst ihr, dass es nur ein paar Kilometer von hier eine Stadt gibt?"

Matty grinst, in seinen Wangen bilden sich Grübchen. „Ja, Mann. Nach diesem Tag brauche ich das."

Brody grinst. „Das tun wir alle, nachdem wir diese Katastrophe mitangesehen haben."

Ich höre ihnen kaum zu, während sie weiterplappern.

Gegenüber von mir richtet sich Taylor auf, plötzlich ganz geschäftsmäßig. „Wir haben erst den ersten Tag hinter uns gebracht. Wir sollten nichts überstürzen, nicht wahr? Erst die Arbeit, dann das Vergnügen. Wir werden keinen Fuß vor die Tür setzen, bis wir unsere Ziele erreicht haben."

Sie fängt sich böse Blicke ein.

Obwohl ich mich normalerweise über sie ärgere, nicke ich zustimmend. Vielleicht liegt es nur an meiner Benommenheit, aber es kann ihr sicher keinen Spaß machen, das Kindermädchen des Teams zu spielen. Andy hat es auf jeden Fall nicht geschafft.

„Taylor hat recht", sage ich zu einem Chor von Stöhnen.

Taylor schenkt mir ein überrasches, dankbares leichtes Lächeln. Ich nicke daraufhin.

„Okay, schön", murrt Matty und verdreht dramatisch seine Augen. „Heute Abend ziehen wir nicht durch die Bars. Aber wir müssen dieses Haus nutzen. Poolparty gefällig?"

Poolparty bedeutet, wieder einen Badeanzug anzuziehen. Nein, meine Nippel können nicht in JPs Gegenwart sein, sie werden sich nicht benehmen. Das gäbe eine Nippel-Apokalypse. Ich werde mich stattdessen in meinem Zimmer verbarrikadieren, ein paar Pornoseiten durchblättern und diesen verdammten Hormonschub aussitzen.

Dwayne räuspert sich und beugt sich vor, sein Atem trifft mein Gesicht.

Ich zucke zurück. „Was?"

„Hast du Fieber?", fragt er und kneift die Augen misstrauisch zusammen.

Nur einen Anfall von rasender Libido, das ist alles.

Ich schüttle den Kopf und versuche, cool zu bleiben. „Nein, nein. Mir geht's gut. Ich habe nur eine leichte Magenverstimmung."

Mein rasender Puls verrät den wahren Übeltäter.

Und da steht er auch, in all seiner übermütigen, arroganten Pracht.

Der große böse Wolf, der meine Schwachstellen mit einem kräftigen, überwältigenden Biss gekostet hat.

Ich hasse die unmittelbare Reaktion, die ich auf ihn habe – ein Tauziehen zwischen Grauen und dem Wunsch, ihm die Kleider vom Leib zu reißen.

Er stellt sich lässig an den Türrahmen, seine imposante Statur füllt den Raum aus, und schon ist der Raum elektrisch geladen.

„Haben sich alle eingelebt?", fragt er gedehnt, seine Stimme ein tiefes, hallendes Brummen. „Haben Sie, was Sie brauchen?"

Seine Augen fixieren mich, während er das sagt, und ich fühle mich, als stünde ich unter blendendem Scheinwerferlicht in der Mitte einer Bühne.

Ein Chor aus „Japps" hallt in dem Raum wider, als könnte irgendjemand es wagen, etwas anderes zu sagen.

„Ausgezeichnet. Das höre ich gerne. Wie gesagt, schwimmen Sie außerhalb der Arbeit im Pool, nutzen Sie das Spielzimmer, das Spa und den Kinosaal. Tun Sie eine Woche lang so, als würde Ihnen das Haus gehören."

Seine Augen funkeln, als er grinst, ein Glitzern der Belustigung, das meinen Blick auf den Teppich zwingt.

Ich sinke noch tiefer in die Couch und bete, dass sie mich irgendwie verschluckt und irgendwo ausspuckt, wo es weniger peinlich ist.

Er schlendert in den Aufenthaltsraum, als würde ihm der Laden gehören, was er fairerweise auch tut. Er ist barfuß, aber wie gesagt, sein Gebiet, seine Regeln.

„Nun lassen Sie uns übers Geschäftliche reden." Er schaltet sofort mühelos vom lässigen Verführer zum knallharten Tycoon. Er lässt eine Reihe von Fragen zu unseren heutigen Fortschritten los. Und mir nichts, dir nichts ist er wieder im Firmeninhaber-Modus, scheinbar unberührt von unserem leichtsinnigen Anfall von Geilheit in seinem

Hausflur.

Ich wünschte, ich könnte mich so leicht beruhigen. Ich habe fast zehn Minuten gebraucht, um meine Zunge wieder in meinen Mund zu rollen.

Ich habe Fragen, bin aber zu aufgeregt, um sie zu stellen. Seine Ansprüche sind ziemlich hoch. Er lockt uns mit Stand-Up-Paddling und Charme in seine Welt, nur um uns dann mit dem Gewicht seiner großen Ambitionen zu beladen. In der Tat ein schlaues Spiel.

„Verstanden", antwortet Taylor auf seine Forderung und ihre Augen flehen uns an, es ihr nachzutun.

Sie lächelt angespannt, aber ich bemerke das subtile Zucken in ihrer Kehle. Vielleicht ist Taylor unter ihrer Angeberei ängstlicher, als sie uns glauben lässt.

Eigentlich sitzen wir im selben Boot.

Hat sie Angst, dass JP sie zum Mittagessen verspeist, wenn wir nicht abliefern?

JPs Handy summt, und er geht zum Abnehmen hinaus.

Für eine dumme Sekunde frage ich mich, ob eine Frau am anderen Ende ist, und ein absurder Anflug von Eifersucht brennt.

„Als Nächstes will er Kasinos auf dem Mars", murmelt Matty vor sich hin und durchbricht damit die angespannte Stille. „Mit

Roboter-Dealern."

Der Raum füllt sich mit unterdrücktem Lachen und gedämpftem Flüstern.

Taylor stößt ein Schnauben aus und kritzelt auf ihren Notizblock. Sie sieht wirklich erschöpft aus. Wie konnte mir das nur entgehen? Andererseits war ich sehr in meine eigene kleine Welt vertieft, seit ich das Krankenhaus verlassen habe.

„Wie sieht der Plan für morgen aus, Taylor?", frage ich. „Wann sollen wir anfangen?"

Sie hört auf zu schreiben und blinzelt mich an. „Ach na ja ... Wenn wir eine Chance haben wollen, seine Erwartungen zu erfüllen, sollten wir um 7:00 Uhr morgens auf den Beinen sein, schätze ich. Ich mache erst mal Yoga."

Alle holen plötzlich tief Luft.

„Machst du Witze?" Brody stöhnt.

„Ich meine es ernst", schnauzt sie.

„Ich stimme Taylor zu", sage ich und ignoriere Matty, der mich mit dem Ellbogen anstößt. „Je früher wir anfangen, desto früher sind wir fertig. Das ist nur logisch, Leute. Matty, heute Abend wird nicht gefeiert. Tut mir leid, Kumpel."

Theatralisches Stöhnen hallt in dem Raum wider.

Taylor lächelt mich an, und es fühlt sich ...

echt an.

Seit wann bin ich im Team Taylor?

JP verschwindet praktischerweise den restlichen Abend und lässt mich mit einem Kopf voller Zweifel zurück.

Da treffe ich eine Entscheidung: Egal, wie umwerfend es war, ich habe nicht vor, diese Indiskretion im Flur zu wiederholen. Ich kann mit vier weiteren Tagen in diesem Schnellkochtopf umgehen. Ich muss mich einfach in die Arbeit stürzen, nicht in die gefräßigen Klauen des großen bösen Wolfs.

Auf Taylors Rat hin beschließen wir, früh ins Bett zu gehen. Aber der Schlaf will nicht kommen. Das ist nie der Fall, wenn meine Träume sich austoben wollen.

Ich werde in meine Kindheit zurückversetzt, wie ich als winzige Version meiner selbst im Garten meines Elternhauses stehe und auf Buddy zurenne.

Ein bedrohliches Knurren ertönt aus Buddys Kehle, aber ich beschließe, es zu ignorieren. In meinem kindlichen Glauben bin ich überzeugt, dass ich seine Wut und Dunkelheit mit meiner Berührung zum Schmelzen bringen kann.

In einem Anflug unangebrachter Tapferkeit schlängelt sich mein Arm durch den Lattenzaun.

Buddys Knurren wird stärker und seine einst warmen Augen sind mit etwas Kaltem gefüllt. Als ich die Hand ausstrecke, um ihn zu berühren, schnappt Buddy zu und seine Schnauze schließt sich um meine kleine Hand.

„Nein!", schreie ich.

Es ist ein scharfer, reißender Schmerz, der sich von meinem Arm in meinen ganzen Körper verteilt. Ich versuche zu schreien, aber alles, was ich herausbekomme, ist ein Quietschen.

Das Bellen wird lauter und verwandelt sich in ein bizarres, knirschendes Geräusch.

Dann verblasst der Traum einfach so und geht über in das sanfte Licht des frühen Morgens. Es dauert einen Moment, bis ich merke, dass ich mich in einer der luxuriösen Suiten in JPs Villa befinde und nicht in meinem Albtraum gefangen bin.

Ich werfe einen Blick auf die Quelle des anhaltenden Lärms.

Matty.

Er liegt ausgebreitet wie ein Seestern auf dem Bett, sein Mund steht weit offen und er schnarcht so laut, dass er Tutanchamun aufwecken könnte.

Er stößt ein lautes Grunzen aus und zuckt im Bett, als ob ihn unsichtbare Hände im Schlaf geschlagen hätten.

Ich verkneife mir ein Lachen und schaue auf mein Handy. 4:00 Uhr morgens.

Mein Gott, was war das? Ich greife nach dem Traumtagebuch, das mir die Klinik verschrieben hat.

Seit dem Unfall haben meine Träume einen alptraumhaften Umweg genommen, als ob sich mein Unterbewusstsein weigert, die dumme Erinnerung an einen alten Hund von vor Jahren loszulassen.

Ich reibe mir den Schlaf aus den Augen und schaue auf meinen unverletzten Arm, der noch immer den Phantomschmerz von Buddys Biss spürt.

Das Foto von Daredevil rutscht zwischen den Seiten meines Tagebuchs hervor. Meine heißen Solosessions wechseln zwischen JP und dem gesichtslosen Daredevil unter seinem bumerangförmigen Hut ab.

Zwei sexy Küsse in einem Zeitraum weniger Wochen. Ich glaube, das Universum hilft mir, die verlorene Zeit wieder gut zu machen.

Es kommt mir albern vor, das Foto mitgebracht zu haben. Ich dachte, wenn ich nur fest genug darauf starre, würde die

Vergangenheit zu mir zurückkommen.

Das glückliche Mädchen auf dem Foto scheint zu sagen: *Sei tapfer, wir finden wieder zueinander!*

Ich muss die Punkte zwischen mir und ihr verbinden.

Denn diese Person? Sie ist eine Fremde für mich.

Meinen Chef küssen? Das ist nicht mein Stil. Ich bin vorsichtig, zurückhaltend. Mein Job ist das Einzige, was mich momentan halbwegs bei Verstand hält – selbst mit Taylor als Chefin.

Aber jetzt habe ich die Grenzen zu JP Wolfe verwischt und bin zu einem stereotypen Büro-Witz geworden. Soweit ich gesehen habe, enden solche Situationen für die beteiligten Frauen selten gut. Die Männer hingegen machen einfach mit intaktem Respekt weiter.

Als ob ich, Memoryless Woman, noch mehr Verwirrung in meinem Leben bräuchte.

Soweit ich weiß, hat er eine Drehtürpolitik mit den Frauen im Büro. Bin ich die Attraktion der Woche? Wären wir weitergegangen, wenn ich nicht abgehauen wäre?

Bereut er es?

Dieser Kuss.

So unglaublich sexy.

Noch nie hat mich ein Mann mit solcher Intensität angesehen. Er hat sich zwischen meinen Beinen dick und schwer und verdammt lecker angefühlt.

Meine Brustwarzen sind immer noch hart, als ob seine Phantomfinger noch immer über sie streichen würden.

Ich schaue mir Daredevil noch einmal genau an. Er ist groß, durchtrainiert, genau wie JP. Stell dir vor, er wäre es wirklich ...

Aber das ist einfach nur albern. JP Wolfe würde sich nicht auf einer Comic-Convention blicken lassen.

Matty stößt ein Schnarchen aus, so laut, dass es jeder in der Villa hören muss. Der arme Kerl fährt mit erschrockener Miene hoch.

Ich kann mir ein Lächeln nicht verkneifen. Tja, das war mein Wecker – Zeit, die Ärmel hochzukrempeln und Taylor und JP Wolfe zu zeigen, dass ich nicht vollkommen nutzlos bin.

Nach einem üppigen Frühstück, das von einem von JPs nahe gelegenen Hotels geliefert wurde, sitzen wir um einen großen Tisch auf dem Rasen. Taylor hält am Kopfende Hof, neben dem blendend leeren Whiteboard.

Ich beobachte weiterhin alle in dem Versuch herauszufinden, ob jemand von ihnen unseren heißen Moment mitbekommen hat.

Sie scheinen zum Glück alle nichtsahnend zu sein und sind mit Klebezetteln und halb verzehrten Croissants beschäftigt.

Wie lautet das Protokoll nach einem Kuss mit Wolfe? So tun, als wäre es nie passiert?

„Erde an Lucy." Taylor schnippt mit den Fingern und wirft mir einen bösen Blick zu. „Verlierst du schon wieder dein Gedächtnis?"

„Tut mir leid", murmle ich und gebe mein Bestes, unschuldig auszusehen. „Kannst du das noch mal sagen? Die Hitze macht mein Gehirn ein bisschen … zäh."

Dwayne starrt mich an. „Ich habe dich beobachtet und irgendetwas stimmt nicht."

O Gott!

Taylor wiederholt ihre Frage und bewahrt mich so vor weiteren Untersuchungen. Doch dann verschiebt sich etwas. Als hätte jemand die Spannung erhöht und nun knistert die Luft vor Energie.

Oh-oh.

Meine Finger verkrampfen sich um das kühle Glas Orangensaft und in meinem Bauch werden die Nerven lebendig.

Ich werfe Taylor eine schnelle, knappe Antwort zu und versuche, eine professionelle Fassade aufrechtzuerhalten, aber in Wahrheit bin ich nervös.

Ernsthaft nervös.

Alle Köpfe drehen sich um.

Ich riskiere einen Blick und bereue es sofort.

Heilige Scheiße. Das ist mal ein Anblick.

Lässig gekleidet in einer bequemen Jeans und einem schlichten weißen T-Shirt sieht er weniger wie ein Wall-Street-Tycoon aus, sondern mehr wie ein Strand-Adonis bei einem Fotoshooting. Dieses lässige JP-Ding ist eine Katastrophe; es macht ihn viel zu menschlich.

„Morgen", verkündet er mit einem Zahnpastalächeln und das Team antwortet wie ein gut geprobter Chor.

Mir stockt der Atem, als er herüberschreitet. Er sieht so verdammt selbstzufrieden aus.

Es gibt zwei Möglichkeiten für ihn, sich hinzusetzen.

Mein Blick fällt auf den leeren Stuhl neben mir. Panik macht sich breit.

Bitte setz dich nicht hier her, bitte setz dich nicht hier her ...

Er geht an dem anderen Stuhl vorbei.

Meine stillen Gebete werden ignoriert.

Nein, nein, nein ...

Aber er tut es und lässt sich mit diesem zufriedenen Grinsen auf den Stuhl neben meinem nieder.

Er murmelt meinen Namen mit diesem

tiefen Grollen, das Schockwellen direkt an meine Klitoris sendet.

„JP", antworte ich quietschend und klinge, als hätte ich gerade eine ganze Zitrone mitsamt Schale verschluckt.

Das entwickelt sich zu einem langen, schweißgebadeten Tag.

„Matty wollte uns gerade die Ergebnisse der Nutzerforschung mitteilen", verkündet Taylor der unfair gutaussehenden Ablenkung zu meiner Linken. „Es geht darum, was unsere Top-Geldausgeber von ihrem bargeldlosen Kasino-Erlebnis erwarten."

Der sonst so unerschütterliche Matty verkrampft sich sichtlich auf seinem Sitz. Sein Blick wandert zu JP. „Wir haben zwanzig Top-Geldausgeber befragt. Sie sind von der Idee begeistert, wollen aber sicher sein, dass ihre Daten bei den hohen Beträgen, die sie überweisen würden, sicher sind."

Er atmet so tief ein, dass er den ganzen Sauerstoff aus der Luft gesaugt haben könnte, und sagt dann: „Sie würden sich auch freuen, wenn wir das bargeldlose Erlebnis über das Glücksspiel hinaus auf Dinge wie das Spa und die Restaurants ausweiten könnten."

JP lehnt sich zurück, eine Hand lässig auf meinem Stuhl ruhend. „Gut zu wissen. Lassen Sie uns überlegen, wie wir das auf den Rest des

Resorts ausweiten können."

„Matty und Lucy werden einige Entwürfe für Prototypen und Tests entwerfen", meldet sich Taylor zu Wort. „Die Hürde könnte sein, die Glücksspieler dazu zu bringen, ihre Zeit zu opfern."

Ich nicke und kann es kaum erwarten, loszulegen.

„Das erledige ich", sagt JP und lässt seinen Blick über jeden von uns gleiten. „Konzentrieren Sie sich einfach darauf, die Grenzen des Möglichen zu erweitern."

Während er spricht, streift sein Bein unter dem Tisch meins. Wahrscheinlich ist es unabsichtlich, aber mein Körper zuckt, als ob ich von einem Taser getroffen worden wäre.

„Weiter geht's." Taylor scannt ihre Notizen. „Wendy, welche Erkenntnisse liefert die Nutzerforschung über einkommensschwache Gäste, die die bargeldlosen Kasino-Wallet-Apps nutzen?"

Wendy rückt ihre Brille zurecht und blättert in ihren Notizen. „Manche haben Angst, zu viel Geld auszugeben, wenn sie kein Bargeld in der Hand haben. Viele probieren es einmal aus und lassen die App danach vollkommen links liegen."

Matty grinst schief. „Ja, das ist so, als würdest du am ersten Abend die Minibar plündern. Du weißt, dass du es bereuen wirst, aber in dem Moment scheint es die beste Entscheidung deines Lebens zu sein."

Ich verschlucke mich, als mein Orangensaft in die falsche Röhre fließt. Verdammt!

„Ganz ruhig." JPs leises Gemurmel wandert mir die Wirbelsäule hinunter und hinterlässt eine Gänsehaut.

Mein Gesicht steht in Flammen, als ich ein Nicken zustande bringe.

Die Ironie des Ganzen geht mir zu nahe, denn Wolfe zu küssen war meine Version davon, die Minibar zu leeren – eine köstlich schlechte Idee, die sich in dem Augenblick großartig anfühlte, doch jetzt ist es, als würde ich die Mutter aller emotionalen Kater pflegen.

Und nun starrt Wolfe mich an, als wäre er bereit für die zweite Runde. Seine Augen sagen, dass das zwischen uns noch nicht vorbei ist ... noch lange nicht.

24

Lucy

Wir haben gestern den ganzen Tag fleißig gearbeitet und sind gut vorangekommen. Zu meiner Erleichterung war JP mit wichtigen Mogul-Dingen wie dem Zählen seiner Milliarden beschäftigt und saß nicht die ganze Zeit neben mir. Aber er hat sich bemerkbar gemacht, indem er vorbeischaute, um unsere Fortschritte zu überprüfen und meine Nerven zu strapazieren.

Heute Morgen, am dritten vollen Tag des Hackathons, beschließe ich nach einem weiteren blöden Hundetraum, der mich in aller Herrgottsfrühe geweckt hat, zum Yoga zu gehen. Schockierenderweise erscheint die Hälfte des Teams. Vor der wunderschönen Kulisse der Berge führt uns die unnatürlich fröhliche Lehrerin auf dem Rasen durch die Posen.

Meine Augen sind jedoch weder auf die

Berge noch auf den Sonnenaufgang gerichtet. Stattdessen starre ich wie eine Perverse auf JP in der Kobra-Pose. Für einen Mann, der wie Superman gebaut ist, ist die Kontrolle, die er beim Wölben seines anmutigen und kräftigen Körpers hat, obszön. Die Morgensonne wird von seinen durchtrainierten Schultern und Armen reflektiert, die sich auf sündhaft köstliche Weise anspannen. Sein T-Shirt wandert mit jeder Dehnung weiter gen Norden und rutscht gerade weit genug nach oben, um einen verlockenden Streifen Bauch zu enthüllen, der meine Eierstöcke in Aufruhr versetzt.

Das Einzige, was meine tobenden Hormone zähmt, ist der leise, tödliche Furz, den jemand – ich vermute Matty, da ich ihn zum Yoga geschleppt habe – abgelassen hat und bei dem ich mich in meinen eigenen Mund übergeben will.

Ich weiß, dass es nicht JP ist. Seine Fürze sind wahrscheinlich richtig sexy. Sie kommen als Knurren hoch und hinterlassen eine berauschende Mischung aus Minze, Teebaum-Moschus und einem Hauch von rauem Zedernholz.

Zur Mittagszeit bin ich ein nervöses Wrack. Das Yoga sollte mich eigentlich beruhigen, aber in Wirklichkeit hat es mich mit dem

Verlangen nach einer kalten Dusche und einem Beichtstuhl zurückgelassen. Es ist zwei Nächte her, dass ich JP geküsst habe, und jedes Mal, wenn ich ihn gesehen habe, hat er sich völlig normal verhalten. Ich kann es hingegen kaum noch für mich behalten. Da ich weder mit Priya noch mit Libby reden kann, muss Matty herhalten. Er wird mich wahrscheinlich zusammenfalten, aber ich vertraue ihm.

Ich ziehe ihn vom Buffet weg, ein Chicken Wing hängt ihm aus dem Mund.

„Matty, du musst jetzt einmal ernst sein und mir versprechen, dass du kein Wort von dem verrätst, was ich gleich sage."

Er zieht eine Augenbraue hoch, offensichtlich nicht in Erwartung von etwas Pikantem. Meine üblichen Nervenzusammenbrüche sind eher ein *O nein, ich habe die falsche Schriftart benutzt* als ein lebensveränderndes Drama.

„Okay, also … ich habe etwas getan."

Er winkt mir ungeduldig mit dem Chicken Wing zu. „Raus damit."

„Ich, ähm, habe mit Wolfe rumgemacht", sage ich mit zusammengebissenen Zähnen.

„Ich habe kein Wort verstanden."

Ich seufze und suche vorsichtig die Umgebung ab, ehe ich mein Geständnis etwas lauter wiederhole.

Ihm fällt die Kinnlade herunter und sein Chicken Wing erstarrt mitten in der Luft. „Willst du mich auf den Arm nehmen?"

„Nein", zische ich zurück. „Ich sage das nicht aus Spaß."

„*Du*?"

„Was soll denn das heißen, *ich*? Was, bin ich nicht gut genug für Wolfe?"

„Nein, nein, du bist ein toller Fang, Luce." Er zuckt mit den Schultern und sieht wirklich verwirrt aus. „Ich habe damit einfach nicht gerechnet."

Ich seufze. „Ja, ich auch nicht. Das ist ein Riesenschlamassel."

Ich beobachte, wie sich sein Gesichtsausdruck von Überraschung zu Interesse und dann zu einer Grimasse wandelt, als hätte er etwas Saures geschmeckt. „Wie zum Teufel ist das passiert? Wann?"

„Vor zwei Nächten. Wir haben uns unterhalten und ..." Wie *ist* es passiert? „Er hat mich angemacht und ich war in dem Moment gefangen. Habe vergessen, wo ich bin. Wer ich bin. Wer *er* ist."

Er saugt die Luft durch seine Zähne ein und lässt mich am Abgrund einer Verurteilung hängen. „Hast du mit ihm gefickt?"

„Auf keinen Fall! Es war völlig jugendfrei. Moment, welches Alter war das noch mal? Es war definitiv ab achtzehn. Aber nichts, wofür man uns aus dem Kino schmeißen würde. Wir haben uns geküsst", gestehe ich und zwirble wieder meinen Pony.

Er verdreht die Augen. „Ja, ich bin mir ziemlich sicher, dass das nicht verboten wird."

Ich verschränke entrüstet die Arme. „Es war ein wahnsinnig leidenschaftlicher Kuss!"

Der leidenschaftlichste meines Lebens, aber ich kann jetzt nicht in dieses mentale Kaninchenloch hinabsteigen. „Aber das ist nicht der Punkt. Was soll ich jetzt machen? So tun, als wäre es nie passiert oder mit ihm darüber reden?" Unruhe nagt an meiner Lippe. „Ich bin ganz durcheinander. Ich kann nicht glauben, dass ich das zugelassen habe."

„Lass es einfach gut sein, Luce. Du bist nicht in der richtigen Verfassung für eine Affäre mit Wolfe. Gedächtnisverlust hin oder her."

„Halt, was?!", stottere ich lachend. „Du denkst, ich habe vor … mit Wolfe? So blöd bin ich nicht."

Zumindest hoffe ich das.

„Gut." Er nickt zustimmend. „Erinnerst du dich nicht an den ersten Hackathon?"

„Nein! Warum?"

„Ach Scheiße, ja. Ich habe vergessen, dass du es vergessen hast."

„Was?" Meine Augen sind so groß wie Untertassen. „Spuck's aus!"

„An weiblicher Aufmerksamkeit mangelte es dem Mann nicht. Er hat versucht, es diskret zu halten – eigentlich hat er es gar nicht so sehr versucht – er hatte in der Woche mindestens zwei verschiedene Frauen."

Ich schlucke schwer und versuche zu antworten. Um was zu sagen? Es ist nicht gerade eine Eilmeldung.

„Es war nur ein dummer Fehler." Ich sammle etwas Mut. „Vergiss, dass ich es erwähnt habe."

O mein Gott! Ich bin so ein Trottel. Wolfe versucht es bloß, weil wir mitten im Nirgendwo festsitzen, und nicht in Vegas. Von der Hackathon-Crew bin ich die brauchbarste Option. Die meisten im Team sind Männer, Wendy kommt frisch aus dem College und ist zu sehr damit beschäftigt an *Game of Thrones* zu denken, und Taylor ist bereits an einen Freund gebunden.

Würde sein Blick in Vegas in meine Richtung wandern, wenn er von diesen glamourösen Powerfrauen umgeben wäre, mit denen er bei „Events" fotografiert wird? Nie im Leben.

Mein Gesicht muss den Schock zeigen, denn Mattys Augenbrauen ziehen sich zusammen. „Luce, was hast du dir dabei gedacht?"

Mir gelingt ein Lächeln. „Das ist es ja. Ich habe nicht gedacht. Wie lange kann ich die Amnesie-Karte ausspielen?"

„Oh, die kannst du monatelang melken."

Ich werfe einen Blick auf Wolfe.

Er steht draußen auf dem Rasen und hält Hof beim Team. Das Sonnenlicht fängt sein markantes Kinn ein.

Es ist ein Gesicht, das Aufmerksamkeit verlangt, auch wenn mein Gehirn *Rückzug, Rückzug!* schreit

Was zum Teufel habe ich mir dabei gedacht? Ich bin nicht für Büro-Romanzen gemacht, mit niemandem, und schon gar nicht mit dem Mann, der das Sagen hat.

Priya kann das. Sie hatte etwas mit einem Typen auf der Arbeit, aber sie konnte Lust, Arbeit und Liebe in saubere Fächer einteilen. Es wurde erst unschön, als sie herausfand, dass sich der Typ noch eine andere Frau bei der Arbeit „einteilte".

Ich bin nicht für diese Art Drama gemacht.

Ein Typ wie Wolfe wird Hackfleisch aus mir machen, sich nehmen, was er will, und mich zurücklassen, damit ich die Überbleibsel meiner Würde zusammensammeln kann.

Unsere Blicke treffen sich, und er grinst.

Mattys Worte hallen in meinem Kopf nach, und ich kann mir die anderen Hackathons nur vorstellen. Die Dreistigkeit dieses Mannes. Er denkt, er kann mich die Woche lang benutzen. Was für ein Mistkerl.

Hitze steigt in meinen Wangen auf und ich wende mich ab, um meinen Pony zu glätten.

„Fünf Minuten, bis wir uns neu formieren!", ruft Taylor aus dem Brainstorming-Bereich und ihre Stimme durchbricht das Geschnatter.

Ein süffisantes Grinsen breitet sich auf JPs Gesicht aus, ehe er in die Villa schlendert. Ich starre ihn an und schenke ihm meinen besten Todesblick.

Das war das letzte Mal, dass ich mich auf Wolfe einlasse. Ich muss professionell bleiben, Wolfe meiden und mich auf die Arbeit konzentrieren. Ich bin nicht hier, um zum morgigen Klatsch und Tratsch an der Kaffeemaschine zu werden. Es spielt keine Rolle, dass wir einen „Moment" im Flur hatten. Mich auf einem skrupellosen Typen wie Wolfe einzulassen, vor allem als mein Chef, würde in einer Katastrophe enden.

JP

Nach einer Reihe von Anrufen aus Vegas

während des Mittagessens betrete ich den Rasen, um die Fortschritte meines Teams zu beurteilen. Aber Lucys Abwesenheit ist eklatant.

Ich finde sie in der Küche, wo sie in den Gefrierschrank starrt, als würde sie erwarten, dass ein Tiefkühlhähnchen sie in ein Gespräch verwickelt.

„Lucy."

Sie wirbelt herum und schließt den Gefrierschrank mit einem Knall. Sie wirft mir einen Blick zu, der die Hölle gefrieren lassen könnte.

Wir tanzen also wieder diesen Tanz? Zwei Schritte vorwärts, ein Schritt zurück.

„Hi", murmelt sie halbherzig. „Ich wollte nur etwas Eis holen."

Ich bewege mich auf sie zu, mein Blick ist auf diese fesselnden blauen Augen gerichtet, an die ich heute Morgen beim Aufwachen gedacht habe. Sie stößt mit dem Rücken an den Kühlschrank, während sie abwehrend die Arme verschränkt.

„Ich habe das Gefühl, dass zwischen uns eine Spannung gärt", sage ich mit leiser, ruhiger Stimme. „Alles in Ordnung?"

„Alles prächtig", schnauzt sie, und jedes Wort trieft vor Sarkasmus.

Sie ist stinksauer. Warum? Ich suche

ihr Gesicht ab. Sind die Erinnerungen zurückgekehrt?

„Bereust du, was zwischen uns passiert ist?", frage ich mit kalkulierter Sanftheit.

„Offensichtlich", feuert sie sofort zurück.

Ihre Antwort ist ein Tritt in den Hintern.

„So bin ich nicht", fährt sie mit lodernden Augen fort. „Vielleicht habe ich dir einen falschen Eindruck vermittelt. Normalerweise lasse ich mich nicht … mit dem Chef ein."

Das ist mir bewusst. Du gehörst ausschließlich mir.

Ich fahre mir mit einer Hand durch die Haare. „Lucy, ich verstehe dich besser, als du mir zutraust."

Sie windet sich, ihr Unbehagen ist greifbar. Offensichtlich würde sie lieber im Ganzen vom Boden verschluckt werden, als sich in meiner Gesellschaft zu befinden.

Panik schwillt in mir an und zieht sich wie ein Schraubstock um meine Kehle zusammen. In den letzten beiden Nächten, seit unserem Kuss, bin ich zum ersten Mal seit Wochen mit einem Lächeln ins Bett gegangen. Ich dachte, sie würde das auch tun. Ich war mir so sicher, dass dies wieder der Beginn einer echten Beziehung zwischen uns war. Es ist unglaublich schwer, in ihrer Nähe zu sein, ohne sie zu bedrängen.

Jetzt blickt sie mich finster an, als ob sie es lieber mit dem Teufel persönlich zu tun hätte.

Ich atme tief ein und mustere ihr Gesicht. Habe ich die Signale falsch gedeutet? Der Kuss – er kam nicht nur von mir.

„Wenn ich die Situation falsch gedeutet habe, entschuldige ich mich. Das Letzte, was ich will, ist, dass du dich unwohl fühlst. Aber um ganz ehrlich zu sein – ich habe den Kuss immer wieder abgespielt, jede verdammte Sekunde davon, seit es passiert ist."

Sie zuckt zusammen, als hätte ich sie geohrfeigt, und dann wird mir klar, dass ich eine törichte Hoffnung gehegt habe. Die Hoffnung, dass unser Kuss eine Art Offenbarung für sie sein könnte, ein filmischer Moment, in dem sie die Wahrheit über uns erfährt.

„Hör zu, JP, ich bin nicht so", sagt sie fest. „Ich vögle nicht rum. Und ehrlich gesagt, nichts worauf du aus bist, kann ich dir bieten."

Sie tritt zurück, um etwas Abstand zwischen uns zu bringen, während sie nach ihrer vergessenen Limonade auf der Theke greift.

Ihre Schlussfolgerung ärgert mich, und ein Runzeln verzieht meine Stirn. „Und was genau glaubst du, worauf ich aus bin?"

„Ist das nicht überdeutlich?"

„Weih mich ein."

„Eine Affäre für eine Woche." Ihre Worte sind knapp, ihr Kinn hebt sich leicht trotzig. Sie steckt mich ohne zu zögern in das Klischee des Playboys. „Etwas leichte Unterhaltung."

Ich blinzle. „Wo zum Teufel kommt das denn her?"

Sie stößt einen Atemzug aus und vermeidet eine Antwort.

„Dann stehen wir wohl auf unterschiedlichen Seiten", sage ich leise, aber sie ist schon auf dem Sprung, bereit zu fliehen.

„Lucy", rufe ich mit harter Stimme, als sie die Küche verlassen will.

Sie bleibt stehen und strafft die Schultern. „Ja?"

„Du hast dein Eis vergessen", schieße ich zurück.

Mit diesen Worten schreite ich an ihr vorbei und verlasse den Raum. Meine Kehle ist von ungesagten Worten und ungeklärten Gefühlen wie zugeschnürt und ich fühle mich untypisch machtlos.

Das Laufband dröhnt unter mir, meine Beine

hämmern in einem unerbittlichen Rhythmus und der Schweiß fliegt in Wellen von mir. Ich schalte auf einen gemütlichen Spaziergang herunter und meine Lungen atmen vor Erleichterung auf, als eine SMS auf meinem Handy aufleuchtet.

Verdammt!

Heute Abend findet die Wohltätigkeitsveranstaltung eines großen Airline-Magnaten statt. Dieser Typ füllt mit seiner Crew unsere Hotels im ganzen Land, also muss ich auftauchen. Ein Abend mit sinnlosem Gelaber, erzwungenem Grinsen und Frauen, die mich anmachen.

Bedauerlicherweise habe ich zugesagt. Ein verärgertes Grunzen entweicht mir, als ich auf den Stopp-Knopf des Laufbands drücke und mir ein Handtuch um den Hals schlinge.

Es ist Donnerstag, das Team reist morgen ab. Die Spannungen mit Lucy sind stark, wie bei einem überdehnten Draht. Ich kann es mir nicht leisten, eine ganze Nacht bei diesem Wohltätigkeitsgig zu verschwenden, nicht, wenn jede Minute, die verstreicht, Lucys Eindruck von mir zu verstärken scheint.

Ich ziehe meine verschwitzten Shorts aus und stapfe in die Dusche, das kalte Wasser ist eine herbe Abhilfe für meine aufgeheizte Haut.

Also gut. Zwei Probleme, eine Lösung.

An die Wand gelehnt beobachte ich, wie das Team seine Strategien darlegt. Sie sind auf den Punkt, treffen jedes Ziel.

Lucy hat sich ein gemütliches blaues T-Shirt angezogen, wahrscheinlich wegen der Hitze. Der Stoff schmiegt sich perfekt an ihre Figur und mein Blick verweilt ein wenig zu lange. Ihr Haar ist zu einem lockeren Pferdeschwanz gebunden, der Pony hängt ihr über die Augen.

Als sie mit der Präsentation an der Reihe ist, ist ihre Nervosität greifbar.

Zusammen mit Matty stellt sie ihre Designkonzepte auf dem Whiteboard vor. Ihre Ideen sind solide, aber die Umsetzung könnte etwas mehr Finesse vertragen.

Während ich Lucy beobachte, erinnere ich mich an das, was mich überhaupt erst zu ihr hingezogen hat – ihre Schlagfertigkeit und die Art, wie ihre Augen aufleuchten, wenn sie über ihre Arbeit spricht. Durch ihre Nähe wurde mir klar, wie wenig ich lache.

Ihre auffallend blauen Augen sind von Unsicherheit getrübt, ihre Füße werden hin- und hergeschoben. Sie hat nie gerne öffentliche

Reden gehalten, aber sie hält sich wacker. Ich kann meinen Blick nicht von ihr abwenden, und das scheint ihr höchst bewusst zu sein. Aber ich will verdammt sein, wenn ich wegschaue.

Als sie mit ihrer Präsentation fertig ist, schwankt ihre Stimme. „Ist das ... in Ordnung? Ist es das, was Sie wollen?" Sie blickt in meine Richtung, die Frage hängt in der Luft.

Ich begegne ihrem Blick. „Es ist genau das, was ich will."

Ihre Wangen erröten in einem kräftigen Scharlachrot. Meine Worte wirken wie klammheimliche Küsse. Ich habe in meinem ganzen Leben noch nie etwas so verdammt Heißes gesehen.

Ich lasse den Moment köcheln, baue Spannung auf, bis es kribbelt, und breche schließlich den Blickkontakt ab.

Ich drücke mich von der Wand ab und wende mich an die Mannschaft. „Beeindruckende Arbeit, Leute. Diese Ideen sind solide."

Ein gemeinsamer Seufzer der Erleichterung folgt; Taylor führt die Gruppe mit einem erleichterten „Danke, Matty und Lucy" an.

Lucy schreckt sichtlich vor dem Lob zurück, ihre Probleme mit Taylor sind kein

Geheimnis für mich. Aber daran muss sie arbeiten.

Ich schwöre, manchmal könnte dieses Team eine Kindergartenklasse in den Schatten stellen. Das Vertriebs- und Marketingteam versteht die Dynamik eines gesunden Wettbewerbs. Aber das IT-Team? Sie würden beim Anblick eines gut gebügelten Hemdes kichern. Vor einem Jahr hätte ich sie fast alle rausgeschmissen.

„Ich muss heute Abend zu einer Wohltätigkeitsveranstaltung in New York", beginne ich. „Sie wird von einem großen Kunden ausgerichtet, einem Airline-Tycoon. Deshalb möchte ich, dass einer von Ihnen mich begleitet."

Lucys Blick taucht in die Sicherheit ihres Notizblocks ein.

„Ich vertrete das Team gerne, JP", meldet sich Taylor lächelnd zu Wort.

Aber ich habe andere Pläne. „Eigentlich habe ich dabei an Lucy gedacht."

Taylors Lächeln knallt gegen eine Mauer.

Lucys Kopf zuckt hoch, ihre Augen sind aufgerissen. Sie sieht aus, als hätte ich sie gerade gebeten, an einem satanischen Ritual teilzunehmen.

„Was?", platzt sie heraus. „Ich kann nicht mitkommen. Ich muss meine Entwürfe fertigstellen."

Mein Kiefer festigt sich, meine Muskeln spannen sich an. „Ich gebe Ihnen einen Aufschub. Das Team wird heute Abend nicht arbeiten. Außerdem meint Andy, dass Sie am Networking arbeiten müssen. Das ist Ihre Chance."

Ihre Augen blitzen. „Ich wusste gar nicht, dass die Partner ein Mitspracherecht bei unseren persönlichen Beurteilungen haben."

Was treibt sie da?

„In meiner Firma fällt alles in meinen Zuständigkeitsbereich", antworte ich scharf.

Eine angespannte Stille senkt sich über den Raum. Niemand wagt es zu sprechen oder auch nur einen Blick in unsere Richtung zu werfen.

Lucys Kehle zittert, als sie schwer schluckt.

„Lucy", murmelt Taylor. „Wenn JP dich braucht, solltest du gehen."

Lucy schiebt ihr Kinn vor. „Ich habe nichts Passendes zum Anziehen."

„Das wird erledigt", versichere ich ihr und verschränke die Arme vor der Brust. „Ich lasse ein Kleid herschicken."

„Ich glaube wirklich nicht, dass ich die richtige Wahl bin. Taylor sollte mitgehen."

„Das ist keine Verhandlung, Lucy. Seien Sie um halb sieben fertig." Die Worte kommen schärfer aus meinem Mund, als ich beabsichtigt hatte, aber meine Geduld ist am Ende.

Ohne ein weiteres Wort schreite ich davon und lasse sie in fassungsloser Stille zurück. Irgendwie habe ich alles noch schlimmer gemacht. Tja, das ist mal ein Talent.

25

Lucy

Der Rest des Tages wird von aufgeregter Betriebsamkeit verschluckt, während Matty und ich an unseren Entwürfen feilen. Aber über allem schwebt Wolfes ärgerliche Forderung meiner Anwesenheit bei seiner großen Soiree heute Abend.

Die Vorstellung, den ganzen Abend mit diesem unerträglichen, arroganten Kerl zu verbringen? Mein Herz hämmert, als hätte ich ein Kilo Kokain geschnupft.

Als Taylor schließlich Schluss macht, bricht der Raum in Jubel aus. Es ist siebzehn Uhr dreißig. Die Uhr tickt und ich habe nur ein paar mickrige Stunden Zeit, um mich von einem Hackathon-Urgestein in ein Wohltätigkeitsball-Babe zu verwandeln.

Wir stehen auf, die Hände voll mit Zetteln, auf die wir unseren Plan für morgen gekritzelt haben.

Das Team ist auf dem Weg zu Drinks auf dem Rasen – das klingt weit weniger beunruhigend, als für Wolfe die Partybegleitung zu spielen.

Warum in aller Welt will er mich heute Abend dabeihaben? Er könnte jede Art von professionellem Model haben, die er will. Langbeinig, dünn, kurvig, blond, brünett, rothaarig ...

Soll ich seine Assistentin sein? Oder braucht er vielleicht einfach einen Saufkumpan? Ich habe noch immer keine Ahnung, was er heute Abend von mir erwartet.

Ich kann mir nicht vorstellen, wie ich mit großen Tieren ein interessantes Gespräch führen soll. Wenn es ihm um Konversation geht, kann ich mich nicht in die Sorgen von Milliardären hineinversetzen, beispielsweise welchen Rennwagen man als Nächstes kaufen soll, oder die Mühen eines CEOs. Die armen Lämmer.

Schon jetzt hängt in pulsierenden Neonlichtern „monumental schlechte Idee" darüber.

„Ich werde mich vom Schlafzimmer fernhalten." Matty wirft mir ein freches Grinsen zu. „Du musst bestimmt wichtige weibliche Rituale durchführen, wie das Rasieren deiner Beine."

„Sehr witzig", erwidere ich und verdrehe die Augen, während wir ins Haus gehen. Aber ganz ehrlich, er hat nicht unrecht. Ich habe einen Berg von Vorbereitungen zu treffen.

„Und versuche, die Bestie heute Abend nicht zu reizen, Luce. Du hättest einfach mit dem Schwanz wedeln und sagen sollen: ‚Ja, Sir, drei Säcke voll, Sir.'"

„Er will uns nur zeigen, wer das Sagen hat", schnauze ich und staple die Papiere ordentlich. Ich streiche mir eine Haarsträhne aus den Augen. „Der Typ ist ein Idiot. Taylor ist diejenige, die gehen will, nicht ich."

Sein Grinsen wird breiter. „Ach, willst du nicht?"

Ich presse meine Lippen zusammen und weigere mich, auf seine Anspielungen einzugehen, spüre aber, wie ich rot werde. Ich hätte meinen Mund halten sollen, was den Kuss angeht.

„Ich hasse es, zu Firmenveranstaltungen zu gehen."

„Es ist eine Wohltätigkeitsveranstaltung, keine Firmenveranstaltung."

„Ja, aber ich vertrete die Firma. Ich werde angespannt sein. Was ist, wenn ich mich vor wichtigen Leuten blamiere, während Wolfe zusieht?"

„Leider, Prinzessin", grinst Matty, „musst

du das durchstehen. Wir bekommen diese Woche fette Prämien, wir sind quasi auf die Gnade der Firma – und auf seine – angewiesen. Die Leute gehen ständig zu solchen Feiern. So läuft das Spiel."

„Aber ich arbeite im Backoffice! Das gehört nicht zu meiner Arbeit."

„Taylor macht sowas aber."

Mein Blick wandert zu Taylor, die mit gerunzelten Augenbrauen hektisch in ihr Notizbuch kritzelt. Ich kann mich an keinen Moment erinnern, in dem sie während dieses Ausflugs entspannt war.

Vielleicht hat Matty ja recht. Vielleicht sollte ich dies als Gelegenheit nutzen, um Wolfe zu beeindrucken, indem ich die Anzugträger des Hotels verzaubere. Vielleicht sieht er mich dann als fleißige Mitarbeiterin und nicht nur als zufällige Knutschpartnerin im Flur.

Als ich die Schlafzimmertür öffne, befinden sich drei verdächtig schicke schwarze Schachteln auf meinem Bett, auf denen ein Zettel liegt. Definitiv keine gewöhnliche Amazon-Lieferung.

„Dresscode: Abendgarderobe", steht auf dem Zettel. „Das Kleid, die Schuhe und die Halskette müssten passen.– JP."

Was zur Hölle? Arbeitet JP nebenbei als Schneider oder so? Oder kann er meine Maße abschätzen, indem er mich mit seinen grüblerischen Augen mustert? Das klingt plausibel, wenn man seinen Ruf bedenkt. Aber wie hat er das so schnell hergezaubert?

Meine Hände zittern leicht, als ich mich der größten Schachtel nähere und ... heilige Scheiße.

Das ist mit Abstand das exquisiteste Abendkleid, das ich je gesehen habe. Blau, der Farbton der Könige.

Behutsam hebe ich das Kleid hoch und halte es an mich. Das ist Klasse auf einer ganz neuen Ebene, ein echtes Upgrade zu meinem üblichen „Es hat Taschen"-Kleid. Perfekter Schnitt, schulterfrei, enganliegende Taille, leichter Schlag ... so elegant, so einschüchternd.

Die zweite Schachtel enthüllt ein Paar elegante, hohe Riemchensandaletten, die wahrscheinlich auch als tödliche Waffen dienen könnten.

Und in der dritten ...

Diese Halskette. Mein Gott, diese Halskette.

Bitte sag mir, dass das keine echten

Diamanten sind.

Ich bin fassungslos. All das für eine Arbeitsveranstaltung?

Das sieht nicht nach einem Outfit aus, das eine Grafikdesignerin für einen Einsatz mit ihrem Chef anziehen würde. Welche Rolle spiele ich heute Abend?

Will JP Wolfe Sex mit mir haben? Ist das seine Art, mich zu verführen, oder will er nur nicht, dass ich ihn in Verlegenheit bringe, weil er die Leggings gesehen hat, die ich beim Hackathon getragen habe?

Schwer schluckend entkleide ich mich und ziehe meine beste Unterhose an. Ich habe für den Hackathon geeignete Unterwäsche eingepackt, keine Tangas. Niemand will, dass die Unterhose während eines Design-Marathons in die Poritze rutscht.

Ich gleite in das Kleid und schlüpfe in die tödlichen Stöckelschuhe, dann gehe ich an Mattys Wäsche auf dem Boden vorbei, um einen Blick in den Badezimmerspiegel zu werfen.

Wow! Ich sehe aus wie ein Hollywood-Starlet.

Es passt. Ein wenig zu gut. Es ist, als hätte er es für mich maßanfertigen lassen. Der Gedanke daran jagt mir einen Schauer über den Rücken.

Panik macht sich in mir breit, als ich den seidigen Stoff meines Kleides glattstreiche.

Ich greife nach meiner Zahnbürste, putze mir schnell die Zähne und betrachte finster mein Spiegelbild. „Spieglein, Spieglein an der Wand, wer ist die Deplatzierteste im ganzen Land?", murmle ich, meine Worte verloren an die Zahnpasta.

Selbstverständlich eine rhetorische Frage.

Ich spüle mir den Mund aus, spucke aus und untersuche mein Spiegelbild auf abtrünnige Achselhaare, Essen zwischen den Zähnen oder andere potenzielle Gründe für Erniedrigung.

Verdammt noch mal, ich sehe gut aus. Ruf den Notdienst an, ich bin schwer in Fahrt.

Etwa eine halbe Stunde später klopft es an meiner Zimmertür.

Plump wanke ich hinüber, während die Wolkenkratzer-Absätze und ich noch einen Waffenstillstand unterzeichnen. Ich reiße die Tür auf und – heilige Scheiße. Mir klappt die Kinnlade so weit auf, dass sie fast auf den Boden knallt.

Ich wusste, dass er sich ordentlich

herausputzen würde, aber *das* hatte ich nicht erwartet.

Da steht er, eine Vision an maskuliner Eleganz. Er ist eine Mischung aus Bruce Wayne und James Bond, mit einem Hauch von Darcy, verpackt in einem sündhaft gut geschnittenen schwarzen Smoking. Die messerscharfen Linien des Jacketts betonen seine breiten Schultern und umspielen seine muskulösen Arme an genau den richtigen Stellen. Seine markanten braunen Augen heben sich von seinem gebräunten Teint und den kunstvoll gepflegten Bartstoppeln ab. Selbst mit meinen himmelhohen Absätzen komme ich nicht an seine schwindelerregende Höhe heran.

Er sollte mit einem offiziellen Warnhinweis kommen: Triff nach dem Anblick keine lebenswichtigen Entscheidungen.

Seine intensiven, grüblerischen braunen Augen begegnen meinen und bumm! Mein Herzschlag spielt verrückt und erreicht eine solide Zehn auf der Panikskala.

„Lucy", murmelt er und der Anflug eines Lächelns umspielt seine Lippen. „Du bist einfach atemberaubend." Sein Blick schweift nach unten und mustert die Zwillinge ausgiebig, ehe er seine Reise in Richtung Süden fortsetzt. „Du könntest den Verkehr zum Erliegen bringen. Aber das scheint deine

Superkraft zu sein, egal, was du trägst."

Ich gebe ein komisches, schluckendes Geräusch von mir, irgendwas zwischen Quietschen und sterbender Robbe.

Die Art und Weise, wie er mich mustert, wie ein Höhlenmensch und unverblümt männlich, schickt meinen Magen auf eine Achterbahnfahrt.

„Was, glaubst du mir nicht?", fragt er. „Alle Augen werden auf dich in diesem Kleid gerichtet sein."

Seine Nasenlöcher blähen sich auf und ich habe keine Ahnung, was er heute Abend vorhat, aber in diesem Moment machen mein Selbstzuspruch, Mattys Zuspruch und der gesunde Menschenverstand einen großen Abgang.

Alles, was zählt, ist, dass dieser Gott im Smoking mich ansieht, als wäre ich die Ballkönigin.

„Du siehst auch nicht schlecht aus", murmle ich, während ich versuche, lässig zu wirken, und irgendwo in der Nähe von „nervös" lande.

Nicht schlecht? Wenn er wüsste, dass meine Eierstöcke ihm zu Ehren einen Fanclub gegründet haben, der ihm lautstark zujubelt.

Bleib cool, Frau. Lass ihn nicht merken, dass du ihn anziehend findest.

Er lacht leise, ein verspieltes Funkeln in den dunkelbraunen Augen. „Danke. Ich tue mein Bestes, um die Leute nicht mit meiner Hässlichkeit abzustoßen."

Ich schnaube unelegant. „Irgendwie bezweifle ich, dass du in letzter Zeit irgendeine Frau abgestoßen hast."

Seine Miene verfinstert sich. „Du hast nicht gerade Freudensprünge gemacht, als ich dich gebeten habe, mich zu begleiten. Aber ich möchte, dass du einen schönen Abend hast."

Ich mache ein unverbindliches Geräusch, als ein seltsames, flatterndes Gefühl in meine Brust eindringt. Wenn ich es nicht besser wüsste, könnte man es mit Hoffnung verwechseln.

Ich unterdrücke dieses Gefühl rücksichtslos. „Ich finde, mein Hals sollte ein eigenes Sicherheitsteam haben. Was ist, wenn etwas mit der Halskette passiert?" Ich fasse sie nervös an. „Was, wenn sie abfällt?" Ich bin mir ziemlich sicher, dass mir das auffallen würde, aber man weiß ja nie.

Er tut es mit einem Achselzucken ab. „Es wird nichts passieren. Sie steht dir übrigens sehr gut."

„Ich werde das Outfit und die Halskette wegpacken, sobald die Veranstaltung vorbei ist."

„Klar", sagt er, obwohl ihn etwas an meiner Bemerkung zu irritieren scheint.

Er bietet mir seinen Arm. „Sollen wir?"

Diese Augen. Dieses Lächeln. Es ist gefährlich, so in seinem Bann zu stehen.

Als wir gemeinsam hinausgehen, seine Hand fest auf meinem Rücken, die mich führt, schießt mir ein Gedanke immer wieder durch den Kopf: Ich bin am Arsch.

26

Lucy

Unser Auto kommt vor dem unverschämt opulenten Quinn & Wolfe Sieben-Sterne-Hotel in Midtown Manhattan zum Stehen. Bei dem Anblick glamouröser Frauen, die sich vor dem Eingang scharen, liegen meine Nerven blank. Eine Welle des Unbehagens überschwemmt mich – ich fühle mich hier fehl am Platz, selbst in meinem fantastischen Kleid.

„Warte", wirft JP ein, seine Stimme schneidet durch die Luft. Seine Hand fängt meine ab, als sie nach dem Türgriff greift. „Du hast mich siebzig Minuten lang mit Schweigen gestraft. Dein Gesicht klebt praktisch an der Fensterscheibe. Bevor wir aus diesem Auto aussteigen, musst du mit mir reden."

Na gut, ja, ich habe ihm die kalte Schulter gezeigt. Ich habe mehr Worte mit dem Fahrer gewechselt.

„Ich habe keine Ahnung, wovon du

sprichst", erwidere ich und spiele am Ausschnitt meines Kleides herum. „Ich habe die Landschaft genossen."

Er seufzt und das Geräusch hallt durch die Enge des Autos. „Sag einfach, was du auf dem Herzen hast. Raus damit."

„Da gibt es nichts", schnauze ich.

„Lucy." Seine heisere Stimme jagt mir einen Schauer über den Rücken. Er könnte mir ebenso gut süße Obszönitäten ins Ohr flüstern.

Was für ein unerträglicher Mann.

„Warum hast du mich geküsst?", platze ich heraus.

Seine braunen Augen schimmern vor Belustigung. Das ist aufreizend und fesselnd zugleich. „Weil ich es wollte. War das nicht eindeutig genug?"

„Benutzt du mich diese Woche, weil wir mitten im Nirgendwo sind und ich gerade da bin?"

Er fegt mit dem Arm über das Fenster und deutet auf das belebte Nachtleben in Manhattan. „Sieh dich doch mal um. Das ist Manhattan, Lucy. Ich hätte mit Leichtigkeit ein Date für heute Abend finden können. Ich wollte dich dabeihaben. Wann habe ich dich etwas anderes glauben lassen?"

„Aber ..." Ich schnaufe frustriert. „Das ist charmant von dir und so, aber Matty hat mich über die Hackathons ins Bild gesetzt. Du bist ein richtiger Playboy."

Sein Gesicht verhärtet sich, die Erheiterung ist erloschen. „Lucy, meine Vergangenheit ist genau das – Vergangenheit. Jetzt bin ich mit dir hier und ich respektiere dich. Alles, was ich will, ist, ein Gentleman sein und dir eine unvergessliche Nacht bereiten. Können wir das also vergessen und den Abend genießen?"

„Na gut", grummle ich, „wenn du darauf bestehst."

JP steigt mit dem selbstbewussten Schritt eines Mannes aus dem Auto, dem jeder Zentimeter dieser Stadt gehört. Ohne zu zögern, umrundet er das Auto, um mir die Tür zu öffnen. Währenddessen konzentriere ich mich darauf, nicht ohnmächtig zu werden.

Wie aufs Stichwort taucht ein Schwarm Paparazzi auf, die Kameras auf JP gerichtet.

Er streckt eine Hand aus, um mir beim Aussteigen zu helfen, aber mein aufmüpfiges Kleid lässt nicht viel Platz für einen sanften Ausstieg. Ich stolpere aus dem Auto und hätte fast ein intimes Rendezvous mit dem Asphalt gehabt, hätte mich JPs kräftige Hand nicht aufgefangen.

Er zieht mich so nah an sich, dass ich seine Körperwärme durch mein Kleid hindurch spüre, was einen Schauer der Begierde auslöst. Schlechte Nachrichten, wenn man bedenkt, dass ich unter diesem Kleid keinen BH anziehen konnte. Als ob meine Nippel noch mehr Ermutigung bräuchten.

„Danke", murmle ich und befreie mich aus seinem Griff.

Ich versuche, nicht über meine eigenen Füße zu stolpern, als er mich die große Treppe hinaufführt. Ich entdecke mindestens drei Leute, von denen ich glaube, dass sie berühmt sind, vielleicht aus einer dieser trashigen Reality-TV-Shows.

JPs Hand findet meine und umfasst sie, als hätte er das schon hundertmal getan. Er wird erkannt, ich sehe das Nicken von hochrangigen Geschäftsleuten, obszön Reichen und das weniger diskrete Flirten von C-Prominenten.

Es ist schwer, sich nicht von dem Adrenalin und dem Zauber des Ganzen mitreißen zu lassen. Der ganze Ort ist ein Zirkus für die Sinne: Lichter blinken und funkeln aus allen Richtungen, prallen von Kronleuchtern, Wänden, Wunderkerzen in den Getränken und nicht zu vergessen von den Nippelquasten der temperamentvollen Burlesque-Tänzerinnen ab.

Es ist, als wäre man auf einer modernen *Großer Gatsby* Party.

„Warst du schon mal hier?", fragt mich JP und ein spielerisches Grinsen tanzt über seine Lippen.

Ich muss wie ein Trottel aussehen, wie ich so mit großen Augen glotze.

„Nö, nicht dass ich wüsste", sage ich grinsend. „Vergiss nicht, dass ich in der IT bin. Normalerweise bin ich im Serverraum eingesperrt."

Zumindest ist das der Witz, wenn es nach dem Rest der Firma geht.

„Lucy, in diesem Kleid solltest du nirgendwo eingesperrt sein."

O Gott! Ich versuche mich zu bedanken, aber meine Zunge ist auf das Fünffache ihrer normalen Größe angeschwollen.

Wir steigen eine weitere Treppe hinauf und nähern uns dem großen Ballsaal. Jetzt fangen die richtigen Blicke an.

„Kommst du oft zu solchen Veranstaltungen?", frage ich und versuche verzweifelt, das beunruhigende Gefühl von Blicken, die sich von allen Seiten in uns bohren, zu ignorieren.

„Nur wenn es unvermeidlich ist", antwortet er glatt und zaubert zwei funkelnde Gläser Champagner hervor. „Ich fürchte, heute Abend gab es kein Entkommen. Willst du lieber etwas Nichtalkoholisches?"

„Das ist gut." Ich nehme die Champagnerflöte entgegen. „Was ist der Anlass für die heutige Veranstaltung?"

Seine Haltung ändert sich, ein Schatten huscht über seine attraktiven Gesichtszüge. „Darmkrebs. Ich spende viel, halte mich aber tendenziell von den Veranstaltungen fern."

Ich blinzle, aus dem Gleichgewicht gebracht. „Daran ... daran ist mein Vater gestorben."

„Ich weiß." Er drückt meine Hand fester, ein stummes Zeichen der Unterstützung.

Mir schwirrt der Kopf. Habe ich JP tatsächlich erzählt, wie Dad gestorben ist?

Als JP meine Verwirrung sieht, runzelt er die Stirn. „Lucy? Habe ich es versaut?"

Ich zwinge ein Lächeln in mein Gesicht. „Nein! Ganz und gar nicht. Es ist schön, an so etwas teilzunehmen. Also, was ist denn meine Aufgabe hier?"

„Du bist hier, damit ich nicht mit jemand anderem reden muss."

„Wie ein Leibwächter? Du bist ein großer Kerl, ich glaube nicht, dass du gerettet werden musst. Du scheinst sehr gut auf dich selbst aufpassen zu können."

Sein spielerisches Grinsen kehrt zurück. „Auch große Kerle können ab und zu ein wenig Rettung gebrauchen."

Seine Worte, obwohl unbeschwert, haben eine Bedeutung, die mich mit einem Kribbeln der Vorfreude erfüllt.

Plötzlich nervös, fummle ich an meiner Halskette herum und trinke einen Schluck Champagner, während meine Augen durch den Raum huschen. Ich wünschte, alle würden aufhören, uns anzustarren. Die Frauen ergötzen sich an JPs Anblick, als wäre er die Hauptspeise und ich nur eine Beilage, die sie nicht einordnen können. Ich wünschte, ich hätte ein Schild getragen: Nicht sein Date, nur Personal!

JP spürt, dass ich mich unwohl fühle, und legt mir eine Hand auf die Hüfte, um mich näher an sich zu ziehen. Sein Körper strahlt Wärme aus, und sein Atem kitzelt mich am Ohr. „Hey, entspann dich."

„Tut mir leid, es ist nur … ich fühle mich hier nicht wohl", gestehe ich und versuche, meine Nervosität hinunterzuschlucken. „Ich war noch nie auf einer Gala mit Abendgarderobe. Ich fühle mich eher mit Codes und Pixeln wohl, nicht beim Aufplustern vor Milliardären."

„Aufplustern?" Seine Augen funkeln amüsiert. „Ach stimmt, du bist eher ein Comic-Con Mädchen. Daredevil ist immer noch deine Nummer eins, was?"

Der Champagner droht mir aus der Nase zu kommen. „Mein Gott. Du hast also die blöde Actionfigur auf meinem Schreibtisch gesehen."

Er wirft mir einen Blick zu und ein langsames, wissendes Lächeln umspielt seine Lippen. „So was in der Art."

„JP", gurrt eine sinnliche Stimme hinter uns.

Wir drehen uns um und sehen einen Wolkenkratzer von einer Frau. Ihre auffallend blauen Augen und dunklen Haare erinnern mich unangenehm an mich selbst – wenn ich die Version 2.0 wäre. Als hätte mich jemand heruntergeladen und dann mit einer Pro-Version in Photoshop aufgerüstet.

Schamlos blickt sie JP wimpernklimpernd an und lässt mich dabei völlig links liegen.

„Pamela", antwortet JP, seine Stimme ist voll und rau, nicht unfreundlich. „Schön, dich zu sehen. Das ist Lucy." Sein Arm umfasst meine Taille fester, eine besitzergreifende Geste, bei der mein Herz einen komischen kleinen Tanz aufführt.

Ich schenke ihr ein höfliches Lächeln und versuche, mich aus seinem Griff zu befreien, doch das lässt er nicht zu.

Pamela ignoriert mich und legt JP eine Hand auf die Schulter. „Wir haben uns schon eine Weile nicht gesehen, nicht wahr? Seit ..."

Ihre Stimme verstummt, ein verschmitztes Grinsen im Gesicht.

Super. Nun ist klar, dass JP ihr nicht nur schon einmal begegnet ist, sondern sie wahrscheinlich auch ohne Kleidung gesehen hat.

„Ist das deine Assistentin?", fragt sie und wirft mir einen halb neugierigen, halb abschätzigen Blick zu.

„Ja", sage ich gleichzeitig mit JPs schallendem „Nein".

„Sie ist keine Assistentin", knurrt er und sein Griff um meine Taille wird fester. „Lucy ist … sie ist jemand, der sehr wichtig für die Firma ist."

Ich zucke bei dieser Lüge zusammen. Das wird von Sekunde zu Sekunde merkwürdiger. Glaubt er wirklich, dass ich mich besser fühle, in diese Sache hineingezogen worden zu sein, wenn er mich „wichtig" nennt?

Pamela mustert mich kurz, ohne dass ihr berechnendes Lächeln verrutscht. „Wie schön."

„Entschuldige uns, Pamela." JPs Stimme hat eine Endgültigkeit, die keinen Widerspruch duldet.

Mit einem Nicken, das mir sagt, dass es noch nicht vorbei ist, schlendert sie davon.

„Du kannst mit ihr unter vier Augen reden", schlage ich vor. „Ich bin ein großes

Mädchen, ich kann selbst auf mich aufpassen. Im Ernst, ich bin drüben an der Bar."

Auch wenn ich jede gottverdammte Sekunde davon hassen werde.

„Ich habe kein Interesse daran, mit ihr zu reden. Ich bin hier, um Höflichkeiten auszutauschen und weiterzuziehen."

Seine Abwehrhaltung lässt mich die Stirn runzeln. Vielleicht hat er sich mittlerweile so an Supermodels gewöhnt, dass sie nur Routine sind.

„Ich schätze, das hier ist nicht ganz so lustig wie die Comic-Con?" Er lächelt.

Ich verziehe mein Gesicht in gespielter Nachdenklichkeit. „Nun, die Kostüme auf der Comic-Con sind ironischerweise atmungsaktiver." Ich schiebe heimlich eine Hand hinter meinen Rücken und versuche unauffällig, mein Seidenkleid dem schraubstockartigen Griff meiner Pobacken zu entringen. Die Tücken von Kleidern wie diesem: fantastisch für Fotos, scheiße für die Manövrierfähigkeit. „Es ist nicht so, dass es hier nicht schön ist. Es ist nur … überwältigend. Ich werfe einen flüchtigen Blick auf deine bizarre Welt."

„Das ist nicht meine Welt. Das ist etwas, das ich ab und zu tun muss." Er lächelt. „Die Comic-Con mit dir klingt unendlich viel lustiger."

Meine Augenbrauen schießen meine Stirn hinauf. Versteckt JP eine nerdige Seite?

Ehe ich antworten kann, ruft eine tiefe Stimme hinter uns. „Wolfe."

Als wir uns umdrehen, um der Unterbrechung zu begegnen, wird JPs Körper zu Granit und seine Finger an meiner Hüfte werden hart. Oh, sie haben eindeutig eine gemeinsame Vergangenheit.

„Derek", grüßt JP widerwillig. „Das ist Lucy."

Derek wirft mir ein schmieriges Lächeln zu, eins von der Sorte, die mir das Gefühl gibt, eine Dusche zu brauchen, und ein seltsames Déjà-vu-Gefühl auslöst. Ein Gefühl, das ich nicht abschütteln kann. *Bin ich ihm schon einmal begegnet?*

„Inkognito unterwegs, ja, Wolfe?", sagt Derek mit einem Hauch von Spott gedehnt. „Du bist in Manhattan ein wahrer Geist geworden. Wir vermissen dich."

„Ich verschnaufe diese Woche in den Bergen." JP antwortet knapp, sein Kiefer ist fest, als würde er auf abgestandenem Essen herumkauen.

Derek beugt sich näher und sein Grinsen wird noch breiter. „Hast du dein kleines Chaos von damals aufräumen können?"

JPs Hand wird unwillkürlich fester um meine Taille. „Es ist alles geregelt."

Jetzt ist meine Neugierde geweckt.

Nickend gleitet Dereks Blick zu mir, ein Funkeln der Neugierde in seinen Augen. „Gut zu wissen. Ich würde nicht wollen, dass meine reizende Frau mich vor der Kamera erwischt. Und wer mag die bezaubernde Lucy sein?"

„Ich gehöre nur zu JPs Tech-Team", spucke ich aus, vielleicht ein wenig zu schnell. Irgendetwas an Derek lässt in meinem Kopf die Alarmglocken läuten, eine beunruhigende Vertrautheit. Es ist, als hätte ich ihn schon einmal gesehen, vielleicht haben sich unsere Wege gekreuzt.

„Wir sollten weiter", unterbricht JP unwirsch und wartet nicht auf Dereks Antwort.

Sobald wir sicher aus Dereks Hörweite sind, kann ich meine Neugierde nicht mehr bremsen. „Wer war das?"

JP stürzt seinen Champagner hinunter. „Nur so ein Idiot von der Wall Street."

„War er schon einmal in den Büros von Quinn & Wolfe?", frage ich.

JPs sieht mich scharf an, seltsam beunruhigend. „Nein. Warum?"

„Äh, nur so." Ich zucke mit den Schultern und versuche, lässig zu sein. Es gibt keinen

Grund, warum ich den Kerl kennen sollte. Um ehrlich zu sein, sieht er aus wie jeder andere Wall-Street-Banker auch: zurückgegelte Haare, eine Rolex, die mehr wert ist als mein Jahresgehalt, Nadelstreifenanzug, glänzende Schuhe.

Ich kann mir einfach nicht helfen. „Was war das für ein Chaos, das du aufräumen musstest, wenn ich fragen darf?"

JPs Gesicht verfinstert sich. „Nichts. Geschäftlich."

Alles klar. Die Nachricht ist angekommen. Keine weitere Diskussion darüber.

„Da sind Killian und Connor", murmelt er und sein Blick schweift über meine Schulter.

Ich drehe mich um und sehe die Quinn-Brüder auf uns zukommen. Ich kann nicht mit den oberen drei auf einmal umgehen. Haben sie gesehen, wie ich mein Kleid von meinem Hintern gelöst habe? Sie kommen aus dieser Richtung. Ich bin schlimmer als Libby auf der Comic-Convention.

Die beiden sehen unfair umwerfend aus. Ich habe nur auf Firmenveranstaltungen mit ihnen gesprochen. Allerdings nie, wenn meine Brustwarzen in Seide gehüllt waren.

Wie aufs Stichwort landet JPs Hand auf meinem unteren Rücken und jagt mir eine Gänsehaut über den Körper. „Killian, Connor.

Ich glaube, ihr kennt Lucy aus unserer Tech-Abteilung?"

„Hi!", quieke ich.

Die Blicke der beiden schnellen hin und her, mustern mich von oben bis unten und schießen dann zu JP. In Killians Augen leuchtet ein Funke von etwas Unlesbarem auf. „Hallo, Lucy", sagt er gedehnt.

„Wir machen diese Woche den Hackathon für Tangra in meiner Villa in Bear Mountain. Ich dachte, ich bringe jemanden aus dem Team mit." JP klingt leicht abwehrend.

„Lucy." Connor, der jüngere Bruder der Quinns, schenkt mir ein beruhigendes Lächeln. „Wir haben uns vor ein paar Monaten kennengelernt. Es tut mir leid, von Ihrem Unfall zu hören. Wie kommen Sie zurecht?"

„Oh! Gut! Na ja, ich überstehe es, denke ich."

„Ich vertraue darauf, dass Ihnen das Unternehmen die nötige Unterstützung bietet. Sollten Sie irgendwelche Probleme haben, können Sie sich gerne an uns wenden."

„Danke." Ich lächle. „Das ist wirklich nett von Ihnen."

Networking, Lucy. Das ist deine Chance. Fessle die großen Bosse mit ein paar schlauen, aufschlussreichen Kommentaren.

„Ihre Smokings gefallen mir. Sie sehen beide großartig aus."

Um Himmels willen.

Sie lachen leise.

Hitze kribbelt in meinen Wangen, während ich verzweifelt versuche, mich in die Sicherheit meiner Champagnerflöte zurückzuziehen.

„Und Sie sehen wunderschön aus." Connor grinst mich an. „Wie hat er Sie denn hier hineingezogen?"

Beim Anblick der drei imposanten Gestalten hebe ich eine Augenbraue und ein leichtes Lächeln schleicht sich auf meine Lippen. „Hat es jemals jemand geschafft, zu Ihnen dreien Nein zu sagen?"

Ein Grinsen umspielt Connors Mundwinkel.

„Gelegentlich", sagt Killian. „Aber JP ist ein dickköpfiger Mistkerl, es ist leichter, ihm einfach zu geben, was er will."

Meine Augen treten hervor. Genau davor habe ich Angst.

Nach ein paar quälenden Minuten der Unterhaltung schlägt JP vor, dass wir weiterziehen. Ich war noch nie so erleichtert. Wir bleiben bei ein paar weiteren Gruppen von Führungskräften und Investmentbankern stehen, die Smalltalk halten.

Als wir uns befreien, tun mir die Füße weh, meine Wangen schmerzen von dem ganzen angestrengten Lächeln und meine

Brustwarzen sind von der versehentlichen Reibung an der Seide wund gerieben. Sexy.

Eine langsame, sinnliche Jazzmusik ertönt aus den Lautsprechern und lockt die Paare auf die Tanzfläche.

„Tanz mit mir", sagt JP mit leiser Stimme.

Ich schüttle vehement den Kopf. „Meine Güte, nein. Ich habe zwei linke Füße; weißt du noch, wie ungeschickt ich beim Aussteigen aus dem Auto war? Tanzen ist viel schlimmer."

Er tritt näher und ein verruchtes Grinsen breitet sich auf seinem Gesicht aus. „Du hast Glück. Ich werde führen."

Er schafft es irgendwie, dass das versaut klingt.

Hektische Schmetterlinge flattern in meinem Bauch, als er mir ins Ohr flüstert und sein warmer Atem meine Haut umspielt. „Lucy, nichts wünsche ich mir heute Abend mehr, als dich in meinen Armen zu spüren."

Seine Zunge gleitet über seine Lippen, wie ein Wolf, der ein Lammkotelett begutachtet, und er wirft mir einen Blick zu, bei dem ich mich untenrum verkrampfe.

Wider besseres Wissen lasse ich zu, dass er mich auf die Tanzfläche führt.

27

Lucy

Mein Puls rast, als JP seine Hand besitzergreifend um meine gleiten lässt und mich hinausführt, was die Aufmerksamkeit der Schaulustigen auf sich zieht.

Er fixiert mich mit seinem intensiven Blick und zieht mich an sich. Er lacht leise und sein warmer Atem kitzelt mich am Ohr. „Kein Grund auszusehen, als würdest du vor dem Erschießungskommando stehen, Lucy. Wir tanzen nur."

Ich versuche, unbeteiligt zu sein und lache darüber, aber in meinem Inneren herrscht das Chaos. Kampf oder Flucht. Oder ficken.

Vielleicht sind alle Antworten richtig.

Ich schlinge ihm meine Arme um den Hals und spüre, wie sich seine Muskeln unter seinem Hemd anspannen. Gott, das ist eine ganze Menge Mann. Warme, harte, maskuline Muskeln. Hart an all den richtigen Stellen.

Für einen Moment vergesse ich die schmerzhaften Stelzen, die ich mir an die Füße geschnallt habe.

Seine Hände wandern meinen Rücken auf und ab und die Hitze seiner Berührung durchdringt mein Kleid. Schließlich bleiben sie auf meinen Hüften liegen und seine Finger ziehen berauschende Kreise, die mir Schauer über den Rücken jagen.

Nur tanzen, von wegen.

So sehr ich mich auch bemühe, mich auf den Rhythmus zu konzentrieren, unsere Nähe macht das unmöglich. Der Druck seiner starken Schenkel an meinen sendet ein köstliches Kribbeln durch meinen Körper.

Er stößt einen tiefen, beruhigten Seufzer aus und grinst zu mir hinunter, sein Blick ist voller Hitze.

Dieser Mann weiß *genau*, was er mit mir anstellt.

Ich spüre es an der Art, wie seine Hände mich beanspruchen, am subtilen Druck seines Körpers an meinem, der durch unsere Kleidung hindurch reizt und verlockt.

„Was geht in deinem Kopf vor?", fragt er.

Ich kaue auf meiner Lippe und nehme den Mut zusammen, ehrlich zu sein – bis auf den Teil, in dem mein Körper schreit: *Nimm mich sofort, du umwerfender Mann!*

„Ich bin ein bisschen angespannt", platze ich mit trockener Kehle heraus.

Seine Augen fixieren meine. „Warum?"

„Ehrlich? Da fragst du noch?" Ich lache atemlos und bin mir der langsamen Kreise, die seine Finger auf meiner Haut ziehen, zutiefst bewusst. „Du bist einer der intensivsten Menschen, die mir je begegnet sind. Und intensiv ist eine Untertreibung."

Seine Lippen lächeln breiter, als er sich vorbeugt, nah genug, dass ich daran knabbern könnte, sollte ich den Drang verspüren. „Intensität ist für die Dinge und Menschen reserviert, die wichtig sind ..." Sein Blick flackert zu meinen Lippen, bevor er zu meinen Augen zurückkehrt.

Ich unterdrücke einen Schauer und halte meine Fassade ruhig. „Ach? Und was ist für einen Kerl wie dich „wichtig"?"

Sein Lächeln wird noch breiter, als er mich zu einer langsamen Drehung auf der Tanzfläche anleitet. „Was mir am wichtigsten ist? Zum einen meine Familie – meine Schwester und meine Neffen. Das Geschäft, das ich aus dem Nichts aufgebaut habe. Loyale Freunde, auch wenn die schwer zu finden sind." Seine Hand kreist federleicht auf meiner Hüfte und ich verpasse seine nächsten Worte fast. „Und schöne Frauen, die mich herausfordern."

Ich zwinge mich zu einem leichten Lachen, um meine flatternden Nerven zu überspielen. „Nun, du bist heute Abend auf jeden Fall von schönen Frauen umgeben."

Mit einer geschmeidigen Bewegung wirbelt er mich fort und zieht mich wieder an sich, meine Brust an seine gepresst. Ich atme scharf ein, als seine nächsten Worte meinen Nacken streifen, und ich spüre sie bis hinunter zu meinem Höschen. „Es gibt nur eine Frau, die heute Abend meine ungeteilte Aufmerksamkeit hat. Die mit den auffallend blauen Augen, die alles andere in diesem Raum in den Schatten stellt. Glaub mir, keine andere kommt auch nur annähernd an sie heran."

O verdammt. Das ist gefährlich süß. Ich stoße ein ersticktes Kichern aus.

„Weißt du, du bist nicht, wie ich erwartet habe", sage ich atemlos.

Er hebt eine Augenbraue, ein Funkeln in den Augen. „Ach? Und was hast du erwartet?"

„Ehrlich gesagt, habe ich dich für einen reinen Geschäftsmann gehalten, Mr. Kalt und Gefühllos. Der in seinen Anzügen schläft und duscht. Nur am Profit interessiert ist."

Ein leises Glucksen entweicht ihm. „Ich versichere dir, dass ich beides nackt mache. Aber du hast nicht unrecht – ich habe immer den Profit im Kopf."

„Aber ich vermute, hinter dir steckt mehr als ein hartes Äußeres und Gewinnmargen. Wenn ich es nicht besser wüsste, würde ich sagen, du bist ein heimlicher Romantiker."

Sein Mund zuckt. „Ich bin bei allem, was ich tue, sehr intensiv, sei es im Geschäft oder in der Liebe. Wenn ich verliebt bin, bin ich voll dabei. Ich bete meine Frau an. Sie wird zum Mittelpunkt meiner Welt und ich gebe ihr alles, was ich habe, jeden Tag."

Mein Herz macht jetzt einen Stepptanz. Wie River Dance auf Speed. „Ich glaube, ich brauche ein paar Beispiele. Am besten eine Demo."

Er lacht wieder leise. Ein tiefes, sexy Brummen, das in mein Höschen gleitet.

„Ich fürchte, es wäre unangemessen, sie in dieser Gesellschaft zu zeigen. Aber wenn du um eine private Vorführung bittest ..."

Er wirbelt mich wieder herum, diesmal zieht er mich ganz dicht an sich heran.

Ich keuche, als ich seinen harten Körper spüre, den Beweis für seine Erregung in meinen Bauch gepresst.

„Mach nur so weiter, und vielleicht bekommst du eine. Denn wenn du mir gehören würdest, würde ich dich die ganze Nacht lang kommen lassen, bis du mich anflehst, aufzuhören. Dann würde ich dich in die

Dusche tragen und jeden Zentimeter deines Körpers waschen, jede Kurve streicheln und liebkosen, bis du in meinen Armen schwach wirst. Ich würde dir die Haare waschen, ehe ich dir eins meiner T-Shirts anziehe und dich dann festhalten, bis du eingeschlafen bist. Am nächsten Morgen würde ich dich immer noch in den Armen halten."

Heilige Scheiße! Mein Gesicht ist jetzt glühend heiß und meine Eierstöcke schreien mich an, ihn gleich hier auf der Tanzfläche zu vögeln.

„Was hältst du davon, Lucy?"

Mir stockt der Atem. Der vernünftige Teil meines Gehirns schreit „Mission abbrechen!", während der Rest von mir bereits oben in ein Hotelzimmer eingecheckt hat, mein Kleid ausgezogen hat und verführerisch auf dem Bett liegt.

Er lacht leise, während wir uns gemeinsam hin und her wiegen. „Ein bisschen zu viel Ehrlichkeit für dich, was? Ich werde mich erst einmal zurückhalten." Seine Stimme wird noch leiser. „Aber verdammt, siehst du sexy aus, wenn du rot wirst."

Seine Hände gleiten tiefer, bis sie die Kurve meines Hinterns finden, während er mich fest an seinen Körper zieht. Die harte Wölbung ist unmöglich zu ignorieren.

Ich unterdrücke ein Keuchen, während sich in meinem Inneren Hitze sammelt.

Dann haucht er mir mit einem Knurren, das pure animalische Lust ist, ins Ohr: „Keine Sorge, ich beiße nicht zu fest zu."

Es raubt mir den Atem, als er genau das tut – er schiebt mein Haar weg und beginnt mir Küsse auf den Hals zu drücken.

Eine Million Alarmglocken läuten. Ich sollte ihn aufhalten. Das ist gefährlich. Wir sind in der Öffentlichkeit. Jeder weiß, wer JP ist.

Stattdessen drücke ich mich in seine Berührung und bettle leise um mehr. Ich spüre seine Bartstoppeln, seine festen Lippen, die sich auf mich pressen, das Kribbeln, das mich wie Elektrizität durchströmt.

Meine Oberschenkel drücken sich unwillkürlich zusammen, als sich die Gefühle unbeaufsichtigt in meinem Körper breitmachen.

„Lass uns eine Verschnaufpause machen", murmelt er, als er wieder hochkommt.

Ich nicke, völlig außerstande, etwas anderes zu tun, als ihm blindlings zu folgen, während er mich von der Tanzfläche führt, und frage mich, ob jeder seinen gewaltigen Ständer sehen kann.

Ich folge ihm schweigend, als wir die Wendeltreppe hinuntergehen, und mein

Körper bebt bei jedem Schritt vor Vorfreude.

Was hat er vor?

„Pass auf, wo du hintrittst", mahnt er schroff und nimmt meine Hand in seine.

Wir erreichen das Ende der Treppe und er führt mich mit dem Geschick von jemandem, der diesen Ort in- und auswendig kennt, durch den Korridor. Was mich nicht überraschen sollte, da er ihm ja schließlich gehört.

Werden wir Sex haben?

Mein Herz rast in meiner Brust, als er plötzlich herumfährt und mich in eine winzige Garderobe zerrt. Mit einem kräftigen Stoß knallt er die Tür hinter uns zu und taucht uns ins Halbdunkel.

Überrumpelt ist die Untertreibung des Jahres. Ich schnappe nach Luft und stolpere zurück, bis ich von seinen Schenkeln an die Wand gepresst werde. Seine starken Arme umschließen mich, seine Hände stützen sich auf beiden Seiten meines Kopfes ab.

Im gedämpften Licht der Garderobe wirken seine kantigen Gesichtszüge plötzlich gefährlich.

Seine muskulösen Oberschenkel spreizen sich um meine, so dass ich köstlich im V seiner Beine gefangen bin. Seine Hände ergreifen meine Handgelenke und halten sie über meinem Kopf fest, während er meinen Mund grob mit seinem in Besitz nimmt.

Es ist ein sexy, erhitzter Kuss voller Leidenschaft, Besessenheit und Hunger, der mich in Millionen Stücke zerschmettert.

Ein wildes, zustimmendes Knurren steigt aus seiner Kehle auf und vermischt sich mit meinem – er küsst mich nicht nur, er *beansprucht* mich für sich. Dieser Mann hat jetzt die volle Kontrolle über mich, die Macht, mit mir zu tun, was immer er will.

Er bricht den Kuss abrupt ab und ich erschaudere unter seinem intensiven Blick, als er schwer atmend zu mir hinunterschaut.

Mein Körper vibriert vor Aufregung und meine Hände brennen darauf, sich zu befreien und über seinen ganzen Körper zu wandern. Ich kann meine Erregung kaum zurückhalten.

Es ist erschreckend und beängstigend ... und verdammt wild.

„Lucy", knurrt er und seine Kiefermuskeln sind so angespannt, dass sie reißen könnten. „Ich will es langsam angehen, aber ich kann nicht länger warten. Ich brauche dich so wahnsinnig dringend."

O Gott. Seine Stimme ist purer Sex.

Sein harter Schwanz drückt eindringlich gegen meine Mitte und bettelt um Aufmerksamkeit.

Ich versuche, mich aus seinem Griff

zu befreien, während er meine Handgelenke über meinem Kopf festhält und mit einem amüsierten Grinsen auf mich herabblickt. „Was willst du?"

Meine Kehle bebt, als ich heiser flüstere: „Dich. Bitte."

Gerade als ich denke, dass er mich leiden lassen will, lässt er meine Hände los.

Ehe ich mich bremsen kann, greife ich nach seinem Glied und fühle die Dicke durch seine Hose.

Ein zufriedenes Stöhnen gleitet mir über die Lippen, als ich seine Härte ganz in meinem Griff spüre.

„O Gott", stottere ich. Er ist ein richtiger Mann. Er ist dick und hart und pulsiert vor Verlangen nach mir.

Verdammte.

Scheiße.

Noch mal.

Ist es möglich, an einer Überdosis Erregung zu sterben? Auf meinem Grabstein wird stehen: „An einem tödlichen Fall von sexueller Spannung gestorben", und ich werde mit einem Stöhnen im Gesicht sterben.

Seine Hände kommen wieder nach oben und stützen sich an der Wand auf beiden Seiten von mir ab und jeder Muskel in seinem Körper spannt sich als Reaktion auf meine

Berührung an. Seine Beine spreizen sich weiter, eine Einladung, weiter zu erkunden. Köstliche Schauer laufen mir über den Rücken, als sich meine Hand besitzergreifend um seinen Schwanz legt. Er gehört mir.

Sein Atem ist heiß auf meiner Stirn. „Kämpf nicht dagegen an", krächzt er. „Es fühlt sich richtig an, Baby."

O Gott! Das tut es. So verdammt richtig.

Jeder Zentimeter in mir schreit nach mehr. Meine Atmung ist unregelmäßig, mein Gesicht ist gerötet und mein Inneres *pocht* vor Verlangen. Ich habe noch nie in meinem Leben etwas so sehr gebraucht.

„Es ist schon viel zu lange her", knurrt er mir ins Ohr.

Moment – dass er Sex hatte? Seine Worte holen mich lange genug aus meiner Benommenheit, dass meine Hand von seiner Erektion fällt.

Mit einer schnellen Bewegung öffnen seine Hände mein Kleid oben und es rutscht mir auf den Bauch, sodass er meine Brüste sehen kann.

Sein Mund kommt herunter wie ein Raubtier, das sich auf seine Beute stürzt, und schnappt sich dann meine Brustwarze, was mir Lustschübe durch den Körper jagt.

Meine Hände greifen in seine Haare, während seine Zunge über meine empfindliche

Brustwarze wirbelt.

Gott, das fühlt sich so gut an.

Meine Muschi krampft sich vor Verlangen zusammen.

Ich winde mich an ihm, während er den Saum meines Kleides hochzieht, bis es sich um meine Taille bündelt, und dann gleitet seine große Hand in mein Höschen.

Belegtes Stöhnen entweicht mir, als er Kreise um meinen feuchten Spalt reibt. Das Gefühl lässt mich zusammenzucken, als wäre es das erste Mal, dass ich berührt werde.

Mache ich das wirklich in einer Garderobe?

Meine Hüften bäumen sich auf, aber er hält mich fest und drückt meinen Körper fest an seinen.

Er lässt seine Finger an meiner Klitoris pulsieren und ich spüre gleichzeitig Hitze und Schauer meinen Körper auf und ab jagen.

Verdammt, ja. Es ist mir egal, wo wir sind.

Er löst sich von meiner Brust, richtet sich zu seiner vollen Größe auf und schaut mich leidenschaftlich an. „Ich muss dein Gesicht sehen, wenn du kommst."

Verdammt, ich liebe die Dominanz dieses Mannes.

Mein Kopf fällt zurück an die Wand, während die Lust in meinem Inneren wogt, weil seine Finger dort unten eine unglaubliche

Magie praktizieren.

Ich bin klatschnass, so nass, dass es peinlich ist.

„Das ist mein Mädchen", flüstert er mit heiserer Stimme, während sein Daumen zärtlich meine Klitoris umkreist und Wellen der Lust durch meine Adern schickt. „Du bist so feucht für mich, Lucy. So bereit. Du brauchst das mehr, als du denkst."

Mein Atem geht schneller und mein Inneres fühlt sich an, als würde es durch das Kribbeln in Flammen stehen. Er hält mein Kinn fest und sorgt dafür, dass wir uns in die Augen blicken, als ich beginne, die Kontrolle zu verlieren.

Wenn mich seine starken Arme nicht aufrecht halten würden, hätten meine Knie bereits unter mir nachgegeben.

„Entspann dich an mir und lass dich gehen, Baby."

„O bitte, o bitte, o bitte", keuche ich, als die Wellen einschlagen. Ich packe Haare, während mein Stöhnen immer verzweifelter wird. Ich brauche mehr. Alles von ihm.

„Augen auf", befiehlt er. Sein Grinsen fordert mich heraus, ihm zu widersprechen, aber ich könnte nicht einmal wegschauen, wenn ich wollte.

Mein Orgasmus pulsiert durch mich

hindurch, mein ganzer Körper zittert wild in purer Ekstase. „O Gott!", keuche ich und komme von meinem Rausch herunter.

„Mm", stöhne ich. Ich habe mich gerade von JP Wolfe, dem Firmeninhaber, befriedigen lassen.

Er grinst und seine Augen glänzen vor Zufriedenheit. „Bist du okay?"

„Ja", hauche ich, noch immer benommen.

Mit überraschender Zärtlichkeit greift er nach unten, um mein Kleid zu glätten. Dann hebt er meine Hand und drückt mir einen Kuss auf die Handfläche, ehe er mich aus der Garderobe führt.

Als wir unseren großen Abgang machen, beobachten uns ein paar Schaulustige mit einem Grinsen im Gesicht. Ich kann ihre Gedanken fast hören: *Nun, wir wissen doch alle, was ihr da drinnen gemacht habt.*

Ich spüre, wie meine Wangen brennen und entreiße meine Hand rasch seinem Griff.

Er blinzelt überrascht, die coole Fassade ist für einen Moment zerbrochen.

„Lass uns von hier verschwinden." Ein Hauch von Dringlichkeit schleicht sich in seine Stimme. „Lass uns nach Hause gehen."

Panik kämpft mit Lust. Ich muss wieder in der Lage sein, logische Entscheidungen zu treffen, bevor ich etwas tue, was ich später bereue. Oder nicht annähernd genug bereue. Das kann nicht gut ausgehen.

Sein Blick brennt sich in meinen, als er mein Kinn anhebt. „Hör zu, ich verstehe den Sturm, der sich in deinem schönen, komplizierten Kopf zusammenbraut. Aber es gibt nichts, worüber du dir Sorgen machen oder weswegen du Schuldgefühle haben müsstest, verstehst du?"

Dann sieht er mich mit seinen glühenden Augen an, und plötzlich ist nichts anderes mehr wichtig.

28

JP

Die Rückfahrt zur Bear Mountain Villa fühlt sich an wie eine der längsten Fahrten meines Lebens. Lucy und ich versuchen, uns locker mit dem Fahrer zu unterhalten, in dem Versuch, die dicke Beule in meiner Smokinghose zu ignorieren.

Ich greife nach ihrer Hand, locke sie aus ihrer schützenden Position vor ihrer Brust und lege sie auf meinen Oberschenkel. Sie zieht sie nicht weg, aber die Steifheit ihrer Finger spricht Bände.

Ich hatte nicht vor, wie ein geiler Teenager in der Garderobe über sie herzufallen, aber verdammt, irgendetwas in mir gerät aus den Fugen, wenn sie in der Nähe ist. Ich spiele ein schmutziges Spiel, weil ich weiß, dass sie mich sexuell begehrt.

Ich bin in meinem eigenen Schweiß ertrunken, als dieser Trottel Derek herüberstolziert ist und sich über mich lustig gemacht hat, sicher, dass er alles ausplaudern würde. Das Letzte, was ich brauche, ist, dass Lucy von diesem Schwachkopf von meinen schmutzigen Machenschaften erfährt. Es muss von mir kommen, und das wird es auch, eher früher als später.

Als wir in der Villa ankommen, dringt aus dem Garten entferntes Geschnatter und Gelächter – es klingt, als wäre mein Schnapsschrank geplündert worden.

„Lucy", beginne ich, als sie auf die Tür zugeht und aussieht, als wolle sie abhauen, „ist alles in Ordnung mit uns?"

Sie nickt, ihre Augen sind irgendwohin, nur nicht auf mich gerichtet.

„Bleibst du heute Nacht bei mir?", frage ich. „Nur schlafen, wenn du nichts anderes willst. Ich will dich in meiner Nähe haben, das ist alles."

„Ich kann nicht", stammelt sie und betritt die Villa. „Ich sollte ... ich muss früh schlafen gehen. Matty und ich haben ... noch zu arbeiten."

Sie weicht zurück, während sie spricht, und bringt mit jedem Wort mehr Abstand zwischen uns, bis sie buchstäblich die Küche verlassen hat. Sie ist genauso erschrocken wie das erste Mal, als wir uns ineinander verliebt haben.

Ich unterdrücke den Instinkt, ihr hinterherzulaufen, weil ich weiß, dass sie das nur noch mehr verschrecken würde. Stattdessen gönne ich mir einen Schluck Scotch und lasse ihn hinunterbrennen. Ein Schritt vor, zwei Schritte zurück. Ich bin ein Idiot. Ein liebeskranker, dummer Idiot.

Ich nehme die Flasche Scotch mit ins Bett.

Nach zwei Fingerbreit Scotch bin ich hellwach und verfolge das leise, zögerliche Getrappel vor meiner Zimmertür. Die Schritte gehen weg und kommen wieder zurück.

Ich werfe die Decke von mir.

Sie verweilt eine gefühlte Ewigkeit vor der Tür, ohne sich zu rühren, bis ich es nicht länger aushalte. Als ich die Tür aufreiße, steht sie da und fummelt an den Trägern ihres Jerseykleides herum. Es schmiegt sich sanft an ihre Kurven, so schmeichelhaft wie ein Ballkleid.

„Hey", sagt sie unbeholfen.

„Selber hey", antworte ich und kann mein Lächeln nicht unterdrücken.

Ihr Blick macht eine Rundreise von meinen Boxershorts zurück zu meinem

Gesicht, und mein Schwanz zuckt bei dieser Aufmerksamkeit.

„Ich habe dir vorhin nicht geantwortet." Sie zittert trotz des warmen Abends.

„Worauf nicht geantwortet?", spiele ich mit.

„Als du gefragt hast, wie dein ... Szenario klang." Ihre Worte hängen in der Luft, ihr Blick ist fest auf mich gerichtet, als sie einen kleinen Schritt nach vorne macht. „Nun, es klingt genau wie das was ich brauche."

Ihre babyblauen Augen sind so groß wie Essteller und sie blickt mit dieser unverhüllten Verletzlichkeit zu mir hoch, und verdammt, wenn mich das nicht direkt im Hals erwischt.

„Ausgezeichnet." Meine Stimme sinkt um eine ganze Oktave. „Weil ich mir das schon lange wünsche."

Ich reiße die Tür so weit auf, als würde ich gleich die Halbzeitshow des Super Bowls eröffnen.

Lucy macht einen zaghaften Schritt hinein und sieht sich um, als hätte sie gerade einen anderen Planeten betreten.

„Wow." Sie kommt herein und stellt sich in die Mitte des Raumes, um ihn unbeholfen abzutasten. „Das ist wie meine ganze Wohnung, in einen Raum zusammengequetscht. Ich hätte wissen müssen, dass es das größte Schlafzimmer im Haus sein würde. Obwohl ich schon halb ein *50 Shades*-Verlies erwartet habe."

Ich lache leise. Sie hatte eine ähnliche Beobachtung gemacht, als sie das erste Mal hier war. Mein Schlafzimmer ist minimalistisch und praktisch. „Wie das?"

„Matty ist sich todsicher, dass du hier irgendwelche verrückten *Eyes Wide Shut*-Partys schmeißt."

Matty muss lernen, seine Klappe zu halten.

„Nicht ganz", antworte ich mit einem Grinsen. „Die meiste Zeit bin ich allein hier."

Sie streift durch den Raum, nimmt die minimalistische Einrichtung in Augenschein und gibt sich tapfer. „Hör zu, ich muss wissen, dass, was auch immer passiert, es nicht meine Karriere ruinieren wird. Matty sagt, ich kann jedes seltsame Verhalten auf die Amnesie schieben, aber ..." Ihre Stimme gerät ins Wanken. „Ich muss sicher sein."

„Entspann dich", sage ich. „Dein Job ist sicher. Darauf hast du mein Wort."

Ich ziehe innerlich eine Grimasse, bei der Erinnerung an das, was ich bereits getan habe. Aber in diesem Zusammenhang, wenn es um ihren Job geht – kann ich mit absoluter Sicherheit versprechen, dass ich ihn niemals gefährden werde.

Sie schlendert zu meinem begehbaren Kleiderschrank mit dem Ganzkörperspiegel.

Ich folge ihr und stell mich hinter sie. Ich überrage ihren kleineren Körper, unsere Größen ein auffälliger Kontrast im Spiegel.

Ihr Blick begegnet im Spiegelbild meinem, eine starke Mischung aus Besorgnis und Vorfreude tanzt in ihren Augen.

Ich fahre mit meinen Fingern die weichen Kurven ihrer Arme entlang und lasse Schauer über ihre Haut tanzen.

Die Luft zwischen uns ist mit einer vertrauten Elektrizität aufgeladen.

Für einen Augenblick gerät die Welt wieder ins Lot. Es geht um Lucy und JP, so wie es sein sollte. Keine vergessenen Erinnerungen, nur die Leidenschaft, die uns einst ausmachte.

Ich streiche mit den Fingerspitzen ihr Dekolleté entlang, bevor ich leichte Küsse auf ihre entblößte Haut drücke.

„Wir machen, was du willst. Womit du dich wohl fühlst", flüstere ich ihr heiser ins Ohr, während ich an den Trägern ihres Kleides ziehe. „Kein Druck."

Ihr Atem stockt, als ich die Träger ihres Kleides sanft von hinten löse, bis es zu Boden fällt und sie in nichts als ihrem Höschen dasteht.

„Das ist das Problem", krächzt sie. „Ich will

alles machen."

„Verdammt", stöhne ich und mein Blick gleitet über ihren Körper.

Es kommt mir wie eine Ewigkeit vor, seit ich sie so gesehen habe. Ich sehne mich verzweifelt nach ihr und ich spüre schon, wie ich die Kontrolle verliere.

Einen Moment lang starre ich sie nur im Spiegel an, während meine Augen schamlos jeden Zentimeter ihres Körpers erforschen. Ihre leicht geöffneten Lippen, ihre Brüste, die sich mit jedem schwerfälligen Atemzug heben und senken, ihre harten Brustwarzen, die darum betteln, berührt zu werden. Ihre herrlich durchtrainierten Oberschenkel. Sogar die Narbe auf ihrem Knie.

Mein Schwanz pulsiert an ihrem Hintern. Sie hat keine Ahnung, wie sehr sie mich erregt.

Sie ist eine verdammte Göttin und es ist ihr nicht einmal klar.

Meine Göttin.

Sie wird unter meinem Blick knallrot und versucht verzweifelt, tief einzuatmen und ihren Bauch einzuziehen.

„Du bist umwerfend", murmle ich in ihren Nacken, während ich besitzergreifend ihre Brüste umfasse. Meine Lippen wandern hinunter zu ihrem Schlüsselbein und lassen sie erschauern.

„Ich bin pummeliger, als du es gewohnt bist. Zwölf Stunden am Tag auf einen Computerbildschirm zu starren, ist nicht gerade ein Training für die Körpermitte, also wenn du auf einen Waschbrettbauch aus bist, hast du das falsche Mädchen."

Ich werfe ihr im Spiegel einen mahnenden Blick zu. „Ich habe definitiv das richtige Mädchen. Spürst du, wie sehr ich dich will? Du bist perfekt; jeder Zentimeter von dir."

Wie ein der Nahrung beraubter Mann massiere ich gierig ihre Brüste und genieße das Gefühl ihrer warmen Haut in meiner Hand.

Sie gibt ein leises Wimmern von sich, ihre Augen sind ganz benommen vor Hitze. Ihre Brust hebt sich, als sie mit mir verschmilzt, alle Schüchternheit ist verschwunden. Ich spüre ihre harten Nippel an meinen Handflächen.

Verdammt, dieses Wimmern.

„Verdammt, Baby", knurre ich, fast wütend darüber, was sie mit mir anstellt. „Du hast keine Ahnung, wie sehr du mich anmachst, oder? Wie viel Macht du über mich hast."

Meine Hand wandert tiefer zu ihrem Bauch und spürt die sich dort zusammenziehenden Muskeln, bevor sie sich am Bund ihres Höschens vorbeischiebt. Ich stöhne auf, als ich ihre süße, sexy, pochende Muschi berühre.

„Du sehnst dich danach", hauche ich in ihr

Ohr.

Stöhnend drücke ich meinen Finger gegen ihre Weichheit und spüre, wie sie unter meiner Berührung pulsiert. Sie ist so bereit für mich, dass sie pocht und sich an mir windet. „Ich liebe es, das mit dir zu machen."

Ich liebkose ihre geschwollenen Lippen hungrig mit meinem Daumen, bevor ich ihn hineingleiten lasse und ihr Inneres erforsche.

Ein Stöhnen entweicht, als ihr Kopf gegen meine Brust fällt. „Verdammt, das kannst du gut, JP."

Kann ich, denn ich kenne jeden Zentimeter ihres Körpers. Ich habe aufgepasst. Ich habe zugehört. Ich weiß genau, was sie will. Aber ich werde sie noch nicht kommen lassen.

Meine Finger gleiten aus ihrem Höschen und sie starrt mich im Spiegelbild an.

„Warum hast du aufgehört?", flüstert sie und sieht verunsichert aus.

„Habe ich nicht", antworte ich lachend und bombardiere ihren Hals mit Küssen. „Ich fange gerade erst an."

Meine Lippen zeichnen die Kurven ihres Körpers nach, während ich ihr die Unterhose einen quälenden Zentimeter nach dem anderen die Schenkel hinunterziehe.

Sie zittert, als ich mich vor sie knie und langsam einen Fuß nach dem anderen aus ihrem Höschen ziehe, bis sie ganz entblößt vor mir steht.

Sie zappelt und versucht, ihre Beine vor meinem Blick zu verschließen, aber das lasse ich nicht zu.

„Weißt du eigentlich, wie atemberaubend schön du bist?", frage ich auf meinen Knien und stelle Blickkontakt mit ihr her.

Ein kleines, unsinniges Lachen entweicht ihren Lippen und ich widerstehe dem Drang zu lächeln.

„O mein Gott. Hör auf damit! Du machst mich nervös." Ihr Gesicht errötet vor Hitze, sie windet sich und legt ihre Hände auf meine Schultern, als ob sie sich festhalten wollte. „Ich habe ja gesagt, dass du intensiv bist."

„Und ich habe gesagt, dass ich keine halben Sachen mache."

Bevor sie begreifen kann, was geschieht, stehe ich auf, hebe sie an der Taille hoch und schlinge ihre Beine um mich.

Ihre nackte Muschi reibt sich an meinem Bauch. Sie stöhnt, als ihre Klitoris meinen Unterleib streift. Ihre Hüften bäumen sich auf, aber ich halte sie fest und gehe mit ihr zum Bett.

Was weit weg ist, wenn man bedenkt, dass mein Schlafzimmer riesig ist.

Ich lege sie auf die Matratze und lasse

meine Hände auf ihren Kurven verweilen. Langsam und sorgfältig öffne ich ihre Stilettos, wobei jedes Klicken der Schnalle im Raum widerhallt.

„Was für ein Gentleman", murmelt sie. „Ich mag diesen Service – mein heißer Milliardärsboss zieht mich aus."

Ich lächle bittersüß. In Wahrheit ist sie an diese Behandlung gewöhnt, sie erinnert sich nur nicht mehr daran.

„Aber ich werde nicht lange ein Gentleman bleiben – genieße es, solange es andauert."

Ihr Atem beschleunigt sich, als sie mich mit großen, flehenden Augen ansieht. „Oh, o mein Gott", murmelt sie zaghaft.

Ich grinse zu ihr hinunter. „Weißt du, was jetzt kommt?", flüstere ich heiser und beuge mich über ihren Körper, bis sich unsere Haut fast berührt, aber nicht ganz.

Sie beißt sich auf ihre Unterlippe wie eine sexy Göttin. „Ich glaube, ich muss aufgeklärt werden."

„Du wirst die ganze Nacht lang meinen Namen schreien, Lucy, denn ich werde dich wieder und wieder kommen lassen, bis du mich anflehst, aufzuhören. Erst mit meiner Zunge, dann mit meinem harten Schwanz, bis du es nicht mehr aushältst."

Meine Worte bringen sie zum Keuchen;

Lachen vermischt mit Schock. „Heilige Scheiße ... Du hast es drauf."

Ich ziehe meine Boxershorts herunter, um meine steinharte Erektion zu enthüllen. Ich umgreife meine Länge und pumpe ein-, zweimal, während ich sie mit verhangenem Blick anschaue.

Sie saugt scharf ein. „*Das* ist dein Schwanz? Ich wusste es. Ich weiß nicht, ob ich Angst haben oder erregt sein soll."

Ich lache, als sie ihren Rücken auf dem Bett durchwölbt, die Hände in die Laken gekrallt, weil sie verzweifelt will, dass ich sie ficke. Ihre weiche Muschi öffnet sich für mich, als sie ihre Beine höher schiebt und ihre Hüften von der Matratze hebt und darum bettelt, gefüllt zu werden.

Mein Gott. Meine Augen nehmen ihre Muschi gierig in sich auf und es kostet mich all meine Willenskraft, meinen Schwanz nicht sofort in sie zu stoßen.

Ich nähere mich ihr zwischen ihren Beinen und ziehe ihren Körper an die Bettkante.

Mit einem Knurren schlinge ich meine Hand um meinen schmerzenden Schwanz und streiche mit der anderen über ihren durchnässsten Spalt. „Du solltest beides sein, Baby."

Und sie ist beides – das erkenne ich daran,

wie ihr Blick zwischen meinem Gesicht und meiner Hand hin und her huscht, die über die Länge meiner Härte gleitet.

Adrenalin durchströmt mich, als ich meinen schmerzhaft harten Schwanz massiere.

„Bist du okay, meine Schöne?", schmunzle ich.

„Ähmmm ... Ich bin mir nicht sicher." Sie knabbert an ihrer Lippe. „Das Ding ist riesig."

Ein Grinsen umspielt meine Lippen. „Warum klingt das bei dir so schlimm?"

„Weil es so aussieht, als könnte es mich zerreißen."

„Keine Sorge, ich werde mich gut um dich kümmern. Ich sorge dafür, dass du jede Sekunde hiervon genießt."

Ich reibe die Spitze meines Schwanzes an ihren klatschnassen Schamlippen und necke und quäle uns beide damit. Ich sehne mich verdammt danach, in ihr zu sein. Sehne mich danach zu fühlen, wie sich ihre feuchte Hitze um meinen Schwanz zusammenzieht.

Und Lucy braucht es genauso sehr wie ich.

Ihr Gesicht verzieht sich vor Lust, ihr Atem kommt schnell und abgehackt, während sich ihre Hüften unter mir winden. Sie ist so verdammt heiß und bereit für mich. Sie will so dringend kommen. Sie würde schon davon kommen, dass ich mich an ihr reibe, wenn ich sie ließe.

Nur mit großer Mühe schaffe ich es, mich im Zaum zu halten.

„Warte", keucht sie und ihre Beine spannen sich an. „Ich muss mit meinem Kopf denken und nicht mit meiner … mit anderen Teilen. Ich nehme die Pille, aber wann hattest du mit diesem Milliarden-Dollar-Schwanz das letzte Mal Sex?"

Ich lache und erstarre dann ebenfalls, als die Frage zwischen uns in der Luft hängt. Wir benutzen keine Kondome mehr. Wie soll ich darauf antworten?

„Es ist Monate her, dass ich mit einer anderen intim war. Ich bin clean."

Ihre Augen werden groß. „Wirklich?"

„Ja, absolut. Ich würde dich nicht anlügen, Lucy."

Sie blickt mich mit diesen großen blauen Augen und ihrem Schmollmund an, die mich dazu bringen, diese Frau mehr befriedigen zu wollen, als ich jemals etwas in meinem Leben tun wollte. Sie wackelt wieder und richtet sich aus, um meiner Erektion zu begegnen, aber ich halte sie fest in Position.

„Gut", sagt sie und beißt sich auf die Unterlippe. „Denn ich kann es kaum erwarten, dich in mir zu spüren."

Diese Worte bringen mich fast um den Verstand. Aber noch nicht.

„Bald, Baby, bald. Zuerst kümmere ich mich um dich."

Ich lasse mich auf die Knie fallen und lege ihre Schenkel um meine Schultern.

Sanft drücke ich Küsse ihren Oberschenkel hinauf und mein begieriger Mund findet seinen Weg zu ihrer perfekten Klitoris.

Sie bebt und gibt ein lautes, berauschendes Stöhnen von sich. „O mein Gott. Das kannst du wirklich gut."

Ich lächle in ihre Muschi. Natürlich kann ich das, ich kenne ihren Körper wie meine Westentasche.

Sie windet sich, während ich sie mit meinem Mund verwöhne. Sie ist ganz kurz davor, das merke ich daran, wie ihre Beine in meinem Griff beben und wie sich ihre Muschi an meinem Mund reibt. Ihre leisen Ächz- und Stöhnlaute machen mich ganz wild.

Ihre Beine schließen sich instinktiv um meinen Kopf, aber ich halte sie mit einem sanften Griff offen, während ich hungrig jeden Zentimeter ihrer verlockenden Süße lecke wie ein besessener Mann.

„Du schmeckst fantastisch", murmle ich zwischen Küssen. „Die absolute Perfektion."

„Ich bin so kurz davor, mach weiter, o

Gott!"

Und sie ist so, so verdammt kurz davor.

Dieses Wimmern.

Ich verschlinge sie mit Dringlichkeit. Schneller. Härter.

„O Gott, o Gott, o Gott."

Ich drücke sie an mich, während sie unter mir strampelt. Ihre Beine zittern, bis schließlich ein gewaltiges Stöhnen aus ihrer Kehle herausbricht, als sie an meiner Zunge zum Höhepunkt kommt.

Und verdammt, wenn das nicht das beste Gefühl meines Lebens ist.

29

Lucy

Wenn er nicht der heißeste Mann der Welt ist, dann töte mich jetzt.

Völlig erschöpft versinke ich im Bett. „Das war unglaublich", sage ich mit einem nervösen Lachen, während mein Körper noch die Nachbeben des Orgasmus übersteht.

JP steht am Rand des Bettes, seine dunklen Augen glühen vor Lust, während sein steinharter Schwanz in seiner Faust pulsiert. Sein Blick bohrt sich in mich, während er sich langsam massiert.

„Wem sagst du das", sagt er kehlig, mit einem Grinsen, das mir verrät, dass ich in Schwierigkeiten stecke. „Es gibt nichts Schöneres, als zu spüren, wie du in meinem Mund kommst."

Ein weiteres aufgeregtes Lachen entweicht mir, aber es kommt ganz schief heraus, wie der bizarre Paarungsruf eines Tieres. Verdammt, ist dieser Mann versaut. Er hatte recht, als er sagte, dass er keine halben Sachen macht.

Ich blicke einen Moment lang zu ihm hoch, mein Atem bleibt mir im Hals stecken, als ich sein ganzes, einschüchterndes Paket in mich aufnehme – jeden geformten Muskel, jede gemeißelte Linie, jede kraftvolle Bewegung seiner Hand um seinen Schaft.

Diesem Mann dabei zuzusehen, wie er sich selbst befriedigt, ist erregender als alles, was ich je gesehen habe. Tatsache.

„Siehst du, was du mit mir machst, Lucy?", sagt er mit leiser Stimme. „Das ist alles für dich."

Mein Gott. Als ich mich unter seinem Blick winde, krümmen sich meine Zehen so heftig, ich schwöre, sie werden brechen.

Ich muss hier meine innere Wonder Woman heraufbeschwören, aber stattdessen bin ich eine zitternde Masse aus Nervosität und Schweiß.

Er packt meine Beine, drückt sie weiter auseinander und schlingt sie um seine Taille. Er hat mich unter sich eingesperrt und wie zum Beweis stupst sein dicker Schwanz an meinen Eingang, reizt und neckt mich, bis das Sehnen zwischen meinen Beinen unerträglich wird.

„*Bitte*", stöhne ich mit vor Begierde

zitternder Stimme.

Meine Hüften kreisen an seinen und drücken ihn dichter und dichter an meine Öffnung. Seine dicke Erregung pocht zwischen uns und sendet Schauer durch meinen Körper wie ein sexy Elektroschocker.

Verdammter Folterer.

„Du bist ganz wild auf meinen Schwanz, nicht wahr?", sagt er mit einer heiseren Stimme, die mir eine Gänsehaut über die Haut jagt.

„Ja! Ja!", rufe ich. Was für eine dumme Frage.

„Hast du von diesem Moment fantasiert? Wie er sich anfühlen würde?"

„Ja", erwidere ich praktisch keuchend. Es klingt überhaupt nicht wie ich.

„Hast du dich berührt und dabei an mich gedacht?"

Ich zucke zusammen und meine ohnehin schon heißen Wangen kochen nun. Erstens ist es mir zu peinlich, darauf zu antworten, und zweitens scheint sich mein Bettgeflüster auf „Ja" zu beschränken.

„Ich werde dir nicht geben, was du willst, bis du mir die Wahrheit sagst."

„Ja", flüstere ich.

„Ja, was?"

„Ja, ich habe mich berührt und mir

vorgestellt, dass du es bist."

„Braves Mädchen. Das will ich hören."

Seine Lippen verziehen sich zu einem verruchten Grinsen und gerade, als ich denke, dass er mir endlich gibt, was ich will, hebt er mich plötzlich vom Bett und dreht mich um, so dass ich rittlings auf ihm bin.

Meine Beine legen sich um ihn und ich keuche auf, als ich fühle, wie sein harter Schwanz gegen meinen feuchten Eingang drückt.

Heilige Scheiße. Es passiert wirklich. Ich werde gleich von JP Wolfe gefickt.

Ich senke mich angespannt auf seinen Schwanz und wimmere, als mein Inneres auf seine Größe reagiert.

„Nimm mich ganz", knurrt er.

Die Lust und der Schmerz lassen meine Sinne verrücktspielen, bis ich mich schließlich entspanne und der Lust die Führung überlasse. Sein Schwanz füllt mich vollständig aus und meine inneren Muskeln ziehen sich um ihn zusammen.

Ein Schauer durchfährt meinen Körper und lässt mich vor Wonne wimmern, während er gleichzeitig stöhnt. Er ist verdammt riesig.

Seine Hände liegen fest auf meinen Hüften und halten ihn ruhig, während er dagegen kämpft, die Kontrolle zu verlieren.

„Du bist jetzt der Boss", murmelt er. „Zeig mir, wie du gerne fickst."

Wir wissen beide, dass das nicht stimmt, aber ich bin bereit, mitzuspielen.

Langsam reibe ich mich an ihm und genieße jede Sekunde der Lust, die bei jedem Stoß durch meinen Körper pulsiert. Sein Blick, während er mich beobachtet, ist intensiv. Seine Hände drücken meine Hüften, während ich die Kontrolle über den Rhythmus übernehme.

Dieser Mann hat den besten Schwanz aller Zeiten. Vielleicht bekommt er ihn nie wieder zurück. Wir sind jetzt für immer aneinandergefesselt.

Sein Stöhnen wird lauter und hungriger, während ich ihn schneller und härter reite.

Seine Wangen sind gerötet, die Augen halb geschlossen und die Adern an seinem Hals treten hervor, während er sich vor Lust anspannt. Ich lehne meinen Kopf zurück und stöhne vor Vergnügen, als ich mich um ihn zusammenziehe und es sich anfühlt, als gehöre er ganz mir.

Das halte ich niemals aus. Ich will schon kommen, wenn ich JPs Sexgeräusche höre.

„Du fühlst dich unglaublich in mir an", stöhne ich. „Das ist meine Lieblingsstellung."

„Ach was?", sagt er mit einem Grinsen, das rasch verschwindet, als ich mein Tempo noch weiter erhöhe. Er stöhnt in mein Haar, als ich meinen süßen Punkt wieder und wieder treffe.

Jeder Stoß fühlt sich an, als könnte er der letzte sein, jede Sekunde ist intensiver als die vorherige. Ich weiß, dass dies die Mutter aller Orgasmen sein wird. Eine umwerfende, weltbewegende Erfahrung, von der sich meine arme Vagina vielleicht nie wieder erholt.

„Dieser Winkel", grunzt er. „So verdammt tief."

Die Intensität steigert sich, bis es schließlich zu viel ist und sie uns wie eine Flutwelle der Lust überrollt, während ich ihm genau zeige, wie ich gerne ficke.

„O verdammt!" Er stöhnt auf, als meine Bewegungen immer hektischer werden.

Ich bin erledigt.

Er gibt ein letztes ersticktes Geräusch der Lust von sich, als sich sein Körper versteift und er hart kommt. Ich spüre, wie er in mir anschwillt und pulsiert, und jedes Gefühl steigert meine Lust.

Sein Gesichtsausdruck. Etwas, von dem ich nie gedacht hätte, dass ich es sehen würde. Es ist zu viel.

Meine Muschi spannt sich an und bebt um seinen Schwanz, als der Orgasmus in mir explodiert. Ich stöhne so laut, dass ich sicher bin, dass es jeder auf Bear Mountain gehört hat.

Einen Moment lang verharren wir so, er immer noch in mir und wir beide nach Luft ringend. Das war nicht einfach guter Sex. Das war unglaublicher, weltbewegender Sex, der in manchen Staaten verboten sein sollte.

Und so wie er mich jetzt ansieht? Er könnte nicht mehr zustimmen.

„Danke, Baby. Das war unglaublich."

Ein nervöses Lachen bricht aus mir hervor. „Du bist wahrscheinlich tollen Sex gewöhnt."

Seine Finger gleiten meinen Kiefer entlang und zwingen mich, seinem Blick erneut zu begegnen. Eine Sekunde lang ist der selbstbewusste Geschäftsmann verschwunden und wird durch einen Mann ersetzt, der plötzlich um Jahre jünger wirkt und dessen Augen eine Verletzlichkeit ausstrahlen, die ich ihm nie zugetraut hätte. Als ob ich die Macht hätte, ihn tief zu verletzen. „Sex ist nur mit der richtigen Person toll."

Mein Herz setzt einen Schlag aus, als ich begreife, was er damit andeuten will. Meint er es ernst oder ist das nur ein einstudierter Spruch, um mich in eine Pfütze aus weichgespültem Schleim zu verwandeln?

„Komm." Er hebt mich vom Bett hoch. „Ich kümmere mich um dich und bringe dich unter die Dusche."

Ich lache, als er mit mir in das riesige

Badezimmer geht und mich absetzt.

Ich habe keine Ahnung, was aus dieser Sache zwischen uns wird, aber eins kann ich sagen: Ich werde nie vergessen, was er heute Abend mit mir angestellt hat.

◆ ◆ ◆

Ein entspannter Seufzer entweicht meinen Lippen, als ich mein Gesicht unter die Dusche halte.

Seine Hände wandern über mich, als hätte er Angst, auch nur einen Zentimeter Haut unberührt zu lassen, als wäre er auf einer Mission, jeden Schmerz und jede Sorge abzuschrubben.

Wie soll ich nach dieser Nacht der Ausschweifungen in mein langweiliges kleines Leben zurückkehren?

Ich habe das so dringend gebraucht.

„Ich auch."

Meine Augen fliegen auf. Habe ich das laut gesagt?

Als ich meinen Blick zu ihm hebe, grinst er zu mir herunter.

„Ich hoffe nur, dass ich mit meinem Stöhnen nicht das ganze Haus geweckt habe", scherze ich, während meine Wangen bei der

Erinnerung daran glühen.

„Entspann dich. Keiner hat etwas gehört. Diese Wände sind praktisch bombensicher." Er grinst verrucht. „Aber dein Enthusiasmus wurde gebührend zur Kenntnis genommen."

Daraufhin lächle ich verlegen. Er hat leicht reden: „Entspann dich."

„Ich kann sehen, wie du hinter diesen schönen blauen Augen ausflippst. Wir machen hier nichts Falsches."

„Entschuldige. Mir den Kopf zu zerbrechen ist mir in Fleisch und Blut übergegangen. Du bist mein Chef, falls du das vergessen hast."

„Vertraust du mir?"

Seine Frage lässt mich innehalten. Vertraue ich ihm? Nach all den Geschichten, die ich gehört habe? Ich bin nicht davon überzeugt, dass er mein Herz nicht in tausend Stücke schlägt – da liegt das Problem. Für ihn ist das wahrscheinlich nur eine siebentägige Affäre.

Aber ich weiß, dass er nun in meinem Kopf ist. Und das darf er nicht herausfinden.

„Klar", lüge ich.

„Gut. Verbringst du die Nacht mit mir, in meinem Bett? Ich habe noch unerledigte Versprechen einzulösen."

Meine Augen treten mir nahezu aus den Augenhöhlen. Die Vorstellung, neben JP aufzuwachen, ist … mehr als unglaublich.

Meine Finger gleiten über seine nasse Haut und erforschen seine Schultern, seine Brust und seinen Bauch. Ich fahre langsam über seinen Schambereich und seine Bauchmuskeln zucken daraufhin.

Er wird schon wieder hart.

Mann, diese Versuchung.

„Ich kann nicht", stöhne ich, als das heiße Wasser über uns hinwegfließt. „Matty wird es merken, wenn ich nicht bald wieder in meinem Zimmer bin. Und wenn ich verschwinde, wird Dwayne wahrscheinlich das SWAT-Team an deine Tür klopfen lassen."

Er atmet schwer aus, sein Atem vermischt sich mit dem Dampf, der um uns herum aufsteigt. „Okay, okay. Aber ich will dich wiedersehen, in New York. Nicht nur bei der Arbeit."

Mein Herz macht einen auf Usain Bolt. „Wirklich?"

„Natürlich", sagt er lächelnd, wobei sich Tropfen an seinen Wimpern festsetzen.

„Aber warum?"

„Warum? Wer fragt ‚warum'?"

Ich antworte mit einem ernsten Blick auf seinen Scherz. „Ehrlich, JP. Ich bin nicht naiv. Du hast alles. Milliarden, ein Äußeres, das eine Nonne ins Grübeln bringen würde, und natürlich diesen großen, schönen Schwanz. Du könntest jede Frau haben, die du willst. Ich sage nicht, dass ich hässlich bin", sage ich ihm. „Aber ich verfüge über ein gesundes Maß an Selbsterkenntnis. Es gibt einen Grund, warum ich nicht *America's Next Topmodel* bin, und das ist okay für mich."

„Hey, ich will nicht hören, dass du dich selbst runtermachst, Süße", sagt er in ernstem Ton. Als ich nicke, grinst er und fügt hinzu: „Also sind mein Vermögen und meine ... ,Ausstattung' meine größten Vorzüge? Und ich dachte schon, mein Charme wäre ein entscheidender Faktor." Er lacht und das Geräusch hallt in der Dusche wider.

Irgendetwas an diesem Geräusch erschüttert mich.

Es ist wie der Schock, wenn man sich den Musikantenknochen stößt und ein weißglühendes Feuerwerk durch die Nerven schießt. Es ist intensiv, verblüffend, eine seltsame Mischung aus Schmerz und Überraschung, und man weiß gar nicht, warum man weinen will.

War das überhaupt echt? Hat er gerade gelacht oder habe ich mir das nur eingebildet?

„Lucy." JP sieht mich an. „Was ist los?"

„Was?" Ich gaffe ihn an. „Nichts."

Das war seltsam, wie ein Déjà-vu. So wie ich es heute Abend bei dem schmierigen Derek hatte.

„Bist du sicher?"

„Da macht sich nur der Champagner bemerkbar. Mir geht's gut." Ich schenke ihm ein Lächeln, um ihn zu beruhigen. „Und ja, dein Charme ist auch ziemlich unglaublich, außer wenn du bei Deadlines ein Sklaventreiber bist."

Sein Verhalten ändert sich, sein Blick wird weicher. Seine Hand umfasst mein Gesicht, sein Daumen fährt über meinen Kiefer. „Du verstehst es wirklich nicht, oder?", murmelt er.

„Verstehe was nicht?"

„Ich will dich, Lucy. Nur dich."

Ehe ich reagieren kann, zieht er mich zu einem Kuss an sich, der jeden anderen Kuss, den ich je bekommen habe, zunichtemacht. Es ist die Art von Kuss, die die Dinge verändert, die deine Welt für immer aufrüttelt.

Und in diesem elektrisierenden Moment macht eine erschreckende Wahrheit eine Bruchlandung: Ich habe mich verliebt. Heftig und schnell. Und nirgendwo ist ein Sicherheitsnetz zu sehen.

30

Lucy

Es geht wieder los. Die vertraute Szene beginnt sich wieder abzuspielen. Ich bin die kleine Lucy, mein Elternhaus ist die Kulisse, und es juckt mich in den Fingern, Buddy durch den verblichenen Lattenzaun zu streicheln.

Buddys dunkle, trübe Augen begegnen meinen und ein Gefühl der Unruhe durchströmt mich. Ungewissheit nagt an mir: Wird er mich mit wedelndem Schwanz oder gefletschten Zähnen begrüßen?

Seine Pfoten kratzen über den Boden, als litte er irgendwelche unsichtbaren Qualen. Es ist ein beunruhigendes Echo der Realität, ein Déjà-vu, das ich nicht recht einordnen kann.

Ich möchte die Hand nach ihm ausstrecken, ihn trösten, aber ich habe Angst, verletzt zu werden.

Ich nehme meinen Mut zusammen und lasse meine Finger durch die Lücken im Zaun gleiten. Und plötzlich wird Buddy zum braven Jungen, der sich meinen Berührungen hingibt, und ich atme erleichtert auf. Er winselt und lehnt sich in meine Streicheleinheiten.

Doch dann verwandelt sich Buddys verspieltes Knurren in etwas aus einem Stephen King Roman.

Und dann, bumm! Der Biss. Der Schmerz fühlt sich an, als würde ich mir die Finger in einer Autotür einklemmen, nur schlimmer. Ich öffne meinen Mund, um zu schreien, aber alles, was herauskommt, ist ein leises Quieken.

Meine Tränen fließen mir heiß und salzig über die Wangen. Ich hätte auf meinen Instinkt hören sollen. Er hat mich angelockt und mein Vertrauen gewonnen, nur um es mir dann vor die Füße zu werfen.

Dann, als hätte jemand einen Schalter umgelegt, geht die alptraumhafte Welt in ein beruhigendes Licht über.

Ich nehme den kühlen Kuss der Klimaanlage, das Seidenlaken auf mir, den vertrauten Duft von JPs Villa wahr.

Ich drehe rasch meinen Kopf um und folge der Quelle eines kehligen Geräusches. Matty hat sich ausgestreckt, sein Kopf hängt über die Bettkante. Ich kann sein nicht enden wollendes Gejammer über seinen steifen Nacken am Morgen schon hören.

Mein Herz schlägt noch immer wie wild, als ich mich aufsetze und mir die feuchten Haare aus der Stirn wische.

Ich bin keine Psychiaterin, aber es fühlt sich an, als würde mich mein Unterbewusstsein praktisch anschreien.

Ich schwinge meine Beine aus dem Bett und hole mein Traumtagebuch aus der Nachttischschublade. Ich schreibe die bizarren Fragmente des Traums auf. *Was zum Teufel will mir mein Gehirn sagen?*

Es gibt definitiv einen versteckten Hinweis, eine Botschaft, die sich in dem Wahnsinn verbirgt. Eine vergrabene Erinnerung, die sich ihren Weg nach draußen bahnen will. Geht es um Dads Tod? Oder um irgendeinen tiefsitzenden Schwachsinn über mein inneres Kind, von dem Libby so gerne jammert?

Hätte das Aufwachen in JPs Armen etwas an dieser bizarren Traumlandschaft geändert?

Gefährliche Gedanken. Es brauchte alle Willenskraft der Welt, um mitten in der Nacht sein Schlafzimmer zu verlassen und hierher zurückzukommen.

Es ist der letzte Tag des Hackathons, also muss ich mich wirklich zusammenreißen und auf die Arbeit konzentrieren.

Auf Zehenspitzen schleiche ich durch das Zimmer und lege Mattys Kopf sanft zurück auf sein Kissen. Er murmelt zusammenhangslos, schläft aber weiter tief und fest.

Dieser Traum ist wie ein kryptisches Kreuzworträtsel, das ich lösen muss, aber er ergibt absolut keinen Sinn. Vielleicht ist es nur ein dummer Traum und bedeutet gar nichts. Und vielleicht sollte ich aufhören, in allem eine Bedeutung zu suchen.

Als der Rest des Teams schließlich auftaucht, fahren die Caterer ein Frühstücksbuffet auf, das eines Sieben-Sterne-Hotels würdig ist, woher es wohl auch kommt. Das Buffet schreit nach Luxus und ein kleiner Teil von mir fragt sich: Beginnt JP so seinen Tag oder holt er das Silbertablett nur heraus, wenn er ein Publikum hat?

In der Zwischenzeit wurde mein Neonschild auf HABE MIT DEM CHEF GEFICKT upgegradet.

„Mann, ich fühle mich, als wäre ich von einem Laster überfahren worden", stöhnt Matty und knetet seinen Nacken. Er blickt mich mit zusammengekniffenen Augen an. „Lucy, hast du gestern Nacht meinen Nacken als Kopfkissen benutzt, oder was?"

Ich verdrehe die Augen. „Eigentlich war ich so nett, dein sabberndes Gesicht wieder aufs Bett zu legen. Also, gern geschehen."

Er kneift die Augen fester zusammen. „Ich habe dich gestern Abend nicht reinkommen hören."

Mit einem frommen Lächeln im Gesicht erwidere ich: „Ich habe unten noch ein bisschen gelesen. Du warst im Traumland und hast dir die Birne weggeschnarcht, als ich hochkam."

Sein Blick sagt „Schwachsinn", doch dann tut er es achselzuckend ab und macht sich über ein Croissant her.

„Wie war die Wohltätigkeitsveranstaltung, Lucy?", forscht Taylor und erzwingt ein Lächeln, das ihre Augen nicht ganz erreicht. Sie ist offensichtlich noch immer sauer, weil ich hingegangen bin und nicht sie.

O Gott, Erinnerungen an JP und mich in der Garderobe stürzen auf mich ein. „Ach, weißt du, die war gut."

Ihr Blick ist durchdringend. O mein Gott, weiß sie es? Ich spüre, wie meine Ohren glühen.

Unbeholfen hustend murmle ich: „Ähm … ich … werde JP fragen, ob ich mir für meine Kliniksitzung heute Nachmittag freinehmen kann …"

„Ehrlich, er ist kein Monster. Natürlich

wird er das erlauben", sagt Taylor, während sie sich ein Glas Orangensaft einschenkt. „Ich finde übrigens, du gehst bemerkenswert mit der Situation um. Ich glaube nicht, dass ich mit einer Amnesie so umgehen könnte wie du."

Ich bin platt. „Ist das ein Kompliment, Taylor? Fühlst du dich nicht gut oder so?"

Sie presst die Lippen zusammen, mein Scherz gefällt ihr offensichtlich nicht. „Wenn du und Matty mich nicht ständig so provozieren würdet, würdest du vielleicht erkennen, wenn ich etwas ehrlich meine."

Meine Augenbrauen heben sich. „Okay. Nun ... danke."

Ich lächle sie an und gehe weg, während mir der Kopf schwirrt. Ist es wirklich so eine Katastrophe, dass Taylor die Chefin ist? Sie ist akribisch, engagiert und hat keine Angst, sich die Hände schmutzig zu machen. Widerwillig gebe ich zu, dass sie für diese Rolle besser geeignet ist als Andy.

Vielleicht ist es mein Stolz, der mich daran hindert, das zu erkennen.

Ich schaue zu Matty hinüber, der sich mit Brody und den Tonys amüsiert. Klar, er ist lustig, aber vielleicht hat er nicht den besten Einfluss auf mich. Und ich kann nicht einfach weiter mit dem Strom schwimmen.

So lange haben wir uns über Taylor

beschwert, sie sogar verunglimpft. Aber vielleicht bin der wahre Bösewicht ... ich?

◆ ◆ ◆

Den ganzen Vormittag sind wir in den großen Plan vertieft, alle Spiele und Einrichtungen im Quinn & Wolfe Kasino auf magische Weise bargeldlos zu machen. Dieser alpine Rückzugsort eines Hackathons erweist sich als ziemlicher Produktivitätsschub. Sogar Matty hat festgestellt, dass es hier weniger wild zugeht als bei den üblichen Hackathons in Las Vegas, mit einem Hauch Enttäuschung, sollte ich dazu sagen.

Aber mein Kopf ist ein einziges Durcheinander, der nach der letzten Nacht vor postkoitaler Angst brodelt. Ich kann nicht aufhören, all meine schmutzigen Momente im Kopf wieder abzuspielen, aber nun hat sich, wie üblich, Paranoia breit gemacht.

Den ganzen Morgen über wirbeln meine Gefühle wegen des dummen, beunruhigenden Hundetraums und der nicht jugendfreien Begegnung mit JP letzte Nacht wie in einem Hochgeschwindigkeits-Mixer durcheinander. Meine Reaktion fühlt sich zu heftig an, dafür dass er nicht mein Freund ist.

JP hat mir nichts versprochen. Nur weil ein Mann sagt, dass er dich will, heißt das nicht, dass er eine exklusive Beziehung will. Kerle können die spektakulärsten Dinge sagen, um dich ins Bett zu bekommen.

Ich hatte dieses Problem mit einem Typen, den ich Bumble Brad nannte. Nach fünf Dates ging ich von Exklusivität aus. Er hat mich mit Komplimenten überschüttet und mich einen „unglaublichen Menschen" genannt.

Er hatte indes eine ganze Reihe anderer „unglaublicher" Menschen für jeden Abend der Woche. Ich war nur der Mittwoch. Prompt bin ich von meinem Posten als Miss Mittwoch zurückgetreten.

Aber wer war da im Unrecht, er oder ich? Er hat nie gesagt, dass das mit uns exklusiv ist. Ich habe nie gefragt, ob er sich mit anderen trifft.

Trotzdem habe ich bei JP kein Kondom benutzt. Was zum Teufel habe ich mir dabei gedacht? Die Wahrheit ist, dass es sich in diesem Moment einfach so intim anfühlte. So natürlich. Ich war gefangen in dem, was er mich fühlen ließ.

„Reiß dich zusammen, du Flittchen", murmle ich, lasse mich auf meinen Stuhl fallen und stelle den Winkel meines Laptop-Bildschirms ein. Ich massiere mir die Schläfen und atme tief ein, um meinen Verstand wiederzuerlangen, bevor ich die Anruftaste drücke.

Das lächelnde digitale Gesicht von Dr. Ramirez erscheint auf meinem Bildschirm. „Lucy, wie geht es Ihnen heute?"

„Ehrlich? Ich bin ein bisschen durcheinander", gebe ich zu und lasse einen müden Seufzer hören. Ich lasse mich in meinem Stuhl zurücksinken und fahre mir mit den Fingern durch die Haare. „Ein ganz normaler Tag im Leben, denke ich."

„Heilung ist kein linearer Prozess. Seien Sie nicht zu streng mit sich, wenn Sie scheinbar langsamer vorankommen, als Sie es gerne hätten", rät sie und mustert mich genau. „Was bedrückt Sie heute?"

Ich fange sofort an, von meinem verrückten Traum über den Jekyll und Hyde Hund zu erzählen.

Sie nimmt sich einen Moment Zeit, um über meine Traumgeschichte nachzudenken. „Nun, Träume können ziemlich geheimnisvoll sein", sinniert sie und lächelt mich an. „Wie ein ungelöster Zauberwürfel."

Ich blicke sie mit verengten Augen im Bildschirm an. Ein Zauberwürfel? Könnte sie nicht etwas weniger Metaphorisches und stattdessen Hilfreicheres hervorzaubern?

„Träume", fährt sie fort, „bieten oft

einen Einblick in unser Unterbewusstsein und beleuchten Sorgen oder Ängste, von denen wir vielleicht gar nicht wissen, dass wir sie in uns tragen."

„Aber was könnte der Hund bedeuten?", frage ich und meine Stimme klingt frustriert. „Und was noch wichtiger ist: Was soll ich damit anfangen?"

„Vielleicht steht das aggressive Verhalten von Buddy für eine Furcht oder Angst, mit der Sie gerade kämpfen. Er könnte für eine drohende Gefahr oder einen Stressfaktor in Ihrem Leben stehen, bei den Sie sich machtlos fühlen."

„Dann könnte es alles sein." Ich seufze und lasse mich tiefer in meinen Stuhl sinken. „Meine Wohnung verkauft sich nicht, zum Beispiel."

„Lassen Sie uns das vereinfachen", sagt sie mit einem ermutigenden Lächeln. „Erzählen Sie mir noch einmal von dem Traum, aber erklären Sie ihn so, als würden Sie mit einem neunjährigen Kind sprechen."

„In dem einen Moment war Buddy ein braver Hund, im nächsten ein schreckliches Biest. Und ich habe es nicht kommen sehen."

Sie nickt. „Das könnte die Art Ihres Verstandes sein, Sie auf etwas Schwieriges vorzubereiten, vor dem Sie sich gedrückt haben."

Ich beiße mir auf die Lippe. „Das ist ein bisschen beunruhigend, Doc."

„Manchmal müssen wir uns der Möglichkeit von Schmerzen oder Stress stellen, die wir bisher vermieden haben. Unsere Gespräche und die Strategien, an denen wir arbeiten, zielen alle darauf ab, Sie stärker und widerstandsfähiger zu machen. Und sie bereiten Sie darauf vor, sich mit belastenden oder traumatischen Erfahrungen auseinanderzusetzen, die auftauchen könnten."

Ich zucke mit den Schultern und fühle mich überwältigt. „Das ist ja alles schön und gut, Doc, aber ich weiß nicht, was ich mit diesem Wissen anfangen soll."

„Ich glaube, dass die Dinge anfangen werden, klarer zu werden, sobald wir mit Ihren Hypnotherapiesitzungen beginnen."

Ich stoße einen langen, tiefen Seufzer aus.

Sie wechselt das Thema und fragt: „Also Lucy, was ist diese Woche sonst noch passiert? Als wir das letzte Mal gesprochen haben, haben Sie sich auf einen Ausflug zum Bear Mountain vorbereitet. Der atemberaubenden Aussicht hinter Ihnen nach zu urteilen, sieht es so aus, als wären Sie dort."

„Japp. Es ist wirklich spektakulär hier. So

ruhig und friedlich. Ich stecke bloß gerade bis zum Hals in Arbeit." Ich spüre, wie sich meine Wangen röten.

„Gibt es etwas Bestimmtes, das Sie mir erzählen möchten?"

Ich habe mit dem Chef gevögelt.

„Nein! Nichts."

„Es hilft, alles rauszulassen. Und denken Sie daran: Was in der Therapie passiert, bleibt in der Therapie."

Gott, es steht mir wirklich ins Gesicht geschrieben. Habe ich da Sperma oder so?

„Genau genommen habe ich etwas Leichtsinniges getan." Ich mache eine Pause. „Ich hatte da einen Moment mit dem Chef." Ich räuspere mich demonstrativ, um zu verdeutlichen, um was für einen Moment es sich handelt.

Sie nickt langsam und denkt über diese neue Information nach. Sie scheint nicht schockiert zu sein. Sollte mich das beleidigen?

„Was halten Sie von ihm?"

Ich schlucke schwer. „Ich habe schreckliche Angst. Angst davor, von jemandem wie ihm verletzt zu werden."

„Haben Sie ihm Ihre Bedenken mitgeteilt? Haben Sie geklärt, wo Sie beide stehen?"

Ich schüttle vehement den Kopf. „Nein, gar nicht. Das war nur eine einmalige Sache."

„Ist so etwas schon einmal passiert?"

„Was? Nein! Auf gar keinen Fall."

Nur ... ich würde mich nicht daran erinnern, wenn es so wäre, oder?

Ich starre Dr. Ramirez an und ein Schauer der Panik läuft mir über den Rücken. Was, wenn das nicht das erste Mal war? Was ist, wenn etwas mit JP passiert ist, an das ich mich nicht erinnere?

Hastig verscheuche ich den beunruhigenden Gedanken. Das ist doch lächerlich. Warum sollte er es mir nicht sagen? Nein, das ist eine Zweckmäßigkeit für ihn, ich bin die Frau, die zur rechten Zeit am rechten Ort war. Die Art und Weise, wie JP sich im Aufzug verhalten hat, als ich zur Arbeit zurückgekehrt bin, sagt mir alles, was ich wissen muss.

Und er hat keinen Grund, mich anzulügen.

Oder?

JP

Die Dinge fügen sich endlich zusammen.

Wir haben solide Ergebnisse aus dem Hackathon, einen robusten Plan, um die verbleibenden Kasino-Einrichtungen bargeldlos zu gestalten.

Ich gehe die Daten aus den Marktforschungsberichten für den ersten Wellness-Retreat durch. Wir halten es geheim, bis ich beweisen kann, dass ich es zu einem Erfolg machen kann. Die Daten bestätigen, dass es einen Markt dafür gibt, ich muss ihn nur richtig bedienen. Ich bespreche die Details später mit Killian und Connor – ein weiterer Schritt zu meinem Ausstiegsplan aus Las Vegas.

Und dann das mit Lucy. Sie verlässt heute Bear Mountain, aber sie hat mich wieder in ihr Leben gelassen. Zum ersten Mal seit ihrem Unfall – eigentlich seit unserer bitteren Trennung – kann ich wieder die Süße von Glück schmecken.

Ich weiß, dass ich mit dem Feuer spiele, wenn ich ihr unsere Vergangenheit vorenthalte. Das Täuschen nagt an mir, aber ich schiebe es beiseite. Ich sage mir, dass es zu Lucys Wohl ist, während sie sich erholt. Aber wenn ich ehrlich bin, ist es genauso sehr für mich. Ich vermisse sie so wahnsinnig. Ich würde alles tun, um sie in meiner Nähe zu haben, selbst wenn das bedeutet, dass ich sie anlügen muss.

Ich bin mir sehr wohl bewusst, dass ich mich auf gefährlichem Terrain bewege. Ich verschließe wissentlich die Augen vor dem riesigen Elefanten im Raum – unserer gemeinsamen Vergangenheit, an die sie sich nicht erinnert. Aber irgendwann wird der Tag kommen, an dem sie unsere vergrabene Geschichte aufdeckt und ich werde einiges zu erklären haben.

Es ist ein riskantes Spiel, sich wieder aufeinander einzulassen, ohne reinen Tisch zu machen. Lucy vertraut mir genug, um sich zu öffnen und verletzlich zu sein, und ich täusche sie.

Aber damit kann ich mich jetzt nicht beschäftigen.

31

Lucy

Ich stecke saugglockentief in der Toilette, die Spider verstopft hat; was für eine Art, den Samstagnachmittag zu verbringen. Seit ich gestern Bear Mountain verlassen habe, frage ich mich, ob die letzte Woche mit JP echt war oder ein verrückter Sex-Traum, den sich mein verwirrter, von Amnesie geplagter Geist ausgedacht hat.

Wenn es nur ein Traum war, dann bin ich einverstanden. Das ist besser als der wiederkehrende Traum, den ich letzte Nacht von Buddy, dem Hund, hatte.

Damit hat es sich. Seien wir mal ehrlich. Es war eine vorübergehende Flucht vor der Realität, so wie das Daredevil-Rollenspiel auf der Comic-Convention, dem ich mich hingegeben habe.

Denn die kalte, harte Wahrheit ist, dass ich eine 27-jährige, introvertierte

Grafikdesignerin bin, die durch irgendeine verrückte Fügung des Schicksals mit ihrem milliardenschweren Chef im Bett gelandet ist.

Nun, unter dem kalten, abwertenden Blick meiner alles andere als luxuriösen Wohnung, hat die Paranoia ihre Krallen in mich gegraben und gedeiht von meiner Unsicherheit.

Was passiert, wenn sich herumspricht, dass ich eine Affäre mit JP hatte? Mit so einem Skandal kann ich nicht umgehen.

Ich möchte es so gerne den Mädchen erzählen, aber kann ich Libby so etwas anvertrauen? Sie bettelt immer um Klatsch und Tratsch über Wolfe und die Quinn-Brüder, und bis letzte Woche war ich eine nutzlose Quelle dafür. Aber jetzt?

Jetzt weiß ich, wie groß sein Monsterpenis ist.

Und ich weiß, wenn ich ihr sagen würde, dass sie es niemandem erzählen darf, würde sie zwar die besten Absichten haben, nicht zu tratschen, aber es könnte ihr vor einem Kollegen oder einer Kollegin herausrutschen, wenn sie an einem ihrer ausgelassenen Teamabende unterwegs ist. Nicht in böser Absicht, aber sie weiß einfach nicht mehr, was sie nicht erzählen darf, wenn sie betrunken ist. Betrunkene und Kinder sagen immer die Wahrheit und so.

Ich war schon einmal mit diesen Medienhaien unterwegs, als Libby mich mitgenommen hat, und diese Leute konnten aus einem Stein Geheimnisse herauspressen.

Der schrille Klingelton meines Handys hallt durch das winzige Badezimmer und unterbricht die Abwärtsspirale meiner Gedanken.

Ich gebe der Saugglocke mit beiden Händen einen letzten Ruck und die Verstopfung löst sich endlich. Typisch Spider.

Ich wasche mir die Hände und greife nach meinem Handy neben dem Waschbecken, bevor das Klingeln aufhört. Auf dem Display steht „Immobilienmakler Arschloch Dave".

„Hey, Dave. Gibt's was Neues?", frage ich bemüht, nicht verzweifelt zu klingen.

„Ich habe da was für Sie, Miss Walsh", brüllt er in die Leitung.

Freu dich nicht zu früh. Er versucht wahrscheinlich, dir Anteile an einer Hütte in einem Sumpf in Florida zu verkaufen.

„Jemand hat ein Angebot für Ihre Wohnung gemacht. Zum vollen Preis."

Ich starre ungläubig die Saugglocke an. „Sie verarschen mich doch."

Sein Lachen knistert in der Leitung, fast so ungläubig wie ich mich fühle. „Hand aufs Herz, Miss Walsh. Es ist eine Firma, die sie haben will.

Ich schicke Ihnen die Details in einer E-Mail."

Mit donnerndem Puls presse ich heraus: „Und, wo ist der Haken?"

„Ein echtes Angebot. Sie sind bereit, bar zu zahlen und das Geschäft schnell abzuwickeln."

Lieber Gott, spiel nicht so mit mir. Ich kann den Absturz nach diesem Hoch nicht verkraften.

Ich lasse mich am ganzen Körper zitternd auf den geschlossenen Deckel des Toilettensitzes sinken. „Sind Sie sicher, dass das kein Betrug ist? Wie kann ich darauf vertrauen, dass das echt ist?"

„Es ist eine seriöse Investmentgesellschaft. Mit Sitz auf den Cayman Inseln."

„Aber warum? Warum wollen sie meine Wohnung?"

Ist es JP? Nein, das ist ein verrückter Gedanke. Man schläft nicht einfach mit jemandem und kauft dann deren Eigentum.

Obwohl er Milliardär ist.

Dave tut es ab. „Na ja, Sie wissen ja, wie es läuft. Immobilien sind normalerweise eine sichere Sache. Wahrscheinlich bauen sie ihr Portfolio aus."

Das heißt, er hat keinen blassen Schimmer.

Sein Seufzer dringt durch das Handy. „Wollen Sie das verdammte Angebot oder nicht?"

„Ja! Ja!" Ich bekomme die Worte kaum heraus. Ich will einfach nicht, dass sie ihre Meinung ändern. „Haben sie die Wohnung überhaupt gesehen?"

„Das spielt keine Rolle. Wenn sie dumm oder reich genug sind, sie zu kaufen, ohne sie gesehen zu haben, akzeptieren wir das."

Ich drücke den Knopf zum Beenden des Anrufs und stürme mit einem Urschrei aus dem Badezimmer, der bei *Jurassic Park* nicht fehl am Platz wäre.

Ich breche in einen Siegestanz durch das Wohnzimmer aus und fuchtle mit allen Gliedmaßen.

Spider steckt den Kopf aus seinem Zimmer. „Wofür ist die Party?", fragt er und beschließt, trotz der Verwirrung mitzutanzen, wobei er fast den Couchtisch umwirft.

In einem Anfall von purem Überschwang stürze ich mich auf ihn und werfe ihm die Arme um den Hals.

„Wofür ist die Party?", wiederholt er und klingt durch meine Umarmung etwas gedämpft.

„Die Wohnung ist verkauft!"

„Was?"

Ich erstarre. „Tut mir leid, Spider. Ich verkaufe die Wohnung."

„Du hast die Wohnung ... warte, WAS?"

Der Groschen fällt und er verzieht das Gesicht. „Ach, Scheiße", zischt er und stürmt zurück in sein Zimmer.

◆ ◆ ◆

Eine halbe Stunde später blinzle ich noch immer Daves E-Mail an und meine Augen huschen wie ein paranoider Buchhalter immer wieder über die Nullen. Ganz gleich, wie oft ich sie lese, es steht immer noch der volle Angebotspreis darin.

Ich habe bereits erfolglos versucht, diese mysteriöse Firma, die grundlos meine Wohnung kaufen will, im Internet zu stalken. Nun muss ich nur noch zu den Göttern der Immobilienbranche beten, dass das Geschäft schnell und ohne Probleme über die Bühne geht.

Denn bei all dem Wahnsinn, der in letzter Zeit um mein Leben herumschwirrt, kommt es mir so vor, als wäre ich nur eine Marionette in den Händen einer höheren Macht, die meine guten und schlechten Tage zu ihrem eigenen Vergnügen orchestriert.

Mein Handy erwacht zum Leben an und eine unbekannte Nummer lässt mein Herz gegen meine Rippen schlagen.

Denn ich weiß schon, wer es ist. Weibliche Intuition.

„Lucy." JPs Stimme sickert wie akustisches Viagra durch das Handy.

„H-hi", quieke ich und merke zu spät, dass ich eher wie ein Schulmädchen als eine Frau von Welt klinge. Ich huste leise, in der Hoffnung, einen Hauch von sinnlicher Kultiviertheit zustande zu bringen.

„Ich habe mich gefragt, was du so treibst."

Ich habe knietief im Badezimmerdreck gestanden, eine Aufgabe, die ich mittendrin aufgegeben habe, als Dave anrief. Aber das ist nicht gerade Stoff für sexy Geplänkel.

„Ich entspanne mich nur ein bisschen", lüge ich glatt und stehe auf, um durch die Küche zu gehen. „Was ist mit dir?"

„Ich denke an dich."

O heilige Mutter von allem … Mein Puls stottert, dann nimmt er Fahrt auf wie ein außer Kontrolle geratener Vibrator. Reiß dich zusammen, Frau. Du kannst doch sicher etwas ähnliches wie Flirten hinbekommen?

„Ich hätte gedacht, dass ein milliardenschwerer Kasinomogul an einem Samstag Besseres zu tun hat", scherze ich spielerisch.

„Der hier nicht."

„Du solltest dir vielleicht ein Hobby

suchen. Stricken oder so."

Er lacht heiser. „Nicht nötig. Ich weiß schon, was mir Spaß macht", sagt er gedehnt und die Andeutung von sexuellem Unterton reicht aus, um meine Eierstöcke in Aufruhr zu versetzen.

Das Schweigen zwischen uns dauert einen Moment zu lang, denn meine Flirt-Fähigkeiten sind furchtbar.

Ich stoße ein Schnauben aus, das eigentlich ein sexy Geräusch sein sollte.

„Ich möchte dich sehen", sagt er und hat den Anstand, mein Schnauben zu ignorieren. „Ich würde dich heute Abend gerne ausführen. Oder besser gesagt, ich möchte dich einladen."

Ich höre auf herumzuwandern und lehne mich an die Wand. Heilige Scheiße, er bittet mich um ein Date.

„Das verstehe ich nicht."

„Erlaube mir das Vergnügen, für dich zu kochen."

„Du kochst?"

„Du klingst schockiert. Ich versichere dir, ich habe ein paar Asse in meinem kulinarischen Ärmel."

Ein Gefühl der Vorsicht flattert in meinem Magen. *Freu dich nicht zu sehr*, flüstert es. *Eine emotionale Bindung könnte eine heikle Angelegenheit sein.*

„Lucy", er spricht meinen Namen wie ein schmutziges, sexy Versprechen aus. „Habe ich dich verloren?"

„N-nein", stottere ich, plötzlich atemlos.

„Und?"

„Und ..." *Ich habe letzte Nacht nur an dich gedacht, aber ich weiß nicht, was das ist und wo ich stehe, und ich bin zu feige, um zu fragen, und ich habe schreckliche Angst, verletzt zu werden.* „Ich weiß es nicht."

„Was weißt du nicht?"

„Du musst doch verlockendere Möglichkeiten für einen Samstagabend haben, als für mich Koch zu spielen?"

„Was ist das denn für eine Frage? Nein, Lucy. Ganz sicher nicht."

„Okay", flüstere ich, und meine Stimme ist kaum zu hören, weil mein Herz so heftig schlägt. Was zum Teufel tue ich da? Aber wie könnte eine vernünftige Frau so eine Einladung ablehnen?

„Okay, ich kann dich heute Abend erwarten?"

„Ich denke, ich kann dich einplanen", scherze ich und finde endlich meine Stimme.

Er lässt wieder ein leises Lachen hören. „Gutes Mädchen", schnurrt er, ein einziger Satz, von dem ich mich langsam die Wand hinuntergleiten lasse. „Ich schicke dir um sieben ein Auto. Ich freu mich schon."

Die Leitung ist tot und der arrogante Penner hat die Verbindung getrennt, ehe ich ein weiteres Wort sagen kann. Auch gut. Meine Zunge hat sich offenbar selbst verschluckt.

Ich rutsche den Rest der Wand hinunter und lande zusammengesackt auf meinem Hintern.

32

Lucy

Wie zieht man sich für einen Abend mit einem Milliardär an?

Keinen Schimmer. Da es anscheinend ein selbstgekochtes Essen ist, vermute ich, dass er eher etwas in Richtung *Mädchen von nebenan* als *Domina* bevorzugt. Also verbringe ich die nächsten Stunden damit, ein Outfit zusammenzustellen, das sagt: „Ich bin cool, aber für alles offen, vielleicht sogar Analsex."

Wie aufs Stichwort kommt ein Auto, das JP geschickt hat, um mich abzuholen.

Meine Nerven summen wie ein Hochspannungskabel und ich klopfe leicht an seine Wohnungstür.

Die Tür schwingt auf und ich kämpfe plötzlich mit dem Drang, entweder zu einer Pfütze zu seinen Füßen dahin zu schmelzen oder zurück zum Aufzug zu rennen.

Heute Abend ist er entspannt in eine

schwarze Jogginghose und ein einfaches graues T-Shirt gekleidet, seine Füße sind aufreizend nackt.

Dieses unfassbar sexy Grinsen lässt mich erschaudern. In den sechs Jahren, die ich bei Quinn & Wolfe arbeite, habe ich noch nie ein Lächeln bei dem Mann gesehen. Nun ist es auf mich gerichtet, düster und hungrig.

Mein Herz ist völlig durcheinander.

Denke da nicht zu viel hinein.

„Hi", sage ich.

„Selber hi. Du siehst umwerfend aus", sagt er mit der Andeutung eines Knurrens. Sein Blick begutachtet träge mein Ensemble – ein blaues Kleid, das nach dem Motto „Boho sexy casual Chic" entworfen wurde – und ich fühle mich vollkommen entblößt.

Ich bin kaum durch seine Tür und werde schon rot.

Er ahnt ja nicht, was sich unter diesem unschuldigen Kleid verbirgt. Ich mag für ein legeres Abendessen gekleidet sein, aber darunter ist alles Agent Provocateur. Ich bin gezupft, herausgeputzt, verschönert und gerüstet für alles, was da kommen mag. Ich bin so haarlos, dass meine Klitoris an meiner Unterwäsche reibt, erpicht darauf, loszulegen.

Er öffnet die Tür weiter, um mich hereinzulassen, aber gerade, als ich an ihm vorbeischlüpfen will, streicht seine Hand leicht über meine Hüfte und bremst meine Schritte. Seine Berührung jagt mir einen Stromstoß über den Rücken.

„Du vergisst da etwas."

Meine Gedanken kreisen und dann trifft es mich. Beschämt schlage ich mir eine Hand vor den Mund. „Ich bin eine Schande für einen Gast. Ich habe keinen Wein mitgebracht! Nur weil du Milliardär bist, sollte ich meine Manieren nicht vergessen." Wie peinlich.

„Nein, Liebling, nicht das." Ein tiefes Glucksen dröhnt in seiner Brust. „Das."

Dann, schneller als mein armes Gehirn einen Sinn daraus machen kann, reißt er mich in seine stählerne Umarmung und küsst mich so besitzergreifend auf die Lippen, dass mir die Luft wegbleibt. O Gott. Wir kommen jetzt schon zum versauten Teil.

Die Küsse dieses Mannes sind tödlich. Meine Knie geben unter dem Ansturm der Empfindungen nach, aber er hält mich mühelos aufrecht.

„Mmm, das will ich schon den ganzen verdammten Tag machen", murmelt er an meinen Lippen.

„Hmmm", erwidere ich. Ich muss mein sexy Gerede wirklich auffrischen. Vielleicht melde ich mich sogar zu einem Kurs an.

Zum Glück scheint ihn das nicht sehr zu stören. Seine Erregung drückt durch seine Jogginghose gegen mich.

Er stöhnt in meinen Mund und seine Hände wandern mit einer Dringlichkeit über meinen Hintern, die selbst Christian Grey erröten lassen würde. „Ich sollte ein Gentleman sein. Ich sollte zuerst mit dir essen und trinken." Er zwinkert mir zu und seine Augen glitzern schelmisch. „Aber nur damit du es weißt, ich habe vor, später noch viel mehr davon zu machen."

Ein Kribbeln durchfährt mich, als ich mir diese Pläne in allen Einzelheiten ausmale. „Ich bin jederzeit bereit, direkt zum Nachtisch überzugehen", krächze ich.

„Geduld, Süße." Er lacht leise und das Geräusch hallt in meinem ganzen Körper wider.

Er entlässt mich aus seiner Umarmung, nimmt meine Hand und führt mich durch den Flur.

Ich folge seinem prächtigen Hintern in die riesige Küchen-Esszimmer-Kombination. Die Wohnung sieht aus, als könnte sie auf dem Titelblatt des *Billionaire Monthly* abgebildet sein, so schnittig und minimalistisch ist sie.

Mein Blick wird von dem Esstisch angezogen, der mit einem wunderschönen

Blumenschmuck dekoriert ist.

„Hast das alles du gemacht?", stottere ich.

Mit einem lässigen Achselzucken und einem neckischen Grinsen schlendert er herüber. „Ich bin nicht völlig ungeschickt, Lucy. Ich weiß, wie man einen Tisch deckt."

„Aber es sieht aus, als hättest du dir sehr viel Mühe gegeben." Meine Handflächen sind heiß und schweißnass. Plötzlich macht mir die Tatsache, dass JP das alles für mich tut, furchtbare Angst. Und ich habe nicht einmal daran gedacht, eine Flasche Wein mitzubringen. Ich Idiotin.

Er zuckt wieder mit den Schultern und stützt sich mit den Händen auf den Tresen, um mich einzusperren. „Es ist nur ein Abendessen."

Nur ein Abendessen. Als ob sich jemals jemand so viel Mühe gegeben hätte, mir etwas zu essen zu machen. Allein die Kosten für diese Blumen übersteigen wahrscheinlich meine Rechnungen für einen Monat.

Ich stoße einen Laut aus und hoffe, dass er klingt wie „Ich will alle deine Babys haben".

Damit schlendert er lässig in Richtung Bar, schenkt ein kleines Glas Wein ein – der schnell zu meinem Lieblingswein wird – und schiebt es zu mir hinüber.

Als er den Ofen öffnet, fallen mir fast

die Augen aus dem Kopf. Er hat tatsächlich gekocht.

„Noch fünfzehn Minuten", sagt er und der Ansatz eines Lächelns umspielt seine Mundwinkel. „Magst du Hummerschwanz und Königskrabbe?"

„Ist das dein Ernst?" Ich linse in den Ofen und bei dem köstlichen Duft läuft mir das Wasser im Mund zusammen. Schreib mit, Ramsay. „Ich habe noch nie Hummerschwanz probiert, aber das sieht verdammt gut aus."

„Ich habe so das Gefühl, dass es dir schmecken wird."

Nun, man kann dem Mann sein Selbstvertrauen nicht absprechen. „Eigentlich habe ich eine tödliche Schalentierallergie. Ich gehe auf wie ein Ballon."

Er zieht eine Augenbraue hoch.

„Spaß. Ich bin wirklich beeindruckt. Ehrlich gesagt, hätte ich nicht gedacht, dass du kochen kannst. Warum solltest du dir die Mühe machen? Du könntest leicht jemanden einstellen, der das alles macht."

Er lächelt und macht sich ein Bier auf. „Ja, aber dann würde ich nicht für dich kochen."

Ich kichere wie ein Schulmädchen, als er zwinkert. Mein Gott, reiß dich zusammen.

„Mach dir keine Sorgen", sagt er. „Ich habe das schon ein paar Mal gemacht. Ich werde dir keinen Teller mit Salmonellen servieren."

„Toll. Amnesie reicht mir schon."

Er lacht. Ich bringe ihn gerne zum Lachen.

Ich versuche, cool zu tun, trinke einen Schluck von meinem Wein und gehe hinüber zu der riesigen Fensterwand, von der aus ich auf die kleinen Ameisen im Verkehr unter mir blicke. Hier gibt es keinen Fernseher, nicht dass er damit einen bräuchte.

Ein Teleskop fällt mir ins Auge. „Oh, du hast ein Teleskop! Darf ich mal durchsehen?"

„Nur zu."

Er tritt hinter mich und stellt das Teleskop auf meine Augenhöhe ein, seine Brust drückt gegen meinen Rücken. „Wie ist dieser Winkel?", flüstert er und sein Atem kitzelt meinen Nacken.

Genau richtig.

Ich halte eifrig mein Auge an die Linse und staune über die Details. Mein Gott, ich kann alles sehen. Die Feinheiten eines Paares, das sich im Central Park in einer leidenschaftlichen Umarmung verliert, das pulsierende Treiben der Einkäufer auf der Straße, das alltägliche Drama der Menschen, die ein Taxi rufen.

Die Welt entfaltet sich in lebhaften Farben vor mir.

Ich neige das Fernrohr nach Norden. „Man kann von hier aus bis nach Washington

Heights sehen! Ich kann fast meine Straße sehen!"

„Das stimmt, das kannst du." Seine Lippen bahnen sich einen Weg über meinen Nacken und entzünden einen Schauer, der sich in Hitze zwischen meinen Schenkeln sammelt.

„Hey." Sein Atem gerät ins Stocken, als ich mich an ihm reibe, wobei Verlangen in meinen Adern pulsiert. „Fühlst du dich wohl bei mir? In meiner Wohnung?"

„Sollte ich mir Sorgen machen?", witzle ich, meine Stimme summt vor versteckter Erregung. „Du hast doch nicht etwa vor, bei mir einen auf *American Psycho* zu machen?"

Sein Knurren vibriert durch meinen Körper und löst eine Gänsehaut aus. „Nicht ablenken, Lucy. Ich frage dich, was du wirklich fühlst."

Mann, der Typ ist echt heftig.

Meine Nägel graben sich in das glatte Holz des Teleskops. Wohl? Eher nicht. Ich fühle mich auf die beste Art und Weise seltsam und nervös. Dazu kommt eine gesunde Portion Angst, dass mein Herz zerschmettert wird, und ein gehöriger Klecks Selbstzweifel, die in diese Mischung gerührt sind.

„Die Wahrheit?" Ich lecke mir über die Lippen und fange seinen Blick in der Spiegelung auf. „Ich bin noch nicht ganz so weit. Ich würde gerne eine selbstbewusste Femme Fatale abgeben, aber seien wir ehrlich, du schüchterst mich immer noch irgendwie ein."

Er weicht nicht zurück. Seine Lippen ziehen eine Spur feuriger Küsse meinen Hals hinunter, während seine Hände meine Hüften fest umklammern. „Wie kann ich dir helfen, dich zu entspannen?", murmelt er.

Mit diesen Lippen auf meiner Haut ist es schwierig, klar zu denken.

„Das ist mein eigenes Problem", gestehe ich, und in meiner Stimme schwingt Verletzlichkeit mit. „Aber das ist doch normal, oder? Ich meine, du bist der milliardenschwere Boss und ich ... komme klar. Ich habe einen Job, den ich mag, in diesem Alter eine eigene Wohnung, trotz des verrückten Mitbewohners und der unglücklichen Nähe zu einem Bordell. Ich bin nicht auf Meth. Ich halte durch. Was ich nicht verstehe, ist, warum ausgerechnet du dich für mich interessieren solltest."

„Abgesehen von deiner offensichtlichen Schönheit und deinem Charme?" Seine Handflächen gleiten höher und streichen über die Unterseite meiner Brüste. „Du bist erfrischend aufrichtig, Lucy. Du bist echt. Du bringst mühelos Humor und Licht in mein Leben."

Mein Puls steigt rapide an, aber ich versuche, es wegzulachen. „Nun, jetzt spüre ich Druck, mein Bestes zu geben."

Seine Augen werden weich. „Sei einfach du selbst. Das ist alles, was ich will."

Das ist das Heißeste, was je ein Mann je zu mir gesagt hat. Ich starre auf unser Spiegelbild, meinen Rücken in seinen festen Körper gekrümmt, und schlucke schwer.

Oh. Wir sind startklar, Kapitän.

Verlangen baut sich heiß und hartnäckig auf und schreit nach Erlösung. Ich bin mir nicht sicher, ob ich es bei diesem Tempo bis zum Hauptgang schaffe.

Mein Blick wandert zu seinen Lippen in der Spiegelung und ich frage mich, ob sie genauso gut schmecken wie sein Abendessen. Es gibt nur einen Weg, das herauszufinden.

Ich drehe mich in seinen Armen, kralle meine Hände in sein T-Shirt und reiße ihn nach unten, um ihn zu kosten.

Sein Mund beansprucht meinen, heiß und fordernd, in einem Aufeinandertreffen von Lippen und Zungen, das meine Sinne in Flammen setzt.

Das Teleskop vergessen, geht er mit mir rückwärts zum Tisch, zum Glück nicht an die Seite, die für das Abendessen gedeckt ist.

„Was hast du ..." Meine Frage erstirbt, als

seine starken Hände meine Hüften packen, mich mit einer geschmeidigen Bewegung auf den Tisch heben und nach unten drücken.

Ich schnappe nach Luft, denn bei der Darbietung von sexy Höhlenmensch-Verhalten zieht sich bei mir untenrum alles zusammen.

Seine Hand auf meinem Bauch hält mich in Position. Die erotischste Fessel, die ich je gesehen habe.

Meine Schenkel spreizen sich instinktiv und meine Fersen haken sich um seine Taille, um ihn näher zu ziehen.

Trotzdem noch nicht nah genug.

Ich blicke zu ihm auf und mein Puls hämmert, als seine Augen über mich wandern. Er sieht aus, als wolle er mich im Ganzen verschlingen.

Bitte tu das.

Mit einer schnellen Bewegung reißt er sein T-Shirt herunter und entblößt seine wohlgeformte, zum Ablecken einladende Brust. Seine Jogginghose und Unterhose landen auf dem Boden, bis nur noch er in seiner nackten Pracht dasteht, mit einer dicken Erektion, die stolz in den Himmel ragt.

Der Anblick von ihm in all seiner Männlichkeit, hart an den richtigen Stellen, bringt mich zum Leuchten wie bei einer lebensgroßen, erotischen Version des Spiels

Operation.

„Siehst du, was du mit mir anstellst?“, grollt er und schaut mit einem intensiven Blick auf mich herab. „Ich kann nicht bis nach dem Essen warten.“

Dann ist eine Hand wieder auf meinem Bauch und schiebt den Stoff meines Kleides nach oben, während die andere seinen pulsierenden Schwanz umgreift und heftig massiert. Meine Augen können sich nicht zwischen seinem Gesicht und seiner geschäftigen Hand entscheiden.

„Wir müssen nicht warten.“ Meine Stimme kommt kratzig und leise heraus.

„Willst du das?“, neckt er und grinst auf mich herab.

„Ist das eine rhetorische Frage?“

„Für deine Frechheit, Süße“, knurrt er, während seine Hand meinen Oberschenkel hinaufgleitet, „wirst du jetzt richtig hart gefickt.“

Junge, Junge.

Mein Atem geht flach, als er mir mit quälender Langsamkeit mein Höschen von den Beinen zieht.

Seine Hände legen sich fest um meine Oberschenkel und ziehen mich an die Tischkante. Ich schließe meine Augen, als er seinen Schwanz an meinem Eingang platziert.

Mit einem tiefen Stoß vergräbt er sich in mir und lässt unsere beiden Körper erschaudern.

„Sieh mich an", sagt er rau.

Ich zwinge meine Augen auf, um seinem Blick zu begegnen, als er mit einer geschmeidigen Bewegung wieder ganz in mich gleitet. Es fühlt sich ... unglaublich an.

Er hält sich einen Moment zurück und gibt meinem Körper Zeit, sich auf ihn einzustellen. Er lässt sich Zeit beim Herausgleiten, bis nur noch seine Spitze in mir ist, und stößt dann wieder zu.

Seine Hände umklammern fest meine Hüften, während er die Kontrolle übernimmt und wieder und wieder in mich hineinstößt. Ich bin noch nie auf einem Tisch gefickt worden.

Und ich bin verloren. Alles verblasst – nichts ist wichtig, außer dem Gefühl, das sich in mir verstärkt und mir das Atmen schwer macht.

Ich begegne seinem Blick und er ist wild, dunkel, hungrig und fordernd. Er sieht aus wie ein Barbar, grunzt und stößt in mich hinein, ohne Entschuldigung oder Reue. Und es ist sexy, so sexy, dass ich kaum atmen kann.

Er stöhnt meinen Namen und wirft den Kopf zurück, als er tief in mir kommt.

Meinen Namen auf seinen Lippen zu

hören, bringt mich um den Verstand. Dann bin ich da und sehe Sterne hinter meinen Augen, während mich heftige Wellen der Lust ergreifen.

◆ ◆ ◆

Fast eine Stunde später hat er bewiesen, dass er ein leckeres Meeresfrüchteessen zaubern kann.

Als er mich nach meinem Tag fragt, erzähle ich ihm von den günstigen Duschvorhängen, die ich für meine Wohnung gekauft habe, und von meinen guten Neuigkeiten über den Verkauf. Im Gegenzug erzählt er mir, dass er einen Hektar Land vor den Toren New Yorks für sein erstes Wellness-Retreat gekauft hat.

Es ist nicht wirklich ein ausgeglichenes Verhältnis.

Ich muss zugeben, dass er sich mit diesem Gericht selbst übertroffen hat.

„Schau sich einer dich an, Mr. Multitalent. Milliardenschwerer Magnat, kulinarischer König und Bettenbarbar. Das wäre eine Inschrift für den Grabstein. Bin ich ein Glückspilz, oder was?", sage ich und bemühe mich, damenhaft zu wirken, während ich den Hummer mit bloßen Händen in Stücke reiße.

Er grinst mich an. „Du solltest Dichterin

sein."

„Ich war ziemlich stolz auf diese Alliteration."

„Kannst du mir das mit dem Barbaren erklären?"

„Alle Frauen wünschen sich heimlich einen Barbaren im Bett. Einen Mann, der sich im Schlafzimmer von seinen Urbedürfnissen leiten lässt. Wenn wir in der prähistorischen Zeit wären, würde ich prähistorische Frauensachen machen, wie Beeren suchen; du würdest mich auf dem Feld sehen und mir einfach mitten im Gras den Lendenschurz vom Leib reißen. Und es wäre heiß und eklig zugleich, weil es noch keine Zahnpasta gab."

Er zieht eine Augenbraue hoch. „Nach all den Jahren finde ich also endlich heraus, was Frauen wollen, hm?" Seine Augen funkeln amüsiert. „Ich lebe deine Fantasie gerne, wann immer du willst, im Central Park mit dir aus."

„Ich sehe die Schlagzeilen schon vor mir: Milliardär und Wirtschaftsmogul JP Wolfe beim Vögeln einer Frau mit Gedächtnisverlust auf der Wiese erwischt."

Dabei blitzt etwas in seinen Augen auf, als hätte mein Kommentar einen Nerv getroffen. *Wurde* JP dabei erwischt, wie er im Central Park mit jemandem gevögelt hat?

Doch dann lächelt er. „Vielleicht halten wir

uns einfach von neugierigen Augen fern."

Ich versuche, ein pralles Hummerstück mit meiner Gabel aufzuspießen, aber es rutscht weg und jagt über meinen Teller. „Schlüpfrige kleine Teufel", murmle ich.

Er sieht mir amüsiert zu, die Lippen zu einem Grinsen verzogen, während ich mit den aufmüpfigen Meeresfrüchten kämpfe.

„Und", sagt JP, „hast du dir überlegt, wohin du ziehen könntest, wenn der Verkauf deiner Wohnung abgeschlossen ist?"

Ich nicke und schlucke einen Bissen Hummer herunter.

„Ich habe vor, in der Nähe zu bleiben, vielleicht in einer ruhigeren Straße", erwidere ich und fühle eine Welle der Erleichterung. „Der Verkauf der Wohnung fühlt sich an, als wäre ich von einer großen Last befreit. So sehr ich die Wohnung auch geliebt habe, seit der Sexshop Schrägstrich das Bordell im Erdgeschoss aufgetaucht ist, war sie ein konstanter Albtraum."

Ich spüre, wie meine Wangen erröten und schaue nach unten. „Du hältst mich bestimmt für sehr dumm."

„Lucy, so würde ich nie denken. Ich bin in den Zwanzigern gerade so über die Runden gekommen, habe mich aus dem Bankrott gerettet und eine katastrophale Ehe beendet."

„Darf ich fragen, was bei deiner Scheidung passiert ist? Oder geht das zu weit?"

„Überhaupt nicht", sagt er lässig. „Sie war nicht die richtige Frau für mich. Wir haben uns jung kennengelernt, um die zwanzig. In guten Zeiten war alles gut mit uns. Als es schwer wurde, wollte sie nicht bleiben. Der Konkurs kam und ein paar Monate später ging sie."

„Wow. Das tut mir leid."

„Das muss es nicht. Das war ein Weckruf, den ich brauchte."

„Hattest du seitdem noch andere ernsthafte Beziehungen?", frage ich, während sich meine Nerven im Magen verknoten.

Er macht eine quälende lange Pause. „Nicht wirklich."

Mein Herz hämmert in meiner Brust und ich trinke schnell einen Schluck von meinem Getränk.

„Liegt das daran, dass du keine Beziehung willst?", riskiere ich und fühle mich, als stünde ich auf einem Felsvorsprung. Es ist, als spielte ich Russisches Roulette mit meinem Herzen.

Sein Blick wird intensiver und ich rutsche davon unruhig hin und her. „Ganz im Gegenteil, Lucy. Aber nur mit der richtigen Person."

Seine Erklärung lädt die Luft auf wie ein Stromkabel. Ich greife noch einmal nach meinem Glas und überlege, wie ich darauf reagieren soll.

Nimm mich! schreit mein Herz.

Frag ihn. Lass ihn den Bauplan für sein perfektes Mädchen entwerfen. Lass ihn ein detailliertes Porträt zeichnen.

Er räuspert sich und bewegt sich unruhig. „Ich war nicht immer der Typ, den man zu seiner Mutter mitnehmen konnte. Ich habe einige schlechte Entscheidungen getroffen." Seine Stimme wird tiefer und rauer. „Ich habe mich im Vegas-Lifestyle verloren, vergessen, was wichtig ist." Er verzieht kurz das Gesicht, als wäre das Eingeständnis ein körperlicher Schlag. „Aber das liegt alles in meiner Vergangenheit."

Seine Worte verweilen schwer in der Stille. Das ist nicht eben beruhigend. Ich kann mir die Bedeutung des „Vegas-Lifestyles" nur ausmalen. Was gesteht er da genau? Untreue? Nutten? Sexpartys? Kriminelle Aktivitäten? Wie schlimm ist es?

Ich schlucke und klopfe mit den Fingern gegen das Glas. „Aber jetzt hast du dich geändert?"

„Ich werde nicht so tun, als wäre ich ein Engel." Sein Blick begegnet meinem, unerschütterlich. „Ich habe immer noch Ecken und Kanten, aber ich habe dazu gelernt. Ich bin nicht mehr derselbe Mann, nicht weil sich meine Welt verändert hat, sondern weil ich es getan habe."

Ich befeuchte meine ausgetrockneten Lippen, Unbehagen macht sich breit. „Könntest du zurückfallen? In alte Gewohnheiten?"

Seine Augen verfinstern sich. „Ich habe zu hart gearbeitet, um der Mann zu werden, der ich jetzt bin", beteuert er. „Nichts und niemand wird das ändern."

Ich lächle ihn an, aber ein Frösteln durchfährt mich. Ich bin in der Hoffnung hergekommen, ihn besser kennenzulernen, aber seine Worte klingen eher wie eine Warnung, mich fernzuhalten.

33

JP

Ekstase und Qualen. Diese Gegensätzlichkeit ist mir nicht fremd. Die Höhen, in denen ich mich lebendig fühlte, gingen immer mit qualvollen Tiefen einher. Jedes verbotene Vergnügen, jeder sündige Genuss lag wie ein Festmahl vor mir ausgebreitet, und ich habe mich damit vollgestopft. Doch je mehr ich sündigte, desto hohler fühlte ich mich.

Nun erlebe ich genau diese Gefühle, wenn ich Lucys leichten Atem beobachte, wie sich ihr Brustkorb hebt und senkt. Die Konturen ihres Wangenknochens unter meinem Finger, die Seufzer, die über ihre vollen Lippen geistern – es ist wie ein verdammtes Gemälde.

Ihre Augen flattern von Träumen, in die ich gerne hineinschauen würde. Ich könnte ihr ein Leben lang beim Schlafen zusehen und würde keine Sekunde davon eintauschen.

Meine Liebe zu ihr schlich sich an

mich heran. Ungeplant. Die ungewollte Nähe zu ihrem Team führte dazu, dass ich dieses skurrile Mädchen mit ihrem selbstironischen Witz und ihrer bodenständigen Bescheidenheit schätzen lernte. Am Anfang war es nur körperlich, es gab keine emotionale Bindung. Ich habe keine sentimentale Verbindung gesucht.

Doch wie man so schön sagt: Aus Vertrautheit wird Zuneigung, und schon bald war ich hoffnungslos gefangen.

Jetzt bin ich in ein komplexes Netz aus Halbwahrheiten und verborgenen Tatsachen verstrickt. Es sind keine vollständigen Lügen, aber ein kalkuliertes Ausweichen vor der ganzen Wahrheit. Ein quälendes Schuldgefühl nagt unaufhörlich an mir und wirft die unvermeidliche Frage auf: Würde sie das Bett mit mir teilen, wenn der Unfall sie nicht ihres Gedächtnisses beraubt hätte?

Ich habe bekommen, was ich mir gewünscht habe – Lucy ist wieder in meinem Leben, in meinem Bett. Vertraut mir. Die Ärzte schlugen vor, mich langsam wieder an sie heranzuführen, damit ihre verborgenen Erinnerungen von selbst auftauchen.

Aber verdammt, es fühlt sich an, als hätte ich eine scharfe Granate in der Hand, bei der der Stift bereits gezogen ist. Jede Entscheidung ist wie das Umgehen einer möglichen Explosion. Ich habe meine Vergangenheit angedeutet, aber den Teil, in dem sie in mein persönliches Chaos verwickelt wurde, bequemerweise ausgelassen.

Soll ich jetzt die Wahrheit sagen und mich auf die Konsequenzen vorbereiten? Mit jedem Moment, den wir gemeinsam verbringen, spüre ich, wie das bevorstehende Unglück näher rückt – der unvermeidliche Tag der Abrechnung. Ich habe schreckliche Angst, dass sie mir nicht verzeihen wird, wenn sie ihr Gedächtnis wiedererlangt. Schreckliche Angst vor der Möglichkeit, dass sie für immer fort sein wird.

Ein leises Wimmern unterbricht meinen Gedankengang. Ihre Augen fliegen auf, vernebelt von den Resten ihrer Träume. Sie sieht zu mir auf und ihr stockt der Atem.

„Morgen", sage ich in leichtem Ton, in der Hoffnung, sie damit zu beruhigen.

„Morgen." Ihr Lächeln verblasst.

„Alles in Ordnung? Du bereust es doch nicht, hier übernachtet zu haben, oder?"

„Nein, nein. Nur ... mehr komische Träume. Seit dem Unfall. Sie kommen jetzt jede Nacht."

Mein Magen verknotet sich. „Wovon handeln sie?"

Sie zögert. „Es ist albern."

„Lucy." Ich hebe ihr Kinn an, bis wir uns in die Augen sehen, und mein Ton ist sanft und eindringlich. „Ich will es wissen."

„Es ist zu bizarr, um es auch nur zu beschreiben. Als ich ein Kind war, gab es in meiner Straße einen Hund namens Buddy. Ich habe immer mit ihm gespielt, aber eines Tages drehte er durch und wurde fortgebracht. Ich weiß nicht, warum. Jetzt träume ich davon, dass er sich in einen bösen Hund verwandelt und mich angreift. Ich glaube, das ist mein Unterbewusstsein, das versucht, mit etwas fertig zu werden. Oder es will mich einfach nur verarschen. Ich kann mich nicht entscheiden."

Ein verlegenes Lachen entweicht ihr. Ich versuche, meine Miene neutral zu halten. Mein Gott, hat mich ihr Unterbewusstsein in einen tollwütigen Hund verwandelt?

„Lucy." Ich erhebe mich und stütze mich auf die Ellbogen, damit wir auf Augenhöhe sind. „Ich möchte, dass du etwas weißt. Wenn du jemals Angst hast, verärgert bist oder jemanden brauchst, bin ich für dich da. Du kannst weinend oder panisch zu mir kommen, egal zu welcher Uhrzeit. Egal zu welcher Tages- oder Nachtzeit, ich bin da."

Sie schenkt mir ein zaghaftes Lächeln. „Auch wenn es ein Traum von einem Hund ist?"

„Selbst wenn es ein Traum von einem besessenen Teddybären ist. Es ist mir egal, was es ist."

Mein Herz klopft heftig, als ich sie neben mir liegend betrachte, ihre Haare auf dem Kissen verteilt. Das ist meine Chance. Sie liegt in meinem Bett, verletzlich und vertrauensvoll.

Ich muss ihr die Wahrheit sagen. Ich muss zu meiner Vergangenheit stehen. Ich strebe danach, ein besserer Mann zu werden, jemand, der ihrer würdig ist.

Doch die Erinnerung an ihre Wut, an die scharfen Worte, die sie mir auf der Treppe des Plaza Hotels entgegengeschleudert hat, hält mich zurück.

Ich beuge mich vor und drücke ihr einen Kuss auf die Lippen, aber die gewohnte Sicherheit ist weg. Ich schwanke, bin verunsichert. Ich brauche mehr Zeit.

„Mir ist gerade etwas klar geworden", sagt sie, während ihre Finger abstrakte Muster auf meiner Brust nachzeichnen. „Ich habe dich nie gefragt, wofür JP steht. John Paul, richtig?"

„Richtig."

Sie grinst zu mir hoch. „Wie der Papst?"

„Nicht wirklich." Ich lache leise und streiche ihr Haare aus dem Gesicht. „Mein Großvater hieß Juan. Es ist eine Anspielung auf ihn."

„Ooh, Spanisch?" Ihre Augen glänzen vor Interesse.

„Ja, in der Tat."

„Kannst du Spanisch sprechen?"

„Kann ich", bestätige ich und mein Daumen fährt sanft über ihre Unterlippe, was sie dazu bringt, ihre Lippen ganz leicht zu öffnen.

„Dann sag etwas für mich", haucht sie.

Ich rücke näher an sie heran, drücke meine Brust gegen ihre und murmle in ihr Ohr: *„Quiero pasar el resto de mi vida contigo."*

„Wow. Das war heiß. Was bedeutet das?"

„Es bedeutet, dass ich den Tag mit dir verbringen möchte", murmle ich. In Wirklichkeit bedeutet es, *ich möchte den Rest meines Lebens mit dir verbringen.*

Sie grinst.

„Und", frage ich. „Was sagst du?"

Sie windet sich unter mir. „Ich kann nicht. Ich habe heute Nachmittag eine Therapiesitzung."

Ich nicke. „Okay. Das ist wichtig. Aber lass mich dir wenigstens erst Frühstück machen."

„O mein Gott. Abendessen und Frühstück? Das ist eine Menge. Was wirst du den Rest des Tages machen?"

Versuchen, nicht den Verstand zu verlieren, indem ich mir Sorgen mache, was du in deiner Sitzung aufdecken könntest. „Ich werde joggen gehen. Vielleicht schwimmen. Ich werde versuchen, einen klaren Kopf zu bekommen. Aber ich würde dich gerne von deiner Therapiesitzung abholen. Ich bringe dich zu dir nach Hause oder am besten hierher."

„Das musst du nicht ... aber es wäre schön, dich zu sehen. Aber sei gewarnt: Meine Therapeutin hat gesagt, dass diese Sitzung ziemlich heftig werden könnte. Du könntest mich dabei erwischen, wie ich gackere wie ein Huhn."

Trotz des wachsenden Unbehagens zwinge ich mich zu einem Lächeln. Wird dies die Sitzung sein, die alles auflöst? „Ich lasse es darauf ankommen. Vielleicht lerne ich dein Safeword für den Fall, dass du versuchst, mich anzupicken."

Ich umfasse ihr Gesicht und halte ihren Blick fest. „Machst du dir Sorgen wegen deiner Sitzung heute?"

„Nein, warum sollte ich mir Sorgen machen, in den dunklen Tiefen meiner Psyche zu wühlen?" Ihr Lachen ist angestrengt. „Was kann da schon schiefgehen?"

Eine Million Dinge, und kein einziges davon kann ich kontrollieren. „Komm schon, Lucy. Öffne dich mir."

„Ja." Sie seufzt. „Ich habe schreckliche Angst."

„Und deshalb werde ich vor der Klinik warten."

Und als sie mich anlächelt, als wäre ich der wichtigste Mann der Welt, weiß ich, dass alles gut wird.

Ich brauche nur ein bisschen mehr Zeit.

34

Lucy

Endlich scheint das Leben wieder in Ordnung zu kommen. Wie versprochen hat JP letzten Sonntag vor der Klinik auf mich gewartet. Seitdem hatte ich zwei weitere atemberaubende Nächte mit ihm in seiner Penthouse-Wohnung, habe zwei Runden Hypnotherapie überstanden und die seltsamen Träume über den Dämonenhund scheinen nachzulassen.

Date Nummer eins: Zurück zum letzten Sonntag. JP holt mich von der Therapie ab – noch immer ohne Erinnerungen – und dann sind wir zu ihm schwimmen gegangen. Der Pool war eher *„Ich scheine versehentlich meine Yacht hierher verlegt zu haben"* als *„Oh, schau, ich habe einen Pool"*. Dann sind wir hoch in sein Penthouse gefahren und haben uns bei einem Film und einem kleinen Imbiss entspannt und Essen bestellt. Nicht gerade das Traumdate mit einem Milliardär, das ich mir vorgestellt hatte, aber ehrlich gesagt, hat es mir sehr gefallen. Dann zeigte er mir seinen Herabschauenden Hund, bei dem ich auch auf alle Viere gehen musste, was eine schöne Überraschung war.

Das zweite Date diese Woche war wie etwas, das man nach monatelangem Daten macht – einfach, aber toll. Wir sind durch den Central Park geschlendert, haben in meinen Lieblingscomicladen geschaut und uns an einem Straßenstand Hotdogs geholt. Dann ging es für eine fortgeschrittene Yoga-Stunde wieder zu ihm, Namaste.

Er hat eine Baseballkappe getragen, damit die Leute ihn nicht erkennen konnten, was ich irrsinnig heiß fand. Als er sich von hinten an mich heranschlich, während ich einen aktuellen Comic las, mich leicht von hinten umarmte und meine Schulter küsste, war das der romantischste Moment meines bisherigen Lebens auf Erden.

Ich weiß, dass es nicht ausgeglichen ist – ich gehe dauernd zu ihm nach Hause – aber wer gewinnt da? Wenn ich ihn mit in meine Wohnung nehmen würde, hätte ich Angst vor den Überraschungen, die Spider im Badezimmer hinterlassen haben könnte.

Die Arbeit läuft auch gut – wir haben gute Fortschritte beim Projekt Tangra gemacht und ich habe es geschafft, Meetings mit JP zu überleben, ohne ICH FICKE MIT DEM BOSS zu schreien.

Es ist ein wunderschöner Samstagmorgen in New York und Spider zieht heute aus, also bekomme ich meinen Wohnraum zurück, bis der Wohnungsverkauf über die Bühne geht. Endlich Freiheit.

Ich habe den ganzen Morgen durch tolle Wohnungen im Internet gescrollt, aber dieses Mal werde ich alles eifrig checken.

Ich stürze mich kopfüber in das, was ich gerne „therapeutisches Saubermachen" nenne. Es hat etwas seltsam Beruhigendes, seine Probleme wegzuschrubben, einen schmutzigen Teller nach dem anderen.

Spider wandert mit einem Rucksack und einer Gitarre in den Küchenbereich.

„Hey", begrüße ich ihn, und Schuldgefühle dringen in meine Stimme. Ich lasse den Schwamm in die Spüle fallen. „Das hier tut mir leid. Wo wirst du hingehen?"

„Nee, keine Sorge, es ist besser so. Ich habe tatsächlich eine Wohnung in der Fifth Avenue gefunden. Sogar umsonst." Er grinst und stopft die letzten seiner Sachen in seine Tasche.

Ich starre ihn mit offenem Mund an. „Ernsthaft?"

„Ein paar coole Hausbesetzer leben dort."

Ich schüttle den Kopf. Wow. Na ja, jedem das Seine. „Ist das alles, was du hast?", frage ich und nicke in Richtung seines kläglichen Rucksacks.

Er zuckt mit den Schultern. „Ich reise mit leichtem Gepäck."

„Na dann, viel Glück", sage ich. „Wir sehen uns bestimmt."

Wir umarmen uns mit der peinlichsten Umarmung der Welt, dann geht er zur Tür und wirft sich seine Gitarre über die Schulter. Die Tür schnappt hinter ihm zu und er ist weg. Einfach so. Mein Mitbewohner, der die Toiletten verstopft und die Töpfe missbraucht, gehört der Vergangenheit an.

Ich lasse den Atem aus, den ich angehalten habe, seit Spider eingezogen ist. Nie wieder werde ich seine nächtlichen Rendezvous durch die Wände mitanhören. Keine merkwürdigen Gerüche mehr, die aus dem Badezimmer wehen. Ich muss sein verkrustetes Essen nicht mehr aus meinem Le Creuset kratzen. Nur noch süße Freiheit.

Ich lasse mich auf die Couch fallen und genieße die Stille, als mein Handy vibriert.

„Lucy", sagt JP mit seiner heiseren Baritonstimme, die unaussprechliche Dinge mit meinem Inneren anstellt. „Ich habe eine Überraschung für dich."

Instinktiv ziehe ich meine Knie an meine Brust und drücke sie an mich.

„Eine Überraschung?", antworte ich und gebe Nonchalance vor, während sich mein Inneres zu Brezeln aus Neugierde und Lust verdreht.

Sein Lachen ist leise und warm. „Was hältst du von Comic-Conventions?"

Ein überraschtes Lachen entweicht mir. „Du machst Witze!"

Ein weiteres Lachen, das mir diesmal eine Gänsehaut beschert. „Wir fahren zu einer Comic-Convention in Boston. Ich habe uns Karten besorgt."

Mein Mund öffnet und schließt sich wie bei einem Goldfisch. Das Wort *„Nein"* rutscht mir heraus, auch wenn ich „Ja" meine.

JP Wolfe, der rätselhafte, heiße Milliardär, nimmt mich mit zu einer Comic-Convention? „Ich … ich hätte dich nicht für einen Comic-Fan gehalten."

„Bin ich auch nicht. Aber du schon. Und vielleicht darfst du dich sogar als Miss Nova bei mir austoben."

Ein Grinsen breitet sich auf meinem Gesicht aus. „Lustig, dass du das sagst. Ich habe unter meinen Sachen ein Kostüm aus der Zeit vor meinem Gedächtnisverlust gefunden, und das hat es in sich."

„Dann ist das ein Anblick, der ausschließlich für meine Augen reserviert ist", schießt er zurück und sein Ton wird leiser, dunkler und beschwört Bilder von ihm herauf, wie er mich Zentimeter für Zentimeter aus dem Kostüm schält.

„Die ist doch nächste Woche, oder?"

„Genau. Ich kann uns an einem Tag hin- und zurückfliegen oder wir können über Nacht bleiben, wie du willst."

Ich atme tief ein. „Ich kann nicht glauben, dass du da hingehen willst. Mir ist beides recht."

„Dann ist es klar", brummt er. „Wir machen eine Übernachtung in Boston daraus."

„Vielen Dank", sage ich und spüre, wie sich ein Kloß in meinem Hals bildet. „Das ist großartig. Die Karten sind wirklich schnell ausverkauft. Auf der war ich schon seit Jahren nicht mehr."

Er lacht, ein leises Geräusch, das mich wärmt. „Du kannst dich bei mir revanchieren, indem du in den Norden New Yorks kommst. Ich möchte dir das Gelände für das neue Wellness-Zentrum in der Nähe des Bear Mountain zeigen. Wir können bei mir übernachten."

„Sehr gerne", hauche ich und Schmetterlinge flattern in meinem Bauch.

„Und was hast du heute Abend vor?", frage ich. „Wenn du nichts mit dir anzufangen weißt, könnten wir Zeit miteinander verbringen. Aber nur, wenn du nicht in CEO-Kram erstickst."

„Ich muss mich um Verwaltungskram kümmern."

Enttäuschung macht sich in mir breit. „Ach, okay, macht nichts."

Nach einer kurzen Pause spricht er wieder. „Kann ich dich morgen Abend sehen?"

Meine Schenkel pressen sich unwillkürlich zusammen. „Ja, morgen ist gut."

Dann ist heute Abend masturbieren angesagt.

„Aber du wirst mir heute Nacht fehlen", sagt er mit tiefer Stimme. Wenn der Mann je wieder bankrottgeht, wird er seine Milliarden mit dem Verkauf von heißen Hörbüchern zurückverdienen.

„Ja?", frage ich mit stockender Stimme.

„Du hast ja keine Ahnung. Ich muss los, Lucy. Wir sehen uns."

Meine Zähne beißen in meine Unterlippe, als eine Mischung aus Aufregung und Befürchtungen in mir aufsteigt. Ich habe mich davor gehütet, nichts zwischen uns einen Namen zu geben, vor allem nach unserem Gespräch, in dem er angedeutet hat, dass er in Beziehungen nicht gerade perfekt ist. Aber das hier ist gefährlich nah an der Grenze zum festen Freund.

◆ ◆ ◆

Ich schnappe mir meine Schlüssel und mache mich auf den Weg in den Central Park, um mich mit Priya zu treffen. Ich fühle mich, als könnte ich spontan in Flammen aufgehen, wenn ich mich nicht bald bei jemandem entlade.

„Okay", sage ich, als wir durch den Park schlendern. „Ich muss etwas gestehen, aber du musst bei deinem Leben schwören, dass du Libby kein Wort davon erzählst."

Sie schaut neugierig. „Spuck es aus."

Ich streiche mir eine lockere Haarsträhne hinters Ohr und schinde Zeit. „Ich habe vielleicht angefangen, mich mit jemandem zu treffen."

„Was?", ruft Priya laut aus und hält sich die Hand vor den Mund, als ein Jogger uns einen Blick zuwirft. Sie packt mich am Arm. „Mit wem?"

Ich lehne mich nah an sie heran, als würden wir einen zwielichtigen Deal abschließen und flüstere: „JP Wolfe."

Sie starrt mich an. Ihr Gesichtsausdruck ist zum Totlachen und beleidigend zugleich.

„JP *Wolfe*?!", schreit sie. „Willst du mich verarschen?"

„Es ist gerade erst passiert, in Bear Mountain. Halt mir keine Vorträge, ich weiß, wie dumm das ist."

„Verdammt." Priya hält ihren Hotdog abwehrend hoch. „Kein Urteil, nur ... verdammt."

„Und bitte, Libby darf es nicht wissen, denn dieses Aasgeier-Magazin wird es auf jeden Fall veröffentlichen. Ich sehe schon die Schlagzeile: Wolfe treibt's mit normaler Frau."

„Und, hast du ...?"

„Ja." Ich werde rot, ungewöhnlich beschämt. „Und es war ziemlich heiß."

Priya grinst und zieht die Augenbrauen hoch. „Ziemlich heiß?"

„Umwerfend. Lebensverändernd. Hat mich für andere Männer ruiniert. Ist das besser?"

Priya grinst und hat sichtlich Spaß an meinem Unbehagen. „Ich hätte nie gedacht, dass du das draufhast. Eine heimliche Affäre mit JP Wolfe, das ist der beste Klatsch, den ich seit langem gehört habe."

„Und genau da liegt das Problem." Ich seufze und fummle am Ärmel meines Mantels herum. „Ich glaube, ich bin tatsächlich dabei, mich in den Mistkerl zu verlieben. Letztes Wochenende hat er sogar für mich gekocht."

„Warte, der Typ hat für dich gekocht?" Sie blinzelt überrascht.

„Letzten Samstagabend. Ich habe geflunkert; ich habe mir nicht den neuen *Spiderman* angesehen. Ich war bei JP und hatte die Nacht meines Lebens."

Das Lächeln verschwindet aus Priyas Gesicht und sie ist einen Moment lang still. „Bitte, sei in der Nähe von Wolfe vorsichtig."

Ich seufze und stochere in den Resten meines Hotdog-Brötchens herum. „Ich versteh schon."

Priya schüttelt den Kopf, ihre dunklen Augen sind ernst. „Nein, das tust du ganz und gar nicht. Es gibt ... möglicherweise gerade ein paar rechtliche Geschichten bei Wolfe. Er versucht, es aus der Presse herauszuhalten."

Mein Magen gerät ins Schleudern. „Kannst du mir sagen, was es ist?"

„Das kann ich nicht. Und du kannst ihn auch nicht danach fragen." Priya wirft mir einen betonten Blick zu. „Ich erzähle dir das, weil ich dich liebhabe und nicht will, dass du verletzt wirst. Denk einfach daran, dass bei Männern wie Wolfe immer mehr hinter der Fassade steckt."

Männer wie Wolfe. Ein grüblerischer Mann mit dunklen Augen und einer kurzen Zündschnur, der, wie er selbst zugibt, viele

Fehler gemacht hat.

Ich versenke meine Zähne in das weiche Brötchen, der süße Geschmack des Ketchups vermischt sich mit den scharfen Zwiebeln und dem rauchigen Hotdog. Stressessen.

Priya hat recht. Das Bauchgefühl war immer da. Aber manchmal will das Herz, was es will, scheiß auf die Logik.

Ich schlucke meinen Bissen hinunter. „Er hat mich gefragt, ob ich nächste Woche mit ihm zu einer Comic-Convention in Boston gehe."

Priya starrt mich einen Moment lang an, bevor sie in Gelächter ausbricht. „Eine Comic-Convention? Der Mann muss dich wirklich mögen, um sich dem auszusetzen."

Der absurde Gedanke, der mich plagt, seit JP die Comic-Convention vorgeschlagen hat, krabbelt an die Oberfläche und weigert sich, begraben zu bleiben. „Du wirst denken, ich habe den Verstand verloren, aber was ist, wenn JP tatsächlich ... Daredevil ist?"

„Der Typ, mit dem du auf der Comic-Convention rumgemacht hast?"

„Ja." Ich bereue sofort, dass ich meine lächerliche Theorie ausgesprochen habe.

Priya zieht die Augenbrauen zusammen, ihr Blick wird von Sorge getrübt. „Du glaubst, dass vor deinem Unfall etwas zwischen euch beiden vorgefallen ist? Aber warum sollte er es dir nicht erzählen?"

Ich kaue auf meiner Unterlippe, die Brust eng vor Angst. „Ich weiß, es ist weit hergeholt."

Sie grinst. „So eine Art Clark-Kent-Doppelleben? Wolfe stolziert also im Anzug herum und trägt darunter ein Daredevil-Kostüm?"

„Es fühlt sich so an, als ob er das tut. Aber ich weiß nicht, es liegt nicht völlig außerhalb des Möglichen. Jetzt weiß ich, dass er genug für mich übrighat, um mit mir ins Bett zu gehen. Soll ich ihn fragen oder klinge ich dann verrückt?"

„Also, wenn er dein geheimnisvoller Mann ist, sei vorsichtig, Luce. Denn das würde bedeuten, dass er dich aus irgendeinem Grund anlügt. Das ist so manipulativ."

„Weshalb zum Beispiel?"

„Vielleicht ist etwas passiert, beispielsweise dass du herausgefunden hast, dass er ein paar Frauen nebenher hatte, und du deshalb verärgert warst. Jetzt nutzt er deinen Gedächtnisverlust, um dich wieder an sich zu binden."

Ich denke daran zurück, dass er bei mir war, als ich die Treppe des Plaza hinunterfiel.

Ich schnaufe in einem erbärmlichen Versuch tapfer zu sein. „Bitte, ich bin nicht so gut im Bett, dass er sich solche Mühe machen würde. Das ist wohl kaum der Höhepunkt seines Jahres. Außerdem scheint er ziemlich aufrichtig zu sein. Ich glaube nicht, dass er solche Spielchen spielen würde."

Priyas Blick bleibt skeptisch. „Pass einfach bei ihm auf dich auf. Diese Milliardär-Playboy-Typen sind meistens totale Idioten."

Ich lache. „Ach ja? Du kennst eine Menge davon?"

Sie grinst. „Ein paar, mit denen wir zusammengearbeitet haben, ja."

Wir setzen unseren lockeren Spaziergang durch das üppige Grün des Central Parks fort und die Last auf meiner Brust fühlt sich etwas leichter an, nachdem ich Priya von meiner lächerlichen Theorie erzählt habe. Aber ich bin immer noch meilenweit davon entfernt, mir einen Reim auf die Sache zu machen.

Unsere Wege trennen sich am Eingang.

„Ich gehe heute Abend mit der Jura Crew aus", sagt Priya. „Was hast du heute Abend vor?"

„Spider ist ausgezogen, also werde ich es mir wahrscheinlich mit einem Buch gemütlich machen." Ich lächle. Das einfache Leben. Mein armes, überlastetes Gehirn braucht das.

„Siehst du deinen Superhelden nicht?", stichelt Priya mit einem verschmitzten

Glitzern in den Augen. „Ich kann nicht glauben, dass du das vor mir verheimlicht hast."

„Nein, er ist heute Abend beschäftigt, er macht Verwaltungskram."

„Verwaltungskram?" Priya schnaubt. „Welcher Milliardär kümmert sich denn samstagabends um Verwaltung?"

Ich zucke mit den Schultern und werde abwehrend. „Er ist ziemlich bodenständig."

„Mm-hmm." Ihr Tonfall sagt alles. Priya gibt mir einen Abschiedskuss und wirft einen letzten warnenden Blick über ihre Schulter.

Ich verdrehe die Augen und tue so, als wäre es mir egal.

Während ich die Fifth Avenue entlangschlendere, gehen mir Priyas Worte durch den Kopf. Ein bodenständiger Milliardär, der an einem Samstagabend die Verwaltung macht? Das hört sich wirklich nicht sehr glaubwürdig an.

Plötzlich fällt mir ein, dass ich mein Kindle-Ladegerät in der Wohnung gegenüber von JP vergessen habe. Ich wollte es schon lange holen gehen und werde es brauchen, wenn ich heute Abend lesen will.

Und dass ich Mr. Milliardär ausspioniere, ist natürlich reiner Zufall. Ich darf ihm einfach nicht über den Weg laufen. Das Letzte, was ich brauche, ist, dass er denkt, ich würde einen auf

Eine verhängnisvolle Affäre machen.

Eine Stunde später schleiche ich durch den Flur an JPs Wohnung vorbei, mein Herz klopft in meinen Ohren. Ich höre das leise Summen seiner Musik-Playlist, ein eindeutiges Zeichen, dass er zu Hause ist. In meinem Magen bildet sich ein Knoten aus ängstlicher Energie.

Warum habe ich das noch mal für eine gute Idee gehalten? Ich sollte das verdammte Ladegerät einfach vergessen, zum Teufel damit, dass ich es brauche.

Aufgabe: Das Ladegerät holen. Operation: Schneller Abgang. Nun, da ich hier bin, bin ich zu feige, Privatdetektiv zu spielen und herumzuschnüffeln, was JP als „Verwaltung" bezeichnet.

Ich stecke den Schlüssel ins Schloss und zucke zusammen, als es in der Stille laut klickt. Mit angehaltenem Atem schiebe ich die Tür knarzend auf und erwarte, dass jeden Moment ein Dutzend Alarmglocken schrillen.

Nichts. Ich atme aus, schlüpfe hinein und schließe die Tür leise hinter mir. So weit, so gut.

Einen Moment lang bin ich geblendet von der Aussicht aus den raumhohen Fenstern.

Manhattan erstreckt sich vor mir, glitzernd wie ein Meer aus Edelsteinen, so weit das Auge reicht.

Wenn das meine Wohnung wäre, könnte ich mit Freuden das ganze Wochenende hier verbringen, Tee trinken und die Aussicht bewundern. Die Fragen, die mich plagen, die Geheimnisse, die sich um den Mann auf der anderen Seite des Flurs ranken, scheinen für einen Moment weit weg zu sein.

Doch die Realität holt mich schnell wieder ein – das ist nicht mein Zuhause, und nun, da Spider weg ist, sollte ich JP seinen Schlüssel zurückgeben.

Aber erst ... kann ich hier noch genauso gut eine Weile lesen.

Ich bin fast eine ganze Stunde lang in mein Buch vertieft. Auf Bücher kann ich mich bei meinem Gedächtnisverlust verlassen, weil sie mir nichts vorenthalten oder mich anlügen. Wenn es doch nur ein Buch über mein fehlendes Jahr gäbe.

Es hieße *365 verlorene Tage* und wäre alles andere als eine sexy Romanze.

Die untergehende Sonne, die durch die hoch aufragenden Wolkenkratzer lugt, holt mich zurück in die Gegenwart.

Zeit, Phase zwei auszuführen.

Ich sammle eilig mein vergessenes Kindle-

Ladegerät und die Toilettenartikel ein, die ich bei meiner überstürzten Abreise am Morgen nach meinem Aufenthalt hier zurückgelassen habe. Die Angst, JP zu begegnen, hatte mich im Morgengrauen nach draußen getrieben.

Dann, die Stille durchschneidend wie eine Glasscherbe, klingelt der Aufzug. Auf dieser Etage gibt es nur drei Wohnungen. Kommt die Person hierher? Zu JP?

Ich umklammere meine Tasche wie eine Rettungsleine, gehe zur Tür und lausche mit alarmierten Nerven.

Die Schritte kommen näher, werden lauter.

Ein Klopfen an JPs Tür. Stille. Und dann ein weiteres Klopfen, dieses Mal etwas energischer. Ich halte den Atem an und mein Puls rast wie wild.

„Hi." JPs Stimme dringt durch die Tür, tief und schroff. Ihr Klang lässt mein Herz noch heftiger schlagen.

Als ich durch den Spion linse, sehe ich eine schlanke Brünette, an seine Tür klopfen. Wenn ihre Vorderseite nur halb so sexy ist wie ihre Hinterseite, ist sie absolut heiß. Schmerz und Eifersucht durchzucken mich.

JP lässt sie ohne zu zögern rein.

Von wegen Verwaltung.

Ich bewege mich vom Spion weg, ohne zu atmen, falls sie mich hören, bis sich seine Tür schließt und beide auf der anderen Seite sind.

Gemeinsam.

Scheiße.

Ein bleiernes Gewicht fällt in meinen Magen. Ich schleiche mich von der Tür weg, während in meinem Kopf Fragen aufschreien. Ich will nicht darüber nachdenken, wer sie ist und was sie an einem Samstagabend in seiner Wohnung macht.

Sieht so aus, als wäre ich zur Miss Sonntag degradiert worden.

Ich möchte glauben, dass es eine unschuldige Erklärung gibt. Dass JP mich nicht betrügen würde.

Das würde er nicht, flüstert ein hoffnungsvoller Teil von mir.

Aber die Realität macht diese naiven Hoffnungen zunichte. Erstens: JP hat gesagt, dass er heute Abend mit Verwaltung zu tun hätte. An einem Samstag. Echt jetzt? Selbst ich kümmere mich am Wochenende nicht um Papierkram, und ich bin nicht diejenige, die einen persönlichen Assistenten hat.

Und zweitens: Eine glamouröse Brünette taucht auf, während er angeblich arbeitet.

Meine Augen füllen sich mit Tränen und drohen überzulaufen. Ich ziehe mich auf das Sofa zurück, außerstande, schon zu gehen. Gott bewahre, dass JP mich sieht.

Aber das Wissen, dass JP nebenan mit einer anderen Frau zusammen ist, jagt mir einen scharfen, schmerzhaften Stich in die Brust. Was für ein verdammtes Arschloch.

Die schillernden Lichter Manhattans wirken plötzlich hart und kalt. Ein raues Schluchzen entringt sich meiner Kehle.

Irgendwie muss ich mich zusammenreißen und ungesehen entkommen.

Und was dann? Ihn zur Rede stellen? „Hey, JP, lustige Geschichte! Ich habe mich vor deiner Wohnung auf die Lauer gelegt und dich mit einer hübschen Brünetten gesehen, nachdem du gelogen hast, dass du arbeitest ..."

Nein, vergiss es.

Das war's. Ich bin fertig mit JP Wolfe.

35

JP

Ich laufe durch die Küche und meine Nerven sind zum Zerreißen gespannt. Seit Lucys vager SMS über einen „unvorhergesehenen Termin" sind Stunden vergangen. Seitdem herrscht Funkstille. Sie liest meine SMS ohne zu antworten und ist im schwarzen Loch ihres Handys verschwunden.

Das sieht ihr nicht ähnlich. Lucy ghostet nicht – sie ist immer geradeheraus, im Guten wie im Bösen. Aber bei jedem Anruf, der auf der Mailbox landet, zieht sich mir der Magen zusammen.

Wenn sie nicht zu mir kommen will, gehe ich eben zu ihr.

Ich schnappe mir meine Schlüssel vom Tresen und gehe zum Parkplatz.

Die Fahrt ist ein Wirrwarr angespannter Gedanken. Ich bin mir sicher, dass ich jedes Tempolimit in Manhattan übertreten habe. Da heute Sonntag ist, ist der Verkehr zum Glück ruhig.

Als ich vor ihrer Wohnung anhalte, ignoriere ich die lächerliche Gummipuppe, die aus dem Schaufenster starrt, und scanne ihre Fenster. Keine Silhouette. Verdammt noch mal!

Schwer zu sagen, ob sie überhaupt da ist. Es gibt nur einen Weg, das herauszufinden.

Ich tippe eine SMS in mein Handy: **Ich stehe vor deiner Wohnung.**

Die tippenden Punkte verhöhnen mich, verschwinden und tauchen wieder auf.

Eine Antwort poppt auf: **Bin gerade beschäftigt. Reden wir morgen?**

Von wegen. Ich wähle ihre Nummer. Erneut.

Die Sekunden dehnen sich zu einer Ewigkeit, bevor ich endlich ihre Stimme in der Leitung höre.

„Lucy." Ich kann die Erleichterung in meiner Stimme nicht verbergen. Oder die Verärgerung.

„Hey." Ihre Stimme ist leicht, hat aber einen Unterton, den ich nicht einordnen kann.

„Warum zum Teufel redest du nicht mit mir? Hast du eine Ahnung, was für Sorgen ich mir gemacht habe?" Ich knirsche mit den Backenzähnen, um Ruhe heraufzubeschwören, die ich nicht empfinde. „Du kannst nicht einfach verschwinden."

„Sorry, war ein verrückter Morgen." Sie lügt. Ich höre es in jedem Wort. „Bist du wirklich draußen? Ich bin nicht zu Hause."

„Wo bist du?"

„Bei meiner Mutter." Eine weitere Lüge.

„Können wir uns treffen?" Ich muss sie sehen, muss, was auch immer es ist in Ordnung bringen.

„Nein, ich kann heute nicht. Ich muss ein paar Sachen bei meiner Mutter erledigen und morgen habe ich die Präsentation. Tut mir leid."

„Du wirst mich bei der Präsentation umhauen. Das machst du immer, Lucy." Ist das alles – sie macht sich Gedanken wegen morgen? „Können wir uns heute Abend sehen?"

„Ich bin heute bis spät in die Nacht bei meiner Mutter. Sorry. Vielleicht ein anderes Mal."

Ich atme scharf ein und umklammere das Handy so fest, dass meine Fingerknöchel weiß werden. „Was ist passiert? Sind ein paar Erinnerungen zurückgekommen?"

„Nein, nichts dergleichen. Schön wär's."

Ich atme etwas erleichtert auf. Vielleicht hat sie nur kalte Füße.

„Verdammt, ich komme zu deiner Mutter. Irgendetwas stimmt hier nicht. Wir müssen das von Angesicht zu Angesicht klären."

„Nein, nicht." Furcht durchzieht ihre Worte.

„Hilf mir zu verstehen, was hier vor sich geht." Ich flehe jetzt, scheiß auf Würde.

Ein schwerer Seufzer. „Lass mir einfach etwas Freiraum, okay? Und bitte mach die Sache bei der Arbeit nicht kompliziert. Ich liebe meinen Job."

Und dann ist sie weg. Aufgelegt. Ich bleibe in der Stille zurück, mein Herz pocht in einem Rhythmus aus Frustration und Sorge.

36

Lucy

Ich stapfe am Montag körperlich, geistig und emotional ausgelaugt zur Arbeit. Ich fühle mich, als hätte ich einen vierundzwanzigstündigen Flug aus der Hölle hinter mir.

Ich setze mich an meinen Schreibtisch und tue das, was ich am besten kann – mich in der Arbeit verlieren, damit ich nicht über den ganzen Scheiß in meinem Leben nachdenken muss. Denn alles, was zählt, ist, dass die Glücksspieler ihr ganzes Geld ausgeben können, um Wolfes Taschen noch weiter zu füllen. Ich habe es geschafft, ihm gestern den ganzen Tag aus dem Weg zu gehen. Und ich muss zugeben, dass ich geweint habe. Mehr als einmal.

Irgendwann muss ich ihn damit konfrontieren, aber ich bin noch nicht so weit.

Ich bin so in meine Arbeit vertieft, dass ich

kaum mitbekomme, wie Matty ankommt und mit seiner Cornflakesschachtel klappert wie mit Rasseln auf einer verdammten Party.

„Hi", murmle ich, nur halb aufmerksam.

„Hey, Luce", erwidert er laut und lässt sich an seinem Schreibtisch nieder. „Du musst dir diese verrückte Sache ansehen, über die ich gestern Abend gestolpert bin ..."

„Matty." Taylors Stimme durchschneidet seine, als sie neben uns ankommt. „Du bist zwanzig Minuten zu spät."

Er wirft ihr einen lässigen Blick zu. „Entspann dich. Ich dachte, wir arbeiten hier nicht nach der Stechuhr. Ich habe viel gearbeitet."

„Den halben Tag mit YouTube zu verschwenden ist nicht viel arbeiten", schnauzt sie, mit zusehends schwindender Geduld.

Ich drehe mich um und sehe sie an. Taylor scheint heute besonders gereizt zu sein.

Matty lehnt sich zurück, die Hände hinter dem Kopf, als gehöre ihm der Laden. „Ich bin zur Deadline fertig."

„Gerade so", zischt sie.

„Hör auf, Mädel. Du magst die Projektleiterin sein, aber du bist es nicht, die meinen Gehaltsscheck unterschreibt. Nur Andy kann mich über Pünktlichkeit belehren." Oder den Mangel daran.

„Gut", schnaubt sie. „Ich lasse es Andy machen."

„Ach, komm schon", protestiert er.

„Du gefährdest das ganze Projekt mit deinem minimalen Einsatz", doziert sie, überragt meinen Schreibtisch und verwandelt ihn in ein Kriegsgebiet.

Das hat mir gerade noch gefehlt, in das Kreuzfeuer ihres eskalierenden Kampfes zu geraten.

„Hey, ich arbeite hart", behauptet er abwehrend.

Hmmm. Ich bin mir nicht sicher, ob ich dem zustimmen würde. Matty ist ein guter User Researcher, und wir arbeiten gut zusammen, aber der Typ hat null Motivation.

„Ich schließe die Nutzerforschungen rechtzeitig ab, damit Luce die Entwürfe machen kann; was ist dein Problem?" Er dreht sich zu mir um. „Hilf mir mal, Luce."

Verdammt.

Taylors Augen bohren sich abwartend in mich.

Ich gebe nach. „Ja, das macht er."

„Weil du die ganze Zeit arbeitest, um es zu kompensieren!", schreit sie und wirft sich wütend auf ihren Stuhl.

„Verdammt noch mal", murmelt Matty, verdreht aber die Augen und widmet sich wieder YouTube. Auf dem Bildschirm ist eine Katze zu sehen, die Klavier spielt. Ich kann sehen, dass die Katze eine bessere Arbeitsmoral hat als Matty.

Ich beobachte, wie Taylor abrupt von ihrem Schreibtisch aufsteht und zur Toilette stapft, als ob sie mit jedem Schritt Matty in die Eier treten würde. Ich kann nicht anders, als ein wenig Mitleid mit ihr zu haben. So hart Taylor auch zu wirken versucht, Mattys Schläge scheinen ihren Tribut zu fordern.

Ich schaue zu Matty hinüber. Er sieht nicht einmal von seinem Bildschirm auf. Es ist zum Running Gag geworden, dass Matty ein Faulpelz ist. Aber das ist eben seine Rolle, nicht wahr? Wir alle sind in diesem absurden Bürostück in unsere Rollen geschlüpft, und Matty hat die Rolle des Witzbolds übernommen. Er ist in der Lage, Ergebnisse zu liefern, wenn die Situation es erfordert, aber diese Momente scheinen immer seltener zu werden.

Doch während Taylor weggeht, macht mir etwas zu schaffen. Sicher, Matty ist voller Lacher und Witze, aber selbst er gibt zu, dass er die Motivation eines betäubten Faultiers hat.

Vielleicht hat Taylor recht. Vielleicht habe ich Matty durch eine rosarote Brille gesehen und seine Neigung zur Faulheit unterstützt.

Der Gedanke wird durch das Geräusch einer Katze unterbrochen, die auf Klaviertasten schlägt.

„Matty", sage ich schroff und erschrecke ihn. „Ich will heute nicht lange bleiben. Komm schon, Mann, kannst du die Katzenvideos pausieren und den Bericht beenden?"

„Ihr seid heute ganz schön aufgedreht", murrt er. „Entspann dich, Luce. Ich bin fast fertig."

Ist er nicht.

Matty kichert über die Klavierkatze, verloren in der Musik.

Ein Kloß bildet sich in meinem Hals, als ich ihn finster anschaue und mit dem Drang zu weinen ringe. Wann habe ich mich zu dieser rückgratlosen Kreatur entwickelt? Ich habe das von Spider verstopfte Waschbecken repariert und trage immer den Löwenanteil der Arbeit, damit Matty es nicht tun muss? War ich schon immer so oder habe ich mich in dem verlorenen Jahr verschlechtert?

Ich nehme den Trottelhut und werfe ihn ihm mit einer Vehemenz an den Kopf, die einen Footballspieler stolz machen würde.

„Mein Gott! Das ist ein bisschen übertrieben!", protestiert er und reibt sich den Kopf.

„Matty", zische ich. „Ich mache keine

Witze. Ich bin es leid, den Großteil der Arbeit zu machen. Wenn du ein echter Freund wärst, würdest du mich das nicht alles allein machen lassen."

„Hey, rede mir keine Schuldgefühle ein ..." Er versucht auszulenken, doch seine Stimme verstummt, als er meinen verhärteten Gesichtsausdruck bemerkt. „Schon gut, Luce. Tut mir leid."

Ich atme erleichtert auf, als er seine Aufmerksamkeit endlich auf den Nutzerforschungsbericht lenkt, obwohl ich bemerke, dass ihm sein YouTube-Tab immer noch aus der Ecke seines zweiten Bildschirms zuzwinkert.

Das ist zumindest ein Anfang.

Normalerweise würde ich mich über Taylor lustig machen und sie als Bürotyrannin abtun. Aber irgendetwas fühlt sich heute anders an. Ich folge ihr ins Bad.

Als ich die Tür öffne, ist es still. Habe ich mir eingebildet, sie hierhingehen zu sehen? Aber dann höre ich es – ein leises, schniefendes Geräusch.

Scheiße, sie weint? Matty und ich dachten immer, sie sei aus Stein.

„Taylor?", rufe ich zaghaft.

„Was?", schnauzt sie. Ich stelle mir vor, wie sie mich aus ihrer Kabine heraus finster anschaut. „Ich bin gleich wieder draußen."

„Ich komme in Frieden. Ich wollte nur nachsehen, ob es dir gut geht."

„Interessiert mich nicht, Lucy. Verschwinde einfach."

Das ist ein Diss. Allerdings nicht ganz unerwartet.

Ein Teil von mir möchte auf dem Absatz kehrtmachen und sie sich selbst überlassen. Aber irgendetwas, ein neu entdecktes Mitgefühl, lässt mich innehalten. Ich kann hier die bessere Frau sein.

Ich klopfe vorsichtig an ihre Kabinentür. „Ich meine es ernst. Ich bin nicht hier, um mich lustig zu machen oder so", dränge ich. „Ich versuche zu helfen."

Es herrscht eine Stille, die ewig zu dauern scheint. Dann schwingt die Tür auf. Sie steht da und sieht nicht aus, als ob sie geweint hätte. Aber das hat sie.

„Was willst du?", fragt sie.

Ich bewege mich unbehaglich. „Hör zu, ich weiß, wir hatten unsere Differenzen. Ich habe mit diesem Gedächtnisverlust zu kämpfen und ich kann wirklich keinen zusätzlichen Stress gebrauchen", gestehe ich. „Weißt du, ich dachte, wir könnten versuchen, miteinander auszukommen."

Ihre Augen verengen sich.

„Ich versuche nicht, dich auszutricksen", füge ich hastig hinzu und hebe kapitulierend meine Hände.

„Plötzlich, nach sechs Jahren ständiger Verspottung, schlägst du ein neues Kapitel auf?"

Ihre Worte treffen mich wie ein Schlag in die Magengrube. Ich? Ich hatte sie immer als diejenige gesehen, die Schläge austeilt, nicht andersherum.

„Taylor, du warst immer diejenige mit der scharfen Zunge. Du hast mich ständig mit meiner Arbeit, meiner mangelnden Beförderung, meinen Klamotten ... mit so ziemlich allem gepiesackt."

Sie weist mich mit einem Schnauben zurück und überprüft ihr Gesicht im Spiegel. „Jedes Mal, wenn ich versuche, freundlich zu sein, wird mir mit Sarkasmus begegnet. Dieses Team fühlt sich an wie eine Highschool-Clique. Es geht nur um Geplänkel und darum, dazuzugehören. Und Gott bewahre, wenn man vorwärtskommen will. Alles, was du und Matty tun, ist, mich auszulachen."

Ich schweige verblüfft.

„Ich schätze, es ist zwischen uns eskaliert", sage ich leise. „Es geht nicht um mich und Matty gegen dich. Oder das Team gegen dich. Zumindest sollte es das nicht."

„Es geht nicht nur um euch beide gegen mich", fährt sie fort, „es geht um die ganze Anzugträger-gegen-uns-Geschichte. Wir müssen in dieser Firma alle zusammenarbeiten. Aber du und Matty tut so, als würdet ihr über dem Vertriebsteam stehen."

„Die IT-Abteilung wird ständig verarscht", erwidere ich und verdrehe die Augen. „Wie oft sagt ein Typ aus dem Vertrieb zu mir: ‚Mach es einfach schön schnell'? Sie sind respektlos."

„Vielleicht solltest du dann darüberstehen? Nicht jeder ist so", erwidert sie und ein schwaches Lächeln umspielt ihre Lippen. „Steve vom Marketing hat dich ‚Wonder Woman' genannt, weißt du noch?"

Ich lächle ein wenig. „Ich war schon versucht, das zu meiner E-Mail-Signatur zu machen."

Sie dreht sich ernst zu mir um. „Du arbeitest hart, Lucy, und deine Leistung ist hervorragend, aber du machst dir zu viele Gedanken darüber, wie du dich in das Team einfügen kannst. Du merkst nicht einmal, dass Matty dich zurückhält. Das ist der Grund, warum du nicht befördert wurdest."

Ich sträube mich und will gerade losblaffen, als ihre Worte ankommen. Ein Kloß setzt sich in meinem Hals fest.

Hat sie recht?

Ich hatte Angst, es zu übertreiben und war zu sehr damit beschäftigt, mich anzupassen, damit mich alle mögen. Ich habe Matty seine Mätzchen schon zu oft durchgehen lassen.

Ich nicke. „Okay, vielleicht war ich ein Fußabtreter, wenn es um Matty geht."

Vielleicht hat Angry Andy recht. Dieser Ort ist wie der verdammte Wilde Westen.

„Wie auch immer, was willst du wirklich? Eine Beförderung? Eine Führungsrolle? Du weißt, dass das mit mehr Verantwortung einhergeht, oder? Matty wird diesen Schritt niemals wagen. Aber willst du es denn?"

Ihre Frage trifft einen Nerv. Die Wahrheit ist, dass ich nicht weiß, was ich will.

Aber eines weiß ich.

„Ich möchte, dass wir noch einmal von vorne anfangen", sage ich nach einer Pause. „Einen Waffenstillstand schließen. Vielleicht werden wir nie Freundinnen sein, aber diese Beziehung ist im Moment keine gesunde Dynamik. Ich werde dich als Projektleiterin unterstützen."

Sie lächelt. „Das würde mich auch sehr freuen. Und hoffentlich können wir eine Lösung finden, wie du befördert werden kannst, wenn du Leitende werden willst. Und ich würde dich gerne mehr bei deinem

Gedächtnisverlust unterstützen können. Ich glaube, ich war auf der Hut, weil ich immer das Gefühl hatte, wenn ich versuche, nett zu sein, wird es mir nur vor die Füße geworfen."

„Das hätte ich wahrscheinlich auch getan", gebe ich zu.

Wir lächeln uns unbeholfen an. Nicht ganz Freunde, aber auch nicht ganz Feinde.

Genug von dieser rührseligen Scheiße mit Taylor. Ich räuspere mich unbeholfen, als wir gemeinsam losgehen.

Als wir uns unseren Schreibtischen nähern, bin ich bestürzt, dass Dwayne an meinem Arbeitsplatz lauert.

Er schiebt seine Brille höher. „Lucy, ich verstehe, dass Amnesie schwierig sein muss, aber könntest du die körperlichen Ausbrüche im Büro einschränken?"

Mein Kiefer verkrampft sich. „Wovon redest du?"

Von seinem Schreibtisch aus feixt Matty und unterdrückt ein Lachen.

Dwayne verlagert sein Gewicht von einem Fuß auf den anderen. „Davon, gewaltsam einen Gegenstand nach Matty zu werfen. Angesichts deiner Vorliebe für hitzige Auseinandersetzungen in letzter Zeit kann ich allerdings nicht behaupten, dass es ganz unerwartet ist."

Ich erdolche ihn mit Blicken. „Was für Auseinandersetzungen?"

„Ich will nicht noch einen Vorfall aufschreiben müssen, aber das Werfen von Gegenständen im Büro ist ein Verstoß gegen den Gesundheits- und Arbeitsschutz."

„*Dwayne.*" Ich werfe ihm einen weiteren vernichtenden Blick zu. „Was hast du mit hitzigen Auseinandersetzungen gemeint? Wovon zum Teufel redest du?"

„Mal sehen, zuerst war da dein Streit mit Mr. Wolfe. Dann hast du gedroht, mich zu erwürgen. Und nun dieser Ausbruch."

Ich erstarre. „Mein Streit mit Mr. Wolfe? Der, bei dem ich angeblich seine Fristen in Frage gestellt habe?"

„Nicht die Deadlinedebatte. Die böse Konfrontation im Plaza." Seine Augen funkeln hinter den Brillengläsern. „Direkt vor deinem Unfall."

Mir dreht sich der Magen um. „Wovon redest du?", frage ich langsam.

„Von der ziemlich hitzigen Meinungsverschiedenheit, die oben auf der Treppe stattfand."

„Du hast mich gesehen?"

„Ja. Und zwar auf eine ziemlich unangemessene Art und Weise streitend."

JP und ich haben uns oben auf der

Treppe im Plaza gestritten? Der Treppe, die ich hinuntergefallen bin?

Ein seltsames Gefühl macht sich in meinem Magen breit. Mein Verstand ist wie ein alter Fernseher, der sich anstrengt, einen vergessenen Sender einzustellen, wobei sich Rauschen mit flackernden Bildern mischt.

Eine Erinnerung, die sich ihren Weg an die Oberfläche erkämpfen will.

Mein Puls donnert in meinen Ohren. JP hat nie einen Streit erwähnt. Nur, dass ich gestürzt bin.

Dwayne fährt unerbittlich fort: „Du bist weggestürmt, und da ist es passiert. Ich habe den Sturz eher gehört als gesehen."

Galle versengt mir die Kehle. Dieser verlogene Mistkerl. JP und ich hatten kurz vor meinem Sturz einen Streit.

Und er hat praktischerweise vergessen das zu erwähnen.

37

Lucy

Ich lasse mich in das üppige Sofa sinken, dessen Kissen mich umarmen. Der Raum in der Klinik ist voller beruhigendem Salbeigrün und Puderrosa, was offensichtlich tröstend wirken soll. Aber ich bin immun gegen solche psychologischen Tricks und das Unbehagen in meinem Bauch wird von Sekunde zu Sekunde größer.

Ich habe Taylor gesagt, dass ich früher Feierabend machen muss und eine Notfallsitzung mit Dr. Ramirez vereinbart.

Ich umklammere eines der Samtkissen wie eine Schmusedecke. „Okay, Doc. Ich bin bereit, die Nacht im Plaza Revue passieren zu lassen. Ich vermute, dass einige der Antworten, die ich dringend brauche, dort ihren Anfang haben."

Ihre Lippen verziehen sich zu einem Lächeln, ein stiller Beifall der Unterstützung. „Okay. Ich stimme Ihnen zu, Sie sind bereit.

Sie können es schaffen. Denken Sie daran, Sie haben die Kontrolle und ich bin hier bei Ihnen. Und egal was passiert, Sie haben die Kraft in sich, sich dem zu stellen und gestärkt daraus hervorzugehen. Sind Sie dazu bereit, Lucy?"

Bin ich das?

Ich nicke und atme zitternd ein. Die Wände fühlen sich an, als würden sie sich auf mich zubewegen, so eng wie ein Korsett, das zwei Nummern zu klein ist.

Ein Teil von mir möchte zur Hölle damit sagen und in der Sicherheit der Gegenwart bleiben, die Vergangenheit in den vergessenen Tiefen meines Verstandes wegschließen, wie eine peinliche, betrunkene Erinnerung. Wenn sie weggesperrt ist, muss ich mich nicht mit der Tatsache auseinandersetzen, dass JP mich verdammt noch mal angelogen hat.

Aber der hartnäckige, masochistische Teil von mir weiß, dass dies der notwendige nächste Schritt in Richtung Heilung ist. Auch wenn es quälend ist.

Dr. Ramirez sitzt mir gegenüber in einem Sessel. Es fühlt sich etwas seltsam an, dass sie aufrecht sitzt, während ich ausgestreckt liege, in einer Position, die mir ziemlich verletzlich erscheint. Mir wäre es lieber, wenn sie sich ebenfalls hinlegen würde, damit wir auf Augenhöhe sind.

Aber nicht direkt neben mir. Das wäre komisch.

„Entspannen Sie sich, schließen Sie Ihre Augen und atmen Sie langsam und tief ein und aus." Sie zieht ihre Worte in die Länge, wie Helen aus der Personalabteilung es tut. „Spüren Sie, wie die Spannung mit jedem Ausatmen aus Ihrem Körper weicht. Konzentrieren Sie sich auf den Klang meiner Stimme. Lassen Sie Ihren Geist leer werden."

„Das ist doch das Problem, oder? Er ist bereits leer." Ich sauge die Luft ein und lasse sie wieder aus. „Tut mir leid, Doc." Ein weiterer Atemzug füllt meine Lunge. „Ich arbeite an der Sache mit der *Entspannung*."

„Atmen Sie aus Ihrer Mitte heraus. Legen Sie die Hände auf den Bauch und spüren Sie, wie er sich hebt und senkt."

Ich gehorche und drücke meine Augen zu. Ich konzentriere mich auf meine Atmung und versuche, meinem nervösen Verstand vorzugaukeln, dass wir an einem Sandstrand liegen und nicht in der Praxis einer Therapeutin.

„Gut", beruhigt sie mich und ihre Stimme mischt sich mit der New-Age-Musik, die ihrer Meinung nach der Entspannung dient. Ihre sorgfältig gestellten Fragen über alltägliche Belanglosigkeiten führen mich sanft in einen schläfrigen, traumähnlichen Zustand.

„Also, Lucy, wir sind wieder im Plaza Hotel. Sagen Sie mir, was Sie sehen können."

Mein Geist verwandelt sich in ein privates Kino, in dem lebhafte Bilder des Plaza Hotels, einem Flaggschiffhotel von Quinn & Wolfe in SoHo, auftauchen. Ich sehe den opulenten Ballsaal, der von großen Kronleuchtern erhellt wird. Ich höre das Rascheln von Smokings, das Klacken von Stöckelschuhen und das Klirren von Champagnergläsern. Die Kollegen lachen und vergehen sich schamlos an den kostenlosen Getränken. Ich gebe alles an die Ärztin weiter.

„Und wie geht es Ihnen?", fragt sie.

Ich nehme meine Umgebung in mich auf.

Alle tragen teure Anzüge oder formelle Arbeitskleidung. Ich trage ein enges Etuikleid und Stilettos, in denen ich kaum laufen kann. Ein Chicken Wing verbleibt unangetastet in meiner Hand. Ich bin zu nervös, um ihn zu essen.

„Ich fühle mich ... ängstlich", gebe ich zu. Der Knoten zieht sich fester, erfüllt von einem namenlosen Grauen. Ich hasse diese Arbeitsveranstaltungen. Aber das hier fühlt sich anders an. Unheilvoller.

Mir schnürt sich die Kehle zu, als die Erinnerung immer stärker wird, und ich möchte mich auf der Couch bewegen, aber ich fühle mich wie unter einer beschwerten Decke gefangen.

„Ich habe Angst", flüstere ich Dr. Ramirez zu und bin mir schwach bewusst, dass sie am Rande meines Bewusstseins schwebt.

„Es ist okay." Ihre Stimme klingt wie aus weiter Ferne und doch irgendwie erdend. „Sie sind in Sicherheit."

Und dann, ohne Vorwarnung, bin ich da, mitten im Geschehen.

Ich bin genau da.

Der Ballsaal erwacht um mich herum zum Leben. Ich rieche die berauschende Mischung aus Parfüms, schmecke die reichhaltigen Aromen des Caterings und das Lachen und leichte Geplapper sind fast ohrenbetäubend. Ich sehe Matty, Taylor, den Rest der IT-Leute, unser gesamtes Marketingteam und die lästigen Vertriebsmitarbeiter.

Matty kämpft mit seiner viel zu engen Krawatte und sieht aus, als wäre er kurz vor dem Ersticken. Taylor lacht laut neben mir.

Tränen brennen in meinen Augen. Matty fragt mich, ob es mir gut geht, aber ich finde keine Worte, um zu antworten. Selbst Taylors dröhnendes Lachen geht in ein besorgtes Schweigen über.

Ich schaffe es, zu krächzen, dass ich Luft

brauche und entkomme dem erstickenden Ballsaal.

Mein Herz ist gebrochen, aber der Grund dafür entzieht sich mir. Ein fehlendes Puzzlestück, das mein Verstand versteckt. Ich keuche nutzlos, während ich mich durch lächelnde Gesichter schlängele, die mich zu Schnäpsen überreden wollen. Ihr Jubel schmerzt. Ich gehöre nicht dazu.

Dann sehe ich ihn, JP Wolfe, am oberen Ende der großen Treppe. Die Arroganz in Person.

Sein dunkelblauer, maßgeschneiderter Smoking schmiegt sich an jeden Zentimeter seines muskulösen Körpers. Unsere Blicke treffen sich, in mir wirbelt ein Sturm. Liebe und Hass in gleichem Maße.

Ich möchte ihn anschreien, ihn verfluchen. Ich hasse ihn. Ich liebe ihn. Aber ich hasse ihn mehr.

Er krümmt einen Finger und fordert meine Anwesenheit.

Ich möchte ihm den Stinkefinger zeigen und davonstürmen. Aber ich muss einen kühlen Kopf bewahren. Ich zittere vor Wut, aber ich weiß, was ich zu tun habe.

Ich greife in meine Tasche und hole einen hellblauen Umschlag heraus.

Meine Angst verstärkt sich mit jedem

Schritt, während ich auf ihn zusteuere. Aber ich werde ihm nicht zeigen, wie sehr mir das wehtut. Er ist gefährlich. Eine Bedrohung für meinen Verstand, mein Herz. Ihm zu vertrauen war ein Fehler, den ich niemals hätte begehen dürfen.

Seine Augen flackern mit einer unausgesprochenen Emotion, als er zu sprechen beginnt, sein Gesicht ist hart. Aber ich kann ihn nicht hören. Ich bemühe mich, seine Worte zu verstehen, aber es ist vergeblich. Ich bin ein Geist.

Ich schreie ihn an und schleudere ihm giftige Worte entgegen, um ihn zu verletzen. Ich will ihm genauso wehtun, wie er mir wehgetan hat.

Schock zieht über sein Gesicht, als er den Brief liest, den ich ihm entgegengestreckt habe. Wut, Schmerz, ein Hauch von Reue, aber der Soundtrack unseres hitzigen Streits bleibt stumm. Vielleicht will ich ihn nicht hören.

Meine Hände zittern vor Adrenalin. Ich stoße ihm einen Finger in die Brust und entfessle einen Sturzbach der Wut, den ich nicht begreifen kann. Wir stehen uns am oberen Ende der geschwungenen Treppe direkt gegenüber, ohne den Ballsaal darunter wahrzunehmen.

Seine Augen lodern, aber hinter der Wut

verbirgt sich ein tiefer Schmerz, von dem ich nicht wusste, dass er ihn empfinden kann. Er greift nach mir. Ich weiche zurück, weil der Verrat noch immer blutet und roh ist.

Mit einem letzten Blick drehe ich mich um und fliehe die Marmorstufen hinunter. Ich muss von ihm fort.

Nur auf die Flucht konzentriert, sehe ich es nicht kommen. Mein Absatz bleibt hängen. Ich verliere das Gleichgewicht und fuchtle mit den Armen, während der Boden auf mich zustürmt ...

„Lucy", ruft eine Stimme, deren sanfter Tonfall seine Stimme ersetzt. Es ist Dr. Ramirez, die mich vom Abgrund der Erinnerung zurückholt.

Ich keuche und der verschwommene Raum wird schärfer, als Schmerz in meine Schläfen fährt.

Diese Konfrontation muss echt gewesen sein. Aber kann ich meinem eigenen Verstand überhaupt trauen?

Wenn sie echt ist, warum hat JP dann gelogen? Wir haben nicht wie ein Chef und seine Angestellte miteinander geredet, sondern waren im totalen Krieg. Es gibt hier eine Geschichte, die er mir nicht erzählt. Er hat mich in dieser Nacht kaputtgemacht.

Er ist der Typ! schreit die kleine nervige

Stimme in meinem Kopf. *Er ist der Kerl, der dich verletzt hat. Er ist Daredevil!*

Hat er mich in einem Wutanfall gestoßen? Sicherlich nicht, aber ... ich traue ihm nicht. Nicht mehr. Verrat brodelt in meinem Magen wie Säure. Er hätte mir helfen können, meine Erinnerungen wiederzuerlangen. Stattdessen hat er die Wahrheit verschwiegen.

JP hat versucht, die Wahrheit über diese Nacht zu verbergen. Was ist wirklich im Plaza Hotel passiert?

38

Lucy

Eine Stunde später sind sowohl mein Koffeinspiegel als auch meine Nerven bereits durch die Decke gegangen, als Priya und ich in einem Café gegenüber von der Klinik sitzen.

Sie ist gekommen, um mich abzuholen. Ich muss während des Anrufs ein heulendes, zusammenhangloses Durcheinander gewesen sein.

Ich habe sogar mein Schinken-Käse-Sandwich in die Toilette der Klinik gekotzt. Irgendwie habe ich es geschafft, mich zusammenzureißen, Dr. Ramirez anzulügen und so zu tun, als ginge es mir gut. Einen Moment lang dachte ich, sie würde mich in eine Zwangsjacke stecken, genau wie Libby es vorausgesagt hatte.

Ich erinnere mich jetzt. Der blaue Umschlag. Ich habe ihn schon einmal gesehen. Es ist der Brief, bei dem JP im Auto wahnsinnig unbehaglich wurde, als er mich nach Hause fuhr. Ein Auto zog vor uns und der Inhalt des Handschuhfachs sprang heraus. Er wurde nervös, als er vor meinen Füßen landete. Ich hatte es als geheimen Firmen-Krempel abgetan, aber jetzt ... jetzt kann ich den Knoten des Unbehagens, der sich in meinem Bauch zusammenzieht, nicht mehr ignorieren.

Das war der Brief, den ich ihm gegeben habe und von dem er offensichtlich nicht wollte, dass ich mich daran erinnere. Der Knoten des Grauens in meinem Bauch verdreht sich schmerzhaft. JP hat mich angelogen und mir etwas verheimlicht.

Zu wissen, dass etwas Traumatisches passiert ist, sich aber nicht daran erinnern zu können ... das ist ein beunruhigender, verdrehter Geisteszustand. Ich finde nicht die richtigen Worte, um es Priya zu beschreiben.

Mich an JP zu wenden ist keine Option. Ich kann ihm nicht trauen. Der Mann lügt mich an, vertuscht etwas. Und dieser Gedanke allein schmerzt schon.

Denn trotz all der Wut, die sich in mir zusammenbraut, lauern meine Gefühle für ihn, roh und empfindlich wie eine offene Wunde. Wenn ich sie nur herausreißen könnte. Leichter gesagt als getan.

Ich lasse meine Ängste heraus und

male Priya das düstere Porträt meiner Hypnosetherapie-Sitzung. Die Erzählung hinterlässt bei mir ein übelkeitserregendes Gefühl des Grauens.

„Ich habe einen Mitschnitt der Sitzung", gestehe ich und mir läuft es kalt den Rücken hinunter, wenn ich daran denke, dass er in meiner Tasche ist.

„Nun, das ist gut", sagt Priya. „Du kannst ihn abspielen und sehen, was du verpasst hast."

Ich schüttle den Kopf, ein Schauer läuft mir über den Rücken. „So einfach ist das nicht. Ich kann hier nicht einfach kalte Logik anwenden. Ich habe Angst davor, was ich fühle, wenn ich meine eigene Stimme höre, die diese vergessenen Momente erzählt."

„Soll ich es mir für dich anhören?"

„Ja. Nein. Gott, ich weiß es nicht." Ich schiebe den unangetasteten Kaffee weg, das bittere Aroma ist plötzlich zu stark für meinen empfindlichen Magen. „Ehrlich, ich bin gerade in einem schrecklichen mentalen Zustand."

Priya zieht mich in ihre beruhigende Umarmung, während ich versuche, die Atemtechniken aus der Klinik nachzuahmen. Ein und aus. Tief und langsam.

Die anderen Café-Besucher um uns herum wirken so entspannt. Ich beneide sie um ihre Ruhe.

„Hast du irgendeine Ahnung, was in diesem Brief stehen könnte?", fragt Priya vorsichtig.

Ich schüttle hilflos den Kopf. „Nein. Ich habe alle Dateien auf meinem Laptop durchforstet, um eine Soft Copy zu finden. Nichts gefunden."

Ihre Augen weiten sich alarmiert. „Du glaubst doch nicht, dass er es gelöscht haben könnte?"

Bei ihrer Andeutung verzieht sich mein Magen unangenehm. Er hat den Zugang, die Macht, das zu tun.

Sie kaut auf ihrer Lippe, ihr Gesicht von Sorge gezeichnet. „Du glaubst doch nicht, dass er dich auf der Treppe verletzt haben könnte?"

„Nein." Die Verneinung kommt schnell, zu schnell. Der Gedanke verdreht mein Inneres. Denn ein kleiner Teil von mir ist sich nicht sicher, wozu er fähig ist. „Ich bin mir aber ziemlich sicher, dass er derjenige ist, mit dem ich vor dem Unfall auf irgendeine verdrehte Art und Weise … zusammen gewesen bin. Derjenige, der mich zu einem heulenden Wrack gemacht hat. Wegen dem ich damals in der Bar geweint habe."

Ihr fallen fast die Augen aus dem Kopf. „Aber das heißt, er ist Daredevil? Der Typ, mit dem du auf der Nerd-Convention rumgemacht hast?"

Ich schaffe es, ihre Bemerkung trotz meiner wirbelnden Gedanken mit einem schwachen Lächeln zu bedenken. „Möglicherweise. Wer zum Teufel weiß das schon? Ich klammere mich im Moment nur an Strohhalme. Ich hinterfrage jedes Element meiner Existenz. Aber eines ist sicher: JP Wolfe ist ein verlogener Mistkerl."

Sie schluckt schwer und umklammert meine Hand. „Der Skandal, den ich erwähnt habe, den JP geheim halten wollte ... Ich glaube, er ist kurz davor zu explodieren."

„Hat es mit mir zu tun?" Ein Schauer des Grauens läuft mir über den Rücken. „Ich wüsste es, wenn es um mich ginge, oder?"

„Ich kenne keine Details", gibt sie zu. „Und selbst wenn ich sie kennen würde, könnte ich sie nicht preisgeben."

Ich betrachte ihr Gesicht, um nach Anzeichen zu suchen, ob sie etwas zurückhält, aber ihr Bedauern scheint echt zu sein. Ich kann es ihr nicht verübeln, dass sie sich an die Firmenlinie hält. Es ist ihr Job, den sie riskiert.

„Der Brief ..." sage ich langsam. „Ich habe ihn in seinem Auto gesehen. Er ist in Panik geraten und hat ihn weggeschnappt, als er herausfiel. Mir graut davor, ihn damit konfrontieren zu müssen."

Sie runzelt nachdenklich die Stirn. „Glaubst du, dass eine Konfrontation klug ist? Er hat dich schon einmal belogen. Warum glaubst du, dass er jetzt aufrichtig sein wird?"

Ihre Frage lässt mich sprachlos zurück.

„Gibt es eine Möglichkeit, den Brief in die Finger zu bekommen, ohne dass er davon erfährt?", schlägt sie vorsichtig vor. „So hättest du die Fakten, bevor du mit ihm sprichst. Du würdest nicht blind hineingehen."

„Was soll ich also tun?", frage ich.

„Bei dieser Sache musst du strategisch denken. Denk mit deinem Kopf, nicht deinem Herzen. Komm an ihn heran und hol dir den Brief."

„Was erwartest du von mir? Dass ich ihn verführe und ihm die Schlüssel klaue?"

„Ja, das ist genau das, was du tun musst. Er hat dich angelogen. Vertraue diesem Penner nicht. Du musst hier die Oberhand gewinnen." Sie schaut auf ihre Uhr. „Geh zurück zur Arbeit, berufe ein kurzes Meeting mit ihm ein und hole dir die Schlüssel."

Ich starre sie an, mein Kopf ist ein Wirbelwind aus Emotionen und Strategien. JP direkt danach zu fragen, wird wahrscheinlich noch mehr Lügen hervorbringen. Aber vielleicht ist es an der Zeit, sich nicht mehr manipulieren zu lassen. Es wird Zeit, dass ich erfahre, was in meinem eigenen Leben vorgefallen ist.

Meine Kehle fühlt sich trocken an, als ich schlucke. „Er wird wütend sein, wenn er es erfährt."

„Stimmt. Was ist, wenn es etwas gibt, das er verheimlichen will? O Gott, was ist, wenn er versucht, dich zum Schweigen zu bringen und es noch einen ‚Unfall' gibt?"

„Er ist nicht Tony Soprano, Priya", schnaube ich, aber es verunsichert mich. Ich habe zwar JPs Charme zu spüren bekommen, habe aber auch seine skrupellose Seite gesehen. In den sechs Jahren bei Quinn & Wolfe habe ich gesehen, wie viele Karrieren er beendet hat.

Kann ich das wirklich durchziehen? Könnte ich vorgeben, dass alles in Ordnung ist, nur um die Schlüssel zu bekommen?

JP

Die SMS von Lucy erscheint auf meinem Bildschirm: **Hey, hast du Zeit?**

Abgelenkt vom unaufhörlichen Brummen des Meetings, tippe ich eine Antwort: **Bin beschäftigt. Aber für dich kann ich einen Moment erübrigen.**

Ihre Antwort kommt innerhalb von Sekunden: **Nein, mach dir keine Sorgen. Ich weiß, dass du zu tun hast.**

Nach einer frostigen Phase ist ihr plötzliches Tauwetter verblüffend. Ich erhebe mich von meinem Platz und verlasse zügig den Raum, ohne die vielen fragenden Gesichter zu beachten.

Ich schreibe zurück: **Wo bist du? Ich bin auf dem Weg.**

Die Auslassungspunkte erscheinen wieder vor ihrer Antwort: **In der Nähe deines Sitzungssaals, oberste Etage, der kleine Besprechungsraum.**

Ich starre stirnrunzelnd auf mein Handy-Display, verwirrt von ihren gemischten Signalen. In einem Moment ist sie kalt, im nächsten ist sie heiß. Wäre sie eine andere Frau, würde ich ihr sagen, wohin sie verschwinden kann. Aber es ist Lucy – und deshalb komme ich ihrem Wunsch nach.

Sie sitzt auf der Tischkante, als ich eintrete, die Knöchel weiß um ihre Halskette. Unter meinem Blick wird sie kleiner.

„Hi! Danke, dass du dich losgerissen hast", haucht sie.

In meinem Tonfall schwingt Frustration mit. „Du bist mir aus dem Weg gegangen, Lucy. Meine Möglichkeiten waren begrenzt." Ich gehe näher. „Was ist los?"

„Ich wollte dich einfach sehen. Ich habe dich vermisst." Ihre Worte sind mit unerwartetem Körperkontakt verbunden, als sie ihre Arme um meine Taille schlingt. „Es tut mir leid, dass ich so launisch war."

Ihre Nähe rührt etwas in mir, aber ich unterdrücke es. „Du verhältst dich untypisch. Was ist wirklich los?"

Ihre großen blauen Augen wenden sich von meinen ab. „Es ist nichts, wirklich! Ich bin nur ein bisschen ausgeflippt wegen uns. Aber jetzt bin ich darüber hinweg, wirklich."

Ich untersuche sie. Ihre Augen schreien vor Angst und ihre Körpersprache ist völlig falsch. Jahrelanges Durchschauen der kalkulierten Fassaden von Spielern mit hohen Einsätzen hat mich zu einem außergewöhnlichen menschlichen Lügendetektor gemacht.

Sie lügt. Der Gedanke daran entfacht eine Flamme der Wut in mir. Ich habe zwar meine eigenen Geheimnisse, aber ich kann es nicht ertragen, wenn man mir gegenüber unehrlich ist. Das ist Teil meines Egos. Die Scheinheiligkeit entgeht mir nicht.

Als wollte sie mich davon abhalten, sie weiter auszufragen, packt sie mich an der Taille und zieht mich näher an ihren Körper, bevor sie mir einen leidenschaftlichen Kuss auf die

Lippen drückt.

Erregung durchströmt mich, als sie mit ihren Händen meinen Körper hinunterfährt und meinen Schwanz durch die Hose streichelt. Jedes bisschen Widerstand, das ich hatte, schwindet und plötzlich drücke ich sie an mich.

„Hier?" Ich knurre in ihren Mund und spüre, wie ich vor Erwartung anschwelle.

„Pst", murmelt sie, schwingt sich auf den Tisch und legt ihre Beine um meine Taille. Ihre Hand umschließt meinen Schwanz, und Gott sei Dank sind wir nicht in einem der verglasten Büros.

Mein Griff um ihre Schenkel wird fester, während ich Küsse auf ihren Hals verteile und den Duft ihres Parfüms einatme. „Verdammt, Lucy", sage ich gegen ihre Haut, „willst du mich hier kommen lassen?"

Ich stoße ein tiefes, gutturales Stöhnen aus, als sie mich weiter stimuliert. Ich kann es nicht mehr aushalten. Verdammt, ich bin sogar kurz davor, in meiner Hose zu kommen.

„Stopp", befehle ich und packe ihre Handgelenke, damit sie mich nicht zu weit bringen kann. Rasch öffne ich meinen Reißverschluss und befreie meinen pochenden Schwanz aus dem beengten Raum.

Sie hält meine härter werdende Erektion fest in ihrer Hand und gleitet auf und ab, wobei sie mit jedem Stoß Wellen der Lust durch meinen Körper sendet. Das Blut pumpt in meine Erektion, als ein Erregungstropfen sich löst. Fuck! Ich bin so kurz davor. Mein verhärteter Schwanz füllt sich mit Hitze und pulsiert heftig.

Plötzlich zieht sie sich von mir zurück, als hätte sie etwas abgestoßen.

Was zum Teufel?

„Tut mir leid", atmet sie aus. „Okay, du hast recht, das ist albern. Ich sollte gehen."

„Was zum Teufel, Lucy?" Ich starre sie schwer atmend an. „Warum hast du mich im Büro so erregt? Du erregst mich und änderst dann einfach deine Meinung?"

„Tut mir leid. Ich habe einfach die Nerven verloren." Sie springt vom Tisch auf und stößt mich sanft weg. „Bis später, JP."

„Was? Warte!"

Ich starre ihr mit einem schmerzenden Ständer hinterher, als sie aus dem Zimmer stürmt. Warum habe ich das Gefühl, dass ich verarscht wurde?

39

Lucy

Ich glaube nicht, dass ich dramatisch bin, wenn ich sage, dass mein Herz sich anfühlt, als würde es aus meinem Brustkorb explodieren. Ich betrete den Aufzug, der voll mit selbstvergessenen Menschen ist, die auf dem Weg zu einem Meeting, einem Kaffee oder anderen banalen Aufgaben sind. Die nicht in das Auto des Firmenmitbegründers einbrechen wollen.

Die Fahrt nach unten zieht sich eine Ewigkeit hin, die Leute schlurfen extrem langsam herein und hinaus. Ich kralle meine Fingernägel in meine Handflächen, um sie nicht aus dem Aufzug zu schubsen, nur um alles zu beschleunigen.

Einatmen. Ausatmen. Atmen.

Die gestohlenen Schlüssel brennen mir ein Loch in die Hand. Wie ich es geschafft habe, Multitasking zu betreiben und sie aus seiner

Gesäßtasche zu holen, grenzt an ein Wunder. Wie kann ich sie unbemerkt zurückgeben? Was, wenn er es schon weiß? Was ist, wenn er den Zusammenhang zwischen meiner Verführung und dem Diebstahl hergestellt hat? Könnte der Brief etwas so Schreckliches enthalten, dass ich ihm nie wieder in die Augen sehen kann? Oder noch schlimmer – was, wenn er mich umbringen lassen will? Okay, das ist ein bisschen extrem, aber er könnte mich auf jeden Fall feuern.

Hör auf damit. Du befindest dich in einer Spirale.

Endlich öffnen sich die Türen knarrend, ich trete heraus und täusche Ruhe vor.

Bis auf einen Mann ist die Garage menschenleer. Ich schlendere zu einem beliebigen Auto und tue so, als würde ich in meiner Tasche nach nicht vorhandenen Schlüsseln suchen. Nur irgendeine Frau, die ihrem Tag nachgeht, nichts Verdächtiges zu sehen.

Komm schon, Kumpel, beweg dich! Steig einfach in dein Auto und fahr los!

Endlich verschwindet der Mann. Die elektrischen Türen heben sich und geben eine Flut von blendendem Sonnenlicht frei.

Ich wappne mich und atme zittrig, während ich mich auf wackeligen

Beinen auf die Parkbucht der Chefs zubewege. Die glänzende Ansammlung von Luxusspielzeugen – Rolls-Royces, Lamborghinis, Ferraris – scheint mich mit anklagenden Scheinwerfern zu beobachten.

Am Eingang der Garage steht ein Wachmann, ganz zu schweigen von den Kameras, die auf diesen millionenschweren Fuhrpark gerichtet sein müssen. Wenn mich jemand in dieser Bucht sieht, weiß er ganz sicher, dass ich nichts Gutes im Schilde führe.

Geduckt rase ich zwischen den Autos hindurch, als wäre ich in einem Quentin Tarantino-Film, bis ich JPs Aston Martin erreiche. Der Wachmann kann mittlerweile vermutlich meinen donnernden Puls hören. Höchstwahrscheinlich muss ich mich übergeben oder verliere die Kontrolle über meine Blase, noch bevor dieser Raub überhaupt begonnen hat.

Der Aston Martin zwitschert ohrenbetäubend laut auf.

Ich ziehe vorsichtig die Beifahrertür auf und gleite hinein. Ich war noch nie in meinem Leben so nervös. Meine Hände zittern heftig, als ich das Handschuhfach öffne. Was ist, wenn er gar nicht hier ist? Es ist Wochen her, dass ich ihn gesehen habe.

Im Innenraum riecht es nach Leder und

JP, ein Duft, der einen Adrenalinstoß durch meinen Körper jagt. Im Handschuhfach liegen Papiere, Sonnenbrillen, Taschentücher und da – die Ecke eines hellblauen Umschlags, meines Umschlags. Meine Hände zittern, als ich danach greife, und mein Magen krampft sich in Erwartung zusammen.

Mein Herz klopft wie wild, als ich den Namen JP Wolfe in meiner eigenen Handschrift sehe. Warum habe ich es nicht schon früher als meine Handschrift erkannt? Ich habe keine Ahnung, was darin wartet oder warum JP ihn vor mir versteckt hat.

Ein Klopfen am Fenster lässt mich aufschreien.

Mist. Es ist Logan, der Wachmann. Der, den ich an meinem ersten Arbeitstag nicht erkannt habe.

Er blickt herein und gibt mir ein Zeichen, auszusteigen.

Ich steige langsam aus, um mir Zeit zum Nachdenken zu verschaffen. Ich setze ein strahlendes Lächeln auf, ein verzweifelter Versuch, den Schrecken zu verbergen, der mich durchströmt. „Hi!"

„Alles in Ordnung, Lucy? Hat Sie Mr. Wolfe hergeschickt?" Er runzelt die Stirn.

Mein Lächeln schwankt, während ich meine Angst hinunterschlucke. „Ja, natürlich!

Ich musste nur etwas aus seinem Auto holen."

Er nickt, aber seine Augen bleiben auf mich gerichtet. Er kauft es mir nicht ab. Mein schlechtes Pokerface schreit wahrscheinlich nach Schuldgefühlen. Oder Übelkeit.

Mit einer übertriebenen Portion Nonchalance schließe ich die Tür und drücke den Knopf auf dem Schlüssel, um sie abzuschließen. „Ich muss los. Ich muss zu einer Besprechung."

Logan bleibt ungerührt. „Kein Problem, Lucy. Aber ich muss mir das von Mr. Wolfe bestätigen lassen. Das ist eine Standardprozedur." Er holt sein Handy heraus.

Ich kann meine Stimme kaum ruhig halten. „Natürlich! Aber ich bin in Eile. Hier, Sie können die Schlüssel haben." Ich werfe sie ihm praktisch entgegen. „Ich muss mich beeilen!"

Und das tue ich. Ohne auf seine Antwort zu warten, renne ich los, den Brief im Todesgriff. Wenn ich versuche, Logans Zweifel zu zerstreuen, gelingt mir das nicht besonders gut.

Wohin soll ich nun gehen? Ich kann das unmöglich an meinem Schreibtisch lesen. Ich nehme die Treppe hinauf zur Rezeption und hole durch hyperventilierendes Keuchen Luft.

Atme so, wie du es in der Klinik gelernt hast.

Ich stürze in die Toilette auf der Etage

der Rezeption, meine Hände können den Brief kaum noch halten. Sollte JP mich danach fragen, werde ich behaupten, dass ich während der Autofahrt etwas fallen gelassen habe und es zurückholen wollte.

Mit einem zittrigen Atemzug reiße ich den Brief auf, ein stilles Gebet auf den Lippen. Und dann lese ich.

Mr. Wolfe,

mit diesem Schreiben kündige ich mit sofortiger Wirkung offiziell meine Stelle als Senior Grafikdesignerin bei Quinn & Wolfe.

Obwohl ich meine Zeit in Ihrem Unternehmen sehr genossen habe, ist die Arbeit unter Ihrer „Führung" unerträglich geworden.

Ihre Unehrlichkeit hat Ihre Anwesenheit unerträglich gemacht. Zu meinem eigenen Wohlbefinden muss ich mich von Ihnen und allem, wofür Sie stehen, distanzieren.

Ich bin fertig. Raus.

Lucy Walsh.

Ich beuge mich in der Toilettenkabine nach vorne, mir ist schwindlig und ich bin verwirrt. Habe ich wirklich gekündigt?

Der Gedanke rattert in meinem Gehirn, während meine Angst in die Höhe schießt. Der

Brief, den ich in den Händen halte, ist hart und beißend – gar nicht wie mein sonst so ruhiger, professioneller Ton. Offensichtlich wollte ich etwas klarstellen.

Irgendetwas Schreckliches muss passiert sein, damit ich so ausraste, meine Fassung verliere und solche Wut entfessle.

Ich habe JP gehasst. Nein, mehr als das – ich habe ihn so verabscheut, dass ich den Job, den ich liebe, aufgegeben habe. Was könnte er getan haben, um eine solche Wut in mir auszulösen?

Die bittere Wahrheit ist wie ein Schlag in die Magengrube. Er hat gelogen. Er hat mich verletzt. Und dann hat er es vertuscht. Was auch immer es war, es hatte die Macht, mich für immer von der Firma und ihm zu vertreiben.

Meine Finger fahren über die harten Worte in dem Brief, als ich sie erneut lese, und sie jagen mir einen Schauer über den Rücken. Eine weggeschlossene Erinnerung zerrt an ihren Ketten, eingehüllt in einen Nebel aus Schrecken und Trauma, und kämpft verzweifelt darum, sich aus den Fängen der Amnesie zu befreien.

JPs Gesicht taucht auf und überragt mich wie eine imposante Statue am oberen Ende der großen Treppe im Plaza. In seinem eleganten Smoking sieht er ganz wie der glatte Manager aus, aber ich koche vor Wut. Die Szene ist verschwommen, an den Rändern unscharf, genau wie in den ersten Tagen im Krankenhaus.

Aber ich kann hören, wie meine Stimme widerhallt. Ich sehe das Aufblitzen des Schmerzes in seinen Augen, das Zusammenbeißen seines Kiefers. Mein Herz bricht noch einmal, als würde ich es in Echtzeit erleben.

Er hat mich gebrochen. Ich weiß nicht, wie oder warum, aber ich weiß, dass er mich tagelang zum Weinen brachte.

„Du bist nicht gut für mich. Ich kann dir nie wieder vertrauen", spucke ich aus, und der Schmerz und die Enttäuschung spiegeln sich in meiner Stimme wider. Die harten Worte bleiben in der Luft hängen.

„Tu das nicht, Lucy", knurrt er und seine glatte Fassade weicht der Verzweiflung.

In einem letzten Akt des Trotzes drücke ich ihm den Brief in die Hand, gebe ihm ein großes „Fick dich" und wende mich dann ab.

Ich verliere den Halt und stürze kopfüber die Treppe hinunter.

Die Erinnerung verblasst und hinterlässt

einen bitteren Nachgeschmack. Mit zitternden Händen falte ich den Brief zusammen und stecke ihn wieder in den Umschlag.

Ich muss hier raus. Sofort.

Inzwischen wird Logan wahrscheinlich JP kontaktiert haben. Vermutlich ist er zurück in seine Sitzung mit dem Vorstand gegangen. Vielleicht ist er nicht an sein Handy gegangen.

Wenn der Anruf jedoch angenommen wurde, wüsste JP mit Sicherheit, was ich genommen habe, und er würde sich zusammenreimen, dass ich ihn verführt habe, um seine Autoschlüssel zu stehlen.

Ich kann nicht zurück an meinen Schreibtisch. Ich simse Matty, dass er meine Sachen holen und zu mir an die Rezeption bringen soll und dass er Taylor sagen soll, dass es mir nicht gut geht.

Ich bahne mir einen Weg durch die Rezeption, finde praktischerweise eine Pflanze in Menschengröße und tue so, als wäre ich in mein Handy vertieft. Ich werde hier auf Matty warten. Wenn ich es mir recht überlege, hätte ich jemanden bitten sollen, der effizienter ist – wie Taylor. Matty hat sich wahrscheinlich bereits wieder seinem Katzenvideo gewidmet – obwohl er sich bemüht, seit ich ihn angefahren habe.

Seine Nummer – JPs – lässt mein Handy

leuchtend zum Leben erwachen. O Scheiße.

Angst trifft mich in die Brust. Ein plötzlicher, heftiger Schuss. Ich möchte das verdammte Handy fallen lassen und es in die Topfpflanze feuern.

Um mich herum wird die Welt vorgespult. Absätze machen Klack-klack-klack, Telefonanrufe dringen durch die Luft, die Ebbe und Flut des Verkehrs der Cafeteria und die routinemäßigen, eintönigen Begrüßungen an der Rezeption. Diese scheinbare Normalität schürt nur das Inferno meiner aufsteigenden Panik.

Die Frau nebenan hat einen unangenehm süßlichen Tonfall – bis der Anruf endet. „Unerträgliches Arschloch", zischt sie in die nun tote Leitung.

Und der riesige Phantompfeil, der mich an meinem ersten Tag im Büro verfolgt hat, ist wieder da und sticht mir unsanft in den Schädel.

Dann, als hätte jemand die Pausentaste gedrückt, wird alles langsamer. Hält an. Die Menschen erstarren wie hochentwickelte Androiden, deren Systeme abrupt abgeschaltet werden. Die Szene entfaltet sich in einer unheimlichen Stille, die an eine gruselige *Black Mirror*-Folge erinnert.

Ich riskiere hinter meiner riesigen Pflanze

einen Blick, und verrenke mich, um zu sehen, was alle anstarren. Der riesige Bildschirm hinter der Rezeption flimmert mit der Sensationslust eines Live-Nachrichtensenders.

Auf dem Bildschirm ist JP zu sehen, zusammengesackt auf einer Couch, mit geschlossenen Augen und entblößter Brust. Sein Arm hängt über die Couchkante. Ich unterdrücke ein Keuchen und halte mir mit den Händen den Mund zu.

Ist er ...?

Erleichterung, scharf und brutal, durchströmt mich, als sich sein Kopf ganz leicht bewegt. Er ist nicht tot, aber der Albtraum ist noch lange nicht vorbei.

Eine nackte Frau kommt in den Fokus und ihr Hintern füllt den Bildschirm aus. Sie beugt sich über ihn und versucht, ihn zu wecken, und seine Augen flattern auf – glasig und unkoordiniert.

Eine heftige Welle der Übelkeit überrollt mich. Er ist also nicht tot, sondern nur vollkommen zugedröhnt. Noch besser.

Die Kamera zoomt heran und zeigt seine erweiterten Pupillen, die von einem Cocktail aus Betäubungsmitteln benebelt sind. Ein dünner Schweißfilm glänzt auf seinem Gesicht.

Ich kämpfe gegen den Drang an, mich zu übergeben.

Ehe ich das überhaupt verarbeiten kann, schlendert eine weitere nackte Frau ins Bild, gerade als der Bildschirm in Dunkelheit getaucht wird.

Im Empfangsbereich bricht Chaos aus und die Stille wird durch hektische Aktivitäten durchbrochen. Die Rezeptionisten wuseln umher, die Mitarbeiter murmeln in gedämpftem, aufgeregtem Ton.

„Was zur Hölle?" Ein explosiver, gedämpfter Fluch detoniert in der Luft neben mir. Anschuldigungen durchbrechen die Stille, Fragen explodieren wie Granaten und zerreißen die Stille. Der Name „Wolfe" hallt um mich herum wie ein morbides Mantra.

Ich gehe rückwärts und stolpere in die Pflanze, Erinnerungen kommen machtvoll wieder hoch.

Seine Augen. Diese leeren, seelenlosen Augen. Sie haben mich vor dem Unfall tagelang verfolgt. Wie hatte ich sie vergessen können?

Und einfach so werde ich transportiert. Ich stehe auf der Schwelle von JPs Penthouse-Wohnung und sehe die Nacht, in der alles zusammenbrach, noch einmal schmerzhaft vor meinem geistigen Auge.

40

Ein Paar Wochen Vor Dem Unfall

Lucy

Seine Tür ist nicht ganz geschlossen. Sie ist leicht angelehnt und mein Herz rast im Takt der pulsierenden Bässe, die durch die Tür vibrieren. Lachen und Musik dringen körperlos in den Flur hinaus und treffen mich wie ein unerwarteter Schlag.

Eine Party? Ernsthaft? Wir sind mitten in einem Streit und er reagiert darauf mit einer Party? Das sieht für mich nach einem *„Fick dich"* aus.

Ich bin hier und spiele die Friedensstifterin, bereit, „Ich liebe dich" zu sagen und zu retten, was von uns übrig ist. Denn ich weiß, dass ich diesen Mann liebe, und wenn wir die Dinge nicht in Ordnung bringen, wird das Loch in meinem Herzen nie wieder verheilen. Ich bin hier, um zu sagen, dass ich bereit bin, ihm entgegenzukommen, wenn er bereit ist, Arbeit zu investieren.

Ich werde nicht leugnen, dass ich ihm einige harte Worte entgegengeschleudert habe. Aber seine Macht gibt ihm nicht das Recht, immer seinen Willen zu bekommen. Er hat versucht, mich unter Druck zu setzen, meine Wohnung zu kaufen, und wurde wütend, als ich das unterbunden habe. Er kann nicht einfach „Ich liebe dich" flüstern und erwarten, dass das sein eigenmächtiges Handeln aufhebt. Ich hatte aber nicht vor, ihm das so ins Gesicht zu sagen. Ich hätte ihm nicht sagen sollen, dass ich nichts mehr mit ihm zu tun haben will, aber er war so arrogant, dass mir die Worte einfach herausgerutscht sind.

Mit einer gehörigen Portion Angst stoße ich die Tür auf und betrete JPs Penthouse. Es ist voller Menschen, ein chaotischer Wirbel aus Musik und Gelächter, die Luft ist voll von teurem Alkohol und seltsamerweise auch von Rauch. Eine Überraschung, wenn man JPs Abneigung dagegen bedenkt. Erlaubt er es heute Abend, hier zu rauchen?

Ich nehme den Rest meines Muts zusammen und rufe mit kaum hörbarer Stimme: „Hi, ist JP da?"

Alle im Flur ignorieren mich. Ich scharre

einen Turnschuh über den Boden und fühle mich beschissen, während ich die Männer in todschicken Anzügen und Frauen in sexy Kleidern betrachte. Ich bin ein Nichts für sie.

Während ich zu Hause war und mir über unseren Streit den Kopf zerbrochen und gegrübelt habe, war JP hier und hat die Puppen tanzen lassen. All die Angst, ihm gesagt zu haben, dass ich nicht mehr mit ihm zusammen sein kann, weil ich es nicht ertrage, bei seinem extravaganten Lebensstil die zweite Geige zu spielen – die fühlt sich jetzt ziemlich sinnlos an. Ich habe die Worte bereut, sobald sie meinen Mund verlassen haben. Mein Herz hat mich förmlich angeschrien, dass ich die Klappe halten sollte.

Ich klopfe einem Mann auf die Schulter, der inmitten einer Gruppe von Anzugträgern steht. Die Wall Street ist ihnen an der Nase anzusehen.

„Ist JP hier?", rufe ich.

Er grinst mich an und antwortet mit einem Nicken. Ich hasse dieses Grinsen. Er deutet auf das Zentrum des Chaos – das Wohnzimmer.

Der Lärm wird lauter, je weiter ich komme. Jedes unbekannte Gesicht, jedes aufdringliche Lachen verstärkt den Knoten der Besorgnis in meinem Magen.

Mein Magen krampft sich vor Angst

zusammen. Er schreit und drängt: *Dreh dich um. Geh nach Hause. Das ist es nicht wert.*

Aber höre ich darauf? Nein, natürlich nicht.

Ein Mann versucht, ein Gespräch mit mir anzufangen, aber ich erteile ihm eine Abfuhr. Eine Frau die wie ein Supermodel aussieht, stolziert an mir vorbei zur Toilette. Sie hinterlässt eine Wolke aus teurem Parfüm und Fragen.

Endlich komme ich im Wohnzimmer an, und es ist eine Szene wie aus einem wilden Film. Körper, die sich zur Musik winden, Menschen, die lachen und schreien. Überall sind so viele Menschen. Der ganze Raum sieht aus, als wäre er auf Koks und einer Million anderer Drogen. Sind diese Leute seine Freunde?

Was ist das, eine verdammte Orgie, die er da veranstaltet? Unterhosen und BHs sind für manche Leute optional geworden. Mein Gott.

Wie einen Schlag in die Magengrube sehe ich ihn – JP. Er liegt ausgebreitet auf seiner üppigen Ledercouch, der Couch, auf der wir so viele Nächte gekuschelt haben, und verschließt die Augen vor der Welt, ohne das Chaos zu bemerken.

Eine nackte Frau schlendert zu ihm hinüber.

Ich spüre, wie der Boden unter mir wackelt.

„Wage es nicht, ihn anzufassen!", schreie ich in meinem Kopf. Sie neigt ihren Kopf nach oben, sodass ich mich frage, ob mein stummer Schrei nach außen gedrungen ist. Aber nein, sie ignoriert meine Existenz, legt sich über ihn, und versucht, ihn aus seiner Benommenheit zu wecken.

Seine Augen flattern auf – vernebelt, unkoordiniert.

Sein Blick hebt sich, begegnet meinem und ich spüre, wie meine Seele zerbricht. Es ist die Gleichgültigkeit, die mich erschüttert. Es ist, als ob er durch mich hindurchschaut, und das ist wie ein Messerstich. Ich bin ein Geist auf seiner Party.

Seine Augenlider senken sich wieder und schließen mich aus.

Die Finger der Frau tanzen spielerisch über JPs Brust. Ihre Stimme, in der ein sinnliches Versprechen liegt, durchbricht den Lärm. „Komm schon, JP, du verpasst den ganzen Spaß."

Er regt sich, als sie ihm spielerisch eine Ohrfeige gibt. Er öffnet seine Augen und starrt sie an, dann richtet er seinen Blick wieder auf mich. Wieder ist es so, als würde er direkt durch mich hindurchschauen. Als wäre ich eine unwillkommene Fremde auf seinem ausschweifenden Spielplatz.

Ich stehe schockiert da.

Er hat gelogen. Er hat versprochen, dass er aufhören würde. Dass ich ihm vertrauen kann. Er hat geschworen, dass er sich für mich entschieden hat. Er hat mich – diese gewöhnliche, schlichte Lucy – davon überzeugt, dass ich genug sei. Dass ich seine Welt sei.

Aber ich war nie genug.

Ich bin nur die verlässliche alte Lucy, die dumm genug war, zu glauben, dass ein Mann wie er mich lieben könnte.

Die schlichte kleine Lucy, die nicht genug ist, um befördert zu werden. Lucy, der Fußabtreter, Lucy, die Ja-Sagerin, die sich immer für alle verbiegt – für Mom, Andy, Matty, Spider und Dave, den Trottel von der Immobilienfirma.

Es begann mit Sex. Rohem, ursprünglichen, unvergesslichen Sex.

Und da hat er mir die beste Version seiner selbst präsentiert, die Fassade. Er zog mich allmählich in seinen Bann und zeigte mir seine sanfte, fürsorgliche Seite. Er schälte die Schichten seines launischen Äußeren ab und zeigte mir etwas Einzigartiges, eine Seite, von der ich überzeugt war, dass niemand sonst sie zu Gesicht bekommen hatte.

Die Nummer vom makellosen Freund. Süß, fürsorglich, berauschend. Die Abendessen, die Comic-Conventions, die gemeinsamen Abende, Wochenenden, heimliche Momente im Büro, die mich dazu brachten, meine Wachsamkeit zu verringern. Er brachte mich dazu, ihm zu vertrauen, und ich ließ ihn in mein Herz.

Dann lüftete sich der Vorhang zu seinem geheimen Doppelleben.

Eine Nacht in meinen Armen, gefolgt von einer Nacht im Griff seines Rausches. JP Wolfe, der Milliardär und Playboy mit einem Hang zum Schnupfen von weißen Lines und allem, wonach ihm sonst der Sinn stand. Er war nicht richtig süchtig, aber nah genug dran, um unsere aufkeimende Beziehung anzuschlagen.

Am Anfang, als es nur um Sex ging, habe ich weggeschaut. Wer war ich, dass ich ihm seinen Lebensstil vorschreiben konnte?

Aber es begann an mir zu nagen. Also schwor er, dass er sich ändern würde. Dass er diesem Lebensstil verfallen sei, als er mit einundzwanzig nach Las Vegas zog. Dass er es mir beweisen und sich von Drogen, dem Partyleben und allem, was dazu gehört, fernhalten würde.

Ich habe ihm geglaubt. Wie ein Fußabtreter.

Nun begegnet sein Blick meinem, leer und

kalt. Er sieht aus, als hätte er dem Puder härter zugesprochen als Scarface.

Ich stoße seinen Namen hervor, ein Flehen, ein letzter Versuch, ihn in seinem narkotischen Dunst zu erreichen. „JP", flüstere ich heiser. „Steh auf."

Er rührt sich, stolpert von der Couch hoch und taumelt mit einer beunruhigenden Überheblichkeit auf mich zu.

Mein Blick sucht in seinem Gesicht verzweifelt nach einem Überbleibsel des Mannes, der mir einst das Gefühl gab, etwas Besonderes zu sein.

Doch da ist nichts.

Ich bin einfach nur Lucy, die langweilige Lucy, nicht glitzernd oder aufregend genug, um JPs Interesse zu halten.

Ohne ein Wort zu sagen, streicht er mit einem Finger langsam über meine Wange, lächelt und schlendert dann in Richtung Badezimmer davon.

Mein Herz zerspringt in Millionen Stücke. Das Schluchzen, das mich fast erstickt hat, entweicht endlich und ein wilder Schrei kennzeichnet meine Niederlage.

Ich bin fertig. Genug von diesem Scheiß. Ich drehe mich um und verschwinde, während ich mir wütend die Tränen aus dem Gesicht wische. Aber ich werde wegen dieses Mistkerls keine Tränen mehr vergießen. Ich habe mehr verdient, auch wenn er es nicht sehen kann. Mehr als diesen Zirkus, mehr als ihn. Das weiß ich.

Die Party kann ohne mich weitergehen, und JP Wolfe kann zur Hölle fahren.

41

Gegenwart

JP

Amanda, meine Assistentin, könnte nicht einmal Kinder bluffen, geschweige denn ein Pokerspiel gewinnen. Ich habe einmal versucht, ihr die Kunst des Spiels beizubringen, aber beim Pokern geht es nicht nur um die Grundlagen. Es ist eine Performance, ein Tanz, bei dem man seine Emotionen hinter einem Pokerface eiskalter Gleichgültigkeit versteckt.

Ein Blick in Amandas Gesicht und ich weiß: Die Schleusen sind offen. Das Geheimnis, das ich wie ein Monster im Schrank versteckt habe, ist losgelassen worden.

„Mr. Wolfe", stammelt sie mit kaum hörbarer Stimme und verweilt in der Tür, als stünde sie am Rande eines Abgrunds. „Das Internet ... Das müssen sie sehen."

„Das Internet? Da müssen Sie schon etwas genauer sein", scherzt Killian. Sein Grinsen wird breiter, aber es verblasst wieder, als er meinen Blick auffängt.

Connor wirft einen Blick in meine Richtung.

„Sie trenden", sagt Amanda, während sie mich entsetzt anstarrt.

Tief durchatmend schalte ich den Bildschirm im Sitzungssaal ein und suche meinen eigenen Namen im Internet. Ich trende landesweit, vor geopolitischen Konflikten, dem Zusammenbruch der Wirtschaft und irgendeinem Promi-Skandal.

Playboy-Milliardärs wilde Drogenpartys aufgedeckt!, schreit die Schlagzeile.

Wie zu erwarten, schreien die provokanten Schlagzeilen im Boulevardstil von oben herab, während die gemäßigteren Teile darunter versteckt sind, unbemerkt und ungelesen.

„Klick darauf", blafft Killian.

Ich komme dem nach und beobachte, wie mein Leben in Millionen von Pixeln im ganzen Land zunichtegemacht wird. Eine tödliche Stille erfüllt den Raum, die nur durch das ferne Echo des Lachens auf dem Bildschirm durchbrochen wird.

Das Video, das ich so verzweifelt versucht habe zu verstecken, wurde laut der Zahl in der Ecke des Bildschirms über eine Million Mal angesehen. Die Anwälte hatten gesagt, dass die Sache erledigt sei.

Aber es ist nicht das Urteil der Welt, das mich beunruhigt. Es ist das Urteil von vier Menschen – Mags, meinen beiden Neffen und Lucy.

„Verdammt noch mal, JP!" Killian explodiert mit hochrotem Gesicht. „Unsere Lizenz steht hier auf dem Spiel! Ich dachte, du hättest gesagt, es wäre alles geregelt."

Connor, der sonst so witzige Typ, ist sprachlos. Amanda steht wie erstarrt in der Tür. Das arme Mädchen sieht aus, als wäre sie zum Tode verurteilt worden.

Ein Tsunami des Grauens überrollt mich, eine kalte Erinnerung an das Ausmaß meines Fehlverhaltens. Die Kasinobranche, eine Festung aus eisernen Regeln und Vorschriften, ist nicht gut auf Abtrünnige zu sprechen. Killian hat recht – dieser Skandal könnte uns unsere Lizenz kosten.

Während ich auf den Bildschirm starre, überkommt mich eine Welle des Selbsthasses. Ich war die schlimmste Art von Idiot. Ich habe nicht nur mein Geschäft und mein Vermögen aufs Spiel gesetzt, sondern auch die Zukunft der Quinns. Nun könnte alles, wofür wir gearbeitet haben, wegen meiner Dummheit in sich zusammenfallen.

Aber das eigentliche Messer in meinem Bauch, das meinen Egoismus mehr als alles andere verdeutlicht, ist, dass ich nur an Lucy denken kann. Ich weiß, wie sie reagieren wird, weil ich das schon einmal erlebt habe. Ich habe mich dieser Qual bereits einmal gestellt, und da bin ich nun und bereite mich auf die zweite Runde vor.

Vielleicht habe ich gerade herausgefunden, was meine größte Angst im Leben ist: gezwungen zu sein, dieselben verdammten Fehler zu wiederholen.

Ich stelle mir vor, wie ihr Gesicht in sich zusammenfällt, wenn sie die Wahrheit erfährt. Dieser Gedanke ist der eigentliche Schlag, der Schlag in die Magengrube, der mir den Atem raubt.

„Lassen Sie uns allein, Amanda." Killians Stimme schneidet durch die schwere Luft. Sie nickt, doch ehe sie geht, lässt sie noch eine weitere Bombe platzen.

„Nur noch eine Sache, Mr. Wolfe", quiekt sie. „Der Sicherheitsdienst hat angerufen. Sie wollten wissen, ob Lucy Walsh von der IT-Abteilung Zugang zu Ihrem Auto bekommen hat."

Sie wartet nicht auf eine Antwort, sondern verlässt fluchtartig den Raum und lässt mich mit dem Kopf in den Händen zurück. Das Lachen auf dem Bildschirm verstummt und wird durch eine unheimliche Stille ersetzt. Killian muss es angehalten haben.

Als Killian tief einatmet, hebe ich meinen Blick, um ihn anzusehen. Sein Blick ist so wütend, dass man ihn förmlich spüren kann. Er ist nur einen Atemzug davon entfernt, mir die Nase zu brechen.

Das Bild auf dem Bildschirm friert ein und hält meine glasigen Augen fest. Ein Spiegel für meine Scham, mein Ego. Ich kann nur an den Schaden denken, den ich angerichtet habe, an das Vertrauen, das ich gebrochen habe. Und Lucy ... Lucy ...

Warum sollte Lucy Zugang zu meinem Auto haben wollen? Hat sie den Brief gefunden? Verdammt, weiß sie alles?

„Ich muss gehen", verkünde ich abrupt und stehe von meinem Stuhl auf.

„Was?" Killian ist auf den Beinen, seine Augen lodern.

„Ich werde mit den Anwälten sprechen und schnell handeln", sage ich, greife nach meinem Handy und stecke es in meine Tasche. „Aber zuerst muss ich Lucy sehen. Ich weiß, dass ich es nicht verdiene, aber ich bitte euch um euer Vertrauen. Ich werde harte Entscheidungen treffen, um uns und das Unternehmen zu schützen."

Ich ignoriere Killians Proteste und verlasse den Sitzungssaal, während mein Verstand schwirrt und mein Herzschlag in meinen Ohren donnert.

Das Gemurmel und die großen Augen im Aufzug, das leise Geflüster der IT-Abteilung – sie werden nicht wahrgenommen. Sie sind nichts weiter als Hintergrundgeräusche, ein Rauschen in meinem ohrenbetäubenden inneren Aufruhr.

„Wo ist Lucy?" Meine Stimme klingt eher wie ein Befehl als wie eine Frage, als ich auf Taylors Schreibtisch zusteuere.

„Es ging ihr nicht gut, sie ist auf dem Heimweg. Matty ist gerade mit ihren Sachen runter in die Lobby gegangen", antwortet Taylor mit großen Augen.

„Danke", knurre ich und halte auf meinem Weg zum Aufzug kaum inne. Das Gewicht in meinem Bauch wird immer schwerer, durchtränkt von Bedauern und Selbstverachtung. Ich habe es vermasselt. Ich habe meine Karten falsch ausgespielt, hätte mir die Zeit nehmen sollen, es Lucy unter vier Augen zu sagen, weit weg von den neugierigen Augen der Mediengeier. Ich dachte, ich hätte mehr Zeit.

Ein gewisser Trost ist für mich der

Gedanke, dass nichts davon schlecht auf Lucy zurückfällt. Niemand weiß, dass wir zusammen waren, genau wie sie es wollte.

Die Fahrt mit dem Aufzug nach unten fühlt sich an wie der Abstieg ins Fegefeuer. Die Kabine ist voller Menschen, ihre Gesichter sind verschwommen, ihre Atemzüge scheinen in Erwartung meines bevorstehenden Zusammenbruchs angehalten zu sein. Als sich die Türen öffnen, stürme ich auf den Empfang zu, ein Mann auf einer Mission.

Außerhalb der Rezeption erhasche ich einen flüchtigen Blick auf Lucy, die mit ihrer Tasche über der Schulter verschwindet. Ein tiefer Schmerz durchzuckt meine Brust, als ich mich auf direktem Weg zum Eingang begebe.

Mehrere Mitglieder meines Vorstands versuchen, mich an der Rezeption abzufangen, aber ich stürme weiter und sehe nichts als Lucy. Sie ist nun nur noch eine flüchtige Silhouette, die von den Straßen der Stadt verschluckt wird.

„Lucy!", brülle ich, mir bricht die Stimme vor Verzweiflung.

Sie bleibt ruckartig stehen und dreht sich um, um mich anzusehen. Ihr Gesicht verhärtet sich, als sich unsere Blicke begegnen. Bevor ich ein weiteres Wort sagen kann, marschiert sie schon wieder weiter.

Ich ignoriere den Stich der Zurückweisung, überbrücke den Abstand zwischen uns und ergreife ihren Arm.

„Lucy, bitte. Bleib stehen!" Meine Stimme ist ein heiseres Flüstern, kaum hörbar durch die Geräuschkulisse New Yorks.

„Lass mich los!", zischt sie, reißt ihren Arm los und wirft mir einen Blick voller Abscheu zu.

„Können wir bitte irgendwo hingehen, wo wir ungestört darüber reden können?"

„Fick dich!"

Die Härte ihrer Worte trifft mich, aber ich dränge weiter. „Ich möchte nur, dass du mich anhörst, bitte."

„Dich anhöre?", schnaubt sie und stößt mir einen Finger in die Brust. „Ich will deine Stimme nie wieder hören."

Ihre blauen Augen glühen vor Feindseligkeit.

Panik durchströmt mich, während ich darum kämpfe, meine Fassung zu bewahren. „Halt. Mach das nicht auf der Straße. Lucy, ich … ich liebe dich." Die Worte purzeln aus mir heraus, rau und dilettantisch und verzweifelt aufrichtig.

Sie streckt ihre Arme weit aus. „Mich lieben? Du bist nicht in der Lage, jemanden außer dir selbst zu lieben."

„Du irrst dich", antworte ich, stoßweise

atmend. „Das Einzige, was ich an mir liebe, ist meine Liebe zu dir."

Sie blinzelt verblüfft, während ich über meine Worte stolpere. „Ich … ich meine es ernst. Ich habe mich so lange verachtet. Du warst der einzige Teil von mir, der sich gut anfühlte."

„Ich habe es satt, deine Lügen zu hören. Wie konntest du mich nur austricksen? Wie konntest du mich zurückgewinnen, mich verführen, mein Vertrauen gewinnen, wenn ich dich schon einmal verlassen habe?", schnauzt sie mit vor Wut und Schmerz erstickter Stimme. Ihre Vorwürfe prasseln unerbittlich auf mich ein.

Ich hebe abwehrend meine Hände und schüttle verzweifelt den Kopf. „Das war nicht meine Absicht. Die Ärzte haben gesagt, ich soll warten. Ich wollte nur, dass du siehst, wer ich jetzt bin, bevor all das alte Zeug wieder hochkommt."

Ihre Brust hebt sich vor Emotionen und ihre Stimme wird vor Wut lauter. „Warum zur Hölle sollte ich das tun wollen? Ich habe mir geschworen, nicht zu dir zurückzugehen, und du hast mich manipuliert, genau das zu tun. Wer tut so etwas? Wie kannst du es wagen?"

„Ich bin nicht mehr derselbe Mann, Lucy. Ich habe mich verändert. Ich habe alles für dich aufgegeben – die Drogen, den Lebensstil. Ich gebe die Kasinos auf. Ich bin bereit, neu anzufangen, in New York. Alles für dich."

Es ist wahr – das ist nicht nur leerer Blödsinn. Schon länger, als ich zugeben möchte, habe ich die Richtung meines Lebens in Frage gestellt. Als ich im Alter von fast vierzig in den Gewehrlauf starrte und meiner eigenen Sterblichkeit ins Auge blickte, wurde mir klar, dass ich einen Sinn in meinem verrückten, hedonistischen Leben brauchte.

Aber erst als ich begann, echte Gefühle für Lucy zu entwickeln, wurde mir klar, was auf dem Spiel stand. Sie repräsentierte etwas Bedeutendes, etwas, für das es sich zu kämpfen lohnt. Aber das ging nicht von heute auf morgen.

Doch ihre Worte unterbrechen mich, kalt und bitter. „Ich erinnere mich, JP. Ich erinnere mich an die Nacht auf deiner blöden Party, als du mich wie Scheiße behandelt und mir das Herz gebrochen hast, und ich erinnere mich an die Nacht im Plaza, wo ich dir meine Kündigung gegeben habe."

„Ich habe es vermasselt. Keine Ausreden. Ich habe es in dieser Nacht in meiner Wohnung vermasselt. Du hast mit mir Schluss gemacht, du warst mal heiß und mal kalt. In der einen Minute warst du dabei, in der nächsten wolltest du nichts mit mir zu tun haben. Ich beschloss, den Schmerz unseres Streits durch Pillen und Koks zu vergessen. Aber ich bereue das mehr als jede andere Entscheidung in meinem Leben."

„Du hast nicht so ausgesehen, als würde es dich interessieren. Du bist einfach an mir vorbeigegangen, als wäre ich ein Niemand."

Eine bittere Wahrheit. „Ich war high, Lucy. Eine erbärmliche Ausrede, ich weiß. Ich werde mir das nie verzeihen."

„Wie viele Frauen hast du in dieser Nacht gefickt?"

„Nein", feuere ich zurück, der Stachel ihrer Anschuldigung trifft mich hart. „Ich war in einer schlechten Verfassung, ja, aber ich würde dich niemals – hörst du – *niemals* so betrügen. Du hast mein Wort. In dieser Nacht, nach unserem Streit, hat es mich innerlich zerrissen."

„Worte. Nichts als leere Worte." Sie wendet sich von mir ab.

„Sie sind nicht leer, Lucy. Ich verlasse Vegas, mein bisheriges Leben, alles, für dich. Ich arbeite daran, mir eine neue Zukunft mit dir aufzubauen. Ich war in einer Entzugsklinik, habe einen Betreuer. Ich tue alles, was ich kann, um der Mann zu werden, den du verdienst."

Sie wirbelt wieder herum, ihr Gesicht

ist ein Bild des Unglaubens. „Blödsinn. Das war alles eine Lüge. Wir waren zusammen, haben uns getrennt, und du hast es vor mir verheimlicht? Ich kann das gar nicht fassen."

„Lucy, du hattest Amnesie. Die Ärzte haben eine langsame Wiedereingliederung empfohlen. Ich wollte, dass du die Person kennst, die ich geworden bin, dass du meine Entwicklung verstehst, bevor du meinen Fehlern der Vergangenheit gegenüberstehst. Es tut mir leid, dass ich es dir nicht früher gesagt habe. Ich ... ich hatte einfach Angst. Bitte, Baby."

Ich habe das Gefühl, dass ich mein Herz mit jedem Wort von seinen schützenden Schichten befreie und es nackt auf den kalten Beton lege. Es gehört ihr. Sie kann darauf herumtrampeln, es annehmen oder verwerfen.

„Nenn mich nicht *Baby*. Du liebst mich verdammt noch mal nicht."

„Tue ich wohl. Ich war mir noch nie in meinem Leben einer Sache so sicher." Meine Stimme wird zu einem heiseren Flüstern. „Und es war nicht leicht, die Frau, die ich liebe, unsere Vergangenheit vergessen zu sehen."

Sie presst die Lippen fest aufeinander, als hätte sie Angst zu sprechen.

„Lucy, du bist mein Auslöser für Veränderungen. Du bist der Grund, warum ich es geschafft habe, mein Leben zu ändern. Es ist mir scheißegal, was die zwölf Millionen Menschen denken, die das Video sehen. Alles, was mich interessiert, bist du. Alles, woran ich denke, bist du."

Sie revanchiert sich mit einem Stoß gegen meine Brust. „Absoluter Blödsinn. Es war alles eine Lüge."

„Es war nie eine Lüge! Mein Leben in Vegas war die Lüge! Die Pillen, die Partys, die Drogen, das war eine Lüge! Ich bin bereit, alles aufzugeben. Ich werde nie wieder im Leben ein Kasino betreten, wenn du das willst. Sag mir nur, was du von mir willst, und ich werde es tun. Keine Fragen."

Ihre verhärtete Fassade bekommt einen Moment lang Risse. Sie ist den Tränen nahe, ihre Unterlippe zittert.

„Willst du, dass ich auf die Knie gehe?", frage ich mit leiser Stimme, einer Stimme, die ich kaum als meine eigene erkenne, da sie bar ihres Befehlstons ist. „Denn das werde ich."

Ihr Schweigen lastet schwer auf uns.

Ich lasse mich auf dem kalten, unnachgiebigen Bürgersteig auf die Knie fallen und greife nach ihrer Hand. „Lucy, bitte sieh es aus meiner Sicht. Du hast mich vergessen. Ich wäre fast in dein Krankenzimmer gestürmt, um dir alles von Anfang an zu erzählen, aber die Ärztin hat mich zurückgehalten.

Sie warnte, dass dich das noch mehr traumatisieren könnte. Mir wurde gesagt, ich solle mich vorsichtig wieder vorstellen. Als ich dich als Daredevil gefragt habe, ob du hinter die Maske sehen willst und du abgelehnt hast, nahm ich das als Zeichen, dass du noch nicht bereit warst. Hätte ich mit dem Teil von mir anfangen sollen, den du gehasst hast? Mit den beschissenen Kapiteln unserer Geschichte? Ich wollte dir zeigen, dass ich ein Mann bin, der deiner Liebe würdig ist."

Sie zieht sich zurück. „Menschen, die sich lieben, lügen sich nicht an."

Sogar von meiner niedrigen Position aus kann ich die erschrockenen Gesichter der Passanten sehen, die sich nach dem Tumult umdrehen, aber das ist mir scheißegal.

„Na ja, die meisten Menschen müssen sich nicht damit auseinandersetzen, dass einer von ihnen alles vergisst", erwidere ich und meine Stimme klingt müde.

Sie blickt finster auf mich herab. „Also ist das jetzt meine Schuld?"

Ich schaue mit unerschütterlichem Blick zu ihr auf.

„Nein, ich sage verdammt nochmal nicht, dass es deine Schuld ist." Ich atme schwer aus. „Lucy, bitte. Gib uns nicht auf."

Sie reißt ihre Hand weg, als hätte

sie sich verbrannt, und geht rückwärts, bis sie mit jemandem auf dem Bürgersteig zusammenstößt. Tränen glänzen in ihren Augen, auch als sich ihr Gesicht verhärtet. „Halte dich von mir fern", flüstert sie. „Das ist alles, was ich will."

Als sie sich umdreht, um zu gehen, erinnert mich das Gemurmel und Gelächter daran, dass wir ein Publikum haben und dass ich mich immer noch in einer knienden Position befinde. Aber ich nehme die blitzenden Kameras kaum wahr. Das Einzige, was ich sehe, ist, dass Lucy für immer verschwindet und mein kaputtes Herz mitnimmt.

42

Lucy

Wenn ich den Schmerz und die Angst der Amnesie schon schlimm fand, dann ist ein gebrochenes Herz nichts gegen einen gebrochenen Verstand. Ich würde mein Gedächtnis lieber wieder auslöschen, als diesen unerbittlichen, herzzerreißenden Liebeskummer noch eine Sekunde länger zu ertragen.

Roxy, die nymphomanische Gummipuppe, Spider, der menschliche Wirbelsturm der Unordnung, und Dave, der wirklich erbärmliche Immobilienmakler, sehen im Vergleich zu dem, was JP mir angetan hat alle wie Heilige aus.

Ich erinnere mich an seine Worte auf dem Wohltätigkeitsball: *Wenn ich verliebt bin, bin ich voll dabei. Ich bete meine Frau an. Sie wird zum Mittelpunkt meiner Welt, und ich gebe ihr jeden Tag alles, was ich habe.*

Aber ich war nie genug, um sein Mittelpunkt zu sein.

In einem alternativen Universum wäre JP Wolfe ein kalter, arroganter Chef geblieben, der meinen Job lässig bedroht hätte. Das wäre besser gewesen, als diesen Haufen tragischer Erinnerungen mit ihm zu besitzen, vor allem die, in denen er mein Herz in einen feuchten Fußabtreter verwandelt.

Die Erinnerungen kämpfen sich immer wieder an die Oberfläche, eine quälender als die andere. Diese grässliche Nacht in seiner Wohnung, in der ich ihn völlig zugedröhnt vorfand, umgeben von überbezahlten Bänkern, Managern in Anzügen und halbnackten Anhängseln.

Jetzt weiß ich, warum der schmierige Widerling auf der Wohltätigkeitsgala Alarmglocken läuten ließ. Ich hatte ihn schon einmal gesehen – in der Nacht von JPs koksgefüllter Party. Er hat mir denselben schmierigen Blick zugeworfen, als ich fragte, wo JP sei. Kein Wunder, dass JP angespannt war, weil er ihn wiedersah.

JP hat in dieser Nacht durch mich hindurchgesehen. Als wäre ich ein Nichts. Unsichtbar. Wertlos. Ich hätte genauso gut eine Zimmerpflanze sein können.

Jedes Mal, wenn die Erinnerung wieder

auftaucht, wird mir schlecht. Ich kann nicht anders, als mir vorzustellen, was passiert ist, nachdem ich gegangen bin. Ich kann die quälenden Bilder von JP und einer der Frauen in seinem Schlafzimmer nicht aufhalten. Warum sollte er nicht nachgegeben haben? Es ist unrealistisch zu glauben, dass er widerstanden hat. Der Gedanke, wie sie zusammen sind, seine Hände auf ihrer Haut, sein Mund auf ihrem – erschüttert mich innerlich.

In der Hölle gibt es eine besondere Ecke für diesen JP. Ich hasse es, dass ich diese Seite von ihm kenne.

Aber noch mehr hasse ich, dass ich den Mann dahinter gesehen habe – das verführerische Rätsel, das mich einen Blick auf seine kaputte Seele werfen ließ. Der Mann, in den ich mich trotz aller roten Fahnen und Alarmglocken verliebt habe.

Ich wünschte, ich könnte diesen JP aus meinem Gedächtnis reißen, ihn aus meinem zersplitterten Herzen herausschneiden.

Natürlich brodelt die Gerüchteküche im Büro auf Hochtouren, seit die neuesten Fotos von mir und JP in den sozialen Medien aufgetaucht sind. Die Bilder von unserem Streit auf der Straße haben nicht ganz den Goldstandard der Boulevardpresse erreicht, den JP mit seinem Video-Meisterwerk gesetzt hat. Warum sollten sie auch? JP Wolfe in einer öffentlichen Auseinandersetzung mit einer Durchschnittsfrau schreit nicht gerade nach einem fesselnden Werk wie er mit Koks zugedröhnt.

Außer natürlich, man arbeitet bei Quinn & Wolfe.

Anscheinend hat die Marketingabteilung, das pulsierende Herz unserer Gerüchteküche, ihren großen Tag.

Ich drücke mein Kissen fester an mich, während sich Übelkeit in meinem Bauch regt. Jahrelang war ich bei Quinn & Wolfe ein Profi darin, zwischen Fotokopierern und Whiteboards im Hintergrund zu verschwinden. Aus Angst, über meine Worte oder meine Absätze zu stolpern, hielt ich mich von den Führungskräften fern.

Aber schau mich nun an, den schillernden Star der verdammten Klatsch-Freakshow.

Ich kann nicht wieder zur Arbeit gehen. Mein Liebesleben geht den Bach hinunter und meine Karriere droht den gleichen Sturzflug zu machen. Es ist ein beeindruckend katastrophaler Schlamassel, den ich hier angerichtet habe.

Der einzige Silberstreif an dieser Wolke aus Mist ist, herauszufinden, wer wirklich auf deiner Seite ist.

Priya und Libby machen blau, um sicherzustellen, dass ich mit meinem Elend nicht allein bin. Ich habe letzte Nacht kein Auge zugetan, nicht seit dem Streit mit JP gestern auf der Straße. Ich hatte halb damit gerechnet, dass er mitten in der Nacht wie ein Rammbock gegen meine Tür stürmen würde. Aber der erwartete Angriff blieb aus und ich war, wenn ich ehrlich bin, enttäuscht.

Sowohl Matty als auch Taylor unterstützen mich per SMS. Matty verspricht sogar, dass er hart arbeiten wird, damit wir auf dem Laufenden bleiben, während ich damit beschäftigt bin, „mein Fieber auszukurieren".

Wenigstens habe ich meine Zeit zu Hause effizient genutzt und ein bisschen mehr nachgeforscht, wer meine Wohnung gekauft hat. Okay, der größte Teil der Nachforschungen war von Priya.

Keine Überraschung, es war er. JP.

Ich habe Immobilienmakler Dave gesagt, er solle das Angebot ablehnen, und er spuckte so heftig in den Hörer, dass ich die Gischt fast aus einer Meile Entfernung spürte.

Der Typ hält mich für verrückt. Er hat sich nicht gerade herzlich von mir verabschiedet und schlug mir im Grunde vor, auf der Autobahn spielen zu gehen.

„Das wird sich alles in Wohlgefallen auflösen", sagt Libby mit gezwungener Überzeugung von meinem Lehnstuhl aus. „Nächste Woche wird das Büro schon wieder mit einem neuen Skandal beschäftigt sein!"

Priya nickt, eine Meisterin der Coolness. „Japp, es ist ja nicht so, dass du beim Sex auf den Toiletten erwischt wurdest."

Ich schnüffle. „Tatsächlich wurden zwei Jungs aus dem Vertrieb beim Sex erwischt."

„Miteinander?"

„Nein." Ich schüttle den Kopf. „Ein Typ hat eine Verwarnung bekommen, weil er irgendeine Frau nach einem Date ins Gebäude gelassen und im Büro mit ihr geschlafen hat."

„Siehst du?" Priya zieht die Augenbrauen hoch. „Dein Büro lebt von Skandalen! Du hast doch nur einen Streit mit dem Chef gehabt. Du könntest sogar knallhart wirken."

„Nein, die Leute denken, es ist mehr. Matty hat es mir erzählt."

Libby nickt wissend. „Das liegt daran, dass er auf die Knie gegangen ist. Das hat nicht geholfen."

Nein, hat es nicht. Ich bin fast ausgerastet, als er das getan hat.

Ein tiefes Seufzen entweicht meinen Lippen, als ich meinen Blick zum Fenster richte. Wir haben uns schon den ganzen

Tag in meinem Wohnzimmer eingeschlossen, trinken Tee und schauen uns die erfundenen Dramen von Reality-TV-Frauen an, um mich abzulenken.

Aber ganz gleich, wie viele perfekt frisierte, chirurgisch verbesserte Ehefrauen ich mir ansehe, JPs Gesicht verfolgt mich. Seine Liebeserklärung war überzeugend, aber seine Handlungen lassen auf einen Meister der Täuschung schließen. Wie kann ich glauben, dass er in dieser Nacht keinen Sex hatte? Woher weiß ich, dass er mich nicht wieder wie Scheiße behandeln wird? Mich anlügt, mich hintergeht, mich betrügt ...

Priya sagt, dass er logistisch gesehen wahrscheinlich mit niemandem geschlafen hat. Wenn er so weit weg war, hätte er ihn nicht mehr hochbekommen. Das ist kein großer Trost.

„Du hättest es uns früher erzählen sollen, Luce. Das mit dir und JP beim ersten Mal", murmelt Priya und wirft einen nachdenklichen Blick in meine Richtung. „Ich glaube, sogar Libby hätte es für sich behalten können."

„Hey!" Libby wirft ein Kissen nach Priya, um ihre Ehre zu verteidigen. „Es ist ja nicht so, dass ich es nicht versuche! Ich bin eine gute Freundin."

„Ich weiß, dass du das bist." Ich beuge mich vor und reibe ihr über den Arm. „Du bist hier, nicht wahr? Du gibst mir den Vorrang? Ich hatte so viel Scheiße am Hals und ihr Mädels habt euch wirklich für mich eingesetzt." Ich spüre, wie mir zum milliardsten Mal seit gestern Tränen in die Augen steigen. „Lektion gelernt – mehr Vertrauen in die Menschen und in mich selbst. Ich glaube, ich habe euch nicht alles erzählt, weil ich Angst hatte, ihr würdet weniger von mir halten. Ich bin mir ziemlich sicher, dass es mit unverbindlichem Sex angefangen hat. Aber wenn ich mich euch gegenüber geöffnet hätte, wäre es kein Geheimnis gewesen, als ich die Plaza-Treppe hinunterstürzte."

„Also, für die Zukunft ..."

Das schrille Summen der Türklingel unterbricht Priya mitten im Satz. Ich dekoriere mit meiner nun zitternden Tasse Tee fast meine Couch.

Wir erstarren und wechseln panische Blicke. Es summt wieder, noch eindringlicher.

„Erwartest du etwas von Amazon?", fragt Libby, ihre Stimme ist kaum lauter als ein Flüstern.

Ich schüttle den Kopf, Adrenalin schießt in die Höhe. Ich werfe einen nervösen Blick auf das halb offene Fenster. Mist.

Aus einem gemeinsamen Impuls heraus schleichen wir uns von unseren Sitzen. Dann fallen wir auf die Knie und krabbeln zum Fenster, nicht unähnlich meiner Mutter, die sich vor den Zeugen Jehovas versteckt hat, als sie an der Tür auftauchten.

„Schau du nach", forme ich mit den Lippen zu Priya.

Vorsichtig schaut sie hinaus. Ihre Augen weiten sich, als sie sich wieder fallen lässt und mit den Lippen formt: „Er ist es."

Mein Herz hämmert gegen meine Rippen. Er kann es wahrscheinlich durch das Fenster hören.

„Ich kann sehen, dass du dich versteckst", ruft JP von der Straße aus. Mist. Ertappt.

Wie drei Wackelkopfpuppen heben wir unisono unsere Köpfe.

Allein sein Anblick löst eine Welle der Traurigkeit aus. Sein zerzaustes Haar, seine müden Augen, seine abgetragene Jeans und sein zerknittertes blaues T-Shirt.

Sein Blick fällt auf uns drei. „Hallo, die Damen." Er wendet sich an Priya und Libby. „Luce wollte nie, dass wir uns kennenlernen." Er seufzt. „Es tut mir leid, dass es nicht unter besseren Umständen geschieht. So hatte ich es mir nicht vorgestellt."

Trotz des Schmerzes treibt mich die

Neugierde an. „Warum wollte ich nicht, dass sie dich kennenlernen? Abgesehen von der Tatsache, dass du ein verlogener Psychopath bist?"

Seine Lippen verziehen sich zu einem melancholischen Lächeln. „Lange Zeit war es dir peinlich. Du hast unsere Affäre im Büro heruntergespielt. Hast nie geglaubt, dass es etwas Ernstes ist."

„Offensichtlich hast du das auch nicht", erwidere ich mit erwecktem Temperament und schiebe das Fenster weiter auf. „Was machst du hier?"

„Kann ich raufkommen? Wir müssen reden."

„Nein. Sag von dort aus, was du willst."

Frustration blitzt in seinem Gesicht auf, aber er schluckt sie hinunter. Er fährt sich mit der Hand durch sein zerzaustes Haar und ein Gefühl der Sehnsucht überkommt mich. Ich wünschte, das wäre meine Hand. „Hör mich nur an. Bitte."

Ich verschränke meine Arme. „Du hast fünf Minuten Zeit. Von da unten."

Sein Gesicht verdunkelt sich aufgeregt. „Ernsthaft, von der Straße aus, Lucy?"

Meine Augen verengen sich.

„Okay." Er fährt sich wieder mit der Hand durch die Haare, als wäre er verwirrt. Sein

Blick trifft meinen und fixiert mich mit dieser vertrauten, beeindruckenden Intensität, die mich sowohl erschreckt als auch erregt.

„Ich bin nicht der Beste darin, tief empfundene Reden zu halten, aber es gibt Dinge, die du wissen musst. Ich bin unvollkommen, ja. Aber ich habe das mit uns versucht, Lucy. Du erinnerst dich nur an unsere dunkelsten Momente, so scheint es. Aber ich habe alle unsere Erinnerungen aufbewahrt und ich kann dir sagen, dass wir einige großartige Erinnerungen haben. Echte, schöne Erinnerungen, die zeigen, dass es sich lohnt, für uns zu kämpfen."

„Ahhh", Priya fällt neben mir in Ohnmacht. Ich stoße sie unsanft mit dem Ellbogen an.

„Wir hatten das beste Leben, voller Lachen, Liebe und Einfachheit. Du hast mir das Fundament des Glücks gegeben, nach dem ich immer gesucht habe. Du warst es, mit der ich zum Wellness-Retreat gegangen bin. Bear Mountain war nicht das erste Mal, dass wir Stand-up-Paddling gemacht haben. Du bist nicht umsonst so gut darin." Sein Gesicht wird weicher, als würde er sich an etwas erinnern.

„Aber du hast dich zurückgehalten. Du hast den Glaubenssprung nicht gemacht. Du hast dich geweigert, mich ganz reinzulassen, hast deine Freunde und deine Mutter auf Distanz zu mir gehalten." Seine Stimme bricht ein wenig, die Worte sind schwer vor Emotionen. „Aber ich wollte das alles. Ich wollte, dass du mich reinlässt. Ich wollte Priya und Libby kennenlernen. Ich wollte mit dir und deiner Mutter zu deinem Geburtstag ins Captain's Crab gehen. Ich wollte dich und deine Mutter ins Gartencenter mitnehmen. Ich wollte mit dir zu Comic-Conventions gehen. Das ist das Einzige, was du mir erlaubt hast – weil ich eine Maske getragen habe."

„Du bist mein Daredevil", sage ich, die Worte rutschen mir heraus.

„Natürlich bin ich Daredevil. Wenn du willst, dass ich den ganzen Tag in einem verdammten Gummianzug herumlaufe, werde ich das tun."

Seine Erklärung bringt ihm verwirrte Blicke von Leuten auf der Straße ein.

„Ich habe diese Actionfigur für dich auf deinen Schreibtisch gestellt, um dich an mich zu erinnern, während ich in Vegas war, aber ohne Verdacht zu erregen." Das Bedauern ist in seinem Lächeln deutlich zu erkennen.

„Du hast diese Actionfigur gekauft?", sage ich atemlos.

„Ja."

Priyas Ohnmachtsanfälle eskalieren, sehr zu meinem Ärger. Ich versuche vergeblich, sie vom Fenster wegzuschieben.

Meine Augen werden verräterisch feucht. Das ist zu viel.

Nein, du Närrin. Reiß dich zusammen. Er hat dich manipuliert. Erinnerst du dich an seinen starren Blick, als er an dir vorbeiging, als wärst du ein Nichts?

„Luce", fordert er und fixiert mich mit einem Blick, der mir den Atem raubt. „Ich bitte dich jetzt, einen Glaubenssprung für mich zu machen. Ich werde alles in meiner Macht Stehende tun, um zu beweisen, dass ich es verdiene. Wir werden leben, wo immer du willst. Sogar in dieser Wohnung über dem Sexshop, das ist mir egal. Ich werde nie wieder einen Fuß in ein Kasino setzen, wenn du das willst. Ich werde nie wieder Drogen nehmen. Nie wieder eine Wette platzieren. Ich bin nicht mehr der Mann, der ich in dieser schrecklichen Nacht war. Ich habe vor deinem Unfall mit allen Mitteln dafür gekämpft, es zu beweisen, und ich werde nicht aufhören, bis du mir glaubst."

Seine Worte hängen in der Luft und lösen einen Cocktail von Gefühlen in mir aus.

„Bist du abhängig?", frage ich unverblümt und schreie zu ihm hinunter.

Er starrt zu mir hoch. „Willst du das wirklich hier auf der Straße ausdiskutieren?"

Ich bleibe still, die Arme verschränkt. Entweder so oder gar nicht.

„Nein." Er seufzt. „Ich brauche körperlich nicht jeden Tag Drogen oder Alkohol. Aber manchmal betreibe ich Völlerei und übertreibe es, wenn ich gestresst bin. Keiner hat mich gezügelt, auch ich nicht. Aber diese Zeiten liegen jetzt hinter mir."

„Blödsinn", schnauze ich und eine weitere schmerzhafte Erinnerung schießt mir durch den Kopf. „Du bist nichts weiter als ein Lügner. Ich habe die Frau neulich in deiner Wohnung gesehen. Von wegen Verwaltung. Für wie blöd hältst du mich eigentlich?"

Verwirrung macht sich in seinem Gesicht breit. „Wovon redest du?"

„Samstagabend", sage ich schlicht und einfach.

„Samstag ..." Er runzelt die Stirn. „Das ist meine Therapeutin. Ich konnte es dir nicht sagen, bevor du nicht alles weißt."

„Therapie? An einem Samstagabend? Das ist fast so glaubwürdig wie Verwaltungskram."

„Ich zahle so viel, dass ich es machen kann, wann immer ich will."

Skepsis verengt meine Augen. „Warum sollte ich das glauben?"

„Du kannst sie selbst treffen und alles fragen, was du willst." Er blickt feierlich auf.

„Ich habe nichts mehr vor dir zu verbergen."

„Warum sollte ich glauben, dass du bei mir bleibst? Dass du nicht wieder in deine alten Gewohnheiten zurückfällst, wenn du das nächste Mal in Vegas bist?"

Aus seinem Seufzer spricht Verzweiflung. „Glaub mir, Luce, ich bleibe."

Ich blicke ihn finster an und mein Herz hämmert vor Unsicherheit. „Du bist der Schmerz, vor dem mich mein Unterbewusstsein gewarnt hat. Du bist der dumme Hund, Buddy."

„Ich schätze, das bin ich."

Noch mehr seltsame Blicke von Passanten.

„Wie kann ich sicher sein, dass du in dieser Nacht auf deiner Party keinen Sex hattest?", frage ich.

„Du wirst mir vertrauen müssen. Egal, wie verkorkst ich war, ich habe dich nie so betrogen." Sein Kiefer verkrampft sich, seine Stimme sinkt um eine Oktave. „Damit das klar ist: Ich habe nie eine andere Frau gewollt, seit ich dich habe."

Ich schnaube und verdrehe die Augen, auch wenn seine Worte meine Brust durchbohren.

Seine Augen verdunkeln sich vor Intensität, als ob ein Schalter umgelegt worden wäre. „Es ist dir offensichtlich nicht wichtig genug, um für uns zu kämpfen. Die Wahrheit ist, dass du mir nicht entgegenkommen willst. Du willst dich in Comics verlieren und im Lucy-Märchenland leben, weil das einfacher ist, als wirklich die schweren Dinge mit mir zu tun. Wir könnten ein unglaubliches Leben zusammen haben – es wäre hart, herausfordernd und aufregend. Kein märchenhafter Bullshit. Aber es wäre viel befriedigender und aufregender als ein getrenntes Leben."

Er fährt sich mit der Hand durch die Haare und sieht wirklich verzweifelt aus. „Das ist auch für mich nicht einfach, Lucy. Ich bin kein emotionsloser Roboter. Du hast mich aus deinem Herzen und deinen Erinnerungen gelöscht, als wäre ich ein Nichts. Selbst als du mich nach der Nacht bei mir zu Hause gehasst hast, nach der Party ... hast du dir wenigstens noch richtig etwas aus mir gemacht. Dein Schmerz bewies, dass ich dir noch etwas bedeutete. Dann bist du im Krankenhaus aufgewacht und ich habe dir nichts mehr bedeutet." Er holt Luft. „Ich lege mein Herz aufs Spiel. Ich frage dich ganz unverblümt: Willst du mich?"

„Nein", schluchze ich und Tränen verraten meine Fassade.

Er nickt langsam mit zusammengepresstem Kiefer. „Wenn du mich nicht willst, kann ich dich nicht zwingen. Aber du sollst wissen, dass du mein Herz hast." Seine Augen lodern. „Was du damit machst, liegt jetzt bei dir."

Das metallische Glitzern des Kochtopfs erregt meine Aufmerksamkeit zu spät. Ich hatte Libbys Verschwinden nicht bemerkt.

Wie in Zeitlupe schießt das Wasser aus dem Topf aus dem offenen Fenster und landet auf JPs Gesicht und Brust, sodass er völlig durchnässt ist.

Meine Hand fliegt an meinen Mund, als Priya und ich keuchen.

„Libby!", kreische ich.

„Er hat es verdient!", schießt sie zurück.

JP zuckt nicht zusammen, schlägt nicht zurück. Er steht einfach nur da und das Wasser tropft an seinem muskulösen Körper herunter.

Langsam wischt er sich über das Gesicht und durchdringt meine Seele mit einem letzten feurigen Blick. Dann dreht er sich um und schreitet die Straße hinunter, ohne einen Blick zurückzuwerfen.

Ich beobachte, wie er verschwindet, während mein Herz noch einmal zerspringt und in der Brise von Manhattan verstreut wird.

43

Lucy

Achtundvierzig öde, anstrengende Stunden lang ist alles ziemlich alltäglich, bis auf ein ganz und gar nicht alltägliches Detail – eine Wolke des Grauens, monströs und dunkel, wie ein düsterer Stalker, der sich weigert, den Wink zu verstehen.

Sie setzt sich in jedem noch so kleinen Teil von mir fest und verwurzelt sich in einem engen, verknoteten Durcheinander, das meinen Magen ersetzt zu haben scheint. Essen könnte im Grunde genommen genauso gut Pappe sein.

Meine Finger scheinen einen eigenen Willen zu haben und rufen unaufhörlich die Bilder in den sozialen Medien auf, auf denen JP vor mir auf der Straße kniet. Es spielt keine Rolle, wo ich bin – beim Zwiebelschneiden in der Küche, beim Spazierengehen im Park, beim Kaffeetrinken im Café oder sogar, Gott hilf mir, während ich auf der Toilette sitze. Ich wache nachts zu einer bescheuerten Uhrzeit auf, um sie mir anzuschauen, als ob sie sich vielleicht in einer virtuellen Rauchwolke auflösen würden. Und wenn ich genug davon habe, sehe ich mir das Video, das JP öffentlich bloßgestellt hat, immer und immer wieder an.

Es ist ein Zwang. Eine ausgewachsene Sucht. Alle paar Minuten verraten mich meine Finger und klicken auf das Foto, und jedes Mal spüre ich den scharfen Stich der Angst. Ich fühle mich entblößter und verletzlicher, als wenn ich in meinem anzüglichen Miss-Nova-Outfit mit den spektakulären Ausschnitten ins Büro stolziert wäre.

Das Interesse der Kamera war bei dem Bild mehr auf JPs Schande als auf meine Existenz fixiert. Das spendet mir eigentümlichen Trost. Ich will meine fünfzehn Minuten Ruhm nicht. Bei der Vorstellung dreht sich mir der Magen um.

Ding, ding, ding. Die SMS von Taylor, Matty und einigen anderen aus dem Büro treffen weiterhin ein. Ihre Sorge scheint echt zu sein, aber ich kann praktisch hören, wie der Tratsch im Hauptquartier auf Hochtouren läuft. Ich werde von ausgedachtem Geschwätz aus dem Vertrieb, dem Marketing, der Finanzabteilung und allen anderen Teams heimgesucht ... und vor allem, oh, vor allem von der IT-Abteilung.

Taylor rief an und sagte, ich solle mir ein paar Tage frei nehmen. Sie sagte, wenn es jemanden gibt, der seine Krankentage einfordern kann, dann die Frau ohne Gedächtnis.

Angry Andy ist anscheinend nicht so wohlwollend. In zwei Tagen steht die Präsentation eines wichtigen Meilensteins von Project Tangra vor der Geschäftsführung an, und er kriegt Zustände, weil ich schwänze.

Ich habe von zu Hause aus gearbeitet und Taylor auf dem Laufenden gehalten. Ich habe nicht vor, Projekt Tangra im Stich zu lassen, und auch nicht das Team. Und Matty, der gute alte Matty, versucht heldenhaft, sich zusammenzureißen und die Stellung zu halten, bis ich ins Büro zurückkomme.

Vielleicht sollte man manchmal nicht sein Bestes geben, damit die Leute dein Bestes zu schätzen wissen.

Ich versuche mein absolut Bestes, um JP aus dem Kopf zu bekommen. Die Erinnerung an ihn durchnässt, verfolgt mich. Er sah so zerstört aus.

Ich nehme Bücher zur Hand, aber die Wörter sind nur Schnörkel auf einer Seite. Ich schleppe mich in das Café zwei Straßen weiter, aber der Kaffee könnte genauso gut Spülwasser sein. Ich schlendere in den Comicladen, aber die Illustrationen und Sprechblasen könnten genauso gut Hieroglyphen sein.

Liebeskummer ist ein verdammtes Minenfeld.

Ich schrubbe in dem Versuch, meine Angst und meinen Schmerz wegzuspülen mit aller Kraft das Bad.

Als ich sehe, dass Moms Name auf dem Handy aufleuchtet, stöhne ich hörbar auf. Sie ist die letzte Stimme, die ich hören will. Aber ich kann sie nicht ewig ignorieren.

„Hi, Mom."

„Lucy."

Ich zucke zusammen. Mein Gott, dieser Ton.

„Mrs. Mills von nebenan hat mir gerade ein paar Links geschickt. Lucy, warum in aller Welt streitest du dich in der Öffentlichkeit mit deinem Chef? Was zum Teufel ist in dich gefahren?"

„Moment", sage ich gedehnt. „Du siehst ein Bild von meinem Chef, der vor meinen Füßen kriecht, und nimmst automatisch an, dass *ich* daran schuld bin?"

„Das ist nicht gerade professionell. Du musst die Folgen deines Handelns bedenken."

Mir fallen fast die Augen aus dem Kopf. Etwas in mir bricht, wie ein zehnjähriger

Damm. Sie hat einen Nerv getroffen. Genau die richtige Mischung aus Worten, Tonfall und Timing hat mich über die Grenze gestoßen, an der ich seit Jahren zittere.

„Weißt du was, ich habe genug davon. Entweder bist du auf meiner Seite oder nicht. Ich kann das jetzt nicht. Ruf mich an, wenn du bereit bist, die Rolle einer unterstützenden Mutter zu spielen, anstatt Gift in mein Leben zu pumpen. Als ob ich nicht schon genug Mist am Hals hätte."

Ich knalle das Handy hin und lasse mich mit klopfendem Herzen neben die Badewanne sinken. Moms Name erscheint wieder auf dem Display, aber ich schalte es stumm. Ich zittere am ganzen Körper.

Kein Wunder, dass ich mir immer Gedanken mache, was die Leute denken, und versuche, mich im Büro selbst zu übertreffen. Ich habe ihre abfälligen, zweifelhaften Kommentare jahrelang ertragen. Seit sie herausgefunden hat, dass Dad manchmal ein Arschloch war – sorry, toter Dad – und dass sie vielleicht doch nicht den Märchenprinzen erwischt hatte.

Ich atme tief durch und lehne meinen Kopf an die Badewanne. Es wird Zeit, dass ich meinen Scheiß in Ordnung bringe.

◆ ◆ ◆

Wie immer folgt mir der Neonpfeil in die Rezeption und zeigt nicht mehr auf die Frau ohne Gedächtnis, sondern auf die Frau ohne Gedächtnis, die etwas mit dem Chef hatte.

Menschen, die mich sonst nicht beachten würden, bleiben nun stehen und starren mich an. Alle Augen sind auf mich gerichtet, urteilend, sezierend. Ich zwinge mich zu einem strahlenden Lächeln, während meine Absätze unüberhörbar über den Boden klackern.

Ich glaube zwar nicht, dass mich Absätze kreativer machen oder so, aber warum sollte ich sie nicht tragen, wenn ich es möchte? Ich bin eine Frau auf der Kippe, und wenn einer dieser neugierigen Penner etwas Falsches sagt, kriegt er einen Pfennigabsatz in die Ritze.

„Hi, Abigail", rufe ich laut durch den Empfang und winke.

Ihre Augen verflüchtigen sich fast aus ihrem Schädel, ehe sie ein Lächeln aufsetzt und mich herüberwinkt, zweifellos auf der Suche nach Klatsch und Tratsch.

„Ich kann nicht bleiben, tut mir leid!", schreie ich, als ich fast mit Logan, dem Wachmann, zusammenstoße. „Es tut mir so leid, dass ich in Mr. Wolfes Auto eingebrochen bin. Ich hoffe, ich habe Sie nicht in Schwierigkeiten gebracht?"

Logan schaut erschrocken. „Nein, keine Schwierigkeiten. Ich habe mir nur Sorgen um Sie gemacht." Wie süß.

„Sie sind so nett." Ich winke und schreite zum Aufzug.

Der Fahrstuhlbereich ist voll, aber plötzlich stolpern alle über sich selbst, um Platz für mich in ihrem Fahrstuhl zu machen.

Gerade als sich die Fahrstuhltüren schließen wollen, schiebt sich ein polierter schwarzer Schuh dazwischen.

Mein Herz springt mir aus der Brust, macht einen kleinen Purzelbaum und landet mit einem Platsch auf dem Boden des Aufzugs.

Natürlich ist das er – der verdammte JP Wolfe.

Man könnte eine Stecknadel fallen hören, während alle Augen zwischen uns hin- und herschwenken und die krampfhafte Aufzugfahrt zu einem lebendigen Tennismatch wird. Ich wünschte, ich könnte mit dem Boden verschmelzen und verschwinden. Ich lächle JP angespannt an und starre verzweifelt auf die sich schließenden Türen.

Trotz seines weltmännischen Äußeren verraten dunkle Ringe unter seinen Augen seine Erschöpfung. Ein Teil von mir sehnt sich danach, mit meinen Händen durch sein Haar zu fahren, ihn zu halten und zu küssen. Allein sein Anblick weckt Sehnsucht in meinem Körper.

Während wir aufsteigen, überlege ich, wie ich verfahren soll. Scheiße, steigt er auf meiner Etage aus?

Die Türen öffnen sich und alle treten ehrerbietig zurück, um den Chef zuerst aussteigen zu lassen.

Ich überlege, ob ich mit dem Ding ganz nach oben fahren soll, nur um ihm auszuweichen, aber das ist zu offensichtlich.

Also folge ich ihm nach draußen und mein Puls beschleunigt sich, als seine durchdringenden Augen meine finden. In seinem maßgeschneiderten Anzug wartet er unangemessen gutaussehend auf mich.

„Lucy", grummelt er mit tiefem Bariton und sein Blick sucht nach Antworten. „Wie kommst du zurecht?"

„Spektakulär", schnauze ich sarkastisch durch ein angespanntes Lächeln.

Er quittiert meinen Tonfall mit einem traurigen leichten Lächeln und atmet tief ein, was meine Aufmerksamkeit auf seine breite Brust und das darunter schlagende Herz lenkt. Eine Woge von Emotionen erstickt mich.

Ich wünschte, er würde aufhören, mich so anzuschauen.

„Hier wird sich einiges ändern", sagt er. „Ich werde alles tun, damit du dich bei der Arbeit wohl fühlst."

Mir wird die Kehle eng. Ist das seine Art zu sagen, dass er nicht mehr für uns kämpft?

Ich weiß nicht, worauf er hinauswill, aber das ist jetzt auch egal. Ich nehme mein Schicksal selbst in die Hand, angefangen mit der Projekt Tangra Präsentation.

„Es ist in Ordnung, wirklich", bringe ich hervor und zwinge mich, seinem Blick standzuhalten. „Hör zu, es tut mir leid, dass Libby einen Topf Wasser über dich geschüttet hat."

Er lacht leise. „Das ist nicht das Schlimmste, was mir in letzter Zeit passiert ist."

Ich stoße ein unverbindliches Grunzen aus, zu aufgewühlt, um etwas darauf zu erwidern. „Ich muss los."

„Warte mal." Er holt einen weißen Umschlag aus seiner Jackentasche. „Ich möchte, dass du das hier bekommst. Schau es dir an, wenn du allein bist."

Ich nehme den Umschlag entgegen und hoffe, dass meine zitternden Hände nicht zu auffällig sind. Was ist das? Ein

Abfindungspaket?

Bevor er die Feuchtigkeit in meinen Augen sehen kann, drehe ich mich um und gehe weg. Mein Herz fühlt sich an, als würde es von meinen eigenen Stilettos zertrampelt werden.

Ich gehe durch das Großraumbüro zu meinem Schreibtisch und wappne mich. Ich erwarte fast, dass ein „Glückwunsch, dass du den Chef geknallt hast!"-Ballon auf mich wartet.

Aber alle bleiben nur stehen und starren mich mit stechenden Augen an, als ich vorbeigehe. Sogar die Hardcore-Coder halten mit dem Tippen inne. Das ist schlimmer als damals, als ich mit Amnesie zurückkam.

Zu meiner großen Überraschung sitzt Matty bereits an seinem Schreibtisch und arbeitet fleißig.

„Matty! Sieh sich dich einer an, du bist ein neuer Mann", sage ich.

„Ja, gewöhne dich nicht daran", schnaubt er. „Ich habe es mit dem ‚verantwortungsvollen Erwachsenen' versucht, aber wie sich herausstellt, bin ich immer noch ein faules Arschloch. Du wirst wie immer mindestens 60 Prozent meiner Arbeit übernehmen müssen."

Ich lache zum ersten Mal seit Tagen. Ich nehme die 60 Prozent statt seiner normalen 90.

Dann kommen sie – meine Kolleginnen

und Kollegen mit ihren endlosen Fragen. Von banalen bis hin zu völlig unverschämten Fragen.

„Also was läuft da zwischen dir und Wolfe?"

„Seid ihr zwei jetzt ein Paar, oder was?"

„Ich habe gehört, dass er wegen Drogenschmuggels angeklagt wird. Stimmt das?"

„Glaubst du, dass er uns eine Budgeterhöhung geben wird?"

„Stimmt es, dass Wolfe in der Mafia ist?"

„Kannst du ihn überreden, die Frist zu verlängern?"

Bei der Aufregung springt Matty auf, krempelt seine Ärmel hoch und macht eine perfekte Imitation von Andy, indem er theatralisch an seinen Achselhöhlen schnuppert. „Also gut, Leute, die Show ist vorbei! Wir haben hier zu arbeiten."

Widerwillig löst sich die Menge um meinen Schreibtisch auf.

Ich neige mein Kinn und lächle, während mein Herz innerlich schrumpft wie eine traurige kleine Rosine. Ich setze eine Maske auf, halte meinen Kopf hoch und meine Absätze fest. Aber die Wahrheit? Ich kann mich kaum zusammenreißen.

Ich renne zur Toilette, den Brief von JP

fest im Griff. Mit zitternden Händen reiße ich ihn auf. Es kommen Fotos zum Vorschein – Schnappschüsse aus einem Leben, das aus meiner Erinnerung gelöscht wurde. Mir stockt der Atem, als ich mit dem Rücken gegen die Kabinenwand taumle.

Da sind wir, beim Stand-up-Paddling am Bear Mountain, so glücklich und unbeschwert. Ein Selfie von uns, eingebettet zwischen hohen Bäumen, seine starken Arme um mich. Ein Bild von uns auf der Aussichtsterrasse seiner Villa, die Berge als Kulisse. Er küsst mich, während ich lache.

Heimliche Aufnahmen, die er von mir gemacht hat, als ich nicht hingesehen habe. Eines, auf dem wir auf seiner Couch faulenzen. Eines, auf dem wir uns bei einem Selfie versuchen zu küssen.

Und da ist auch eine Notiz in seiner Handschrift: „Das sind meine Erinnerungen. JP."

Ich sinke auf den Boden, die Fotos sind um mich herum verstreut wie Erinnerungen, die ich nie wieder zurückbekomme.

Zwei Stunden später präsentieren wir den

furchterregenden Quinns und dem Rest des Aasgeier-Anzugträger-Zirkus die endgültige große Tangra-Lösung.

Taylor hat das Ruder in der Hand, und Angry Andy – behüte ihn Gott – springt in den schlechtesten Momenten aus seinem Sitz und bietet seine Perlen der Belanglosigkeit an.

Killian Quinn lächelt mich seltenerweise mal an. Er weiß alles. Natürlich tut er das.

JP ist jedoch auffallend abwesend. Ein Hauch von Enttäuschung durchzuckt mich. Obwohl ich mich von diesem Mann noch immer zutiefst betrogen fühle, möchte ich, dass er mich in Aktion sieht, und vielleicht ein bisschen strahlt vor Stolz. Mann.

Mit schwitzenden Achseln und schlotternden Knien legen wir unseren Plan dar, all die anderen Kasinos ins bargeldlose Zeitalter zu ziehen, einen quälenden Meilenstein nach dem anderen. Ich spüre, wie meine Bluse vor Schweiß am Rücken festklebt.

Die Anzugträger lassen uns nicht so einfach davonkommen. Es ist ein ewiges Tauziehen zwischen den kreativen Bauern und den Konzernherren.

„Ihr Einführungsplan ist schleppend", dröhnt Killian in seinem typischen Monoton. Wir kontern und warnen vor den potenziellen Risiken der Eile.

„Verkürzen Sie es um einen Monat", mischt sich Connor Quinn ein. Und wir feuern zurück, mit Daten, Zahlen und einer Portion Verzweiflung.

Derweil hockt Andy eifrig auf seinem Stuhl und ist bereit, jede ihrer albernen Launen zu bejahen.

Als Killian Quinn schließlich die Spannung unterbricht, unsere Bemühungen lobt und Schluss für heute macht, atmen alle erleichtert auf. Diesmal haben wir die Höhle der Löwen überlebt.

„Lucy", befiehlt Killian, während alle anderen hinaus schlurfen. „Auf ein Wort, bitte. Der Rest von Ihnen ist entlassen."

Großartig. Einfach großartig.

Sie werfen mir mitleidige Blicke zu, erleichtert, dass es nicht sie sind, die mit dem Henker allein gelassen werden. Sogar Andy sieht ein wenig glücklich aus, als er den Raum verlässt.

Nun sind nur noch Killian und ich da, die Stille ist schwer und unheilvoll. Ich schlucke heftig und spiele mit meinen Fingern unbewusst mit meinem Pony herum.

„Ich werde direkt sein", beginnt er. „Ich weiß, was zwischen Ihnen und JP vorgefallen ist. Nicht alle Details, aber genug."

Ich schlucke schwer, mein Mund ist

trocken.

„Wenn Sie das Gefühl haben, dass Sie hier nicht mehr angenehm arbeiten können, sorgen wir dafür, dass Sie versorgt sind. Großzügig entlohnt werden."

Meine Handflächen werden feucht. Versucht JP, mich loszuwerden?

„Heißt das, mein Job ist in Gefahr?", frage ich und bemühe mich, meine Stimme ruhig zu halten.

„Nicht im Geringsten", sagt er. „Nur, dass wir für einen reibungslosen Übergang sorgen werden, falls Sie gehen wollen."

Ich zwinge mich zu einem angespannten Lächeln. „Ich werde darüber nachdenken."

Er ist noch nicht fertig. „JP möchte, dass Sie sich hier wohl fühlen. Wenn das nicht mehr möglich ist, werden wir Ihren Weggang so schmerzlos wie möglich gestalten. Einen, der Sie aufbaut."

Eine Abfindung. Sie wollen mir Geld zuwerfen, damit ich still und leise verschwinde.

JP will mich loswerden. Darauf hat er angespielt, als er sagte, dass sich die Dinge ändern werden.

Die Erkenntnis trifft mich wie ein Schlag. Er kämpft nicht mehr um mich – um uns. Jetzt will er nur noch das „Problem" beseitigen.

„Wo ist JP jetzt?", frage ich atemlos.

„Er ist in Las Vegas. Er musste sich um Geschäfte kümmern."

Las Vegas. Ich wusste es. Seine schönen Worte waren am Ende nichts als Mist.

Auf wackeligen Beinen ergreife ich die Flucht. Sobald ich außer Sichtweite bin, lasse ich mich gegen die Wand sinken, schwindlig vor Angst.

Deshalb muss ich das, was ich vorhabe, schnell tun. Ich muss beweisen, dass ich hier wertgeschätzt werde, sonst ist die jahrelange Arbeit für die Katz.

Ich gehe den Gang entlang zu Andys Platz.

„Andy", sage ich und die künstliche Ruhe in meiner Stimme steht im Gegensatz zu den aufgewühlten Nerven in mir. „Kann ich dich einen Moment sprechen?"

Er blickt finster drein, winkt mich aber in ein leeres Büro. „Wenn es um die Situation zwischen dir und Mr. Wolfe geht, kann die Personalabteilung helfen."

„Oh, geht es nicht", versichere ich ihm und hole meine Selbstbewertung aus der Tasche – dieses elende Dokument, das wir dank Helen aus der Personalabteilung alle mit einer Milliarde Leistungsmarkierungen füllen. „Eigentlich geht es um Folgendes. Ich habe das Gefühl, dass ich mich in den letzten

Jahren unterschätzt habe. Aber hier ist der Beweis, dass ich die Erwartungen ständig übertreffe. Ich arbeite auf Führungsebene, und nach der heutigen Präsentation hoffe ich, dass du mir zustimmst, dass ich bereit für eine Beförderung bin."

Ich schenke ihm ein strahlendes Lächeln.

Andy grunzt, unverbindlich wie immer. „Wir werden das bei der Leistungsbeurteilung neu bewerten."

Immer noch lächelnd, gehe ich zum Angriff über. „Die Sache ist die. Ich habe das Gefühl, dass meine Leistungen hier schon seit einiger Zeit unterbewertet werden. Wenn ich also bis Ende des Monats nicht befördert werde, kündige ich."

Seine Augen treten hervor. „Du tust was?"

„Ich habe meine sechs Jahre hier sehr geschätzt, aber wenn es keinen Raum für Wachstum gibt, dann ist es Zeit für mich, weiterzuziehen. Das verstehst du doch, oder? Es gibt auch anderswo Möglichkeiten ... Solaris International Hotels & Resorts zum Beispiel hat eine sehr attraktive Stelle in ihrem IT-Team zu vergeben ..."

Er atmet scharf ein und seine Nasenlöcher blähen sich auf, als ob er versuchen würde, den Raum einzusaugen.

Und zum ersten Mal, seit das schreckliche

Video von JP aufgetaucht ist, verspüre ich einen Funken Hoffnung.

44

Lucy

Fünf Tage später erhalte ich die E-Mail, dass ich befördert werde. Meine Augen tanzen über die E-Mail auf meinem Handy. Das Erfolgsrezept war also 30 Prozent Talent, 30 Prozent harte Arbeit und 30 Prozent Rückgrat.

Gut, dass ich nicht in der Buchhaltung arbeite. Offensichtlich ist meine Mathematik ein bisschen daneben.

„Was bringt dich zum Lächeln?", fragt Priya und führt mich in ihr Gästezimmer.

Ich teile ihr die Nachricht von meiner Beförderung mit, mein Plan ist aufgegangen. Sie umarmt mich herzlich. „Siehst du? Das Leben ist gar nicht so schlecht."

Ich zwinge mich zu einem Lächeln, aber es ist brüchig und falsch. Sicher, das Leben sieht besser aus, aber tief im Inneren bin ich am Boden zerstört. Meine Nächte sind von Schlaflosigkeit geprägt, denn Gedanken an JP überfallen mich. Er ist das Erste, woran ich denke, wenn ich aufwache. Ich habe ihn seit dem Tag im Aufzug nicht mehr gesehen.

Er ist wieder in Las Vegas. Der immer gesprächige Büroklatsch behauptet, dass er für immer dort ist. Matty hat von einem Mädchen aus der Marketingabteilung ein paar Informationen über JPs Aufenthaltsort erhalten. Es heißt, dass JP jeden Abend in den Kasinos anzutreffen ist. Er regiert sein Imperium.

Priya macht wie ein Kind in der Mitte des Raumes eine Pirouette. „Na, was sagst du?"

Ich nehme es in mich auf – bescheiden, aber gemütlich. Im Moment gibt es nur ein Bett, aber ich kann mir schon vorstellen, wie meine Besitztümer überall verteilt sind. Eine Brise weht durch das offene Fenster.

„Es ist perfekt", sage ich und meine es auch so.

Sie zieht mich in eine weitere Umarmung. „Willkommen in deinem neuen Zuhause, Mitbewohnerin."

Gestern habe ich das Problem mit der Wohnung in Angriff genommen. Ich beschloss, sie zu vermieten. Es hat sich herausgestellt, dass es zumindest einen Mietmarkt für Wohnungen über einem Sexshop gibt. Die Miete reicht aus, um die Hypothek zu decken, bis ich eine dauerhafte Lösung gefunden habe. In der Zwischenzeit wohne ich bei Priya, worüber ich mich wirklich sehr freue. Wenn ich das Zusammenwohnen mit Spider überlebt habe, kann ich auch mit meiner besten Freundin zusammenwohnen.

Priya drückt meine Schulter und sagt mir, dass sie mir „Freiraum" lässt, und dafür bin ich verdammt dankbar, denn ich habe in letzter Zeit nichts anderes gebraucht als Freiraum.

Mit einer Schwere, die ich nicht abschütteln kann, lasse ich mich auf das Bett fallen und beginne, den Reißverschluss meiner Tasche zu öffnen. Inmitten des alltäglichen Mülls – mein Handy, meine Schlüssel, mein Portemonnaie, eine absurde Anzahl von Kaffeequittungen – liegen meine heimlichen Qualen, die Teile der Vergangenheit, die ich nicht loslassen kann. Die Fotos, die JP mir geschenkt hat. Unsere gemeinsamen Momente, eingefroren in glänzenden 10x15-Rechtecken. Seit Tagen tue ich das schon so, sehe sie masochistisch durch, nur um sie dann hastig wieder in die Sicherheit meiner Tasche zu stecken.

Das oberste ist wie ein Schlag in die Magengrube. Central Park. Ein Selfie mit seinem starken Arm um mich herum, meine Lippen auf seine kratzige Wange gedrückt.

Er trägt eine Baseballkappe und sieht so gut aus. Im Hintergrund ist ein Picknickkorb zu sehen. Ich sehe unbestreitbar eingenommen aus, wie jemand, der sprichwörtlich die Sahne abgeschöpft hat.

Ich weiß nicht, warum mich dieses Foto am meisten trifft.

Meine Augen werden feucht, das Glück in unseren Gesichtern ist ein zu starker Kontrast zu meiner aktuellen Realität. Ich drehe es um.

Auf einen Neuanfang. Ein Neuanfang ohne JP. Meine Kehle zieht sich schmerzhaft zusammen.

Der Central Park hat etwas an sich, das einem vorgaukelt, man wäre der Stadt entflohen. Wenn man die geschwungenen Wege entlangspaziert, sieht man Bäume und Blumen, so weit das Auge reicht. Doch dann lugt die Skyline von Manhattan durch das Grün, eine ständige Erinnerung daran, dass man sich immer noch im Betondschungel befindet. Eines davon ist JPs Wohnhaus, das wie ein arroganter Schwanz in die Skyline ragt.

Ich rede mir ein, dass ich nur einen unschuldigen Spaziergang machen will, und ich glaube diese Lüge fast.

Füße, die ihren eigenen Willen haben, übernehmen die Kontrolle. Es ist nicht so, dass ich wüsste, wohin ich gehe, aber ich weiß es.

Der Untermyer-Brunnen mit seinen ikonischen Bronzefiguren, die für immer im Wasser tanzen. Er ist unverkennbar im Hintergrund des Fotos zu sehen.

Ein beunruhigender Knoten bildet sich in meinem Bauch und er zieht sich noch fester zusammen, als ich mich dem Rasenstück nähere, das mit unserem Bild übereinstimmt. Genau die Stelle, an der unsere Körper anscheinend einmal ineinander verschlungen lagen.

Jetzt bin es nur ich.

Ich lasse mich in das Gras fallen, dessen Halme wie kleine Erinnerungen an die Realität in meine Haut stechen. Ich ziehe das Foto aus meiner Tasche und halte es fest, als wäre ich Rose, die das verdammte Herz des Ozeans in *Titanic* umklammert.

Als ich mein strahlendes Gesicht auf dem Foto sehe, krampft sich mein Herz nicht nur zusammen, sondern es stolpert über sich selbst.

Mit einem tiefen Seufzer lehne ich mich zurück und lasse das Gras meinen Körper abfedern. Ich halte das Foto über mich, das

Sonnenlicht bricht durch den Hochglanzdruck.

Langsam schließe ich die Augen, das Foto in der Faust. Das Treiben im Park geht in ein leises Summen über, als ob die Welt leiser geworden wäre, und plötzlich bin ich wieder da.

Zurück in diesem Moment.

JP hat sich auf der Decke ausgestreckt, die Sonne glänzt auf seinem perfekt geformten Kinn, das sich unter einer Schicht unverschämt sexy Bartstoppeln verbirgt. Ich sitze im Schneidersitz neben ihm, zupfe geistesabwesend an den Grashalmen und widerstehe dem Drang, mit meinen Händen über seine breite Brust zu fahren. Ich bin schon geil, wenn ich ihn nur ansehe. Gott, in letzter Zeit bin ich immer geil.

„Ich bin die ganze nächste Woche in Vegas, um zu arbeiten", sagt er mit geschlossenen Augen unter seiner Baseballkappe.

Ich lasse die Schultern hängen. „Die ganze Woche?"

Ein wunderschönes braunes Auge öffnet sich und durchbohrt mich. „Komm mit. Arbeite vom Büro in Vegas aus."

Ich schüttle den Kopf und lache schief. „Aber sicher. Ich werde Angry Andy sagen, dass ich aus einer plötzlichen Laune heraus nach Vegas jette."

Er hebt eine Augenbraue, beide Augen sind

nun auf mich gerichtet. „Hast du vergessen, wem die Firma gehört?"

„Diese Karte kann ich nicht ausspielen. Das weißt du." Ich schnippe ein Stück Gras nach ihm.

Er fängt meine Hand ab, plötzlich ernst. „Warum nicht, Luce? Ist es nicht an der Zeit, dass du den Leuten von uns erzählst?"

Meine Augen weiten sich. „Warum sollte ich das tun?"

Er stützt sich auf die Ellbogen und ein finsterer Blick liegt auf seinem attraktiven Gesicht. „Warum? Du fragst warum? Hast du vor, dass ich für immer dein kleines, schmutziges Geheimnis bleibe?"

Mein Herz flattert verräterisch. Ich schaue weg. „Ja? Wir wissen beide, dass ich dich nur für Sex und Status benutze."

Ein schwerer Seufzer verlässt seine Lippen. „Sieh mich an", sagt er, seine Stimme ein beruhigender, tiefer Bariton, der meine Augen dazu bringt, seinen zu begegnen. „Ich brauche eine ernste Antwort."

„Ich … ich hätte nur nicht gedacht, dass du der für immer Typ bist." Ich senke meinen Blick, plötzlich an dem Gras unter uns interessiert.

Seine Finger umschließen mein Kinn und neigen mein Gesicht nach oben. „Ich würde gerne bei dir bleiben, wenn du mich lässt."

„Ja?", hauche ich.

„Auf jeden Fall." Sein Daumen zeichnet einen Weg über meine Unterlippe. „Ich habe nicht die Absicht, dich gehen zu lassen."

Ich kann das alberne Lächeln nicht unterdrücken, das sich auf meinem Gesicht ausbreitet. „Ich glaube, das könnte mir gefallen."

„Heißt das, du wirst die Wahrheit über uns erzählen?"

Ich mache Ausflüchte. „Das Letzte, was ich brauche, ist der neueste Klatsch in der IT-Abteilung zu sein."

„Die Leute, die einen Schrein für Sheldon Cooper haben? Was zum Teufel kümmert dich das? Ich bin mir nicht sicher, ob es die Hälfte von ihnen überhaupt interessieren würde."

„Natürlich kümmert mich das!"

Er legt einen Arm um mich und zieht mich auf seinen festen, prachtvollen Körper. „Wir schaffen das schon, Lucy. Ich sorge dafür, dass nichts auf dich zurückfällt."

„Du kannst viel, aber das kannst du nicht. Du kannst die Verurteilungen und abfälligen Bemerkungen der Leute nicht kontrollieren."

„Nein", stimmt er zu. Sein Griff um meine Hüften wird besitzergreifend fest. „Aber ich kann deine Sichtweise damit umzugehen ändern. Und ich kann ganz sicher jeden feuern, der sich mit dir anlegt"

Ich schlage ihm spielerisch auf die Brust und

lache. „Ich hoffe, du machst Witze!"

Sein Gesichtsausdruck wird ernst und seine Augen verdunkeln sich. „Nichts von dem, was ich jetzt sage, ist ein Scherz. Komm schon, Lucy, du hast Maggie und meine Neffen kennengelernt. Ist es nicht an der Zeit, dass du es ein paar Leuten erzählst?"

Plötzlich rollt er sich und drückt mich unter sich auf die Picknickdecke. Er starrt auf mich herab, sein muskulöser Körper drückt gegen meine sanften Rundungen. Sein Gesicht ist nur wenige Zentimeter von meinem entfernt, sein minziger Atem ist warm auf meiner Haut. „Und es wird Zeit, dass ich den Leuten sagen darf, dass du mir gehörst", murmelt er.

Ich beiße mir nervös auf die Lippe. „Ich habe einfach Angst ... falls es endet und dann alle wissen, dass ich mit dem Chef geschlafen habe."

Er streicht mir mit sanften Augen eine Haarsträhne aus dem Gesicht. „Das wird nicht passieren."

Mir stockt der Atem. „Wie kannst du dir so sicher sein?"

Er hält meinen Blick fest. „Weil ich dich liebe. Ich bin da, Lucy. Ich tue alles, was nötig ist, damit es funktioniert."

Mein Puls beschleunigt sich. „Du ... du liebst mich?"

„Das tue ich", murmelt er und seine braunen

Augen sind auf mich gerichtet. „Ich erwarte nicht, dass du es jetzt schon erwiderst. Du sollst nur wissen, dass ich auf Dauer da bin."

Seine Augen bohren sich mit solcher Intensität in mich, dass ich schwören könnte, er blickt in die Tiefen meiner Geheimnisse.

Überwältigt von meinen Gefühlen schlage ich ihm die Baseballkappe hinunter und fahre mit den Fingern durch seine seidigen Locken. Er senkt sich herunter und presst seine Lippen auf meine. Meine Hände wandern eindringlich über seinen muskulösen Rücken und ziehen ihn näher zu mir. Sein Körper presst sich noch fester an meinen.

Wir verschmelzen miteinander und unsere Küsse werden immer hitziger, immer verzehrender. Ich schlinge mich um ihn, will keinen Platz zwischen uns haben. Hände wandern überall hin, als hätten wir acht davon. Abgehackter Atem.

Das ist er. Das ist der Kuss, auf den ich gewartet habe. Ein Kuss, der unbestreitbar nach Liebe schmeckt.

45

JP

„JP, dazu bist du nicht verpflichtet", protestiert Killian und dreht sich in seinem Stuhl, um mich mit seinem durchdringenden Blick zu fixieren.

„Oder um genau zu sein", wirft Connor mit einem müden Seufzer ein, „wäre es uns lieber, wenn du das nicht tust. Unsere Glücksspiellizenz ist sicher. Wie du das mit der Glücksspielkommission hinbekommen hast, ist mir schleierhaft."

Sein Tonfall, in dem ein Hauch widerwilliger Respekt mitschwingt, zaubert mir ein flüchtiges Lächeln ins Gesicht. Es ist praktisch zu wissen, wer die Geliebten der Top Dogs sind, ebenso zu erwähnen, dass ich sie alle auf einer Soiree zusammenbringen könnte.

„Es gibt keinen logischen Grund, warum du zurücktreten solltest", sagt Killian und seine Stimme hallt von den glatten, minimalistischen Wänden unseres Vorstandsbesprechungsraums wider. Der Raum mit dem sechs Meter hohen Fenster, das die Skyline von Manhattan überblickt. Diesen Ausblick werde ich vermissen, so viel steht fest. „Das ist dein Unternehmen. Du hast es mit uns aufgebaut. Ohne dich würden wir nicht mehr Geld einnehmen als jedes andere Kasino des Landes."

Sein Argument sitzt. Der logische, ehrgeizige Teil meines Gehirns schreit Zeter und Mordio und fleht mich an, an diesem Reich festzuhalten, für das ich Schweiß, Tränen und Blut vergossen habe. Ihm den Rücken zu kehren, fühlt sich an, als würde ich Gliedmaße amputieren. Als ich diese Woche meinen enthusiastischen Nachfolger anleitete, kam alles wieder hoch – der Nervenkitzel auf dem Kasinoparkett, das elektrische Summen in der Luft, die schwindelerregende Welle der Macht, die mich jedes Mal überrollte, wenn ich durch diese Türen ging. Ich habe mehr Zeit in diesen Kasinos verbracht als in meinem eigenen Zuhause.

Vielleicht ist das mit ihr eine aussichtslose Sache. Vielleicht verschenke ich mit dieser großen Geste mein Erbe für eine Liebe, die zum Scheitern verurteilt ist. Es wäre nicht das erste Mal, dass ich wegen einer schlechten Wette alles verliere.

„Ich muss das tun", erwidere ich mit ruhiger, aber fester Stimme. Denn nur so kann ich Lucy zeigen, dass es mir ernst mit uns ist. Las Vegas war für die längste Zeit meine Geliebte, mein Leben. Aber Lucy muss sehen, dass sie jetzt diesen Platz eingenommen hat, ob sie es nun akzeptiert oder nicht.

Sicher, die Wellness-Resorts sind im Moment kaum mehr als ein Luftschloss. Ein milliardenschwerer Playboy wie ich mag Las Vegas geschäftig halten, aber kein vernünftiger Mensch wird in einem Wellness-Center, das von einem Kasino-Mogul-Playboy betrieben wird, Ruhe und Entgiftungstherapien suchen.

Aber ich kann die Kasinos nicht weiter betreiben. Nicht, wenn ich Lucy von meiner Aufrichtigkeit überzeugen will.

Wir sind kurz vor dem Beginn unserer monatlichen Betriebsversammlung, und ich habe eine ziemlich bedeutende Bekanntmachung zu machen.

In diesem Moment klopft Killians Assistentin, eine junge Frau, die in unserer Nähe immer sehr nervös wirkt, an und tritt ein. „Tut mir leid, dass ich störe. Das Personal ist versammelt."

„Sind die Videolinks zu den anderen Filialen fertig?", frage ich.

Sie nickt, ihre Stimme ist voller nervöser Energie. „Das Personal ist in dem großen Konferenzsaal versammelt."

Nun gibt es kein Zurück mehr.

Ich erwidere das Nicken und wir schreiten zum Saal, dem einzigen Raum im ganzen Gebäude, der groß genug ist, um die vielen Angestellten aufzunehmen, die auf die bevorstehende Nachricht warten.

Als ich die Bühne betrete, ist das Meer von Gesichtern, die erwartungsvoll und neugierig nach oben schauen, überwältigend. Killian beginnt mit Unternehmensnachrichten und Umsatzprognosen, aber die Erwartung ist unübersehbar. Sie alle warten auf mich. Lucy kann ich unter ihnen nicht sehen – ich weiß nicht einmal, ob sie hier ist.

Mir geht ihr Bild durch den Kopf, wie sie mich aus dem Fenster böse anblickt und mich zurückweist. Vielleicht habe ich den Glauben daran verloren, dass sie mir verzeihen oder ihre Meinung über mich ändern wird. Aber zumindest muss ich ihr beweisen, dass es mir ernst damit ist, mein Leben auf einen neuen Horizont auszurichten.

„Und nun möchte JP ein paar Gedanken mit uns teilen", verkündet Killian über das Mikrofon. Er dreht sich zu mir um, sein Gesicht ist eine Maske der Verzweiflung.

Ich trete vor und spüre das Gewicht aller Augen auf mir. „Guten Tag. Ich werde gleich zur Sache kommen. Sie haben alle die Aufnahmen von meinem Ausrutscher gesehen. Ich habe Sie enttäuscht. Der Mann, den Sie gesehen haben, ist nicht der Anführer, der ich sein wollte. Über ein Jahrzehnt lang habe ich Las Vegas und unsere Kasinos gelebt und geatmet, aber dabei habe ich Menschen verletzt, die mir sehr am Herzen liegen. Ich habe den Mann aus den Augen verloren, der ich sein will. Aus diesem Grund trete ich mit sofortiger Wirkung von Quinn & Wolfe zurück."

Ein kollektives Keuchen geht durch den Konferenzsaal. Große Augen, offene Münder – der Schock ist spürbar und schwappt wie eine Welle durch den Raum.

Ich zwinge mich zu einem Lächeln und kämpfe um Normalität. Aber innerlich wütet der Krieg weiter. Las Vegas war so lange meine ganze Welt. Der ehrgeizige Wolf in mir heult empört auf, weil ich meinen Platz freimache.

Aber der Mann, der bereit ist, sich für Lucy zu ändern, ist entschlossen.

„Lassen Sie mich Ihnen versichern, dass Ihre Arbeitsplätze sicher sind und unsere Kasinos an der Spitze bleiben werden. Tony Astion von Royal Casinos wird die Leitung der Kasinos und Clubs übernehmen. Was mich betrifft, so werde ich mich auf ein neues Kapitel in meinem Leben konzentrieren, eines, das hoffentlich Wachstum, Verständnis und die Verpflichtung mit sich bringt, ein besserer Mensch zu werden. Jemand, den die Menschen, die ich liebe, als würdig erachten, einen Glaubenssprung zu machen. Jemand, der Vertrauen, Respekt ... und Liebe verdient."

In all den Jahren, in denen ich die Leitung innehatte, habe ich den Mitarbeitern noch nie derart meine Seele offenbart. Ich kann den Schock, den Unglauben und die Fassungslosigkeit in ihren Gesichtern sehen. Es wäre komisch, wenn mein Herz nicht so in meiner Brust hämmern würde.

Die Stille, die darauffolgt, ist ohrenbetäubend. Ich stoße eine stille Bitte aus. *Lucy, wo immer du bist, höre mich. Verstehe, dass dies für dich ist. Jedes Wort, jeder Herzschlag, das alles ist für dich. Ich bin bereit, mich zu ändern, mich zu dem Mann zu entwickeln, den du verdienst.*

Alles für dich, Lucy. Nur für dich.

Es folgt ohrenbetäubende Stille. Dann fängt ein einzelner Narr an zu klatschen, ehe er abrupt aufhört, weil er merkt, dass niemand mitklatscht.

Ich verlasse die Bühne und überlasse die fassungslose Menge Connors fähigen Händen.

Killian treibt mich in dem verlassenen Flur in die Ecke und in seinen Augen spiegelt sich eine Mischung aus Enttäuschung und widerwilliger Akzeptanz.

„Was jetzt?" Seine Stimme ist rau, passend zu dem Aufruhr in seinen Augen.

Ich erzwinge ein Lächeln und versuche, etwas Normalität in die Situation zu bringen. „Ich fahre nach Phoenix, um Zeit mit Maggie und den Jungs zu verbringen. Danach werde ich einige Zeit am Bear Mountain verbringen."

Killian nickt und ein leichtes Lächeln umspielt seine Lippen. „Das klingt gut. Was ist das alles wert, wenn wir es nicht mit den Menschen genießen können, die uns wichtig sind?"

Und davon habe ich weiß Gott nur noch wenige.

Ich klopfe ihm auf den Rücken und sage ihm, dass wir uns bald wiedersehen werden.

Ich lasse ihn in dem stillen Flur zurück, während meine Gedanken von gemischten Gefühlen durcheinandergewirbelt werden. Auf dem Weg zurück in mein Büro ist es in der sonst so geschäftigen Zentrale unheimlich still, eine Geisterstadt – die Folgen meiner Kündigung hängen noch immer schwer in der Luft.

Nun ist es zu spät, um etwas zu bereuen.

Ich habe die Würfel geworfen und alles gesetzt ... für sie. Auch wenn am Ende alles umsonst ist.

46

Lucy

Er ist zurückgetreten ... er ist tatsächlich zurückgetreten.

Ich gehe benommen zurück in die IT-Etage, das Team hinter mir her. Nach der schockierenden Paukenschlag-Rede ist es still im Büro geworden.

„Geht es dir gut?", fragt Taylor leise, als wir zu unseren Tischen zurückkehren. Alle Augen sind auf mich gerichtet, aber niemand sagt etwas, nicht einmal Matty.

Ich bin fassungslos. Ich stehe unter Schock. Mein Gehirn hat aufgehört zu arbeiten. Fehler 404: Kann diesen Scheiß nicht verarbeiten.

„Mir geht es gut", antworte ich mit einem schwachen Lächeln.

Er geht für immer weg. Du wirst ihn nie wieder sehen, jammert eine Stimme in mir.

In der Woche, die er nach Las Vegas ging, muss er seine Aufgaben übergeben und sich auf seinen Weggang vorbereitet haben. Ich dachte, er sei weitergezogen. Ich dachte, er wäre wieder zur Tagesordnung übergegangen und hätte uns völlig aufgegeben, nachdem er vor dem Naughty Nonsense mit einem Topf Wasser übergossen worden war.

Ich wünschte, ich könnte mich an seine Worte während der Rede erinnern. Ich war einfach zu sehr im Moment gefangen, um klar denken zu können.

Als ich an meinem Schreibtisch ankomme, wartet eine Lieferung auf mich. Ich öffne sie und entdecke einen Hochglanz-Comicroman, und mein Puls beschleunigt sich. Was zur Hölle?

„Alles in Ordnung, Luce?", fragt Matty.

Ich muss aufgebracht aussehen, wie ich den Comic mit offenem Mund umklammere. „Ja, alles gut. Ich hole mir nur einen Kaffee", murmle ich.

Ich eile durch den Gang und versuche, nicht aufzufallen.

Quinn & Wolfe haben auf jeder Etage kleine „Entspannungsecken" mit Sitzsäcken, Pflanzen und einer Kaffeemaschine – obwohl ich noch nie jemanden in einem Sitzsack sitzen gesehen habe.

Ich betrete den Kaffeebereich und finde ihn menschenleer vor.

Ich starre auf den Comicroman in meinen Händen, mein Puls dröhnt in meinen Ohren. Die Hochglanzseiten glänzen unter dem flackernden Neonlicht der Entspannungsecke des Büros. Dies ist eine selbsterstellte Geschichte – Miss Nova und Daredevil gibt es in Comics nicht zusammen.

Ich lasse mich in einen üppigen Sitzsack sinken und nehme die Welt um mich herum kaum wahr, als ich die erste Seite aufschlage.

Die Seiten springen hervor, kräftige Blau- und Rottöne und ab und zu blitzt etwas Fleisch auf.

Nora Allen, mit großen Augen in Jeans und kariertem Hemd, betrachtet die Sterne durch ein Teleskop. Sie sieht genauso aus wie ich, nur mit Superkräften und viel besseren Brüsten.

Ein kosmischer Sturm zieht auf und verwandelt sie in Miss Nova, die Verteidigerin der Galaxie.

Ich lese weiter. Eine Doppelseite füllt meinen Blick mit explodierenden Sternen – Supernovä explodieren aus Novas Händen, während sie die Schwerkraft manipuliert.

Mit zitternden Fingern blättere ich die Seite um und sehe die grüblerische, gequälte Gestalt des „Golden Age Daredevil" in seinem blau-roten Anzug, die in den Schatten einer dunklen Stadt lauert. Muskulös, natürlich.

JPs Augen – Gott, seine Augen – fixieren mich mit diesem intensiven Blick. Augen, die mir zu folgen scheinen, als ich die Seite umblättere.

Er versucht, ein Held zu sein, aber eine dämonische Wut droht ihn zu verzehren und hinterlässt nur Gewalt und Instabilität in seinem Fahrwasser.

Und Miss Nova kommt, um ihn vor sich selbst zu retten. Daredevil verliebt sich langsam in Miss Nova, die Licht in seine dunkle Welt bringt. Er kauft ein Teleskop, um ihre Leidenschaft für die Sterne zu teilen.

Als ich weiterlese, entweicht ein Keuchen meinen Lippen. Da vor mir ist ein Bild von mir und JP, das in atemberaubender Comic-Kunst erschaffen wurde. JP steht hinter mir, seine Hand auf meiner Schulter, während ich unter einem funkelnden Nachthimmel in ein Teleskop blicke. Es sieht so echt aus. Ist das von einem Foto?

Die Seiten gleiten mir nun schneller durch die Finger und zeigen, wie sich Daredevil in die kosmische Heldin Miss Nova verliebt. Fantasie kombiniert mit unserer Liebesgeschichte. Szenen unserer Leidenschaft spielen sich auf den Seiten ab – Küsse im Büro, Spaziergänge im Park, in seiner Wohnung. In meiner Wohnung ... Ist das wirklich passiert? Die

Details sind lebensnah, aber mit schrulligen Weltall-Bearbeitungen. Das Kasino in Vegas hat Sterne an der Decke. Wir befinden uns auf einem schwebenden Schiff, das über Bear Mountain fliegt und darauf hinunterschaut.

Herrgott noch mal, er hat sogar eine explizite Szene geschrieben. Nova und Devil treiben es miteinander. Sie tun es in einem Raumschiff über der Stadt.

Auf der nächsten Seite erscheint eine Sprechblase zwischen den beiden: „Meine liebste Nova, du bist das Zentrum meines Universums. Ohne dein Licht bin ich in der Dunkelheit verloren."

Doch seine Wut kehrt zurück.

Die glatten Seiten gleiten wieder schneller durch meine Finger. Miss Nova spürt Daredevils Dämonen und zieht sich zurück, der Schmerz ist in ihren blauen Augen sichtbar. In seiner Verzweiflung begeht er ein vages Verbrechen, das sie noch weiter von ihm wegstößt. Überall im Q&W-Gebäude ist Blut zu sehen.

Daredevil ist gequält, weil er sie verloren hat und versucht, es wiedergutzumachen. Ich lese die Sprechblase. „Meine Miss Nova, du bist meine Superkraft – du hast die Galaxie in mein Leben gebracht. Ohne dich habe ich keine Kraft."

Ich blättere die Seite um. Als sie sich im letzten Panel küssen, steht in der Sprechblase: „Mit dir an meiner Seite kann ich jeden Dämon besiegen."

Ende.

Ich schließe den Comicroman, mein Puls hämmert noch immer.

47

JP

Den Aufzug zu betreten, das Schließen der hochglanzpolierten Stahltüren, fühlt sich wie das Ende eines Kapitels an.

„Warte", ertönt eine weibliche Stimme und ein Stiletto klemmt sich in den Spalt und hält das Schließen auf.

Adrenalin schießt durch mich hindurch, als ich aufschaue. „Lucy."

Ihr Blick begegnet meinem, ihre blauen Augen brennen vor Entschlossenheit. Sie drückt den Knopf an der Scheibe und schließt uns gemeinsam ein.

„Erinnerst du dich an die Aufzugfahrt, die wir an meinem ersten Arbeitstag hatten?" Ihre Worte klingen gehetzt und atemlos. „Es fühlte sich an, als würde diese Fahrt ewig dauern. Ich hoffe, das wird diese hier auch. Es gibt ein paar Dinge, die ich dir sagen muss."

Ich beobachte das nervöse Flattern ihrer

Hände. Der Drang, die Hand auszustrecken und sie zu berühren, ist überwältigend, aber ich halte meine Fäuste geballt und bleibe still.

Draußen nähert sich jemand, aber sie drückt wieder auf den Knopf und sperrt sie aus. Sperrt uns ein.

Meine Stimme ist tief und rau. „Warst du da? Hast du meine Ankündigung gehört?"

Sie nickt mit großen Augen langsam. „Ich habe jedes Wort gehört. Ich kann nicht glauben, dass es wahr ist. Du trittst wirklich zurück?"

„Ich musste eine Ansage machen." Ich trete einen Schritt näher und der Abstand zwischen uns schrumpft. „Taten statt Worte."

„Das hast du allerdings gemacht." Ihr stockt der Atem, und sie schluckt hörbar. „Du hast einen Comicroman für mich gemacht?"

Ein Lächeln zupft an meinen Mundwinkeln. „Ich hatte etwas Hilfe bei den technischen Dingen. Aber die Emotionen und die Details – das war alles ich. Ich hätte noch etwas mehr an der Handlung arbeiten können. Ich habe jetzt einen neuen Respekt für die Feinheiten des Grafikdesigns." Ich lasse ein Lachen hören.

„Novas Licht?" Sie lächelt. „Wer würde schon davon träumen, Miss Nova mit Daredevil zu verbinden?"

„Du weißt, was man über Gegensätze sagt." Ich schaue sie direkt an. „Hat er dir gefallen?"

„Er ist unglaublich. Mehr als cool. Er ist ... er ist herausragend. Und wirklich sexy."

„Ich bin froh, dass du ihn absegnest." Ich halte inne, mein Blick ist auf ihren gerichtet. „Ich wollte, dass du eine Erinnerung an mich hast – auch wenn du mich nicht willst."

Sie macht einen zaghaften Schritt näher, nah genug, um sich zu berühren. „Für den Fall, dass ich wieder vergesse?"

„Wenn das passieren würde ... Ich glaube nicht, dass mein Herz das verkraften würde."

„Bist du deshalb zurück nach Vegas gegangen? Um deine Aufgaben abzugeben?" Sie sieht mich mit einem Hauch von Anspannung an.

„Ja. Das ist der einzige Grund."

Sie zögert, ihr Blick durchsucht meinen.

„Ist das alles, was du mir sagen wolltest, Lucy?", murmle ich.

„Nein. Ich will dir auch entgegenkommen", sagt sie. „Ich bin bereit, diesen Glaubenssprung zu wagen."

Hoffnung flammt in mir auf. „Ja? Bist du sicher?"

„Ja. Du hast gesagt, dass du mich liebst. Meinst du das ernst?"

Ich trete näher und drücke sie mit dem

Rücken gegen die Wand des Aufzugs. Ich fahre mit einem Finger ihren Kiefer entlang und hebe ihr Kinn an, damit sie mir in die Augen schaut. „Ich meine es ernst."

Ihre Atemzüge werden schneller, während sie unter meiner Berührung schmilzt. „Versprichst du mir, mit mir zu reden, wenn du jemals rückfällig wirst? Mir ist klargeworden, dass ich nicht erwarten kann, dass du perfekt bist. Ich muss versuchen, dich zu unterstützen." Verletzlichkeit trübt ihre Augen.

„Keine Geheimnisse mehr zwischen uns", sage ich ihr fest.

„Na gut. Die Sache ist die"– sie holt tief Luft – „ich habe das noch nie gesagt ... aber ich glaube, ich liebe dich auch."

Das ist es alles wert.

Ich lache leise. „Du glaubst?" Ich ziehe eine Augenbraue hoch.

„Ich weiß", sagt sie entschlossen.

Ich drücke ihren Körper an meinen, bereit, sie besinnungslos zu küssen. Sie ist alles, wonach ich gesucht habe, und ich werde sie nie wieder gehen lassen.

„Warte." Sie zieht sich leicht zurück. „Ich muss es wissen. Habe ich dir das schon einmal gesagt? Dass ich dich liebe?"

„Nein." Ich lächle amüsiert zu ihr hinunter. „Wir machen jetzt neue Erinnerungen."

Ich packe sie und drücke ihre Lippen auf meine.

Der Moment, in dem sich unsere Lippen berühren, ist ein Wirbelsturm von Empfindungen – ihr Geschmack, süß wie Honig, die Weichheit ihrer Lippen.

Meine Hände finden ihren Weg in ihr Haar und greifen sanft nach einer Handvoll. Ihre Hände folgen dem Beispiel und winden sich in meine Haare, ehe sie mich so nah an sich heranzieht, dass keine Luft mehr zwischen uns passt.

Unser Kuss vertieft sich, unsere Körper schmiegen sich aneinander, als ob ein elektrischer Strom uns zusammenhält. Unsere Hände sind überall und folgen einer Spur verzweifelter Sehnsucht.

Die Wände des Aufzugs werden zu unserem Anker, während wir keuchend und stöhnend stolpern und atemlos über die Absurdität und schiere Intensität des Moments in den Mund des anderen lachen.

Dieser kleine, begrenzte Raum fühlt sich plötzlich wie unser persönlicher Wellness-Retreat an – wo uns die Fehler der Vergangenheit nichts anhaben können und unsere Zukunft eine leere Leinwand ist, die gefüllt werden will.

Es ist chaotisch, intensiv und verdammt

schön.

„JP", lacht Lucy an meinem Mund, „wenn wir so weitermachen, machen wir noch den Aufzug kaputt."

Mit einem Grinsen ziehe ich mich zurück, um ihr in die Augen zu sehen. „Nun, Süße, es gibt schlimmere Arten und Orte, um stecken zu bleiben, meinst du nicht?"

48

Eine Woche Später

Lucy

Ich liege in meiner Hängematte, schließe die Augen und wende mein Gesicht dem Sonnenuntergang zu. Das verbliebene Licht tanzt über die zerklüftete Landschaft des Bear Mountain und bietet eine Ruhe, die in Flaschen abgefüllt und verkauft werden sollte.

Ein Lächeln umspielt meine Lippen, als ich tief einatme und die frische, nach Kiefern duftende Luft meine Lungen füllt. Es ist wunderschön hier draußen. Der Frieden ist spürbar. Nach all dem Chaos der letzten Zeit fühlt sich diese Ruhe gut an. Wirklich gut.

Heute waren JP und ich wandern und haben dann den Nachmittag lesend in seinem Garten verbracht. Morgen steht Stand-Up-Paddling auf dem Plan. Zwei ganz normale

Menschen, die eine Woche lang von der Bildfläche verschwinden und einen ganz normalen Urlaub machen.

Wir haben uns darauf geeinigt, nur für eine Weile von der Welt zu verschwinden.

Bei dem ganzen Medienchaos war die Flucht nötig. JP hat eine öffentliche Bekanntmachung über seinen Rücktritt bei Quinn & Wolfe, seine Zeit im Entzug und das veraltete Video, das kursiert, gemacht. Jetzt ist er ein heißes Thema in der Meme-Community.

Es war praktisch vorprogrammiert, dass der Übergang entmutigend wird – für uns beide. JP, der ehemalige Leiter von Amerikas größtem Kasinoimperium, steht nun im Fadenkreuz der Ungewissheit und hat eine Weile Freizeit vor sich. Aber, wie sein Mentor betont hat, ist diese Auszeit ein wichtiger Teil seiner Reise.

Wir sind nicht gerade das klassische Paar: ich mit meinem verpfuschten Gedächtnis und er, der geläuterte Bad Boy, der versucht, seine Nase sauber zu halten. Es ist weniger Cinderella als vielmehr ein verdrehtes Grimm-Märchen, aber in diesem Chaos versuchen wir, unser Glück zu finden.

Matty und Taylor haben mir erzählt, dass sich die Gerüchte über mich und JP im Büro wie ein Lauffeuer verbreiten.

Natürlich hat Matty es in seiner ungefilterten, sachlichen Art weitergegeben, während Taylor einen einfühlsameren Filter verwendet hat. Ich habe mich von der Bürotapete zur Frau ohne Gedächtnis zur Frau ohne Gedächtnis entwickelt, die bei einer Konfrontation mit Wolfe auf der Straße erwischt wurde. Und ganz ehrlich, das macht mir eine Heidenangst.

Das Leben im Rampenlicht ist nicht mein Ding. Aber wenn ich herausfinden will, was das zwischen mir und JP ist, muss ich es wohl in Kauf nehmen.

Für JP sind wir schon seit Monaten ein Paar. Für mich ist er ein aufregendes neues Kapitel. Diese Beziehungsverzerrung, die dank des Unfalls und meiner Amnesie entstanden ist, wird nicht über Nacht verschwinden. Seine Erinnerungen an uns sind nicht die meinen. Aber wenn wir zusammen sind und das häusliche Glück spielen, kann ich die Verbindung nicht leugnen. Sie ist da, tief vergraben. Ich spüre es instinktiv. Dieses Knistern. Diese Zuneigung. Diese Liebe. Es ist ein Bauchgefühl. Und ja, die Eierstöcke spüren es auch.

JP steigt aus dem Whirlpool, jeder Muskel seines prächtigen Körpers glänzt, er ist völlig nackt. Zu sagen, er sei wie ein griechischer Gott gebaut, mag ein Klischee sein, aber er ist ein wandelndes, tropfendes Klischee. Sein dicker Schwanz ragt stolz wie eine mächtige Eiche aus seinem Nest aus gepflegtem, rauem Schamhaar heraus.

Es ist der schönste Penis, den ich je gesehen habe, sogar noch schöner als alles, was ich auf meiner ethischen Porno-Website gesehen habe.

„Hey!", quietsche ich und zittere, als eisige Rinnsale von seinem Körper auf mich niederprasseln. „Das ist eiskalt."

Er beugt sich vor und presst seine Lippen auf meine, und meine Hände trotzen aller Selbstbeherrschung und streichen über die vor Feuchtigkeit glänzende Landschaft seines Oberkörpers.

„Abendessen in einer Stunde", haucht er heiser an meinem Mund. „Klingt das gut?"

„Klar." Ich grinse, denn ich habe das Gefühl, dass Essen definitiv nicht das ist, was ich gerade tun möchte. „Was kochst du heute Abend?"

„Den würzigen Rindereintopf aus deinem eritreischen Lieblingsladen."

„Verdammt." Ich denke an das Gericht, das ich immer in dem gemütlichen kleinen Laden in der Nähe meiner Wohnung bestelle. Er ist selbstbewusst, das muss ich ihm lassen. „Ziemlich ehrgeizig von dir."

Anscheinend habe ich das Hummergericht, das wir bei unserem ersten Date hatten, etwa ein Dutzend Mal gegessen.

„Hatte heute etwas Zeit. Habe das Rezept überflogen."

„Das ist wirklich süß von dir. Bist du sicher, dass du die Herausforderung annehmen willst?"

„Auf jeden Fall. Und nein, das hier hast du noch nicht probiert." Sein Grinsen ist ansteckend. „Zumindest nicht meine Version."

Er schlendert davon und gibt mir einen Blick auf seinen prächtigen Hintern. Zwei feste Hügel aus Stahl.

Er hat mir gesagt, dass er unsere Beziehung mit unzähligen neuen Erinnerungen füllen will, selbst wenn es nur etwas so Einfaches wie ein Abendessen ist. Nicht, dass der würzige Rindereintopf einfach wäre. Und trotz all seiner Fürsorge ist es nicht gerade eine Mahlzeit, die nach „präkoitaler Vorspeise" schreit. Die würzige eritreische Küche verwandelt mich in einen menschlichen Ballon.

Doch trotz unseres neu geschlossenen Paktes der Ehrlichkeit und Transparenz kann diese spezielle Information wohl mein kleines Geheimnis bleiben.

Teile der Vergangenheit kehren auf

Zehenspitzen in mein Gedächtnis zurück, wenn auch verschwommen. Als JP uns die Bergstraße hinauffuhr, tauchte ein Bild von mir auf, wie ich im Schneidersitz kicherte, während wir die Überlegenheit von Rock gegenüber Pop diskutierten. Als wir zusammen in der Badewanne saßen und ich nach dem Schaumbad griff, erlebte ich ein Déjà-vu.

Selbst vor ein paar Tagen, als Libby sich umdrehte, um mich zu fragen, ob ich eine Tasse Kaffee möchte, überkam mich das seltsame Gefühl, es schon einmal erlebt zu haben. Natürlich haben wir das schon viele Male getan. Die Erinnerungen sind trivial. Aber für mich sind sie wertvolle Brotkrümel auf dem Weg zurück zu mir selbst.

Vielleicht kommen sie nie wieder ganz zurück, und ich lerne, damit klarzukommen. Vielleicht geraten die Erinnerungen eines jeden Menschen im Laufe der Zeit ein wenig durcheinander und werden verzerrt. Schließlich erinnern wir uns nur daran, wie wir die Dinge aus unserer eigenen Sicht gesehen haben.

Mein Handy summt auf dem Tisch und ich stöhne auf, weil ich den Kokon der Hängematte nicht verlassen will. JP schlendert herüber, schnappt sich das Handy und scannt beiläufig die Anrufer-ID, bevor er es mir gibt.

„Es ist deine Mutter", sagt er.

Ich atme schwer aus, weil ich seit unserem Streit nicht mehr mit ihr gesprochen habe. Selbst auf ihre SMS zu antworten, fühlt sich wie eine Heldentat an.

JP zieht eine Augenbraue hoch. „Sie ist immer noch deine Mutter. Du solltest mit ihr reden."

„Na schön", grummle ich, als JP mich sanft hochhebt, damit er hinter mir in die Hängematte rutschen kann. Ich spüre, wie sich die Hängematte neigt und schwankt, als er sich niederlässt. Ich lehne mich zurück in die Wärme seiner Brust und lasse mich von seinen starken Armen umarmen, die sich eng um meine Taille legen. Er drückt mir einen leichten Kuss auf die nackte Schulter.

„Hallo, Mom", sage ich und bemühe mich um eine gute Laune. Die Hängematte beginnt sich sanft zu wiegen, als JP eine rhythmische Bewegung einleitet.

„Lucy, ich rufe schon seit Tagen an! Warum bist du nicht rangegangen?"

„Ich hatte viel um die Ohren", murmle ich.

„Ich weiß, mir … mir hat nur nicht gefallen, wie wir verblieben sind. Ich dachte, vielleicht könnte ich in die Stadt kommen und dich zum Essen einladen?"

Ich halte überrascht inne. Sie schlägt nie vor, nach Manhattan zu kommen.

„Wenn es wieder darum geht, mich zu belehren …"

„Nein, nein", unterbricht sie. „Ich will Zeit mit dir verbringen."

JPs Griff um mich wird fester, sein Körper ist eine Mauer der Geborgenheit hinter mir. Seine Stimme ist ein leises Grollen in der Nähe meines Ohrs. „Sag ihr, dass wir nach Bear Mountain vorbeikommen werden." Eine seiner Hände wandert nach oben, streicht mein Haar zur Seite und küsst meinen Hals.

„Wer ist das?", fragt Mom scharf.

„Sag ihr, dass du deinen Freund mitbringst", sagt JP, diesmal lauter.

Überrumpelt neige ich meinen Kopf, um seinem Blick zu begegnen und stelle fest, dass ein Grinsen seine Lippen umspielt.

„Das ist JP, mein Freund", sage ich. „Er wird mich begleiten."

„JP … JP Wolfe?", kreischt sie so laut, dass ich zusammenzucke. „Dein Chef von diesem grässlichen Foto?"

JP rührt sich hinter mir.

„Ja, dieser JP. Hast du ein Problem damit?", erwidere ich, irritiert von ihrem Tonfall.

Sie zögert einen Moment lang. „Nein! Überhaupt kein Problem. Ich … Ich will nur, dass du glücklich bist, Lucy. Ich habe das Gefühl, dass ich dich vielleicht nicht genug unterstützt habe." Eine unangenehme Pause folgt. „Dann sehe ich euch beide also bald?"

„Gib uns ein paar Tage Zeit, Mom. Wir werden dich über unseren Plan informieren", verspreche ich, bevor ich den Anruf beende. Seufzend lehne ich meinen Kopf zurück an JPs breite, nackte Brust.

Ein leises Lachen entweicht ihm. „Endlich lerne ich deine Mutter kennen. Meine Schwester und meine Neffen hast du ja schon kennengelernt."

Ich verspanne mich leicht. „Habe ich?" Noch mehr Leute aus meinem Leben, die ich eigentlich kennen sollte, an die ich mich aber nicht erinnern kann.

„Hast du. Und sie sind verrückt nach dir. Genau wie ich es bin."

„Das werden sie nicht mehr sein, wenn sie denken, dass du meinetwegen aus der Firma ausgestiegen bist. Du musst das nicht machen. Wir können es schaffen, ohne dass du deinen Job aufgibst." Ich schwöre, wir haben diese Debatte in den letzten Tagen öfter geführt, als ich geblinzelt habe.

„Hör zu. Hier geht es nicht um sie oder die Firma oder die ganze verdammte Welt, sondern um mich. Und um dich. In den nächsten sechs Monaten besteht meine einzige Aufgabe darin, Lucy Walsh ein toller Freund zu sein. Alles andere kann in den Hintergrund rücken."

„Wenn du nicht vorhast, gleichzeitig meine Putzfrau und mein Koch zu sein, ist das sicher kein Vollzeitjob", sage ich halb im Scherz, halb in der verzweifelten Hoffnung, dass er das tut. „Was genau macht ein toller Freund den ganzen Tag? Muss ich mir Sorgen machen, dass du meinen Kleiderschrank umräumst?"

Er antwortet mit unnachgiebiger Überzeugung. „Was auch immer du brauchst, ich kümmere mich darum."

Meine Güte.

„Dreh dich um", fordert JP unwirsch. „Ich muss dein wunderschönes Gesicht sehen."

Ungeduldig hebt er mich hoch und dreht mich um, sodass ich in der Hängematte auf ihm hocke. Wir fallen beide fast raus, als die Hängematte hin und her wackelt.

„JP! Mach langsam!" Ich lache, als meine Schenkel auf beiden Seiten von ihm hinunterrutschen. Wow! Er ist schon ganz hart.

Seine Stimme wird zu einem heiseren Murmeln und sein warmer Atem jagt mir einen Schauer über den Rücken. „Ich liebe dich, Lucy Walsh."

„Ich liebe dich auch, JP Wolfe", bekomme ich mit klopfendem Herzen heraus. Unsere Hängematte schaukelt träge unter uns.

Unsere Worte hängen schwer in der Bergluft, als er mich an sich zieht. Sein Daumen streift meine Unterlippe, bevor sein Mund meinen in einem langsamen, tiefen Kuss erobert, der mir den Atem raubt. Ich klammere mich fest an ihn und die wochenlange Anspannung und Sorge entlädt sich aus mir.

Er schiebt meinen Tanga zur Seite und seine dicke Erektion drängt sich begierig gegen meine feuchte Öffnung. Seine erfahrenen Finger drücken meine Klitoris rhythmisch, während er mit der anderen Hand meine Hüften fest umklammert.

„Lass mich rein", fordert er schroff und ich zucke angesichts seiner Größe leicht zusammen. Langsam dringt er in mich ein, bis jeder Zentimeter von ihm sitzt.

„Gott, das fühlt sich unglaublich an", stöhnt er und seine Fingerspitzen zaubern weiter an meinen empfindlichen Stellen herum, während seine andere Hand mich festhält, damit er tiefer in mich hineingleiten kann.

Eine Welle der Lust durchfährt mich, als ich spüre, wie er in mir pulsiert und anschwillt. Seine Finger setzen ihre magische

Arbeit an meiner Klitoris fort, während seine andere Hand mich weiter festhält, damit er mit maximaler Wirkung in mich eindringen kann.

„Dieser Winkel", knurrt er. „So tief. Das macht mich wahnsinnig."

Fluchend stößt er immer wieder mit einer Heftigkeit in mein Innerstes, die die Hängematte wild um uns herum schwingen lässt.

Sein Gesicht verzieht sich vor Lust, während sich seine Atmung intensiviert und er mit jeder Bewegung lauter und heftiger stöhnt und seinem Höhepunkt immer näherkommt.

„Lucy", stöhnt er, als er heftig in mir kommt.

Ich bin erledigt. Mein Körper zittert unkontrolliert in dem Moment, in dem mich mein Orgasmus trifft. Meine Wirbelsäule sendet eine Welle von Elektrizität aus, während ich um ihn zittere.

„Ich bin der glücklichste Mann der Welt." Er grinst träge zu mir hoch, ehe er meinen Mund in einem weiteren leidenschaftlichen Kuss gefangen nimmt.

Bei diesem Kuss spielt nichts anderes eine Rolle – nicht die Gerüchte im Büro, nicht der Medienrummel, nicht meine fehlenden Erinnerungen. Mit der Inbrunst seiner Lippen auf meinen, dem eindringlichen Druck seines

Körpers, weiß ich, dass wir es schaffen können.

Wir sind in diesem Moment die einzigen zwei Menschen auf der Welt. Okay, vielleicht nur am Berg. Und ich will, dass dieses Gefühl nie endet.

EPILOG

Neun Monate Später

JP

Der Blick von der Terrasse des Bear Mountain Wellness Retreats ist atemberaubend – der See spiegelt den farbenfrohen Sonnenuntergang wider, eine Palette aus Orange und Rosa. Das erste unter der Marke Quinn & Wolfe. Es ist ein anderes Universum als die hektischen, glitzernden Straßen von Las Vegas, die ich einst mein Zuhause nannte. Hier draußen fühle ich mich ruhig und mit mir im Reinen.

Dieses Wochenende ist ein großer Meilenstein für das Retreat, denn unsere ersten Gäste treffen ein – VIPs und bekannte Blogger, die unser Angebot kennenlernen möchten. Die Mitarbeiter – Yogalehrer, Wellness-Coaches, Spa-Therapeuten, Kellner, Köche – haben sich den Arsch aufgerissen, um diesen Ort auf

Hochglanz zu bringen und reibungslos zu betreiben. Man kann die Begeisterung in ihren Gesichtern sehen, aber man kann auch erkennen, dass sie verdammt nervös sind.

Lucy und ich wohnen ganz in der Nähe in meinem Haus in den Bergen. Ich werde hier wohnen, bis die Operation wie am Schnürchen Geld einbringt. Sie muss wochentags für ihren Job in der Firma zurück in die Stadt fahren, was für mich egoistisches Arschloch, das ich bin, nicht ideal ist. Ich vermisse sie wie verrückt, wenn sie nicht bei mir ist.

Sie vermietet noch immer ihre Wohnung und lebt bei ihrer Freundin Priya. Ich habe sie gefragt, ob sie bei mir einziehen möchte, aber ich dränge sie nicht zu sehr. Ich verstehe, dass sie noch nicht bereit ist, diesen Schritt zu wagen. Eine halbe Woche mit Lucy ist besser als ein Leben ohne Lucy.

Zum Glück haben sich die Klatschblätter inzwischen neuen Skandalen zugewandt, sodass Lucy bei der Arbeit nicht mehr so sehr im Mittelpunkt steht. Das war das Einzige, was mir wichtig ist – dass sie sicher ist und nicht im Rampenlicht steht.

Connor kommt zu mir auf die Terrasse und reicht mir ein Bier. „Du hast den Laden gut verkauft, Wolfe. Er trendet und wir haben noch nicht einmal die Türen geöffnet. Die Presse stürzt sich auf deine spirituelle Neuerfindung. Sie nennen es ‚Wolfes Rettung‘."

Ich verdrehe die Augen und nehme einen großen Schluck von meinem Bier, die kalte Flüssigkeit ist genau richtig. Bier ist dieser Tage mein einziges Laster. „Böser Milliardär wird Zen, baut Wellness-Retreat, um Erleuchtung zu finden", sage ich trocken. „Nicht mein Lieblings-PR-Blickwinkel."

Aber es war meine einzige Möglichkeit, die Situation und meine Pläne zu retten.

„Wie sehr willst du denn mitanpacken?", Connor grinst. „Wirst du selbst Yoga unterrichten?"

Ich werfe ihm einen trockenen Blick zu. „Scheinbar willst du, dass das Hotel scheitert."

Die Terrassentür gleitet auf, und da ist sie – mein persönlicher Sonnenstrahl. Meine Ruhe im Chaos. Im Vergleich dazu sieht Vegas wie eine traurige, matschige Fritteuse aus.

Es ist schon ein paar Tage her, dass ich Lucy und ihre strahlend blauen Augen gesehen habe. Ihr kastanienbraunes, glänzendes Haar fällt ihr über die Schultern, als sie auf uns zugeht und ihr strahlendes Lächeln erhellt die ganze Terrasse.

„Hey", begrüßt sie uns, ihr Lächeln ist ansteckend.

Connor begrüßt sie und verzieht sich dann,

da er zweifelsohne meine Gedanken liest, die momentan nicht jugendfrei sind und sich darauf konzentrieren, Lucy aus diesem T-Shirt-Kleid zu bekommen.

Ich ziehe sie nah an mich, um ihr zu zeigen, wie sehr ich sie vermisst habe. „Hey, Baby", murmle ich, außerstande die Zuneigung in meiner Stimme zu unterdrücken. „Du hast mir so gefehlt."

Sie legt ihre Arme um mich und umarmt mich fest. „Ist alles für das Wochenende vorbereitet?"

Ich nicke und versuche, mich nicht in ihren Augen zu verlieren. „Wie war deine Woche auf der Arbeit, IT-Göttin?"

Sie grinst. „Ach, nur das Übliche, Knöpfe auf dem Bildschirm verschieben, so wie ihr Anzugträger es annehmt."

„Das habe ich nie gedacht." Naja, vielleicht ein- oder zweimal ... Die Wahrheit ist, ich habe nie verstanden, warum wir so viele Leute im IT-Team hatten. „Und ich trage ein T-Shirt, falls du es noch nicht bemerkt hast."

Sie zupft an meinem T-Shirt. „Ich habe es bemerkt. Du siehst sexy aus."

Ich ziehe sie zu einem hitzigen Kuss heran.

„Warte", stöhnt sie spielerisch und zieht sich gerade weit genug zurück, um Luft zu holen. „Ich muss noch eine Stunde Kursarbeit machen, bevor ich Zeit mit dir verbringen kann."

Ich stoße ein dramatisches Stöhnen aus, meine Augen noch immer auf ihre gerichtet. „Ernsthaft, Lucy? Am Freitagabend? Kannst du das nicht morgen machen?"

Lucy kichert und ihre Finger fahren über meine Kieferpartie. „So gerne ich das auch tun würde, JP, du weißt, dass ich das fertigmachen muss. Es ist die letzte Aufgabe, und dann gehöre ich ganz dir."

Ich stöhne. „Na schön."

Vor ein paar Monaten hat Lucy einen Kurs über Comic-Grafikdesign begonnen. Ihre kreative Ader, gepaart mit ihrer Leidenschaft, macht sie zu einem Naturtalent. Sie spielt mit dem Gedanken, Comickünstlerin zu werden, vielleicht als Nebenjob, aber ich sehe ihr Potenzial, groß rauszukommen. Ihre Kunstwerke sind bezaubernd und ihre Augen leuchten vor Leidenschaft, wenn sie darüber spricht.

„Das Hotel sieht unglaublich aus, JP. Ich bin so stolz auf dich."

„Ohne dich an meiner Seite hätte ich das nicht geschafft", sage ich ihr und meine jedes Wort ernst. „Ich liebe dich, Lucy."

„Ich weiß", neckt sie und ihr Lächeln erreicht ihre Augen. „Und ich liebe dich auch."

Während ich dort stehe, wirft die untergehende Sonne lange goldene Schatten auf das Wellness-Retreat und ich schaue auf Lucy herab. Ihr Körper passt perfekt zu meinem, als ob wir füreinander geschaffen wären. Ich kann nicht anders, als eine Welle der Dankbarkeit zu spüren. Es ist ein mächtiges Gefühl, das in mir anschwillt und meine Brust eng werden lässt.

Sicher, wir haben reichlich Mist gebaut und man weiß nie, was uns noch erwartet, aber dieser Moment hier mit ihr fühlt sich an, als hätte ich den Jackpot geknackt.

Ein Jahr Später

Lucy

Gefangen im wilden Wirbelwind der Comic-Convention geht mein Puls im Gleichtakt mit der pulsierenden Energie, die durch die Menge summt. In der strahlenden blau-goldenen Uniform von Miss Nova, mit oberschenkelhohen Solar Flare-Stiefeln und einem Supernova-Symbol auf der Brust, bin ich ein leuchtendes Sternenspektakel in einem Meer von farbenprächtigen Superhelden und exzentrischen Bösewichten.

Von hinten dröhnt eine tiefe, klangvolle Stimme an mein Ohr. „Dein Kostüm ist ziemlich wild."

Ich drehe mich um und stehe dem „Death Defying 'Devil" gegenüber. Das purpurrote und blaue Leder seines Anzugs schmiegt sich an seine muskulöse Gestalt und betont jede Kontur seines Körpers. Er streckt seinen behandschuhten Finger aus und spielt mit den Enden meiner tiefschwarzen Perücke.

„Kommst du oft hierher?", fragt er und seine Stimme hat einen neckischen Unterton, der mir einen Schauer über den Rücken jagt und den Kunstpelzbesatz meines Kostüms leicht flattern lässt.

Verdammt, er kriegt mich immer noch jedes Mal.

Obwohl ich jetzt mit diesem Mann zusammenlebe, bekomme ich immer noch Schmetterlinge im Bauch, wenn er das Kostüm anhat *und* wenn er es auszieht.

Mit einem koketten Lächeln erwidere ich: „Nur wenn ich nicht damit beschäftigt bin, Verbrechen zu bekämpfen und umwerfend gut auszusehen. Ich dachte, ich schaue mal, was es mit dem Trubel auf sich hat. Ich habe gehört, dass ein gewisser teuflisch gutaussehender maskierter Mann anwesend sein könnte."

Seine maskenbedeckten Augen verengen sich vor Interesse leicht. „Ach was?" Seine neckische Stimme hallt durch die Luft. „Wenn das so ist, es scheint, als hättest du deinen maskierten Mann gefunden. Was hast du jetzt mit ihm vor?"

„Hmm, immer diese Entscheidungen ..." Mein Lächeln verwandelt sich in ein Grinsen. „Das kommt darauf an – wirst du den Anzug ausziehen oder versuchst du, eine Frau nur durch diesen winzigen Mundschlitz zu verführen?"

Sein Lachen, voll und warm, vibriert durch seinen Anzug. Mein Herz droht mir aus der Brust zu springen. Das ist die beste Comic-Convention aller Zeiten und viel besser als jede meiner Comicroman-Szenen für Erwachsene.

„Wie wär's mit einer Führung?", schnurre ich und fahre mit einer Hand über seine muskulöse Brust. „Ich könnte einen starken, fähigen Mann gebrauchen, der mich durch dieses Labyrinth bringt."

Unerwartet schüttelt er den Kopf. „Ich fürchte, ich kann nicht."

Was ist das für eine unerwartete Wendung? Das steht nicht im Drehbuch.

„Warum nicht?" Meine spielerische Miene verblasst und wird durch echte Verblüffung ersetzt.

„Weil ich hier auf der Suche nach meiner Frau bin."

Ich blinzle schnell. „Daredevil ist aber nicht verheiratet."

„Er will das ändern."

Und dann tut er das Undenkbare. Daredevil, in seinem auffälligen purpurroten Anzug, geht auf ein Knie. Seine auffällige Gestalt vor der belebten Convention-Kulisse löst eine Welle der Überraschung aus und das lebhafte Geplapper weicht einem kollektiven Keuchen. Die Menge konzentriert sich auf uns, alle Augen sind auf die Szene gerichtet, die sich abspielt.

Eine kleine Schachtel taucht aus seinem Anzug auf. Als er sie öffnet, überstrahlt der funkelnde Edelstein darin die Cosplay-Waffen um uns herum. Es ist kein Requisitenring, sondern ein Diamantring – ein echter. Die Luft in meinen Lungen schnürt sich zusammen. Habe ich Halluzinationen wegen der Hitze im Kostüm?

„Lucy Walsh", sagt er und seine Stimme hallt in der plötzlich stillen Umgebung wider, „willst du mir die Ehre erweisen, meine Frau zu werden?"

Meine Sicht verschwimmt vor Rührung, während ich erstaunt starre. Ich bringe ein ersticktes „Ja" zustande, und die Menge bricht in Beifall aus. Daredevil erhebt sich und reißt mich in seine Arme. Ein begeisterter Schrei entweicht mir, als er mich von den Füßen hebt und seine Hände meinen Hintern umklammern.

„Das ist der absurdeste, romantische Antrag aller Zeiten!", rufe ich aus, wobei sich Lachen und Tränen mischen.

Mit einer sanften Bewegung reißt er seine Maske herunter und presst seinen Mund auf meinen.

Ich löse mich von ihm und strahle ihn an.

„Quiero pasar el resto de mi vida contigo", versuche ich mit meinem miserablen spanischen Akzent. Erst vor kurzem habe ich die Bedeutung hinter diesen Worten entdeckt – *Ich möchte den Rest meines Lebens mit dir verbringen.*

Zwischen all den Superhelden und Fantasiefiguren habe ich an diesem Tag meinen echten Helden gefunden.

ENDE

ÜBER DEN AUTOR

Rosa Lucas

Die in London lebende Rosa schreibt heiße, zeitgenössische Liebesromane mit kämpferischen Heldinnen und sexy Alpha-Helden. Sie möchte, dass ihre Romanfiguren nachvollziehbar sind und auch Fehler haben, mit den normalen Problemen und Unsicherheiten der realen Welt beschäftigt sind, es aber immer ein Happy End gibt, das auf sie wartet. Am liebsten schreibt sie über Milliardär-Alphas, Romanzen mit Altersunterschied, Büroromanzen, Feinde, die zu Liebenden werden und romantische Komödien.

BOOKS BY ROSA

London-Mister-Reihe

Die Bändigung von Mr. Walker: Ein CEO-Liebesroman (London-Mister-Reihe 1)

Eine knisternde Age-Gap- und Boss-Romance mit einem mürrischen Milliardär und einer temperamentvollen, schlagfertigen Frau. „Die Bändigung von Mr. Walker" ist in sich abgeschlossen, mit garantiertem Happy End und expliziten Szenen.

Die Versuchung durch Mr. Kane: Ein CEO-Liebesroman (London-Mister-Reihe 2)

Eine sinnliche Age-Gap- und Office-Romance mit einem Alpha-Arschlochboss, der immer bekommt, was er will, und einer schlagfertigen jungen Frau, deren Herz man nicht so leicht gewinnen kann. „Die Versuchung durch Mr. Kane" ist in sich abgeschlossen, mit garantiertem Happy End und expliziten

Szenen.

Das Spiel mit Mr. Knight: Ein CEO-
und Milliardärs-Liebesroman (London-Mister-
Reihe 3)

„Das Spiel mit Mr. Knight" ist eine heiße Office-
Romance mit einem grumpy Milliardär und
einer schlagfertigen Frau. Der Roman ist in sich
abgeschlossen, mit garantiertem Happy End
und expliziten Szenen.

Printed in Great Britain
by Amazon